****

In Das Inferno

Buch Elf der Serie *Aufstieg der Republik*

von
James Rosone und Miranda Watson

****

**Lektorat
Frank Dietz
www.frankdietz.com**

****

**Illustration © Tom Edwards
Tom EdwardsDesign.de**

****

Veröffentlicht in Zusammenarbeit mit Front Line Publishing, Inc.

ISBN: 978-1-961748-70-5
Sun City Center, Florida, Vereinigte Staaten von Amerika
Library of Congress Kontrollnummer: 2024906349

Inhaltsübersicht

Zusätzlicher Inhalt 5

Erstes Kapitel... 6

Zweites Kapitel 13

Drittes Kapitel 23

Viertes Kapitel.. 30

Fünftes Kapitel 35

Sechstes Kapitel.. 48

Kapitel Sieben 57

Achtes Kapitel 66

Neuntes Kapitel 76

Zehntes Kapitel... 87

Elftes Kapitel 95

Zwölftes Kapitel 99

Dreizehntes Kapitel 103

Vierzehntes Kapitel 112

Fünfzehntes Kapitel 124

Sechzehntes Kapitel 131

Kapitel siebzehn 136

Achtzehntes Kapitel.. 149

Neunzehntes Kapitel... 171

Zwanzigstes Kapitel 178

Einundzwanzigstes Kapitel.. 185

Zweiundzwanzigstes Kapitel 192

Kapitel dreiundzwanzig.. 199

Kapitel vierundzwanzig.. 205

Fünfundzwanzigstes Kapitel... 212

Kapitel sechsundzwanzig... 226

Kapitel siebenundzwanzig.. 233

Kapitel achtundzwanzig 243

Kapitel neunundzwanzig 248

Kapitel Dreißig... 258

Einunddreißigstes Kapitel.. 262

Zweiunddreißigstes Kapitel 270

Dreiunddreißigstes Kapitel 286

Kapitel vierunddreißig.. 295

Fünfunddreißigstes Kapitel... 309

Sechsunddreißigstes Kapitel 326
Kapitel Siebenunddreißig 341
Achtunddreißigstes Kapitel 357
Neununddreißigstes Kapitel 367
Kapitel vierzig 385
Abkürzungsschlüssel 391

Zusätzlicher Inhalt

Wir haben viel Zeit und Geld in die Erstellung von Bildern für diese Serie investiert. Wenn Sie Bilder von unseren Schiffen, den verschiedenen außerirdischen Ethnien und Szenen aus verschiedenen Schlachten sehen möchten, besuchen Sie bitte den »Members Only«-Bereich unserer Website unter dem folgenden Link,
https://frontlinepublishinginc.com/members-only/
und melden Sie sich mit Ihrer E-Mail-Adresse an. Es ist völlig kostenlos. Wir hoffen, dass es Ihnen gefällt - und nun zum Buch!

Erstes Kapitel

Anfang Mai 2114
Raumhafen Eridu
Bezirk Sha'ab, Zidara
Gurista Prime

Karnix Joltar hasste Babysitterpflichten, aber die Vorgesetzten hatten beschlossen, dass es wichtig war, die Sicherheitsstufe zu erhöhen, da der Bau des Weltraumfahrstuhls fast abgeschlossen war. Außerdem würden die Zodark-Soldaten, auch wenn er jederzeit lieber in den aktiven Kampf ziehen würde, einfach nicht nein sagen, wenn sie einen Befehl erhalten.

Zwanzig Zodarks und eine Kompanie von zweihundertsechzig Soldaten der Gurista Defense Force erschienen Karnix ein wenig übertrieben. Er fragte sich, ob die Machthaber irgendwelche Insider-Informationen hatten, die eine so große Präsenz zu diesem Zeitpunkt erforderlich machten. Er war nicht über eine glaubwürdige Bedrohung informiert worden, aber die Informationen flossen nicht immer auf demselben Weg nach unten wie nach oben in den Reihen der Zodarks.

Peng!

Während der Bauarbeiten stieß ein Stück Metallverkleidung gegen ein anderes, was Karnix aufschrecken ließ. Irgendetwas an dem offensichtlichen Overkill an Sicherheit hatte ihn nervös gemacht. Er schaute sich um, um sicherzugehen, dass ihn niemand hatte zusammenzucken sehen. Die Luft war rein.

Bumm, bumm, bumm!

Karnix überprüfte sich selbst. Die Geräusche, die er gerade gehört hatte, waren eindeutig Explosionen und nicht das Klirren von Baumaterialien. Er rannte zum nächstgelegenen Fenster. Schwarze Rauchschwaden stiegen von mehreren Stellen in der Stadt auf.

Er betätigte sein Mikrofon. »NOS Tarvox«, sagte Karnix, »ich habe mehrere Explosionen gehört und kann Anzeichen für einen Angriff auf die Hauptstadt erkennen. «

»Raka!«, fluchte Tarvox. »Das muss diese aufständische Gruppe sein, über die ich gestern informiert wurde. Wir wussten, dass sie Unruhe stiften, aber wir hatten nicht erwartet, dass sie angreifen würden. Ich möchte, dass Sie uns die genauen Orte nennen, an denen die

Unruhen stattgefunden haben. Bleiben Sie wachsam - wir könnten bald in Bewegung sein.«

»Ja, NOS«, antwortete Karnix. Er begann, die genaue Position jeder Rauchfahne zu berechnen, als er plötzlich eine Erkenntnis hatte.

»NOS Tarvox«, sagte er und betätigte erneut sein Mikrofon, »der Palast wird angegriffen!«

Das gutturale Gebrüll, das über die Kommunikation folgte, ließ Karnix' Brusthöhle vibrieren. Nach einer kurzen Stille antwortete Tarvox: »Ich habe keine Zeit für meine Wut. Es ist nur Zeit zum Angreifen. Ich bin jetzt auf dem Weg zu eurem Standort.

Einige Minuten später wählte NOS Tarvox drei Zodark-Soldaten und dreißig Soldaten der Gurista Defense Force aus, die zurückbleiben und den Weltraumlift bewachen sollten. Der Rest der Truppe - siebzehn Zodark-Soldaten und zweihundertdreißig GDF-Soldaten - wurde angewiesen, sich zum Palast zu begeben und nachzusehen, was dort los war.

»Bleiben Sie wachsam«, befahl NOS Tarvox, als er der behelfsmäßigen Eingreiftruppe ein Zeichen gab, vorzurücken. »Wenn jemand etwas Verdächtiges sieht, will ich das sofort wissen.«
****

Außerhalb des Kapitolspalastes
Zidara, Gurista Prime

Der Puls von Stabsfeldwebel Anders Johansson pochte, und er spürte, wie sich alle Muskeln in seinem Körper anspannten. Er holte tief Luft und ließ sie langsam wieder ausströmen. Der erhöhte Bewusstseinszustand war angesichts der Tatsache, dass sie gerade alle Zodark-Herrscher auf Gurista Prime gestürzt hatten, gerechtfertigt, aber wenn er seinen Kampf-oder-Flucht-Instinkt nicht beruhigte, würde ihn das bei seiner Arbeit behindern.

Zwei Gruppen von je sechs Deltasoldaten der Republik bewachten die Umgebung des Palastes, und jedes Deltateam arbeitete mit einer Gruppe von zwölf Aufständischen zusammen, die sie in den letzten Monaten ausgebildet hatten. Obwohl sie schon lange zusammenarbeiteten, gab es einen großen Unterschied zwischen den Übungen und dem potenziellen Kampfeinsatz.

Vereinzelte Gruppen von Guristas kämpften mit einigen anderen Einheiten, die in ganz Zidara stationiert waren, um die Ordnung aufrechtzuerhalten; die Geräusche der Kämpfe, obwohl sie scheinbar isoliert und begrenzt waren, waren beunruhigend.

Stabsfeldwebel Johansson hatte damit gerechnet, dass es Schwierigkeiten *geben* würde. In Anbetracht der Situation war es unmöglich, dass es keine Guristas gab, die sich den Zodarks angeschlossen hatten. Johansson hoffte jedoch, dass es nur wenige sein würden, vor allem angesichts der Schock- und Ehrfurcht-Kampagne, die sie durchgeführt hatten - die Machtdemonstration hatte hoffentlich ausgereicht, um viele ihrer potenziellen Angreifer abzuschrecken. Er wusste jedoch, dass sich die sechsunddreißigköpfige Gruppe, die das Gelände bewachte, in ein Hindernis verwandeln könnte, wenn die Dinge aus dem Ruder liefen. Es würde an Drew und seinen Drachen liegen, Tammuz zum Bunker zu bringen.

Einer der Drohnenoperatoren, die für die Überwachung zuständig waren, winkte Johansson mit dem Arm, damit er sich etwas ansehen konnte, was er gefunden hatte. »Chef, wir haben Besuch«, verkündete er.

Johanssons Magen sank nach unten, bis er ihm bis zu den Knien reichte. Aus der Richtung des im Bau befindlichen Raumhafens kam eine große Gruppe von Soldaten der Zodark und der Gurista Defense Force, und sie sahen aus, als hätten sie es eilig.

»Schicken Sie es an alle«, befahl Johansson.

Nach dem Klicken einiger Tasten zog der Drohnenoperator das Overlay der bekannten feindlichen Kämpfer und schickte es an die HUDs derjenigen, die die Umgebung des Palastes bewachten. Sergeant Johansson hörte mehrere Soldaten leise fluchen, als sie erkannten, was da auf sie zukam.

Bevor jedoch jemand in Panik geraten konnte, kam ein Zodark Zeek wie aus dem Nichts angeflogen und fing an, ihre Reihen zu durchwühlen.

Zack, zack, zack, zack!

»In Deckung!«, schrie Johansson.

Mehrere der Aufständischen, die Johansson in den letzten Monaten ausgebildet hatte, wurden fast auf der Stelle niedergemäht. Wäre Johansson nicht selbst nur knapp dem gleichen Schicksal entgangen, indem er hinter eine der großen Ziersäulen gesprungen wäre, die den Palast umgaben, hätte er ihren Tod betrauert. Es waren gute Männer und Frauen. Aber in diesem Moment war Johansson einfach nur dankbar, dass die betonähnliche Substanz, die sie bei ihrer Konstruktion auf Gurista Prime verwendet hatten, offenbar ausgereicht hatte, um zu verhindern, dass er in zwei Hälften geschnitten wurde.

Nach zwei Durchgängen hatte es der Zeek geschafft, mindestens fünfzehn von Johanssons Soldaten zu töten. Johansson erkannte, dass sie sich beeilen mussten, wenn er nicht aus erster Hand erfahren wollte, was im Jenseits wirklich geschah.

»Zieht euch in den Palast zurück«, brüllte er. Er wusste, dass es das Beste war, Tammuz in den Bunker zu bringen, zumal die Zodark- und GDF-Truppen immer näher kamen. Er schlug sich mit der Faust auf die Brust und bereitete sich auf einen Kampf auf Leben und Tod vor.

»Wenn ich schon untergehe, dann nehme ich so viele dieser blauen Bastarde mit, wie ich kann«, schrie er.

Mehrere seiner Mitstreiter schrien mit ihm, als sie zum Palast sprinteten. Der Zeek griff sie erneut an und tötete mehrere Soldaten. Doch gerade als Johansson den nächstgelegenen Eingang erreichte, hörte er ein neues Geräusch aus der Luft. Er drehte sich rechtzeitig um, um zu sehen, wie eine F-11 Gripen aus dem Nichts auftauchte und in den Zeek einschlug.

Bumm!

Das tödliche außerirdische Raumschiff explodierte und stürzte vom Himmel - direkt auf den Eingang des Palastes zu, in dem Johansson stand.

»Lauf!«, schrie er.

****

Das Innere des Kapitolspalastes
Zidara, Gurista Prime

»Tammuz, möchten Sie das Unterstützungsangebot der Republik und unseres Bündnisses annehmen?«, fragte Dobbs.

»Ja, wir würden jede Art von Unterstützung und Hilfe, die Ihre Streitkräfte leisten können, um uns in unserem Bestreben zu helfen, ein freier Mann zu bleiben, dankend annehmen.

Bumm!

In der Nähe des Palastes hatte sich etwas Lautes ereignet, aber es war noch nicht klar, was. Tammuz spürte, wie seine Handflächen schwitzig wurden.

Was zum Teufel ist da draußen los? fragte er sich.

Er hörte die Stimmen mehrerer guristaischer Aufständischer, die in der Nähe des Nordeingangs des Palastes schrien, gefolgt von einem viel lauteren und näheren explosionsartigen Knall. Irgendetwas war in das Gebäude eingedrungen, so viel war sicher.

Die Verbindung zu Dobbs war verloren gegangen, aber das war jetzt die geringste von Tammuz' Sorgen. Er wurde von dem Mann, den er nur als »David« kannte, zu einem Seiteneingang geführt, den er vorher nicht bemerkt hatte.

»Wir müssen dich in den Bunker bringen!« brüllte Drew. »Hier ist es im Moment nicht sicher.«

David ließ sie einen Gang entlang rasen, bis sie einen Raum mit einer Treppe erreichten, die zu einem weiteren Gang führte, der dann abbog und zum Eingang eines Aufzugsschachts führte.

Zwei weitere Männer und zwei Frauen hatten sich schnell zu ihnen gesellt.

»Wir brauchen Sie, um die biometrische Sequenz zu starten«, wies David an.

Es war, als ob die Realität Tammuz ins Gesicht schlug und er begriff, warum alle um ihn herumstanden und ihn anstarrten.

Gott sei Dank haben wir die Zugänge zum Palast neu programmiert, sobald wir die Macht übernommen haben, dachte Tammuz, als er seine Hand auf das Fingerabdrucklesegerät legte. Eine Linie aus blauem Licht tastete seine Augen ab und erfasste die Bilder seiner Netzhaut. Eine Sekunde später öffnete sich die Tür zum Aufzug mit einem Zischen.

Tammuz betrat mit Drew, David und seinem Team den Aufzug und drehte sich um. Mehrere Deltas und guristische Aufständische rannten auf sie zu.

»Sollen wir den Aufzug aufhalten?« fragte Tammuz Drew.

»Nein«, antwortete Drew knapp. »Sie sind hier, um sicherzustellen, dass keiner unserer Feinde in Ihre Nähe kommt.«

Tammuz atmete tief ein und ließ ihn wieder aus. Er sah die Männer und Frauen ein letztes Mal an, als sich die Türen des Aufzugs

schlossen, und erkannte, dass er das nächste Mal, wenn er sie sehen würde, wahrscheinlich bei ihrer Gedenkfeier sprechen würde.
****

Tammuz war mürrisch. Im Bunker sitzend, fühlte er sich hilflos. Da er die meiste Zeit seines Lebens ein Mann der Tat gewesen war, ließ ihn dies mutlos werden. Er schlich sich in eine Ecke und stützte den Kopf in die Hände.

Nach einer Minute brummte er: »Sollen wir hier einfach warten, bis wir sterben?«

»Nein, Sir«, antwortete Drew. »Wir haben einen Plan.«

Tammuz' Ohren spitzten sich zu. »Oh?«

»Ja. Sehen Sie, dieser Bunker hat einen anderen Ausgang«, begann Drew.

»Wirklich?«, fragte Tammuz verblüfft.

»Die Machthaber auf Gurista Prime haben offenbar vor langer Zeit beschlossen, dass es schlecht ist, wenn ihr Anführer isoliert ist und nicht entkommen kann. Also haben sie in ihrer Weisheit einen Tunnel geschaffen, der etwa hundert Meter weit reicht und dann in drei verschiedene Richtungen abzweigt.«

Tammuz saß jetzt viel aufrechter. »Wohin führen diese Wege?«, fragte er.

»Nun, ich habe gute und schlechte Nachrichten«, erklärte Drew. »Wir haben Drohnen losgeschickt, um die Tunnel zu kartieren und herauszufinden, ob es irgendwelche feindlichen Kräfte gibt, vor denen wir uns in Acht nehmen müssen. Bisher wissen wir, dass ein Tunnel zum Hauptquartier der Mukhabarat führt, was nicht gerade der beste Ort für unser Auftauchen ist, wie Sie sich vorstellen können. Ein anderer Tunnel führt zum nächstgelegenen Militärstützpunkt...«

»Entschuldigung, aber was war die gute Nachricht?«, unterbrach Tammuz.

»Bis jetzt sind die Tunnel frei, und die Militärbasis in der Nähe des Kapitolspalastes wurde völlig zerstört, so dass ich sicher bin, dass mein Team mit dem, was dort noch übrig ist, fertig wird.

»Also gut... und wohin führt dieser dritte Ausgang?«, fragte Tammuz, der sich nicht sicher war, wie seine Chancen, diesen Tag zu überleben, aussahen.

»Ich warte noch darauf, das herauszufinden«, sagte Drew. »Es ist ein langer Tunnel. Ich hoffe, du hast deine Wanderschuhe an.«

Tammuz blickte auf seine Füße hinunter. Er trug Business-Schuhe, aber sie waren bequem genug. Die Vorstellung, so lange in einem Tunnel zu sein, machte ihn allerdings nervös. Mit nur sechs Verteidigern würde er sich in einer sehr verwundbaren Position befinden.

Dennoch, wenn ich nichts von diesen Tunneln wusste, wie viele Zodarks oder GDF da draußen wussten davon? fragte sich Tammuz. *Und wie viele von ihnen haben überlebt und sind in der Lage, etwas dagegen zu unternehmen?*

Dieser Gedanke gab ihm Trost. Selbst wenn es feindliche Kräfte gab, die über dieses Wissen verfügten, war es unwahrscheinlich, dass sie nach all den Angriffen in der Lage sein würden, auf der Grundlage dieser Informationen zu handeln.

Fünf Minuten später wandte sich Drew erneut an Tammuz. »Sind Sie bereit?«, fragte er.

»Wohin gehen wir?«

»Zu den Enuma-Archiven«, antwortete Drew.

Eine Welle der Erleichterung überspülte Tammuz. Er war noch nie in seinem Leben so glücklich über den Gedanken an alte historische Texte und Schriftrollen gewesen. Er fragte sich, warum die Konstrukteure dieser Tunnel einen so harmlosen, nicht gehärteten Ort als Ausgang gewählt hatten, und dann fiel es ihm ein. *Weil es langweilig ist,* wurde ihm klar. *Keiner würde es erwarten.*

All die Jahre hatte er geglaubt, das Erdgeschoss des Enuma-Archivs sei in einen Tresorraum verwandelt worden, um historische Dokumente zu schützen und zu bewahren. Jetzt verstand er die Wahrheit.

Zweites Kapitel

Anfang Mai 2114
Task Force Blitzschlag
RNS *Maximus*
Gurista Prime, System Orinda

Brigadegeneral Brian Royce stand am holografischen Kartentisch, den Blick fest auf das sich drehende Bild von Zidara, der Hauptstadt von Gurista Prime, gerichtet. Die Kommandozentrale brummte mit der frenetischen Energie der Vorbereitungen für den Kampfeinsatz. Das gewaltige Orbitalangriffsschiff RNS *Maximus* senkte sich in die untere Umlaufbahn des Planeten. Staffeln von F-97 Orions und B-99 Raiders wurden für den Start vorbereitet, um alle Zodark Vultures oder Zeeks abzufangen, die sich ihnen entgegenstellen würden.

Mit einer Handbewegung verschob Royce die holographische Anzeige, um die absteigende *Maximus* und ihre gewaltige Eskorte zu zeigen: den Schlachtkreuzer RNS *Invincible*, flankiert von den Schweren Kreuzern *Vortex* und *Dominion*, und die Schwesterschiffe der *Maximus*, *MacArthur* und *Eisenhower*, im Schlepptau. Ein Paar Fregatten bildete die Nachhut. Es war eine beeindruckende Invasionsstreitmacht, aber Royce wusste, dass sie sich weit hinter den feindlichen Linien befanden. Wenn hier draußen etwas schief ging, waren sie auf sich allein gestellt.

Ein Fähnrich näherte sich und stolperte über seine Worte. »Ähm, entschuldigen Sie, General, ähm-«

Royce drehte sich um, seine Miene war geduldig. »Rühren, Fähnrich Horn, richtig? Atmen Sie durch und fangen Sie von vorne an. Ich bin ein Mensch wie Sie. Ich ziehe meine Hose mit einem Bein nach dem anderen an. Also, was haben Sie für eine Nachricht für mich?«

Horn nickte und schluckte schwer. »Sir, wir haben eine Nachricht von *MacArthur-General* Berg erhalten, der Sie über eine gesicherte Verbindung sprechen möchte.

Royce lächelte beruhigend. »Sehen Sie, das war doch gar nicht so schwer, oder? Vertrauen Sie mir, Fähnrich, Sie schaffen das schon. Jetzt verbinden Sie den Ruf mit meiner Station.« Seine Worte waren nicht nur ein Befehl, sondern auch eine Erinnerung an die entscheidende Rolle, die Vertrauen beim Militär spielt.

Als Royce zu seinem Arbeitsplatz ging, hoffte er inständig, dass die »Fee der guten Ideen« nicht wieder zum ungünstigsten Zeitpunkt zuschlug und das Chaos unerwarteter Veränderungen mit sich brachte. Als er die gesicherte Kommunikation aktivierte, flackerte das Bild von Generalmajor Jørgen Berg - JB - auf.

»Brian, schön, dich zu sehen. Ich wollte Sie noch erwischen, bevor die Landungen beginnen. Ich habe darüber nachgedacht, was Sie über die Serpentis-Kampagne gesagt haben und darüber, dass Ihre SOF-Einsatztruppe am besten als Skalpell und nicht als Breitschwert eingesetzt werden sollte. Ich habe beschlossen, Ihre Befehle entsprechend Ihren Empfehlungen zu ändern.«

Royce hob fasziniert eine Augenbraue. Berg fuhr fort: »Ich schicke ein FRAGO an die *Maximus* und weise Colonel Hiros Regiment wieder Ihrer Task Force zu. Sie haben recht, so können Sie unsere Missionsziele effektiver erreichen. Ich weiß, dass der Vietcong den Ruf hat, ein knallharter Hund zu sein. Ich würde gerne glauben, dass ich zumindest klug genug bin, um zu erkennen, wenn ein besserer Plan vorgelegt wird. Zum Wohle der Soldaten, die ich führe, sollte ich mein Ego beiseite schieben und den besseren Plan annehmen. Wenn Ihre Truppe zusätzliche Unterstützung braucht, zögern Sie nicht zu fragen. Haben Sie noch eine letzte Frage, bevor es losgeht?«

Royce fühlte eine Welle der Erleichterung, als er die Bescheidenheit hörte, die JB als Oberbefehlshaber der Bodentruppen zum Ausdruck brachte. Royces SOF-Einsatztruppe war JBs Gnade ausgeliefert, wie er sie zur Unterstützung seiner Gesamtmission einsetzen wollte - der Durchsetzung der Kontrolle der Freien Gurista über ihre Heimatwelt und die fünf von ihnen kontrollierten Koloniewelten.

Royce lehnte sich nach vorne, um sein Gesicht näher an die Kamera zu bringen, und sagte: »Nur eine Frage, JB. Ich habe den Palast als unser Hauptziel ausgemacht. Aber was ist mit dem Raumhafen? Das war ein Ziel der Ranger, das von Oberst Hiro. Ist das immer noch eines Ihrer Ziele oder wurde es mir übertragen, jetzt wo die Ranger wieder unter meiner Kontrolle sind?«

Berg dachte eine Sekunde darüber nach und schüttelte dann den Kopf. »Das ist ein gutes Argument, Royce. Ich sage Ihnen was: Ich kümmere mich um den Raumhafen von Eridu, und die beiden anderen Ranger-Regimenter bleiben bei meiner Truppe. Sie konzentrieren sich vorerst auf Ihre anderen Ziele. Sobald wir unsere anfänglichen Ziele erreicht haben, werden wir uns erneut treffen, um zu beurteilen, was noch einer militärischen Antwort bedarf, im Gegensatz zu einer zivilen Anstrengung. Wie dem auch sei, wir sind die Schläger des neuen Regimes - zumindest solange, bis wir eine richtige Gurista-Truppe haben, die uns ersetzt. Wie ich bereits sagte, wenn Sie Unterstützung brauchen, fragen Sie einfach.«

»Danke, JB. Ich schätze deine Bereitschaft zuzuhören. Wir Deltas können viel bewirken, wenn wir so eingesetzt werden, dass unsere besonderen Fähigkeiten optimal genutzt werden.«

Berg lächelte über seine Antwort. »Ich werde gerne mit Ihnen arbeiten, Brian. Viel Glück. Berg Ende.«

Royce lehnte sich in seinem Stuhl zurück und starrte einen Moment lang auf den leeren Bildschirm, zufrieden damit, wie das Gespräch gerade verlaufen war. Jetzt, da er Hiros Regiment zurück hatte, hatten sich seine Möglichkeiten erweitert. Ein Blick auf die Uhr verriet ihm, dass sie noch neunundvierzig Minuten bis zum Einsatz hatten.

Wir sollten die Truppen zusammenrufen und sie über die Planänderung informieren.

Er stand auf und machte sich auf den Weg zurück zum holografischen Kartentisch, wobei ihn eine neue Zielstrebigkeit antrieb.
****

Echo-Kompanie, 2. Regiment, 4. Ranger-Division
RNS *Maximus*
Gurista Prime, System Orinda

Captain Paul »Pauli« Smith stand vor den Rangern der Echo Company und ließ seinen Blick über die Gesichter der Männer und Frauen unter seinem Kommando schweifen. Der hell erleuchtete Hangar der RNS *Maximus* summte von den letzten Vorbereitungen, während die Bodencrews letzte Systemchecks durchführten und die Piloten eilig ihre Vorflug-Checklisten abarbeiteten. Pauli trat auf eine Containerbox, um sich an seine Truppen zu wenden, seine Stimme war ruhig und befehlend, als er sprach.

»Hört zu, Echo Company! Für diejenigen unter Ihnen, die neu bei Echo sind, ist dies vielleicht Ihr erster Sprung, Ihr erster richtiger Vorgeschmack auf den Kampf. Für viele von uns ist dieser Einsatz nur ein weiterer von vielen Sprüngen, die wir in diesem und im letzten Krieg gemacht haben. Aber diese Mission, dieser Sprung, ist etwas Besonderes. Bisher waren unsere Sprünge dazu da, einen feindlichen Planeten anzugreifen, einen verbündeten Planeten zu befreien oder unseren eigenen zu verteidigen. Heute ist es anders - heute kommen wir einem Planeten zu Hilfe, der sich von den Fesseln der Knechtschaft befreit hat, die zuvor von den Zodarks gehalten wurden. Im Gegensatz zu früheren Missionen befreien wir keine außerirdische Ethnie. Wir befreien eine *menschliche* Gesellschaft, eine Gruppe von Menschen, die einst von der Erde stammten, aber von unserem Planeten gestohlen wurden, um wie Vieh gezüchtet zu werden und für das Zodark-Imperium zu kämpfen. Wir sind gekommen, um dem ein Ende zu setzen«, erklärte Pauli, wobei sein Tonfall eine Mischung aus Ernsthaftigkeit und Entschlossenheit enthielt. »In ein paar Minuten werden wir unsere Kampftaxis besteigen und uns auf den Weg ins Schicksal machen.

Lachen und abfällige Kommentare gingen durch die Reihen und lockerten die Spannung etwas auf.

»Spaß beiseite«, fuhr Pauli fort, »in wenigen Augenblicken werden wir unsere ATACs besteigen und in die Schlacht ziehen. Wenn wir siegen, werden wir das Volk von Gurista befreien und eine Gesellschaft von Hunderten von Millionen befreien, nicht nur hier auf Gurista Prime, sondern auch auf fünf anderen Kolonieplaneten in diesem System und dem benachbarten Planeten. Dieses Volk wurde jahrhundertelang von den Zodarks beherrscht und in die Knechtschaft gezwungen. Ranger, heute werden wir das ändern.«

Die Ranger nickten zustimmend, ihre Mienen wurden ernster.

»In einer koordinierten Aktion wurde die Regierung von Gurista durch die Bewegung Freies Gurista gestürzt. Dies geschah mit Hilfe von Einheiten des republikanischen Geheimdienstes und der Delta-Spezialeinheiten, die den Planeten und die guristaische Gesellschaft mehr als ein Jahr zuvor infiltriert hatten. Während einige guristaische Militärkommandanten, ihre Einheiten und viele örtliche Strafverfolgungsbehörden die neue Regierung eilig anerkannten, taten dies einige nicht«, erklärte Pauli und erzählte Einzelheiten aus der Kommandantenbesprechung, an der er eine Stunde zuvor teilgenommen hatte.

»Die Situation ist unklar, Ranger. Wir haben nur begrenzte Informationen und werden wahrscheinlich nicht mehr haben, bis wir vor

Ort sind und sie selbst sammeln können. Was wir wissen, ist Folgendes: Einigen Zodark-Einheiten, die außerhalb der Stadt stationiert sind, ist es gelungen, einige lokale Militär- und Sicherheitskräfte zu mobilisieren, die noch nicht die Seiten gewechselt hatten und den lokalen Zodark-Einheiten gegenüber loyal waren. Mindestens eine dieser Einheiten hat einen Angriff auf den Raumhafen gestartet, während eine andere Einheit den Palast angegriffen hat, wo der neue Anführer derzeit belagert wird. Und jetzt kommt der lustige Teil«, erklärte Pauli, wobei sich ein schiefes Lächeln um seine Mundwinkel bildete. »Unsere Kompanie wurde vom Regiment abkommandiert, um die JSOC-Einheit zu unterstützen, die von Brigadegeneral Brian Royce selbst bei einem direkten Angriff auf den Palast geführt wird.

Einige der Ranger pfiffen leise, als sie erfuhren, dass sie wieder mit dem Joint Special Operation Command und insbesondere mit General Royce zusammenarbeiten sollten. Der Delta-Soldat war in der SOF-Gemeinschaft ein Held und wurde wie eine lebende Legende verehrt.

»Wie jeder weiß, haben wir immer noch zu wenig Offiziere und Unteroffiziere. Ich werde weiterhin den Ersten Zug leiten«, sagte Pauli und sah dann zu Yogi. »Leutnant Sanders, Sie sind für den zweiten und dritten Zug zuständig. Leutnant Yassin, Sie haben den vierten und fünften Zug. Ich weiß, das ist nicht gerade die ideale Situation. Wir müssen einfach mit dem auskommen, was wir haben, und denken Sie daran, dass unsere Aufgabe an der Oberfläche darin besteht, das JSOC in jeder Weise zu unterstützen, die es für notwendig hält. Hooah?«

»Hooah!«

Pauli stand noch einen Moment länger da, seine Augen suchten ihre Gesichter ab. Er konnte die Entschlossenheit in ihren Augen sehen, ein brennendes Feuer in ihnen. Sie waren bereit, sich von ihm befreien zu lassen. In diesem Moment betrat der Kader der JSOC-Soldaten das Hangardeck und kam auf sie zu. Pauli schaute bewundernd auf diese Kriegsgötter, diese Vorboten des Todes, die unter ihnen wandelten.

Die Ranger der Echo Company teilten sich wie das Rote Meer, als diese verstärkten Supersoldaten durch ihre Reihen zu den wartenden ATACs liefen. Dann sah Pauli, wie sich ein Soldat von seinen Kameraden löste und direkt auf Pauli zuging, der auf seiner Kiste stand. Als sich die Gestalt näherte, sah Pauli das Namensschild auf der Vorderseite des Dragon Skin Exosuits - BG Royce.

Pauli reichte dem sich nähernden Soldaten die Hand, der sie annahm und zu ihm auf die Kiste stieg, während die Delta-Soldaten in vier der wartenden ATACs stiegen. »Ich bin Captain Paul Smith, Commander der Echo Company - alle nennen mich Pauli«, stellte er sich schnell vor.

Mit einem festen Händedruck antwortete Royce: »Schön, dich wiederzusehen, Pauli. Wie ich sehe, hat man Sie aus dem Unteroffiziersrang geholt, um Sie zum Offizier zu machen, was?«

Pauli zog verwirrt die Augenbrauen zusammen. Dann dämmerte es ihm, dass sie sich viele Jahre zuvor während der Intus-Kampagne auf der RNS *Mercy* kennengelernt hatten. Sie waren beide während einer der Schlachten verwundet worden, und ihre Wege hatten sich an Bord des Lazarettschiffs gekreuzt.

»Ich brauchte einen Moment, um mich zu erinnern, wo wir uns kennengelernt hatten - im *Mercy*. Sie hatten mir einige Ratschläge zu den Special Forces gegeben, als meine Einberufung kurz bevorstand. Aber ja, ich wurde zum Master Sergeant befördert und erhielt kurz darauf einen Auftrag für den Kampfeinsatz. Wie auch immer, Sir, die Echo Company ist bereit für Befehle«, sagte Pauli und deutete auf seine Rangers.

Royce nickte zustimmend und wandte sich dann an die Ranger, um sie kurz anzusprechen. »Hört zu, Rangers! Ich bin Brigadegeneral Brian Royce, und auf Gedeih und Verderb wird sich die Echo-Kompanie dem JSOC anschließen, wenn wir in die Geschichte eingehen - eine Geschichte, die Sie und ich durch unseren gemeinsamen Sieg schreiben werden, wenn wir den Feinden unserer Nation, den Zodarks, Tod und Zerstörung bringen.«

Royce sprach in einer lebhaften Art und Weise, die die Ranger dazu anspornte, mehr zu tun, als sie für möglich hielten. Pauli bewunderte die Beherrschung, die er sofort über die Gruppe hatte.

»Unsere Mission ist ganz einfach: Wir sollen einen Gegenangriff auf die zodark- und gurista-treuen Kräfte im und um den Palast durchführen, wo ein Kontingent der Deltas und des republikanischen Geheimdienstes seit dem Beginn der Belagerung festgehalten wird«, fuhr Royce fort. »Wir müssen diese Belagerung durchbrechen, die Ordnung in der Hauptstadt wiederherstellen und diese Ordnung dann auf den Rest des Planeten ausdehnen, damit sich das neue

Regime etablieren und das Volk von Gurista mit dem Rest unserer Allianz in Einklang bringen kann.

»Das Ziel von Echo ist einfach. Du sollst Zodarks und jeden, der auf dich schießt, töten. Säubern Sie die Umgebung des Palastes und sorgen Sie dafür, dass der Feind keinen Raum hat, sich zurückzuziehen, sich neu zu organisieren oder einen Gegenangriff zu starten. In wenigen Minuten werden Sie eine digitale Karte mit einem Overlay der Stadt und des Palastes erhalten. Nordöstlich des Palastes, etwa einen Kilometer entfernt, sehen Sie einen Exerzierplatz. Sobald der Exerzierplatz gesichert ist, werden Scarabs mit freundlicher Genehmigung der RA ein paar Dutzend Bobcats herbeischaffen, um uns ein paar Räder und schnelle Mobilität zu geben.

»Wenn der Luftraum gesichert ist, werden einige Starlifter auf dem Paradeplatz landen und unsere Standard-DN-12 Cougars, Linebacker APCs und einige Puma-Panzer zur direkten Feuerunterstützung abladen. Sie haben eine große Aufgabe vor sich, Echo, und wir zählen auf Sie. Lassen Sie uns nicht im Stich, lassen Sie uns nicht hängen - haben Sie mich verstanden, Echo?«

Als die Soldaten daraufhin »Hooah!« riefen, deutete Royce auf die wartenden ATACs und gab ihnen ein Zeichen, ihre Schicksalsflügel zu besteigen.

»Viel Glück, Pauli. Wir sehen uns auf der anderen Seite«, sagte Royce, bevor er von der Kiste sprang und zu seinem wartenden ATAC joggte.

****

Echo Unternehmen
2. Ranger-Regiment

Im ATAC, einem stärker gepanzerten Osprey-Charlie-Modell, nahm Pauli in der Truppenbucht Platz, als der Crew Chief signalisierte, dass sie bereit waren. Als sich die Heckklappe schloss, verschwanden die hellen Lichter des Hangardecks allmählich. An ihre Stelle trat die Deckenbeleuchtung, die einen schwachen blauen Schein ins Innere warf. Dann ertönte das Geräusch der Triebwerke, die die Piloten starteten, als sie sich zum Aussteigen bereit machten.

Als Pauli sich umschaute und die Mischung aus erfahrenen Veteranen und neuen Gesichtern bemerkte, deren Namen er noch nicht zuordnen konnte, fühlte er eine beruhigende Ruhe. Er beobachtete, wie die erfahreneren Soldaten der Serpentis-Kampagne den neueren Mitgliedern ihrer Einheit dabei halfen, in letzter Minute Anpassungen und Reparaturen an ihrer Ausrüstung oder ihren Waffen vorzunehmen. In kleinen Momenten wie diesen hatte die leichte Berührung eines Veteranen für einen neuen Soldaten mehr Gewicht, als ein Zivilist begreifen konnte. In die Schlacht zu ziehen, um für das eigene Leben und das der Menschen um einen herum zu kämpfen, hatte eine geheimnisvolle Art, Menschen reifen zu lassen und zu vereinen, die diejenigen, die nie gedient hatten, selten verstanden.

Wir schaffen das ... wir schaffen das schon, dachte Pauli, bevor er die Augen schloss und sich wieder auf die anstehende Aufgabe konzentrierte, bis ein quälender Gedanke zurückkehrte - wie er sich selbst als Kommandant der Echo-Kompanie wiedergefunden hatte.

Während der großen Demobilisierungsbemühungen nach dem Ende des Zodark-Krieges war beschlossen worden, dass die Rangers nicht mehr zwei Divisionen im aktiven Dienst benötigten. Eine Division sollte im aktiven Dienst verbleiben, die andere in die Reserve überführt werden, wobei ein Regiment der letzteren aktiv bleiben, aber dem Kommando für Ausbildung und Doktrin der Armee (TRADOC) unterstellt werden sollte. Deren Aufgabe war es, Soldaten zu rekrutieren, auszubilden und darauf vorzubereiten, Space Ranger zu werden, und die Offiziers- und Unteroffiziersakademien zu leiten.

Vor ein paar Jahren hatte Pauli widerwillig der Beförderung zum Hauptfeldwebel zugestimmt, eine Entscheidung, die ihn bis heute verfolgt. Der einzige Grund, warum er zugestimmt hatte, war, dass sein Freund Yogi ihn dazu überredet hatte. Er hatte damit geprahlt, dass sie sogar gleichzeitig an der Ausbildung teilnehmen konnten, und Gott wusste, dass er seit fast einem Jahrzehnt Staff Sergeant war - eine Beförderung war überfällig. Er wusste, wenn er die Beförderung weiterhin ablehnte, würden sie ihn schließlich aus den Rangers ausschließen und ihn zu einer regulären Armeeeinheit degradieren - zur Infanterie. Der Gedanke, das prestigeträchtige Barett zu verlieren, für das er so hart gearbeitet hatte, war schließlich Ansporn genug, um die Beförderung anzunehmen.

Im Nachhinein betrachtet hätte er auf seine Frau hören und die Armee einfach verlassen sollen. Er war ein mehrfacher Millionär geworden, also brauchte er den Ruhestand nicht. Er hatte bereits eine

Brust voller Medaillen und Auszeichnungen aus dem Ersten Zodarkrieg, und er hatte seinen Beitrag geleistet, seinen Dienst an Gott und Land. Aber wie viele Reservisten genoss er die Kameradschaft, und die zwei Wochen Training pro Quartal waren eine schöne Abwechslung und Erholung vom Alltag.

Als er die Augen öffnete und auf sein Gewehr hinunterblickte, spürte er das ganze Gewicht des Kommandos, das auf ihm lastete und ihn zu erdrücken drohte, je länger sich dieser Krieg hinzog. In diesem Moment bemerkte er das leichte Zittern in seiner Hand, als er sein Gewehr fester umklammerte. Das schien am Vorabend jeder Schlacht zu passieren. Zumindest war es so, wenn er es beobachtete.

Das ist nur Stress, sagte er sich. *Nichts, worüber man sich Sorgen machen müsste.*

Doch der Verlust von Soldaten unter seinem Kommando in den letzten Jahren forderte allmählich seinen Tribut. Die Verluste waren so schwerwiegend und so häufig, dass sie die Umstrukturierung und in einigen Fällen die Auflösung ganzer Kompanien und sogar Regimenter erforderlich machten, zumindest bis genügend Ersatz eintraf, um sie zurückzubringen. Nach fast zwanzig Dienstjahren in der Armee hielt er es für seine Pflicht, sie zu führen, ungeachtet der Verluste, die sie erlitten, ungeachtet des körperlichen Tributs, den dies für seinen Geist, seinen Körper und seine Seele bedeutete - er war es ihnen schuldig.

»Es geht los, Sir. Endlich geht es los«, kommentierte einer der neuen Ranger - Rosales, ein Gefreiter erster Klasse, der eine Woche vor der Abreise aus Camp Darby zu ihnen gestoßen war.

»Keine Sorge, PFC, dieser Krieg ist noch lange nicht vorbei. Es wird in den nächsten Jahren noch viel Action geben«, versicherte ihm Pauli, während das Geräusch der Motoren lauter wurde, als sie vom Flugdeck abhoben.

»Wir sind in Bewegung, Rangers! Erinnert euch an eure Ausbildung und haltet die Augen offen. Bleibt eiskalt - bleibt am Leben«, rief Master Sergeant Drew Tinker dem Trupp zu.

In diesem Moment muss das ATAC das Schiff verlassen haben, denn das Gefühl der Schwerelosigkeit machte sich breit, so dass alles, was nicht ordnungsgemäß gesichert war, frei schwebte und für alle sichtbar war. Es dauerte nicht lange, bis die Piloten mit dem Abstieg begannen, dem rasanten Sprung an die Oberfläche, bevor sie zum Schiff zurückkehrten, um zu spülen und zu wiederholen.

Pauli hatte gerade sein HUD mit der vorderen Kamera des ATAC verbunden, als eine DM von dem Piloten erschien. Er öffnete die Nachricht und spürte, wie sich sein Magen zusammenzog, als er die Worte las.

Haltet euch dort hinten fest - Jäger im Anflug.

»Mist, die mussten ja Jäger schicken«, murmelte Pauli vor sich hin.

»Whoa, zurück, Captain - sagten Sie gerade, wir haben Jäger im Anflug?« fragte Pauli's Platoon Sergeant. Zuerst war er sich nicht sicher, wie der Mann seine Gedanken gehört hatte, dann überprüfte er seine Kommunikationseinstellungen und stellte fest, dass die DM, die er an die Leutnants Sanders und Yassin hatte weiterleiten wollen, versehentlich an seine gesamte Kompanie geschickt worden war.

Verdammt, jetzt ist die Katze aus dem Sack, beklagte er sich insgeheim.

»Ja, das sind sie«, antwortete er.

Drittes Kapitel

Flugzeugträgergeschwader 16
Strike Fighter Squadron 30, »Rote Ripper«
Gurista Prime, System Orinda

Captain Ethan Hunt umklammerte die Kontrollen seines Gripen-Sternenjägers, als er seine vierköpfige Flotte unter den Rumpf der RNS *Maximus* führte. Das Schiff war ein Ungetüm futuristischer Technik, ein schweres orbitales Angriffsschiff, das bis zu 6.200 Soldaten in die Schlacht tragen konnte. Es waren diese und viele andere Schiffe, die den Kampf zum Feind brachten, und es war die Aufgabe seiner Jäger, dafür zu sorgen, dass ihre Angriffstransporter unbehelligt auf die Oberfläche gelangten.

Er richtete seinen Jäger aus, als sie unter dem riesigen Schiff vorbeiflogen, und erhaschte einen ersten Blick auf den beginnenden Orbitalangriff. Er sah Wellen von ATACs und älteren Osprey-Modellen in die Atmosphäre eintauchen, gefolgt von mehreren schweren Scarab-Angriffstransportern direkt hinter ihnen.

Ethans Augen überprüften die taktische Anzeige auf seinem HUD. Die schnittigen Jäger der Red Rippers flogen in einer engen Formation um ihn herum. Die Ripper waren das Geschwader, mit dem er am meisten geflogen war, seit er das Kommando über das Trägerkampfgeschwader 16 übernommen hatte. Es war das Geschwader, mit dem er sich wohl fühlte.

Als die RNS *Freedom* gezwungen war, zu einer gallentinischen Werft zurückzukehren, um die Reparaturen abzuschließen, die die menschlichen und altairischen Werften nicht bewältigen konnten, wurden viele der Piloten vorübergehend neu eingeteilt, um Geschwaderplätze auf den drei neu fertiggestellten Sternentransportern der Flotte zu besetzen. Nicht alle, aber viele der Piloten von CSW 16 waren mit ihm an Bord der *Freedom* geflogen. Es erleichterte den Übergang von den Gallentine Hellcats zurück zu den Gripens ein wenig, da man wusste, dass alle dieselben Anpassungen durchliefen.

In diesem Moment knisterte sein Funkgerät, und sein Herz raste vor Aufregung. »Paladin, Hühnerstall. Wir haben Füchse, die sich den Küken nähern. Red Ripper und Warhawk sind angewiesen, die Feinde anzugreifen und den Weg für die Angriffs-Shuttles frei zu machen. Verstanden?«

Ein Blick auf sein taktisches Display zeigte Dutzende von Feinden, die sich in der Nähe von Zidara und einer anderen Stadt, deren Namen er nicht kannte, von der Planetenoberfläche erhoben. Der taktische Feed von der *Aquila* zeigte an, dass es sich bei den Kontakten um Vultures-Zodark-Sternenjäger handelte.

»Hühnerstall, Paladin. Gute Kopie. Werden die Feinde mit Red Ripper und Warhawk angreifen. Out«, bestätigte er, bevor er den Kanal zu seinen Geschwaderführern wechselte. »Ripper Eins, Hawk Eins, hier ist Paladin. Sieht so aus, als ob wir ein paar Füchse haben, die sich ein paar Küken holen wollen. Der Hühnerstall will, dass wir angreifen, bevor sie in Reichweite sind.«

»Hot Dog! Ich habe euch doch gesagt, dass wir ein bisschen Action sehen werden, Ghost. Du schuldest mir hundert Credits«, jubelte Ripper One aufgeregt über die Neuigkeit.

»Hey, beruhigt euch, Leute, ich bin noch nicht fertig«, schimpfte Paladin. »Ghost, ich will, dass du deine Hawks nimmst und dich fest an unsere Mädels drückst. Ihr dürft nicht zulassen, dass diese Geier durchbrechen und Transporter zerstören - habt ihr verstanden?«

»Verstanden. Sie können auf uns zählen, Paladin«, bestätigte Hawk One. Er verließ den Kanal und begann, seiner Staffel Befehle zu erteilen.

»Viper, du nimmst die Ripper Neun bis Sechzehn und flankierst das hintere Element der Vultures, das hinter der Hauptstreitmacht zurückbleibt«, fuhr Ethan fort. »Ich werde die Ripper zwei bis acht mit mir nehmen. Wir stürzen uns über dem Scarab-Flug, der gerade die *Maximus* verlassen hat, auf sie und greifen sie mit unseren JATM-Raketen an. Das sollte sie dazu bringen, sich zu zerstreuen. Dann möchte ich, dass Ihr Flug sie mit Ihren Raketen angreift. Wenn wir das richtig machen, Viper, werden wir ihren Angriff durcheinander bringen und alles abschießen, was die Raketen uns übrig lassen.«

»Das gefällt mir, Paladin. Packen wir's an!« antwortete Ripper One vergnügt und schaltete zurück auf den Kanal der Ripper-Staffel, um Befehle zu erteilen.

Wie eine gut geölte Maschine begannen die Geschwader der Strike Group 20 ihre F-11 Gripen Starfighter mit geschickter Entschlossenheit zu bewegen, die durch jahrelange Kämpfe und

Tausende von Stunden im Cockpit geschärft wurde. Während die Warhawks so dicht wie möglich aneinander vorbeifliegen, verringert sich der Abstand zwischen den Vultures und den Osprey ATACs weiterhin rapide. In der Zwischenzeit hielten die beiden anderen Staffeln der Paladin, die Vigilantes und die Rattlers, weiterhin eine enge Kampfpatrouille um die verbleibenden Schiffe der Task Force Lightning - das Bodenkontingent der OP Gurista Freedom-14 - aufrecht.

Paladin öffnete einen Kommunikationskanal. »Ripper zwei bis acht, hier spricht Paladin. Wie ihr sehen könnt, haben wir mehrere Geschwader von Zodark-Geiern, die vom Planeten aufsteigen, um unsere Transporter anzugreifen. Ich muss euch nicht sagen, wie wichtig es ist, dass wir sie um jeden Preis schützen. Bleiben Sie in einer engen Formation und bereiten Sie sich mit vier Ihrer sechs JATM-Raketen auf den Angriff vor. Heben Sie sich das letzte Paar für die Zeit auf, nachdem wir den Angriff abgebrochen haben und sie sich zu zerstreuen scheinen.«

Die Comms surrten mit Bestätigungen von sieben der Gripens in seiner Formation. Als Ethan den Triebwerken mehr Energie gab, beobachtete er, wie seine Geschwindigkeit zunahm und seine schnittige Killermaschine den Abstand zu den Scarabs verringerte, die sie überfliegen wollten, um auf die Geier herabzustoßen, die sich immer noch dem Angriffstrupp näherten.

Ethan behielt seine Staffeln ständig im Auge, während seine Jäger ihre Angriffs- oder Verteidigungspositionen einnahmen. Dieser Teil eines Orbitalangriffs war immer knifflig: Er musste abwägen, wie viele Jäger er in der Offensive haben wollte, ohne dass die größeren Großkampfschiffe unterverteidigt waren. Mit drei Angriffsgruppen innerhalb des Geschwaders versuchte er, das Timing auszubalancieren, indem er jede Gruppe so einsetzte, dass sie die richtige Deckung bot, aber auch sicherstellte, dass seine Geschwader zwischen den Kämpfen Zeit zum Aufrüsten und Auftanken hatten.

»Paladin, Aquila 3.« Sein Funkgerät wurde aktiviert und die Operationszentrale des Trägers rief ihn.

»Aquila Three, go for Paladin«, antwortete er und wartete darauf, zu hören, wer sich sonst noch an den Vergnügungen beteiligen würde.

»Paladin, wir erkennen mehrere aktivierte Bodenradare an der Oberfläche. Seien Sie vor drohendem Bodenfeuer gewarnt«, warnte die Einsatzzentrale gerade, als die Alarme zu ertönen begannen. Er leitete die Warnung an seine Geschwaderkommandeure weiter, die inzwischen bereits auf die intermittierenden Lichtblitze von der Oberfläche reagierten.

Soweit Ethan erkennen konnte, schienen die Kanoniere an der Oberfläche auf die größeren Kriegsschiffe zu feuern, nicht auf die Wellen von Angriffstransportern und Jägern, die sie begleiteten. Hätten sie sich nicht den Vultures genähert, hätte er sich vielleicht eine oder zwei Minuten Zeit genommen, um zu sehen, ob das Bodenfeuer etwas traf. Er hatte noch keine befreundeten Schiffe gesehen, die Schaden genommen hatten, also war er sich nicht sicher, was diese Kanoniere vorhatten.

»Paladin, Viper. Wir sind fast in Position. Wann sollen wir angreifen?«, fragte Ripper One.

Ethan blickte in seine Richtung und sah, wie seine acht Gripens an einer republikanischen Korvette vorbeiflogen, die in den unteren Orbit des Planeten einflog. Er sah kurz zu, wie die Waffen der Korvette mehrere Male auf die Oberfläche feuerten.

Es wird Zeit, dass sie jemanden finden, der auf diese Bodenziele schießt, dachte er.

»Viper, Paladin. Bereithalten zum Angriff. Wir nähern uns der optimalen Angriffsreichweite. Sobald die Vultures auf unsere Raketen reagieren, beginnen Sie mit Ihrem Angriff. Paladin Ende«, antwortete er hastig.

Er aktivierte einen weiteren Kommunikationskanal zu den Gripens, die er führte, und sagte: »Hört zu, Ripper. Wenn wir diese Vultures angreifen, möchte ich, dass ihr nicht mehr als zwei Raketen einsetzt. Wir wissen nicht, was sie sonst noch auf uns werfen könnten, und ich möchte, dass jeder ein paar Raketen bereithält, falls wir sie brauchen. Verwenden Sie Ihre Waffen auf die verbleibenden Jäger, und lassen Sie uns diesen Kampf beenden. Achten Sie auf Ihre Sechser und Ihre Flügelmänner. Gripens zwei bis acht - Sie sind waffenfrei. Feuern Sie nach Belieben.«

****

Echo Unternehmen
2. Ranger-Regiment

»Wow! Habt ihr das gesehen!?« rief PFC Martin Rosales. Pauli und die anderen schauten aus der Heckluke auf den laufenden Luftkampf, als sie sich der Absprungzone näherten.

»Alle Springer - fertig machen zum Absprung!«, rief der Pilot vorne laut.

Pauli sprang auf und erteilte Befehle, als wäre er immer noch ein Platoon Sergeant. Er schloss sich seinen Unteroffizieren an, die ihre Soldaten darauf vorbereiteten, von der hinteren Rampe in die Schlacht unter ihnen zu rennen und zu springen.

Nach dem Eintauchen in die Atmosphäre des Planeten begannen die Staffeln der ATACs und der älteren Ospreys und Scarabs, sich in Richtung ihrer Abwurfzonen zu verteilen. Für die Echo Company bedeutete dies, dass sie sich auf die Hauptstadt Zidara und die Palastanlagen zubewegten. Im Endanflug auf die Hauptstadt hatte sich der Luftraum über der Stadt in ein wahres Hornissennest verwandelt, das die ATACs umgab, die die Echo-Kompanie an ihr Ziel brachten. Als ob die Zodark-Geier nicht schon schlimm genug wären, versuchten die gefährlicheren Zeeks und eine Art einheimischer guristaischer Abfangjäger, die F-97 Orion-Begleiter und die ehrwürdigeren F-11 Gripens zu überwältigen.

Von dem Moment an, in dem der Crew Chief die hintere Rampe heruntergelassen hatte, als sie sich der Abwurfzone näherten, konnten die Rangers die Luftschlacht um sie herum aus der ersten Reihe verfolgen. Nachdem sie Lichtblitze gesehen und donnernde Explosionen von nahegelegenen Fehlschüssen gehört hatten, wollten die Ranger von diesem Flug zurück in das vertraute Gebiet des Bodenkampfes, wo sie die Oberhand hatten.

Pauli stand in der Nähe der Rampe; er spürte, wie sein Adrenalinspiegel in die Höhe schoss, weil er wusste, dass der Befehl zum Absprung jeden Moment kommen würde. Er fummelte an seinem Gewehr herum und überprüfte noch einmal seine Ausrüstung. Als er die Ranger um sich herum betrachtete, sah er eine kampfbereite Gruppe, die ihre Kriegsgesichter aufgesetzt hatte.

»Erinnert euch an eure Ziele«, sagte er ihnen. »Sobald wir auf dem Boden sind, haltet euch an euer Training und passt aufeinander auf. Wir haben das im Griff.«

In diesem Moment blinkte das rote Sprunglicht über der Rampe auf und signalisierte den letzten Countdown. Pauli holte tief Luft, sein

Verstand schärfte sich, als der Moment der Wahrheit näher rückte, sein Herzschlag beschleunigte sich. Die Ampel wurde grün, und alles verschwamm für einen Moment ineinander.

»Los, los, los!«, rief Master Sergeant Tinker und sprang aus dem Osprey in das Schlachtgetümmel unter ihm.

Pauli folgte schnell hinter ihm, während die Soldaten zu seiner Rechten und hinter ihm blitzschnell von der Rampe herunterkamen. Das war der Teil, den er am meisten genoss: das Rauschen des Windes um ihn herum, der Anblick seiner Ranger-Kollegen, die auf die Oberfläche hinabstiegen, und der Boden, der ihnen entgegeneilte. Diesmal war die Luft um ihn herum nicht mit Laserbolzen gefüllt, die ihn töten wollten, bevor er den Boden erreichte, wie es bei so vielen anderen Gelegenheiten der Fall gewesen war. Er fluchte laut, als er einen Zeek entdeckte, der seinen Angriff auf einen Osprey abbrach, um seine Waffen auf die fallenden Soldaten zu richten, während sie zu Boden gingen.

Er griff nach seiner M-111 Slayer, um auf den Zeek zu feuern, als eine Warnung auf seinem HUD seine Aufmerksamkeit erregte. Es zeigte die Sekunden an, bis sich der Schleppschirm seines Exosuits öffnete und die Raketen an den Seiten seiner Stiefel abgefeuert wurden, um seinen Abstieg zu verlangsamen, während er sich dem Boden näherte.

Als Pauli nach unten blickte, sah er den Boden schnell näher kommen. Der Schleppschirm öffnete sich mit einem harten Ruck und beendete abrupt seinen freien Fall. Er bereitete seine Beine vor und beobachtete, wie der Countdown auf Null sank. Dann zündeten die an seinen Sprungstiefeln befestigten Raketen und die verbleibende Geschwindigkeit verpuffte, während der Boden immer näher kam. Sekunden später berührten seine Füße den Boden, und er brachte sein Gewehr in Bereitschaftsstellung, um nach Zielen Ausschau zu halten.

»Master Sergeant Tinker, ich brauche eine Zählung. Truppenführer, versammeln Sie Ihre Soldaten und begeben Sie sich zu Ihren Zielen. Los geht's, Rangers«, befahl Pauli, nachdem er seine unmittelbare Umgebung gesäubert hatte. Er hörte dem Funkverkehr zu, als sich seine Zugführer meldeten, und atmete erleichtert auf, als er hörte, dass der Zeek, der auf sie schoss, nur einen seiner Soldaten verletzt hatte. Zwei andere waren bei dem Sprung verletzt worden, aber ansonsten war seine Kompanie in guter Verfassung.

Als die Morgensonne aufging, dauerte es nicht lange, bis die Stadt durch den Anblick außerirdischer Soldaten erwachte, die unter ihr herumliefen. Pauli hatte seinen Soldaten befohlen, ihre Masken abzunehmen und die Einwegspiegel abzuschalten, damit ihre Gesichter und Augen für die Einheimischen leicht zu sehen waren. Er wollte sicherstellen, dass sie wussten, dass sie Menschen waren, genau wie sie.

Während sich die verbleibenden Kämpfe auf den Palast konzentrierten, machten sich die Ranger an die Arbeit und sicherten das Stadion, die nahe gelegenen Brücken, Straßenkreuzungen und andere strategische Positionen wie befohlen. Es dauerte nicht lange, bis Wellen von Scarabs und Starliftern begannen, Fahrzeuge und weitere Soldaten an die Oberfläche zu transportieren. Der Widerstand, den es vor ihrer Ankunft gegeben hatte, hatte sich entweder um den Palast konzentriert oder war in der Zivilbevölkerung aufgegangen. Im Moment war das nicht Echos Problem - das war ein Thema für einen anderen Tag.

Viertes Kapitel

Militärbasis Kilanzi
Etwa eine Stunde außerhalb von Zidara, Gurista Prime

Turok Vilzar vom Stamm der Dochuta ließ nach Beendigung seiner Schicht im nördlichen Wachturm etwas Dampf ab. Er und einige andere Zodark-Soldaten spielten im Versammlungsraum für die »Grunzer« ein ausgelassenes Glücksspiel. Die Offiziere hatten ihre schicken Möbel und den kostenlosen eudarischen Wein, aber Turok und seine Freunde leerten abwechselnd die Taschen der anderen in lauten Nappangi-Runden.

Jetzt war Turok an der Reihe. Während seine Kameraden zischten und brüllten, um ihn abzulenken, griff er in seine Tasche und nahm die Knochen, die zu perfekt zylindrischen Würfeln mit Markierungen geschnitzt worden waren, und warf sie auf den Tisch, wo sie in einem verstreuten Muster landeten. Sein Set stammte aus der Hand eines Tully, was etwas ungewöhnlicher war, aber er fand, dass sie besser waren als die Knochen eines Menschen, Primord oder Gallentine. Jeder Zodark musste sich diese Knochen auf dem Schlachtfeld verdienen, und die begehrtesten Exemplare stammten aus den seltenen Fällen von Nahkämpfen mit Altairern. Mit der linken unteren Hand zog Turok einen Handgelenksknochen heraus und berechnete den Winkel seines Wurfs, während er das erwartete Endergebnis ausrief. Die Gruppe platzierte ihre Wetten entsprechend.

»Sieg!« brüllte Turok, als sein Wurf das exakte Ergebnis brachte. Er klatschte seine Ober- und Unterarme mit einem lauten Klatschen zusammen und feierte seinen Sieg, während seine Mitsoldaten ihm widerwillig und laut murrend ihr Geld zuwarfen.

Plötzlich stürmt einer der Polizisten in den Raum und unterbricht ihren Spaß. »Packt zusammen!« NOS Jorun Tylkar bellte. »Auf Gurista Prime geht gerade etwas Gewaltiges vor sich - mehrere Basen haben ihre Notsignale aktiviert. Wir wissen noch nicht genau, was es ist, aber ich garantiere euch, wir sind die Nächsten. Aktivieren Sie alle Gegenmaßnahmen und greifen Sie zu Ihren Waffen«, befahl er.

»Ja, NOS!«, antwortete die Gruppe.

Turok wagte es nicht, an den Spielfiguren herumzufummeln, solange ein NOS in ihrer Mitte war. Trotz der drohenden Gefahr nahm sich Turok, sobald die Luft rein war, die zwei Sekunden Zeit, um seine Tully-Knochen einzusammeln, bevor er seine Rüstung, seine Blaster und seine Schwerter holte.

Er rannte zurück zum nördlichen Wachturm und hüpfte mit jedem Schritt. Der Soldat, den er vor weniger als einer Stunde abgelöst hatte, Raxim Voltak, schien sehr verwirrt, Turok dort zu sehen, aber Turok hielt nicht inne, um die Situation zu erklären. Stattdessen griff er nach dem externen Kommunikationsgerät und versuchte, eines der Zodark-Schiffe im Orbit zu kontaktieren.

Nichts, erkannte er nach ein paar verwirrten Sekunden.

»Irgendetwas stört unser Signal«, sagte Turok laut. »Zeit, unsere eigenen Störsender einzuschalten«, befahl er.

Raxim bemerkte die erhöhte Spannung, auch wenn er die Gründe dafür noch nicht verstand, und kam ihr schnell nach.

Turoks Training setzte ein, und er begann, seine Gegenmaßnahmen automatisch auszuführen. Auf den Wachtürmen und Verwaltungsgebäuden der Zodarks befanden sich Mikrowellensysteme zur Drohnenabwehr und separate Signaldisruptoren. Er schaltete sie beide ein. Sie sollten alle ferngesteuerten Drohnen stören und alle feindlichen elektronischen Geräte in der Nähe frittieren.

Kaum hatte er dies getan, bemerkte er eine seltsame schwarze Wolke, die sich näherte.

»Was in Lindows Namen ist das?«, fragte Raxim und deutete auf die seltsam wirbelnde Masse.

Sind das Vögel? fragte sich Turok. Er nahm ein nahegelegenes Vergrößerungsglas in die Hand und richtete es auf den mysteriösen Dunst. Mit einem Mal wurde ihm die Situation klar.

»Das sind Drohnen!«, brüllte er. »Geht zu den Lasern!«

Direkt unterhalb des Wachturms befanden sich zwei kurzläufige Laser-Autokanonen, mit denen Bedrohungen der Basis unabhängig voneinander anvisiert und bekämpft werden konnten. Sie beeilten sich, ihre Plätze einzunehmen. Turok geriet in Panik, weil er dachte, dass er vielleicht die Mikrowellensysteme oder die Signalstörer nicht vollständig aktiviert hatte, aber dann lichtete sich der herannahende Drohnenschwarm plötzlich, und mehrere Drohnen stürzten abrupt vom Himmel und fielen harmlos auf den Boden.

Offenbar waren nicht alle Drohnen, die auf sie zurasten, gleichermaßen von den Gegenmaßnahmen der Zodarks betroffen, so dass Turok auf eine der überlebenden Drohnen zielte und sie vom Himmel schoss.

»Es sind immer noch so viele von ihnen!« schrie Raxim.

»Schieß einfach weiter!« brüllte Turok.

Je näher die wirbelnde Todeswolke kam, desto effektiver wurden die Gegenmaßnahmen. Immer mehr Drohnen fielen zu Boden, ohne dass Turok und Raxim sich anstrengen mussten, aber es gab immer noch genug, auf die sie mit ihren Lasern schießen konnten.

Turoks Puls beschleunigte sich und seine Muskeln spannten sich an. Er konzentrierte sich auf eine Drohne nach der anderen und entfernte sie von der Bedrohungstafel.

Peng!

Ein Geräusch zwischen einer Explosion und dem Aufprall eines dieser menschlichen Magrail-Geschosse ertönte, gefolgt vom Aufheulen einiger ihrer Zodark-Kollegen. Turok zwang sich, nicht sofort nachzusehen, was passiert war. Er verengte seine Augen und konzentrierte sich darauf, weitere Drohnen auszuschalten.

Peng, Peng, Peng!

Weitere Explosionen schlugen innerhalb der Grenzen des Stützpunktes ein. Gurista- und Zodark-Schreie folgten. Die Drohnenwolke hatte sich deutlich gelichtet, aber Turok feuerte weiter, bis er merkte, dass es keine Drohnen mehr zu erschießen gab.

»Frei!« Turok brüllte.

»Frei!« Raxim bestätigte.

Die beiden kehrten in den Hauptteil des Wachturms zurück und überblickten die Szene unten. Mindestens ein Dutzend ihrer Zodark-Kollegen war tot oder schwer verwundet. Wie auch immer diese Drohnen funktionierten, sie schienen es auf die Köpfe abgesehen zu haben. Bläuliches Blut und Teile des Gehirns spritzten umher. Ein paar der Soldaten der Gurista Defense Force waren seinen Zodark-Brüdern zu nahe gekommen und wurden zu Kollateralschäden.

Derselbe NOS, der seinen Gewinn in Nappangi unterbrochen hatte, tippte in die Sprechanlage des Wachturms. »Aufständische haben die Hauptstadt angegriffen«, teilte NOS Jorun ihnen mit. »Ladet die Fahrzeuge ein - wir werden unsere Toten rächen!«

Im ganzen Stützpunkt ließen Turok und seine Zodarks-Kollegen ihr Kriegsgeschrei los. Die GDF auf der Basis, wütend über ihre eigenen Verluste, johlten und schrien mit ihnen. Bald hatte sich die gesamte Gruppe von etwa einhundert Zodark-Beratern und sechshundert GDF, angetrieben von Adrenalin und dem Wunsch nach Rache, mobilisiert.

Sie waren etwa eine Stunde vom Palast in Zidara entfernt, und sie wussten immer noch nicht, womit sie es zu tun hatten. Anfangs war Turok wütend und heiß darauf, in den Kampf zu ziehen, aber als sie weiterzogen, fragte er sich, was ihnen bevorstand. Was auch immer es war, sie hatten es geschafft, mehrere Angriffe fast gleichzeitig auszuführen. Als Rauchsäulen sichtbar wurden, die dort in den Himmel stiegen, wo sich einst andere Militärbasen befunden hatten, fragte er sich, wie viele seiner Zodarks-Kollegen, wenn überhaupt, die Angriffe überlebt hatten.

Als sie sich der Stadt näherten, näherte sich die Gruppe einer ziemlich großen Zodark-Gurista-Basis, die offensichtlich schwer beschädigt worden war. Brandspuren, aufsteigender Rauch und beschädigte Grenzmauern erzählten ihre eigene Geschichte. NOS Jorun befahl allen, anzuhalten, um Hilfe zu leisten und die Kräfte zu bündeln.

Die meisten Zodarks an diesem Ort waren getötet worden. Die wenigen, die überlebt hatten, versuchten, die Guristas zu mobilisieren, um das, was sie angegriffen hatte, zu bekämpfen. Als Jorun erfuhr, dass der Leiter der NOS dort getötet worden war, kündigte er an, dass er das Kommando übernehmen würde.

Turok bewunderte, wie NOS Jorun alle hinter sich versammelte. Er fragte sich, ob er eines Tages auch so ein starker Anführer sein könnte. In kürzester Zeit waren alle fähigen Überlebenden, sowohl Zodark als auch Gurista, bereit, sie auf ihrem Weg in die Stadt zu begleiten. Jorun stachelte die gesamte Gruppe so sehr an, dass Turok das Gefühl hatte, sie würden alle darauf brennen, diese Rebellion niederzuschlagen.

Nachdem sie etwa zehn Minuten gefahren waren, erhielt NOS Jorun offenbar die Information, dass der Raumhafen in Schwierigkeiten war, und er wählte einen der Soldaten aus, der etwa ein Drittel der Truppen anführen sollte, um ihre Position zu verstärken. Der Rest setzte seine Fahrt in Richtung der Hauptstadt fort.

Bumm!

Eines der Führungsfahrzeuge wurde durch die Wucht einer Sprengfalle umgeworfen.

Lindow, beschütze uns! dachte Turok. Er und die anderen Soldaten in seinem Fahrzeug stiegen sofort aus, Blaster und Schwerter im Anschlag, um nach Bedrohungen in der Nähe zu suchen.

Zack, zack.

Ein Rebellensoldat auf einem der Dächer schoss auf Turok und seine Männer, die so schnell wie möglich in Deckung gingen. Die Zodark-Soldaten erwiderten sofort das Feuer, woraufhin sich ihr Angreifer unter den Dachfirst des darüber liegenden Hauses duckte. Einen Moment später feuerte derselbe Rebell erneut auf sie - diesmal gelang es Turok, den Mann ins Visier zu nehmen. Er drückte ab und beendete die Bedrohung.

Sie setzten ihren Weg fort, diesmal aufmerksamer. Turok machte sich Sorgen um das Überqueren der Brücken. Der Fluss Sha'ab teilte die Hauptstadt in zwei Hälften, und es gab nur acht Brücken, die die östliche und die westliche Seite von Zidara verbanden. Um zum Kapitolspalast zu gelangen, mussten sie diese potenziellen Todesfallen passieren.

Fünftes Kapitel

Echo-Kompanie, 2. Ranger-Regiment
Kampfunterstützungsbasis Al-Sha'ab
Bezirk Amil, Zidara, Gurista Prime

Die Dunkelheit der Morgendämmerung wäre einem wunderschönen Sonnenaufgang und Morgen gewichen, wenn sie nicht durch die Geräusche der Schlacht, die in Teilen der Stadt noch immer tobte, unterbrochen worden wäre. Die wütenden Schreie und das kehlige Heulen der Zodark-Krieger mischten sich mit gelegentlichen Explosionen, und das schnelle Feuer der zodarkischen und republikanischen Gewehre hallte weiterhin durch die Stadt.

Kurz nachdem Paulis Einheit gelandet war, hatte sie das Al-Sha'ab-Stadion schnell gesichert und eine Absperrung für das errichtet, was schnell zur Kampfunterstützungsbasis (CSB) des Regiments geworden war. Sobald sie meldeten, dass der Bereich gesichert war, stiegen zwei Wellen von sechs Scarabs durch die Wolken und landeten in der Mitte des Stadions. Während der nächsten zwei Stunden beobachteten sie, wie vier der viel größeren T-92 Starlifter in das Stadion einflogen.

Während die Scarabs Truppen anlandeten, brachten die Starlifter einen Großteil der Ausrüstung. Das erste Paar lieferte sechzehn ihrer DN-12 Cougar-Schützenpanzer, die hauptsächlich von den Deltas und Rangers verwendet wurden. Die Schützenpanzer wurden rasch eingesetzt, um Kontrollpunkte in der ganzen Stadt einzurichten und Trupps und Züge zu verstärken, die wichtige Teile der Infrastruktur hielten, um zu verhindern, dass diese vom Feind erobert oder zerstört wurden.

Bei regelmäßigen Luftkämpfen sah Pauli mehr als ein Luftduell zwischen F-97 Orions und dem gelegentlichen Zeek, der versuchte, die Wellen von Transportern und Shuttles anzugreifen, die Soldaten und Ausrüstung an die Oberfläche brachten. Auch wenn der Himmel noch nicht vollständig gesichert war, hatte die Flotte die Staffeln der AS-90 Reaper - ferngesteuerte Nahunterstützungsfahrzeuge - losgeschickt. Wenn Truppen in Kontakt mit dem Feind waren oder kurz davor standen, überrannt zu werden, stürzten die Reaper aus dem Himmel herab, feuerten ihre Kanonen ab, warfen ihre Bomben ab und beendeten die Arbeit mit ihren Raketen.

Ich kann mich gar nicht erinnern, wie oft mir ein Sensenmann den Arsch gerettet hat, dachte Pauli.

Als die Sonne in den Morgenhimmel kletterte, waren die Kämpfe um den Palast gnädigerweise zu einem Ende gekommen. Zum Unglück für die Ranger nahmen die Kämpfe weiter zu. Pauli beorderte die ISR-Drohnen der Kompanie in die Luft und schaute dem Bediener über die Schulter, als die Drohne ein Problem entdeckte. Aus dem Norden und Nordosten drangen mehrere Konvois mit kleinen Gruppen von Zodarks in die Stadt ein, die eine viel größere Formation lokaler GDF-Einheiten anführten - Gurista Defense Forces, die die Zodarks ausgebildet und kultiviert hatten, um an ihrer Seite zu kämpfen.

»Verdammt, das sieht nicht gut aus«, kommentierte Master Sergeant Drew Tinker.

»Wow, das ist auch keine kleine Truppe«, schaltete sich Lieutenant Yogi Sanders ein. »Pauli, das wird mehr sein, als Staff Sergeant Hills Truppe bewältigen kann - selbst mit der Hilfe ihres Cougars. Sir, ich bitte um die Erlaubnis, seinen Kontrollpunkt mit dem Rest meines Zuges zu verstärken.«

»Moment mal«, entgegnete Pauli, während er eine digitale Karte der Stadt aufrief. Mit Daumen und Zeigefinger bewegte er die Karte hin und her, bis er fand, was er suchte. Er zoomte heran und zeigte darauf. »Yogi, diese Stelle hier - das ist ein hoher Punkt direkt gegenüber dem Fluss Sha'ab, der durch die Stadt fließt. Ich möchte, dass du mit dem Rest deines Zuges Positionen einnimmst, die diese drei Brücken abdecken.

»Wir haben nicht genug Truppen, um eine so große Truppe zu blockieren oder zu bekämpfen«, räumte Pauli ein. »Wir können auch nicht alle acht Brücken, die den Fluss überqueren, ausreichend decken. Anstatt unsere Truppen auf alle Brücken zu verteilen, werden wir Folgendes tun«.

Pauli bewegte seinen Zeigefinger entlang des Flusses Sha'ab, der den nördlichen Teil der Stadt durchzog, bis er in den See von Assaf mündete. »Wir können sie nicht auf Augenhöhe bekämpfen, ohne Dutzende von Häuserblocks platt zu machen. Was wir tun *können*, ist, den Feind in vorher festgelegte Killboxen zu lenken. Ich werde sehen, ob wir die Flotte dazu bringen können, die anderen fünf Brücken fallen zu lassen, so dass ihnen nur diese drei bleiben - die, die Ihr Zug abdecken wird.«

Yogi lächelte, als er zuhörte. »Das gefällt mir. Sorgen Sie einfach dafür, dass die Flotte die CAS weiterführt. Solange wir auf die Reaper zurückgreifen können, wird es uns gut gehen. Aber ich werde irgendwann Verstärkung brauchen. Während zwei dieser Brücken von dem Punkt aus, den du erwähnt hast, abgedeckt werden können, liegt die dritte Brücke eineinhalb Kilometer südlich. Das ist ein großes Gebiet, das vier Trupps zu verteidigen haben - selbst mit vier Cougars«, erklärte Yogi und stellte sicher, dass Pauli wusste, dass sie die Brücken nicht ewig halten konnten.

Mit einer Handbewegung verschwand die Karte und Pauli wandte sich an Yogi. »Ich weiß, Yogi. Du hast ja recht. Ich brauche dich nur, um uns etwas Zeit zu verschaffen. Ich muss die Situation an das Regiment weitergeben und sehen, ob sie eine weitere Einheit zur Deckung des Stadions abstellen können. Wir sind zu dünn besiedelt, um mit nur drei Zügen und einem vierten als QRF einen Sicherheitsbereich aufrechtzuerhalten. Das Regiment, das die Scarabs mitgebracht haben, ist vor zwanzig Minuten aufgebrochen, um Oberst Shinzo und den Rest unseres Regiments am Raumhafen zu verstärken. Offenbar hat sich der Kampf in ein heilloses Durcheinander verwandelt. Wir haben drei Kompanien Ranger und zwei Delta ODAs, die sich mit einer Truppe herumschlagen, die viel größer zu sein scheint, als uns die Geheimdienstler mitgeteilt haben. Oberst Shinzo hat gesagt, dass wir das CSB unbedingt so lange wie möglich am Laufen halten müssen...«

Bumm!

Als Pauli und Yogi das Geräusch der Explosion hörten, drehten sie sich um und blickten in Richtung des Stadions. Mit großen Augen und offenem Mund sahen sie entsetzt zu, wie feurige Trümmer auf die Dächer der Häuser in der Nähe des Stadions niedergingen.

Aus dem Rauch und den geschwärzten Wolken tauchte der zweite Starlifter auf, dessen gigantischer Rahmen sich aus der Gefahr herausbewegte und innerhalb der schützenden Mauern des Stadions landete. Als wäre ein Schalter umgelegt worden, feuerten die bordseitigen Raketenabwehrsysteme in halbkreisförmigen Bögen glühend heiße Leuchtraketen hinter und vor dem riesigen Frachtschiff ab. Selbst inmitten des Lärms und des Chaos war das Aufheulen der Triebwerke unglaublich laut - fast überwältigend. Die Piloten gaben den

Triebwerken mehr Kraft, und der schwerfällige Frachter wich geschickt nach rechts aus, als der Geschützturm am Bauch schnell auf eine Rakete feuerte, die auf sie zusteuerte.

Bumm!

Ein Hagel von Blasterbolzen sauste um die Rakete herum, bis sie explodierte.

»Heiliger Strohsack! Hast du das gesehen?«, rief eine Stimme irgendwo hinter Pauli.

»Das ist Wahnsinn, Captain Smith!«, kommentierte ein anderer Ranger.

Pauli drehte sich um, um zu sehen, wer es war.

Ah, da ist Salinas, erkannte er.

»Ja, das ist es«, antwortete Pauli.

Er wandte sich an Yogi. »Du weißt, was zu tun ist - bring deinen Zug zu diesen Brücken.« Pauli zeigte auf eine Reihe von Linebacker APCs und Bobcats - die leichten taktischen Fahrzeuge der Armee. »Nehmen Sie ein Paar Linebacker und vier dieser Bobcats. Ihre Waffen sollten Ihnen helfen, die Brücken zu verteidigen und ein wenig Drohnenabwehr zu leisten.«

Als Yogi mit seinem Zug zu den Fahrzeugen aufbrach, wies er Oberfeldwebel Tinker an, den Zugführern des dritten, vierten und fünften Zugs zu befehlen, eine Gruppe auszuwählen, auf die sie verzichten konnten, und sie zu seiner Position zu schicken. Dann wies er Tinker an, einige Besatzungen zu finden, die ein paar leichte Puma-Panzer und mindestens zwei schwere Yeti-Panzer bemannen sollten. Wenn sie die Brücken halten wollten, würden sie Feuerkraft brauchen.

Während die Fahrzeuge abgefertigt wurden, nahm Pauli Kontakt mit der Flotte auf und übermittelte seine Bitte, die Brücken abzubauen und in der Nähe des Stadions eine kontinuierliche Schleife zur Luftnahunterstützung oder CAS-Rotation einzurichten. Es war sehr wahrscheinlich, dass sie sich auf CAS-Missionen verlassen würden, um ihren Hintern zu retten, bis mehr Einheiten an die Oberfläche gebracht würden.

****

75 Minuten später
1. Zug, Echo-Kompanie
Sinak-Brücke

Pauli atmete ein und hielt an - drei, zwei, eins -, dann atmete er aus und hielt an - drei, zwei, eins. Seine Atmung beruhigte sich, sein Herz schlug nicht mehr unkontrolliert. Er stellte sich mit dem Rücken an die Außenwand neben dem Fenster.

Als Hauptfeldwebel Tanner in der Nähe der Sinak-Brücke zum Rest des ersten Zuges gestoßen war, rief Staff Sergeant Hill, der Platoon Sergeant, ihnen zu, sie sollten sich seinem Feuerteam im sechsten Stock anschließen und die beiden A9 Hydras des Zuges mitbringen. Die A9 Hydras hatten vor kurzem die M12-Mehrzweckwerfer als bevorzugte Waffe der Infanterie abgelöst, wenn es galt, etwas Wertvolles in die Luft zu jagen. Was die Hydra-Raketen so viel besser machte als die MPLs, die sie ablösten, waren ihre programmierbaren Sprengköpfe. Der Bediener konnte den Gefechtskopf schnell so einstellen, dass er Rauch aufwirbelte, oder er konnte zwischen den Optionen hochexplosiver Sprengstoff, hochexplosiver Panzerabwehrsprengstoff, hochexplosiver Granatsplitter, Starburst, thermobarischer Sprengstoff oder Brennstoff-Luft-Sprengstoff wählen. Die A9 war zum Schweizer Taschenmesser der Infanterie geworden.

Nachdem sie ein Paar Raketenwerfer und Munitionspakete aus dem gepanzerten Linebacker-Transporter geholt hatten, in dem sie herübergefahren waren, rannten sie mit der Ausrüstung im Schlepptau und zusätzlicher Munition und Energiepaketen für die M90- und M91-Schützen fünf Stockwerke hinauf. Als Pauli versuchte, wieder zu Atem zu kommen, war der einzige Gedanke, der ihm durch den Kopf ging: *Wie konnte ich zulassen, dass meine Kondition so schlecht wird?*

Pauli sah Corporal Salinas lächeln, als er sich ihm näherte. »Danke, dass Sie uns mehr Munition und Akkus gebracht haben«, bot Salinas an, während er nach einem der A9 Hydras griff. »Ich und Jose werden sie Ihnen abnehmen. Wir gehen auf das Dach, direkt über dem zwölften Stock. Wenn sie wieder versuchen, mit einem dieser Lastwagen oder gepanzerten Fahrzeugen über die Brücke zu fahren, sind wir bereit.« Salinas lächelte wieder, während er die Seite des Raketenwerfers tätschelte.

»Hey, wenn ihr mehr Munition braucht... es gibt vier zusätzliche Pakete im hinteren Teil des Fahrzeugs. Sagt dem Fahrzeugkommandanten Bescheid, dass ihr sie abholen wollt, damit er die Heckklappe für euch aufschließen kann«, erklärte Pauli.

Während Pauli an der Wand lehnte, ließ er seinen Blick über die Autobahn schweifen, die die Brücke überspannte. Was ihm auffiel, war die Anzahl der verkohlten und brennenden Fahrzeuge, die auf der Brücke verstreut waren. Wenn die Fahrzeuge die Brücke verließen, gab es etwa zweihundert Meter freie Fläche, bevor Gebäude wie das, in dem er sich befand, beide Seiten der sechsspurigen Autobahn säumten.

»Ich habe Bewegung auf der Brücke - sieht aus wie Infanterie«, meldete Staff Sergeant Hill. »Sir, glauben Sie, dass Sie sie von Ihrer Position aus im Auge behalten können?

Lächelnd kommentierte Pauli: »Lass mich mal nachsehen. Mal sehen, ob ich einen Schuss habe.« Das Fenster war zum Glück schon zerbrochen, so dass es viel einfacher war, sein Kampfgewehr durch das Fenster zu zielen.

Als er durch das Zielfernrohr seines Gewehrs blickte, entdeckte er die Soldaten, die Hill identifiziert hatte. Und tatsächlich sah er, wie Gruppen von drei bis vier Soldaten methodisch von einem zerstörten Fahrzeug zum nächsten vorrückten. Es war eine Infanterietaktik wie aus dem Lehrbuch, die so genannte »bounding overwatch«. Eine Gruppe deckte die andere, während sie zur nächsten gedeckten Stellung vorrückten. Sobald die Gruppe, die die Deckung erreicht hatte, die Position wechselte, sprang die andere Gruppe an der ersten Gruppe vorbei, bis sie die nächste gedeckte Position erreicht hatte.

»Ich sehe sie - ich habe eine Chance. Haltet euch bereit«, verkündete Pauli, während er die Soldaten anvisierte, die sich zum Angriff bereit machten. *Einatmen... ausatmen und Luft anhalten...*

Crack!

Der erste Soldat ging zu Boden, und die linke Seite seines Kopfes explodierte in einem roten Nebel. Als der Körper des Mannes zu Boden fiel, sprinteten die anderen Soldaten in Richtung ihrer nächsten Position los.

Ting, ting, thwap...

»Passen Sie auf, Sir, sie wissen, dass wir von diesem Gebäude aus auf sie schießen«, warnte Staff Sergeant Hill, als das Geräusch von Blasterschüssen in die Fassade des Gebäudes einschlug.

»Echo One-One, Echo One-Seven. Wir stehen unter schwerem Beschuss von den Einheiten, die über die Brücke vorrücken«, antwortete Staff Sergeant Hill, bevor er fortfuhr. »One-One, sehen Sie, ob Ihr LMG reagieren kann. Break, break. One-Three, One-Seven. Machen Sie die

Hydras bereit zum Angriff. Wenn Sie eine Ansammlung von Truppen oder ein gepanzertes Fahrzeug ausmachen können, das eine Rakete wert ist, schlagen Sie zu. Verstanden, Eins-Eins, Eins-Drei?«

»Eins-Drei-gute Kopie. Wird Ziele bei Gelegenheit ansprechen.«

»One-One - das ist eine gute Kopie. Wir positionieren unser LMG neu und halten uns bereit.«

Pauli schaute in Richtung der vorrückenden Infanterie, als seine Augen sahen, wie mehrere rote Leuchtspurgeschosse die teilweise zerstörten Fahrzeuge durchschlugen, die die Zodarks und die Soldaten der örtlichen Gurista-Verteidigungskräfte als Deckung benutzt hatten. Kurz nachdem er gesehen hatte, wie die Leuchtspurgeschosse und Penetratorgeschosse die Fahrzeuge durchschlugen, registrierte er mit seinen Ohren das Dröhnen der .338er Geschosse, die aus dem Lauf dieser magnetischen Schnellfeuer-Railgun geschleudert wurden.

»Oh, Mist. Ich glaube, ich sehe einen Ziellaser, der Alpha Team-One-One anvisiert«, rief Staff Sergeant Hill mit dringender Stimme. »Sir, sehen Sie nach, ob das Zielsystem Ihres Gewehrs Ihnen helfen kann, den Standort des feindlichen Ziellasers zu lokalisieren. Wenn Sie sie ausmachen können, schießen Sie auf sie, bevor sie auf uns schießen können.«

Pauli nickte ihm knapp zu, während er durch das Zielfernrohr seines Gewehrs schaute.

»Echo-One-One, One-Seven. Wir haben soeben etwas entdeckt, das wie ein Ziellaser aussieht, der Ihre Position anpeilt. Ihr müsst das Gebäude sofort verlassen!« warnte Hill seinen Feuerteamleiter.

Plötzlich entdeckte Pauli es - er sah den Ziellaser und begann, ihm zu folgen, unsicher, was er finden würde. Sein Mund blieb offen stehen und seine Augen wurden groß wie Untertassen. In den Schatten am Rande einer dunklen Gasse entdeckte er etwas, das wie ein Rohr aussah - ein Rohr, das dem der 50-mm-Kanone des Puma oder der 140-mm-Kanone des Yeti ähnelte.

Bang...BOOM!

Die Kanone feuerte, und ein Donnerschlag ertönte, als ein hellblauer Energieblitz aus dem Lauf schoss und die Entfernung zwischen dem Panzer und der Wohnung, aus der seine Soldaten schossen, überquerte. Als Pauli sich umdrehte, um die Wohnung zu betrachten, explodierten mehrere Stockwerke des Gebäudes, und Trümmer fielen auf die Straße darunter.

Verdammte Scheiße! Die Hälfte des Gebäudes ist weg, stellte Pauli entsetzt fest.

»Oh, Gott, nein, nein, nein!«, schrie Staff Sergeant Hill. »Das gesamte Feuerteam wurde ausgelöscht!«

Swoosh...Bam!

Pauli drehte sich in Richtung der Explosion um, eine schwarze Rauchwolke stieg dort auf, wo er zuletzt den Panzer gesehen hatte, der auf sie geschossen hatte. Er hob sein Gewehr über die Schulter, um durch seine Optik zu sehen, und stellte fest, dass der Panzer in Flammen stand, ein brennendes Wrack. Da fiel ihm ein, dass Salinas und ein anderer Soldat ein Paar A9 Hydras auf das Dach gebracht hatten.

Sie müssen es herausgenommen haben...

»Captain, ich schlage vor, dass wir uns einen neuen Standort suchen. Der Feind weiß, dass wir hier sind, und Gott steh uns bei, wenn wieder einer dieser Panzer oder was auch immer das war, auf uns schießt«, warnte Hauptfeldwebel Tanner mit besorgtem Gesichtsausdruck.

»Ja, gute Idee. Lasst uns hier verschwinden«, stimmte Pauli zu, und alle packten ihre Ausrüstung zusammen, bevor sie sich auf den Weg zur Treppe machten. Als sie die Treppe hinuntergingen, sah er Corporal Diggers Uniform und seinen Namen auf der Rückseite seines Helms. »Corporal Digger, wir brauchen Luftunterstützung, wenn wir die Gruppe aufhalten wollen, die sich formiert, um die Brücke zu stürmen. Gehen Sie ins Netz und sehen Sie nach, welche Einheiten wir haben und leiten Sie sie ein.«

»Verstanden, Sir. Ich bin dabei«, antwortete Corporal Thomas Digger. Er war der CAC (Combat Air Coordinator) der Echo Company.

Die CACs waren eine neue Position innerhalb der SOF. Sie wurden zu den Hauptansprechpartnern zwischen dem Flottenoperationszentrum und den Einheiten am Boden, die um Unterstützung baten. Während der begrenzten Erprobung des CAC-Konzepts innerhalb ausgewählter Delta-Einheiten hatten die CACs die Zeit zwischen der Anforderung von Luftnahunterstützung und dem Eintreffen dieser Unterstützung verkürzt. Sie hatten auch die Bewertung des Gefechtsschadens erheblich verbessert, da ihre Einheiten mehr Treffer auf Ziele erzielten als Einheiten ohne CACs.

Als Pauli den Ausgang des Gebäudes erreichte, starrte er einen Moment lang auf die Straße und betrachtete die Schäden, die der Panzer angerichtet hatte. Der größte Teil des ersten Stocks und sogar Teile des zweiten Stocks wiesen leichte Schäden an der Fassade auf. Die vier Stockwerke darüber waren völlig zerstört, mit gebrochenen Wasserrohren, aus denen Wasser zwischen den Stockwerken austrat, und zerfetzten elektrischen Leitungen, die Funken sprühten, als der Wind freiliegende Drähte ineinander wehte.

»Captain Smith, ich habe gerade mit dem Staffelkommandanten der FAS-225 gesprochen«, verkündete Corporal Digger. »Sie haben vier Reaper auf Station. Sie steuern sie gerade zu unserem Standort. Ich habe auch mit der *Vega-Flight* Ops gesprochen. Sie schicken einen Flug von Valkyries und Gripens. Sie leiten unsere Situation auch an die *Maximus* weiter - *wir* sollten innerhalb einer Stunde Verstärkung bekommen.«

»Wow, hervorragend, Corporal«, lobte Oberfeldwebel Tanner, bevor er auf Pauli zuging. »Sir, wir können nichts daran ändern, was unseren Jungs da drüben passiert ist.« Er nickte in Richtung des zerstörten Gebäudes auf der anderen Straßenseite. »Wir haben Verstärkung und jede Menge Luftunterstützung auf dem Weg. Jetzt müssen wir erst einmal eine neue Position beziehen und diese Brücken halten, bis die Verstärkung eintrifft. Kommen Sie, Sir, wir haben einen Kampf zu beenden.«

Pauli wusste, dass Tanner recht hatte. Er war es einfach leid, Soldaten zu verlieren. »Sie haben recht, Oberfeldwebel. Bringen wir es zu Ende.«

****

Ein paar Stunden später
Tunnel unter dem Enuma-Archiv
Zidara, Gurista Prime

Der Weg durch den labyrinthischen Tunnel hatte länger gedauert, als Tammuz erwartet hatte. Es gab einen haarigen Teil des Weges, an dem sie auf ein paar überlebende Mukhabarat trafen, die versuchten, durch das unterirdische Netz zu entkommen, aber ihr Versuch, sich zu verstecken und an einem anderen Tag zu kämpfen, wurde schnell von einigen tödlichen Drohnen vereitelt, die einer von

Tammuz' zeitweiligen Leibwächtern, ein Mann namens Somchai, eingesetzt hatte. Dennoch hatte die ganze Erfahrung sie alle in Aufregung versetzt. Sie brauchten länger als nötig, überprüften jeden Schritt doppelt und dreifach und nutzten alle verfügbaren Methoden, um potenzielle Bedrohungen zu überwachen.

Während des langen Marsches vom Palast aus standen David und die anderen Wächter in ständigem Kontakt mit den Streitkräften über der Erde. Die Soldaten an der Oberfläche fegten mit Schock und Ehrfurcht durch die Stadt - wären noch Mukhabarat im Hauptquartier verblieben, wären sie vernichtet worden. Es kam die Bestätigung, dass die Militärbasen gesichert waren. Es sah definitiv besser aus.

Es kam die Nachricht, dass die RNS *Aquila* die Lufthoheit über Gurista Prime erlangt hatte. Die Gripens, Reaper und Valkyries des Sternentransporters hatten alle Zeeks, die es geschafft hatten, die Flucht zu ergreifen, auseinandergenommen, und der Himmel war fest unter republikanischer Kontrolle. Die Kampfgeräusche, die so laut waren, dass man sie sogar von ihrem unterirdischen Fluchtweg aus hören konnte, waren inzwischen verstummt.

Abgesehen von der Blase an seiner linken Ferse, die mit jedem Schritt größer wurde, fühlte sich Tammuz ziemlich optimistisch, als er die Leiter erreichte, die in den Keller des Enuma-Archivs führte.

Ein biometrisches Pad akzeptierte Tammuz' Fingerabdrücke und aktivierte einen Netzhautscanner, genau wie vor dem Betreten des Bunkers. Er erkannte, dass die beiden Systeme offensichtlich miteinander verbunden waren, so dass sein Zugang zum Palast auch dort funktionierte.

Die schwere Tür zischte. Mit erheblichem Kraftaufwand gelang es ihnen, die dicke Metallbarriere zu öffnen und einen Raum freizulegen, der selbst ein Bunker war. Tammuz bewunderte die Waffensammlung und die Vorräte an Überlebensrationen.

Es sieht so aus, als könnte ich hier unten monatelang bleiben, stellte er fest. Er war dankbar, dass seine Zeit hier hoffentlich nicht die Grenzen der Einrichtung ausreizen würde.

Tammuz wurde klar, dass Stunden vergangen waren, seit sie den Bunker unter dem Palast verlassen hatten ... er hatte das Zeitgefühl völlig verloren. Er wandte sich an David.

»Ist es jetzt sicher? Können wir wirklich gehen?«, fragte er.

»Nach allen Berichten zu urteilen, sollten Sie die Archive verlassen können, Sir«, antwortete David. »Nachdem die *Aquila* die Luftüberlegenheit hergestellt hatte, machte die Republik kurzen Prozess mit den verbliebenen Zodarks und ihren Loyalisten. Es gab eine große Schlacht an den Brücken über den Sha'ab-Fluss, aber letztendlich haben unsere Leute gesiegt. Ich glaube, die einzigen größeren Kämpfe, die noch im Gange sind, finden am Raumhafen statt. Natürlich gibt es sporadische Gefechte mit sehr kleinen Gruppen von Aufständischen, aber sie werden schnell zur Strecke gebracht. Insgesamt ist die Hauptstadt gesichert, und die Republik ist gerade dabei, eine ganze Division von Soldaten nach Zidara zu verlegen.«

Tammuz nickte, dann öffnete er vorsichtig die andere schwere Tür, um den Bunker zu verlassen, und gab den Blick auf ein falsches Bücherregal frei, in dem sich hinter Glasscheiben scheinbar alte Manuskripte befanden. Er fragte sich, ob sie tatsächlich echt waren oder nur gut gemachte Repliken, um jeden Verdacht von sich abzulenken.

Einige dieser Schriftrollen sind echt, dachte Tammuz, als er die Tische vor ihnen betrachtete. In den von Luftschleusen umschlossenen Arbeitsflächen befanden sich Roboterarme und verschiedene potenzielle Werkzeuge, die von den Historikern zur Restaurierung der seltenen alten Texte verwendet werden konnten.

Sie bahnten sich ihren Weg durch die speziellen Arbeitsbereiche und Regale und passierten einen weiteren biometrischen Eingang, der in das Hauptgeschoss des Enuma-Archivs führte. Somchai ließ mehrere Drohnen in die Bibliothek einfliegen, um den Ort auszukundschaften, bevor sie auftauchten. Das Gebäude war leer, abgesehen von den Mitarbeitern, die dort regelmäßig arbeiteten. Alle anderen, die sich an diesem Tag normalerweise dort aufhielten, hatten sich entweder in der Universität, an ihren Arbeitsplätzen oder in ihren Wohnungen verschanzt.

Als Tammuz und seine Wächter die Bibliothek betraten, war er von der Schönheit und Erhabenheit der Umgebung beeindruckt. Es war schon eine Weile her, dass er hier studiert hatte, und er hatte vergessen, wie hoch die Decken waren und wie unermesslich die Masse an Wissen, die in diesen Regalen stand. Er war dankbar, dass das Gebäude von den Kämpfen verschont geblieben war.

Eine der Bibliothekarinnen entdeckte ihn und ihr fiel die Kinnlade herunter. »Das ist Tammuz!«, rief sie, was für jemanden aus dem Archiv sehr untypisch ist.

Mehrere der anderen Bibliothekare reagierten auf ihren Anruf, und einer von ihnen griff nach seinem Tablet und begann mit der Aufnahme.

»Hey!« rief David und hielt die Hand in einer Stoppbewegung vor, offenbar in der Hoffnung, sie vom Filmen abzuhalten.

Tammuz griff hinüber und zog Davids Arm herunter. »Wenn sie live streamt, werden die Leute, die das Enuma-Archiv verfolgen, mich bereits hier gesehen haben«, erklärte er ruhig. »Wenn du sagst, dass es sicher ist, dann lass ihnen diesen Moment zum Feiern.«

David stöhnte, aber er ließ es bleiben.

Die Archive waren so umfangreich, dass sie noch einige Minuten brauchten, um sich durch die Regalflure zu wühlen. Als sie durch die Eingangstür dieses bedeutenden Gebäudes traten, verließen bereits mehrere Personen ihre Häuser in der Nähe, um ihren neuen furchtlosen Führer zu sehen.

»Ich schätze, du hast dich viral verbreitet«, kommentierte David.

»Mein Volk ist bekannt dafür, dass es eine gute Klatschgeschichte liebt«, antwortete Tammuz, wobei sein Lächeln eine schelmische Ader verriet.

Spontaner Beifall brach aus. Die Menge wuchs. Tammuz merkte, dass seine Wächter es nicht mochten, wenn so viele Menschen um ihn herum waren, aber er winkte ab. Ein Moment wie dieser sollte nicht unterdrückt werden. Auch wenn er sich möglicherweise in noch größerer Gefahr befand, hatte Tammuz das Gefühl, dass er keine andere Wahl hatte, als so zu handeln, wie es ein inspirierender Anführer tun sollte.

Jemand in der Menge begann ein Lied zu singen, das Tammuz in seine Kindheit zurückversetzte. Diese gefühlvolle Melodie war eine der Melodien, die ihm seine Mutter als kleiner Junge vorgesungen hatte. Eine weitere Stimme stimmte ein, und dann noch eine - es war, als ob sie eine neue Hymne für sich selbst wählten, eine, die einzigartig für Gurista war.

Als Tammuz sich der Menge näherte, kamen mehrere größere Männer auf ihn zu, hoben ihn hoch und trugen ihn, als säße er auf einem über ihnen befindlichen Sitz. Er erblickte David und warf ihm einen Blick zu, der ihm sagte, er solle sich zurückhalten. David neigte den Kopf mit einem leichten Nicken, und die fünf Wächter fügten sich in die Menge ein, blieben in der Nähe von Tammuz, unterbrachen aber nicht die Feierlichkeiten.

Es bildete sich eine Art instinktiver Umzug. Die Menschen tanzten und sangen. Einige hatten Instrumente von zu Hause mitgebracht und musizierten mit der Menge. Die Guristas waren offensichtlich begeistert, von der Kontrolle der Zodarks befreit zu sein, und sie sahen Tammuz als das Gesicht dieses Sieges.

Tammuz lächelte und winkte den Menschen zu. Auch er war aufgeregt, aber insgeheim drückte die Frage, wie es weitergehen sollte, auf ihn.

Schaffen wir unsere eigene Regierung, nur für die Guristas? Oder schließen wir uns den bestehenden menschlichen Gesellschaften an und treten offiziell der Republik bei?

Die Lösung dieses Problems würde einige Zeit in Anspruch nehmen, aber im Moment, so erkannte Tammuz, war es Zeit zu tanzen.

Sechstes Kapitel

Büro des Vizekönigs
Allianzstadt, New Eden
System Rhea

Vizekönig Miles Hunt starrte seinen langjährigen Freund Gunther Haas an, den Mann, der ihm in den schweren Zeiten an der Raumakademie ein Freund gewesen war und dem er die Leitung der Firma Void Scientific Research übertragen hatte. In der Welt der Spionage nannte man so etwas eine Ausrede - ein legitimes Unternehmen, das jedoch ein dunkles Geheimnis barg. Nach dem Ende des Ersten Zodarkrieges mussten einige offene Fragen geklärt, Geheimnisse begraben und Waffen an einem dunklen Ort aufbewahrt werden, für den Fall, dass sie eines Tages gebraucht würden. Als sie einen sicheren Ort brauchten, einen Ort, an dem sie ihr biologisches Waffenprogramm vergraben konnten, gründeten sie VSR.

Als die Altairianer die Republik eingeladen hatten, ihrem Bündnis beizutreten, musste die Republik einer Reihe von Regeln zustimmen, die bestimmten, wie dieser interstellare Krieg geführt wurde. Trotz der Weite des Weltraums galten bewohnbare Planeten immer noch als selten - selten genug, um heftig umkämpft zu sein, und selten genug, dass selbst die Gegner einer Reihe von Regeln zustimmten, die bestimmten, wie die Kämpfe auf diesen Welten ausgetragen werden sollten. Insbesondere waren Waffen, die darauf abzielten, die Bewohnbarkeit eines Planeten zu schädigen oder zu zerstören, streng verboten.

Ein klares Beispiel für verbotene Waffen waren Variationen von Kernspaltungs- oder Fusionssprengköpfen, die mit Kobalt angereichert waren. Aber auch jede Waffe, die speziell darauf ausgelegt war, einen Planeten zu bestrahlen oder die Nutzung eines Planeten durch eine dauerhafte chemische oder biologische Waffe zu verhindern, war strengstens verboten. Der Einsatz derartiger Waffen in der Atmosphäre eines Planeten war strengstens verboten. Die Nichteinhaltung dessen, was die Allianzen als Intergalaktische Kriegsregeln (IRW) bezeichneten, wurde von den Führern des Kollektivs und ihres Stellvertreterbündnisses, dem Dominion, oder dem Gallentiner Imperator und seinem Stellvertreterbündnis, dem Galaktischen

Imperium, geahndet. Die Tatsache, dass die Republik ein biologisches Waffenprogramm entwickelt hatte, ganz zu schweigen von einem lebensfähigen, funktionsfähigen und einsatzfähigen Virus, bedeutete, dass sie bereits eine direkte und anhaltende Verletzung dieser grundlegenden Regel des bewaffneten Konflikts darstellte.

Gunther legte das gelbgestreifte Tablet auf Miles' Schreibtisch, nachdem er den geheimen gallentinischen Geheimdienstbericht gelesen hatte, den Miles ihm zu lesen gegeben hatte. »Es ist ein interessanter Bericht, aber er deutet nicht direkt darauf hin, dass eine biologische Waffe eingesetzt wurde.«

Miles schnaubte als Antwort. »Die Gallentiner sind keine Idioten, Gunther. Jeder, der nur halbwegs bei Verstand ist, wird irgendwann die Zeitachse der Ereignisse zusammensetzen und das Offensichtliche bemerken...«

»Und was ist daran so offensichtlich, Miles? Was macht dich so wütend?« Gunther unterbrach ihn.

»Ernsthaft? Du kannst es nicht sehen?« spottete Miles, dessen Verärgerung langsam überkochte. Als Gunther nicht antwortete, erklärte Miles: »Die ersten Symptome der Zodarks traten innerhalb der Inkubationszeit auf, die wir für den Zeta-Atemwegsinhibitor vorgesehen hatten. Es wird nicht lange dauern, bis die Gallentiner herausfinden, dass das, was auch immer die Zodarks angreift, kurz nach der Ankunft unserer Aufklärungsstreitkräfte im Gravaxia-System auftrat. Ein toller Zufall, finden Sie nicht auch?«

»Was soll ich denn sagen? 'Es tut mir leid'? Ich glaube, darüber sind wir schon ein wenig hinaus, Miles.« Gunther schaute ungläubig, als er auf eine Antwort von ihm wartete.

Miles atmete tief ein und dann wieder aus. »Ich versteh's nicht. Ich habe dir das anvertraut - du hast mich wirklich enttäuscht, Gunther, und mich in eine wirklich schwierige Lage gebracht. Ich meine, Gott sei Dank war der Virus nicht so effektiv, wie du angenommen hast, sonst wären wir jetzt wirklich aufgeschmissen.«

»Miles, als die Zodarks die Erde angriffen, habe ich alles verloren. Ich habe meine Frau verloren. Ich habe meine Kinder und meine Enkelkinder verloren. Ich hätte mit ihnen sterben sollen, und Gott, wie sehr wünschte ich mir das. Aber ich tat es nicht. Lange Zeit habe ich mich gefragt, warum. Warum wurde ich verschont? Eines Tages wurde mir klar, warum. In der Einrichtung, in der ich arbeitete, lag die Antwort.

Ich allein konnte unseren Familien Gerechtigkeit verschaffen. Die Art von Gerechtigkeit, die Sie in Ihrer Position leider nicht ausüben können. Als mein Neffe von den Schrecken des Krieges erzählte, die er auf dem Schlachtfeld gegen diese blauen Biester erlebt hatte, fragte ich ihn: »Was wäre, wenn es eine Möglichkeit gäbe, sie auszurotten, sie zu vernichten, aber es wäre eine illegale Waffe, eine Waffe, die gegen die Gesetze des bewaffneten Konflikts verstößt? Wissen Sie, was er mir sagte, Miles? 'Wenn du nicht betrügst, gibst du dir nicht genug Mühe.'«

Miles spottete über die Bemerkung. Er hatte ihn schon eine Million Mal gehört. Verdammt, er hatte den Satz selbst benutzt.

»Der Punkt ist, Miles, dass die Menschen Rache wollen. Sie wollen Gerechtigkeit. Ich konnte nicht einfach auf ZRI sitzen bleiben, weil ich wusste, dass mein Neffe es bei einer seiner nächsten Missionen heimlich freisetzen könnte. Ich habe ihm gesagt, wenn er das tut, ist er erledigt. Seine Militärkarriere wäre vorbei und er würde wahrscheinlich angeklagt werden«, erklärte Gunther und wischte sich eine Träne von der Wange, die ihm herunterlief. »Du hättest ihn sehen sollen, Miles. Ich war so stolz auf ihn. Er hat nicht eine Sekunde gezögert. Er sagte, wenn das der Preis dafür sei, die Bedrohung der Menschheit zu beenden - eine Bedrohung für seine Frau und seine Kinder, für seine Deltakameraden und die Soldaten unter seinem Kommando -, dann sei er bereit, diesen Preis zu zahlen, selbst wenn das bedeute, ein Verräter zu werden. Zu einem Leben als Steinbrecher in einer Strafkolonie verdammt, würde er diesen Preis zahlen.«

Miles versuchte, auf seinen Freund wütend zu sein, aber als er zuhörte, merkte er, wie seine Entschlossenheit schwächer wurde und seine Wut nachließ. *Wie konnte ich mein Volk nur so im Stich lassen, dass es bereit war, selbst solche Maßnahmen zu ergreifen...?*

»Gunther, ich weiß nicht, was ich tun soll. Ich hätte unser Volk niemals in eine solche Situation bringen dürfen. Keine Worte oder Taten können jemals ausdrücken, wie furchtbar, wie schrecklich ich mich fühle wegen dem, was unserem Volk und der Erde widerfahren ist. Jeden Tag wache ich auf und wünsche mir, ich hätte etwas anders gemacht, etwas, um zu verhindern, was passiert ist. Ich bin derjenige, der mit dem Wissen lebt, dass ich dafür verantwortlich bin, warum Ihre Familie tot ist - warum eine Milliarde unseres Volkes tot ist. Ich verstehe, dass du dich rächen willst. Ich weiß nur nicht, was ich im Moment tun soll. Wenn ich damit warte, es dem Imperator zu sagen und darauf warte, dass er es selbst herausfindet« - Miles schüttelte den Kopf, sein Gesichtsausdruck wurde finster - »könnte die Menschheit nicht überleben, wenn ich ersetzt werde. Wenn wir auf uns allein gestellt sind, haben wir ein Problem«, vertraute er sich an und erzählte mehr, als er sich traute, mit jemandem zu teilen.

Gunther ließ den Kopf hängen. Es gab wirklich keine Antwort, die unter den gegebenen Umständen ausgereicht hätte.

Miles spürte einen Knoten in seinem Magen. *Ich werde eine Menge Krähen essen müssen*, dachte er.

****

Zwei Tage später
Kanzleramtsgebäude
Neu-Cambria, Neu-Eden

»Miles, was halten Sie von dem, was Präsident Gudea erwähnte, nämlich einen Außenposten oder eine Kolonie zu gründen - eine Rückkehr in die Milchstraße?« fragte Kanzler Aimes Morgan, während er an seinem Tee nippte.

Miles antwortete nicht sofort. Er lehnte sich in seinem Stuhl zurück, während ihm durch den Kopf ging, welche Auswirkungen das Wiederauftauchen der Humtars sowohl für die Republik als auch für ihre gallentinischen Gönner haben würde oder könnte.

»Aus persönlicher Sicht begrüße ich es. Ich denke, es ist eine Gelegenheit für uns, uns wieder mit unseren Vorfahren zu verbinden - unseren echten Vorfahren. In meiner Eigenschaft als Vizekönig und im Dienste von Imperator Tibus SuVee könnte dies ein ernsthaftes Problem darstellen...«

»Wie das?«, unterbrach der Kanzler und stellte seinen Tee auf den Tisch zwischen ihnen.

»Hmm. OK, lassen Sie mich versuchen, das anders zu erklären«, antwortete Miles. »Die Gallentiner sind seit mehr als tausend Jahren eine raumfahrende Spezies. In dieser Zeit haben sie zusammen mit ihren Verbündeten, den Amoor, die Galaxis erforscht, bevor sie in das Kollektiv übergingen, bis sie auf das Sternentor-Netzwerk stießen. Von diesem Tag an haben die Gallentiner eine enorme Ausdehnung ihres Territoriums überwacht und schließlich die Heimatwelt der Humtar entdeckt und mehr über diese uralte Ethnie erfahren, die die Sternentore erschaffen hat.

»Im Grunde genommen, Aimes, ist der größte Teil des Gallentinischen Reiches auf den Ruinen von Humtar-Welten und -Kolonien errichtet worden. Die meisten ihrer fortschrittlichen Antriebe, Schiffe, Waffen usw. stammen aus der Wiederentdeckung und dem Nachbau der Humtar-Technologie. Nun fragen Sie sich Folgendes. Wenn die alte Zivilisation, auf der Sie den größten Teil Ihres derzeitigen Imperiums aufgebaut haben, plötzlich zurückkehren würde, glauben Sie, dass Ihr Imperator dann besorgt sein könnte, dass dies eine mögliche Bedrohung für sein Imperium darstellt?«

»Ah, ich verstehe, was du meinst«, antwortete Aimes langsam. Dann erhellte sich sein Gesicht, als er eine Idee vorschlug. »Du hast einen guten Punkt angesprochen: Die Gallentiner sind nervös wegen der Rückkehr der Humtars in die Milchstraße. Wie wäre es, wenn wir versuchen, diese Sorge zu zerstreuen, indem wir den Humtaren anbieten, in *unserem* Territorium eine eigene Kolonie zu gründen? Auf diese Weise verletzen sie nicht den bestehenden gallentischen Raum, und es könnte auch einige wichtige Sicherheitsgarantien bieten, da die Humtaren ihre Kolonie schützen wollen, die in unser eigenes Territorium eingebettet sein wird, so dass sie unsere Kolonien wie ihre eigenen schützen müssen.«

Miles lächelte warmherzig über diese Idee. »Aimes, genau das wollte ich auch vorschlagen. Ich denke auch, dass es eine Möglichkeit gibt, dies zu nutzen, um ein anderes Problem zu lösen, ein größeres Problem, das eigentlich der eigentliche Grund für meinen heutigen Besuch ist.«

»Oh? In Ordnung, Miles. Warum erklärst du uns nicht, was hier los ist und wie wir das in die Lösung eines anderen Problems einfließen lassen können?«

Miles holte tief Luft, als er begann, die wahre Natur der Void Scientific Research und das schmutzige kleine Geheimnis, das sie verbarg, zu erklären.

****

Vier Tage später
Saal des Sicherheitsrates, Tiberius-Saal
Allianzstadt, Neu Eden

Vizekönig Miles Hunt blieb sitzen, als die versammelten Befehlshaber ihre Plätze um den runden Tisch im Saal des Sicherheitsrates einnahmen. Der Tisch selbst symbolisierte Einheit - kein Kopf, kein sichtbarer Rang -, aber Hunts Stuhl saß zwei Zoll höher, eine subtile Erinnerung an seine Rolle. Seine Augen suchten die Gesichter der Anwesenden ab. Gallentiner, Primordianer, Altairianer und die Republik waren alle vertreten, jeder brachte sein Fachwissen und seine Kräfte in den letzten Vorstoß gegen die Allianz des Dominion mit ein. Hinter ihnen befanden sich weitere Sitze und Tische mit Adjutanten, Strategen und Beratern, die alle bereit waren, zu beobachten oder zu helfen.

Admiral Wiyrkomi, Hunts Freund und Vertrauter, saß ihm direkt gegenüber und bot ihm mit festem Blick stille Unterstützung. Zu seiner Linken flüsterte Captain Nebularia aus dem Hause TharVex, ein Marineberater, leise mit Commander Mivon FenTal, dem Kommandeur der gallischen Spezialeinheiten. Auf der anderen Seite des Tisches tauschte die Primord-Verteidigungsministerin Eydis Starweaver einen Blick mit General Ragnulf Cosmokar aus. Im Gegensatz dazu saßen Admiral Vargr Asgardsson und die anderen Primord-Führer in entschlossenem Schweigen. Die Altairianer - König Grigdolly, Admiral Pandolly und Zudolly von den Schendolly - beobachteten mit ihrer üblichen berechnenden Haltung, ihre drei Köpfe wippten leicht, während sie in ihrer eigenen Sprache flüsterten.

Hunts Gedanken überschlugen sich, als er sie alle beobachtete, und seine Gedanken kreisten um den zweigleisigen Angriff, den sie unternehmen würden. Vizeadmiral Willie Rosentreter und Generalleutnant Jayden Hopper würden den ersten Angriff leiten, während Vizeadmiral Ripley Lee und Generalleutnant Vernon »VC« Crow den zweiten Angriffsstrang führen würden. Die Primords und die Altairianer waren in die republikanischen Streitkräfte eingebettet und kämpften als eine geschlossene Einheit, deren Militärs sich in diesem letzten Gefecht zusammenschlossen.

Die Spannung im Raum war lebendig und wirbelte um die Kommandeure, während sie darauf warteten, dass Hunt sprach. Er spürte das Gewicht ihrer Erwartungen wie einen schweren Mantel auf seinen Schultern. Der Schlachtplan, den er nun vorstellte, würde Millionen von Soldaten verpflichten, deren Leben von seinen Entscheidungen abhing. Jetzt gab es kein Zurück mehr, und er wusste, was sie das kosten würde

- Hunderttausende von Leben. Und doch war der Weg klar - er musste die harte Entscheidung treffen, egal wie sehr sie ihn innerlich aushöhlte.

Seine ruhige, aber unnachgiebige Stimme durchbrach die Spannung, als er schließlich die Stille brach. »Meine Herren, meine Damen«, begann er und ließ seinen Blick über den Tisch schweifen, »was ich Ihnen heute vorstelle, ist die letzte Phase dieses Krieges - das Endspiel. Vor etwas mehr als einem Jahr haben wir unsere Invasion des Orbot-Raums gestartet. Dank der unglaublichen Geheimdienstarbeit der Aurion-Schatten«, nickte Miles Commander Mivon FenTal zu. »Wir entdeckten eine unglaubliche Schwachstelle, die wir gegen die Cyborgs einsetzen konnten und die ihren Willen und ihre Fähigkeit zu kämpfen schnell brechen ließ. Dieser schnelle Zusammenbruch dessen, was wir ursprünglich als das stärkere Mitglied des Dominion angesehen hatten, ermöglichte es uns, unsere Pläne erheblich zu beschleunigen.

»Während wir die beiden verbliebenen Mitglieder des Dominion isolierten. Es war eine verdeckte Operation des republikanischen Geheimdienstes, der Spezialeinheiten und mit beratender Hilfe unserer gallentinischen Freunde. Es gelang uns, die Guristas zu infiltrieren - eine versteckte Gesellschaft von Menschen, die die Zodarks einige hundert Jahre zuvor von den Menschen auf dem Planeten Sumer gegründet hatten. Seitdem haben wir von unseren Freunden bei den Schendolly erfahren«, nickte Miles diesmal zu Zudolly, dem altairischen Geheimdienstler, der überall und nirgends gleichzeitig zu sein schien. »Die Zodark, die heimtückische Bestie, die sie sind. Sie hatten einen einzigartigen Plan und Zweck für die Guristas.

»Nachdem sie eine gottähnliche Verwalterbeziehung zu den Guristas kultiviert hatten, eine Beziehung, in der die Zodarks Frauen ermutigten und belohnten, wenn sie große Familien und viele Kinder hatten. Dadurch wuchs ihre Gesellschaft auf mehrere hundert Millionen Menschen an, bevor sie begannen, ihren langfristigen Plan für unsere Mitmenschen - ja sogar für unsere Vorfahren - zu enthüllen. Sie wurden gezüchtet und konditioniert, um austauschbare Soldaten, Raumfahrer ... Kanonenfutter für die weitere Expansion und Eroberung der Zodarks zu sein. Nun, wir haben das beendet...«

Miles hielt inne, als einige Klatscher und Jubelrufe einsetzten. *Sollen sie doch klatschen... es ist wohlverdient,* dachte er, bevor er weitermachte.

»Während die Operation Gurista Freedom ein Erfolg war, da wir eine ganze Gesellschaft aus den Klauen des Zodark-Imperiums und seiner Janitscharen befreit haben, erwies sich der Kampf um die Befreiung des Ry'lian-Systems - Lyrius - von den Pharaoniern als eine kostspielige Herausforderung. Sie ebnete uns den Weg für den Zugang zu den Systemen Pharaonis Hive-Pyrallis und Zanthea. Der Kampf um die Beendigung der Bedrohung durch anhaltende Grenzkriege der Pharaonen ist noch im Gange, während sich Vizeadmiral Rosentreter und Admiral Pandolly auf die Invasion von Pyrallis und Zanthea vorbereiten.

»Ich weiß, es gibt einige, die sich fragen, warum die Allianz Ressourcen und Arbeitskräfte für ein paar Pharaonis-Systeme aufwendet und unsere Streitkräfte nicht auf die Invasion des Zodark-Raums ausrichtet. Ich werde Ihnen sagen, warum - denn sobald wir die Zodarks als ständige Bedrohung für unser Volk beseitigt haben, wird unsere Allianz etwas erleben, was sie seit Hunderten von Jahren nicht mehr gekannt hat - Frieden«, erklärte Miles. »Wenn die Kämpfe beendet sind... wenn das letzte Zodark-Schiff und die letzte Garnison kapituliert haben, werden wir nicht unseren Sieg feiern und die Früchte des Friedens genießen, während ein Mitglied des Dominion seine Wunden leckt und seine Einnahmen plant. Die Zeit, diese Bedrohung unseres Volkes zu beenden, ist jetzt gekommen, solange wir die Schiffe und Soldaten haben, um zu gewinnen.«

Kopfnicken und zustimmendes Gemurmel durchdrangen den Raum, als Miles ein Glas Wasser an seine Lippen hob.

Er drehte sich zu Admiral Lee um. »Ripley, Ihre Task Force hat verdammt gute Arbeit geleistet und mit Ihren grenzüberschreitenden Angriffen auf das Gravixia-System Chaos und Amoklauf verursacht. Sie hat die Zodarks gezwungen, eine größere Streitmacht in Tueblets zu halten, und sie daran gehindert, zu versuchen, das Orinda-System von Admiral Dobbs zurückzuerobern. Im Moment ist ihre Streitmacht das Einzige, was die Zodarks daran hindert, das Volk der Gurista erneut zu versklaven.

»Als ich mit der Primord-Verteidigungsministerin Eydis Starweaver und Admiral Bjork Stavanger sprach, waren sie der Meinung, dass Pfeinstgard der Ausgangspunkt für die Invasion des zodarkischen Territoriums sein sollte, wobei wir zunächst ins Gravixia-System zurückkehren und dort bleiben sollten. Von dort aus dringen wir in Tueblets ein, das logistische Zentrum und Herz des Zodark-

Imperiums. Wer Tueblets kontrolliert, kontrolliert das Imperium«, erklärte Miles, bevor er sich Admiral Rosentreter zuwandte. »Willie, an dieser Stelle wendet sich alles an Sie. Nach der Zerstörung der Pharaonis wird Ihre Flotte über eine Brücke in das Orinda-System gebracht, wo sich Ihre Flotte mit Admiral Dobbs Flotte verbinden und zu einer einheitlichen Flotte zusammenschließen wird.

»Während Admiral Lee und die Primords vom Gravixia-System aus Druck auf Tueblets ausüben werden, wird Ihre kombinierte Flotte das Shwani-System einnehmen - das Heimatsystem der Groff und rund vierzig Prozent der Zodark-Schiffsproduktion. Shwani liegt außerdem in unmittelbarer Nähe zu Tueblets. Wenn wir die Zodarks von beiden Seiten unter Druck setzen, wird einer von ihnen zerbrechen. Das wird der Moment sein, in dem wir alles, was wir haben, auf sie werfen, bis wir sie überwältigen und Tueblets oder Shwani einnehmen. In jedem Fall werden die Zodarks unter dem gemeinsamen Gewicht unserer zusammenlaufenden Flotten zusammenbrechen. Täuschen Sie sich nicht, meine Herren, meine Damen, dies ist der Endzustand - die letzten Züge auf dem Schachbrett.«

Kapitel Sieben

Schützenstube
11. Spartacus-Panzerregiment
RNS *Callisto*

Die Freizeithalle hallte vom Geräusch der Billardkugeln und dem lauten, aufgeregten Geplapper der Soldaten wider. Sie waren gerade von einer Kompanieauszeichnungszeremonie zurückgekehrt und trugen ihre Medaillen stolz auf ihren Uniformen.

Im Dunst des Zigarrenrauchs beugte sich Staff Sergeant Peter Kennedy über den mit Filz bezogenen Tisch, den Queue zum Schlag bereit. Die Gespräche und das Gelächter in der Bar traten in den Hintergrund, während er sich auf den Spielball konzentrierte. Er holte tief Luft, um seine Nerven zu beruhigen, dann schätzte er den Winkel ab und berechnete die Flugbahn.

Im nächsten Moment traf ihn eine Erinnerung wie ein Schlag ins Gesicht. Er war wieder in seinem Yeti-Panzer. Ein wunderschönes Tal erstreckte sich vor ihm. Explosionen erschütterten den Boden. Schmutz- und Schuttfahnen flogen in die Luft. Zu seiner Rechten explodierte ein Panzer in einem Flammenball. Durch die Wucht der Explosion wurde er seitlich in sein eigenes Fahrzeug geschleudert. Er umklammerte die Kontrollen fester, seine Knöchel wurden weiß.

»Loader, HEAT round, now!«, befahl er.

Der Lader drückte die Patrone in die Bresche. Kennedy schwenkte den Geschützturm und suchte nach dem Ziel, das gerade das Fahrzeug neben ihm in die Luft gejagt hatte.

Zu seiner Linken löste sich ein leichtes taktisches Bobcat-Fahrzeug in einer feurigen Eruption auf. Das verformte Metall hagelte auf die Talsohle herab. Das ehemals grüne, leuchtende Gras und die bunten Blumen, die das Gebiet bedeckten, lagen nun verkohlt auf dem Boden. Der Geruch von brennendem Gummi und Kraftstoff erfüllte Kennedys Nasenlöcher und ließ seine Augen tränen.

»Ziel, zwei Uhr!«, sagte sein Schütze.

Kennedy schwenkte den Geschützturm. Feindliche Pharaonis kamen in Sicht. »Feuer!«

Der Yeti erschauderte, als das Geschoss den Lauf verließ. Die Granate flog auf die Gruppe der Pharaonenkrieger zu. Sie schlug genau ein, das hochexplosive Geschoss explodierte in ihrer Mitte. Gliedmaßen und Blut spritzten in alle Richtungen, Körperteile flogen durch die Luft.

Es blieb keine Zeit zum Feiern. Weitere Explosionen erschütterten das Tal. Der Boden zitterte unter den Trittflächen seines Panzers.

»Hart links! Bringen Sie uns aus der Todeszone!« schrie Kennedy.

Er überprüfte das Schlachtfeld auf der Suche nach der nächsten Bedrohung. Das gesamte Tal war von den hässlichen Wunden des Kampfes gezeichnet.

»Yo, Kennedy, alles in Ordnung? Bist du da, Mann?«

Die Stimme holte ihn in die Gegenwart zurück. Kennedy blinzelte. *Wie lange habe ich den Spielball angestarrt?* fragte er sich.

Staff Sergeant Joe Wilson stand neben ihm und hielt seine Finger an Kennedys Ohr.

Kennedy richtete sich auf und zwang sich zu einem Lächeln. »Ja, mir geht's gut. Ich... denke nur gerade über meinen Wurf nach. Du hast mich sogar aus dem Rhythmus gebracht.«

Wilson zog die Stirn in Falten. »Dein Rhythmus braucht normalerweise keine zwei Minuten, um den Ball zu schlagen, mein Freund.«

»Ich weiß, und ich verstehe es«, antwortete Kennedy, »du wirst wütend, wenn mein Aufstehen länger dauert als du im Bett, aber...«

»Oh, ha ... ha.« Joe verschränkte die Arme vor der Brust. »Fallen dir keine besseren Witze ein?«

Kennedy zuckte mit den Schultern. »Was, Mann? Ich sage nur, was deine Freundin sagt...«

»Hör auf zu quatschen. Wirst du die verdammte Kugel stoßen, Kennedy, oder was?«, unterbrach Captain Michael Martin, der Kommandant der Alpha Company, der auf der anderen Seite des Billardtisches stand. Er hielt einen Billardstock in der Hand und wartete, zweifellos in der Hoffnung, dass Kennedy seinen nächsten Stoß verpassen würde.

Kennedy rollte mit den Augen. »Ja, Sir. Bleiben Sie dran.«

Als Kennedy sich bückte, um seinen Stoß auszuführen, konnte er in Wilsons Blick sehen, dass ihn sein kurzzeitiger Blackout immer noch beschäftigte. Er versuchte, es zu verdrängen, konzentrierte sich wieder auf den Spielball und tat sein Bestes, um die Erinnerungen in die

Tiefen seines Geistes zurückzudrängen. Doch sie blieben, wie ein schlechter Geschmack in seinem Mund, den er nicht loswerden konnte.

Er ließ seinen Queue zwischen den Fingern gleiten und richtete seinen Stoß aus. Die Vier saß am Rande der Ecktasche. Es war ein leichter Stoß für jemanden mit Kennedys Fähigkeiten. Er zog den Queue zurück und stieß ihn dann nach vorne. Die weiße Kugel prallte mit einem scharfen Knall gegen die Vier.

Das Geräusch erschreckte ihn. Er wich zurück. Er spürte sein Herz rasen, als er sich aufrichtete. Einen Moment lang war er wieder auf Serenea. Der Klang von Schüssen und Explosionen klang in seinen Ohren. Er holte tief Luft, um sich zu beruhigen.

Wilson legte den Kopf schief. »Hey, Mann, im Ernst. Ist alles in Ordnung mit dir? Vielleicht solltest du mal in die Kampfstress-Klinik auf Deck vier gehen. Die haben ein paar gute Berater und sogar Psychiater.«

Kennedy zwang sich zu einem Lachen. »Nein, mir geht's gut. Ich muss nicht zu einem Seelenklempner. Ich bin nur ein bisschen nervös, das ist alles. Außerdem, sind Sie nicht derjenige, der einen Psychiater braucht, Wilson? Ich habe gesehen, wie du mit dem Automaten geredet hast, als ob er dein bester Freund wäre.«

Wilson grinste. »Hey, dieser Automat und ich haben eine besondere Beziehung. Er gibt mir immer einen zusätzlichen Schokoriegel, wenn ich nett frage.«

Hauptmann Martin lachte über die beiden. »Ich bin überrascht, dass der General Sie beide nicht wegen schlechter Witze vor ein Kriegsgericht gestellt hat - das sind ja schlimmer als Vaterwitze.«

Sie lachten alle. Dann blickte Kennedy zu Hauptmann Martin. »Sir, da wir gerade vom General sprechen, der Silver Star war wohlverdient. Hätten Ihre Panzer die letzte feindliche Linie nicht durchbrochen, hätten wir diese Ionenkanonen wohl kaum ausschalten können. Wer weiß, wie lange wir noch auf diesem verdammten Planeten sein könnten.« Um ehrlich zu sein, war Kennedy unendlich dankbar, dass er von diesem Felsen von einem Mond weg war. Er war sich nicht sicher gewesen, wie lange seine Nerven noch durchhalten würden, bevor er ausrastete oder etwas Dummes tat und sich und seine Freunde umbrachte.

Martin streckte seine Hände weit aus, als ein Lächeln auf seinem Gesicht erschien. »Ach, was soll's, Staff Sergeant, ich versuche nur, etwas von meiner Großartigkeit an den Rest von euch Kotzbrocken weiterzugeben.« Er winkte seine eigene gespielte Arroganz ab. »Spaß beiseite, ich war es nicht, der die feindliche Linie durchbrochen hat. Es war mein Team. Es waren Unteroffiziere wie Sie, die das Kommando über einen Zug übernommen haben, als ihr Leutnant getötet wurde, und Sie haben weitergemacht. Sie kannten die Ziele, genau wie die Offiziere, und als Ihres verloren ging, sind Sie in die Bresche gesprungen und haben geführt! Ich könnte nicht stolzer sein, an der Seite von Soldaten wie Ihnen zu dienen. Wie auch immer, danke, Kennedy.«

Kennedy nickte. Sein Blick wanderte zu dem Bronzenen Stern mit Tapferkeitsmedaille, der über seiner linken Brusttasche prangte. Selbst der Gedanke, diese Medaille zu erhalten, war ihm noch unangenehm. Mitten im Gefecht hatte er aus einem Impuls heraus gehandelt. Seine Ausbildung hatte die Oberhand gewonnen, als er seinen Panzer in Stellung gebracht hatte, um die eingekesselte Infanteriegruppe unter Feuer zu nehmen. Zu diesem Zeitpunkt hatte er einfach nur seine Pflicht getan und in Sekundenbruchteilen die notwendigen Entscheidungen getroffen, um seine Waffenbrüder und -schwestern zu schützen. Sie hatten sein Handeln als außergewöhnlich bezeichnet. Seltsam - er hatte es trotzdem getan, ohne die Hoffnung, dass ihm jemand eine Auszeichnung verleihen würde.

Als er den nächsten Schuss ins Visier nahm, kam er aus dem Rhythmus, als er aus dem Augenwinkel sah, wie Soldaten an einem Tisch in der Nähe Tischtennis spielten. Er stand auf, schüttelte den Gedanken ab und beobachtete dann eine Gruppe von Leuten, die sich an einer Spielhalle abrackerten. Er rollte den Nacken, um sich zu lockern, und sein Blick fiel auf ein paar Männer und Frauen, die an der Bar saßen. Sie nippten an ihren Getränken und plauderten miteinander.

Martin kreidete die Spitze seines Queues an. »In Ordnung, Kennedy, genug der Verzögerung. Mach deinen Stoß und wirf, damit ich dir zeigen kann, wie es wirklich geht.«

»Ha, tu nicht so, als ob du gut wärst. Ich habe dich spielen sehen. Heul nur nicht, wenn ich dich überliste«, antwortete Kennedy mit einem Grinsen im Gesicht.

Wilson schnaubte. »Den Tisch leiten? Eher das Maul aufreißen.«

Kennedy wandte sich an Wilson. »Hey, lassen Sie mich nicht mit Ihnen anfangen. Ich habe schon bessere Schüsse von einem Stormtrooper gesehen.«

Martin schüttelte den Kopf. Ein Lächeln umspielte seine Mundwinkel bei der Anspielung auf den alten *Star Wars Film*. Es war schon schlimm genug, dass Disney dieses Multigenerationen-Franchise ruiniert hatte, aber jetzt machten sie auch noch immer mehr Ableger davon, die nur wenige Leute sahen, vor allem, da interplanetarische Reisen jetzt eine Realität waren und nicht mehr nur eine nette Szene in einem Science-Fiction-Film.

»Kennedy, wenn du nicht schießt, werde ich mir einen Drink holen und mir ein paar andere Freunde suchen, mit denen ich den Abend genießen kann. Deine Entscheidung, aber die Uhr tickt, mein Freund.«

»Verstanden.« Kennedy betrachtete die Linie, sein Queue sicher für einen weiteren Stoß. Er bemerkte, dass der grüne Filz unter der Kugel abgenutzt und verblasst war. Er stieß, und die Weiße flog auf einen Festkörper zu. Die blaue Zweierkugel fiel in die Ecktasche.

Klappern.

»Guter Schuss, Pete«, sagte Wilson. »Na und, jetzt brennst du?«

Kennedy blinzelte. »Nein, manchmal hilft das Glück den Besten von uns.«

Captain Martin rollte mit den Schultern und wartete, bis er an der Reihe war. »Das ist eine beeindruckende Treffsicherheit. Ehrlich gesagt, wenn Sie Ihren Dienst beendet haben, sollten Sie sich überlegen, Profi im Billard zu werden. Ich habe schon unzählige Male gesehen, wie du solche Stöße gemacht hast, und du lässt es wie Routine aussehen.«

»Ja, vielleicht. Träume sind frei.« Kennedy bereitete seine nächste Annäherung vor, eine knifflige Kombination, die äußerste Präzision erforderte. Die Weiße traf ihr Ziel, aber der Winkel war um ein Haar falsch, und die Acht verfehlte das Loch nur um wenige Millimeter. »Ahh, verdammt, Sir, Sie haben mich verflucht.«

Kapitän Martin schob seine Unterlippe vor. »Ah, habe ich das getan? Ach, was soll's.«

Mit versteinerter Miene richtete sich Kennedy auf. Dabei fiel ihm eine plötzliche Bewegung in seinem Blickfeld auf. Er zuckte zusammen. Sein Herz raste und er erstarrte. Doch es war nur ein Besatzungsmitglied, das vorbeiging. Für den Bruchteil einer Sekunde befand sich Kennedy wieder auf dem Schlachtfeld und in seinem Panzer, während um ihn herum feindliches Feuer niederprasselte.

Wilson runzelte wieder die Stirn. »Ernsthaft, geht es dir gut, Peter?«

»Ja, ich habe mich nur geärgert, dass ich den Schuss verpasst habe«, log Kennedy und spürte, wie seine Wangen rot wurden.

»Sind Sie sicher?« drängte Wilson. »Du bist sehr nervös, seit wir die Umlaufbahn verlassen haben.«

»Mir geht es gut«, sagte Kennedy mit etwas mehr Wärme im Ton, als er meinte.

Tief im Inneren wusste er jedoch, dass es eine Lüge war. Die Erinnerungen an den Krieg begannen ihn zu verschlingen. Sie waren immer da, immer knapp unter der Oberfläche. Die knappen Entscheidungen, die Freunde, die er verloren hatte... das war genug, um selbst den stärksten Soldaten zu erschüttern. Er wusste, dass er Hilfe brauchte, aber sich das einzugestehen, selbst vor sich selbst, kam einem Eingeständnis von Schwäche gleich - und Schwäche zeigt man nie vor seinen Feinden. Dann würden sie zuschlagen.

»OKAY.« Wilson steckte seine Hände in die Hosentaschen, weil er nicht wusste, was er in diesem Moment mit ihnen anfangen sollte. »Na gut, Kennedy. Aber wenn ich noch einmal mitbekomme, wie du versuchst, das Gummientchen in der Kantine zu grüßen, werde ich dich persönlich in Therapie schicken. Und du weißt, wie verrückt ich bin, das will schon was heißen.«

»Wann immer ihr aufhört zu sticheln, wird es großartig sein. Denn es wird Zeit, dass ihr seht, wie ich diesen Ball hier versenke. Sehen Sie zu und lernen Sie, meine Herren.« Captain Martin nahm seinen Stoß und versenkte einen Streifen mit Leichtigkeit in einer Seitentasche.

»Nun«, sagte Kennedy, »guter Schuss, Sir. Ein bisschen Glück, aber gut gemacht.«

»Glücklich?« Wilson schnaubte. »Ich bin überrascht, dass er überhaupt noch den Ball treffen kann, nachdem er bei diesem Mädchen auf New Eden so danebengeschossen hat.« Er richtete seinen Blick auf Captain Martin. »Wie war noch mal ihr Name, Sir? Die aus der Starlight Bar?«

Kennedy gluckste, froh über den Themenwechsel. »Du meinst die, die ihren Drink auf ihn geschüttet hat?«

»Das ist er!« Wilson warf eine Faust in die Luft. »Der schönste Tag meines Lebens. Ich dachte, sie würde ihn bis in die nächste Woche hinein ohrfeigen.«

Kapitän Martin wurde rot. »Hey, also. Man kann es einem Mann nicht verübeln, dass er es versucht. Wir wollten gerade auslaufen. Außerdem dachte ich, ihr hättet euch freiwillig als meine Flügelmänner in dieser Taucherkneipe gemeldet.«

»Ja, wir haben Sie gewarnt, Sir. Wenn man das Land der Offiziere verlässt, um mit den Unteroffizieren herumzuhängen, bekommt man zwangsläufig Schwierigkeiten. Vielleicht sollten Sie sich das nächste Mal ein paar Tipps von Pete hier holen«, sagte Wilson und wies mit dem Daumen in Kennedys Richtung. »Er scheint nie Probleme mit den Damen zu haben.«

Kennedy lachte und hielt seine Hände hoch, um eine Kapitulation vorzutäuschen. »Schauen Sie mich nicht mehr an. Ich versuche in letzter Zeit, mich von den Frauen fernzuhalten. Ich mache nichts als Ärger mit ihnen.«

»Klar, redet nur weiter, Leute«, antwortete Kapitän Michael, während er seinen nächsten Stoß anvisierte und die Kugel in einem ungünstigen Winkel gegen eine Streifenkugel schlug. Sie prallte von der Bande ab und verfehlte das Loch weit.

»Autsch. Pech gehabt, Sir«, sagte Kennedy. Dann trat er an den Tisch heran. »Ich bin dran. Schauen Sie zu und weinen Sie, meine Herren. Der Meister wird Ihnen gleich zeigen, wie man es macht.«

Wilson lehnte mit der Schulter an der Wand und nippte an einem Bier, das ihm eine Bedienung gerade gegeben hatte. »Leute, könnt ihr das glauben? Ich meine, wir haben zwei ganze Wochen Erholung vor uns. Es fühlt sich an wie ein verdammter Traum.«

Kapitän Martin nickte. »Nach der Hölle, die wir durchgemacht haben, haben wir es verdient. Ich will gar nicht an die nächste Kampagne denken.«

Bei der Erwähnung der bevorstehenden Mission spürte Kennedy eine Enge in seiner Brust. »Pst, ihr zwei. Ich versuche, mich zu konzentrieren.« Er versuchte, das Gefühl zu verdrängen, während er seine Position auf dem Billardtisch auslotete und seine Vorgehensweise abschätzte. Nachdem er seinen Stoß studiert hatte, stieß er die weiße Kugel sauber an. Die Acht rollte direkt in die Ecktasche.

»Gut gemacht, Pete!« sagte Wilson. »Du bist nicht zu stoppen.«

Kennedy grinste. »Danke. Und ich stimme zu, ich bin froh, dass wir etwas Zeit zum Entspannen haben.«

Captain Martin zerbrach seinen Queue. »Also, Kennedy, was ist mit deinen Kindern auf New Eden passiert?«

»Was meinen Sie?«, antwortete Kennedy.

Martin hob die Schultern und ließ sie eine Sekunde später wieder sinken. »Ich weiß es nicht. Du sprichst nicht mehr viel über sie. Geht es ihnen gut? Alles in Ordnung zu Hause?«

»Eigentlich denke ich die ganze Zeit an sie. Ich schätze, ich habe nicht viel darüber gesprochen, seit wir weg sind.« Kennedys Gesichtsausdruck wurde wehmütig. »Aber ja, ich kann es kaum erwarten, die kleine Evan und Olivia zu sehen. Es ist schon viel zu lange her.«

»Das ist cool. Wie läuft's mit deiner Frau?« In Wilsons Stimme lag eine gewisse Vorsicht, als er näher an den Billardtisch herantrat. »Denkst du, es gibt eine Chance, sich zu versöhnen?«

Kennedy schüttelte den Kopf. »Nein, Mann. Das Boot ist abgefahren. Es ist einfach zu schwer für sie, wenn ich manchmal jahrelang für einen Wahlkampf weg bin. Du darfst nicht vergessen, dass dies mein dritter Wahlkampf ist. Ich war schon viel zu oft weg. Wenn ich die Dinge ändern könnte - du weißt schon, ein Auftrag von der Seite - ich meine, vielleicht könnten wir das, aber...« Seine Stimme brach ab.

»Jedenfalls ist sie jetzt mit einem anderen zusammen«, sagte Kennedy achselzuckend. »Da sie die Scheidung eingereicht hat, sehe ich nicht, dass wir wieder zusammenkommen können. Ich kann es ihr nicht verübeln.« Er hatte die Tatsache ihrer bevorstehenden Scheidung schon seit einem Jahr nicht mehr wahrgenommen. Zu heiraten und Kinder zu haben, schien damals eine gute Idee gewesen zu sein, aber das Leben eines Soldaten in diesen Tagen verhieß nichts Gutes für funktionierende Ehen.

Captain Martin klopfte ihm auf die Schulter. »Hey, wenigstens hilfst du hier draußen der Menschheit - du beschützt deine Kinder. Es ist ein hartes Leben, das wir führen. Aber am Ende des Tages, wenn nicht wir, wer dann? Wenn nicht Sie, wer dann? Wir sind nicht wegen des Ruhmes Soldat, und du wirst sicher nicht reich damit. Aber wir tun es, damit unsere Gesellschaft, unser Volk, sicher sein kann. Niemals werden wir zulassen, dass sich das, was in Sol passiert ist, wiederholt. Deshalb kämpfen wir.«

»Dem kann ich nichts hinzufügen, Sir.« Kennedy klopfte ihnen beiden auf die Schulter. »Gutes Spiel, Jungs. Ich glaube, ich mache jetzt Schluss für heute. Ihr beide, fangt an zu üben, und ich werde morgen wieder hier sein, um euch den Hintern zu versohlen und euch vielleicht ein paar Tricks zu zeigen.«

»Wir nehmen Sie beim Wort.« Wilson hob sein Bier. »Prost, mein Freund.«

»Prost.«

Kennedy verabschiedete sich von Wilson und salutierte lässig vor Captain Martin, als er sich zum Ausgang wandte. Das leise Summen von Gesprächen und das Klirren von Gläsern verstummte hinter ihm, als er in einen der vielen Korridore von *Callisto* eintrat. Er kam an mehreren Soldaten vorbei, die er wiedererkannte - Jenkins hatte Hawkins zweifellos eine schöne Geschichte aufgetischt. Stephens lehnte sich gegen das Bugschott. Er schloss die Augen und versuchte, ein paar Momente der Ruhe zu finden.

Anstatt sich auf den Weg zurück in den Schlafsaal zu machen, trugen Kennedys Stiefel ihn zum Heck des Schiffes und hinunter zu Deck vier, wo sich die Klinik für Kampfstress befand. Als er an der Waffenkontrolle vorbeikam, nickte er den vertrauten Gesichtern der Sergeants Ramirez und Kimura zu, den Pechvögeln, die in der ersten Nacht ihrer Erholung den CQ Dienst übernommen hatten.

Als er aus dem Aufzug auf Deck vier trat, schien sich der Korridor mit jedem Schritt zu verlängern. Die Erinnerungen an die letzten sieben Monate spiegelten sich in seinem Kopf wieder. Er hasste es - den Rauch, das ohrenbetäubende feindliche Feuer, die Schreie der Verwundeten, all das Blut - es ging nie weg. Er konnte beim besten Willen nicht herausfinden, warum.

Während der anderen Kampagnen hatte ich diese Probleme nicht, dachte Kennedy. *Warum also jetzt? Früher habe ich die schlechten Erinnerungen immer in eine Kiste gesteckt. Und jetzt? Das funktioniert einfach nicht mehr.*

Kennedy beschleunigte seine Schritte, bis er vor der Tür der psychiatrischen Einrichtung stand. Er holte tief Luft und ging hinein. Die Albträume und Flashbacks hatten sich verstärkt. Er wusste, dass er mit jemandem reden musste.

Achtes Kapitel

Anfang Juli 2114
Titan Training Facility
Sol-System

Admiral Ripley Lee lehnte sich in seinem Stuhl zurück, den Blick auf das Holodisplay gerichtet, das über seinem Schreibtisch schwebte. Neben ihm saß XO Noriko Sato mit geradem Rücken und konzentrierter Miene. Die Pläne des RNS-Sternentransporters *Vega* drehten sich langsam vor ihnen. Seine massive Form stellte alles in den Schatten, was sie bisher gesehen hatten.

Lee pfiff leise, seine Finger zeichneten die Umrisse des Schiffes in der Luft nach. »Dreitausendzweihundert Meter. Dagegen sieht unser alter Kreuzer wie ein Ruderboot aus, nicht wahr?«

Sato nickte. Sie scannte die Spezifikationen, die neben dem Hologramm angezeigt wurden. »Bronkis5-Panzergürtel. Das ist absolutes Spitzenmaterial, Admiral. Dieses Schiff kann einiges einstecken.«

»Und sie haben eine höllische Schlagkraft«, sagte Lee und deutete auf die Waffenanlage. »Vierundzwanzig doppelläufige Anti-Schiffs-Turbolaser, zwanzig doppelläufige Vierundzwanzig-Zoll-Magrail-Geschütztürme. Das ist genug Feuerkraft, um einen kleinen Mond auszulöschen.«

Satos Augenbrauen schossen in die Höhe, als sie die Raketenspezifikationen las. »Zweihundertfünfzig Antischiffsraketen in fünf Gondeln zu je fünfzig Stück. Sechzig Punktverteidigungskanonen, zwanzig Gondeln mit je fünfzig Antifighter-Raketen. Das ist eine fliegende Festung.«

Lees Blick richtete sich auf die Anzahl der Kampfflugzeuge. »Zwei volle Flügel, jeder mit drei Gruppen zu vier Staffeln. Sechzehn Kampfflugzeuge pro Staffel.« Er rechnete im Geiste nach. »Das ist ...«

»Dreihundertvierundachtzig Jäger und Bomber, Sir«, beendete Sato für ihn.

»XO, ich hätte nie gedacht, dass ich den Tag erleben würde, an dem wir ein Schiff dieser Größenordnung kommandieren«, sagte Lee. »Die *Vega* ist wirklich ein Wunderwerk.«

»Es ist, als ob sie die Wunschliste eines jeden Kapitäns genommen und in die Tat umgesetzt hätten, Sir«, stimmte Sato zu. »Und sie geben sie uns.«

Lee gluckste. »Bei der Größe dieses Ungetüms erwarte ich fast, dass hier irgendwo ein Schwimmbad und eine Bowlingbahn zu finden sind.«

»Wer weiß? Ich würde es ihnen zutrauen, dass sie versuchen, die hineinzupressen«, lachte sie.

Lee lehnte sich nach vorne und zoomte auf den Brückenbereich. Sie waren vor kurzem auf dem Schiff angekommen und hatten ein paar Vorräte in Lees Quartier deponiert, waren aber noch nicht auf die Brücke gegangen, um sie persönlich zu besichtigen. Stattdessen hatten sie beschlossen, in Lees Quartier zu bleiben, um die Schiffspläne aufzurufen und unter vier Augen zu sprechen. »Sieh dir die Größe der Kommandozentrale an. Wir könnten unsere gesamte alte Brückencrew dort unterbringen und hätten immer noch Platz für eine Party.«

Sato schnaubte, überspielte dies aber schnell mit einem Husten. »Ich bin mir nicht sicher, ob das Flottenkommando Brückenpartys gutheißen würde, Sir.«

»Spaßverderber«, sagte er, gab aber innerlich zu, dass es ihm ohnehin widerstrebte, an solchen Festivitäten teilzunehmen.

»Die Besatzung...« Sato rief eine Datei auf ihrem Datenpad auf. »Ich habe mir die Personalzuweisungen angesehen. Wir haben einige der besten und klügsten Köpfe der Flotte an Bord.«

Lee rieb sich das Kinn und lehnte sich mit dem Rücken gegen seinen Stuhl. »Ich freue mich darauf, sie alle kennenzulernen.« Er hielt inne, ein schelmisches Funkeln in den Augen. »Sollen wir sie in formellen Uniformen oder Fluganzügen begrüßen?«

»Formelle Uniformen, natürlich, Sir. Wir müssen vom ersten Tag an den Ton angeben.«

»Sie halten sich immer an die Vorschriften, nicht wahr, XO?« Lee lachte, denn er wusste, dass er sich auch meistens an die Vorschriften hielt. »Na gut, dann eben formelle Uniformen. Aber ich behalte mir das Recht vor, auf Fluganzüge umzusteigen, wenn es zu spießig wird.«

»Zur Kenntnis genommen, Sir. Sollen wir den Rest der Spezifikationen durchgehen?«, fragte Sato.

Lee wandte seine Aufmerksamkeit wieder dem Holodisplay zu. »Wir müssen noch eine Menge lernen, bevor wir das Kommando über dieses wunderschöne Ungetüm übernehmen können.«

»Mit Ihnen, Admiral, wird alles gut gehen. Ihr taktisches Geschick während des Zodark-Angriffs auf Alfheim war schlichtweg brillant. Die hohen Tiere haben es bemerkt.«

»Mit Schmeicheleien kommt man überall hin, Sato, aber das ist schon lange her. Seitdem habe ich viel mehr gelernt. Trotzdem sollten wir nicht vergessen, was Sie für mich und unsere Crew über die Jahre hinweg getan haben. Das Manöver, das Sie im Rass-System abgezogen haben. Das war wie aus dem Lehrbuch. Ohne dein schnelles Denken hätten wir nicht überleben können.«

»Ich folge nur Ihrem Beispiel, Sir.« Sie zögerte einen Moment, und ihr Gesichtsausdruck wurde nüchtern. »Ich... habe gestern einen Brief von meinem Bruder erhalten.«

»Alles in Ordnung?«

»Sein bester Freund...« Sato schluckte schwer. »KIA. Ein Zodark-Krieger hat ihn offenbar ausgeschaltet. Er sagte nur, dass es grausam war und er es nicht aus dem Kopf bekommt.«

Lees Kinnlade spannte sich an. »Verdammt. Das tut mir leid. Das ist ... hart.« In den langen Jahren, in denen Lee Schiffe, Besatzungsmitglieder und Piloten befehligt hatte, war es nie einfacher geworden, den Verlust von Menschen unter seinem Kommando zu akzeptieren. Die Opfer, die sie für ihn, ihre Brüder und Schwestern im Kampf und für die Republik brachten. Verdammt, für die Menschheit. Er hatte Dinge gesehen, die er auch nach all den Therapien, die er seitdem erhalten hatte, *immer noch* nicht aus seinem Kopf bekommen konnte.

Satos Augen blickten in die Ferne. »Es war schwer zu lesen. Er beschrieb die Folgen... es war nicht schön, besonders für seine Einheit.«

»In welcher Einheit ist er?«

»3. Ranger-Regiment, 1. Division.«

»Der Krieg ist brutal, hässlich. Wie dein Bruder und die, die an seiner Seite starben, kämpfen wir, damit andere es nicht tun müssen.«

»Ja, Sir«, sagte Sato.

Die Stimmung im Raum kippte und die Spannung legte sich wie eine schwere Decke über sie. Lee stützte die Ellbogen auf den Schreibtisch, seine Miene war ernst. »Wir haben ein paar Monate Zeit, um uns vorzubereiten, bevor wir ins Pfeinstgard-System aufbrechen. Wir müssen eine Menge Leute ausbilden. Hast du dich ausgeruht?«

»Aye, Admiral.« Sato tippte auf das Tablet in ihrer Hand. »Was halten Sie von dem letzten Geheimdienstbericht des Raumfahrtkommandos? Es klingt, als hätten die Zodarks Gravixia eifrig verstärkt, falls wir uns zu einem weiteren Besuch entschließen sollten.«

»Kein Wunder. Unser letzter Einfall hat sie mit heruntergelassenen Hosen erwischt. Wir haben sie völlig überrascht. Die Primarchen und das Raumkommando haben bestätigt, dass wir an ihrem Käfig gerüttelt haben. Die wenigen Informationen, die die Gallentiner gesammelt haben, deuten darauf hin, dass die Zodarks ihre Frühwarnsysteme und QRF-Protokolle verstärkt haben. Diesmal werden wir nicht unbemerkt in ihr System eindringen. Erwarten Sie schwere Abfangjäger, sobald wir die Grenze überschreiten.«

»Sir, haben Sie irgendwelche Bedenken bezüglich dieses mehrgleisigen Ansatzes, um die Zodarks einzukreisen, bevor wir uns auf die Jagd nach den Tueblets machen?« fragte Sato und rief eine geheime Datei auf ihrem Datenpad auf.

»Ich habe meine eigenen Gedanken, aber Sie haben offensichtlich etwas auf dem Herzen, also warum teilen Sie Ihre Bedenken nicht mit«, sagte Lee.

»Es ist ein mehrgleisiger Angriff. Er teilt unsere Kräfte auf«, erklärte Sato. »Wir werden den Hauptangriff anführen, aber es sind mindestens *drei weitere* Kampfgruppen beteiligt. Ich verstehe die Logik. Ich frage mich, warum wir nicht einfach unsere Kräfte bündeln und über Gravixia direkt nach Tueblets vorstoßen.«

»Ja, allein die Logistik ist ein Alptraum«, räumte Lee ein. »Wir werden tief im feindlichen Gebiet operieren, weit weg von unseren Nachschublinien, sobald wir in Tueblets sind. Wenn etwas schief geht...«

»Wir sind auf uns allein gestellt, ich verstehe«, beendete Sato. »Zurück zum Geschäftlichen. Ich werde sofort mit der Arbeit an Trainingsplänen und Simulationsszenarien beginnen, Sir.«

»Haben Sie Captain Blake Cooper gerufen?«

»Jawohl, Sir. Er ist auf seinem...«

Ein scharfes Klopfen an der Tür unterbrach ihr Gespräch. Lee warf einen Blick auf Sato und rief dann: »Herein.«

Die Tür glitt auf und zeigte Blake »Coop« Cooper. Er trat ein, den Rücken gerade, und salutierte. »Captain Cooper meldet sich wie befohlen, Sir.«

Lee erwiderte den Salut. »Rühren, Captain.«

Coop entspannte seine Haltung und legte sich in die Paradeposition. Sein Blick wanderte zwischen Lee und Sato hin und her.

Lee winkte einen Stuhl heran. »Setzen Sie sich, Coop.«

Coop zögerte einen Herzschlag lang, bevor er sich auf dem angebotenen Stuhl niederließ. Seine Haltung blieb aufmerksam, die Hände ruhten auf seinen Knien.

Lee verschränkte die Finger und legte die Hände auf den Schreibtisch. »Ich erweitere Ihr Kommando, Coop. Zusätzlich zum Kommando über das Carrier Strike Wing 14 werden Sie der führende Geschwaderkommandant an Bord der *Vega* sein. Captain Mason Lewis kommandiert CSW 15, aber er wird unter Ihrem Gesamtkommando stehen. Das ist ein großer Schritt nach vorn. Sind Sie bereit, diese zusätzliche Verantwortung zu übernehmen?«

Coop straffte die Schultern. »Sie können sich auf mich verlassen, Admiral. Ich werde alles geben, was ich habe, und noch einiges mehr.«

»Gut, denn es sieht so aus, als ob unsere Kampfgeschwader diese neu aufgerüsteten Gripen II fliegen werden. Das bedeutet, dass ich Sie brauche, um ihre Integration in die Geschwader zu überwachen. Wir haben ein kurzes Zeitfenster, um die Geschwader und das Schiff innerhalb von acht Wochen einsatzbereit zu machen. Das ist nicht viel Zeit, ich weiß, aber wir müssen mit dem arbeiten, was uns zur Verfügung steht.

Coop blieb ausdruckslos, während er zuhörte. »Acht Wochen sind eine knappe Zeitspanne, Sir. Wir werden das schon hinbekommen, aber zurück zu diesen neuen Gripens. Wir haben schon seit einiger Zeit von ihnen gehört. Hat man Ihnen schon die technischen Daten gezeigt?«

Lee nickte und tippte auf seinem Datenpad, woraufhin eine holografische Anzeige des Jägers erschien. »Das Beste vom Besten, Coop. Verbesserte Manövrierfähigkeit, verstärkte Panzerung um das kritische System herum und ein verbessertes EW- und Defensivwaffenpaket werden es einem Zodark sehr viel schwerer machen, ihn zu erfassen und anzugreifen. Sato wird Ihnen das Update in Kürze auf Ihr Datenpad schicken, damit Sie es sich in Ruhe ansehen können. Oh, da ist noch etwas, was ich Ihnen mitteilen muss. Ihre Bitte, die Flügel durch das Adaptive Kampftraining für Piloten zu schicken - ich habe ein paar Fäden gezogen und ein paar Gefallen eingefordert. Wir haben es bekommen, aber nur für eine Kampfgruppe. Ich schlage vor, dass Sie die am wenigsten erfahrenen Piloten an diesem Training teilnehmen lassen. Sie sind diejenigen, die am meisten davon profitieren.

meldete sich Sato zu Wort. »Mit der Rückkehr der Piloten von der *Freedom* in die Flotte werden wir eine Mischung aus sehr erfahrenen Piloten und einer Menge Nachwuchspiloten erhalten, die entweder frisch von der Flugschule kommen oder ihre ersten Assessments absolvieren. Wir lassen Sie und Captain Lewis entscheiden, wie Sie die Piloten aufteilen wollen, aber wir möchten, dass Sie beide sich überlegen, welche neuen Taktiken und Strategien wir angesichts der Anzahl der Staffeln, die die *Vega* aufstellen kann, anwenden sollten.«

Lee starrte Coop an. »Ich möchte auch, dass Sie und Lewis mit Commander Rhom von der Taktikabteilung zusammenarbeiten, um Strategien zu entwickeln, die unsere Jäger und die Waffen des Schiffes voll ausnutzen. Mal sehen, ob es einen besseren Weg gibt, die uns zur Verfügung stehenden Mittel zu nutzen.«

Coop nickte zustimmend. »Auf jeden Fall, Sir. Ich muss allerdings zugeben, dass ich immer noch schockiert bin, dass Sie genug Trainingszeit bei PACT bekommen haben, um eine ganze Kampfgruppe dort zu trainieren. Das wird die Piloten, die wir schicken, wirklich verbessern. Sobald ich die Gelegenheit hatte, die offiziellen Spezifikationen dieser neuen Gripen II und das, was wir bei unserem letzten Einfall in den Zodark-Raum angetroffen haben, durchzusehen, werde ich unsere Ausbildungsoffiziere darauf hinweisen, wie unsere neuen Fähigkeiten gegen das, was wir bei unserem letzten Kampf mit den Zodarks angetroffen haben, eingesetzt werden können. Wenn wir Zodark-Territorium einnehmen wollen, werde ich einen Teil unserer Ausbildung auf den Flug in der Atmosphäre und die Luftnahunterstützung konzentrieren.

»Ich glaube, was uns bei den Angriffen auf die Bergbauanlagen im Gravaxia-System überrascht hat, war die enorme Verbesserung des integrierten Verteidigungssystems der Zodarks. Sie haben ihre elektronische Kriegsführung und ihre punktuellen Abwehrgeschütze erheblich aufgerüstet. Wir müssen uns stärker auf die Unterdrückung und Zerstörung der feindlichen Luftabwehr konzentrieren, wenn wir den

Weg für unsere orbitalen Angriffstransporter und Luftnahunterstützungseinheiten frei machen wollen. Ich werde vielleicht sogar ein oder zwei Geschwader nur für diesen Zweck abstellen«, erklärte Coop, während er seine Ideen mitteilte, wie er seine Piloten auf die kommenden Schlachten vorbereiten kann.

Lee grinste, als er zuhörte. »Deshalb übertrage ich Ihnen die Verantwortung, Coop. Sie haben die Erfahrung und den Willen, das zu schaffen.«

Coop hob sein Kinn. »Ich danke Ihnen, Sir. Wir werden die verdammt besten Space Wings der Flotte haben.«

»Es wird eine Menge Arbeit sein, Captain«, sagte Sato. »Lange Arbeitszeiten, schwierige Entscheidungen. Sind Sie dazu bereit?«

»Bereit geboren«, antwortete Coop selbstbewusst.

»Gut«, sagte Lee, »denn wir beginnen morgen um 08.00 Uhr im Bereitschaftsraum. Ich werde Sie über den vollen Umfang der Operation Starburst und unsere Rolle darin informieren. Dies sollte der Wendepunkt des Krieges sein.« Er hielt inne und musterte Cooper auf jedes Anzeichen von Zögern oder Zweifel. Er fand nichts - kein nervöses Zucken, keine unsichere Geste, keinen vielsagenden Ausdruck. »In Ordnung, Coop, lassen Sie uns zur Sache kommen. Ich will einen rotierenden Zeitplan für alle Staffeln. Drei Schichten, jeweils acht Stunden. Das bedeutet Training und Wartung rund um die Uhr.«

Coopers Körperhaltung strahlte unerschütterliches Vertrauen aus. »Verstanden, Sir. Wir werden die Piloten Tag und Nacht singen lassen.«

»Gut. Und nun zu den Trainingsplänen«, fuhr Lee fort. »Ich möchte eine Mischung aus Standard- und fortgeschrittenen Manövern. Wir beginnen mit den Grundlagen - Formationsflug, Ausweichtaktik, Zielerfassung. Dann steigern wir das Ganze und fügen alle neuen Taktiken hinzu, die Sie und Lewis sich einfallen lassen. Apropos Training, haben Sie schon mal vom Thrasher Run gehört?«

Coops Augen verengten sich ein wenig. »Sir, ich bin ganz wild auf hartes Training, aber das ist nicht gerade ein Spaziergang. Es hat den Ruf, Piloten zu verschlingen und wieder auszuspucken.«

»Genau«, sagte Lee und drehte sich in seinem Stuhl. »Ich möchte, dass unsere Piloten es zum Frühstück essen. Wenn wir fertig sind, sollten sie in der Lage sein, es mit verbundenen Augen zu fliegen.«

Coop grunzte über seinen Optimismus. »Aye, Sir. Wir werden dafür sorgen, dass jeder eine Chance bekommt.«

»Mit den verbesserten Waffen der *Vega* werden wir eine neue Strategie einführen, die wir Hammer und Amboss nennen«, fügte Sato hinzu, während sie von ihrem Datenpad ablas. »Ihre Jäger werden der Hammer sein, Coop. Ich werde in den nächsten Tagen mehr dazu sagen, aber es geht darum, Ihre Geschwader mit unseren Großkampfschiffen zu koordinieren, um eine Reihe von Killboxen zu schaffen.«

»Tötungsboxen? Das hört sich gut an«, rief Coop aus.

»Ganz genau«, fügte Lee hinzu. »Wir werden unsere größeren Schiffe - Sie wissen schon, Schlachtkreuzer, Schlachtschiffe, schwere Kreuzer - einsetzen, um die feindlichen Jäger in bestimmte Zonen zu treiben. Hier kommen Ihre Geschwader ins Spiel. Ich will Präzisionsangriffe und den Einsatz überwältigender Feuerkraft. Wir wollen nicht einfach nur Nahkämpfe gewinnen, sondern die Fähigkeit des Feindes, sich zu wehren, auslöschen.

»Verstanden, Admiral.« Coop faltete die Hände in seinem Schoß. »Captain Lewis und ich werden dafür sorgen, dass es klappt. Gibt es sonst noch etwas?«

»Bauen Sie ein Grundlagentraining in ihre Routine ein. Sie müssen Ausdauer für verschiedene Aspekte ihres Lebens aufbauen, insbesondere um ihre körperliche Fitness zu verbessern.« Lee stand auf, um das Ende der Besprechung zu signalisieren. »Das ist alles für den Moment, Captain. Ich habe volles Vertrauen in Ihre Fähigkeiten. Ich bin entlassen.«

Coop erhob sich von seinem Stuhl, richtete sich auf und salutierte. Er machte auf dem Absatz kehrt und verließ das Büro. Die Tür schloss sich zischend hinter ihm.

Sato sah zu, wie sich die Tür schloss. »Sir, wissen Sie noch, als Coop noch ein Anfänger war? Damals hat er so viele Fehler gemacht.«

»In der Tat. Er war ein arroganter Mistkerl... es gab eine Zeit, in der ich in Erwägung zog, ihn für eine administrative Trennung zu empfehlen. Aber seitdem hat er einen weiten Weg zurückgelegt und bewiesen, dass er einer unserer besten Flieger ist.«

»Erinnerst du dich an den Vorfall mit dem Fahrwerk?« Sato schüttelte den Kopf.

Lee stöhnte und kniff sich in den Nasenrücken. »Wie konnte ich das vergessen? Die Deckscrew hat tagelang Bremsspuren auf dem Flugdeck geschrubbt.«

»Und das eine Mal, als er während einer Routinepatrouille versehentlich seine Ladung abgeworfen hat?«

»Erinnern Sie mich nicht daran«, seufzte Lee. »Ich dachte, Admiral Oldendorf würde ein Aneurysma bekommen, als er den Bericht sah.«

Satos Lippen zuckten. »Um ehrlich zu sein, Sir, die Sicherheitsprotokolle waren bei den alten Orions etwas verwirrend.«

»Stimmt. Aber die meisten Piloten haben es nicht geschafft, ihre gesamte Raketenausrüstung in einem Asteroidenfeld zu versenken.«

Ein Lächeln umspielte Satos Lippen. »Er hat die Dinge auf jeden Fall ... interessant gehalten.«

»Weißt du, Noriko, ich glaube, diese Missgeschicke waren genau das, was Coop brauchte. Sie lehrten ihn Demut und zwangen ihn, sich zu konzentrieren.«

»Ich stimme Ihnen zu, Sir«, sagte Sato. »Es war bemerkenswert, seinen Wandel zu beobachten. Er hat sich von einem eingebildeten Teufelskerl zu einem Anführer entwickelt, der sich wirklich um seine Piloten kümmert.«

»Deshalb habe ich mich für seine Beförderung eingesetzt. Er hat die perfekte Mischung aus Können und Erfahrung. Außerdem hat er es selbst erlebt. Er weiß, wie es ist, Mist zu bauen, das Gefühl zu haben, nicht für dieses Leben geschaffen zu sein, und dieses Gefühl zu überwinden.«

»Das macht ihn auch zu einem hervorragenden Mentor.«

»Genau, und mir ist aufgefallen, dass er das Potenzial von Piloten erkennt, das andere vielleicht übersehen. Er gibt ihnen eine Chance, sich zu beweisen, so wie er es tun musste.«

Lee erhielt die Meldung, dass eine dringende Nachricht aus dem Primord-System Pfeinstgard eintraf, und er reichte Sato die Hand, als er den Bericht aufrief. Als er ihn las, breitete sich ein Lächeln auf seinen Lippen aus.

»Was ist los, Boss?« fragte Sato.

»Nachdem wir abgezogen waren, dachten die Zodarks offenbar, das Pfeinstgard-System wäre reif für einen Angriff und führten ihn durch. Die Primarchen berichten jedoch, dass sie sie völlig vernichtet haben - nur ein paar wenige Zodark-Schiffe haben es geschafft, mit eingezogenem Schwanz davonzuhumpeln.«

Er lachte über die Selbstüberschätzung der blauen Rohlinge. Lee war stolz auf seine Primord-Waffenfreunde. Natürlich gab es noch mehr zu tun, aber er konnte sich des Gefühls nicht erwehren, dass sich das Blatt wendete und dass er auf der Seite stand, die mehr Gutes in das Universum brachte.

Neuntes Kapitel

Büro des Vizekönigs
Allianzstadt, Neu Eden

Der Anführer der Humtars, Präsident Gudea, nahm freundlicherweise auf einem der Stühle im Bibliotheksraum Platz. Dieser Raum war mit Miles' offiziellem Büro verbunden und bot eine entspannte, intime Umgebung, die für die Art von Gesprächen, die sie führen wollten, geeignet war.

»Das ist ein wunderschönes Zimmer, das Sie haben, Miles«, bewunderte Präsident Gudea, dessen Augen sich an den Regalwänden mit echten, echten Büchern erfreuten. »In meiner Heimat stößt man nicht mehr so oft auf echte Bücher - und diese Bronzestatuen und was sind das für... Ölgemälde? Unglaublich. Ich fühle mich, als wäre ich in der Zeit zurückgereist - in eine Epoche, die wir längst verloren haben. Es ist, als ob man seine Vorfahren wiedersieht, wenn ich so kühn sein darf.«

Miles spürte, wie seine Wangen rot wurden, als er Gudeas Kompliment mit einem warmen Lächeln quittierte.

»Vielen Dank, Herr Präsident...«

»Nein, nichts davon, Miles«, unterbrach der Humtar-Anführer. »Bitte, wir sind unter uns, und ich würde gerne glauben, dass wir beide mit jedem Besuch mehr und mehr zu Freunden werden. Nennen Sie mich einfach Gudea. Unsere Kultur ist der des Volkes, das Sie Sumerer nennen, sehr ähnlich. Vom Planeten Sumer, richtig?«

Miles nickte. »Ah, OK, das kann ich machen. Da Sie die Sumerer erwähnt haben, wäre ich nachlässig, wenn ich nicht erwähnen würde, dass wir im Laufe der Zeit herausgefunden haben, dass die Menschen, die den Planeten Sumer bevölkerten, ursprünglich von der Erde kamen. Sie wurden von den Altairianern dorthin umgesiedelt, als sie glaubten, dass ein kataklysmisches Ereignis zum Untergang der Menschen auf der Erde führen würde.

»Offensichtlich haben sie sich in uns getäuscht, aber leider ereilte die Sumerer ein anderes Schicksal als uns. Ihr Planet fiel schließlich unter die Kontrolle des Zodark-Imperiums, nachdem die Altairianer eine Reihe von Schlachten verloren hatten. Seitdem wurde eine große Anzahl ihres Volkes ständig verpflanzt, um eine Reihe von Planeten tief in ihrem Territorium neu zu besiedeln«, erklärte Miles.

»Ah, ja. Ich glaube, ich erinnere mich an diese Information, die Sie mir bei unserem letzten Besuch mitgeteilt haben«, antwortete Gudea, während er sich nach vorne beugte. »Tatsächlich, Miles, ist das ein großer Teil dessen, was ich in unserem Gespräch über unsere Rückkehr in die Milchstraße ansprechen möchte.«

Kanzler Aimes Morgan beugte sich zum ersten Mal seit Beginn der Sitzung vor. »Ihr werdet also zurückkehren?«, fragte er. »Eure Leute waren mit unserem Angebot zufrieden?«

Der Anführer der Humtar wandte sich an den Kanzler. »Ja, Aimes. Unser Führungsgremium, diejenigen, die mich bei der Führung unseres Volkes beraten und unterstützen, haben viel Zeit damit verbracht, die Vorschläge und Optionen, die Sie beigefügt haben, zu bewerten.«

Dann wandte sich Gudea an Miles. »Sie haben auch einige gute Argumente für mögliche Konflikte und Unbehagen mit den Gallentiner und Altairianern vorgebracht, die unsere Rückkehr verursachen könnte. Wir sind seit vielen Jahrtausenden aus dieser und ihrer Galaxie verschwunden. Während unser Volk glaubt, dass wir berechtigt sind, die Rückkehr einiger unserer Kernwelten zu fordern, erkennen wir traurig an, dass sie für unzählige Hunderte oder sogar Tausende von Jahren in Trümmern lagen, bevor sie wiederentdeckt und besiedelt wurden. Es wäre weder zweckdienlich noch von größerem Nutzen, diese Gesellschaften und Völker zu vertreiben, die jetzt auf den Stätten unseres einst so ausgedehnten Imperiums leben. Auf dem Höhepunkt unserer Macht erstreckte sich unser Reich über mehrere Galaxien, bevor die Ereignisse, die wir den Großen Fall nennen, uns dazu zwangen, so viele unserer Völker zu isolieren, wie wir retten konnten.

»Was Ihr Angebot angeht, Aimes« - Gudea wandte sich dem Kanzler zu - »habe ich unsere Historiker und Zeitwächter beauftragt, die Geschichte vor dem Großen Fall zu erforschen. Ich habe sie angewiesen, so viele Informationen wie möglich über unser Wissen über Sol, Rhea und Alpha Centauri zu sammeln - welche Erkundungen in diesen Systemen stattgefunden haben und wo Kolonien angesiedelt worden sein könnten. Ich muss sagen, es war eine erschöpfende Suche, die nur sehr wenig über die Anerkennung dieser drei Systeme, der Planeten in ihnen und der genehmigten Vorschläge zu ihrer Besiedlung hinausbrachte.

»In allen drei Systemen wurde eine Kolonie gegründet, aber nur das Rhea-System war an unser Stellar Conduit Network angeschlossen, oder 'Stargates', wie Ihr Volk sie nennt. Die Daten, die wir über diese Siedlungen haben, sind bestenfalls minimal. Dennoch war unsere Siedlung auf der Erde zur Zeit des Großen Falls die größte von ihnen«, erklärte Gudea.

»Was unsere Kolonie auf der Erde betrifft, so ist es uns gelungen, den Namen der Siedlung und einige Details zu finden, die eure Historiker und Zeitwächter bei der Rekonstruktion der Geschichte eures Planeten und *eurer* Ursprünge hilfreich finden könnten. Die ersten Humtarer, die auf der Erde ankamen, hatten zum Beispiel einen kolonialen Außenposten namens Kerma errichtet, der in der Nähe dessen angesiedelt war, was ihr den dritten Katarakt des Nils nennt. Ich glaube, die Republik nennt diese Region den Staat Nordostafrika.«

Miles erinnerte sich an einen Kurs in alter Menschheitsgeschichte, den er besucht hatte und in dem er gelernt hatte, dass es in dieser Region bereits vor 5000 v. Chr. Hinweise auf eine menschliche Zivilisation gab. Der Gedanke, dass sein Volk und die Humtars seit den Anfängen der Erde miteinander verbunden waren, war faszinierend.

»Es gibt mehrere religiöse Kulturen auf der Erde, die die Ursprünge der Menschheit in dieser Region, Gudea, verorten«, erklärt Miles. »Das muss nicht unbedingt mit allen Daten unserer Archäologen übereinstimmen, aber die Verbindung macht mich neugierig.«

Gudea nickte. »In Anbetracht dieser Informationen wünschen wir uns einen Ort, an dem wir eine Kolonie oder einen Außenposten errichten können, damit wir uns mit unseren Vorfahren und der Geschichte unseres Volkes wieder verbinden können. Seht ihr, unabhängig davon, wie ihr euch im Gegensatz zu uns seht, *seid* ihr in den Augen des Volkes der Humtar Humtar. Ihr seid direkte Nachkommen unserer Vorfahren. Für unser Volk hat eure Entdeckung den Wunsch geweckt, sich mit unserer Vergangenheit zu verbinden, aus ihren Triumphen und Fehlern zu lernen, um bessere Humtar für künftige Generationen zu werden. In diesem Sinne und wenn die Republik noch offen dafür ist, würden wir uns sehr gerne wieder dort ansiedeln, wo unsere Vorfahren zuerst lebten - in dieser Region, die ihr jetzt den Staat Nordostafrika nennt.«

Aimes antwortete schnell: »Ja, natürlich gilt unser Angebot für das Volk der Humtar weiterhin. Aber wie ich bereits erklärt habe, ist dies ein besonders stark beschädigtes Gebiet. Wir haben immer noch viele

Menschen, die in Notunterkünften leben, während wir weiter am Wiederaufbau arbeiten.

Gudea winkte seine Bedenken mit einer Handbewegung ab. »Darüber brauchst du dir keine Sorgen zu machen, Aimes. Sobald ich auf unsere Welt zurückgekehrt bin, werde ich die entsprechenden Ressourcen bereitstellen, um euch beim Wiederaufbau zu helfen und Standorte für unsere zukünftigen Städte und Raumhäfen vorzubereiten. Ihr seid Humtar. Ihr seid wir, und wir sind ihr - ein Volk, das nur durch die Zeit getrennt ist. Wir werden euch beim Wiederaufbau helfen, und gemeinsam werden wir eine unglaubliche Zukunft für künftige Generationen schaffen.«

****

Drei Tage später
Büro des Vizekönigs
Allianzstadt, New Eden

»Sie beide kennen die Gallentiner. Was werden sie wohl sagen, wenn wir ihnen von dem Zeta-Atemwegsinhibitor-Virus erzählen?«, fragte der Kanzler nervös. Er hatte den Imperator nur einmal kurz getroffen und die beiden anderen gallentinischen Berater ein paar Mal, seit er Kanzler ist.

Admiral Bailey zuckte mit den Schultern und griff dann nach seinem Glas Brandy.

»Chester, Sie sollten das vielleicht etwas hinauszögern, bis sie hier sind oder das Treffen vorbei ist«, meinte Miles, als der Admiral den Inhalt seines Glases herunterkippte.

Bailey stöhnte bei diesem Vorschlag und erwiderte: »Ich komme schon klar, Miles. Es hilft mir, meine Nerven zu beruhigen, und das ist genau das, was ich jetzt brauche.«

Miles schüttelte den Kopf, als Bailey sein Glas nachfüllte, und wandte sich dann an den Kanzler. »Ich bin mir nicht sicher, was ich erwarten soll, Aimes. Vielleicht ist es eine große Sache und sie werden uns diese Regeln aufzwingen, oder vielleicht ist es keine so große Sache und es wird unter den Teppich gekehrt, solange es still bleiben kann. In jedem Fall fühle ich mich nach unserem Treffen mit Gudea viel wohler, was unsere derzeitige Position in dieser Angelegenheit angeht.«

Bailey zog verwirrt die Augenbrauen zusammen. »Ähm, Moment, ich dachte, unser Treffen mit dem Präsidenten von Humtar wäre morgen - bevor wir uns mit dem Imperator treffen? Habe ich etwas verpasst, während ich weg war?« Admiral Bailey war gerade von einem Treffen mit Admiral Rosentreter zurückgekehrt, während seine Streitkräfte den letzten Feldzug gegen die Pharaonen planten.

Miles wollte ihm gerade von ihrem früheren Treffen mit Gudea erzählen, als seine Sekretärin die Ankunft der Gäste ankündigte.

Als sich die Tür zu seinem Büro öffnete, betraten die Admiräle Helixar und Wiyrkomi, gefolgt vom Zweiten General Orionis, den Raum. Ihre Präsenz war beeindruckend, jeder ihrer Schritte strahlte Autorität und Befehlsgewalt aus, als sie auf sie zukamen.

»Willkommen, Admiräle, General. Bitte folgen Sie mir ins Arbeitszimmer, dort werden wir unser Gespräch führen«, begrüßte Miles die Anwesenden herzlich und bot ihnen einen festen Händedruck an, während er sie in das angrenzende Arbeitszimmer mit seiner bequemeren Einrichtung führte.

Admiral Helixar nickte knapp, dann folgte er Miles' Beispiel und betrat das Arbeitszimmer. »Vizekönig Hunt, Kanzler Morgan, Admiral Bailey, wir haben Ihre Nachricht erhalten, in der Sie um ein dringendes Treffen bitten. Wir sind hier. Welche Angelegenheiten möchten Sie besprechen, bevor Sie sich mit dem Imperator treffen?«

Kanzler Morgan rückte seine Krawatte mit einem Gefühl des Unbehagens zurecht. »Admiral Helixar, Admiral Wiyrkomi, General Orionis, als Oberhaupt der Republik muss ich Sie leider auf einen Vorfall aufmerksam machen, der sich im Gravaxia-System ereignet hat. Diese Information ist uns erst kürzlich zur Kenntnis gelangt...«

»Hat dies irgendetwas mit der seltsamen Krankheit zu tun, die Zodark-Krieger und Zivilisten auf den besetzten Planeten und Monden des Systems gleichermaßen zu plagen scheint?«, unterbrach Admiral Helixar, seine Augen verengten sich, sein Gesichtsausdruck wurde hart.

»Ja, das tut es«, antwortete Morgan ohne Umschweife.

Helixar machte ein grunzendes Geräusch auf die Antwort des Kanzlers. »Ah, ich verstehe. Kanzler, wir haben unsere eigenen Methoden, um Informationen zu sammeln und zu analysieren, was auf der Grundlage einer Vielzahl von Faktoren und Wahrscheinlichkeiten geschieht. In Anbetracht der Art und Weise, wie sich diese seltsame Krankheit ausgebreitet hat, scheint der wahrscheinlichste Täter eine Art biologischer oder chemischer Kampfstoff zu sein - aber diese Art von Waffen sind doch verboten, oder?«

»Das sind sie, Admiral Helixar.« Miles sprang für den Kanzler ein. »Deshalb haben wir Sie gebeten, vor unserem Treffen mit dem Imperator eine dringende Angelegenheit mit Ihnen zu besprechen. Wie Sie bereits vermutet haben, ist ein biologischer Wirkstoff der Grund für die Erkrankung der Zodarks. Wir... *Ich* gebe zu, dass dies ein unerlaubter Einsatz einer verbotenen Waffe war. Als Vizekönig wurde ich zunehmend besorgt über die Bedrohung, die die Zodarks für uns Menschen als Spezies darstellen. In einer Phase der Schwäche genehmigte ich ein Forschungsprojekt, um zu erforschen, wie man ihre Schwächen ausnutzen kann - und ich zog die Handschuhe aus. Keine Einschränkungen.«

Miles holte tief Luft und ließ sie langsam wieder ausströmen. Einerseits fühlte es sich an, als ob ihm eine Last von der Brust genommen wurde. Andererseits verursachte die Vorfreude auf das, was aufgrund des Geständnisses, das er gerade gemacht hatte, passieren könnte, dass sich sein Magen zu einem Knoten zusammenzog.

»Ich erkannte meinen Fehler und ließ das Projekt zurückziehen. Der wichtigste Wissenschaftler, der für das Projekt verantwortlich war, wurde jedoch bei den Angriffen auf die Erde von den Zodarks kaltblütig ermordet, und zwar seine gesamte Familie, einschließlich seiner Enkelkinder. Er sann auf Rache und wurde von ihr wie von einem Parasiten befallen. Er holte sich eines seiner wenigen überlebenden Familienmitglieder, einen Neffen, der zufällig in der republikanischen Armee diente, und ließ es frei.«

Die drei Gallentiner tauschten Blicke miteinander aus, wahrscheinlich über ihre Neurolinks. Obwohl Miles dasselbe Neurolink-Gerät wie die Gallentiner benutzte, konnte er nicht herausfinden, wie er ihr Gespräch mithören oder daran teilnehmen konnte.

Miles fuhr fort. »Ich möchte Ihnen versichern, dass dieser Vorfall bei uns nicht ohne Folgen bleibt, und natürlich haben wir jetzt Sicherheitsvorkehrungen getroffen, damit so etwas nie wieder passiert. Ich kann das Geschehene nicht ungeschehen machen, auch wenn ich mir das von ganzem Herzen wünsche.

»Meine Sorge gilt nun meinem Volk. Ich wollte mich mit Ihnen treffen, bevor wir mit dem Imperator sprechen, weil wir eine Vorstellung davon haben müssen, welche Art von Reaktion oder Strafe auf uns zukommen könnte. Welche Auswirkungen wird dieser Verstoß haben? Wie wird sich dies auf die Allianz auswirken?«

Nachdem fast eine Minute verstrichen war, ohne dass die Gallentiner einen Kommentar abgaben, atmete Miles erleichtert auf, als Admiral Wiyrkomi, sein vertrauter Berater und Freund der letzten fünfzehn Jahre, sich nach vorne beugte, um zu sprechen. Wiyrkomis Blick war intensiv, als er Miles ansah, bevor er sich dem Kanzler zuwandte. »Kanzler Morgan und mein guter Freund Miles, was Sie soeben bestätigt haben, ist nicht nur ein schwerwiegender Verstoß gegen die vereinbarten Regeln für die Kriegsführung, sondern auch ein schwerer Vertrauensbruch - ein Vertrauensbruch, den der Imperator in Sie gesetzt hat, Miles. Der Einsatz eines biologischen Kampfstoffes in der Kriegsführung wird innerhalb der Allianz nicht toleriert.

»Bevor wir in Erwägung ziehen, in Ihrem Namen mit dem Imperator über diesen Vertrauensbruch zu sprechen, möchten wir mehr Details darüber erfahren, was die Republik getan hat, um diesen Bruch zu beheben, und was Sie tun werden, um sicherzustellen, dass so etwas nie wieder passiert.«

Als Wiyrkomi zu Ende gesprochen hatte, stellte Admiral Bailey sein Glas ab. »Sie haben Recht, Admiral Wiyrkomi. Das hätte nie passieren dürfen. Als wir davon erfuhren, haben wir sofort eine gründliche Untersuchung eingeleitet, um herauszufinden, wie es dazu kam. Wir sind bereit, Ihnen die verbleibenden Bestände der verwendeten biologischen Waffe zu übergeben und Ihren Leuten zu gestatten, die Anlage zu inspizieren, in der sie gelagert wurde, und dem Imperator zu versichern, dass wir uns vollständig von diesem Programm getrennt haben.«

Admiral Helixars Augen verengten sich, als er seinen menschlichen Gastgeber anblickte. »Ich möchte Sie drei daran erinnern, dass das Gallentinische Reich der Republik unermessliche Hilfe in Form von Technologie, militärischer Unterstützung und Beratern geleistet hat. Der Imperator ist sogar so weit gegangen, die Altairianer als Anführer und Verwalter der Milchstraßenallianz abzulösen. König Grigdolly hat seinen Titel als Vizekönig verloren, und er ist auf dich übergegangen, Miles.

»Trotz des jahrhundertelangen Krieges, den unser Volk mit dem Kollektiv und der Legion geführt hat, hat der Imperator der Republik großes Wohlwollen entgegengebracht. Mit diesem

Wohlwollen sind Erwartungen verbunden, und die vielleicht wichtigste davon ist euer vollständiger und unerschütterlicher Gehorsam und die Einhaltung der Regeln, die wir euch gegeben haben. Ich werde euch nicht anlügen oder in die Irre führen - dieser Vertrauensbruch des Imperators könnte schwerwiegende Folgen haben.«

Admiral Wiyrkomi fügte dann hinzu: »Ich kann nicht sagen, wie der Imperator reagieren wird, sobald er über Ihren Fehler informiert ist. Was ich sagen kann, ist, dass ich den Imperator an die Errungenschaften und den beispielhaften Dienst erinnern werde, den die Republik im Dienste Seiner Majestät geleistet hat und weiterhin leistet. Ich bin der Meinung, dass Ihnen Nachsicht entgegengebracht werden sollte. Es lässt sich nicht leugnen, dass die Führung, die Hartnäckigkeit und die Kreativität der Republik der Grund dafür sind, dass der Krieg mit dem Dominion fast vorbei ist. Als Vizekönig haben Sie, Miles, erreicht, was die Altairianer und der frühere Vizekönig Grigdolly nicht geschafft haben - Siege in allen Sternensystemen der Milchstraße. Das bedeutet, daß die Allianz bald in der Lage sein könnte, sich den Streitkräften des Imperators im Krieg gegen das Kollektiv anzuschließen.«

Miles nickte feierlich. »Danke für Ihre Offenheit, Wiyrkomi. Ich möchte Ihnen nur noch einmal versichern, dass ich die Freisetzung dieses Virus *nicht* genehmigt habe. Es war eine Aktion von zwei Männern, die durch diese blauen Bestien sehr gelitten haben.«

General Orionis lehnte sich in seinem Stuhl zurück und verschränkte die Arme, seine Miene war ernst. »Vizekönig, allein die Tatsache, dass Sie diese Waffen entwickelt haben, obwohl Sie wussten, dass sie verboten waren, spricht nicht gerade für Ihre Führungsqualitäten. Warum sollten ich oder der Imperator glauben, dass Sie nicht ein weiteres illegales Programm wie das erste starten?«

Miles schämte sich, aber er wusste, dass der General Recht hatte. »General Orionis, Sie haben Recht. Ich habe zugelassen, dass die Angst meine Entscheidungen beherrscht. Ich dachte, ich hätte genug Sicherheitsvorkehrungen getroffen, um so etwas zu verhindern, aber ich habe mich geirrt. Ich bedaure diesen Vorfall zutiefst und werde tun, was getan werden muss, um das Vertrauen des Imperators wieder zu gewinnen.«

Admiral Helixar tauschte einen Blick mit Wiyrkomi und Orionis. »Nun gut. Wenn die Republik die Waffe aushändigt und alle

Informationen über ihre Entwicklung und unbefugte Verwendung zur Verfügung stellt, dann betrachten wir diesen Verstoß zumindest von unserer Seite aus als behoben. Der Imperator kann mit unserer Einschätzung einverstanden sein oder sich seine eigene bilden. Ich kann nicht sagen, wie er sich entscheiden wird, aber ich kann Ihnen versichern, dass zukünftige Verstöße schnelle Konsequenzen nach sich ziehen werden.«

Miles atmete erleichtert auf. »Sie haben mein Wort, Admiral. Wir werden uns sofort fügen.«

Admiral Wiyrkomis Blick wurde dann etwas weicher, als er versuchte, das Thema auf andere wichtige Fragen zu lenken, die behandelt werden mussten. »Lassen Sie uns fortfahren und über die Treffen sprechen, die Sie mit den Humtaren hatten. Der Imperator ist sehr daran interessiert zu erfahren, was ihre Absichten sind, nachdem sie sich uns offenbart haben.«

Miles nickte und war froh, das Thema der illegalen Waffen hinter sich lassen zu können. »Admiräle, General, wir haben vor einigen Tagen mit Präsident Gudea über ihre Absichten und Pläne gesprochen, nachdem das Tor zwischen ihrer Galaxie und unserer geöffnet wurde. Es war ein produktives Gespräch, und ich kann Ihnen versichern, dass sie in Frieden kommen.«

Die Augen von Admiral Helixar verengten sich. »Die Rückkehr der Humtars könnte das Machtgleichgewicht erheblich verschieben. Warum glaubst du, dass ihre Absichten friedlich sind?«

Miles lächelte entwaffnend, als er erklärte: »Die Humtars haben den Wunsch geäußert, sich wieder mit ihren Nachfahren - uns - zu verbinden. Die Erde, New Eden und Alpha Centauri waren einst Humtar-Kolonien. Nach der Bestätigung durch DNA-Tests können wir mit Sicherheit sagen, dass wir ihre direkten Nachkommen sind. Mit diesem Wissen wollen sie eine Kolonie in einem schwer beschädigten Teil der Erde gründen und uns beim Wiederaufbau des Planeten nach der Zodark-Invasion helfen.«

Admiral Wiyrkomi beugte sich vor. »Und welche Garantien haben wir, dass sie nicht versuchen werden, ihre früheren Gebiete zurückzufordern, die jetzt unter gallentischer, altairischer, tullyischer oder primordischer Kontrolle stehen?«

Miles lächelte beruhigend. »Ich habe die Sorge des Imperators an Präsident Gudea weitergeleitet. Die Humtars verstehen die gegenwärtige politische Landschaft. Sie haben nicht die Absicht, ihre früheren Territorien zurückzufordern. Sie sind sich bewusst, dass das Territorium ihres alten Reiches jetzt vielen anderen Reichen und Ethnien gehört, und sie werden das respektieren. Ihr primäres Ziel ist es, sich wieder mit ihren Nachkommen zu verbinden und uns beim Wiederaufbau zu helfen.«

Kanzler Morgan fügte dann hinzu: »Präsident Gudea hat deutlich gemacht, dass ihr Interesse den Regionen gilt, die einst ihre Kolonien waren und jetzt in der Republik liegen - nämlich der Erde. Sie glauben, dass alles, was geschehen ist, einen Grund gehabt haben muss. Als Gudea und sein Volk von den Schäden erfuhren, die die Zodarks auf der Erde angerichtet hatten, und von den Verlusten an Menschenleben, die sie verursachten, kamen sie zu der Überzeugung, dass sie uns helfen müssen, und indem sie das tun, glauben sie, dass sie ihren Vorfahren helfen - und damit für die Aufgabe ihres Volkes während des so genannten Großen Falls sühnen. Sie haben angeboten, eine Kolonie in einer schwer beschädigten Region Nordostafrikas zu gründen und umfangreiche Mittel für die Wiederherstellung bereitzustellen.«

Die strenge Miene von General Orionis wurde etwas weicher, je mehr er hörte. »Sie wollen sich also integrieren, nicht dominieren?«

Miles nickte und drückte sein Verständnis aus. »In der Tat. Sie sind bereit, zur Verteidigung der Erde beizutragen und ihre Sicherheit zu unterstützen. Ihre Technologie und Ressourcen könnten sich als unschätzbare Vorteile erweisen. Wichtig ist, dass sie uns versichert haben, dass sie die Autorität des Imperators und die bestehenden Machtstrukturen der Allianz respektieren werden.«

Admiral Helixar tauschte einen Blick mit Wiyrkomi und Orionis. »Wenn die Absichten der Humtars wahr sind, wie ihr sagt, dann könnte das vielleicht von Vorteil sein. Wir müssen jedoch vorsichtig vorgehen. Sie könnten auch eine Basis in der Milchstraße errichten, um sie zurückzuerobern.«

Admiral Wiyrkomi spürte die Notwendigkeit, seine gallentinischen Kollegen zu beruhigen und ergriff das Wort. »Ich kann mich für Miles und das Engagement der Republik verbürgen. In den letzten fünfzehn Jahren habe ich ihre Hingabe und Loyalität gegenüber dem Imperator gesehen. Die Republik hat konsequent auf die Ziele hingearbeitet, die er vorgegeben hat. Die Unterstützung durch die Humtars könnte unseren Fortschritt in der Milchstraße beschleunigen.«

Miles stimmte zu und fügte hinzu: »Mit einer Humtar-Kolonie auf der Erde können wir auf ihre Hilfe bei der Verteidigung zählen. Außerdem könnten sich die Humtars als unschätzbare Verbündete im Krieg des Imperators gegen das Kollektiv und die Legion erweisen. Sie scheinen detaillierte Informationen über das Kollektiv zu besitzen, die dem Imperator in diesem laufenden Konflikt helfen könnten.«

Admiral Helixar nickte nachdenklich. »Nun gut. Wir werden mit Vorsicht vorgehen und die Situation genau beobachten. Das Wiederauftauchen der Humtars könnte in der Tat eine Chance sein, vorausgesetzt, ihre Absichten bleiben so, wie sie es gesagt haben.«

Der Gesichtsausdruck von General Orionis entspannte sich schließlich. »Wenn ihre Absichten aufrichtig sind, könnte dieses Bündnis für alle Beteiligten von Vorteil sein. Wir werden diese Initiative unterstützen und sicherstellen, dass sie mit den Zielen des Imperators übereinstimmt.«

Miles spürte, wie eine Welle der Erleichterung über ihn hereinbrach. »Ich danke Ihnen, Admiräle, General. Wir werden weiterhin eng mit dem Gallentinischen Imperium zusammenarbeiten, um Transparenz und Kooperation bei all unseren Bemühungen zu gewährleisten.«

Admiral Wiyrkomi nickte anerkennend. »Lasst uns mit Einigkeit und Stärke voranschreiten. Gemeinsam werden wir Großes erreichen.«

Zehntes Kapitel

RNS *Vega*
Flugzeugträger-Sturmgeschwader 14 (CSW-14)
Titan-Schulungseinrichtung, Sol-System

Die RNS *Vega* war ein beeindruckendes Schiff, der neueste und modernste Sternentransporter der Republikanischen Marine. Vom Bug bis zum Heck war sie zweihundertdreißig Meter lang. Ihr Bronkis5-Panzergürtel bot außergewöhnlichen Schutz gegen feindlichen Beschuss, während ihr Waffenarsenal dafür sorgte, dass sie sich in jedem Gefecht behaupten konnte. Das umfangreiche Waffenarsenal verlieh der *Vega* eine beachtliche Schlagkraft.

Für Captain Blake »Coop« Cooper war dieses Schiff nur ein weiteres erstaunliches Beispiel für den Einfallsreichtum einer Reihe von außergewöhnlich fortschrittlichen Militärschiffen, die die Republik in den letzten Jahren entwickelt hatte.

Als er allein einen der Korridore der *Vega* entlangging, zeigten Holowindows die Titan-Trainingsanlage außerhalb des Schiffs, an dem er gerade angedockt war. Ein atemberaubender Blick auf das Versuchsgelände - so der Spitzname der Einrichtung - bot sich ihm. Diese Ausbildungsstätte war riesig, während sie im Sol-System dahinschwebte.

Das Erprobungsgelände war ein beeindruckender Anblick - ein weitläufiges Netz von Strukturen und Modulen, die durch Tunnel miteinander verbunden waren. Hier führten die Armee und die Marine der Republik ihre strengsten Übungen durch, bei denen sie ihr Personal bis an seine Grenzen brachten.

Für die Marine war dies die Heimat ihres Elitepiloten-Ausbildungsprogramms, das nach dem Ende des Ersten Zodarkrieges ins Leben gerufen worden war. Nach den katastrophalen Verlusten, die das Pilotenkorps beim Übergang vom Drohnenprogramm zu bemannten Kampfflugzeugen erlitten hatte, war der Republik klar geworden, dass sie den nächsten Krieg vielleicht nicht gewinnen würde, wenn sie ihre Pilotenausbildung nicht auf technische Präzision, Teamtaktik und Führungsprogramme für Piloten ausrichtete. Damals gründeten Konteradmiral Aaron Blade und Captain Ethan Hunt, der Sohn von Vizekönig Miles Hunt, das, was schließlich zur Fleet Advance Fighter

Tactics School oder Top Gun wurde. Um für ein Geschwaderkommando ausgewählt zu werden, musste man nun einen Abschluss dieser Schule vorweisen können, was sie zu einem begehrten Kurs machte.

Coop hatte das Programm vor Jahren unter der Leitung von Ethan Hunt, dem berühmten Paladin, durchlaufen, als dieser noch Ausbilder war. Coop konnte sich noch gut an die langen Stunden in den Simulatoren, das harte körperliche Training und den unerbittlichen Leistungsdruck in simulierten Kampfszenarien erinnern, während er im Cockpit eines Gripen saß.

Die Marine nutzte die Anlage auch, um orbitale Bombardierungen zu üben, bei denen sie Bodentruppen aus dem Orbit abwarf und komplexe Flottenformationen und Angriffe zur Unterstützung von Landungsoperationen koordinierte. Neue Kriegsschiffe, die in die republikanische Flotte aufgenommen wurden, mussten während ihrer Erprobungsfahrt und Flottenzertifizierung die Titan Training Facility durchlaufen.

Coop hielt einen Moment inne und beobachtete, wie eine Gruppe von Soldaten in schweren Rüstungen eine Null-G-Kampfübung im Weltraum durchführte.

Das ist cool, aber ich habe keine Zeit zum Zuschauen, dachte Coop, als er sich wieder auf den Weg zu seinem neuen Büroquartier machte.

Zuvor hatte er die Berichte des Flugdecks der *Vega* und die Zusammenfassung der Zusammensetzung des neuen Raumgeschwaders unter seinem Kommando durchgesehen. Sein Geschwader bestand aus den neuen Gripen II Starfightern und den ehrwürdigen Valkyrie-Bombern. Insgesamt drei Jagdgruppen, bestehend aus 192 Gripen und Valkyrie - eine gewaltige Verantwortung für jeden Kommandanten.

Als Coop um eine Ecke bog, schritt er in sein neues Büro an Bord der *Vega*. Die Tür glitt hinter ihm zu, als er seine neue Umgebung in Augenschein nahm.

Was habe ich hier? dachte er.

Das Büro war geräumig - viel größer als die letzte Abstellkammer, in der er gearbeitet hatte. Ein großes Sichtfenster bot einen atemberaubenden Blick auf das Sternenfeld dahinter. Ein Eichenschreibtisch dominierte die Mitte des Raums. Datentabletts bedeckten die Arbeitsfläche zusammen mit ein paar persönlichen

Gegenständen, die Coop von seiner vorherigen Stelle mitgebracht und von einem Assistenten hier abgesetzt hatte.

Es war in der Tat das erste Mal, dass er diesen Raum betrat. Und, Junge, war das ein herrlicher Anblick.

Er ließ sich in dem luxuriösen Stuhl hinter dem Schreibtisch nieder. Das Leder knarrte leicht, als er sich zurücklehnte. Er streckte die Arme über seinen Kopf. Es war ein langer Tag voller Besprechungen und Einführungen gewesen, eine sogar mit Admiral Lee selbst, und er war begierig darauf, sich in die Akten der Piloten unter seinem Kommando zu vertiefen.

Als frisch beförderter Captain und Kommandant eines viel größeren Raumgeschwaders, als er es auf der RNS *Cassiopeia* geführt hatte, hatte Coop alle Hände voll zu tun.

Er nahm das Datentablett in die Hand und begann, durch die Pilotendateien zu blättern. Er erkannte einige Namen aus seiner Zeit auf der *Cassi* wieder, aber die meisten waren ihm unbekannt. Während er ihre Dienstakten und Leistungsbewertungen durchlas, machte er sich gedankliche Notizen über die Stärken und Schwächen der einzelnen Piloten.

Eine Akte erregte seine besondere Aufmerksamkeit - ein junger Leutnant namens Jace Harding, Rufname Badger. Er hatte eine beeindruckende Erfolgsbilanz im Flugsimulator, aber nur begrenzte Erfahrung im realen Weltraum und in echten Kämpfen. Coop verzog die Lippen, als er das Potenzial des Piloten betrachtete. Auf der einen Seite war Badgers Talent unbestreitbar. Andererseits konnte es zu einer Katastrophe führen, wenn man einen unerfahrenen Piloten ins Kampfgetümmel warf. Er würde diesen Kerl ins Unglück stürzen, um aus ihm den bestmöglichen Piloten zu machen. Andernfalls hätte er beim ersten Kampfeinsatz des jungen Mannes einen toten Piloten am Hals.

Als Coop sich eingehender mit der Akte des jungen Leutnants befasste, stellte er fest, dass Badgers Ergebnisse im Flugsimulator überragend waren. In jedem Szenario, vom Luftkampf bis zu Bombenangriffen, übertraf er seine Kameraden. Seine Ausbilder lobten seine blitzschnellen Reflexe, seine unheimliche Fähigkeit, feindliche Bewegungen vorauszusehen, und seine furchtlose Einstellung zum Kampf.

Es gab auch besorgniserregende Hinweise. Badger hatte den Ruf, ein Außenseiter zu sein. Er brach oft aus der Formation aus, um seine eigenen Ziele zu verfolgen. Er war dafür bekannt, Risiken einzugehen und sein Kampfflugzeug bis an seine Grenzen und darüber hinaus zu treiben. Während seine beeindruckende Zahl an Abschüssen in den Simulatoren für Aufsehen sorgte, wurde gemunkelt, dass ihm der persönliche Ruhm wichtiger war als der Erfolg einer Mission.

Nicht gut.

Als Coop die Berichte durchlas, sah er in Badger sein jüngeres Ich. Er war einst ein Rebell gewesen, ein Außenseiter auf seine Art. Damals auf New Eden, als er noch ein junger Leutnant war, war Coop einer Feuerbasis zugeteilt worden, die den Planeten vor Truppentransportern, Bombern und Sternenjägern der Zodark verteidigen sollte.

In seinen früheren Jahren als Drohnenpilot auf den F-97 Orions war Coop mehr daran interessiert gewesen, seine Kameraden zu beschützen, als sie zu töten. Unzählige Male hatte er die Formation durchbrochen und seine Kameraden ungeschützt gelassen, während er Zodark-Geiern hinterherjagte. Seine Aktionen hatten zum Abschuss eines Ospreys und mehrerer Orions geführt.

Es war ein Fehler, der ihn fast seine Karriere gekostet und ihn jahrelang verfolgt hatte. Er hatte sich geschworen, diesen Fehler nie zu wiederholen. Als er sich Badgers Akte ansah, kam er zu dem Schluss, dass der Lieutenant den gleichen Weg einschlagen würde. Wenn Badger nicht bald in die Schranken gewiesen wurde, könnte der Junge am Ende noch mehr Schaden anrichten als Coop es getan hatte.

Der Gedanke ließ Coop das Eis in den Adern gefrieren. *Nicht unter meiner Aufsicht und nicht mit meinem Flügel.*

Er griff nach dem Kommunikationspanel auf seinem Schreibtisch und tippte den Code für die Flugleitzentrale ein. Einen Moment später ertönte eine Stimme über den Lautsprecher. »Flugleitzentrale, hier spricht Lieutenant Commander Sandoval.«

»Commander Sandoval, hier ist Captain Cooper. Ich möchte, dass Sie Lieutenant Jace Harding ausfindig machen und ihn sofort in mein Büro schicken.«

»Ja, Sir«, antwortete Sandoval. »Ich werde ihn bitten, sich so schnell wie möglich bei Ihnen zu melden.

»Danke, Commander.« Coop trennte die Verbindung.

Badger war ein talentierter Pilot, und die Marine brauchte jeden Vorteil, den sie in diesem Krieg bekommen konnte. Talent allein reichte jedoch nicht aus. Ein Pilot brauchte Disziplin, Teamwork und die Bereitschaft, die Mission über alles andere zu stellen.

Er setzte das Datentablett ab und rieb sich die Augen. Als Kommandant einer so großen Streitmacht konnte jede seiner Entscheidungen weitreichende Folgen haben. Er musste sorgfältig abwägen zwischen der Notwendigkeit eines aggressiven Vorgehens und der Sicherheit und dem Wohlergehen seiner Piloten.

Mit acht Jagdgeschwadern und vier Bomberstaffeln im Gepäck musste Coop Strategien entwickeln, um seine Streitkräfte in einer Vielzahl von Kampfszenarien effektiv einzusetzen, genau wie Admiral Lee es wollte. Er sollte die eiserne Faust des Flugzeugträgers sein - der Heuschläger, der seine Feinde zu Fall bringt.

Im Moment gab es noch viel Arbeit zu erledigen. Coop gähnte und spürte, wie seine Energie zu schwinden begann. Seit vierundzwanzig Stunden hatte er nicht mehr geschlafen. Doch die Pflicht rief, und er nahm das Datentablett wieder in die Hand und setzte seine Überprüfung der Piloten fort, entschlossen, sich mit jedem Mitglied seines Kommandos vertraut zu machen.

Zehn Minuten später klopfte es an der Bürotür von Coop.

»Komm«, sagte Coop.

Als sich die Tür öffnete, blickte Coop von seinem Datenblock auf. Ein junger Mann stand in der Tür. Der Pilot war groß und schlank, hatte kurzgeschnittenes dunkles Haar und stechend blaue Augen. Er trug einen Fluganzug mit hochgekrempelten Ärmeln, die eine Tätowierung eines Gripen-Sternenjägers auf seinem Unterarm enthüllten.

»Leutnant Harding, melde mich wie befohlen, Sir«, sagte Badger voller Übermut.

Coop winkte einen Sitzplatz gegenüber von ihm heran. »Setz dich.«

Dachs betrat das Büro. Er durchquerte den Raum in ein paar langen Schritten und setzte sich. »Sir, ich wollte Ihnen sagen, dass es eine Ehre ist, Ihrem Kommando unterstellt zu sein. Sie sind eine Legende in der Welt der Kämpfer.«

Coop grunzte über die Schmeichelei, während er den Flieger noch einmal überflog. »Eine Ehre, sagen Sie. Warten Sie ein paar Monate, dann werden wir sehen, ob Sie immer noch so denken. Also, um zur Sache zu kommen, Lieutenant«, sagte Coop und begann sein

Interview, »warum erzählen Sie mir nicht von Ihren Erfahrungen beim Fliegen eines Gripen?«

Coop wusste, dass es eine dumme Frage war, aber Badgers Antwort würde ihm viel darüber verraten, was für ein Mensch und Pilot er war.

Badgers Augen leuchteten bei dieser Frage auf, und ein Lächeln umspielte seine Mundwinkel. »Der Gripen ist eine unglaubliche Maschine, Sir«, sagte er, und seine Stimme war voller Begeisterung. »Das Handling, die Geschwindigkeit und die Beschleunigung sind unglaublich. Aber die Art und Weise, wie er sich bewegt, wie er auf die Befehle des Piloten reagiert, und seine Manövrierfähigkeit... das ist etwas, was ich noch nie zuvor geflogen oder gesehen habe. Nun, vielleicht diese Gallentine Hellcats, aber Sie verstehen schon.«

Gut, er ist leidenschaftlich - aber ich muss sehen, ob er diesen Enthusiasmus mit taktischem Bewusstsein ausgleichen kann.

»Es ist ein großartiger Starfighter, Badger«, stimmte Coop zu. »Sie haben es wahrscheinlich noch nicht gehört, aber *die Vega* wird den neuen Gripen II einsetzen - eine Verbesserung eines bereits hervorragenden Kampfflugzeugs. Aber lassen wir das mal beiseite und erkennen wir an, dass es nicht nur um die Maschinen geht, die wir fliegen. Es sind die Piloten, die sie fliegen, die sie tödlich machen, nicht wahr?«

Coop beobachtete, wie Dachs begeisterter Gesichtsausdruck verblasste. *Es gefiel ihm nicht, dass ich ihm sein Feuer und seinen Eifer nahm,* beobachtete Coop. *Er scheint sich leicht entmutigen zu lassen. Mal sehen, ob er versucht, das zu kompensieren, indem er mir sagt, was ich hören will...*

»Ja, Sir. Das ist wahr. Eine Maschine ist nur so gut wie ihr Bediener oder, in unserem Fall, ihr Pilot.«

OK, ein bisschen besser als erwartet, dachte Coop, bevor er mit seinen Fragen fortfuhr. »Leutnant, ich will Ihnen etwas sagen.« Coop hob ein Tablet vom Schreibtisch. »Ich habe mir Ihre Fitnessberichte und die Kommentare Ihrer früheren Ausbilder und Kommandanten angesehen. Sie sprechen in den höchsten Tönen von Ihren natürlichen Fähigkeiten als Pilot. Weißt du, in meinen jungen Jahren war ich dir sehr ähnlich, Badger. Ich hielt mich auch für unbesiegbar und dachte, ich könnte es allein mit der ganzen Zodark-Flotte aufnehmen, wenn mir die Leute nur aus dem Weg gingen. Aber weißt du was? Ich habe auf die harte Tour gelernt, dass es dich umbringen kann, ein Außenseiter zu sein... und deinen Flügelmann auch.«

Badger rutschte in seinem Sitz hin und her, sein Gesichtsausdruck war unbehaglich. »Ich verstehe, Sir.«

»Und du?«, drängte Coop.

»Aye, Sir.«

Coop schaute ihn mit festem Blick an. »Denn nach dem, was ich in Ihren FITREPs gelesen habe, haben Sie ein ernsthaftes Problem. Sie haben die Angewohnheit, die Formation zu durchbrechen, auf eigene Faust loszuziehen und Befehle zu missachten. Also hier ist der Deal, Badger. Du bist jetzt in der Flotte. Mit dieser Art von Mist und dieser Einstellung wirst du es in keinem meiner Geschwader schaffen. Hast du mich verstanden?«

Badger schluckte schwer, sein Gesichtsausdruck wurde flach. »Ja, Sir, laut und deutlich. Ich will nicht respektlos sein, wenn ich so rübergekommen bin.« Sein Ton verriet, dass er mit seinen FITREPs und den Kommentaren seiner Kommandanten nicht einverstanden war.

Verdammt, dieser Kerl wird Ärger machen, erkannte Coop schnell. Seine unbekümmerte Haltung grenzte an Unprofessionalität. Es war die Art von Verantwortung, die das gesamte Geschwader während einer kritischen Mission gefährden konnte. *Ich werde diesen Kerl härter als alle anderen unter Druck setzen. Wenn er kündigt, dann ist das eben so. Wahrscheinlich ist es besser so...*

Coop starrte ihn an. »Leutnant, Sie müssen verstehen, dass Sie nicht nur für sich selbst fliegen, wenn Sie da draußen in Ihrem Gripen sitzen. Sie sind ein integraler Bestandteil eines größeren Teams. Einem Team, das mit einem einheitlichen Ziel arbeiten und Befehle befolgen muss. Ihr Flügelmann, Ihr Geschwader, sie müssen Ihnen vertrauen. Sie müssen wissen, dass du ihnen den Rücken freihältst und dass du sie nicht im Stich lässt, um persönlichen Ruhm zu ernten. Ich werde das immer und immer wieder sagen, bis es sich in deinem Gehirn festsetzt und dir zur zweiten Natur wird.«

»Verstanden, Sir«, antwortete Badger mit geröteten Wangen.

»Badger, das bedeutet, dass Sie die Befehlskette, Ihren Flugleiter und Staffelführer respektieren *werden*.«

Dachs nickte feierlich. »Aye, Sir.«

Gut, er sieht ein wenig aufgewühlt aus. Da wurde Coop klar, dass dies vielleicht das erste Mal war, dass jemand so mit ihm gesprochen hatte.

»Gut, Leutnant, denn ich brauche Sie als Teamplayer. Im Kampf gibt es keine zweite Chance, keinen zweiten Versuch. Wenn Sie es vermasseln, sterben Menschen. Meine Piloten sterben. Legen Sie also alle persönlichen Punkte beiseite. Vergessen Sie die Anzahl der Abschüsse im Simulator. Ich möchte, dass Sie Ihrem Flügelmann den Rücken freihalten und sich gegenseitig den Rücken freihalten, wenn er es braucht. Ihr müsst für sie da sein«, erklärte Coop und hielt dann inne. »Wisst ihr was? Ich werde dich Folgendes für ein paar Piloten deiner neuen Staffel tun lassen. Von nun an wirst du jeden Tag das Bett eines Piloten für sie machen. Und sie werden Ihr Bett für Sie machen.«

»Sir?« Badger hatte einen verwirrten Gesichtsausdruck.

»Hier geht es nicht darum, Betten zu machen. Es geht darum, seinen Geschwaderkameraden zu helfen, ohne Fragen zu stellen, und zu lernen, dass man manchmal seinen Stolz herunterschlucken und Dinge tun muss, die man nicht mag, um des Teams und der Mission willen.«

Coop sah, wie die Haut um Badgers Nase ein wenig zuckte. Mit dieser Wendung der Ereignisse hatte er nicht gerechnet. »Ja, Sir«, antwortete er schnell.

»Badger, Sie müssen Vertrauen zu den Piloten um Sie herum entwickeln. Wenn du da draußen im Getümmel bist, ist das alles, was du hast. Nur Sie und die anderen. Wegtreten, verschwinden Sie.«

Elftes Kapitel

Zon Private Studie
Gebäude des Hohen Rates
Drokanis, Zinconia
Zodark Heimatwelt

Zon Otro saß in einem der Sessel neben dem Kamin und las den neuesten Bericht der Groffs aus dem Orinda-System. Je mehr er las, desto heißer brannte der Zorn in ihm, wie die Glut im Feuer, die weiß glühte. Der letzte Bericht, den er von den Malvari und den Groff über das Orinda-System erhalten hatte, hatte deutlich gemacht, dass ihr einst fester Griff auf das Volk der Gurista nun verloren war - wahrscheinlich für immer.

Otro umklammerte den Rand des Berichts, die Worte verschwammen vor seinen Augen, während seine Wut unter der Oberfläche brodelte. Die Republik hatte nicht nur den Versuch der Malvari vereitelt, wieder in das Orinda-System einzudringen - sie hatte ihren zweiten Versuch, die Blockade zu durchbrechen und das System wieder zu sichern, zurückgeschlagen -, sondern je länger das System unter der Kontrolle der Republik blieb, desto wahrscheinlicher war es, dass es ihnen gelingen würde, das Volk der Gurista mit ihrem eigenen zu vereinen. Der Gedanke, dass die Republik ihre Reihen mit einer weiteren menschlichen Fraktion verstärken würde - einer, die die Zodarks seit über zwei Jahrhunderten kontrollierten - war fast unerträglich. Es war schon schlimm genug, die Kontrolle über das Qatana-System und die Sumerer zu verlieren. Der Verlust der Guristas wäre ein verheerender Schlag.

Otro beendete den Bericht und legte die Tafel auf den Tisch, während er nach einem Getränk griff und den Mut aufbrachte, die andere Tafel mit dem Bericht von Groff zu lesen. Er leerte das Glas und schenkte sich ein weiteres ein, bevor er den Bericht aufrief. NOS Vorun Talvex, sein vertrauenswürdiger Berater, hatte ihn bereits gewarnt, dass dies kein erfreulicher Bericht war, in dem man sich wohlfühlen konnte. Er schüttelte abweisend den Kopf und begann dann zu lesen.

Er brauchte nicht lange zu lesen, um festzustellen, dass der Geheimdienst der Groffs seine schlimmsten Befürchtungen bestätigt hatte. Die Republik bereitete das Volk der Gurista darauf vor, sich ihrem

Militär anzuschließen und sie zu einer weiteren Waffe gegen das Imperium zu machen. Er knurrte vor sich hin. Er wusste, dass dies wie in Sumer enden würde - die Republik würde sie in ihr Volk, ihre Regierung und ihr Militär integrieren. Das machte die Niederlage der Malvari im Orinda-System umso ergreifender. Der Zusammenhalt und die Entschlossenheit der Guristas, sich auf die Seite der Republik zu stellen und nicht auf die Seite der Zodarks, würde mit jedem Tag stärker werden, angetrieben durch ein gemeinsames Ziel und die Aussicht auf Freiheit von der Herrschaft der Zodarks. Die Menschen, die einst loyale Untertanen und baldige Fußsoldaten des Imperiums gewesen waren, stellten nun eine wachsende Bedrohung dar. Ein Dolch, der auf das Herz des Zodark-Imperiums gerichtet war.

Otro lehnte sich in seinem Stuhl zurück und starrte ins Feuer, während er die beiden Berichte von Malvari und Groff in Gedanken durchspielte. Ihre jüngste Niederlage hatte eine Schwäche in ihrer Strategie offenbart, die Unfähigkeit, genug Kraft aufzubringen, um sie zu überwältigen. Wenn es eine Sache gab, die er im Kampf gegen die Republik gelernt hatte, dann war es, dass sie jeden Fehler seiner Leute äußerst effizient auszunutzen wussten.

Er schob die giftigen Gedanken beiseite, die seinen Geist verunreinigten und seine Stimmung verdarben, und wandte seine Aufmerksamkeit einem anderen Problem zu, das sich anbahnte. Die verstärkte militärische Aufrüstung im Primord-System, Pfeinstgard, eine weitere drohende Gefahr, mit der er fertig werden musste. Den Berichten der Malvari und der Groff zufolge schienen die beiden etwas gefunden zu haben, worauf sie sich einigen konnten - ein Angriff stand bevor. Die Republik bereitete sich auf einen direkten Angriff auf das Gravaxia-System vor, und die dortigen Streitkräfte der Malvari hatten beim letzten Versuch der Republik, die Kontrolle über das System zu erlangen, nur knapp die Stellung gehalten.

Der Virus, der das Gravaxia-System während des letzten Versuchs heimgesucht hatte, hatte sich aufgrund der Quarantäne schließlich selbst ausgebrannt, aber der Schaden an der Verteidigung und der Infrastruktur des Systems war angerichtet worden. Die Malvari verstärkten ihre Stellungen und schickten zusätzliche Bodentruppen, Jagdgeschwader, Bomber und Kriegsschiffe zu ihrer Verteidigung. Gleichzeitig arbeiteten Ingenieure und Sklaven unermüdlich daran, einige der systemweiten Verteidigungsplattformen wiederaufzubauen, insbesondere in den Asteroidengürteln. Doch als Otro sich die Zahlen der Malvari ansah, wurde seine Besorgnis nur noch größer. Seine Jahre im Militärdienst und seine eigene Zeit als Mavkah der Malvari sagten ihm, dass die entsandte Verstärkung nicht ausreichen würde. Die Streitkräfte der Republik und der Primord wurden von Tag zu Tag stärker, und ihr Schwung war erschreckend effektiv, wenn sie von den Altairianern und ihren fortschrittlicheren Kriegsschiffen unterstützt wurden.

Otros Gedanken schweiften zu den Schadensberichten der Sol-Kampagne ab. Es waren nicht die Verluste an Soldaten, die den Malvari geschadet hatten - es war der Verlust der *Nefantar* und der Geschwader von Schlachtschiffen und schweren Kreuzern. Seit dieser demütigenden Niederlage war mehr als eine Drachme[1] vergangen, doch ihre Flotten verfügten immer noch nicht über ihre wichtigste Kampfkraft - die Schlachtschiffe. Obwohl sie ihre gesamte Wirtschaft, alle Fabriken und Industriezentren dem Bau neuer Schlachtschiffe widmeten, hatten die Werften von Tueblets, Zinconia und Shwani Mühe, die Verluste zu ersetzen, während die Republik und ihre Verbündeten dem Imperium auf die Pelle rückten.

Als die Groff berichtet hatten, dass die Alliierten sich zuerst den Orbots und dann den Pharaonis zugewandt hatten, hatte Otro gehofft, die Alliierten würden sich gegen sie wehren und sich in einem Zermürbungskrieg verzetteln. Stattdessen schlugen sie wie ein Blitz bei den Orbots ein und zerstörten ihre Kollektorschiffe und Bewusstseinsspeicher. Die Hybris der Orbots, zu glauben, sie hätten den Tod besiegt und sich den Weg in die Unsterblichkeit erschwindelt, war ihnen letztlich zum Verhängnis geworden. Nun zeichneten die Geheimdienstinformationen der Groffs und die militärischen Einschätzungen der Malvari über die Lage der Pharaonen in ihrem Kampf gegen die Allianz ein düsteres Bild, das wenig Raum für Fehler ließ. Er hoffte, dass die Pharaonen nicht so auseinanderfallen würden wie die Orbots. Für jeden Monat, in dem die Pharaonen die Republik auf Eurysa festhalten konnten, würden die Zodark-Werften vier weitere schwere Schlachtschiffe fertigstellen können.

---

[1] Zodark-Semester für ein Jahr.

»Verflucht seien diese verdammten Menschen zu Hark!«[2] Er stand auf und ging in seinem Arbeitszimmer auf und ab, das Gewicht seiner Position drückte auf ihn wie nie zuvor.

Otro blieb vor dem großen Fenster mit Blick auf die Hauptstadt von Drokanis stehen. Die Stadt war jahrhundertelang ein Symbol für die Macht und Vorherrschaft der Zodark gewesen. Doch nun, da die Republik näher rückte und ihre Feinde an Stärke gewannen, wurde diese Vorherrschaft auf eine Weise in Frage gestellt, die er sich nie hätte vorstellen können. Die Zukunft des Imperiums stand auf dem Spiel, und er würde seine ganze List, seine ganze Kraft und die Weisheit von Lindow aufbieten müssen, um das Blatt zu ihren Gunsten zu wenden.

Mit einem entschlossenen Blick kehrte Otro an seinen Schreibtisch zurück, während die Flammen des Kamins ein flackerndes Licht in den Raum warfen. Er wusste, was getan werden musste. Die Zeit der halben Sachen und vorsichtigen Strategien war vorbei. Das Zodark-Imperium würde nicht unter seiner Aufsicht fallen, nicht solange er noch Atem in seinen Lungen hatte.

Er aktivierte sein Kommunikationspanel, seine Stimme war kalt und entschlossen, als er sprach. »NOS Vorun, berufen Sie den Hohen Rat ein. Es ist an der Zeit, dass wir die nächste Phase unserer Strategie besprechen. Wir müssen das Imperium darauf vorbereiten, unseren Feind zu empfangen - die Republik und ihre Verbündeten zu empfangen.«

Die Nachricht wurde übermittelt, und während er darauf wartete, dass der Rat zusammentrat, wurde Otro das Gefühl nicht los, dass die kommenden Tage über die Zukunft seines Volkes entscheiden würden. Aber was auch immer der Preis sein mochte, was auch immer das Opfer sein mochte, er war bereit, es zu bringen. Das Zodark-Imperium würde überleben, selbst wenn es die Galaxis mit in den Abgrund reißen würde.

---

[2] Hark ist das zodarkische Wort für Hölle.

Zwölftes Kapitel

August 2114
Kaiserpalast
Cobalt Prime

Kaiser Tibus SuVee fühlte sich unruhig vor diesem Treffen. Seiner Meinung nach würde viel davon abhängen, wie sein Vizekönig auf die Befragung reagierte. Er war sich noch nicht sicher, ob sein Vertrauen in Miles Hunt unangebracht war oder ob sein Bauchgefühl von Anfang an richtig gewesen war, aber es gab nur einen Weg, das herauszufinden. Ein holografischer Anruf würde in diesem Fall nicht ausreichen - er musste dem Mann in die Augen sehen.

Als Vizekönig Miles Hunt den Raum betrat, ging er nicht so aufrecht, wie er es sonst tat. Er schaute zu Boden, als er sich dem Kaiser näherte, um seinen Ring zu küssen, und nahm dann den Platz ein, den eine gallentinische Wache für ihn bereithielt.

»Imperator, bevor wir beginnen ... muss ich Ihnen etwas gestehen«, sagte Miles erstaunt.

»Ach?«, fragte Tibus und gab sich Mühe, nicht sarkastisch zu klingen.

»Bevor die Schlacht auf Alfheim die Feindseligkeiten zum Stillstand brachte, gab es unter den Mitgliedern der Republik die Befürchtung, dass wir ausgelöscht werden könnten, dass wir nicht mehr existieren.

»Hmm«, sagte Tibus und wartete ab, wie Miles die Sache auffassen würde.

»Imperator... Ich schäme mich zuzugeben, dass ich die Erforschung einer biologischen Waffe genehmigt habe, die gegen die Zodarks eingesetzt werden könnte. Wir haben ein Virus entwickelt, das ihre einzigartigen Lungen angreift und für sie - und *nur* für sie - unglaublich tödlich sein würde. Aber dann habe ich die Gefahr eines solchen Projekts erkannt und die ganze Sache auf Eis gelegt.«

Miles rang die Hände und hielt inne. Tibus hatte ihn noch nie so nervös gesehen.

»Der leitende Wissenschaftler des Projekts beschloss, abtrünnig zu werden, Imperator«, gestand Miles. »Nach dem Angriff auf die Erde wurde seine gesamte Familie - seine Frau, seine Kinder und seine Enkel - von Zodarks abgeschlachtet, und er wollte sich rächen. Er hatte einen Neffen beim Militär, und die beiden haben sich verschworen und einen Teil dieses Virus freigesetzt...« Seine Stimme wurde leiser. »Es tut mir so furchtbar leid. Das hätte nie passieren dürfen.«

Kaiser Tibus holte tief Luft. »Ich wusste es«, sagte er klar und deutlich. »Schon bevor du Wiyrkomi die Wahrheit gesagt hast.«

»Was?« platzte Miles heraus, sichtlich geschockt von dieser Enthüllung.

»Dachtest du, dass wir Gallentiner keinen eigenen Geheimdienst haben?«, fragte Tibus. Er lachte, was Miles sehr unbehaglich zu machen schien. »Obwohl ich es zu schätzen weiß, dass du mir die Wahrheit sagst, ohne dass ich dich wie ein Verhörspezialist abfragen muss. Mein Problem ist, dass dies ein sehr ernster Verstoß ist ... ein *sehr* ernster Verstoß. Ich habe überlegt, was ich mit Ihnen, mit der Republik, machen soll.«

»Was habt Ihr beschlossen, Kaiser Tibus?« wagte Miles zu fragen.

»Die Tatsache, dass Sie Ihre Verfehlung offen zugegeben haben, ohne zu versuchen, sich zu entschuldigen, hat viel dazu beigetragen, mein Vertrauen in Sie wiederherzustellen, Vizekönig. Sie zeigen, dass Sie bereit sind, die Konsequenzen zu tragen und Verantwortung zu übernehmen. Die Sache ist die... ich möchte nicht, dass die anderen Mitglieder des Galaktischen Imperiums davon erfahren. Sollten die Altairianer davon erfahren, würden sie sicher wollen, dass Sie hart und sehr öffentlich bestraft werden, und das würde zu Aktionen seitens des Kollektivs führen, die ich auf keinen Fall will.«

Miles atmete langsam aus, da er offenbar begriff, dass er nicht öffentlich hingerichtet werden würde. Imperator Tibus hatte darüber nachgedacht, die Republik aus dem Galaktischen Imperium zu werfen, aber vor allem angesichts der Tatsache, dass die Humtars nun wieder in diesem Teil des Universums vertreten waren, hielt er es für besser, die Loyalität von Präpräsident Gudea nicht auf die Probe zu stellen. Dies war nicht der richtige Zeitpunkt, um zwei neue Gegner zu haben.

»Aber das *ist* ein sehr ernstes Vergehen, Miles«, betonte Tibus. »Diese Verträge wurden aus einem bestimmten Grund geschlossen. Selbst die Zodarks, so schrecklich, wild und blutrünstig sie auch sind... sie haben diese Verträge nicht verletzt. Dieses Verbrechen darf also nicht ungestraft bleiben, auch wenn es verschwiegen werden soll.«

Miles nickte leicht und erkannte die Macht des Kaisers in diesen Angelegenheiten an.

»Miles, deine Leute werden gleich an die Leine gelegt«, verkündete Tibus. »Ich habe ein Team von etwa einhundert Wissenschaftlern zusammengestellt, die direkt unserem Geheimdienstchef unterstellt sind. Sie werden von Ihnen Zugang zu Ihren verschiedenen militärischen Forschungseinrichtungen erhalten und regelmäßige Inspektionen durchführen.«

Miles hob eine Hand. »Imperator, obwohl ich Ihre Gnade in einer Hinsicht sehr zu schätzen weiß, mache ich mir Sorgen, dass dies die Fähigkeit der Republik beeinträchtigen wird, ihre eigenen Geheimdienstoperationen durchzuführen.«

Kaiser Tibus klappte der Kiefer zusammen. »Miles, du hast nicht unrecht«, bekräftigte er. »Ich glaube jedoch, dass dein Volk das Recht auf vollständige Autonomie an diesem Punkt verloren hat. Offen gesagt, war dies eine der am wenigsten strafenden Optionen, die ich hatte. Auch wenn ich glaube, dass ich Ihnen immer noch vertrauen kann, sind Ihre Leute diejenigen, die diesen Fehler begangen haben, und das darf auf keinen Fall wieder passieren.«

Der Vizekönig ließ den Kopf einen Moment lang hängen und schwieg. Schließlich nickte er und bestätigte, dass dies ein akzeptables Ergebnis sei.

»Es gibt noch etwas, worüber ich mit dir sprechen muss«, sagte Tibus.

»Was gibt es, Kaiser?«

»Ich habe Vorbehalte gegenüber diesem Humtar-Volk und seiner Rückkehr in die Milchstraße«, erklärte Tibus.

»Ich glaube Präsident Gudea, wenn er sagt, dass sein Volk kein Verlangen nach neuen Eroberungen hat«, erklärte Miles. »Obwohl sie kommen und versuchen könnten, jeden Planeten zurückzuerobern, den die Humtars einst besetzt hatten, werden Sie feststellen, dass sie keine Anstalten machen, irgendwelche aggressiven Aktionen durchzuführen.«

»Du verstehst aber meine Bedenken, nicht wahr?«, fragte Tibus. »Was, wenn ihre Motive für die Rückkehr darin bestehen, sich mit eurem Volk zu verbünden und dann einen Staatsstreich zu versuchen?«

Miles schüttelte den Kopf. »Imperator, sie haben wirklich einen ebenso persönlichen Rachefeldzug wie wir, wenn es um das Kollektiv geht. Sich gegen die Macht der Gallentiner zu erheben, würde ihren Zielen nicht dienen.«

Tibus strich sich mit den Fingern durch sein Haar. Was Miles über die Humtars sagte, machte logisch Sinn. Ein Teil von ihm blieb jedoch skeptisch.

Er stand auf, und Miles folgte ihm im Stehen. »Ich nehme an, Sie haben mich für den Moment von ihren Motiven überzeugt. Sie sollen nur wissen, dass ich ihnen gegenüber weiterhin vorsichtig bin.«

»Ja, Imperator«, antwortete Miles und klang sehr erleichtert. Tibus unterdrückte den Drang zu schmunzeln - das hätte sich nicht gut für einen Imperator gemacht.

Als Miles gegangen war, dachte Tibus über ihr Gespräch nach. Er hatte in die Seele seines Vizekönigs geschaut und wusste, dass Miles ihn nicht täuschte. Dennoch war er immer noch misstrauisch gegenüber diesen neuen Humtars. Präsident Gudea schien an sich nicht unehrlich zu sein, aber dieses ganze Szenario stellte für die Gallentiner ein gewisses Risiko dar.

Dreizehntes Kapitel

Juli 2114
Capitol Palace Gebäude
Zidara, Gurista Prime

Tammuz saß an dem riesigen Schreibtisch im Büro des Präsidenten und überprüfte die Zeit bis zu seinem zweiwöchentlichen Treffen mit seinem wachsenden Stab von Beratern und Ministern der neu gebildeten Abteilungen sowie Admiral Dobbs und ihrem Stab. Tammuz hatte gewusst, dass es schwierig sein würde, die Gesellschaft von Gurista von den Zodarks zu trennen, aber die praktische Umsetzung erwies sich als noch schwieriger, als er es sich vorgestellt hatte.

Als Ashurina und ihre Kollegen Tammuz die Videos der letzten Tage und Wochen gezeigt hatten, bevor die Zodarks die Kontrolle über Sumer verloren hatten, hatte ihn das schockiert. Die Kaltherzigkeit, die absolute Brutalität und die grausame Missachtung des Lebens - das war mehr, als selbst er ertragen konnte. Doch aus welchen Gründen auch immer, konnten einige Menschen nicht akzeptieren, was in diesen Videos als Wahrheit dargestellt wurde. Als die wenigen Überlebenden auf Gurista Prime und Moraga eintrafen, waren die Berichte derjenigen, die in der Lage waren, über die Gräueltaten zu sprechen, die sie erlebt hatten, erschütternd und überwältigend. Doch die Menschen taten die Berichte weiterhin ab und schrieben sie der Verbitterung darüber zu, dass sie auf einen neuen Planeten umsiedeln mussten, weil ihr Heimatplanet im Begriff war, an die Republik und ihre Allianz zu fallen.

In den Wochen nach der Ankunft von Admiral Dobbs' Truppen im Orinda-System und der schnellen Niederlage der Zodark-Garnison war das Vertrauen der gesellschaftlichen Elite und der Clanältesten in die Unbesiegbarkeit der Zodarks erschüttert worden. Das Leben, das das Volk der Gurista seit Generationen unter der wohlwollenden Hand der Zodarks geführt hatte, war innerhalb weniger Stunden abrupt beendet worden. Dieser plötzliche und unmittelbare Verlust von Status, Clan-Rang und gesellschaftlicher Hierarchie hatte sein Volk für kurze Zeit in ein völliges Chaos gestürzt. Mit Hilfe der republikanischen Armee war Tammuz jedoch in der Lage gewesen, die Ordnung schnell wiederherzustellen und mögliche törichte Abspaltungsideen, wie sie einige der Clanältesten auf den anderen Planeten in Erwägung gezogen hatten, zu unterbinden.

Klopf, klopf. Seine Außentür öffnete sich knarrend und zeigte Hamad, seinen Sicherheitschef. »Entschuldigen Sie, Herr Präsident. Sie wollten benachrichtigt werden, wenn die Admiralin und ihr Stab eintreffen. Sie werden gerade wie gewünscht in den Konferenzraum begleitet.«

Tammuz lächelte über die Unterbrechung. »Ausgezeichnet, Hamad. Komm, lass uns unsere Gäste begrüßen«, antwortete er.

Als die beiden sich dem Konferenzraum näherten, entdeckte er seinen neu ernannten Kriegsminister, den Wirtschaftsminister, den Handelsminister und schließlich den Finanzminister, als sie vor ihm hereinspazierten.

Als Tammuz den Raum betrat, standen die Vertreter der Republik aus Respekt auf, gefolgt von allen anderen. Tammuz winkte mit der Hand, als er sich auf seinen Platz begab, und forderte alle auf, sich zu setzen. Er fühlte sich immer noch unwohl mit dem Protokoll des Präsidentenamtes.

»Guten Morgen, Präsident Tammuz, und vielen Dank, dass Sie sich trotz Ihres vollen Terminkalenders die Zeit genommen haben, um sich mit uns zu treffen«, bot Admiral Dobbs an, der schon immer ein Diplomat war.

»Sie sind zu großzügig, Admiral. Ich bin nur ein bescheidener Mann, dankbar für die Hilfe und Unterstützung, die die Republik angeboten hat«, sagte Tammuz. Er war wirklich dankbar für alles, was sie getan hatten, und für jede Hilfe, die sie in Zukunft zu leisten bereit waren.

»Wir sind ein Volk, getrennt durch Zeit und Zufall, Tammuz«, fuhr Dobbs fort. »Das Volk der Gurista zu befreien, ist so, als würde man einen entfernten Cousin befreien. Wenn diese Zodarks vernichtet sind, wird die Bedrohung der Menschheit endlich ein Ende haben.« Die anderen Vertreter der Republik nickten zustimmend. »Apropos Zodarks, ich habe eine Nachricht von Vizekönig Hunt, dem Anführer unserer Allianz, erhalten.«

Tammuz neigte seinen Kopf zustimmend nach vorn. Was immer er tun konnte, um die Zerstörung oder Niederlage des Zodark-Imperiums zu unterstützen, würde er sicherlich tun. Wenn man sich nicht um die Zodarks kümmerte, könnte die neu gewonnene Freiheit seines Volkes nur von kurzer Dauer sein.

Admiral Dobbs lehnte sich in ihrem Stuhl vor. »Tammuz, ich habe vom Vizekönig den Befehl erhalten, Sie und das Volk von Gurista zu bitten, uns bei diesem letzten Vorstoß zu unterstützen, diesem kommenden Feldzug, um die Zodarks ein für alle Mal zu erledigen«, erklärte sie.

Tammuz hatte geahnt, dass diese Bitte irgendwann kommen würde. Er räusperte sich und nahm mit jedem seiner neu ernannten Minister und republikanischen Amtskollegen Augenkontakt auf, bevor er antwortete. »Admiral, das Volk von Gurista ist dank der Taten Ihres Volkes - und der Republik - frei. Sie haben jahrzehntelang gegen die Zodarks gekämpft, diese blauen Bestien, die die Sumerer beherrscht und unserem Volk vorgegaukelt haben, sie seien ein gutes Volk, während sie uns in Wirklichkeit zu ihrem Fußvolk gemacht haben, zu ihrem 'Kanonenfutter', wie einer Ihrer Leute einmal sagte.

»Ich stehe hier als Verbündeter in diesem Krieg zwischen der Menschheit und den Zodarks. Als Präsident und Führer des Volkes von Gurista stehe ich an der Seite der Republik - wir werden dem Ruf zum Dienst folgen, dem Ruf, diese Bastarde ein für alle Mal zu besiegen«, verkündete Tammuz lautstark. Seine Minister schlugen zur Unterstützung mit der rechten Hand auf den Tisch.

»Vielen Dank, Tammuz. Wir fühlen uns geehrt, dass Sie uns bei diesem Unterfangen unterstützen«, antwortete Dobbs. »Es gibt noch viel zu tun. Die letzte Kampagne zur Beendigung des Krieges, der Einmarsch in das Gebiet der Zodark, schreitet in diesem Moment voran. Mit der Unterstützung des Volkes von Gurista wird einer der Invasionspunkte in den Zodark-Raum vom Orinda-System aus starten. In naher Zukunft werden Konvois mit Vorräten im System eintreffen. Gurista Prime wird zu einem wichtigen Versorgungszentrum werden, wenn unsere Streitkräfte tiefer in den Zodark-Raum vordringen.«

Dobbs wandte sich an ihren Befehlshaber der Bodentruppen, Generalmajor Ward Custer. »General, ich übergebe jetzt an Sie.«

»Ich danke Ihnen, Admiral. Herr Präsident, Herr Minister, wie Admiral Dobbs sagte, bin ich der Kommandeur des XIV Korps der Republikanischen Armee«, sagte Custer. »Ich habe knapp fünfundsiebzigtausend Soldaten unter meinem Kommando.«

Der Armeegeneral wies mit seiner Hand auf den Mann neben ihm. »Das ist Brigadegeneral Brian Royce«, erklärte Custer. »Er befehligt die Spezialeinheiten, die Teil dieser Task Force sind. Royces Einsatzgruppe wird bei der Ausbildung von vier Divisionen guristischer Infanteriesoldaten helfen. Viele der Guristas waren schon vorher zum Militärdienst eingezogen worden, aber jetzt, wo sie sich der Republik angeschlossen haben, müssen sie lernen, wie *wir* kämpfen: unsere Taktik, unsere Rangstrukturen, unsere Waffen usw.

»Wenn Admiral Rosentreter und seine Streitkräfte die Pharaonis-Kampagne beendet haben, werden sie sich hierher ins Orinda-System begeben, wo sie sich ausruhen und umrüsten werden, bevor sie eine zweite Front gegen die Zodarks eröffnen. Es ist zwingend erforderlich, dass wir mit dieser Aufgabe sofort beginnen. Wenn die Armeeeinheiten aus der Pharaonis-Kampagne eintreffen, werden ihre Reihen wahrscheinlich dezimiert sein und müssen wieder aufgefüllt werden. Die Soldaten, die Royces Einsatztruppe ausbildet, werden für den nötigen Ersatz sorgen, bevor wir die Soldaten aus Gurista in unsere regulären Armeeeinheiten integrieren«, schloss Custer.

Tammuz nahm alles in sich auf. Er hoffte, dass sich sein neuer Verteidigungsminister bei der Verwirklichung all dieser Pläne als hilfreich erweisen würde.

In den nächsten Stunden arbeiteten Tammuz und seine Minister mit Admiral Dobbs und ihrem Stab zusammen, um Gurista Prime auf seine Rolle als wichtiger logistischer Versorgungsknotenpunkt und die eventuelle Ankunft der Versorgungskonvois vorzubereiten. Gegen Ende des Treffens bat Admiral Dobbs darum, in ein paar Tagen mit ihm unter vier Augen sprechen zu dürfen. Er stimmte zu. Diesmal würden sie sich an Bord der *Aquila* treffen, dem republikanischen Sternentransporter im Orbit über uns.

****

Drei Tage später
RNS *Aquila*
In der Umlaufbahn von Gurista Prime

Admiral Dobbs beobachtete Tammuz, als er in ihrem Büro aus dem Fenster starrte - sein Planet, seine Heimat, ein blaugrüner Marmor vor einem Hintergrund aus purer Schwärze. Sie nahm einen tiefen Atemzug.

Es ist an der Zeit, dachte sie. *Der Vizekönig und der Kanzler brauchen eine Antwort.*

»Tammuz, ich danke Ihnen nochmals dafür, dass Sie sich mit mir auf der *Aquila* getroffen haben«, begann sie und wandte sich dann den beiden anderen Personen zu, die sie gebeten hatte, an diesem Treffen teilzunehmen. »Und ich danke euch, Ashurina und Dakkuri, dass ihr euch bereit erklärt habt, mit uns über die Zukunft des Volkes der Gurista zu sprechen.«

Drew Kanter fügte dann hinzu: »Ich hoffe, Sie verstehen, warum wir darum gebeten haben, dieses Treffen auf der *Aquila* abzuhalten und nicht im Palast oder an einem anderen Ort auf der Oberfläche.«

Dakkuri, der vollendete Spion, schenkte ihr ein halbschräges Lächeln. »Das ist kein Problem, Drew. Die Ausrichtung des Treffens auf der *Aquila* hat uns die Gelegenheit gegeben, das neueste, mächtigste und schönste Kriegsschiff zu sehen, das Ihr Volk gebaut hat. Ich bin beeindruckt, wirklich - die Fähigkeiten dieses Schiffes müssen unglaublich sein. Aber wir alle wissen, warum wir uns hier treffen und nicht auf der Oberfläche.

»Oh, vielleicht können Sie einen alten Mann wie mich aufklären«, entgegnete Tammuz und wandte sich erst an Dakkuri und dann an seine Tochter und jetzige Beraterin Ashurina.

»Was Dakkuri meint, Herr Präsident, ist, dass die Chancen, dass dieses Gespräch an Bord der *Aquila* mitgehört wird, bestenfalls gering sind«, warf Ashurina ein, bevor Dakkuri antworten konnte. Die Beziehung zwischen Tammuz und Dakkuri war angespannt. Tammuz war immer noch wütend auf Dakkuri, weil er ihm verschwiegen hatte, dass seine Tochter lebte und nicht tot war, wie er ihren Vater hatte glauben lassen.

Admiral Dobbs bemerkte die Spannung zwischen den beiden Männern und fuhr mit dem Grund ihres Treffens fort. Sie räusperte sich: »Mr. President...«

»Bitte, Admiral, wir sind unter uns, unter Freunden und Familie«, unterbrach Tammuz. »Erweisen Sie mir die Ehre, mich mit Tammuz anzusprechen und nicht mit dem Ehrentitel meines Ranges.«

Dobbs spürte, wie ihre Wangen erröteten. »Ja, wie ich schon sagte, Tammuz, eine Reihe von Ereignissen hat sich in Sol ereignet - Ereignisse, die Welleneffekte erzeugt haben, die sogar jetzt noch von den Mitgliedern der Allianz gespürt werden. Insbesondere haben die jüngsten Entdeckungen dazu geführt, dass das Geheimnis der Humtars gelüftet wurde: wer sie waren, ob sie noch leben und ob es möglich war, wieder mit ihnen in Verbindung zu treten.«

Tammuz' Augen leuchteten auf. Als sie ihm von ihrem Wiederauftauchen erzählt hatte, nachdem republikanische Wissenschaftler den Schlüssel zum Öffnen des Sternentors gefunden hatten, mit dem sie sich vom Rest des Universums abgeschottet hatten, war er wie ein Kind in einem Süßwarenladen gewesen, als er jeden Bericht, jede Entdeckung gelesen hatte, die diese Gruppe von Wissenschaftlern und Archäologen im Laufe der Jahre gemacht und darüber geschrieben hatte.

»Ja, ich kann mir nur vorstellen, welche Aufregung ihre Entdeckung in der gesamten Allianz ausgelöst hat - zu erfahren, dass wir Menschen die Nachfahren der Humtars sind und dass es eine weitaus fortgeschrittenere Gesellschaft als die Gallentiner gibt, muss ein Schock gewesen sein«, bot Tammuz an.

Dobbs lächelte über seine Begeisterung. »Ihr Auftauchen hat die Dynamik der Allianz sicherlich verändert«, räumte sie lachend ein. »Einige der Technologietransfers werden der Republik Vorteile verschaffen, die wir in der Vergangenheit nicht hatten. Die Humtar scheinen aufrichtig den Wunsch zu haben, wieder mit uns in Verbindung zu treten, und sie haben darum gebeten, dass man ihnen einige Gebiete innerhalb der Republik überlässt. Der Kanzler hat zugestimmt. Sie werden einen schwer beschädigten Teil der Erde, den Staat Nordost-Afrika, beaufsichtigen und ihn nach eigenem Gutdünken regieren und kontrollieren.

»Die Humtars haben angeboten, mehrere neue Sternentore zu bauen, die die Territorien der Republik weiter verbinden würden. Zum Beispiel würde Sol in einen Conduit Nexus verwandelt werden - das heißt, es würde mehrere Sternentore haben, die es mit New Eden, dem Qatana-System, den Great Wilds, Alpha Centauri und dem Intus-System verbinden. Dies würde den freien Waren-, Personen- und Transitverkehr in der Republik dramatisch erhöhen, wie nie zuvor.

»Das bringt uns zu einer Frage zurück, die ich Ihnen vor einiger Zeit gestellt habe: Möchten die Gurista der Republik beitreten? Wenn ja, werden die Humtars ein Sternentor im Orinda-System bauen, das eine direkte Verbindung zu Sol herstellt«, erklärte Admiral Dobbs und übermittelte die Informationen, die sie übermitteln sollte.

»Ist das wahr, Vater? Die Republik hat unserem Volk ein Angebot gemacht, sich ihr anzuschließen? «, fragte Ashurina, deren Überraschung in ihrer Stimme deutlich zu hören war.

»Das haben sie«, bestätigte Tammuz. »Ich habe die Erwägungen für und gegen unseren Beitritt abgewogen. Wenn wir uns mit ihnen vereinigen würden, hätte das offensichtliche Vorteile für unser Volk - ein großes stehendes Militär und die industrielle Kapazität, es zu unterhalten und auszubauen. Die Republik verfügt über eine etablierte interplanetarische und interstellare Wirtschaft, Handelsrouten und industrielle und wirtschaftliche Zentren. Ich kann mir nur vorstellen, dass der Ausbau dieses Stellar Conduit Network das Wirtschaftswachstum innerhalb der Republik fördern und die Mobilität der Menschen ermöglichen würde, so dass sie sich innerhalb ihres Territoriums weiter ausbreiten könnten.«

Dakkuri verlagerte sein Gewicht von einem Fuß auf den anderen, bevor er einen Kommentar abgab. »Und der Preis dafür, Mitglied ihrer Republik zu werden, ist...?«

Tammuz schnaubte über die Art, wie Dakkuri seine Frage formuliert hatte. »Es gibt immer einen Preis«, antwortete Tammuz. »Wir haben gerade unsere Freiheit und Autonomie von den Zodarks gewonnen. Wenn wir diesen Handel akzeptieren, geben wir diese neu gewonnene Unabhängigkeit auf - die Freiheit unseres Volkes, unser Schicksal selbst zu bestimmen und einen neuen Weg einzuschlagen.«

»Es ist eine schwierige Entscheidung, Tammuz, und ich bin froh, dass ich sie nicht selbst treffen muss«, bot Drew an, während er einen Blick mit Admiral Dobbs tauschte. Zwischen ihnen herrschte eine unausgesprochene Besorgnis. Sie würden die Entscheidung, die Tammuz für sein Volk traf, respektieren; sie hofften nur, dass sie zugunsten eines Beitritts zur Republik ausfiel.

Ashurina ging zu ihrem Vater hinüber und legte ihm die Hand auf die Schulter. Sie sprach leise. »Als ich das erste Mal nach Sol reiste, als ich noch für die Mukhabarat tätig war, war ich überrascht, als ich auf der Erde ankam. Ich hatte noch nie so viele Menschen gesehen, die frei herumliefen und keine Angst vor den Zodarks hatten. Ich brauchte einige Zeit, um zu verstehen, warum sie keine Angst vor ihnen hatten - weil sie ein Leben ohne sie geführt hatten. Ich habe das gesehen und war neidisch darauf. Ich fragte mich, warum sie von der Unterwerfung durch die Zodarks verschont blieben und wir nicht.

»Diese Entscheidung, die Sie treffen müssen, wird die Zukunft unseres Volkes beeinflussen«, fuhr sie fort. »Wenn wir es alleine machen, können wir es vielleicht schaffen - eine Zukunft zu schaffen, wie ich sie bei meiner ersten Ankunft auf der Erde gesehen habe. Aber *wenn* wir es alleine schaffen, werden sich Herausforderungen ergeben, die wir nicht bedacht haben. Wir können ein unbekanntes Unbekanntes nicht vorhersehen. Und wir wären gezwungen, diese Prüfungen allein zu bewältigen. Die gesamte Zukunft unseres Volkes könnte zerstört werden, wenn unsere Führer einen entscheidenden Fehler begehen, und wir sind es nicht gewohnt, uns selbst zu regieren. Wir mussten noch keine schweren Entscheidungen treffen - das haben die Zodarks für uns getan.«

Tammuz grunzte. Ashurina hatte ein gutes Argument.

»Der Beitritt zur Republik wird diese Art von Risiko nicht beseitigen, aber er wird es verteilen. Unsere neuen Brüder in der Republik werden uns logistisch und militärisch unterstützen, weil wir *eine Einheit* sein werden. Ich denke, das verringert die Gefahr der Selbstzerstörung unserer Nation erheblich. Unser Volk wird nicht in die Arme der Zodarks zurücklaufen, in der Hoffnung, seinen alten »wohlwollenden Herren« zu dienen. Wenn wir Teil der Republik werden, vereinen wir unser Volk mit dem ihren und gehen *gemeinsam* in die Zukunft, zum ersten Mal seit dem Weggang der Humtars. Ich sage, wir schließen uns an«, schloss Ashurina.

Tammuz blickte zu Dakkuri. »Was sagst du?«

Dakkuri hielt Tammuz' Blick einen Moment lang fest. »Unser Volk wird eine bessere und wohlhabendere Zukunft haben, wenn wir uns der Republik anschließen, als wenn wir uns entscheiden, unabhängig zu bleiben«, versicherte er.

Tammuz nahm die Informationen auf, während er seine Optionen abwog. Als er sich zu Admiral Dobbs umdrehte, sagte er schließlich: »Diese Entscheidung mag für unser Volk schwer zu verstehen und zu unterstützen sein. Ich werde mein Bestes tun, um sie mit den Vorteilen einer Zugehörigkeit zu dieser Republik zu überzeugen.

Sie können Ihrem Kanzler und Vizekönig sagen, dass sich das Volk von Gurista Ihnen anschließen wird.«

Vierzehntes Kapitel

11. Spartakus-Panzerregiment
RNS *Callisto*

Die Gesichter seiner Kinder blitzten in den Gedanken von Staff Sergeant Peter Kennedy auf - ihr strahlendes Lächeln, ihr unschuldiges Lachen, das in seinen Erinnerungen widerhallte. Er wünschte sich nur, er könnte sie wieder in die Arme nehmen und ihnen versichern, dass Daddy sie immer noch mehr als alles andere in dieser Galaxie liebte, egal, wie zerbrochen die Dinge waren.

In den letzten zwei Jahren hatte er sie auf Holovideos gesehen und mit ihnen über die Kommunikationskanäle gesprochen. Doch der Krieg hatte ihn von ihnen ferngehalten, und das brachte ihn innerlich um - zu wissen, dass er nicht da sein konnte, wenn sie fielen und sich das Knie aufschürften und nur eine beruhigende Umarmung brauchten und die Gewissheit, dass alles gut werden würde. Verdammt, seine Kinder kannten ihn nur als den Mann, der mit ihnen über ein Holovideo sprach, wenn die Flotte Grunzern wie ihm erlaubte, das begehrte interstellare Kommunikationsnetz zu benutzen.

Vor vier Jahren hatte er sich, wie viele junge, dumme Soldaten, verliebt. Er hatte seine Situation noch verschlimmert, indem er um ihre Hand anhielt. Sol war noch nicht überfallen worden, und der Zodarkrieg war fünf Jahre zuvor zu Ende gegangen. Kennedy war der Meinung, dass es ein guter Zeitpunkt war, um sesshaft zu werden. Nach ein paar Monaten Eheglück hatte sie verkündet, dass sie schwanger war. Später in der Woche hatten sie herausgefunden, dass es Zwillinge waren. Er war überglücklich. Zwillinge! Er würde nicht nur Vater werden, sondern auch eine Tochter *und einen* Sohn bekommen. Er fühlte sich, als hätte er im Lotto gewonnen.

Dann fielen die Zodarks in Sol ein und verwüsteten den Planeten. Mit orbitalen Bombardements löschten sie ganze Megastädte aus dem All aus. Die Orbots folgten mit einer zweiten Welle von Angriffen. Kennedy war froh, dass sie New Eden nicht angegriffen hatten, aber so viele seiner Kameraden hatten während der Invasion ihre ganzen Familien verloren. Jeder, den *er* kannte oder liebte, war auf New Eden.

Als der Krieg über sie hereinbrach, dauerte es nicht lange, bis seine Einheit ausrückte. Sie waren Teil der ersten Welle - das erste Kampfelement, das den Feind zurückschlug. Sie waren entschlossen, doppelt so hart zuzuschlagen.

Kennedy versuchte, seiner Frau die Herausforderungen zu vermitteln, die sie erwarteten, sollte seine Einheit an einer Kampagne teilnehmen - er würde lange weg sein. Bei den astronomischen Entfernungen zwischen den Sternentoren dauerte es Monate, um das nächste Ziel zu erreichen (es sei denn, ihre altairischen Verbündeten bauten eine Brücke, mit der sie Dutzende von Lichtjahren auf einmal überbrücken konnten). Aber als sich die Monate über die Ein-Jahres-Marke seiner Abwesenheit hinauszogen, konnte Kennedy in den Augen seiner Frau sehen, dass sie ihn vermisste und einsam war. Natürlich hatte sie die Zwillinge, aber sie hatte *ihn* nicht.

Als aus zwölf Monaten zweiundzwanzig Monate geworden waren, war sie am Ende. Sie war in einem Holovid zusammengebrochen und hatte gesagt, sie könne die Vorstellung nicht ertragen, dass er wochen- oder monatelang tot sein könnte, bevor sie jemals etwas über sein Schicksal erfahren würde. Die Anrufe von ihm wurden immer seltener, während sich die Holovids, die sie ihm schickte, unbeantwortet stapelten. Er hatte es ihr nicht übel genommen, als sie ihm die Scheidungspapiere zugeschickt hatte. Verdammt, wenn er mit sich selbst verheiratet wäre, würde er auch die Scheidung einreichen.

In einem Versuch, Trost oder zumindest Klarheit zu finden, hoffte Kennedy, dass eine oder zwei Therapiesitzungen ihm aus der Hölle, die seine Gedanken plagte, helfen würden.

Er näherte sich der Tür des Büros von Dr. Samantha Wallace, klopfte zweimal laut und wartete auf eine Antwort.

»Kommen Sie rein. Die Tür ist unverschlossen«, hörte er Dr. Wallace zu sich rufen.

Kennedy öffnete die Tür und trat ein. Als er das Büro von Dr. Wallace betrat, konnte er feststellen, dass sie ihr Bestes getan hatte, um diesen Ort so »normal« wie möglich aussehen zu lassen. Für eine Sekunde vergaß er fast, dass sie sich an Bord eines Transporters befanden. Anstelle der grau-weiß gestrichenen Wände, die in so vielen Räumen an Bord dieses seltsam großen Schiffes zu finden waren, waren ihre Wände beige und mit echten Bildern und nicht mit Holovideos versehen. Er entdeckte eine bequem aussehende Couch, die quer durch den Raum stand, mit ein paar ebenso bequem aussehenden Stühlen. Er lächelte, als er ein Bild an der Wand sah, auf dem die junge Ärztin einen Orden von einem Admiral erhielt. Darauf war ihr blondes Haar zu einem festen Dutt hochgesteckt. Ihre blauen Augen leuchteten vor Stolz.

Verdammt, sie ist umwerfend, dachte Kennedy, als er sah, wie sie ihn anstarrte.

»Sind das echte Bücher? Mit Papier?«, fragte er, noch bevor er sich vorstellte.

Sie lächelte ihn an. »Das sind sie in der Tat, aber ich muss sagen, dass es heutzutage immer schwieriger wird, sie zu finden, wo doch alles digital ist. Die meisten von ihnen sind Selbsthilfebücher.« Sie wies mit der Hand auf die Ecke. »Das sind natürlich meine wenigen Pflanzen, die mich an zu Hause erinnern. Obwohl sie sich auf einem Schiff wie diesem befinden, habe ich es irgendwie geschafft, sie am Leben zu erhalten - mit Hilfe von ein paar Wachstumslampen natürlich.

Kennedy richtete seinen Blick wieder auf Dr. Wallace. »Ich mag es. Es erinnert mich an zu Hause.«

»Nun, kommen Sie herein. Mein Name ist Dr. Samantha Wallace. Bitte setzen Sie sich auf den Stuhl oder die Couch, oder legen Sie sich hin, wenn Sie sich dann entspannt fühlen.« Sie gestikulierte in Richtung der Stühle und der Couch. »Ich habe mein Bestes getan, um diesen Ort zu einem friedlichen Zufluchtsort für Soldaten wie Sie zu machen«, erklärte sie, während sie sich in einen der Plüschsessel setzte.

Kennedy stolperte zunächst. »Ich, ähm, es tut mir leid, dass ich mich nicht vorgestellt habe. Ich bin Staff Sergeant Peter Kennedy«, schaffte er es schließlich zu sagen, während er näher an die Stühle und die Couch herantrat, unsicher, welchen er nehmen sollte.

Normalerweise war er in der Nähe von Frauen nicht so unbeholfen, aber aus irgendeinem Grund fühlte er sich wahnsinnig zu ihr hingezogen. Die Art, wie ihr blondes Haar bis zu den Schultern fiel, und die Art, wie sie einen einfachen grauen Blazer über einer weißen Bluse und einer schwarzen Hose trug - es war das Bild von Professionalität. Die einzigen Frauen, die Kennedy seit seiner Ankunft an Bord gesehen hatte, waren Raumfahrerinnen und seine Kollegen. Sie sah umwerfend aus.

Natürlich gab es einen Grund, warum ein paar Sicherheitsleute vor ihrer Tür standen. Das war gängige Praxis für den Fall, dass ein Patient während einer ihrer Sitzungen gewalttätig wurde. Wenn man die

Art von Trauma auspackt, die die meisten Soldaten durchgemacht haben, ist es eine gute Idee, ein paar Muskeln mit Tasern und Betäubungspfeilen dabei zu haben. Aus irgendeinem Grund beruhigte ihn die Tatsache, dass sie vor der Tür standen, und er fühlte sich sicher.

»Schön, Sie kennenzulernen, Staff Sergeant Peter Kennedy. Bitte, nehmen Sie Platz«, wiederholte Samantha. Sie wies auf die Couch, da er ihr am nächsten zu sein schien.

»Nur um sicherzugehen, dass Sie es wirklich sind und nicht einer Ihrer Kumpels versucht, Sie aus dem Treffen mit mir herauszubekommen, können Sie mir Ihre vier Nachnamen und Ihr Geburtsdatum nennen, Staff Sergeant?«

Er setzte sich auf die Couch und antwortete dann: »Ja, Ma'am. Meine letzte Vier ist 4-3-2-6. Geburtsdatum 04/02/2079.« Er rasselte seine Ausweisnummer herunter, wie schon so oft in den achtzehn Jahren, die er in der Armee verbracht hatte.

»Ausgezeichnet, danke, dass Sie das für mich überprüft haben. Nur noch eine weitere administrative Information, die ich weitergeben muss, bevor wir beginnen.« Sie hob ihren Blazer gerade so weit an, dass der Elektroschocker zum Vorschein kam, den sie verdeckt bei sich trug. »Es sollte selbstverständlich sein, dass dies mehr zu meinem als zu Ihrem Schutz dient. Ich tue mein Bestes, um sicherzustellen, dass Sie sich während der Sitzung sicher und geborgen fühlen. Sollte ein Patient einmal ein wenig übertreiben ... nun, Sie haben ja Bruno und Max, die vor der Tür stehen. Sie sind die Waffenmeister von Fleeter. Ich glaube, ihr nennt sie in der Armee MPs.«

Er lachte. »Ja, MPs ist die schönere Bezeichnung für sie. Wir nennen sie normalerweise nur Mud Puppies. MPs - verstehst du das?«

Samantha lächelte über die Anspielung. »Das hatte ich noch nicht gehört. In Ihrer Akte steht, dass Sie vor ein paar Tagen mit einem der Berater gesprochen haben, und er hat Sie an mich verwiesen. Also, lassen Sie uns reden. Was führt Sie heute hierher?«

Kennedy zögerte, als sein Blick auf den Boden fiel. »Ich ... schätze ... nun, ich vermisse meine Kinder?«

»Ist das eine Frage oder eine Feststellung?«

Er bewegte sich unbehaglich in seinem Sitz. »Eine Erklärung, Ma'am. Ich habe sie seit über zwei Jahren nicht mehr persönlich gesehen, und mit der Scheidung ...« Er brach ab, seine Augen wurden unruhig.

Samantha nickte mit verständnisvoller Miene. »Es ist verständlich, dass Sie sich so fühlen, besonders unter den gegebenen Umständen. Es tut mir leid, von der Scheidung zu hören, und wir müssen nicht darüber reden, wenn Sie das nicht wollen. Warum erzählen Sie mir nicht ein wenig mehr über Ihre Kinder?«

»Ich habe Zwillinge bekommen.« Ein kleines Lächeln zeichnete sich auf Kennedys Lippen ab. »Evan ist ein paar Minuten älter, und er ist drei. Olivia ist offensichtlich im gleichen Alter. Sie sind ...« Er räusperte sich, damit er sich nicht verschluckte. »Sie sind erstaunlich - klug, lustig, immer in Schwierigkeiten.« Sein Lächeln verblasste. »Ich hasse es, so lange von ihnen getrennt zu sein. Ich habe das Gefühl, ich verpasse alles - und das tue ich auch. Das Leben geht weiter, ob ich nun da bin oder nicht.«

Sie setzte sich aufrechter in ihrem Stuhl. »Das muss unglaublich schwierig sein. Und Sie erwähnten eine Scheidung. Wie lange sind Sie schon von Ihrer Frau getrennt?«

»Ex-Frau«, korrigierte Kennedy. »Tut mir leid, ich vergesse es immer wieder. Sie ist noch nicht meine Ex-Frau. Im ersten Jahr meiner Abwesenheit waren wir noch dabei, die Dinge aufzuarbeiten. Zu Beginn dieses zweiten Jahres begann es zwischen uns bergab zu gehen. Damals reichte sie die Trennung ein, um zu entscheiden, ob sie die Scheidung will oder nicht. Vor ein paar Monaten schickte sie mir ein Holovideo, in dem sie alles erklärte und mir die Scheidungspapiere zur Unterschrift vorlegte.«

Samantha nahm ein Tablet von einem Beistelltisch und kritzelte etwas darauf. »Das muss hart sein. Wie hat es sich auf dich ausgewirkt?«

Kennedy zuckte mit den Schultern. »Es ist scheiße. Ich meine, ich verstehe das. Ich bin nie da, immer auf irgendeiner Trainingsübung und dann die Invasion. Da das VI Korps auf New Eden und nicht auf der Erde stationiert ist, sind wir eine der wenigen großen Armeeformationen, die überlebt haben. Was hätte ich denn sagen sollen? 'Ich kann nicht eingesetzt werden, weil meine Frau mich hier braucht?' Wissen Sie, wie viele andere in demselben Boot sitzen wie ich? Wir sind Soldaten. Sie geben uns Befehle und wir führen sie aus. Was mir wirklich leid tut, ist, dass das alles weder ihr noch den Kindern gegenüber fair ist. Aber... wissen Sie...« Er schluckte schwer. »Es tut immer noch weh.

»Habe ich die richtigen Entscheidungen getroffen?«, fragte er laut. »Hätte ich irgendwie aus dem Militär aussteigen sollen? Sollte ich es trotzdem tun?« Er zuckte mit den Schultern, während sein Körper in das Sofakissen sank. »Ich hasse es, sie ohne Vater zurückzulassen, aber ich habe der Republik einen Eid geschworen. Niemand hat mich gezwungen, der Armee beizutreten, und niemand hat gesagt, dass ich mich nach fünfzehn Dienstjahren wieder verpflichten muss. Was ich damit sagen will, ist, dass ich vorhabe, meinen Eid auf die Republik zu ehren und zumindest die Dienstzeit zu Ende zu führen. Ich hoffe nur, dass meine Kinder es verstehen werden, wenn sie älter werden - wenn sie anfangen zu fragen, warum ihr Daddy nur auf einem Holovideo zu sehen ist und nicht im echten Leben.«

»Das ist eine Menge, aber es gibt etwas, das du wissen musst. Deine Kinder haben wirklich einen Vater. Ich schaue ihn gerade an.« Sie lehnte sich nach vorne, ihre Augen auf seine gerichtet. »Eine Scheidung ist nie einfach, besonders wenn Kinder involviert sind. Es ist wichtig, daran zu denken, dass es nicht allein deine Schuld ist. Du machst eine unglaublich wichtige Arbeit, du kämpfst für die Sicherheit und die Zukunft der Menschheit. Gleichzeitig müssen Sie sich, wie Sie schon sagten, um Ihre Kinder kümmern. Was tun Sie also? Wie trennst du beides?«

Nach einer Pause fuhr sie fort. »Können Sie beim Militär aufhören? Vielleicht hängt das von den Bedingungen Ihres Vertrags oder Ihrer medizinischen Versorgung ab. Wäre das einfach? Auf keinen Fall. Und wenn ich Sie so ansehe, vermute ich, dass Sie auch nicht in diese Richtung gehen werden. Das bedeutet, dass wir nicht nur mit Ihnen und Ihren Kindern, sondern auch mit Ihnen selbst einige Kompromisse schließen müssen. Aus jahrelanger Erfahrung kann ich Ihnen sagen, dass der erste Schritt schwer sein wird, denn als erstes müssen Sie lernen, sich selbst zu vergeben, bevor Sie jemand anderem vergeben können.

»Was meinst du damit - mir selbst zu vergeben, bevor ich anderen verzeihen kann?«

»Es geht um Schuldgefühle«, sagte sie. »Ich kann es in deinen Augen sehen. Du bist schuldbeladen. Das ist in Ordnung. Es ist auch sehr verständlich. Ihre Regierung hat Sie in die Lage versetzt, das zu tun, was die meisten Menschen nicht tun würden - Ihr Leben aufs Spiel zu setzen, um das Leben nicht nur für alle Menschen da draußen, sondern auch für Ihre Kinder sicherer zu machen.

»Aber es geht nicht nur darum, sein Leben aufs Spiel zu setzen«, fuhr sie fort. »Es geht auch um das Nehmen von Leben. Und natürlich sagen und tun wir viel, um die Zodarks, die Pharaonis oder die Orbots zu verteufeln, aber letzten Endes ist es immer noch ein Leben, das man nimmt. Das ist nichts, was für uns Menschen natürlich ist. Kann man uns das beibringen? Natürlich, sehen Sie sich um. Wir befinden uns an Bord eines Transporters mit einer ganzen Division von Soldaten, die ausgebildete Killer sind. Aber der Unterschied ist, dass wir nicht zum Spaß töten. Wir töten nicht aus angeborenem Verlangen, oder zumindest die meisten von uns nicht. Der Akt des Tötens ist hart für den Geist, vor allem, wenn wir nicht wissen, wie wir ihn verarbeiten sollen.« Sie lehnte sich mit dem Rücken gegen den Stuhl. »Ich möchte Sie noch etwas anderes fragen: Wie oft pro Woche unterhalten Sie sich mit Ihren Kindern?«

Er grunzte bei dieser Frage. »Einmal im Monat.«

Sie zögerte und fragte dann: »Warum nur einmal im Monat?«

Kennedy seufzte laut. »In letzter Zeit ist das alles, was ihre Mutter erlaubt.«

»Ich verstehe.« Sie dachte einen Moment lang nach. »Wenn ich Ihnen beibringen kann, was Sie zu ihr sagen sollen, wie würde es Ihnen gefallen, zweimal pro Woche mit Ihren Kindern zu sprechen, wann immer es möglich ist?«

»Doc, im Kampf ist das nicht möglich, Ma'am. Das BattleNet ist nicht für persönliche Gespräche gedacht.«

»Stimmt, aber wenn es möglich ist, geht es auch zweimal pro Woche?«

Kennedys Herz füllte sich bei ihren Worten. »Ja, Ma'am, das wäre wirklich großartig.«

»Okay, wir kriegen das hin, in Ordnung?«, sagte sie. »Jetzt lass uns zu diesen komischen Dingen kommen, die wir Gefühle nennen.«

Wenn sie nicht so attraktiv wäre, hätte Kennedy vielleicht geschnaubt. Er tat sein Bestes, um sein Lachen zu unterdrücken. Bei ihren letzten Worten klang sie wie eine Puppe in einem Kinder-Zeichentrick-Holokanal. »OKAY.«

Sie blinzelte. »Ich habe gesehen, dass du das zurückgehalten hast.« Sie grinste. »Nächstes Mal lachst du, okay?«

»Ja, Ma'am.«

»Es wird dir helfen, dich zu öffnen. Also, lassen Sie uns ein wenig tiefer gehen. Warum fühlen Sie sich schuldig, abgesehen von den oberflächlichen Gründen, die wir kennen?«

Kennedy nickte, doch seine Miene wurde unruhig. »Ich habe es Ihnen gesagt, Ma'am. Ich habe einfach das Gefühl, dass ich sie im Stich lasse. Als wäre ich nicht da, wenn sie mich brauchen.«

Samanthas Augen wurden intensiv. »Sergeant, hören Sie mir zu. Sie lassen Ihre Kinder nicht im Stich. Sie kämpfen für sie, für ihre Zukunft. Und auch wenn Sie nicht physisch bei ihnen sein können, sind Sie in ihren Herzen immer bei ihnen. Und je mehr Sie regelmäßig mit ihnen sprechen, desto mehr werden sie das wissen.«

»Ich hoffe es.«

»Es gibt etwas Tieferes, etwas anderes, das dich bedrückt, etwas, das über die Trennung von deiner Familie hinausgeht. Kannst du mir davon erzählen?«

Kennedy begann, diese Art der Befragung nicht zu mögen. Er zögerte, seine Hände ballten und lösten sich in seinem Schoß. »Ich... ich habe diese Albträume. Rückblenden, denke ich. Von den Dingen, die ich da draußen gesehen habe. Die Menschen, die ich verloren habe.«

»Ich verstehe. Ich kann Ihnen so viel sagen - Sie sind damit nicht allein. Wenn man darüber nachdenkt, kann der Verstand nur eine bestimmte Menge an Traumata verarbeiten, bevor er anfängt, sich abzuschalten oder seine Wut und Frustration an anderen auszulassen«, sagte Samantha in einem ruhigen, beruhigenden Ton.

»Hm, also machen viele andere dasselbe durch wie ich?«, fragte Kennedy.

»Ja, genau. In der Fachsprache nennen wir das posttraumatische Belastungsstörung oder PTSI. Das ist nichts, wofür man sich schämen muss, und es ist sicherlich kein Stigma, das man sich auferlegen sollte. Warum erzählen Sie mir nicht mehr über diese Flashbacks? Wann haben sie angefangen?«, drängte sie.

»Ich weiß es nicht.«

Ihr Gesichtsausdruck wurde weicher. »Was ist das erste, was Ihnen einfällt?«

Kennedy schloss für einen Moment die Augen. Seine Gedanken schweiften zurück zu diesem schicksalhaften Tag vor vielen Jahren. »OK, Doc. Ich bin auf einer Routinepatrouille auf Intus während des Ersten Zodarkrieges«, sagte er und fühlte sich in diesen Moment zurückversetzt. »Eine unheimliche Stille liegt in der Luft. Der Panzer rumpelt unter mir, und das lockere Geplänkel meiner Kameraden erfüllt den beengten Raum. Corporal Jackson sitzt am Steuer, die Augen auf die

Straße gerichtet, und Private Nguyen ist am Funkgerät. Und dann... ändert sich in einem Augenblick alles.

»Eine große Explosion trifft unseren Tank - wir kommen von der Straße ab und fahren in einen Graben. Die Hitze der Flammen umspült mich. Da ist ein Geruch... Rauch und brennendes Fleisch. Er füllt meine Nasenlöcher vollständig aus. Mein Kopf knallt gegen die Seite des Fahrzeugs, und dann wird alles schwarz.

»Ich komme zu mir. Ich weiß nicht, wie lange ich weg war, aber die Welt steht in Flammen. Der Panzer ist ein knorriges Wrack, und ein Feuer leckt an der Metallhülle. Jackson und Nguyen sind tot - ihre Körper wurden von dem Inferno verschlungen, bevor sie sich retten konnten. Aber Gefreiter Torres...«

Kennedy drückte seine Augen noch fester zu. Er versuchte, die Erinnerung zu verdrängen, nur um sich gezwungen zu fühlen, zu sprechen. »Torres, sein Körper ist gebrochen, blutet. Ich sehe in die Augen meines Freundes, und sie sind groß vor Angst. Ich muss ihn aus der Schusslinie bringen.

»Ich stelle fest, dass unsere Patrouille in einen Hinterhalt eines Zodark-Trupps geraten ist. Guter Gott, diese blutigen Kriegsschreie jagen mir Schauer über den Rücken. Trotzdem schaffe ich es, aufzustehen, und dann trage ich Torres halb, halb ziehe ich sie in einen nahe gelegenen Wald, weg von dem brennenden Panzer und dem Blasterfeuer um mich herum. Torres hat starke Schmerzen. Er schreit bei jedem Schritt vor Schmerzen, sein Atem kommt in kurzen, flachen Stößen. Als wir die Baumgrenze erreichen, gelingt es mir, über den Funk um Hilfe zu rufen.«

»Peter?« Samanthas Stimme durchbrach den Schleier seiner Erinnerung. Sie holte Kennedy zurück in die Gegenwart. »Kannst du mir mehr darüber erzählen, was an diesem Tag passiert ist?«

Kennedy schüttelte den Kopf, sein Kiefer war verkrampft. »Ich ... ich ... es geht mir gut, Ma'am. Welcher Tag?«

»Der Tag, an den du dich erinnerst.« Samantha beugte sich wieder vor. »Ich weiß, dass es schwierig ist, aber darüber zu reden, kann helfen. Es ist wichtig, diese Erinnerungen zu verarbeiten. Um das Trauma zu verarbeiten.«

Kennedy konnte es nicht. Die Worte blieben ihm im Hals stecken. Die Bilder waren zu lebendig und zu roh. »Die Dinge liefen schief. Das ist es, was passiert ist.«

Samantha tippte mit dem Stift auf ihr Tablet. »Peter, ich verstehe, dass du zögerst. Aber diese Emotionen, diese Erinnerungen in Flaschen abzufüllen...«

»Ma'am«, unterbrach Kennedy sie. »Hören Sie, ich bin ...« Er griff in den unteren Teil seines Hemdes und drehte den Stoff, dann vergrub er sein Gesicht in seinen Händen, während er zu sprechen begann. »'Halten Sie durch, Torres', sage ich. 'Halten Sie durch, wir holen Sie hier raus.'

»Torres ist immer der Realist in der Mannschaft. Er schüttelt den Kopf und flüstert mir zu: 'Ich glaube nicht, dass ich es schaffe...'

»Aber ich habe ihn unterbrochen und ihm gesagt, er solle bei mir bleiben, ein Rettungswagen sei unterwegs. Ich weigere mich, zu akzeptieren, dass Torres sterben könnte. Ich gebe niemals einen Freund auf.

»'Bleib bei mir', sage ich. 'Es wird alles gut, hörst du mich? Dir wird es gut gehen.'

»Torres sieht zu mir auf, seine Augen sind glasig vor Schmerz. 'Sag meiner Mutter...', beginnt er und seine Stimme bricht. 'Sag ihr, dass ich sie liebe. Und meiner Schwester... sag ihr, dass es mir leid tut, dass ich nicht bei ihrer Abschlussfeier dabei sein kann. Für ihre zukünftigen ... Kinder. Für ... alles. Er hustet und zuckt zusammen. Blut tropft ihm über die Lippen.

»Mein Herz zerspringt in eine Million Milliarden Stücke. Ich sage: 'Das kannst du ihnen selbst sagen, Torres. Du wirst nach Hause gehen, deine Mutter umarmen und sehen, wie deine Schwester ihren Abschluss macht. Sehen, wie ihre Kinder alt werden. All das.'

»Torres lächelt ein trauriges, resigniertes Grinsen. Für einen Moment scheint es, als ob sein ganzer Schmerz verschwindet. 'Ist schon gut, Sarge', sagt er. 'Es ist okay. Ich habe keine Angst.' Er deutet mit einem zittrigen Finger. Siehst du sie?«, fragt er.

»Ich schaue nach oben, aber ich sehe nur Laub zwischen zwei Bäumen. 'Was sehen, Torres?' dränge ich.

»'Der Engel, Sir', sagt Torres. 'Der Engel. Sie ist so wunderschön.'

»'Da ist nichts, Private', sage ich ihm. 'Sie werden wieder gesund. Das Notfallteam ist auf dem Weg. Sie werden jeden Moment hier sein...Soldat?' Alles steht still, sogar die Natur um mich herum. 'Privat?' frage ich erneut.

»Aber Torres ist weg. Seine Augen starren ausdruckslos auf die Pflanzen zwischen den Bäumen. Ich nehme seinen Körper in meine Arme, und Tränen laufen mir übers Gesicht. Ich wiege mich hin und her und flüstere Torres Entschuldigungen und Versprechen zu, von denen ich weiß, dass ich sie niemals einhalten kann.«

»Peter?« Samanthas Tonfall drängte sich in Kennedys Erinnerung.

Kennedy senkte den Blick. »Nicht heute. Nicht jetzt. Ich kann nicht reden. Es tut mir leid.«

»Peter, ich verstehe deine Ängste. Du kannst dir so viel Zeit nehmen, wie du willst.«

Was soll das bedeuten? »Ich muss nicht darüber reden. Ich muss nur... ich muss einfach weitermachen. Ich kam her, um über meine Kinder zu reden. Nicht darüber.«

Samantha stellte das Tablet neben sich ab und legte die Hände in den Schoß. »Ich weiß, dass du das getan hast. Und diese Liebe, diese Verbundenheit mit deinen Kindern, die wird dir helfen, das durchzustehen. Und diese Erinnerung, die du gerade hattest - sie wird dir die Kraft geben, weiterzukämpfen, selbst an den dunkelsten Tagen.«

»Ich hatte keine Erinnerung«, flunkerte Kennedy.

Sie blinzelte ihn an, zweifellos durchschaute sie seine Lüge. »Sind Sie sicher?«

»Positiv.« Kennedy stand auf. »Danke, Dr. Wallace. Ich glaube, Sie haben geholfen.« Er schritt zur Tür.

»Peter, warte bitte.« Sie stand auf und ging zu ihrem Schreibtisch. »Ich bin froh, wenn ich helfen konnte, aber etwas in mir sagt mir, dass ich es nicht getan habe. Bevor Sie jetzt gehen, möchte ich Ihnen noch ein paar Techniken zur Bewältigung Ihrer PTBS-Symptome mitgeben. Sie werden die Erinnerungen nicht verschwinden lassen, aber sie können Ihnen helfen, mit ihnen auf gesunde Weise umzugehen.«

»Mir geht es gut.«

»Ich weiß, dass du es bist. Und wenn du wiederkommst, können wir eventuell ein schweres Trauma überwinden.« Sie lächelte. »Du wirst dich viel besser fühlen, wenn du das tust.«

Er wollte den Türknauf drehen, um hinauszugehen.

Samantha hielt ihn auf. »Darf ich dir das bitte schenken?«

Kennedy biss sich auf die Unterlippe und wollte einfach gehen. »Sicher.«

»Danke.« Sie reichte ihm eine kleine Broschüre mit Atemübungen und Achtsamkeitstechniken. »Probieren Sie sie aus, wenn Sie sich überfordert oder ausgelöst fühlen. Und denken Sie daran, dass Sie damit nicht allein sind. Es gibt Menschen, die sich um dich sorgen, die dir helfen wollen, das durchzustehen, mich eingeschlossen. Ich bin für dich da, Peter.«

Kennedy nahm die Broschüre und steckte sie in seine Tasche. »Danke.«

Als Kennedy auf den Korridor hinausging, spürte er das Knittern der Broschüre in seinen Händen. Atemübungen, Achtsamkeitstechniken ... das waren so kleine Dinge im Vergleich zu seinem Trauma. Aber irgendwo musste er ja anfangen.

Er dachte an Evan und Olivia. Er sehnte sich danach, mit ihnen zu sprechen, ihre Stimmen zu hören.

Kennedy fuhr sich mit der Hand durch die Haare. Er wusste nicht, ob er jemals wieder zu Dr. Wallace gehen würde, ob er jemals den Mut finden würde, das Unaussprechliche auszusprechen. Es gab unzählige Erinnerungen, nicht nur eine.

Wie viele muss ich bewältigen?

Er verstand, dass er nicht zulassen konnte, dass die Vergangenheit ihn auffraß. Er musste einen Weg finden, um vorwärts zu kommen, um weiter für die Zukunft zu kämpfen, an die er glaubte. Für seine Kinder, für die Menschheit, für die Chance, bessere Welten zu schaffen.

Er würde den guten Doktor darauf ansprechen, mehr Anrufe mit seinen Kindern zu tätigen.

Kennedy straffte die Schultern. Er würde die Dinge einen Tag nach dem anderen angehen. Einen Schritt nach dem anderen. Und vielleicht, nur vielleicht, würde er die Kraft finden, sich seinen Dämonen zu stellen und gestärkt aus ihnen hervorzugehen.

Fünfzehntes Kapitel

**Flugzeugträger-Strike-Gruppe 17 (CSG-17)
Titan-Schulungseinrichtung, Sol-System**

Commander Jake »Lax« Riggs stand stramm in der Hangarhalle. Seine breiten Schultern waren gekrümmt, während seine grünen Augen die versammelten Piloten abtasteten. Mit seinen 1,80 m überragte er die meisten Männer und Frauen im Raum. Sein muskulöser Körperbau war durch jahrelanges hartes Training - Laufen, Gewichtheben, Gymnastik - geformt worden. Im Alter von fünfunddreißig Jahren hatte er kurzes, dunkles Haar, das an den Schläfen grau gefärbt war und von den Strapazen seiner anspruchsvollen Arbeit während seiner gesamten Karriere und jetzt als Coops Stellvertreter zeugte.

Der Hangarraum war riesig. Seine hohe Decke, die von massiven Stahlträgern getragen wurde, war etwas mehr als hundert Meter hoch. Die Gripen II waren in Reihen dicht an den Wänden aufgereiht. Ihre aerodynamischen Formen und ihre leistungsstarken Triebwerke waren auf Geschwindigkeit und Wendigkeit in den schwarzen Weiten des Weltraums ausgelegt. Daneben präsentierten sich die Valkyrie-Bomber wie riesige gepanzerte Ungetüme. Dank ihrer schweren Panzerung und der elektronischen Kriegsführung waren sie schwer abzufangen, bevor sie ihre Ladung aus Plasmatorpedos oder Marschflugkörpern abfeuerten.

Die hellen Lichter des Testgeländes spiegelten sich auf den polierten Metallflächen der offenen Hangartore des Schiffes. Sie warfen ein grelles Licht, so dass Riggs vor seinen Piloten die Augen zusammenkneifen musste. Die Vorfreude der versammelten Piloten lag in der Luft, als sie auf die Ankunft von Coop warteten.

Riggs warf einen Blick auf seinen Chrono und notierte sich die Zeit. Coop sollte jeden Moment eintreffen, und Riggs wusste, dass der Captain nichts weniger als Perfektion von seinen Piloten erwartete. Mit Ausnahme einiger neuer Piloten hatten die Anwesenden während ihrer gesamten Laufbahn hart trainiert, um einem der wenigen Sternentransporter der Republik zugeteilt zu werden. Jetzt war es an der Zeit, ihre Talente unter Beweis zu stellen und zu lernen, als Team zusammenzuarbeiten.

Als Coops Stellvertreter war Commander Riggs für die Sicherstellung der Kampfbereitschaft der Raumflotte verantwortlich. Captain Coop schenkte Riggs sein vollstes Vertrauen, und das aus gutem Grund. Ihre Wege hatten sich in der Mitte von Coops erstem Einsatz bei der republikanischen Marine gekreuzt, und seitdem waren sie wie Pech und Schwefel miteinander verbunden, fast so, als hätten die Sonnenwinde selbst ihr Bündnis bestimmt. Für Coop gab es keinen besseren Piloten als Riggs. Ein Mann nach den Regeln der Kunst, ein von den Engeln geschmiedetes Talent, eine von den Löwen geschaffene Wildheit. Ein Mann, der mit seinem Flügelmann durch die tiefsten Abgründe der Hölle gehen würde.

Ein Jahr lang waren sie verschiedenen Schiffen zugeteilt gewesen, aber als Coop sein neues Kommando an Bord dieses Ungetüms erhielt, hatte er sofort um Riggs als seine Nummer Eins gebeten. Die hohen Tiere hatten sich zunächst gesträubt, aber glücklicherweise hatte Admiral Ripley Lee die Weisheit erkannt, diese beiden Raumfahrtveteranen zusammenzubringen. Mit einer Berührung seines Stiftes auf einem Datenpad hatte Lee die Versetzung genehmigt und das beeindruckende Duo wieder an Bord desselben Schiffes vereinigt.
****

Als sich die Türen des Hangars öffneten, schritt Captain Blake »Coop« Cooper hinein, und seine Stiefel klackten auf dem polierten Metallboden, als er ging. Er ging auf die versammelten Piloten zu, die aufhorchten und ihre Augen auf ihren kommandierenden Offizier richteten, als dieser sich an die Spitze der Formation begab.

Als Coop vor der Menge stand, hatte er ein Déjà-vu-Erlebnis, als er die Gesichter betrachtete. Er erinnerte sich daran, wie er vor nicht allzu langer Zeit an ihrer Stelle gestanden und darauf gewartet hatte, zu erfahren, was sein neuer Vorgesetzter für ihn bereithielt. Die Ungewissheit, die Vorfreude, der Wunsch, sich zu beweisen - all das kam in Windeseile zurück.

Sein Kiefer war hart wie Feuerstein. »Hört zu«, sagte er. Seine Stimme hallte von den Wänden der Hangarhalle wider. »Die meisten von euch sind hier, weil ihr die Besten der Besten seid. Die Besten der Besten. Die Elite. Aber seien wir ehrlich: Einige von Ihnen sind die Kirschen, und dies ist Ihr erster richtiger Auftrag, und das ist in Ordnung. Sie sind hier, weil Sie den Platz eines Piloten einnehmen, der den ultimativen Preis bezahlt hat - einen Ersatz. Jeder ist irgendwann in seiner Karriere ein Ersatzpilot; Sie sind nicht anders, und Sie werden geschliffen und ausgebildet, bis Sie ein präzises Werkzeug und eine Waffe im Dienste unserer Republik sind.«

Coop beobachtete die Gesichter seiner Piloten, während er sprach. Sie freuten sich über ein solches Lob. In Wirklichkeit überspannte Coops Aussage die Wahrheit, eine Tatsache, der er sich sehr wohl bewusst war. Aber er hatte tatsächlich einige der fähigsten Flieger, die je unter dem Banner der Republik gedient hatten, zugewiesen bekommen. Also würde er seine Worte und überschwänglichen Komplimente so gut wie möglich ausnutzen und jedes Quäntchen ihrer Wirkung auskosten.

Er hielt einen Moment lang den Mund und ließ seine Worte sacken, bevor er fortfuhr. »Diejenigen von euch, die mit mir gedient haben, wissen, dass es nicht reicht, der Beste zu sein. Nicht hier. Und jetzt auch nicht. Ihr werdet unter Druck gesetzt werden, und zwar so stark, dass einige von euch aufgeben wollen, und ich möchte, dass ihr aufgebt, wenn ihr euch so fühlt. Ich werde keine Drückeberger in *meinem* Flügel dulden! Ist das klar?!« rief Coop mit Nachdruck.

»Ja, Sir!«, riefen die Piloten fast unisono.

»Gut, jetzt hören Sie zu. Was ich Ihnen jetzt mitteile, kommt nicht von der *Vega*. Unser Flaggschiff, die RNS *Freedom*, war gezwungen, in eine gallentinische Werft zurückzukehren, um die verbleibenden kritischen Reparaturen nach den Schäden, die sie während der zweiten Invasion von Sol erlitten hatte, abzuschließen«, erklärte Coop. Er hörte die Piloten aufstöhnen, als sie erfuhren, dass die Republik ihr stärkstes Kriegsschiff noch eine Weile verlieren würde.

Coop erhob seine Stimme und rief: »Rührt euch!«, wodurch das Gemurmel verstummte.

»Wie ich schon sagte, bringen die Piloten der *Freedom* einen großen Erfahrungsschatz mit. Sie sind wirklich die Elite des Jägerkorps. Aber sie sind es gewohnt, Hellcats und Devastators zu fliegen. Das bedeutet, dass wir die Möglichkeit haben, von einigen der besten Piloten der Flotte zu lernen, während sie sich mit unseren Gripen II und Valkyries vertraut machen.

»Ich habe die feste Absicht, diese Gelegenheit zu nutzen, um unsere Flügel fliegen zu lassen und gegeneinander anzutreten. Es gibt ein altes Sprichwort, das ungefähr so lautet: Eisen schärft Eisen. Ich werde Sie gegen die Besten, die wir haben, schärfen. In den Tagen, Wochen und Monaten, die vor uns liegen, werden Sie auf eine Weise geprüft werden, die Sie nie für möglich gehalten hätten. Und du wirst auf der anderen Seite stärker, schneller und fähiger sein, als du es dir je erträumt hast.«

Coop ließ seinen Blick über die versammelten Piloten schweifen und nahm ihre Mimik auf. Als er sie betrachtete, sah er Badger, der am Ende einer der Reihen stand und seine Haltung veränderte, als ob er sich unwohl fühlte. Das reichte aus, um Coop zu sagen, dass Badger die kommenden Schmerzen des harten Trainings nicht spüren wollte. »Ich erwarte von jedem von euch nicht weniger als euer absolutes Bestes. Ihr werdet jeden Tag, an dem ihr Teil *meines* Flügels seid, hundert Prozent geben. Keine Ausreden, keine Ausnahmen. Ich möchte sehen, wie Sie diese Schiffe und diese Ausbildung essen, schlafen und atmen, während Sie die Bande des Dienstes und des Kampfes mit Ihren Brüdern und Schwestern aufbauen. Jeder von Ihnen ist für sich selbst und für den anderen verantwortlich. Wenn ein Mitglied des Teams versagt, versagt das Team. Ihr seid eins! Was eure Schiffe betrifft, so möchte ich, dass ihr sie in- und auswendig kennt, vorwärts und rückwärts. Ich möchte, dass ihr sie mit geschlossenen Augen und auf dem Rücken gefesselten Händen fliegen könnt. Habe ich mich klar ausgedrückt?«

»Ja, Sir!«, riefen die Piloten im Chor.

Coop nickte zufrieden. »Gut. Denn die Mission, die wir vor uns haben, ist nichts für schwache Nerven. Sie wird jedes Quäntchen Geschick, jedes Fitzelchen Mut und jedes bisschen Entschlossenheit erfordern, das Sie besitzen. Aber ich weiß, dass du der Herausforderung gewachsen bist. Ich weiß, dass du mich nicht enttäuschen wirst. Habe ich recht?«

»Ja, Sir!«

Ich höre diese Worte sehr gerne.

Coop drehte sich zu den Schiffen um. »Diese Schiffe, die Gripens und Valkyries, sind mehr als nur Maschinen. Sie sind eure Pferde, bereit, euch ins Herz der Schlacht zu tragen, wenn die Zeit gekommen ist. Ihr werdet lernen, ihnen zu vertrauen und euch auf sie zu verlassen. Denn wenn du da draußen in der Leere des Weltraums bist und nichts außer deinem Schiff und deinem Verstand hast, um dich am Leben zu erhalten, wirst du verstehen, was ich meine. Du wirst die Kraft spüren, die durch die Triebwerke dröhnt, die Reaktionsfähigkeit der Steuerung, das schiere Hochgefühl des Fliegens am Rande des Möglichen.«

Coop drehte sich um und fixierte ein paar Piloten - eine Frau, Rufname Lucky, und die Männer neben ihr, Shrike und Nomad. Er war schon mit ihnen geflogen und hielt sie für drei der besten der Navy. »Und wenn der Feind kommt, wenn die Laser anfangen zu fliegen und die Raketen abgefeuert werden, dann werdet ihr bereit sein, mehr als je zuvor. Ihr werdet die Spitze des Speers sein, die erste Verteidigungslinie gegen diejenigen, die unsere Lebensweise bedrohen wollen. Ihr werdet diejenigen sein, die zwischen den Unschuldigen und denen stehen, die ihnen Schaden zufügen wollen.«

Seine Stimme wurde zu einem tiefen, intensiven Knurren. »Und du wirst nicht versagen. Du wirst mit jedem Quäntchen Können und Mut kämpfen, das du besitzt, und du wirst siegreich daraus hervorgehen. Das ist es, was wir tun. Das ist es, was wir sind.«

Eine der Gripen heulte auf, ihre Triebwerke dröhnten mit einem ohrenbetäubenden Grollen durch die Hangarhalle. Einige der Piloten zuckten angesichts der rohen Kraft des Flugzeugs überrascht zusammen.

Coop blieb unbeeindruckt, ein leichtes Lächeln ging über sein Gesicht, als er sah, wie das Schiff zum Leben erwachte. Er hatte diesen Moment vorausgesehen - eine geplante Demonstration der unglaublichen Kraft, die diese Piloten beherrscht hatten und bald wieder beherrschen würden.

Als sich die Triebwerke der Gripen beruhigten, ging Coop auf und ab, während er über den Lärm hinweg rief: »Dies ist nur ein Vorgeschmack auf das, was Sie schon viele Male erlebt haben und was Sie bald wiederholt erleben werden. Ich erwarte von jedem von euch, dass ihr jederzeit einsatzbereit und situationsbewusst bleibt. Wenn die Zeit gekommen ist, gibt es keinen Raum für Zögern, keinen Spielraum für Fehler. Niemals! Ich liebe die Ausbildung. Ich liebe die Herausforderung, mich anzustrengen und herauszufinden, wie weit ich gehen kann. Sie werden sich dieser Herausforderung mit demselben Eifer und derselben Entschlossenheit stellen wie ich.«

Als er aufhörte zu laufen, starrte er sie einen Moment lang an. »Ihr werdet euch weiterhin des Titels eines Piloten der Republikanischen Marine würdig erweisen. Faulheit wird nicht toleriert werden. Ich habe Vertrauen in jeden einzelnen von Ihnen. Ich weiß, dass Sie mich nicht enttäuschen werden, dass Sie alles geben werden und noch mehr. Und gemeinsam werden wir ein Vermächtnis schaffen, an das man sich noch über Generationen hinweg erinnern wird.«

Als er verstummte, war der Hangar völlig still, das einzige Geräusch war das leise Donnern der Gripen-Triebwerke. »In Ordnung, Piloten, nehmen Sie die Standardflugformation ein!

Die Männer und Frauen vor ihm traten sofort in Aktion. Schnell ordneten sie sich in der vorgeschriebenen Reihenfolge. Während er zusah, fiel ihm ein Pilot besonders ins Auge: Lucky. Die junge Frau bewegte sich anmutig und selbstbewusst, als sie ihren Platz an der Spitze der Formation einnahm. Sie bellte ihren Mitpiloten Befehle zu, während sie sie in Position brachte.

Ein natürlicher Anführer, dachte Coop. *Sie ist gewachsen, seit ich sie das letzte Mal gesehen habe.*

Coop sah zu Riggs hinüber, der mit vor der Brust verschränkten Armen neben ihm stand.

»Sie hat Potenzial«, sagte Riggs mit einem Nicken in ihre Richtung.

Coop stimmte zu. »In der Tat. Du hast es auch gesehen?«

»Es ist kaum zu überhören, wenn eine Stimme mit nur wenigen Worten eine Gruppe von Kampfsportlern in die Schranken weisen kann«, kommentierte Riggs.

Coop lächelte und nickte zustimmend. Mit einem letzten Befehl trat er vor, seine Stimme dröhnte durch den Raum. »Piloten, auf mein Zeichen fangt ihr an zu laufen.« Linien markierten die Grenzen des Hangars. »Ihr lauft auf diesen Linien und weicht nicht mehr als zwei Meter in jede Richtung ab. Wenn Sie sich nicht an die Linien halten, verlängert sich Ihr Lauf nur. Ihr werdet nicht anhalten, bis ich den Befehl dazu gebe.« Er zögerte eine Sekunde lang. »Jetzt, los! Los!«

Gemeinsam stürmten die Piloten vorwärts. Ihre Füße schlugen auf den Boden, als sie rannten. Coops Herz schwoll an, als er den Zorn in ihren Gesichtern sah.

»Hooyah!«, rief er ihnen zu.

Seine Piloten riefen im Gegenzug »Hooyah!«.

Coop rückte näher an Riggs heran, während sie rannten. »Am zweiten Tag sollten sie mich besser hassen.«

»Ja, und ich hoffe, dass sie sich am Ende eines jeden Tages übergeben müssen, wenn sie mein Gesicht sehen«, fügte Riggs hinzu.

»Aber wenn die Kämpfe beginnen, werden sie sich für die Disziplin bedanken, die wir ihnen beigebracht haben.«

»Genau.« Coop tippte Riggs auf die Schulter, um seine Aufmerksamkeit zu erregen. »Hast du Badger gesehen?«

»Negativ, Sir.«

»Er ist drei Meter über die Linie hinausgelaufen.« Cooper schritt auf die Läufer zu. »Alle mal herhören! Ihr habt einen Piloten außerhalb der Begrenzung, was bedeutet, dass sich eure Laufzeit gerade verlängert hat. Ihr könnt Badger danken, wenn ihr fertig seid!«

Sechzehntes Kapitel

Anfang August 2114
Trägerkampfgeschwader 14
Adaptives Kampftraining für Piloten
Bereich 100, Titan-Trainingsanlage, Sol-System

Coop beobachtete, wie die letzten Piloten mit erschöpften Gesichtern eintraten. Riggs schritt vor der Reihe und ließ seinen strengen Blick über sie schweifen. Trotz ihrer starren Aufmerksamkeit konnte er sehen, wie sich viele von ihnen auf der riesigen Fläche der Range 100 umsahen. Es kam nicht oft vor, dass Piloten die Möglichkeit hatten, hier zu trainieren. Range 100 war ein begehrtes Trainingsgelände, und trotz der offensichtlichen Müdigkeit seiner Piloten konnte er sehen, dass sie von dem, was sie sahen, beeindruckt und vielleicht auch eingeschüchtert waren. Während Coop hinter Riggs stand, der die Schießplatzeinweisung gab, ging er mit auf dem Rücken verschränkten Händen auf und ab und beobachtete ihre Reaktionen auf das, was viele Piloten als unnötiges Training bezeichnen würden.

Piloten trainierten gerne in Flugsimulatoren oder im Cockpit. Coop musste den jungen Leuten klarmachen, dass zum Fliegen mehr gehörte als nur die Fähigkeit, sich in einem Jagdflugzeug zurechtzufinden. Man brauchte die Fähigkeit, schnell zu denken, unter Druck zu denken. Man musste auch wissen, wie man überlebt, wenn man den Schleudersitz verlassen muss. Das Programm für bemannte Kampfflugzeuge der Republik war noch relativ neu und wurde erst in den letzten Jahren des Ersten Zodarkrieges ins Leben gerufen. Jahrzehntelang hatten sie eine ferngesteuerte Streitmacht, die sich für unbemannte statt für bemannte Plattformen entschieden hatte. Das änderte sich, als sie auf die Orbot trafen, eine Cyborg-Rasse, die drohte, die ferngesteuerten Jäger und Bomber der Republik gegen sie einzusetzen.

»Heute beginnt Ihr Training an der Range 100 - der erste Teil des Pilot Adaptive Combat Training«, hörte Coop Riggs verkünden, als er mit seiner Einweisung begann.

Das Pilot Adaptive Combat Training, kurz PACT, fand in einer komplexen Reihe von Trainingseinrichtungen und Schießständen statt, die das Space Command fast ein Jahrzehnt lang aufgebaut hatte. Unter der Oberfläche des Titan gelegen, verfügte der Schießplatz über ein künstliches Schwerkraftsystem und eine atembare Atmosphäre, die für ein realistisches Kampftraining unerlässlich sind. Mit einer Länge von zweitausendeinhundert Metern, einer Höhe von zweihundert Metern und einer Breite von vierhundert Metern war der PACT darauf ausgelegt, Soldaten und Raumfahrer in einer Vielzahl von simulierten Szenarien an ihre Grenzen zu bringen.

Als Riggs die Sicherheitseinweisung beendet hatte, setzten alle ihre Augen- und Gehörschützer auf. Coop fummelte kurz an seinem eigenen Lärmschutzgerät herum, bevor ihm klar wurde, wie unglaublich dieses scheinbar einfache Gerät war. Diese neuen, hochmodernen Schalldämpfer filterten schädliche Lärmpegel heraus und ermöglichten gleichzeitig eine klare Kommunikation. Im Gegensatz zu den schwerfälligen Gehörschützern der Vergangenheit nutzten diese Hightech-Ohrschützer die Knochenleitung und die selektive Audioverarbeitung und ermöglichten so eine normale Unterhaltung und die Wahrnehmung wichtiger Geräusche, ohne dass das Gehör durch die Waffen geschädigt werden konnte.

Als Coop seine Schutzausrüstung bereit hatte, beobachtete er seine Piloten weiter und bemerkte die dunklen Ringe unter ihren Augen, die vom Schlafmangel herrührten, insbesondere bei Badger. Trotz ihrer Müdigkeit konnte er sehen, dass viele von ihnen sich auf die nächste Trainingsstufe freuten.

»OK, der langweilige Verwaltungskram ist erledigt. Rührt euch. Es ist an der Zeit, mit den lustigen Dingen zu beginnen«, kommentierte Riggs, der nun eine etwas lässigere Haltung einnahm.

Die Piloten entspannten sich sofort, ihre Schultern sackten ab, als sie ihr Gewicht verlagerten. Vor ihnen erstreckte sich der Schießplatz, eine riesige Fläche, die mit fortschrittlichen Zielsystemen und verstärkten Barrieren ausgestattet war, die der vollen Wucht ihrer Waffen standhalten sollten. Das schwache Licht der Zielcomputerbildschirme und das schwache, pulsierende Glühen der Energiebarrieren erhellten den Raum.

Am anderen Ende des Schießstandes flackerten holografische Ziele auf, die von hochentwickelten Trainingsalgorithmen gesteuert wurden. Diese Ziele reichten von einfachen geometrischen Formen bis hin zu detaillierten Simulationen von feindlichen Soldaten, Drohnen und

Fahrzeugen, die jeweils die Reaktionszeit, Genauigkeit und taktische Entscheidungsfindung der Soldaten herausfordern sollten.

Die Vielseitigkeit des Schießstandes war sein beeindruckendstes Merkmal. In der Sicherheit der unterirdischen Anlage konnten der Krieg in den Städten, Gefechte auf offenem Feld und unzählige andere Kampfszenarien nachgestellt werden. Die Soldaten übten koordinierte Angriffe, Verteidigungsmanöver und Präzisionsschläge und passten sich dabei an die sich ständig ändernden Bedingungen an, die durch die dynamischen Systeme des Schießplatzes gegeben waren.

»Bevor wir mit den Feierlichkeiten beginnen, möchte der Flügelkönig noch ein paar Worte sagen - hört ihm zu, lernt aus seinen Erfahrungen und denen eurer Ausbilder. Es kann den Unterschied zwischen Leben und Tod bedeuten«, rief Riggs, als er sich Coop zuwandte. »Sie gehören ganz Ihnen, Sir.«

Coop nickte und nahm die Übergabe an, während er nach vorne trat, um sie daran zu erinnern, warum sie hier waren. Als er vor den versammelten Piloten stand, spürte er, dass die Last des Kommandos nun auf seinen Schultern ruhte, und das Gewicht seiner Verantwortung wurde in seinem stählernen Blick deutlich. Als er einatmete, spürte er, dass die Luft vor Erwartung dick war und die Augen der Piloten auf ihn, ihren Geschwaderführer, gerichtet waren. Sie mussten wissen, dass dies nicht nur eine weitere Trainingsübung war, sondern ein Schmelztiegel, der sie zu den kriegerischen Piloten formen sollte, die die Republik brauchte.

»Wenn Sie diesen Krieg überleben wollen, werden Sie auf das hören, was ich Ihnen jetzt sage«, begann Coop, und in seiner Stimme lag die Autorität unzähliger Schlachten, die er geschlagen und gewonnen hatte. »Du denkst vielleicht, ein guter Pilot zu sein, hängt nur von der Zeit im Cockpit ab. Du denkst vielleicht sogar, dass das Fliegen eines Simulators dich zu einem besseren Piloten macht. Nun, lass mich dich aufklären. Es gehört mehr dazu, ein Pilot zu sein, als nur Gs zu ziehen und Manöver auszuführen.«

Jetzt ging er vor ihnen auf und ab, und die Intensität in seinen Augen durchdrang ihre müden Gesichter. »Wenn ihr da draußen im Luftkampf seid, müsst ihr schnell denken. Ihr müsst unter Druck denken. Aber was passiert, wenn der Feind um dich herum feuert, wenn die Alarme schrillen und dein Jäger zittert, weil die Treffer-Systeme versagen, und dir klar wird, dass du es nicht schaffen wirst? Das ist der Moment, in dem Sie aussteigen, oder noch schlimmer, Ihre KI tut es für Sie und wirft Sie Bruchteile einer Sekunde vor der Explosion Ihres Jägers aus dem Flugzeug. Während Sie zu Boden sinken, werden Sie aus dem Komfort Ihres Cockpits gerissen und befinden sich nun hinter den feindlichen Linien. Was tun Sie jetzt? Was passiert, wenn Sie am Boden sind und sehen, dass eine Zodark-Patrouille nach Ihnen sucht - Sie jagt? Hier geht es nicht nur ums Fliegen, sondern ums Überleben.«

Coops Stimme wurde schärfer, jedes Wort war eine verbale Ohrfeige. »Dieses Training ist nicht zu meinem Vorteil, sondern zu deinem. Das bemannte Jagdflugzeugprogramm der Republik ist noch jung. Wir müssen erfahrene Piloten heranziehen, und das bedeutet nicht nur, Einsätze zu fliegen. Es bedeutet, dass man weiß, wie man am Leben bleibt, wenn es hart auf hart kommt. Es bedeutet, dass man weiß, wie man an der Seite der Armee kämpft, wenn es sein muss. Ihr seid nicht nur Piloten, ihr seid Offiziere der Republik. Verhaltet euch auch so.«

Er hielt inne und ließ seine Worte auf sich wirken. Die Piloten bewegten sich unbehaglich, aber ihre Augen verließen Coop nicht. »Es ist mir völlig egal, wie viele Flugstunden ihr absolviert habt oder wie viele Abschüsse ihr in einer Simulation erzielt habt. Da draußen ist das anders. Die Zodarks scheren sich einen Dreck um deinen Punktestand. Sie werden dich ohne zu zögern ausnehmen. Du musst auf alles gefasst sein.«

Coop ließ seinen Blick über die Piloten schweifen, seine Stimme wurde leiser, aber nicht weniger intensiv. »Ihr seid hier, um bessere Piloten zu werden, aber was noch wichtiger ist, ihr seid hier, um zu Überlebenden zu werden. Die Republik verlässt sich auf euch, und ich mich auch. Enttäuscht uns nicht.«

Er trat einen Schritt zurück, die Stille lag schwer in der Luft. »Nimm deine Ausrüstung. Es ist Zeit, mir zu zeigen, dass du das Zeug dazu hast.«

Die Piloten richteten sich auf, das Gewicht von Coops Worten legte sich auf sie. Jetzt verstanden sie. Dies war nicht nur ein Training, es war ein Test ihrer Entschlossenheit und ihrer Fähigkeit, sich anzupassen und zu überleben. Coop beobachtete sie, als sie sich zu den Waffenständern begaben, denn er wusste, dass der Schmelztiegel von Range 100 sie entweder brechen oder auf der anderen Seite stärker und kampfbereiter machen würde.

Kapitel siebzehn

Trägerkampfgeschwader 14
Adaptives Kampftraining für Piloten
Bereich 100, Titan-Trainingsanlage, Sol-System

Die weitläufige Anlage der Titan Training Facility beherbergte eine Reihe von spezialisierten Trainingsbereichen, von den donnernden Artillerieschießständen bis zum weitläufigen Fahrzeugmanöverparcours, von der Vakuum-Kampfkammer bis zur desorientierenden Null-G-Anpassungszone. Raumfahrer konnten ihre Fähigkeiten im Wasserkampfsimulator verbessern, während die Armee im Ausdauerzentrum für extreme Umweltbedingungen trainieren konnte. Das Kronjuwel der Anlage war jedoch die holografische Kampfarena, die die Fantasie der Besucher beflügelte. Sie erstreckte sich über eine Fläche, die vier Fußballfeldern entspricht. Diese kolossale Kammer konnte sich in jedes beliebige Schlachtfeldszenario verwandeln. Heute herrschte hier reges Treiben, denn die Piloten bereiteten sich mit ihren Waffen darauf vor, in einer realistischen Dschungelumgebung gegen holografische feindliche Kämpfer anzutreten. Während die Teilnehmer ihre Positionen einnahmen, verwischte die Grenze zwischen Simulation und Realität.

Coop stand im Beobachtungsraum, Riggs an seiner Seite. Die Monitore vor ihnen zeigten die simulierte tropische Waldumgebung unter ihnen. Schalttafeln drückten sich an die Wände um sie herum, und die Beleuchtung ihrer Holodisplays erhellte den Raum. Die Bildschirme, auf die Coop und Riggs blickten, zeigten sechs Piloten aus ihrem Geschwader: Lucky, Badger, Spark, Nomad, Shrike und Hawk. Die Gesichter der Piloten sahen aus, als hätten sie einen ziemlich langen Tag hinter sich. Nach zwei Wochen, in denen das Trainingsprogramm so weit fortgeschritten war, waren sie erschöpft.

Die Piloten standen inmitten eines dichten holografischen Dschungels, der echt aussah. Jeder von ihnen hielt ein Standard-M1-Kampfgewehr in der Hand und bereitete sich auf den Beginn der nächsten Trainings-Evolution vor. Einer von ihnen zeigte auf ein paar außerirdische Käfer, die über den Boden hüpften. Ihre Chitinpanzer leuchteten in Neongelb und -grün im gefälschten Mondlicht, das durch das dichte Blätterdach über ihnen fiel. An einigen der Äste hingen riesige

136

raupenartige Kreaturen. Ihre segmentierten Körper pulsierten mit einem zähflüssigen Schleim, der auf den Waldboden tropfte und mit jedem Tropfen größer wurde.

»Das sieht zu echt aus«, sagte Badger unter seinem Atem.

»Freuen Sie sich nicht zu sehr, Sportsfreund. Es ist vielleicht nicht echt, aber es wird sich verdammt gut anfühlen«, antwortete Nomad.

Wurzeln und Lianen bildeten ein Wirrwarr auf dem Dschungelboden, und der Boden war reich an der Verwesung unzähliger Generationen von Holopflanzen. Die Bäume standen hoch über den Piloten mit Blättern in vielen Farben, von sattem Grün bis hin zu leuchtenden Blau- und Violetttönen.

Coop und Riggs nahmen schließlich Platz, als sie sich auf den Beginn der Veranstaltung vorbereiteten. Coop drückte auf den Intercom-Knopf, um die Anweisungen für dieses simulierte Ereignis zu wiederholen. »Nur eine freundliche Erinnerung, während Sie sich auf den Beginn dieser nächsten Trainingsentwicklung vorbereiten. Ihr Geschwader wurde mit einer DEAD-Mission beauftragt - der Zerstörung der feindlichen Luftverteidigung - als Vorbereitung auf eine alliierte Bombenkampagne, die kurz nach dem Start Ihrer Mission beginnen soll. Sollten Sie abgeschossen werden, müssen Sie sich zum Sammelpunkt Alpha begeben. Sollte RP-Alpha keine brauchbare Option sein, begeben Sie sich zu RP-Bravo. Sie haben etwa fünfundvierzig Minuten Zeit, um einen der beiden RP zu erreichen und sich dort abzusetzen. Wenn Sie die RPs nicht rechtzeitig erreichen, müssen Sie warten, bis die Flottenleitung ein anderes RP und einen Zeitplan für den Zeitpunkt Ihrer Ankunft festlegen kann. Wenn Sie das zweite RP nicht rechtzeitig erreichen, wird die Mission nicht erfüllt.

»Denken Sie daran, dass nichts in dieser Simulation echt ist, auch wenn es noch so authentisch aussieht. In dieser Simulation wird Ihre Teamfähigkeit getestet, nachdem Sie bei einer groß angelegten Mission auf einem von den Zodarks kontrollierten Planeten abgeschossen wurden. Erinnern Sie sich an Ihr Training und achten Sie auf alles, was um Sie herum geschieht, und Sie werden gut zurechtkommen. Jetzt haltet euch bereit und macht euch auf den Beginn gefasst«, erklärte Coop, während er die Simulation startete.

Die Piloten nickten kollektiv mit grimmiger Miene und waren dankbar, dass sie die Simulation bereits in einer Gruppe beginnen würden. Bewaffnet mit nichts weiter als einem simulierten M87-

Sturmgewehr, einem tragbaren Notfunkgerät und Ohrstöpseln, einem kleinen Patrouillenrucksack mit dem Nötigsten und einer Feldflasche mit Wasser standen die Piloten bereit und warteten auf den Beginn der Zeitmessung.

Als die Simulation um sie herum zum Leben erwachte, war das erste, was sie bemerkten, wie ihre Stiefel in den weichen, schwammigen Boden einsanken - gefolgt von der Feuchtigkeit der Luft in der Anlage, einer leichten Brise, die sie umwehte, dem Geruch des Dschungels.

Als Coop die Simulation programmiert hatte, wollte er, dass diese fiktive Welt einige der übelst riechenden Orte nachahmt, die man sich vorstellen kann. Das Ergebnis war ein überwältigender Gestank. Es war eine Mischung aus verfaultem Essen, schmutzigen Babywindeln und verbranntem Fleisch.

»OK, die Uhr tickt. Los geht's«, verkündete Lucky und übernahm sofort die Kontrolle über die Situation.

Als sie tiefer in den Wald vordrangen, sahen sie die ungewöhnlichsten pulsierenden Schoten, die von den Ästen der Bäume baumelten. Sie waren durchsichtig und das Innere jeder Schote war mit einer wirbelnden gelben Flüssigkeit gefüllt. Jede von ihnen schien lebendig zu sein, als ob sie eine Art von Lebewesen in sich trügen.

Eine der Kapseln platzte auf und ihr Inhalt ergoss sich in einer giftigen, dampfenden Pfütze auf den Boden. Die Piloten sprangen zurück, hoben ihre Waffen und untersuchten den Dreck. Eine außerirdische Schlange schlängelte sich durch das Unterholz.

Lucky richtete ihre Waffe auf es. »Das Ding ist riesig.«

»Das hat sie auch gesagt«, antwortete Hawk kichernd.

»Niedlich, wirklich niedlich, Hawk.« Lucky stieß ihn mit dem Kolben ihres Gewehrs.

»Hey, halt die Augen offen, Lucky. Du sollst nach feindlichen Bewegungen Ausschau halten, nicht nach komischen Viechern«, kommentierte Spark.

Lucky warf ihm einen missbilligenden Blick zu. »Meine Augen sind weit offen, Spark. Diese Zodarks passen sich an wie Chamäleons auf Steroiden.«

Hawk wurde langsamer, obwohl er knapp hinter ihr stapfte. »Da hast du recht, Lucky. Ich habe ein schlechtes Gefühl bei diesem Teil des Dschungels.«

»Hört auf zu quatschen, ihr zwei«, sagte Badger, der die Nachhut bildete. »Wir machen zu viel Lärm. Redet nur, wenn es wichtig ist.«

Shrike schob ein großes Farnblatt beiseite, als er die Pflanze umrundete. »Einverstanden. Konzentrieren wir uns auf die Mission - zum Treffpunkt zu kommen, bevor der Feind uns erwischt.«

»Halt.« In der Mitte der Gruppe hob Hawk seine Faust, um alle zu stoppen. »Bewegung, auf vier Uhr. Könnte nichts sein, aber bleibt frostig.«

Alle erstarrten und sahen sich um, während sie stillhielten, ihre Augen lauschten auf das, was ihre Augen übersehen könnten.

»In diesem gottverlassenen Simulator ist nichts jemals 'nichts'«, sagte Spark. »Wir wissen nicht, was Coop für uns auf Lager hat, also haltet eure Waffen scharf, Leute.«

»Spark, beruhige dich«, sagte Lucky. »Wir wollen unsere Position nicht verraten, wenn es sich nur um simulierte Wildtiere handelt.«

»Warte, hast du das gehört?« Hawk drehte sich vorsichtig um. »Es klang wie schwere Schritte.«

Dachs sprach mit sanftem Tonfall. »Bestätige. Mehrere Kontakte, etwa einhundert Meter entfernt. Die Formation löst sich auf.«

»Das war's. Keine Helden heute«, sagte Shrike.

Nomad ließ sich hinter einem breiten Baumstamm nieder. »Ich habe Sichtkontakt. Drei Zodarks, bewegen sich von Ost nach West. Sie haben uns nicht entdeckt... noch nicht.«

Spark versteckte sich hinter einem Baum und richtete ihre Waffe um ihn herum. »Perfekt. Dann wollen wir uns mal vorstellen, ja? Auf mein Zeichen...«

Lucky schnitt eine Grimasse. »Nein, nicht schießen. Wir wollen nicht, dass sie noch Tausende alarmieren.«

»Verstanden«, sagte Spark.

Oben beobachteten Coop und Riggs, wie sich die Szene entwickelte. Riggs stützte die Ellbogen auf seine Knie. Seine Stirn legte sich in Falten, als er die Anzeigen auf dem Bedienfeld vor ihm studierte.

»Sie machen sich ganz gut«, sagte Riggs. »Sie bleiben wachsam und halten ihre Augen offen für jedes Anzeichen von Gefahr. Spark hat einen schnellen Finger am Abzug. Ich dachte, sie wäre mehr die

Anführerin, aber es scheint, dass Lucky derjenige ist. Ehrlich gesagt, Badger ist aufmerksamer als der Rest von ihnen.

»Ich habe mit ihm gearbeitet. Er denkt, er sei in allem der Beste, aber er schweigt darüber. Trotzdem hat er sich in letzter Zeit verbessert.« Coop studierte den Bildschirm. »Sie lernen alle noch. Piloten sind es nicht gewohnt, am Boden zu sein. Ja, Lucky ist ein Anführer. Shrike kann sich an dieses Leben anpassen. Verdammt, ich würde sagen, er könnte ein verdammt guter Soldat sein. Haben Sie seine letzte Simulation gesehen? Er hat sie mit Bravour bestanden, während der Rest seines Teams versagt hat. Peinlich.«

»Ja, ich habe es gesehen. Ich habe versucht, es nicht zu tun, nachdem ich von Ihnen davon gehört habe, aber ich habe mir die Holovideowiederholung angesehen«, antwortete Riggs.

Die Piloten gingen in Deckung, ihre Augen huschten von einer Seite zur anderen, um nach weiteren Anzeichen von Bewegung Ausschau zu halten.

»Sie ziehen an uns vorbei«, sagte Lucky, mit der Brust auf dem Waldboden, das Gewehr fest auf dem Boden liegend. »Das war knapp.«

»Bleib unten«, sagte Badger. Er blieb hinter einem Baum, seinen Körper gut versteckt.

»Ab jetzt gibt es Handzeichen«, sagte Lucky.

»Verstanden«, antworteten einige aus dem Team.

Die Stimme von Shrike dröhnte über die Helme der Piloten. »Zodarks, schnelle Annäherung, auf fünf Uhr! Eröffnet das Feuer!«

Zwei Zodarks tauchten aus den Bäumen auf und sprangen mit gezogenen Waffen von den Ästen herunter. Ihre holografischen Formen wirkten so real wie alles andere, selbst für Coop, der diese Art von Szenario schon hunderte Male gesehen hatte.

Die Piloten eröffneten das Feuer. Die Mündungen blitzten auf und beleuchteten die Pflanzenwelt in kurzen, stroboskopartigen Lichtstößen.

Die Zodarks bewegten sich mit unmenschlicher Geschwindigkeit. Ihre holografischen Formen schimmerten, als sie dem Hagel des holografischen Feuers auswichen.

Die Zodarks begannen zu schießen und erwiderten das Feuer auf sie. Die Luft knisterte vom Geräusch der Energieschläge. Das schmelzende Laub zischte rundherum.

Lucky kroch hinter einen umgestürzten Baumstamm. Die Rinde splitterte wenige Zentimeter von ihrem Kopf entfernt, als das feindliche Feuer die Vegetation zerfetzte.

»Spark, auf sechs!« rief Lucky.

Spark wirbelte herum, ihr Gewehr bellte. Blut schoss seitlich aus dem Kopf eines Zodarks. Mit einem dumpfen Aufprall fiel er mit dem Gesicht voran.

»Zehn-vier auf die Warnung«, rief Spark zurück.

Nomad tötete einen weiteren Zodark nur wenige Meter von ihm entfernt. Er hockte sich hin und sprang zwischen zwei Bäumen hindurch. »Es kommen noch mehr aus dem Osten.«

Shrike grunzte und hob seine Waffe. »Ich hab's im Griff.« Er wollte auf einen Baum klettern, und seine Hand fuhr durch das Hologramm. »Verdammt, vergessen.«

Er entlud eine Flut von Unterdrückungsfeuer und zwang eine Gruppe anrückender Zodarks in Deckung.

Shrikes Stimme knisterte über das Funkgerät, als er neben einem Felsbrocken auf die Knie ging. »Mehrere Feinde, dieses Mal aus dem nördlichen Quadranten. Tango weiß nicht, wo ich bin. Habe positive Identifizierung der Ziele. Waffen frei, ich greife an.« Er schaltete mehrere Zodarks aus, jeder Schuss fand sein Ziel. Für jeden gefallenen Feind traten zwei weitere an seine Stelle. Einige fielen fünfzig Meter entfernt von den Bäumen. Andere tauchten siebzig Meter von Shrike entfernt aus dem Boden auf.

Hawk schlängelte sich durch das Gestrüpp. Er flankierte eine Gruppe von Zodarks und überrumpelte sie. Drei Feinde gingen zu Boden, bevor sie reagieren konnten.

»Gute Arbeit, Hawk«, sagte Lucky.

Für Coop zeigte das strenge Training, das er seinen Piloten auferlegt hatte, Wirkung. Das merkte er bei dieser Gruppe mehr als bei den anderen seiner Raumschiffbesatzungen, aber sie wurden von Tag zu Tag besser.

In diesem Moment waren die Piloten unter ihm in der Simulationskammer in einer lockeren Halbkreisformation verteilt. Jeder von ihnen nutzte das dichte Dschungelgelände als Deckung. Lucky hatte etwa zwanzig Meter vor ihnen hinter einem umgestürzten Baumstamm Stellung bezogen. Sie übernahm die Führung und koordinierte ihre Bemühungen. Spark befand sich fünfzehn Meter rechts von Lucky und nutzte einen großen Baumstamm als Deckung. Nomad nahm einen Platz fünfundzwanzig Meter links von Lucky ein, verborgen durch dichtes Unterholz. Hawk befand sich am weitesten vorne, etwa dreißig Meter vor Lucky, nachdem er gerade sein erfolgreiches Flankenmanöver abgeschlossen hatte. Shrike befand sich zehn Meter hinter Lucky, leicht erhöht auf einer kleinen Anhöhe, die ihm einen besseren Aussichtspunkt zum Scharfschießen bot. Zwischen Lucky und Spark lag Badger auf dem Bauch, etwa fünf Meter hinter ihnen. Der Mann gab Deckungsfeuer und leistete gute Arbeit.

Die Zodarks näherten sich aus mehreren Richtungen und umzingelten das Team. Die Hauptgruppe rückte von Norden vor, wobei sich acht Zodarks in einer Linie in etwa fünfzig bis fünfundsiebzig Metern Entfernung verteilten. Eine weitere Gruppe von zwölf Zodarks bewegte sich von Osten her, etwa sechzig Meter von Sparks Position entfernt. Ein kleineres Kontingent von vier Zodarks kam gerade von den Bäumen im Westen, etwa vierzig Meter von Nomad entfernt. Zwei weitere Gruppen von jeweils sechs bis sieben Zodarks näherten sich aus südöstlicher und südwestlicher Richtung, beide etwa achtzig Meter entfernt.

»Rückzug!« Lucky duckte sich hinter einen massiven Felsen. »Spark, beweg dich!«

Spark sprintete von ihrer Position weg und schlängelte sich im Zickzack zwischen den Bäumen hindurch. Sie tauchte in einen flachen Graben, als Energieblitze die Luft dort versengten, wo sie gewesen war.

»Frei!«, rief sie.

Lucky sprang aus der Deckung und rannte schnell und leise. Schwer keuchend ging sie neben Spark in Position.

»Nomad, du bist dran!« sagte Lucky.

Nomad sprang über einen umgestürzten Baumstamm. Seine Stiefel knirschten im Schlamm. Er sprintete von Baum zu Baum und nutzte jeden als vorübergehende Deckung.

Eine Explosion in der Nähe schickte Schockwellen durch den Boden. Dreck und Blätter regneten herab. Durch die sich absetzenden Trümmer stürzte Nomad auf eine kleine Lichtung.

»Mir geht es gut«, sagte Nomad.

»Deckungsfeuer!« Lucky tauchte auf und legte Unterdrückungsfeuer.

Dachs war der Nächste. Er stürmte vorwärts. Feindliches Feuer schoss an ihm vorbei und hinterließ Brandspuren an den Bäumen in der Nähe.

Spark folgte ihm, als Badger sich in Sicherheit brachte, und rutschte neben Nomad.

Lucky schoss weiter. »Hawk, los!«

Hawk bewegte sich wie ein Geist, der das Unterholz kaum störte. Er huschte von Schatten zu Schatten, fast unsichtbar, bis er neben Dachs materialisierte.

»Shrike, wie ist dein Status?« fragte Lucky.

»Wir beziehen eine neue Position.« Shrike kroch durch dichtes Dickicht. Als er in der Nähe von Lucky ankam, richtete er sein Visier aus und schoss auf feindliche Ziele, wobei er mehrere abschoss. »Kommt schon, Leute. Wir müssen weg. Die Zeit für die Evakuierung tickt!«

Eine Explosion erschütterte den Dschungel. Diesmal war die Explosion nah genug, um Lucky und Spark durch die Schockwelle zu schleudern. Sie rappelten sich mit klingelnden Ohren auf und versuchten, die Auswirkungen der Explosion abzuschütteln.

Die Fluganzüge, die in dieser besonderen Simulation getragen wurden, waren speziell für die holografische Kampfarena verbessert worden. Sie ähnelten denen, die sie im Cockpit trugen, waren aber mit zahllosen haptischen Rückkopplungsknoten versehen, die simulierte Einschläge von nahe gelegenen Explosionen oder Blasterfeuer in physische Empfindungen am Körper umsetzten. Dadurch fühlten sich die virtuellen Explosionen oder der Einschlag eines Zodark-Blasters beunruhigend real an. Sogar die fortschrittlichen gravimetrischen Bodenplatten der Kammer konnten sich unter den Füßen verschieben und so unebenes Terrain und die Wucht von Detonationen in der Nähe nachahmen. Zusätzliche atmosphärische Emitter, die die Luft mit dem Aroma von Kordit oder brennendem Laub erfüllen konnten, fügten eine weitere Ebene des Realismus hinzu, die in Kombination mit dem Netz mikroskopisch kleiner Projektoren über dem Kopf eine nahtlose 360-Grad-Umgebung schuf, in der das Gehirn einer Person Mühe hatte, zwischen Realität und Illusion zu unterscheiden.

»Verdammt, das tut weh«, stöhnte Lucky und wischte sich Schweiß und Schmutz von der Stirn. Als sie sich umschaute, sah sie, dass Flammen an einem nahen Baum leckten. Die Flammen breiteten sich in den Baumkronen aus, und der Rauch stieg auf, bis er um sie herum wogte und ihre Sicht einschränkte.

Spark hustete ein paar Mal. »Wir müssen verschwinden. Wir müssen hier raus, bevor die Zodarks uns einkreisen und in eine Falle locken!«

»Ja, verstanden«, stimmte Lucky zu. »Dieser Weg wird nicht funktionieren, Leute. Unser Weg zu RP-Alpha ist blockiert. Ich rufe ein akustisches Signal aus. Ich will, dass alle zu RP-Bravo gehen. Ich werde das Rettungsteam alarmieren!«

Spark und Lucky rannten an Hawk vorbei, der aufjaulte. »Autsch! Verdammt! Selbst ein Beinahe-Treffer eines Blasters kann höllisch wehtun«, jammerte er, während er Spark und Lucky hinterherlief und einen angesengten Arm pflegte.

Badger tauchte aus seiner Position auf und gab ein weiteres Sperrfeuer ab. »Bewegt euch, Leute! Ich kann sie nicht ewig aufhalten!«

Nomad eilte hinter Lucky und Spark her. Hawk hatte einen Baum umrundet und bereitete sich darauf vor, sein eigenes Deckungsfeuer abzugeben, so dass Badger nach hinten springen konnte, um eine weitere Feuerposition einzurichten, während das Team weiter zum Evakuierungsort rannte.

Der Feind kam immer näher. Badger und Hawk konnten mehrere Zodarks ausschalten, aber sie mussten mit ansehen, wie sie ersetzt wurden und ihnen weitere folgten. Die feindliche Streitmacht begann, sie zu überwältigen.

»Oh, komm schon! Ich habe mehrere neue Feinde, die auf uns zurasen. Wenn wir uns nicht schnell etwas einfallen lassen, sind wir tot«, rief Shrike verzweifelt, als der Druck der Simulation immer größer wurde.

Lucky schaltete sich ein und konterte scharf: »Negativ, Shrike. Wir haben zwar noch Glück, aber du hast Recht, dass zu viele von ihnen sich uns nähern. Wir müssen schneller vorgehen. Wir können nicht zulassen, dass sie uns einkesseln.«

Shrike sprang aus der Deckung und feuerte schnelle Salven ab. Zwei Zodarks gingen zu Boden, aber ein dritter erwiderte das Feuer. Shrike duckte sich gerade, als die Salve des feindlichen Feuers den Raum, in dem er gestanden hatte, zerfetzte und der Baum hinter ihm in einem Schauer brennender Blätter aufging.

Die Piloten setzten ihren kämpferischen Rückzug fort, aber die Zodarks setzten ihren Vorteil fort.

»Wir können so nicht weitermachen«, sagte Nomad, und sein Atem ging schwer.

Hawk kroch hinter einen kleinen Hügel. »Sie treiben uns zusammen. Uns gehen die Möglichkeiten aus.«

»Irgendwelche guten Ideen?« fragte Badger zwischen kurzen Feuerstößen aus seinem Gewehr.

Anhand der auf den Bildschirmen angezeigten Daten überwachte Coop Badgers M87, das gefährlich wenig Energie verbrauchte. »Sie schlagen sich besser, als ich erwartet hatte. Sie sind fast so gut wie ein Ranger-Team.«

Riggs warf ihm einen Seitenblick zu. »Ranger ... ich nehme an, Sie haben noch nie ein Ranger-Team in Aktion gesehen, nicht wahr?«

Coop warf einen Blick auf Riggs, dann wandte er seinen Blick auf das größte Holodisplay im Beobachtungsraum. »OK, ich übertreibe, aber ich bin trotzdem beeindruckt.«

»Ich sage es nur ungern, aber ich auch«, fügte Riggs hinzu.

Luckys Gewehr schlug gegen ihre Schulter zurück, als sie feuerte. Ein Zodark schlug auf dem Boden auf, der Aufprall durchtrennte seine Brust. »Kontakt, zwei Uhr!«

Während die Piloten einen taktischen Rückzug durchführten, konsolidierten die Zodarks ihre Streitkräfte und wechselten von einer Umzingelung zu einer Frontalangriffsformation.

Spark zielte mit ihrem M87 auf den nächstgelegenen Zodark, der um einen Baum herumkam, die Nackenhaare aufstellte und das Maul weit aufriss. Er zeigte seine Stachelzähne. »Ich greife an!« Ihr Gewehr ratterte. Der Zodark wurde von den Treffern geschüttelt, seine Haut wurde aufgerissen, bevor er leblos auf dem Waldboden lag.

»Nomad, pass auf deine linke Flanke auf!« rief Lucky.

Nomad beobachtete die Baumgrenze. »Verstanden. Gebiet gesichert.«

Badgers Waffe heulte auf. »Unterdrückungsfeuer, östlicher Quadrant!« Seine Schüsse zwangen eine Gruppe anrückender Zodarks in die Flucht.

»Wie aus dem Lehrbuch, Dachs. Gut gemacht!« sagte Lucky. »Hawk, wie geht's unserer Sechs?«

»Für den Moment ist alles klar«, antwortete Hawk. »Aber sie formieren sich für einen weiteren Vorstoß.«

Das sechsköpfige Team zog sich weiter strategisch zurück. Sie teilten sich in Paare auf. Ein Duo gab ihnen Feuerschutz, während die anderen sich schnell zurückzogen. Dann tauschten sie die Rollen, um beim Rückzug ständigen Schutz zu gewährleisten. Jeder Pilot hielt etwa fünf Meter Abstand zu seinen Teamkollegen. Sie waren nah genug beieinander, um sich gegenseitig zu helfen, aber weit genug voneinander entfernt, um keine leichten Ziele zu sein.

Plötzlich brachen Zodarks aus dem Unterholz hervor und stürmten auf Hawk zu.

»Feuer frei!«, rief Lucky.

Die Luft füllte sich mit dem Geräusch entladener Waffen und dem gutturalen Heulen der Zodarks. Holografische Geschosse kreuzten das Schlachtfeld zwischen den beiden Gruppen.

»Sie flankieren uns schon wieder!« schrie Nomad frustriert. Sie fielen immer weiter zurück und entfernten sich immer weiter von der Entnahmestelle.

Lucky sah die Bedrohung und drehte sich zu ihr um. Sie feuerte in kurzen, kontrollierten Stößen. »Zurückziehen! Jetzt!«, rief sie wütend.

Die Piloten begannen, von Deckung zu Deckung zu springen.

»Shrike, wie sieht es bei dir aus?« fragte Lucky.

»Ich ziehe um«, antwortete er. »Neue Position in zehn Sekunden.«

Ein Zodark sprang von einem Baum in der Nähe von Hawk herunter und versuchte, ihn mit seiner Klinge zu zerschneiden.

Erschrocken über das plötzliche Auftauchen der Bestie und die auf ihn zustürzende Klinge, fiel Hawk nach hinten, während er sein Gewehr aus nächster Nähe in die Brust des Zodarks feuerte.

»Oh, das war knapp«, kommentierte Hawk, als er sich wieder aufrappelte.

Die Zodarks drückten fester, kamen schneller und schienen sich aus dem Nichts zu materialisieren.

»Wir können so nicht weitermachen«, sagte Spark. »Mir geht die Energie aus.«

Die Zodarks waren zu zahlreich und zu schnell. In dieser Simulation bewegten sie sich mit perfekter Synchronisation.

Zu diesem Zeitpunkt hatten die Piloten einen engen Kreis gebildet und schlugen Teams von zwei oder drei Zodarks zurück, die sich auf die Piloten stürzten und versuchten, sie zu überwältigen.

Lucky drehte sich um, um nach Shrike und Nomad zu sehen, als sie sah, wie Nomad von mehreren Blasterschüssen in die Brust getroffen wurde. Sein Anzug blockierte augenblicklich, und sein Körper sackte in einem unkontrollierten Sturz zu Boden. Bevor sie reagieren konnte, sprang ein Zodark über seinen leblosen Körper und stand mitten unter ihnen, während er mit seinen Zwillingsblastern auf sie schoss.

Lucky schrie in panischem Entsetzen auf und legte ihr Gewehr an, um auf den Eindringling in ihren Reihen zu schießen. Der Zodark fiel zu Boden und wurde schnell durch mehrere andere ersetzt, die in die Lücke in ihren Reihen gestürmt waren, als Shrike und Nomad zu Boden gegangen waren. Bevor Lucky reagieren konnte, spürte sie, wie ihr Körper an mehreren Stellen getroffen wurde, bevor auch ihr Anzug blockierte und ihr Körper zu Boden fiel.

Innerhalb eines Wimpernschlags war der Kampf vorbei. Sie wurden ausgelöscht, bevor sie auch nur in die Nähe eines der beiden Sammelpunkte gelangen konnten, um sich zu retten.

****

»In Ordnung, Riggs, beenden wir die Simulation und schalten sie aus«, verkündete Coop.

bestätigte Riggs, und seine Finger tippten Befehle ein. In wenigen Augenblicken erloschen die Hologramme, die diese realistische Trainingsumgebung schufen, und gaben den Blick auf weiße Wände frei, die mit den winzigen LED-Streifen bedeckt waren, die alles so real aussehen ließen.

Coop drückte auf die Gegensprechanlage, um zu sprechen, und klatschte langsam, als der Klang im Saal widerhallte, bevor er seinen Kommentar abgab. »Gut gemacht, Leute. Das war eine herausragende Leistung - vielleicht die beste Ihres Geschwaders.«

In Wahrheit war Coop mit der Leistung der jungen Offiziere zufrieden. In den letzten Wochen waren sie bis an ihre Grenzen getestet worden; dabei hatte sich gezeigt, wie gut sie die neuen Fähigkeiten beherrschten, die ihnen beigebracht worden waren, und wie sehr sie sich als Führungspersönlichkeiten entwickelt hatten, die unter Druck denken konnten.

Die Piloten standen mit stoischer Miene da und lauschten den Worten ihres Kommandanten.

»Ich weiß, dass du wahrscheinlich enttäuscht bist, weil du es nicht zu einem der beiden Treffpunkte geschafft hast. Tatsache ist, dass Sie das nicht tun sollten. Niemand ist dazu bestimmt, und das ist auch nicht das, was wir testen wollten. Wir haben getestet, wie gut ihr zusammenarbeiten könnt, während ihr mit überwältigenden Chancen konfrontiert werdet. In dieser Hinsicht habt ihr bestanden«, erklärte Coop und ermutigte sie. »Jetzt verschwindet von hier. Macht euch sauber, und anstatt euch im Besprechungsraum für weitere Anweisungen zu melden, gebe ich euch den Rest des Nachmittags und Abends frei. Melden Sie sich morgen um 0700 in der Aula. Es ist Zeit, zu den Simulationspods zurückzukehren, bevor wir mit den Staffel-, Gruppen- und Geschwadertaktiken beginnen. Schlafen Sie etwas - Sie haben es sich verdient.«

Coop lächelte, als er seinen Stuhl drehte und sich Riggs zuwandte. »Zeit, die nächste Gruppe hereinzuholen. Mal sehen, ob wir die Intensität nicht noch ein bisschen steigern können.«

Achtzehntes Kapitel

Anfang September 2114
RNS *Vega*
Titan Training Facility
Sol-System

An Bord der RNS *Vega* arbeiteten die Besatzungsmitglieder emsig an ihren Stationen. Lee saß in der Nähe des hinteren Teils der Brücke und genoss seinen neuen Lieblings-Kommandosessel, während er die Vielzahl der koordinierten Aufgaben überwachte, mit denen seine Leute begannen, das Gelernte in die Praxis umzusetzen.

Admiral Ripley Lee hatte sich an seinen Platz auf dem neuen Schiff gewöhnt, sowohl im übertragenen als auch im wörtlichen Sinne. Er hatte sich schnell mit diesem Sitz vertraut gemacht, ihn eingearbeitet und seine zahlreichen Funktionen erkundet. Die Armlehnen beherbergten eine Reihe von Bedienelementen, von holografischen Anzeigen bis hin zu taktischen Schnittstellen. Ein eingebautes Sitz-Kommunikationsgerät ermöglichte die sofortige schiffsweite Kommunikation, während biometrische Sensoren die Lebenszeichen des Insassen überwachten, falls der Kapitän des Schiffes während eines Kampfes verletzt wurde. Der Stuhl verfügte sogar über ein Klimakontrollsystem und ein diskretes Staufach für persönliche Gegenstände.

Lee ließ sich in das neue Leder seines Kommandosessels fallen und positionierte sich im Zentrum der Operationen auf *Vega - einem* der modernsten Schiffe der Flotte. Als das Kommando Lee von der Kampffront aus kontaktiert hatte, war ursprünglich geplant gewesen, ihm zwei Monate Zeit für die Ausbildung zu geben, aber man hatte sein Schiff, seine Besatzung und seine Space Wings schon viel früher an der Front gebraucht. Also musste er den Trainingsprozess auf dem Testgelände beschleunigen und alle noch mehr unter Druck setzen.

Rechts von Lee stand Commander Noriko Sato neben ihrem Stuhl und betrachtete die verschiedenen Anzeigen auf dem Hauptbildschirm an der Vorderseite der Brücke. Nachdem sie Platz genommen hatte, betätigte sie ein Bedienelement an der Konsole ihres Stuhls. Ein kleines holografisches Display materialisierte sich und erhob sich aus ihrer Armlehne. Anhand dieses Displays nahm Sato letzte

Anpassungen an den Parametern des Pallas-Trainingsprotokolls (PTP) vor, das sie gleich einleiten würden. »Ich bringe unsere Flotte hoch, Admiral. Sieht so aus, als hätte Pallas uns die RNS *Virginia, Artemis, Orion, Nebraska, Trident* und *Harbinger* zum Spielen gegeben.«

»Hmm, sehr gut. Lasst uns loslegen und Pallas starten - bringt die Schiffe auf den Hauptbildschirm, und lasst uns beginnen«, befahl Lee.

»Aye-aye, Sir. Alarmiere die Titan Station. Die *Vega* aktiviert die Pallas. Wir informieren sie über unsere Rückkehr in den Bereitschaftsstatus, sobald PTP abgeschlossen ist.«

Das war der Teil, der Lee am meisten an den neuen Kriegsschiffen der Flotte verblüffte. Das Pallas-Trainingsprotokoll war ein unglaubliches multimodales Metaverse-Trainingsprogramm, das die Bordcomputer und -systeme eines Schiffes in einen Trainingsmodus integrierte, der es der Besatzung ermöglichte, das Schiff wie in einer realen Situation zu bedienen. Mit Pallas könnte ein Kapitän die Fähigkeit seiner Besatzung testen, Brände, Dekompressionsereignisse oder simulierte Schlachten zu bekämpfen. Im Rahmen dieser simulierten Gefechte konnten Szenarien erstellt werden, die ausschließlich den Einsatz der Jäger oder der Waffensysteme des Schiffes vorsahen, aber auch jede andere der unzähligen Trainingsmöglichkeiten, die der Kapitän nutzen wollte, um seine Mannschaft zu testen und ihre Fähigkeiten zu verbessern.

Wenn Pallas aktiviert wurde, trug die Besatzung eine spezielle Vollspektralbrille und Ohrhörer, die den Träger in die Simulation eintauchen ließen. Wenn das Schiff angegriffen werden sollte, simulierten die Brille und die Ohrstöpsel den Schaden, den es erlitten hatte, und schüttelten oder vibrierten als Reaktion darauf. Die Brillen zeigten Funken, Rauch und andere visuelle Phänomene in Koordination mit den akustischen Effekten und schufen so eine wirklich eindringliche Trainingserfahrung, wie sie Lee noch nie gesehen hatte. Das Beste daran war, dass der Kapitän des Schiffes die Trainingsereignisse so oft er wollte durchführen konnte, sogar während des Einsatzes, indem er einfach die zweite Brückenbesatzung des Schiffes das Schiff bedienen ließ und sicherstellte, dass nichts außerhalb der Simulation eine Bedrohung darstellte oder einen Abbruch der Simulation erforderte. Pallas war ein wirklich bemerkenswertes Programm. Lee wünschte nur, es hätte während des Ersten Zodarkrieges existiert. Manchmal war der entscheidende Unterschied zwischen Überleben oder Niederlage, Sieg oder Tod, das Können der Besatzung eines Schiffes und ihre Fähigkeit, die Fähigkeiten des Schiffes optimal zu nutzen. Die in der Schlacht gewonnene Erfahrung war von unschätzbarem Wert. Eine Schlacht zu überleben, um diese Erfahrung zu sammeln und sie dann in der nächsten Schlacht zu nutzen, war leichter gesagt als getan.

Es war wichtig zu wissen, dass die Schiffe, mit denen die *Vega* während des Einsatzes von Pallas interagieren würde, Teil der Simulation waren. Es handelte sich nicht um reale Schiffe, sondern um hochentwickelte Simulationen im Rahmen des Trainingsprotokolls. Die Kommandanten dieser virtuellen Schiffe waren ebenfalls simulierte Wesen. Sie wurden sorgfältig programmiert, um die Persönlichkeiten, Entscheidungsprozesse und Kommunikationsstile ihrer realen Gegenstücke nachzuahmen. Daher reagierten sie auf Situationen, gaben Befehle und kommunizierten auf eine Art und Weise, die dem Verhalten der echten Kapitäne in ähnlichen Situationen sehr ähnlich war.

Auf der Brücke der *Vega* saß Commander Lewis Reynolds, der Navigator des Schiffes, über seine Konsole gebeugt. Seine Hände schwebten über den Bedienelementen. Falten zeichneten tiefe Linien um seine Augen. Er hatte Jahre damit verbracht, Kurse durch die Sterne zu zeichnen, und hatte dies meist für Lee getan, egal welches Schiff er kommandierte. Reynolds murmelte leise vor sich hin, während er die Vorflugkontrolle durchführte.

Daten strömten über die Schnittstellen der Kommunikationsstation, während Commander Lucia Rodriguez, der Kommunikationsoffizier des Schiffes, die eingehenden Übertragungen überwachte.

Der taktische Offizier, Commander Connor Rhom, nahm seinen Posten links von Lee ein, sein muskulöser Körper spannte sich vor Erwartung. Er rieb sich die Narbe entlang seines Kiefers, ein Andenken an eine missglückte Verlobung vor einigen Jahren.

Das waren die drei Rs: Reynolds, Rodriguez und Rhom. Oder, wie viele sie scherzhaft nannten, »das R-Team«. Lee war schon seit Jahren mit ihnen zusammen und bat um ihre Versetzung auf das neue Schiff, das er kommandierte. Sie waren ein Team, und ein Team hält zusammen.

Ein Dutzend weiterer Offiziere besetzte die anderen Stationen auf der Brücke. Ein Kriegsschiff dieser Größe mit so viel Feuerkraft erfordert eine große Mannschaft. Lee saß in seinem Stuhl und betrachtete sie, eine Mischung aus erfahrenen Veteranen, auf die er sich verlassen konnte, und ein paar frisch ausgebildeten Offizieren und Rekruten, die frisch von der Akademie kamen und die *Vega* als ersten Auftrag erhielten. Jeder von ihnen trug eine große Last an Verantwortung auf den Schultern.

In seinen ersten Jahren auf den Marineschiffen hatte Lee viel von seinem Mentor, Kapitän James Oldendorf, gelernt. Tragischerweise war der Mann vor Lees Augen auf der Brücke gestorben. Seit jenem tragischen Tag vor über zwanzig Jahren waren nur wenige von Lees Offizieren im Kampf gefallen. Im Stillen dankte er dem Himmel, dass er so lange mit einem unglaublichen Team gesegnet gewesen war, und war dankbar, dass er in den letzten Jahrzehnten nicht viele Schiffe verloren hatte.

Lee drückte die Kommunikationstaste und öffnete einen Kanal zum Jägerraum. »Captain Cooper, hier spricht der Admiral. Wir haben Pallas aktiviert und sind bereit, die Simulation zu beginnen. Sind Ihre Piloten ausgerüstet und bereit, zu beginnen?«

Die Brücke verstummte, bevor die Lautsprecher zum Leben erwachten. »Bestätigt, Captain. Alle Piloten sind vorbereitet und in den Simulationskapseln in Position. Wir sind bereit, auf Ihr Zeichen hin zu starten.«

»Ausgezeichnet«, sagte Lee. »Halten Sie sich bereit für mein Kommando.« Er drehte sich in seinem Stuhl und wandte sich an die Brückenbesatzung. »Alle Stationen, bereiten Sie sich auf die Kampfsimulation vor. Wir werden diese Operation durchführen, bis sie uns in den Knochen steckt. Ich möchte, dass jedes Besatzungsmitglied an seine Grenzen geht, durch den Schmerz atmet und die Hindernisse überwindet, die sich uns in den Weg stellen. Ob mental oder taktisch, spielt keine Rolle. Wir überwinden alles, was man uns in den Weg stellt, egal was es ist.«

Commander Rodriguez tippte auf dem holografischen Display ihres Funkgeräts. »Captain, alle Systeme sind mit der Pallas verbunden. Wir haben durchgängig grünes Licht.«

»Taktik ist bereit, Sir«, meldete Commander Rhom von der Waffenstation. »Simulationsgeschosse geladen, Zielsysteme kalibriert.«

Commander Reynolds neigte den Kopf zu dem Admiral. »Navigation plant mehrere Ausweichmanöver, Admiral. Wir sind bereit, Ihren Befehl auszuführen.«

Der Hauptbildschirm verdunkelte sich und füllte die Brücke mit der großen Leere des Weltraums. Sterne leuchteten in der Schwärze. Es war eine trügerische Ruhe vor dem Sturm.

»Aktivieren Sie Pallas. Mal sehen, was für eine simulierte Schlacht sie für uns bereithält«, befahl Lee.

Wütende rote Punkte tauchten auf dem Hauptbildschirm auf - jeder von ihnen stand für ein feindliches Schiff.

»Vergrößern«.

»Ich zoome rein, Admiral.«

Lee untersuchte die feindliche Formation. In der Mitte rumpelten riesige Zodark-Schlachtschiffe. Ihre Rümpfe strotzten nur so von Waffenstellungen. Flankiert wurden diese Ungetüme von Zodark-Kreuzern, deren Triebwerke heiß glühten, während sie in Angriffsposition manövrierten. In das Getümmel mischten sich Schwärme von Vultures-Zodark-Jägern, die wie wütende Hornissen um die größeren Schiffe kreisten. Im hinteren Teil flog ein fast sechstausend Meter langes Orbot-Kapitalschiff, ein so genannter Basisstern, auf die *Vega* zu, das riesige Schiff war schwer bewaffnet und spuckte Schwärme von Drohnenjägern aus.

»Wow, sieht so aus, als würde Pallas uns heute einen Kampf liefern«, kommentierte Lee, als er sich das Ganze ansah. »Ihr wisst, was zu tun ist - schicken wir sie weg.« Er gab einen Befehl ein, der ihn mit Flight Ops verband. »Captain Cooper, sehen Sie das?«

Coops strenger Tonfall dröhnte durch die Lautsprecher. »Bestätigt, Admiral. Meine Piloten können es kaum erwarten. Erlaubnis zum Start?«

»Negativ. Position halten.« Lee wandte sich an seinen taktischen Offizier. »Rhom, geben Sie mir eine Einschätzung der Bedrohung.«

Rhom las auf seinem Display, während er die Informationen aufnahm. »Sir, ich zähle achtzehn Zodark-Schlachtschiffe, neunzehn Kreuzer, ein Großkampfschiff und ... wow, mindestens dreihundert Vulture-Jäger, und da ist der Schwarm von achthundert Drohnenjägern noch gar nicht mitgerechnet, von dem wir wissen, dass das Orbot-Schiff ihn einsetzen kann. Sie sind uns waffentechnisch und personell auf jeden Fall überlegen.«

»Dann müssen wir sie eben austricksen, nicht wahr?« erwiderte Lee und wandte sich dann an die Navigation. »Reynolds, setzen Sie einen Abfangkurs. Bringen Sie uns auf Kurs Null-Vier-Sieben, Markierung Drei. Berechnen Sie einen Kurs zwischen diesen Schiffen, Alpha Zwei und Bravo Sechs - alle vorwärts, mit Flankengeschwindigkeit«, wies Lee an, bevor er sich zu Commander Rhom umdrehte. »Taktische Abteilung, bringen Sie unsere Raketenbatterien online und beginnen Sie mit dem Aufladen der Magrail-Kondensatoren. Sagen Sie den Kanonieren, sie sollen sich für den Nahkampf bereithalten. Wir werden nahe herankommen und sie mit unseren Kanonen auseinandernehmen.«

Satos Gesichtsausdruck war eine Mischung aus Besorgnis und Entsetzen, als sie sich dicht an Lee heranlehnte und flüsterte: »Sir, das wird uns direkt ins Kreuzfeuer von...«

»Ich weiß, dass es das wird, XO. Vertrauen Sie mir. Es wird funktionieren«, versuchte er, sie zu beruhigen. Er wandte sich an seinen Navigationsoffizier und sagte: »Reynolds, lassen Sie uns einsteuern und befolgen Sie weiter meine Befehle.«

»Aye, Sir. Wir sind dabei.«

Lee nickte, und ein Lächeln bildete sich auf seinem Gesicht, als er sich mit Flight Ops verband. »Coop, wir sind dabei, die Nadel zwischen ein paar bösen Jungs einzufädeln. Ich werde deine Gripens brauchen, um uns einen Weg durch diese Geier zu bahnen, und deine Walküren, um diese Zodark-Fregatten und -Korvetten zu zerschmettern. Wir müssen uns diese Torpedoboote vom Hals halten, oder sie werden uns zu Tode schießen, sobald sie in die Reichweite unserer Sekundärbatterien kommen. Glaubt ihr, eure Piloten sind bereit für einen Einsatz mit hohem Risiko und großer Belohnung?«

Coop lachte über seine Bemerkung, bevor er anbot: »Sir, wenn meine Piloten nach den Wochen der Hölle, die ich ihnen zugemutet habe, nicht einsatzbereit sind, gebe ich meine Flügel ab und fege den Boden. Sagen Sie nur ein Wort, und ich lasse sie gehen.«

»Das sollten sie auch, Coop. Ich habe viele Fäden gezogen, damit Ihre Staffel Zugang zu diesen Trainingssimulationen erhält. Ich will Ergebnisse sehen«, antwortete Lee seinem Piloten-Ass frech. Er rechnete damit, dass Coop ihm bei dieser Strategie, die er ausprobieren wollte, einen großen Dienst erweisen würde.

Als Lee die Verbindung zu Flight Ops abbrach, wandte er sich wieder seiner Brückencrew zu, und sein Magen drehte sich unruhig durch den Stress seiner Entscheidungen und der bevorstehenden Schlacht. Egal, wie lange er schon ein Schiff kommandierte, ob am Vorabend einer Schlacht oder bei einer wichtigen Ausbildungsmaßnahme, seine Nerven machten sich gerne in der einen oder anderen Form bemerkbar - Schweiß bildete sich auf seiner Stirn, seine Hände wurden feucht.

»In Ordnung, Leute, das ist unsere Chance, die hohen Tiere zu beeindrucken und uns selbst zu beweisen, dass wir das Zeug zum Sieg haben, was wir brauchen, um diesen Krieg ein für alle Mal zu beenden«, rief er allen auf der Brücke zu und wandte sich dann an Sato. »XO, starten Sie Pallas in drei... zwei... eins...«

In der Sekunde, in der Pallas auf Sendung ging, stürmte der Schwarm wütender Vultures vorwärts und verringerte rasch den Abstand von achtundsechzigtausend Kilometern zwischen ihnen. Während die Vultures auf sie zustürmten, erhellten die riesigen Triebwerke der Zodark-Kapitalschiffe die Dunkelheit hinter ihnen, während die Energiewolken sie vorwärts trieben. Die Geschwindigkeit dieser gigantischen Kriegsschiffe nahm stetig zu, während der Abstand zwischen ihnen schrumpfte, und die beiden Kampflinien näherten sich an, bis der Feind in Reichweite ihrer Kanonen war.

Lee beobachtete die Szene einen Moment lang, bevor seine Stimme ertönte. »Commander Rhom, Waffen frei machen und ein paar Trophäen holen!«

Ein paar Offiziere heulten aufgeregt auf. Diejenigen, die die offensiven und defensiven Waffensysteme bedienten, riefen sich gegenseitig Ziele zu und griffen zuerst die Schiffe an, die die KI als die wichtigsten eingestuft hatte.

Lee konnte nicht anders, als den zwei Meter breiten, vom Boden bis zur Decke reichenden Hauptmonitor auf der Brücke zu bewundern. Trotz aller Kriegsschiffe, die er gesehen hatte, waren die Bilder nie so scharf und realistisch gewesen und hatten ihn mitten ins Geschehen gezogen.

Auf jeder Seite der *Vega* befanden sich zehn vierundzwanzigzöllige magnetische Railguns mit zwei Läufen. Als sie in rascher Folge feuerten, wusste Lee, dass, wenn diese riesigen Geschosse in die Panzerung eines Zodark-Schiffes einschlugen, ihre zweitausend Pfund schweren, hochexplosiven Sprengköpfe in den Eingeweiden des feindlichen Schiffes explodieren und es von innen heraus zerreißen würden.

Die *Vega* verfügte außerdem über zwölf Doppelfass-Turbolaser auf jeder Seite. Jedes Rohr konnte alle fünfundzwanzig Sekunden einen Schuss mit einer Gigatonne abgeben.

Verdammt, das ist ein verdammt guter Schlag, dachte Lee erstaunt, als er den Kampf beobachtete.

Bei Bedarf konnten die Kondensatoren der Turbolaser eine maximale Ladung in den Fässern freisetzen und zwei Schüsse mit zweieinhalb Gigatonnen abgeben. Der einzige Nachteil dieser Strategie war, dass die Laser dann einen hundertachtzigsekündigen Aufladezyklus benötigten, bevor sie wieder feuerbereit waren. Lee stellte sich vor, dass dies die längste dreiminütige Wartezeit seines Lebens zwischen den Salven war.

»Admiral, feindliche Großkampfschiffe versuchen, durch unsere Blockade zu brechen - wir haben mehrere schwere Kreuzer und Korvetten, die schnell beschleunigen«, meldete Commander Rhom von seiner Position als Taktischer Einsatzoffizier (TAO).

»Verstanden, Rhom. Schicken Sie Ihre Kanoniere zu den Schiffen, solange sie noch außerhalb der Torpedoreichweite sind«, antwortete Lee, bevor er sich mit Flight Ops verband. »Coop, starten Sie die Jäger - verfolgen Sie die Vultures und lassen Sie Ihre Bomber die Korvetten ausschalten«, rief er und unterbrach die Verbindung, bevor Coop antworten konnte, während er sich zu Commander Reynolds drehte. »Comms, verbinden Sie sich mit der *Artemis* und der *Orion* und sagen Sie ihnen, sie sollen sich an unseren Flanken formieren. Befehlen Sie der *Virginia* und der *Nebraska*, vor uns herzufahren und die Spitzenposition für die Gruppe einzunehmen. Dann möchte ich, dass die *Trident* und die *Harbinger* etwas zurückfallen und eine Nachhutposition einnehmen.«

»Aye-aye, Sir. Wir sind dabei«, antwortete Reynolds selbstbewusst und kühl wie eine Salatgurke.

Mit dem Rufen von Befehlen und der Weitergabe von Informationen brach auf der Brücke ein hektisches Treiben und kontrolliertes Chaos aus. Sekunden wurden zu Minuten, als die

Statusberichte von den Stationen auf der *Vega* und der Flotte eintrafen, während die Schiffe sich in Formation begaben.

Rodriguez gab die Befehle weiter und koordinierte die Bewegungen, indem er sie nach dem Eintreffen der Daten rief. »*Artemis* bestätigt, bewegt sich zur Backbordflanke, Peilung zwei-sieben-null-komma fünfzehn. *Orion* bestätigt, Steuerbordflanke gesichert, Kurs null-neun-null Komma zweiundzwanzig.«

Reynolds passte den Kurs der *Vega* so an, dass sie sich der sich formierenden Kampfgruppe anpasste. »*Virginia* und *Nebraska* rücken auf vordere Positionen vor, achttausend Kilometer voraus.«

Auf dem Hauptbildschirm waren Coops Gripen-Jäger und Valkyrie-Bomber zu sehen, die aus den Startrampen der *Vega* herausflogen. Die Flugzeuge beschleunigten schnell und brachten Abstand zwischen sich und die *Vega*. Sie formierten sich zu engen Angriffsstaffeln und steuerten auf die ankommenden Vultures zu.

»Coop, Statusbericht«, fragte Lee und beobachtete, wie die Jagdstaffeln eine nach der anderen starteten.

»Strike Wing 14 ist voll einsatzbereit, Admiral. Das 15. sollte uns in Kürze aus den Starträhren folgen. Wir greifen die Vultures in den Sektoren Fünf-Charlie und Fünf-Hotel an - dreiunddreißigtausend Kilometer und näher kommend.«

Lees Verstand raste, als er die Informationen verarbeitete, die schnell aus allen Richtungen eintrafen. Dann sah er das erste Zeichen des Sieges: Das führende Schlachtschiff, auf das sie mit ihren Magnetspulen das Feuer eröffnet hatten, hatte eine katastrophale Explosion erlitten, die im vorderen Teil des Schiffes begonnen hatte, bevor sie sich in die Mitte des Schiffes ergoss, woraufhin eine riesige Explosion das Schiff praktisch zerrissen hatte. Ohne Energie und mit ausgefallenen Triebwerken trieb das Schiff umher und fiel schnell aus der Formation und in das Heck der feindlichen Streitkräfte.

Lee lächelte über den schnellen Sieg und rief: »Gut geschossen, TAO! Und jetzt nimm das neue Schlachtschiff ins Visier, das sich in die Führungsposition begibt. Beschießt sie mit den Turbolasern und einer ganzen Reihe von Hydra-Raketen.«

Rhoms Finger bewegten sich über seine Konsole. »Aye, Sir. Turbolaser sind aktiviert und greifen an. Raketenbatterien eins und drei erfassen die Raketen... feuern Raketen eins bis zehn und dreißig bis vierzig!« erklärte Rhom, während er den Startbefehl eingab. »Raketenbatterien eins und drei, Feuer!«

Lee lächelte aufgeregt, als er die Raketen vor der *Vega* heranrauschen sah. Er überprüfte den Status der Geschütze - die Magrail-Geschütztürme zeigten alles an, die Turbolaser waren geladen und bereit. »TAO, feuern nach Belieben. Schießt auf das Schlachtschiff.«

Der Raum um die *Vega* herum leuchtete auf, als Waffenfeuer auf die entfernte Zodark-Formation schoss. Im Gegensatz zu diesem brillanten Waffenfeuer in eine Richtung zischten periodische Energieströme an der *Vega* vorbei, wobei gelegentlich ein Energieblitz in den gigantischen Sternentransporter oder eines der nahe gelegenen Schiffe in enger Formation einschlug.

Auf der taktischen Anzeige leuchteten die Signaturen der Verbündeten hellgrün, während die feindlichen Ziele in einem wütenden Rot pulsierten. Die entfernten Anzeigen der Sternenjäger änderten sich schnell, als die Formationen zu einem riesigen Handgemenge verschmolzen.

»Admiral, unsere Sensoren aktualisieren die feindliche Position im Verhältnis zu unserer eigenen - auf neunhundertzweiunddreißigtausendvierhundert Kilometern und sehr schnell«, verkündete Commander Reynolds, als er sich in seinem Stuhl zu Lee drehte. »Sir, unsere Sensoren zeigen, dass die Zodark-Schiffe ihre Anfangsgeschwindigkeit von einhundertzwanzig Kilometern pro Sekunde auf jetzt einhundertachtzig kps erhöht haben. Bei ihrer neuen Geschwindigkeit und unserer derzeitigen Geschwindigkeit von dreihundertfünfundsiebzig kps werden sich unsere Schiffe in achtundzwanzig Minuten kreuzen.«

»Sehr gut, Commander. Halten Sie uns auf dem Laufenden, wenn sich die Geschwindigkeit der feindlichen Flotte ändert«, bestätigte Lee, bevor er sich seinem TAO-Offizier zuwandte. »Rhom, wie ist der Status der Korvetten, die sich unseren Flanken nähern?«

»Unsere schweren Kreuzer haben es im Griff, Sir. Unsere Walküren haben bereits zwei von ihnen ausgeschaltet und drei weitere schwer beschädigt«, antwortete Rhom. Dann schüttelte sich die *Vega* heftig, als ob ein Hammer auf die Vorderseite des Schiffes eingeschlagen wäre. Ein paar gelbe Lichter flackerten auf, aber nichts Rotes, oder schlimmer noch, blinkendes Rot, das auf etwas Ernstes hindeutete.

Während die Schlacht weiter tobte, sahen Lee und der Rest der Besatzung zu, wie die erste Raketensalve die große Entfernung überquerte und auf ihr Ziel zuraste. Die Sekunden fühlten sich wie eine Ewigkeit an, bevor Rhom verkündete: »Sir, Einschlag auf führendes Zodark-Schlachtschiff in drei... zwei... eins...«

Auf dem Hauptmonitor der Brücke brachen Dutzende feuriger Blasen gegen die Panzerung des Zodark-Schlachtschiffs aus. Es dauerte einige Augenblicke, bis die Kameras die Explosion der zweiten Welle von Hydra-Raketen übermittelten, die auf dem riesigen Kriegsschiff einschlugen - eine Reihe neuer Explosionen und feuriger Flammenstrahlen, die sich Dutzende von Metern in die Schwärze erstreckten und das beschädigte Kriegsschiff erleuchteten. Als das Sperrfeuer der vierundzwanzig Zentimeter großen Magrail-Geschosse die Außenhülle der Schiffspanzerung durchschlug, wurden neue Flammenstrahlen aus Dutzenden von neu entstandenen Löchern auf dem Schiff ausgestoßen.

Als das zweite Zodark-Schlachtschiff des Kampfes durch innere Beschädigungen auseinandergesprengt wurde, trieb es aus seiner Formation und fiel immer weiter hinter die Flotte zurück, während die verbleibenden Schiffe weiter vorrückten und ihre Laser hochenergetische Strahlen in die Dunkelheit in Richtung der republikanischen Kriegsschiffe schossen.

»Steuermann! Drehen Sie jetzt um eins-siebenundsechzig Grad nach Steuerbord«, rief Commander Rhom.

Oh, Mist! Diese Torpedos werden trotzdem einschlagen! Lee schaltete sich in das 1MC des Schiffes ein und rief allen zu: »Torpedos im Anflug - macht euch auf den Einschlag gefasst!«

Die *Vega* erbebte, als erst ein, dann ein zweiter Torpedo in die vordere Backbordseite des Schiffes einschlug. Auf der Brücke ertönten Alarmglocken und neue Warnungen - jemand rief, man solle sich auf den Einschlag der nächsten Torpedosalve vorbereiten.

Bumm ... Lee spürte, wie der Boden der Brücke durch die Wucht der Explosion bebte. Wo auch immer der Torpedo getroffen hatte, er hatte etwas Wichtiges getroffen. Die Wucht der Explosion ließ ihn kurz an seine erste Weltraumschlacht zurückdenken, in der er sich plötzlich als Kommandant des Schlachtschiffs wiedergefunden hatte, als der Kapitän und die gesamte Befehlskette getötet worden waren und nur er übrig geblieben war.

Lee hielt sich an den Seiten seines Stuhls fest und schnitt eine Grimasse, als die Schadenskontrolltafel aufleuchtete und rote Warnungen aufblinkten. »Reynolds, aktivieren Sie Ausweichmanöver Delta-One-One. Wir müssen unsere beschädigte Seite vom Feind abwenden, bis wir herausgefunden haben, wie schwer wir getroffen wurden.«

»Aye, Admiral, leite Ausweichmanöver Delta-One-One ein«, bestätigte Reynolds.

Er richtete seinen Blick wieder auf den Monitor. Lee studierte die Position und die verbleibenden Kräfte des Feindes, während er die Lage seiner eigenen Streitkräfte bewertete. Lee markierte eines der Zodark-Schlachtschiffe, das gerade einen seiner Schlachtkreuzer angriff. »Rhom, richte die Backbordgeschütze auf das markierte Schlachtschiff aus und versuche, ein paar Löcher in diese Sektion zu schießen. Lee zeigte auf einen Bereich im unteren hinteren Drittel des Schiffes. »Wenn wir ein paar Schüsse in diesen Bereich abfeuern können, sollte das ihre Geschütze außer Gefecht setzen.«

»Ah, die Energiekondensatoren - gute Entscheidung, Sir. Ich stelle jetzt die Backbord-Hauptgeschütze ein«, bestätigte Rhom und schickte die Änderung der Ziele an die Geschützmannschaften.

Lee sah frustriert zu, wie eines seiner Schlachtschiffe und zwei schwere Kreuzer unbeholfen verschiedene Ziele aufgrund ihrer Nähe angriffen, anstatt ihr Feuer zu koordinieren. Er tippte auf die Steuerelemente und öffnete einen Kommunikationskanal, der ihn mit dem Kommandokanal für jedes der Schiffe verband.

»Hier spricht Admiral Lee. Ich befehle der *Artemis* und der *Orion*, ein Zangenmanöver entlang des Vektors nullvierundvierzig Markierung neunundzwanzig durchzuführen. Ich möchte, dass Sie beide sich auf siebenundvierzigtausend Kilometer nähern und die Steuerbordflanke des Schlachtschiffs mit Ihren primären Turbolasern und Hydra-Raketen beschießen. Verringern Sie Ihre Geschwindigkeit auf zweiunddreißig Prozent und machen Sie das Schlachtschiff zu Schlacke«, befahl Lee und richtete seine Aufmerksamkeit auf die *Virginia* und die *Nebraska*. Er wollte, dass die beiden schweren Kreuzer die Augen und die Aufmerksamkeit des Feindes auf sich lenkten, damit die *Artemis* und die *Orion* mehr Zeit hatten, um hoffentlich ein weiteres Schlachtschiff vom Brett zu nehmen. Während sie versuchten, den Feind zu zwingen, seine Schiffe zu verteilen, wies Lee die *Trident* und die

Harbinger an, aus der Nachhutposition an der Steuerbordseite der *Vega* vorzurücken und ihre Größe zu nutzen, um ihre Neupositionierung zu decken. Sobald sie bereit waren, vor der *Vega* zu kreuzen, sollten sie auf maximale Geschwindigkeit beschleunigen, um sich ihren Weg durch mindestens ein Drittel der feindlichen Flotte zu bahnen und sie die ganze Zeit über mit Plasmatorpedos und Hydra-Raketen zu beschießen. Wenn sie die feindlichen Schiffe nicht bald ausdünnten, würde es schnell ungemütlich werden.

Die simulierte Schlacht, die Pallas für sie entworfen hatte, lief weiter auf dem Bildschirm und den taktischen Anzeigen ab. Als er einen Blick auf die Schadenskontrolltafel warf, stellte Lee erleichtert fest, dass die hellrot blinkenden Bereiche des Schiffes entweder statisch rot oder gelb waren. Er zuckte zusammen, als er sah, dass zwei Teile des Schiffes schwarz waren. Er wusste, dass sich in diesen Abschnitten die Backbord-Torpedowerfer und eine einzelne Batterie von fünfzig Hydra-Raketen befanden. Wenn ein Teil des Schiffes schwarz hervorgehoben war, war er nicht funktionsfähig - er war so beschädigt, dass man ihn während eines Kampfes nicht mehr reparieren konnte. Als er seine Aufmerksamkeit wieder auf den Hauptbildschirm richtete, beobachtete er den Kampf zwischen Coops Jägern und den Hunderten von Zodark-Geiern, die immer noch in den Kampf verwickelt waren.

»Tut mir leid, dass ich dich störe, Coop. Wie sieht es mit den Vultures aus und wo sind deine Valkyries?«, drängte Lee, der mit der Leistung seiner Space Wings noch nicht ganz zufrieden war.

»Immer noch im Einsatz, Admiral. Wir haben im Moment verschiedene Gefechte. Einige finden in einer Entfernung von achtzehntausend Kilometern statt. Andere finden auf Messers Schneide statt«, antwortete Coop, so ruhig wie er konnte.

Im Hintergrund hörte Lee die Geräusche von simuliertem Waffenfeuer und kreischenden Triebwerken, wahrscheinlich von radikalen Manövern bei hohen Geschwindigkeiten. »Ich habe gerade das Logbuch des Geschwaders überprüft - es zeigt an, dass wir siebenundneunzig Vultures und vierunddreißig Glaives abgeschossen haben. Ich habe meine Valk-Geschwader auf diese Korvetten und Fregatten angesetzt - es tut mir leid, dass wir die eine Korvette nicht davon abhalten konnten, die *Vega* mit ihren Torpedos zu treffen. Wir haben das Schiff unter Beschuss genommen. Trotzdem hat sie es geschafft, eine Reihe von Torpedos abzufeuern, bevor sie in die Luft flog. Wir versuchen es, Admiral, wir sind nur zahlenmäßig stark unterlegen«, erklärte Coop, der sein Bestes tat, um Lee auf den neuesten Stand zu bringen, während er selbst offensichtlich noch in eine Art Nahkampf oder Scharfschützengefecht verwickelt war.

Lee seufzte, als er zuhörte. Er hatte irgendwie gehofft, dass es seiner Kampftruppe zu diesem Zeitpunkt der Schlacht besser gehen würde. »Danke, Coop, für das Update. Machen Sie einfach weiter Druck und versuchen Sie, sie auszudünnen«, antwortete Lee schließlich, der nicht wusste, was er zu diesem Zeitpunkt noch sagen sollte. Er wusste, dass sie in Anbetracht der Situation, in der sie sich befanden, das Beste taten, was sie konnten.

Die Schlacht tobte weiter. Die Schiffe manövrierten über Tausende von Kilometern des simulierten Raums. Lee rief Befehle und koordinierte die Anstrengungen seiner Flotte wie ein Meisterdirigent.

»*Artemis*, Kursänderung auf drei-eins-zwei-einsundzwanzig. Feuer auf neuen Feind ausrichten. Entfernung siebenunddreißigtausendfünfhundert Klicks. Zielen Sie auf die Steuerbord-Maschinengondel des Kreuzers. Konzentrieren Sie alle Batterien.«

Auf dem Hauptbildschirm war zu sehen, wie die *Artemis* wendete und ihre Triebwerke aufflammten, als sie die Richtung änderte. Ein neuer feindlicher Kreuzer erschien und wurde größer, je näher die *Artemis* kam. Dann feuerte die *Artemis* eine Reihe von Lasern ab und traf die freiliegende Backbordtriebwerksgondel des Kreuzers. Sie explodierte in einem hellen Blitz und schleuderte Trümmer ins All. Der feindliche Kreuzer kippte zur Seite, und aus dem nun freiliegenden hinteren Teil des Schiffes traten atmosphärische Flüssigkeiten und Gase aus.

»*Orion*«, befahl Lee, »ich brauche Sie bei den Koordinaten fünf-null-null mal zwei-null-null mal minus-drei-fünf-null. Feindlicher Kreuzer versucht, durch unsere Linien zu schlüpfen.«

Der Bildschirm änderte sich und zeigte die *Orion*, die zu den Koordinaten raste. Als sie dort ankam, kam ein feindlicher Kreuzer in Sicht, der versuchte, sich durch eine Lücke zu schleichen. Die *Orion* feuerte eine Salve von Hydra-Raketen ab. Das feindliche Schiff versuchte vergeblich, der Flugbahn der ankommenden Raketen auszuweichen. Als das Sperrfeuer von etwa fünfzehn der zwanzig Hydra-Raketen, die auf den Kreuzer abgefeuert wurden, auf der gesamten Länge des Zodark-Schiffs einschlug, löste es eine Reihe von Explosionen aus, die sich über die gesamte Länge des Schiffs ausbreiteten. Augenblicke später explodierte das gesamte Schiff und zerfiel in mehrere große Trümmerteile.

Lee hatte insgeheim das Gefühl, dass es ihnen gut ging - bis er sah, wie weit sich die *Virginia* und die *Nebraska* von der *Vega* entfernt hatten. Sie hatten sich zu weit vorgearbeitet und waren aus den ineinandergreifenden Feuerfeldern herausgefallen, die sie »*Box*« nannten, ein Mittel, um die Verteidigungswaffen der Kriegsschiffe um einen herum zu nutzen, um sich gegenseitig besser und robuster zu verteidigen, wenn man in einer engen Formation flog.

Lee stellte die Verbindung zu den fraglichen Schiffen her und befahl: »*Virginia, Nebraska*, hier ist die *Vega*. Sie sind über die Box hinausgeschossen. Ziehen Sie sich achttausend Kilometer zurück und bleiben Sie innerhalb der Box. Ende.«

Lee ließ den Bildschirm teilen, damit er sie getrennt beobachten konnte. Als sie auf die *Vega* zurückfielen, muss der Feind dasselbe bemerkt haben wie Lee - die Menge des feindlichen Feuers, das sie traf, nahm nun exponentiell zu. Die Schiffe wurden mit hochenergetischen Laserstrahlen beschossen, die Risse und Wunden in die Rümpfe beider Schiffe rissen. Mehrere Torpedos schlugen in die *Virginia* ein und beschädigten ihre Backbordseite schwer. Der *Nebraska* erging es besser, obwohl ihr Bug beim Zurückweichen schwer beschädigt wurde.

Dann bemerkte Lee, dass auch das führende Zodark-Schlachtschiff seiner Armada zu weit vorausgeeilt war und damit ein ähnliches Schicksal erlitten hatte wie die *Virginia* und die *Nebraska*. Da Lee keine Gelegenheit auslässt, wenn sie sich ihm bietet, ergreift er die Gelegenheit und befiehlt: »Alle Schiffe, zielen Sie auf das führende Schlachtschiff in Richtung Null-Drei-Drei, Markierung Null-Eins-Sieben. Entfernung neunundzwanzigtausend Kilometer. Konzentrieren Sie alle primären Magnetspulen auf das Ziel!«

Alle Schiffe, auch die *Vega*, eröffneten das Feuer. Als die Magrailgeschosse von Lees Schiff einschlugen, vibrierte die Brücke. Wenige Augenblicke später wurde das führende feindliche Schlachtschiff von einer konzentrierten Salve direkt getroffen. Eine gewaltige Explosion durchschlug seinen Mittelteil und ließ das Schiff auseinanderbrechen. Die beiden Schiffshälften drifteten in entgegengesetzte Richtungen, und sekundäre Explosionen sprengten entlang ihrer Länge, als Energiekerne und Munitionslager explodierten.

Rhom überprüfte die Schäden an allen Schiffen der Flotte. »Sir, *Artemis* hat kleine Hüllenbrüche auf Deck drei und vier. *Die Orion* hat nur Oberflächenschäden erlitten. Virginias Steuerbord-Manövriertriebwerke sind ausgefallen, und mehrere Decks weisen Hüllenbrüche auf. Die vorderen Raketentürme der *Nebraska* sind funktionsunfähig, und die vorderen Teile haben Luftdruck verloren. Es gibt keine Berichte über Tote oder Verletzte. Die RNS *Vega*, *Trident* und *Harbinger* arbeiten alle mit hundertprozentiger Kapazität.«

Die feindliche Flotte flog immer näher heran und war nur noch fünfundzwanzigtausend Kilometer entfernt. Lees Augen wanderten zwischen dem Hauptbildschirm und den taktischen Anzeigen hin und her und analysierten die Informationen.

»Reynolds, bringen Sie uns auf Kurs null-neun-zwei Punkt vier-sechs. Rhom, bereiten Sie den Abschuss einer weiteren Salve von Antischiffsraketen vor. Zielen Sie auf ihren neuen Hauptkreuzer. Ich will, dass die Geschosse auf Annäherungsdetonation eingestellt werden.«

»Aye, Sir. Bewaffnet und bereit.«

»*Artemis*, *Orion*«, sagte Lee, »konzentrieren Sie das Feuer auf den Kreuzer, den zweiten von der Spitze, Vektor Null-Neun-Acht Markierung Fünf-Drei. *Virginia*, *Nebraska*, gebt unseren Jägern Deckung.«

Lee nickte, ohne den Blick von der taktischen Anzeige zu nehmen. »*Artemis*, *Orion*, feuert auf mein Zeichen. Drei... zwei... eins... Ziel!«

Der Raum um die *Vega* leuchtete auf, als die Raketen auf ihre Ziele zuflogen. Lee hielt den Atem an und zählte die Sekunden bis zum Einschlag.

Raketen flogen auf den führenden Kreuzer zu, der den Angriff scheinbar ohne große Wirkung absorbierte. Einen Moment lang passierte nichts. Dann, ganz unerwartet, begann die Hülle des Kreuzers aufzuplatzen. Seine Form verzerrte sich, wölbte sich an einigen Stellen nach außen und brach an anderen ein. Die Oberfläche des Schiffes glitzerte in einem schillernden Licht, das immer heller wurde, bis der Anblick schmerzhaft war.

Der Kreuzer implodierte mit einem lautlosen Blitz und stürzte in sich zusammen. Wo kurz zuvor noch ein riesiges Kriegsschiff gestanden hatte, schwebte nun eine perfekt leuchtende Kugel, nicht größer als ein Strandball. Die Kugel pulsierte einmal, zweimal, dann erlosch sie und hinterließ nichts als eine leere Stelle im Sternenfeld.

Das Gleiche geschah mit dem zweiten Kreuzer hinter dem nun verschwundenen feindlichen Hauptschiff. Auch er verwandelte sich in eine Kugel, blinzelte hinaus und verschwand.

Eine Millisekunde lang runzelte Lee die Stirn. *Das muss eine Störung im Simulationsprogramm sein.*

Das Funkgerät erwachte zum Leben und Coops Ton durchdrang die dichte Atmosphäre. »Admiral, unsere Streitkräfte sind beschädigt. Die Vultures sind uns zahlenmäßig deutlich überlegen. Die feindliche Verstärkung ist gestartet. Wir haben weitere sechshundert feindliche Sternenjäger entdeckt, die unsere Position umschwärmen. Ich wiederhole, wir sind jetzt deutlich in der Unterzahl.«

Lees Kiefer krampfte sich zusammen, und seine Gedanken überschlugen sich mit möglichen Lösungen. Er wusste, dass Coop nicht um Hilfe rufen würde, es sei denn, die Lage wäre ernst. In der Stimme des Kapitäns lag ein Hauch von Anspannung, den Lee selten zuvor gehört hatte.

»Verstanden, Coop«, antwortete Lee. »*Trident, Harbinger,* brechen Sie die Formation auf und geben Sie unseren Jägern Feuerschutz.«

Während die Befehle weitergegeben wurden, wirbelten in Lees Kopf weitere Möglichkeiten herum. Das war der Grund, warum sie diese Simulationen durchführten, erinnerte er sich. Um zu lernen, um sich anzupassen, um unerwartete Herausforderungen zu meistern. Manchmal wurden in der Simulation absichtlich Unmöglichkeiten geschaffen, was gut war. Das hielt den Kapitän bei der Stange und die Besatzung auf dem neuesten Stand. Er untersuchte die taktische Anzeige und notierte sich die Positionen der einzelnen Schiffe, der einzelnen Jagdgeschwader.

Lee hat sich mit allen Schiffen und Jägern verbunden. »Wir wechseln zur Viper-Formation Delta. *Artemis, Orion,* verdichten Sie Ihren Umkreis. *Virginia, Nebraska,* zieht euch auf die Koordinaten Fünf-Null-Null um Drei-Null-Null zurück. Wir werden eine »Kill Box« für diese Vultures schaffen.

Während er sprach, flogen die feindlichen Sternenjäger an den Zodark-Schiffen vorbei auf *Vega* und ihre Flotte zu.

»Geier neuntausend Kilometer und näher kommend. Nächstgelegener feindlicher Kreuzer, siebzehntausend Kilometer«, sagte Rhom.

Lee sah sich das Holo an. Neun Torpedos steuerten auf ihr Schiff zu. »Rhom, Punktverteidigung einleiten! Zielen Sie mit Laserfeuer auf die Torpedos!«

Rhom gab die Befehle in die taktische Konsole ein. »Aktiviere Punktverteidigungssystem, Admiral!«

Die Laserbatterien des Schiffes erwachten zum Leben und schleuderten schnelle Energieimpulse auf die ankommenden Geschosse. Helle Blitze erhellten den Bildschirm, als sechs Torpedos vorzeitig detonierten und von dem präzisen Laserfeuer zerrissen wurden. Drei Torpedos schlüpften jedoch durch den Verteidigungsschirm.

»Aufprall vorbereiten!« rief Lee.

Das Schiff schüttelte sich heftig, als die Torpedos in die Steuerbordseite einschlugen. Die Brücke wackelte und die Alarme schrillten.

»Schadensbericht!« rief Lee und beruhigte sich, während das Schiff die Katastrophe um sie herum simulierte.

Rhom rief den Schadensbericht auf. »Captain, wir haben erhebliche Schäden am Steuerbordrumpf erlitten. Die Decks fünf bis acht sind beschädigt und die Notfallprotokolle sind in Kraft. Die Hauptenergie ist schwankend. Wir haben dreißig Prozent unserer Waffensysteme auf der Steuerbordseite verloren. Der Maschinenraum meldet, dass die Steuerbordgondel einen Volltreffer erlitten hat und die FTL-Fähigkeit beeinträchtigt ist. Die Lebenserhaltung hält, aber wir verlieren Atmosphäre in den Sektionen 12 und 14. Es kommen Berichte über Verletzte von mehreren Decks rein.«

Admiral Lee tippte auf sein Kommunikationsgerät. »Maschinenraum, wie ist der Status da unten?«

Chefingenieur MacGregor sprach durch die Lautsprecher, unterbrochen von simulierten Hupen. »Admiral, wenn dies keine Simulation wäre, würden wir bis zum Hals in Stromstößen stecken! Im Moment erleiden wir überall kritische Schäden. Die Triebwerke zwei und sechs sind komplett ausgefallen, und der Rest schreit um Gnade. Bei allem Respekt, Sir, Sie müssen diesen Vogel besser fliegen, wenn wir in einem echten Kampf überleben wollen.«

»Zur Kenntnis genommen, Chief. Das nächste Mal werde ich versuchen, den Torpedos auszuweichen. Vielleicht könnten Sie das Schiff ein bisschen schneller machen?«

»Aye, Sir«, antwortete MacGregor. »Ich werde sehen, was ich tun kann, um unsere Manövrierfähigkeit für die nächste Runde zu verbessern. Aber denken Sie daran, auch ich kann nicht aus einem Schweineohr einen Seidenbeutel machen.«

Als Lee gerade antworten wollte, fiel sein Blick wieder auf den Hauptbildschirm. Die feindlichen Sternenjäger kamen schnell näher, zweitausend Kilometer entfernt. Die Kreuzer und Schlachtschiffe der Zodarks waren nur noch achttausend Kilometer von der *Virginia* und zwölftausend Kilometer von der *Vega* entfernt.

Der Simulator wollte den Nahkampf, und er wollte uns überwältigen. Wir werden nicht mit einem Erfolg aus dieser Sache herauskommen.

»Coop«, rief Lee, dessen Finger bereits neue Koordinaten auf die Schnittstelle seines Stuhls tippten, »ich sende Ihnen einen neuen Angriffsvektor. Bringen Sie Ihre Geschwader auf Kurs drei-eins-vier, Markierung zwei-zwei. Wir werden diese Vultures direkt in unsere wartenden Geschütze leiten.«

»Verstanden, Admiral«, sagte Coop.

Auf dem Bildschirm führten Coops Jäger das Manöver fehlerfrei aus, als sie sich zurückzogen und auf *Vega* zusteuerten.

»Ich zähle zwanzig Torpedos, die auf uns zukommen, Einschlag in fünf Sekunden, Sir«, berichtete Rhom. »Ich schieße so viele wie möglich ab. Sechzehn übrig. Vierzehn. Zwölf.«

Der Bildschirm blitzte auf, als die Torpedos detonierten. Ihre Annäherungszünder lösten eine gewaltige Kettenreaktion von Explosionen aus, von denen eine Handvoll *die Vega* frontal traf.

Das mächtige Schiff gab einen simulierten Ruck und bebte dann. Die Brücke schwankte, holografische Funken sprühten aus den Konsolen und zeigten simulierte Schäden. Der Bildschirm flackerte, statische Störungen durchschnitten das Bild der angreifenden Schiffe.

»Schadensbericht!« forderte Lee.

»Rhoms Konsole ist außer Betrieb«, sagte Sato und holte ihren holografischen Bildschirm aus der Armlehne ihres Stuhls. »Panzerung bei einunddreißig Prozent, Captain. Hüllenbrüche auf den Decks vier bis sieben.«

Lee suchte nach Möglichkeiten. Sie brauchten mehr Kraft, mehr Geschwindigkeit, mehr von allem, wenn sie diese Begegnung überleben wollten.

»Schubumkehr!« befahl Lee.

»Die Motoren reagieren nicht, Admiral«, sagte Reynolds von der Navigation.

»Maschinenraum«, sagte Lee in sein Funkgerät. »MacGregor, wir brauchen mehr Energie!«

Die Stimme des Chefingenieurs kam angespannt zurück. »Der simulierte Reaktor ist bereits zu 110 Prozent ausgelastet. Noch mehr und wir riskieren einen Bruch. Wenn das passiert, sind wir aufgeschmissen.«

»Leiten Sie die Notstromversorgung auf die Manövriertriebwerke um«, befahl Lee. »Und geben Sie mir eine Feuererlaubnis für den Kreuzer mit der Peilung zwei-sieben-NullReichweite sechstausend Kilometer!«

»Abschusslösung bereit, Sir.« Rhom blinzelte mit den Augen gegen das Leuchten des Monitors an. »Alle vorderen Waffen gesichert und geladen.«

»Feuert alles, was wir haben!«

Der Bildschirm hellte sich auf, als die *Vega* ihr gesamtes Arsenal entfesselte. Raketen rasten durch den Weltraum und hinterließen feurige Spuren in ihrem Kielwasser. Laser pulsierten mit tödlicher Energie und schnitten durch die Leere auf ihr Ziel zu. Wolframgeschosse explodierten aus den Magnetschienen.

Der Zodark-Kreuzer versuchte, auszuweichen. Seine Triebwerke flammten auf, als er versuchte, seinen Angriffslauf abzubrechen.

Die erste Rakete schlug ein, ihre Detonationen durchschlugen den Unterboden des Kreuzers. Es folgten Laser, die tiefe Wunden in den feindlichen Bug ritzten. Als der Kreuzer seine Fahrt fortsetzte, durchschlugen Magnetspulen seine Backbordseite.

»Volltreffer!« brüllte Rhom. »Mehrere Hüllenbrüche entdeckt!«

Ein weiterer verheerender Treffer erschütterte die *Vega* und schickte Schockwellen durch den Rumpf. Die Brückenlichter flackerten auf und ab und stürzten die Besatzung für einen Moment in die Dunkelheit, bevor sie wieder zum Leben erwachten.

»Waffen außer Betrieb, Sir. Wir sind wehrlos.« Rhoms Schultern sackten ein wenig zusammen.

»*Virginia, Nebraska*, ich brauche dich...«

Bevor Lee seinen Satz beenden konnte, zerbrach die holografische Darstellung der *Vega* auf dem Haupt-Holodisplay unter unerbittlichem feindlichem Feuer. Teile des einst so stolzen Schiffes verstreuten sich über die simulierte Leere.

Die Worte »SIMULATION BEENDET« leuchteten auf allen Bildschirmen auf der Brücke auf und tauchten die Besatzung in grelles rotes Licht. Lee zog eine Grimasse und ballte unwillkürlich die Faust. Manchmal stellte der Simulator sie mit dem Unmöglichen auf die Probe, aber zum Besseren. Immer zum Besseren.

»Setzen Sie die Simulation zurück. Wir machen es noch einmal, und dieses Mal übertreffen wir unsere bisherigen Bemühungen.« Lee stand auf, seine Haltung war gerade, als er zu seiner Crew sprach. »Hört zu, Leute. Wir werden diesen Raum nicht verlassen, bis wir das richtig gemacht haben. Jede Bewegung, jeder Befehl, jede Reaktion muss perfekt sein. Wir müssen den Rost abstreifen, der noch in uns steckt.«

Lees Gedanken schweiften kurz zu seinem Mentor, James Oldendorf, ab. Der beste Kapitän, unter dem er je gedient hatte, ein Mann, dessen unerbittliches Streben nach Perfektion Lee zu dem Anführer geformt hatte, der er heute war. Er konnte fast Oldendorfs Stimme hören, die ihn dazu drängte, noch härter zu arbeiten, mehr von sich und seiner Mannschaft zu verlangen.

»Ich habe einmal unter einem Captain gedient, der den Wert dieser Simulationen verstanden hat«, fuhr Lee fort, wobei seine Stimme einen persönlicheren Ton annahm. »Captain James Oldendorf. Er hat die gleichen Szenarien immer wieder durchgespielt, unsere Reaktionen optimiert und unsere Fähigkeiten verfeinert, bis wir ohne nachzudenken reagieren konnten. Es war eine zermürbende, anstrengende Arbeit, aber sie hat uns öfter das Leben gerettet, als ich zählen kann. Wir werden diese Simulation also noch einmal durchführen. Und wieder. Und immer wieder. Bis jeder von uns seine Aufgaben im Traum und im Albtraum erfüllen kann. Bis wir die Schritte des anderen vorhersehen können, bevor sie geschehen. Bis wir eine einzige, unaufhaltsame Kraft sind, die es mit allem aufnehmen kann, was der Feind uns vorsetzt.«

Einer nach dem anderen nickte und richtete sich in seinen Sitzen auf. Sie kehrten zu ihren Konsolen zurück und setzten ihre Stationen zurück. Lee lehnte sich in seinem Stuhl zurück und stellte sich die letzte Schlacht vor seinem geistigen Auge vor, analysierte jede Bewegung, jede Entscheidung, die zu ihrer Niederlage geführt hatte.

Er sah, wie die *Vega* von ihren Begleitschiffen flankiert wurde und einen engeren Verteidigungsring bildete. Kampfflugzeuge schwärmten in Mustern aus und lenkten das feindliche Feuer von den verwundbaren Schiffen der Republik ab. Er stellte sich koordinierte Raketenangriffe vor, die zeitlich so abgestimmt waren, dass sie mit präzisen Magrail-Sperrfeuern zusammenfielen.

Lees Finger klopften rhythmisch auf die Armlehne seines Stuhls, während er über verschiedene Ansätze nachdachte. Vielleicht könnten sie das Trümmerfeld der zerstörten Schiffe als Deckung nutzen oder ihre Signaldisruptoren so programmieren, dass sie die Frequenzen schneller wechseln, um die feindlichen Zielsysteme zu verwirren.

Er dachte über die Taktiken der Zodarks nach, auf die sie gestoßen waren, und suchte nach Schwachstellen, die sie ausnutzen konnten. Ihr Vertrauen in die Überzahl könnte mit der richtigen Strategie gegen sie verwendet werden. Wenn er einen Weg finden könnte, ihre Streitkräfte zu teilen, wichtige Schiffe zu isolieren und auszuschalten...

Als die Simulation wieder in Bereitschaft versetzt wurde, erwachte die Brücke wieder zum Leben. Holos blinzelten zum Leben, als die simulierte Schlacht von neuem begann. Lee holte tief Luft und konzentrierte sich. Diesmal würde es anders sein. Diesmal würden sie siegen.

Neunzehntes Kapitel

Ende September 2114
RNS *Vega*
Titan Training Facility

Der Büroraum, normalerweise ein Hort der Ordnung, fühlte sich jetzt wie ein elektrisches Durcheinander an. Karten flackerten an den Wänden, jede einzelne eine Erinnerung an die Mission, die jedem auf der RNS *Vega* bevorstand. Hier stand Admiral Lee vor seinem Schreibtisch.

Lee trommelte mit den Fingern auf seinen Oberschenkel. Die Systeme Pfeinstgard und Gravaxia waren schon seit Wochen in aller Munde. Geheimdienstberichte, Truppenbewegungen, Versorgungsketten - alles lief auf die letzte Kampagne hinaus, die Invasion des Zodark-Raums.

Er warf einen Blick auf den Chronometer auf seinem Schreibtisch. Zehn Minuten, bis er auf der Brücke sein musste. Zehn Minuten, um seine Gedanken zu sammeln und sich für die bevorstehenden Herausforderungen zu wappnen. Lee holte tief Luft und atmete den vertrauten Geruch der recycelten Luft ein, der jedes Raumschiff durchdrang.

Vor acht Wochen hatten sie mit der Ausbildung begonnen. Heute brachen sie auf und gingen an die Front.

Er betrachtete ein gerahmtes Foto auf seinem Schreibtisch. Eine jüngere Version von ihm stand neben Captain James Oldendorf, beide grinsten nach einer erfolgreichen Trainingsübung. Lees Kehle schnürte sich zu. *Was würde Oldendorf in dieser Situation tun?* Die Frage gab ihm wie immer Trost und ein neues Gefühl der Zielstrebigkeit.

Lee richtete seine Uniform, zupfte an den Manschetten und glättete die nicht vorhandenen Falten. Jedes Detail war wichtig. Die Mannschaft würde von ihm Stärke und Führungsqualitäten erwarten. Er konnte es sich nicht erlauben, auch nur die geringste Spur von Unsicherheit oder Müdigkeit zu zeigen, vor allem nicht nach dieser letzten Woche - der schwierigsten und zermürbendsten Zeit, die er oder irgendein Mitglied seiner Crew je durchgemacht hatte.

Mit einem letzten Blick in sein Büro ging Lee auf die Tür zu. Seine Hand hatte gerade das Bedienfeld der Tür gestreift, als ein scharfer, eindringlicher Piepton durch die Luft schallte. Lee erstarrte, seine Finger schwebten nur wenige Zentimeter von der Oberfläche der Tür entfernt.

Der Piepton ertönte erneut, diesmal dringender. Lees Stirn legte sich in Falten, als er sich wieder seinem Schreibtisch zuwandte - die Kommunikationskonsole pulsierte mit einem roten Licht, das eine vorrangige Nachricht auf einem sicheren Kanal anzeigte.

Lee durchquerte den Raum in drei langen Schritten. *Eine sichere Nachricht kurz vor dem Abflug?* Das konnte bedeuten, dass eine Befehlsänderung oder neue Informationen eingetroffen waren, die etwas verändert hatten - Informationen, die die Parameter ihrer Mission dramatisch verändern konnten.

Er drückte seine Handfläche gegen den biometrischen Scanner der Konsole. Der Holobildschirm des Pults leuchtete auf. Auf ihm materialisierte sich ein dreidimensionales Bild des offiziellen Siegels der Republik.

Das Hologramm veränderte sich, der Bildschirm wurde weiß, bevor eine Nachricht erschien:

// STRENG GEHEIM // NUR FÜR DIE AUGEN//
»DRINGEND: An Konteradmiral Ripley Lee. Sie sollen Oberst Jeremy Eliason, Kommandeur, 2. Regiment, 3. Spezialkräftegruppe, und Hauptmann Tim Haas, Kommandeur, ODA3236, Charlie Company, 2. Regiment, 3. Spezialkräftegruppe, unverzüglich nach Fort Yarborough auf New Eden im Rhea-System begleiten. Nach Ihrer Ankunft in Fort Yarborough werden Sie sich im Hauptquartier der Spezialeinheiten der Republikanischen Armee und später im Büro des Vizekönigs melden, um sich mit Vizekönig Miles Hunt, dem Leiter des Weltraumkommandos, Flottenadmiral Chester Bailey, und dem Stabschef der Armee, Generalfeldmarschall John Reiker, zu beraten. ENDE DER NACHRICHT.«
// STRENG GEHEIM // NUR FÜR DIE AUGEN//

Lee blinzelte, nachdem er die kurze Nachricht gelesen hatte, und fragte sich, was sie bedeutete und warum *er* angewiesen worden war, zwei Offiziere der Army Special Forces nach New Eden zu begleiten. Was konnte in letzter Zeit geschehen sein, das die Aufmerksamkeit des Vizekönigs und der Oberhäupter von Navy und Army auf sich gezogen hatte? Was auch immer es war, er war gerufen worden. Tatsächlich hatte er gerade eine Nachricht von Colonel Eliason erhalten, dass er und Captain Haas einen Transport zur *Vega* nehmen würden und in zwanzig Minuten zu ihm stoßen würden.

Verdammt, zwanzig Minuten sind nicht gerade viel Zeit, um Sato zu informieren, stellte Lee fest. Was ihn wirklich störte, war das Fehlen eines Zusammenhangs oder Grundes hinter dieser dringenden Anfrage. *Es klingt, als hätte sich jemand in der Armee in ernsthafte Schwierigkeiten gebracht, aber warum sollte ich da hineingezogen werden?*

Während er eilig seine Reisetasche packte, ging Lee die jüngsten Ereignisse im Kopf durch und versuchte herauszufinden, worum es hier gehen könnte. Seit er die Akademie verlassen hatte, hatte er eine glänzende Bilanz vorzuweisen. Er war sich keiner Fehler oder Unfälle bewusst, die er auf dem Weg dorthin begangen hatte und die ihm jetzt, am Vorabend seiner erneuten Verlegung an die Front, zum Verhängnis werden könnten.

Er seufzte vor sich hin. Befehle waren Befehle, besonders wenn sie von ganz oben kamen. *Ich werde warten müssen, bis ich dort bin.*

Lee aktivierte die Kommunikationsverbindung zur Flugleitzentrale und verband sich mit dem diensthabenden Offizier. »Hier spricht Admiral Lee«, verkündete er. »Ich brauche MARS028 und seine Flugbesatzung für den Abflug in dreißig Minuten nach Fort Yarborough, New Eden. Sagen Sie dem Piloten, dass wir nicht länger als sechsundneunzig Stunden weg sein sollten. Oh, und es ist ein Shuttle von der *Maddox* auf dem Weg hierher. Geben Sie ihnen eine vorrangige Landeerlaubnis und gewähren Sie ihnen jede Unterstützung, die Oberst Eliason und Kapitän Haas benötigen, um zu mir an Bord von MARS028 zu kommen.«

»Ja, Sir«, antwortete der diensthabende Offizier. »Wir zeigen MAD011 im Anflug auf Docking Bay 2-Alpha. Ich werde sie stattdessen zur Andockbucht 3-Alpha umleiten. Dort ist MARS028 geparkt und wird bereit gemacht, Admiral. Gibt es sonst noch etwas?«, fragte er.

»Nein, Leutnant. Das wäre dann alles«, bestätigte Lee, bevor er die Verbindung beendete.

Lee forderte seinen XO und den Chef des Bootes auf, sich so schnell wie möglich in seinem Büro zu melden. Er musste sie auf den neuesten Stand bringen und sicherstellen, dass das Schiff und der Rest der Flotte ihre letzten Vorbereitungen für den Einsatz fortsetzten.

Er atmete tief durch, setzte sich an seinen Schreibtisch und begann, wichtige Missionsprotokolle, die er möglicherweise benötigte, auf ein sicheres Datapad herunterzuladen. Er tippte auf der Konsole, wählte Dateien aus und verschlüsselte sie. Da er nicht wusste, worum es bei diesem Treffen ging, entschied er sich dafür, die Missionsprotokolle ihres letzten Einsatzes mitzubringen, für den Fall, dass diese Ereignisse irgendwie damit zusammenhingen.

Während er auf die Ankunft seines Stellvertreters wartete, widmete Lee seine Aufmerksamkeit der anstehenden Aufgabe. Er zog eine Schublade auf und entdeckte eine kleine, verzierte Schachtel. Darin befand sich eine Sammlung persönlicher Gegenstände - ein abgenutztes, in Leder gebundenes Tagebuch, eine Taschenuhr, die seinem Vater gehört hatte, ein glatter Flussstein von der Erde und eine Halskette mit einem Kreuzanhänger. Lee steckte jeden Gegenstand in eine kleine Reisetasche, nur für den Fall, dass er nicht zurückkehren würde oder ihm ein anderer Posten zugewiesen wurde.

Plötzlich piepte es an der Tür, was Lee aus irgendeinem Grund aufschrecken ließ.

»Herein«, rief er.

Die Tür glitt auf. Lee blickte auf und sah seinen XO, Captain Sato, mit ihrer großen, schlanken Gestalt in der Tür stehen. Sie musterte den Raum, nahm Lees Reisetasche und den Zustand seines Schreibtischs in Augenschein. Ihre Haltung versteifte sich ein wenig, ein subtiles Zeichen dafür, dass sie spürte, dass sich etwas verändert hatte.

»Sie wollten mich sprechen, Admiral?« fragte Captain Sato, als sie Lees Quartier betrat.

»Das tue ich, Captain. Ich habe gerade einen dringenden Befehl erhalten, ein paar Offiziere der Special Forces nach Fort Yarborough auf New Eden zu begleiten. Ich habe keine Ahnung, warum, und selbst wenn ich es wüsste, wäre es mir aus Gründen der operativen Sicherheit nicht gestattet, darüber zu sprechen. Als Kapitän der *Vega* und ranghöchster Offizier der Flotte ernenne ich Sie mit sofortiger Wirkung zum vorläufigen Flottenkommandeur, bis ich zurückkehre«, erklärte Lee dem verdutzten Sato schnell.

»Ich habe nicht mehr viel Zeit, bevor ich aufbrechen muss, Sato, aber ich vertraue Ihnen. Ich möchte, dass Sie sich mit der Flotte zu unserem ersten Wegpunkt, Intus, begeben. Dort werden Sie während des Hafenaufenthalts zusätzliche Vorräte und Personal an Bord nehmen, darunter acht Primord-Schwertransporter, die als Teil unserer Flotte reisen werden. Wir werden nur fünf Tage im Hafen bleiben, was mehr als genug ist, um die anstehenden Aufgaben zu bewältigen. Sollte ich mich bis dahin nicht mit Ihnen in Verbindung gesetzt haben, möchte ich, dass Sie mit der Flotte wie geplant nach Pfeinstgard weiterreisen. Die Primord-Garnison wartet auf die Versorgungsschiffe, die sich mit unserer Flotte vereinigen. Es ist wichtig, dass wir diese Vorräte liefern, während die Vorbereitungen für die nächsten Operationen weitergehen. Sollte sich aus irgendeinem seltsamen Grund mein Status als Flottenkommandant ändern, werde ich Ihnen eine sichere Nachricht schicken und mein Bestes tun, um zu erklären, was passiert ist. Haben Sie Ihre Befehle verstanden, Captain Sato?«

Satos Augen weiteten sich vor Schreck. Sekunden später brachte sie ihre Miene wieder auf professionelle Neutralität. Ihr Rückgrat richtete sich auf, als sie den Ernst von Lees Worten verstand und die größere Verantwortung übernahm.

»Ja. Verstanden, Sir«, antwortete Sato. »Ich werde dafür sorgen, dass alle Operationen während Ihrer Abwesenheit reibungslos ablaufen. Geht noch etwas anderes vor?«, drängte sie. »Etwas, von dem ich wissen sollte, Sir?«

Lee lächelte, während er den Kopf schüttelte. »Das ist im Moment noch unklar. Die Situation ist... unklar. Ja, das ist das Wort, das mir in den Sinn kommt. Im Moment werde ich wie ein Pilz behandelt... Sie wissen schon, im Dunkeln gelassen und mit Mist gefüttert«, antwortete er und erntete ein Lachen. »Sobald ich mehr weiß, werde ich es weitergeben. Was auch immer es ist, es wird hoffentlich schnell geklärt und ich kann zur *Vega* zurückkehren.«

Er stand auf und ging um seinen Schreibtisch herum. »Captain, ich weiß, das kommt plötzlich, vor allem, weil wir kurz vor der Front stehen. Auf meinem Schreibtisch befindet sich ein gesichertes Datapad mit allen wichtigen Informationen, die Sie benötigen: die Gefechtspläne, die wir während unserer monatelangen Ausbildung durchgespielt haben, sowie die Notfallpläne für die unzähligen Szenarien und die neuesten Geheimdienstberichte, die sich auf unseren Verantwortungsbereich beziehen. Ich habe auch meine persönlichen Notizen beigefügt, falls Sie sie lesen wollen.«

Sato nickte. »Ich werde alles gründlich überprüfen, Sir.«

»Gut«, sagte Lee. Er zögerte einen Moment, dann fuhr er fort: »Sato, Sie wissen so gut wie ich, dass die Lage in Pfeinstgard und in der Grenzregion brisant ist. Verlassen Sie sich auf Ihren Instinkt, aber zögern Sie nicht, sich mit den leitenden Angestellten zu beraten, insbesondere mit dem Chef des Bootes - er kennt die Besatzung gut und weiß, wie es um sie steht. Vergessen Sie nicht, Commander Connor Rhom von der taktischen Abteilung einzubinden. Ich denke, er hat einige wertvolle Erkenntnisse über die jüngsten Bewegungen des Feindes.«

»Aye, Admiral. Ich werde die Expertise des Teams voll ausschöpfen.«

»Ich habe volles Vertrauen in Ihre Fähigkeiten, Captain. Dieses Schiff, diese Mannschaft - sie sind in guten Händen. Denken Sie daran, dass im Kampf entschlossenes Handeln entscheidend ist. Zweifeln Sie nicht an sich selbst.«

»Aye, Sir. *Die Vega* wird für alles bereit sein, was auf uns zukommt.«

»Ich weiß, dass sie das wird«, sagte Lee. Er streckte seine Hand aus, die Sato fest schüttelte.

»Gute Reise, Admiral«, sagte sie.

»Und sollte ich aufgehalten werden, dann gute Jagd, Captain«, antwortete Lee. »Wegtreten.«

Als Sato sich zum Gehen wandte, fügte Lee hinzu: »Oh, und, Sato? Behalten Sie den Maschinenraum im Auge. MacGregor hat die Triebwerke in letzter Zeit bei den Übungen stark beansprucht. Wir brauchen vielleicht die zusätzliche Leistung, aber stellen Sie sicher, dass er sie nicht ausbrennt, bevor wir den Feind angreifen.«

»Verstanden, Sir. Ich werde sie in Schach halten.«

Nachdem Sato gegangen war, griff Lee nach seiner Tasche, seine Finger schlossen sich um den Riemen. Er verließ sein Büro und ging auf den Korridor.

Der Gang draußen erstreckte sich endlos vor ihm, die vertrauten Wände und Einbauten verschwammen, als Lee seinen Schritt beschleunigte. Die Besatzungsmitglieder wichen ihm aus, während er weiterging, und ihre neugierigen Blicke prallten an seiner steinernen Miene ab. Ein Admiral, der am Vorabend einer wichtigen Mission seinen Posten verlässt, mit seiner Reisetasche in der Hand? Sie wussten, dass etwas im Busch war. Es war etwas noch nie Dagewesenes, etwas, das wochenlang für Aufsehen sorgen würde.

Als er sich dem Turbolift näherte, erblickte Lee sein Spiegelbild in einem polierten Schott. Einen Moment lang erkannte er den Mann, der ihn anschaute, kaum wieder. Die Falten um seine Augen hatten sich vertieft, sein Mund war mehr oder weniger zu einem Stirnrunzeln verzogen. Stress macht sich bei einem Kapitän bemerkbar - bei ihm während der monatelangen Ausbildung anscheinend noch mehr.

Die Fahrstuhltüren öffneten sich, und Lee trat ein. Als sie sich hinter ihm schlossen, sagte er: »Docking Bay 3-Alpha«.

Was auch immer der Vizekönig und der Flottenadmiral vorhaben, ich werde es frontal angehen, beschloss er.

Der Turbolift wurde langsamer. Die Türen öffneten sich und gaben den Blick auf das geschäftige Treiben in der Andockbucht frei. Lee stieg aus und ging auf das Multipurpose Advanced Response Ship oder MARS zu. Dabei handelte es sich um ein FTL-fähiges Schiff für Führungskräfte, das die Navy für hochrangige Militäroffiziere erworben hatte, die einen speziellen interstellaren Transport benötigten. Lee benutzte das Luxusschiff nur selten, obwohl es ein Vorteil seiner Position war; er fühlte sich seltsam, an Bord eines solchen Luxusschiffes zu reisen.

Als er sich dem Schiff näherte, entdeckte Lee Oberst Eliason und Kapitän Haas, die in der Nähe des Schiffes standen und geduldig darauf warteten, dass er an Bord ging, bevor sie ihm folgten.

»Guten Morgen, Admiral«, begrüßte Oberst Eliason, als Lee an Bord kam. »Haben Sie eine Idee, worum es hier gehen könnte?«

Lee stellte seine Reisetasche neben dem übergepolsterten Ledersessel in der Kabine hinter dem Flugdeck ab. Er setzte sich in den Sessel und bedeutete dem Colonel mit einer Hand, sich ihm gegenüber zu setzen. »Ehrlich gesagt, ich habe keine Ahnung. Wenn ich die Schiffe zähle, die hier zu unserer Flotte gehören, und die, die noch in Pfeinstgard sind, habe ich mehr als einundsechsundvierzig Kriegsschiffe unter meinem Kommando. Ich bin sicher, wenn wir erst einmal hier sind, wird uns jemand aufklären.«

Zwanzigstes Kapitel

30 Stunden später
Allianzstadt, New Eden

Admiral Lee beobachtete durch das Sichtfenster, wie das Shuttle durch die Atmosphäre von New Eden sank. Als das Shuttle unter die Wolkendecke fiel, offenbarte es die üppige, dicht bewaldete Landschaft, die sich von den hoch aufragenden Bergen westlich der Hauptstadt des Planeten - Emerald City - erstreckte. Die als Planstadt angelegte Stadt wurde entlang der türkisfarbenen Küste des Ozeans des Planeten errichtet. Wie die Nabe eines Rades erstreckten sich ihre Speichen in verschiedene Richtungen und verbanden New Cambria, Londonian und Alliance City mit Verkehrsknotenpunkten wie Hyperloops, Magnetbahnnetzen und mehrspurigen Autobahnen.

Als der Pilot den Sinkflug in Richtung New Eden fortsetzte, steuerte er das Shuttle schließlich von der Hauptstadt weg in Richtung Alliance City. Jedes Mal, wenn Lee New Eden besuchte, staunte er über die Fortschritte, die bei der Fertigstellung der neuen Wolkenkratzer gemacht worden waren, die wie Unkraut in einem Garten wuchsen. Sicher, die hoch aufragenden Gebäude waren wunderschön. Aber Lee konnte nicht umhin, sich zu fragen, ob solche Megastädte ideal waren, um eine Familie großzuziehen, anstatt dass sie eine weitere Zersiedelung und das Entstehen kleinerer Städte zuließen. Da er selbst keine Familie hatte, beschloss Lee, dass er in diesem Kampf nichts zu suchen hatte, und enthielt sich vorerst bei lokalen Abstimmungen, die sich mit solchen Fragen befassten, der Stimme.

»Sir, wir nähern uns Alliance City. Wir sollten in Kürze auf dem Boden sein«, verkündete der Pilot, als sie ihren letzten Anflug auf den Raumhafen begannen.

Lee nickte. »Danke, Leutnant Reaves. Sagen Sie der Flugleitung, dass ich eine Fahrt und eine Eskorte zu dem Gebäude brauche, in dem sich das Büro des Vizekönigs befindet. Mann ... es hat sich so viel verändert, seit ich letztes Jahr hier war.«

»Aye, Admiral. Das stimmt«, antwortete Reaves und zeigte dann in die Ferne. »Diese drei Türme sind neue Eigentumswohnungen, die kürzlich fertiggestellt wurden. Der einzige Grund, warum ich etwas darüber weiß, ist mein Schwager, der sich sehr für Immobilien interessiert. Er hat mich davon überzeugt, ein paar Einheiten in einem dieser Türme zu kaufen.«

»Keine schlechte Idee, Lieutenant«, kommentierte Lee und lenkte sich mit Smalltalk davon ab, über den Grund seiner Berufung nachzudenken, der immer noch ein großes Rätsel war.

Als sie sich der Hauptstadt der Allianz näherten, schien die Üppigkeit des doppelt und dreifach bewachsenen Dschungels sie in eine eigene Welt einzuhüllen. Was den autonomen Stadtstaat Alliance City von den anderen Städten New Edens abhob, war die Vielfalt in Stil und Bauweise der verschiedenen Stadtteile. Einige Bereiche der Stadt waren auf Altairianer ausgerichtet, andere auf die Tully. Auch die Ry'lianer, die Primords und die Menschen hatten alle ihre eigenen Bereiche, die sich durch das Design und die Kultur der jeweiligen Gruppe auszeichneten.

»Vega One Actual, Flugkontrolle One-One. Sie haben grünes Licht für die Landung auf Rampe Charlie Fünf«, verkündete eine Stimme von Flight Ops über den Lautsprecher des Shuttles.

Lee hörte, wie Leutnant Reaves den Befehl bestätigte und auf der Rampe Charlie Five landete.

Die Triebwerke schalteten sich ab, und die leichte Verschiebung der Schwerkraft signalisierte das Aufsetzen der Maschine. Lee stand auf und griff nach seiner Flugtasche, als die Kabinentür aufglitt. Ein Captain der republikanischen Armee trat ein, um ihn zu begrüßen.

»Admiral Lee, willkommen auf New Eden. Ich bin Captain Lam von der Provost's Office«, sagte er. »Ich wurde angewiesen, Sie sofort nach der Landung Ihres Shuttles abzuholen und Sie zum Vizekönig und zum Flottenadmiral zu bringen. Wenn Sie mit mir kommen wollen, Sir, wir haben ein Fahrzeug, das Sie dorthin bringt.«

Wow, das ist wirklich ernst, dachte Lee.

Er nickte seinem neuen Gastgeber zu. »Danke, Captain Lam. Ich habe eine Flugtasche mit Kleidung zum Wechseln dabei. Wenn einer Ihrer Soldaten sie für mich holen kann, können wir uns auf den Weg machen.«

»Kein Problem, Admiral. Wenn Sie mit uns kommen wollen...« Lam gab Lee ein Zeichen, das Shuttle zu verlassen.

Als Lee den Asphalt betrat, umhüllten ihn die Hitze und die Feuchtigkeit der Atmosphäre von New Eden wie eine feuchte Umarmung. Die Sonne stand immer noch hoch, und ein paar

Wasserpfützen zeugten von einem früheren Nachmittagsregen. Die Soldaten reihten sich hinter ihm ein und begleiteten ihn zu einem wartenden Fahrzeug, das sie die kurze Strecke zu ihrem Zielort fahren würde.

Als sie an einem Gebäude mit der Aufschrift »Alliance Headquarters« ankamen, kam der Wagen zum Stehen. Sie verließen das Fahrzeug und näherten sich einer Reihe schwerer Türen. Ein Paar schwer bewaffneter Wachen schritt zur Aufmerksamkeit und salutierte wie üblich vor Admiral Lee, bevor sie die Türen öffneten, die in das Gebäude führten.

Ah, die Wunder der Klimaanlage, überlegte Lee. Er hatte sich schon fast daran gewöhnt, dass die Rückseite seines Uniformhemdes an ihm klebte.

Die Gruppe bewegte sich zügig. Die weißen Wände schienen sich um Lee herum zu schließen; die Bilder erinnerten ihn eher an ein Rekrutierungsbüro als an das, was er im Büro eines Allianzkommandeurs erwarten würde.

Sie passierten mehrere Sicherheitskontrollpunkte, einer strenger als der andere. An jeder Kontrollstelle legte Hauptmann Lam seinen Ausweis vor, und Lee wurde immer gründlicher gescannt. Je tiefer sie in den Komplex vordrangen, desto breiter wurden die Korridore, und das Licht wurde ein wenig gedämpfter. Die Luft nahm eine andere Qualität an und deutete auf größere Räume hinter den leeren Wänden hin.

Nach einer gefühlten Ewigkeit von Drehungen und Wendungen kamen sie vor einer unmarkierten Tür zum Stehen. Der führende Soldat legte seine Hand auf einen Scanner, und die Tür öffnete sich. Lam drehte sich zu Lee um, sein Gesichtsausdruck war unleserlich.

»Admiral, weiter gehe ich nicht. Bitte gehen Sie rein«, bot Lam an, während er Lee zum Eintreten aufforderte.

Lee betrat einen scheinbar kleinen Konferenzraum. In der Mitte standen ein einsamer Tisch und ein Stuhl, die in ein so konzentriertes Licht getaucht waren, dass sie wie Scheinwerfer wirkten. Lee hob die Hand, um seine Augen abzuschirmen und blinzelte gegen die Helligkeit an. Als er den Rest des Raumes betrachtete, fielen ihm die republikanischen Insignien auf, die die Wände zierten.

Was zum Teufel ist das hier, und warum bin ich hier? fragte sich Lee.

Lees Schritte hallten wider, als er sich dem Tisch und dem Stuhl näherte. Als er sich dem Mittelpunkt des Raumes näherte, sträubten sich seltsamerweise die Haare in seinem Nacken. Jeder seiner Instinkte schrie, dass er zur Schau gestellt wurde, ein Exemplar, das jetzt unter intensiver Beobachtung stand. Er hatte Schlachten erlebt, die schlimmsten der Schlimmen, und den Tod seiner Freunde und Gefährten, aber aus irgendeinem Grund fühlte sich das hier noch schlimmer an, und er wusste nicht, warum.

»Nehmen Sie Platz, Admiral Lee«, sagte jemand in der Dunkelheit, den man wegen der intensiven Beleuchtung bis auf den Schatten des Mannes kaum sehen konnte.

Die Metallbeine scharrten auf dem Boden, als Lee den Sitz herauszog. Als sich seine Augen an das grelle Licht gewöhnten, wurde er sich einer Bewegung in den Schatten bewusst. Ein paar weitere Gestalten tauchten aus der Dunkelheit auf und gingen auf ihn zu, bis sie sich in einem Halbkreis vor ihm aufbauten. Dann, als wäre ein Schalter umgelegt worden, schaltete sich ein sanftes Licht ein, und die Gesichter der Personen vor ihm kamen zum Vorschein.

In der Mitte dieser imposanten Reihe standen zwei Personen, die Lees Aufmerksamkeit auf sich zogen. Vizekönig Miles Hunt, und neben ihm Flottenadmiral Chester Bailey. Ebenfalls anwesend waren Admiral Fran McKee, General John Reiker, der Chef der Armee, und ein weiterer General, von dem er noch nie etwas gehört hatte, aber sah, dass er die republikanischen Spezialeinheiten leitete.

Sie haben alle wichtigen Leute mitgebracht, dachte Lee.

Vizekönig Hunt sprach zuerst. Seine Stimme dröhnte durch den Saal. »Admiral Lee, es tut uns leid, dass wir Sie auf diese Weise herbeirufen mussten, also komme ich gleich zur Sache. Wussten Sie von Captain Tim Haas und seinen Aktionen während der Aufklärungsmission auf Lunakor?«

»Lunakor, Sir?« Lee dachte einen Moment nach. »Negativ, Sir. Ich wusste nichts von Captain Haas' Einsatz auf Lunakor oder von den Einzelheiten seiner Aktionen während dieser Operation. Tatsächlich weiß ich nicht, wer der Mann ist, Vizekönig. Ich wurde nicht über die Parameter und Ziele der Delta-Mission unterrichtet.«

Das Gesicht von Vizekönig Hunt war so ernst und mürrisch, wie Lee es noch nie gesehen hatte. »Admiral Lee, unter Ihrer Aufsicht hat Captain Tim Haas eine biologische Waffe geschmuggelt, ein Virus, das entwickelt wurde, um die Zodarks anzugreifen, und es auf Lunakor freigesetzt.«

»Was?!« fragte Lee und schrie praktisch.

»Ja«, sagte Hunt. »Wir haben ihn noch nicht zu seiner eigenen Disziplinaranhörung vorgeladen, aber wir haben ihn auf frischer Tat ertappt. Sein Verhalten hätte uns fast unseren Platz in der Allianz gekostet.«

»Mein Gott...« Die Implikationen dessen, was der Vizekönig ihm gerade gesagt hatte, verursachten Lee eine Gänsehaut.

»Offen gesagt, wenn wir uns nicht gerade mitten im Krieg befänden, würden Sie von Ihrem Kommando entbunden«, erklärte Hunt. »Aber uns fehlen erfahrene Offiziere auf Ihrem Niveau.«

Admiral Lee rutschte unbehaglich in seinem Sitz hin und her. *Wie hart wird der Hammer gleich zuschlagen?* fragte er sich.

»Der Rang, den Sie jetzt erreicht haben, ist der höchste, den Sie erreichen werden«, verkündete Hunt. »Irgendwann nach Kriegsende werden Sie in den Ruhestand versetzt, natürlich ehrenvoll.«

Das ist das Ende meiner Karriere, erkannte Lee und fühlte sich wie ein Schlag in die Magengrube. Er war auf dem besten Weg, ein Vier-Sterne-Admiral zu werden, und nun sollte er in der Dunkelheit der Nacht verschwinden.

Er richtete sein Rückgrat auf. »Ich bin mit Ihrer Entscheidung nicht einverstanden, aber ich akzeptiere sie. Ich möchte eine Bitte äußern«, sagte Admiral Lee.

»Verständlich. Was ist Ihr Anliegen?«, fragte Hunt.

»Ich würde gerne dabei sein, wenn Sie die Strafe für Kapitän Tim Haas verhängen«, antwortete Lee.

»Erledigt.«

****

Kapitän Tim Haas betrat den Sitzungssaal mit einem gewissen Schwung. Alle wichtigen Persönlichkeiten waren anwesend, einschließlich des Vizekönigs selbst. Der Kommandeur seiner Spezialeinheit und sein Flottenkommandeur waren ebenfalls anwesend, aber es hatte keinen Sinn, sich unterkriegen zu lassen.

Ich weiß, was das ist, wurde ihm klar. *Es ist an der Zeit, die Zeche zu zahlen.*

»Captain Haas, wir haben dieses Tribunal einberufen, um einen Vorfall zu untersuchen, der sich im Gravaxia-System ereignet hat«, verkündete Vizekönig Miles Hunt und kam gleich zur Sache. »Wir vermuten, dass Sie wissen, was passiert ist und warum Sie hierher gerufen wurden. Möchten Sie uns *sagen,* was passiert ist?«

Hauptmann Haas schluckte, zog die Schultern zurück und antwortete: »Sie haben Recht, ich weiß, warum dieses Tribunal einberufen wurde. Ich habe mich sogar schon gefragt, wann das passieren wird.«

Admiral McKee schnaufte leise angesichts seiner Dreistigkeit.

Haas wandte sich an seinen Kommandanten. »Ich übernehme die volle Verantwortung für das, was ich getan habe, aber ich bereue es nicht«, sagte er. »Meine Cousins, Tanten und Onkel wurden alle kaltblütig ermordet, und jemand musste die Zodarks dafür bezahlen lassen.«

»Das ist nicht Ihre Entscheidung, Captain«, sagte Bailey mit einer dröhnenden Stimme, die Haas fast zurückschrecken ließ. »Ihre Entscheidung könnte Auswirkungen auf *die gesamte* Menschheit und unsere Stellung in dieser Allianz haben. Ihr Egoismus und Ihr Streben nach Rache haben alles gefährdet, wofür wir gearbeitet haben.«

»Es gibt keinen Grund für einen Prozess«, sagte Vizekönig Hunt. »Sie sind schuldig. Sie haben zugegeben, dass Sie schuldig sind. Wir haben alle Beweise, und Ihr Mitverschwörer hat zugegeben, dass er sie Ihnen geliefert hat.«

Kapitän Tim Haas nickte leicht und bestätigte, dass das, was der Vizekönig gerade gesagt hatte, der Wahrheit entsprach.

»Der Imperator hat *mich* zurückgerufen, um mich zu diesem Vorfall zu befragen«, erklärte Hunt. »Er hat der Republik eine gewisse Gnade gewährt, aber diese Gnade galt nicht für Sie. Imperator Tiberius SuVee hat Ihr Leben als Strafe gefordert. Um diese Angelegenheit geheim zu halten, werden Sie unverzüglich zu den Gallentinern überstellt und Ihre Strafe mit ihnen vollstreckt.

»Was Ihre Familie betrifft, so sind Sie bei einem Trainingsunfall gestorben, nicht im Kampf. Sie haben diese Ehre verloren. Deine Leistungen werden an deine Familie ausgezahlt, was mehr ist, als du verdienst. Möge Gott Ihrer Seele gnädig sein.«

Hauptmann Haas weinte nicht, als man ihn abführte. Das einzige Bedauern, das er empfand, war das Wissen, dass seine Kinder ohne ihn aufwachsen würden. Seine Rache mag ihre Allianz in Gefahr gebracht haben, aber er wusste auch, dass es genau das hätte sein können, was sie gerettet hat.

Einundzwanzigstes Kapitel

Anfang Dezember 2114
RNS *Vega*
Task Force 28
Pfeinstgard System

Admiral Lee hatte nach seiner Ankunft im System das Kommando über TF 28 übernommen. Ein holografischer Bildschirm schwebte über Lees Schreibtisch. Er scrollte durch die Daten des kürzlich simulierten Orbitalbombardements und der Bodeninvasion gegen ein Zodark-System.

Obwohl ihm sein Besuch beim Vizekönig und Admiral Bailey auf die Nerven ging, tat er sein Bestes, um die seltsame Begegnung zu verdrängen. Nach einer mehrtägigen Reise war er endlich wieder auf der *Vega* gelandet. In Vorbereitung auf den Eintritt in das Gravaxia-System durch das massive Sternentor, das sich in der Nähe befand, hatten er und die Flotte die letzten Tage mit Trainingsübungen mit der Primord-Flotte verbracht.

Der Duft von frisch gebrühtem Kaffee erfrischte die Luft, ein Luxus, den sich Lee täglich gönnte. Neben der Kaffeemaschine stand ein kleiner Tisch mit einer Reihe von Tassen, jede mit den Insignien eines Schiffes, auf dem er im Laufe seiner Karriere gedient hatte. Über dem Kaffee hing ein Holzkreuz an der Wand. Auf einem kleinen Regal gegenüber lag eine abgenutzte Bibel, deren Seiten mit Eselsohren versehen und mit handschriftlichen Notizen gefüllt waren.

Während er die Simulationsdaten prüfte, dachte Lee an das intensive Training zurück. Die Simulationsergebnisse waren vielversprechend, aber ein echter Kampf war unberechenbar. Die Zodarks waren ein furchterregender Feind, und er wurde das Gefühl nicht los, dass dieser Konflikt sie auf eine Art und Weise testen würde, die sie nicht vorhersehen konnten. Anders als beim letzten Mal, als sie nach Sol vorgedrungen waren, würden die Zodarks dieses Mal besser vorbereitet sein.

Lee schloss die Augen und ließ die Schlüsselmomente der Simulation in seinem Kopf Revue passieren. Das erste Bombardement war perfekt gewesen und hatte die Zodarks mit verheerender Wirkung getroffen. Die raschen Anpassungen der Feuermuster, die Abdeckung von Schwachstellen, die sich in verschiedenen Sektoren zeigten, und der Einsatz der Bodentruppen waren reibungslos verlaufen.

Ein leises Läuten unterbrach ihn. Der Bildschirm seines Büros flackerte auf und zeigte die scharfen Züge von Primord Admiral Bjork Stavanger. Der strenge Gesichtsausdruck des Mannes füllte den Bildschirm aus, seine Augen blickten direkt durch Lee hindurch.

Was für imposante Züge, dachte er. Stavangers längliche, spitze Ohren umrahmten ein Gesicht, das von einer äußerst markanten, nadelförmigen Nase dominiert wurde.

»Admiral Lee.« Stavangers tiefe Stimme hallte durch den Raum. »Ich nehme an, Sie haben sich die Simulationsdaten angesehen?«

Lee richtete sich in seinem Stuhl auf. »Ja, Admiral. Wir haben unsere Reaktionszeiten und die Koordination deutlich verbessert.«

»Gut. Admiral, unsere kombinierte Flotte ist fast am Sammelpunkt versammelt. Das letzte Kontingent unserer schweren Kreuzer wird bald eintreffen. Ich habe neue Informationen erhalten, die darauf hindeuten, dass die Zodarks ihre Verteidigung verstärkt haben, aber sie rechnen nicht mit einem Angriff dieses Ausmaßes. Wir haben den Überraschungsmoment, aber wir dürfen nicht selbstgefällig sein. Ich habe allen unseren Schiffen befohlen, letzte Systemchecks durchzuführen. Wir sollten die Angriffsstrategie ein letztes Mal überprüfen, bevor wir den Sprung machen.«

»Neue Erkenntnisse? Was genau haben Sie erfahren?« fragte Lee.

»Den Berichten zufolge verstärken sie ihre orbitalen Plattformen«, erklärte Stavanger. »Aber neue Informationen bestätigen, dass die Zodarks zwar ihre orbitale Verteidigung verstärken, aber ihre Patrouillen am Sternentor merklich abgenommen haben. Das ist eine ungewöhnliche taktische Veränderung. Diese Veränderung in ihren Patrouillenmustern ist... beunruhigend. Vielleicht teilen sie ihre Ressourcen um, weil sie internem Druck ausgesetzt sind, von dem wir nichts wissen.«

»Dann müssen wir unseren ursprünglichen Ansatz revidieren«, entgegnete Lee.

»Aye, Admiral«, sagte Stavanger. »Ich möchte, dass unsere Aufklärungseinheiten in höchster Alarmbereitschaft sind, während wir uns nähern. Wir müssen mit äußerster Vorsicht vorgehen und auf alle Eventualitäten vorbereitet sein.«

»Einverstanden.«

»Aus Ihrer veränderten Körperhaltung schließe ich, dass Sie mit etwas, das ich vorgeschlagen habe, nicht einverstanden sind.« Stavanger beugte sich vor. »Was würden Sie vorschlagen, Admiral?«

Lee breitete seine Arme aus, die er, wie er jetzt merkte, reflexartig verschränkt hatte. »Unsere Tarntechnologie hat beim letzten Mal gut funktioniert, aber sie hatten Zeit, sich anzupassen«, erklärte er. »Wir können uns nicht nur auf diesen Vorteil verlassen.«

»Bei allem Respekt, aber unsere Tarnfähigkeiten sind immer noch die beste Möglichkeit der Infiltration«, betonte Stavanger. »Wir haben uns seit Ihrem letzten Einfall verbessert.«

»Ich weiß die Upgrades zu schätzen, aber wir brauchen mehr als nur technologische Überlegenheit. Wir brauchen taktische Unberechenbarkeit - einen mehrgleisigen Ansatz«, sagte Lee und rief eine holografische Darstellung des Gravaxia-Systems auf. »Ich habe mir das kürzlich angesehen. Ich schlage vor, dass wir Stealth-Technologie einsetzen, ja, aber wir schaffen auch eine Ablenkung - etwas, das ihre Sensoren beschäftigt, während wir den Großteil unserer Streitkräfte durchschleusen.«

Stavanger studierte das Display mit nachdenklicher Miene. »Ein Scheinangriff auf ihren äußeren Verteidigungsperimeter?«

»Ganz genau. Wir schicken eine kleine, hochmanövrierfähige Task Force, die ihre äußere Verteidigung angreift. Es soll so aussehen, als würden wir nach Schwachstellen suchen.«

»Während unsere Hauptflotte heimlich durchschlüpft«, schloss Stavanger. »Das könnte funktionieren, aber das Timing wäre kritisch. Wir müssten perfekt synchronisiert sein.«

»Da kommen Sie ins Spiel, Stavanger«, sagte Lee. »Wäre ein Teil Ihrer Flotte bereit, das Ablenkungsmanöver anzuführen? Die Erfahrung Ihres Militärs in der Hit-and-Run-Taktik wird entscheidend sein.«

»Meine Task Force wäre extrem verwundbar«, betonte Stavanger.

»Ich bin mir der Risiken bewusst«, sagte Lee. »Aber wir brauchen Leute, denen wir vertrauen können, um das durchzuziehen. Diejenigen, die improvisieren können, wenn die Dinge aus dem Ruder laufen. Ihr habt Experten in eurer Flotte, die seit über hundert Jahren Krieg führen und in der Lage sind, das zu tun, was ich denke.«

»Interessant«, sagte Stavanger. »Wir können es zum Laufen bringen. Also, lassen Sie uns über die Einzelheiten sprechen.

»Ich möchte unsere neuen ECM-Suiten nutzen, um falsche Sensorwerte zu erzeugen. Es soll so aussehen, als hätten wir eine größere Truppe, als wir tatsächlich haben.«

»Unsere Truppe ist sehr groß.«

»Wir werden ihn noch größer erscheinen lassen.«

»Ich verstehe.«

»Und«, fuhr Lee fort, »wir müssen es perfekt mit unserem Hauptvorstoß durch das Sternentor abstimmen.«

»Wie lange können wir den Überraschungseffekt aufrechterhalten, wenn wir fertig sind?«

Lees Gesicht verfinsterte sich vor Sorge. »Realistisch? Nicht mehr als dreißig Minuten. Vielleicht weniger, wenn sie ihre Erkennungsmöglichkeiten verbessert haben.«

»Das ist nicht viel Zeit«, sagte Stavanger.

»Nein, das ist es nicht. Deshalb müssen wir unsere Ziele nach Prioritäten ordnen«, sagte Lee. »Also, wir machen folgendes. Ihr Ablenkungsmanöver greift die äußeren Verteidigungsanlagen hier und hier an.« Er zeigte auf Punkte auf dem Display. »In der Zwischenzeit drängen ein paar Schiffe der so genannten Stealth-Flotte durch das Sternentor und nehmen Kurs auf den Kontrollknoten, wo sich nach unseren Informationen das Hauptkommando befindet. Wenn wir ihn ausschalten können, werden wir ihre Fähigkeit, eine systemweite Verteidigung zu koordinieren, lahmlegen. Das ist der beste Weg, um die Zodarks zu überwältigen, und sie werden den Kampf verlieren, bevor sie wissen, was passiert.

»Wir müssen ihre Verteidigungslinie schnell durchbrechen«, sagte Stavanger.

»Einverstanden«, antwortete Lee.

»Denken Sie daran, dass wir nur ein kleines Zeitfenster haben«, erklärte Stavanger.

»Nur eine Sache«, sagte Lee. »Wenn es schief geht, zögern Sie nicht, sich zurückzuziehen. Wir brauchen eure Teams für das lange Spiel.«

Stavanger blieb ausdruckslos. »Dafür berufe ich in zwei Stunden eine Besprechung aller Kommandanten der Flotte ein. Wir müssen unsere Pläne entsprechend anpassen.«

»Ich werde da sein, Admiral.«

Stavanger hob einen Finger. »Nach dem, was ich in den Simulationen beobachtet habe, habe ich einige Bedenken bezüglich Ihrer anfänglichen Bombardierungsstrategie.«

Oh, ich schätze, wir werden noch mehr reden, dachte Lee. »Ich bin gespannt auf Ihre Einschätzung, Sir«, sagte er laut.

»In Ihren letzten Simulationen waren Ihre Angriffsmuster viel zu vorhersehbar«, sagte Stavanger. »Das konzentrierte Feuer auf den simulierten Mond im Sektor eins-zwei-sieben-komma-fünf mal vier-fünf-komma-drei ließ Ihre Flanken ungeschützt. Jeder kompetente Zodark-Kommandant hätte diese Schwäche ausgenutzt.«

»Danke für den Hinweis, Sir«, sagte Lee. »Ich werde unseren Ansatz anpassen, um mehr zufällige Zielsequenzen einzubauen. Wir werden bald wieder mit den Trainingssimulationen beginnen und sehen, wo wir den Ansatz falsch berechnet haben.«

»Das werden Sie tun«, antwortete Stavanger. »Und wie sieht es mit der Abdeckung der Sektoren zwei und fünf aus? Die Verzögerung bei Ihrer Feuerunterstützung war inakzeptabel.«

»Verstanden, und das ist mir nicht entgangen. Wir haben bereits neue Protokolle eingeführt, um die Reaktionszeiten zu verkürzen. Ich schätze, dass wir die Verzögerung bei unserer nächsten Übung um vierzig Prozent reduzieren können.«

»Besser. Erklären Sie jetzt Ihre Gründe für den Einsatz der Bodentruppen entlang des Vektors zwei-zwei-fünf.«

»Ja, Admiral«, sagte Lee und rief die entsprechenden Daten auf seinem Bildschirm auf. »Wir haben einen Anflugwinkel von dreißig Grad gewählt, um die Deckung durch die Geländemerkmale in Quadrant Beta-9 zu maximieren. Unsere Simulationen ergaben eine zweiundsechzigprozentige Reduzierung der voraussichtlichen Verluste im Vergleich zu einem direkten Angriff.«

»Interessant. Aber haben Sie auch die Auswirkungen auf Ihre Luftunterstützungsfähigkeiten bedacht? Dieser Ansatz schränkt Ihre Möglichkeiten zur Luftnahunterstützung stark ein.«

»Ein gutes Argument. Wir werden unsere Koordination der Luftunterstützung neu bewerten, um sicherzustellen, dass wir während des gesamten Einsatzes eine optimale Abdeckung aufrechterhalten.«

»Sieh zu, dass du das tust, Lee.«

»Verstanden, Admiral. Wir werden unsere Strategien überarbeiten und zusätzliche Simulationen durchführen, um diese Probleme zu lösen. Ich versichere Ihnen, dass wir bereit sein werden, bevor wir einmarschieren.«

Stavanger hielt Lees Blick einen langen Moment lang fest, bevor er nickte. »Nun gut. Ich erwarte innerhalb von achtundvierzig Stunden einen vollständigen Bericht über Ihre überarbeiteten Schlachtpläne.«

»Ich werde Ihnen den Bericht in sechsunddreißig Minuten vorlegen.«

Als Lee die Kritik aufnahm, änderte sich Stavangers Tonfall. »Nun, ich muss Sie für Ihre schnelle Anpassung an die simulierte Frequenzstörung der Zodarks loben. Ihre Entscheidung, auf Lichtsignalkommunikation umzustellen, war brillant. Ich habe noch nie einen Kapitän gesehen, der angesichts einer unerwarteten elektronischen Kriegsführung so effektiv gehandelt hat. Ihre Flotte hat ihren Zusammenhalt bewahrt. Sie haben trotz des Kommunikationsausfalls weiterhin schwierige Manöver durchgeführt.«

Lees Mundwinkel zogen sich leicht nach oben. Das war das Beste, was er tun konnte, um das Kompliment anzunehmen.

Während der Trainingsübung wurde der Ausfall der gesamten elektronischen und Quantenkommunikation auf allen Schiffen von Lees Flotte simuliert. Alle Kommunikationsoffiziere waren im Morsealphabet ausgebildet und arbeiteten einwandfrei miteinander, indem sie gerichtete Lichtstrahlen zur Übermittlung von Nachrichten von Schiff zu Schiff verwendeten.

Stavanger spielte einen Ausschnitt der Schlacht ab und hob dabei Lees Sternentransporter hervor. »Bei Zeitstempel 05:12:09 erkannten Sie die Signatur des Störungsfeldes und befahlen sofort die Umschaltung auf leichte Signalkommunikation. Innerhalb von siebenundvierzig Sekunden hatte sich Ihre gesamte Flotte darauf eingestellt, und Sie konnten einen verheerenden Gegenangriff auf die Zodarks koordinieren.«

Lee erlaubte sich ein kleines Nicken als Anerkennung. »Ich danke Ihnen, Admiral.«

»Feilen Sie weiter an dieser Anpassungsfähigkeit. Sie könnte der Schlüssel zu unserem Sieg in Gravaxia sein. Von nun an werde ich unsere gemeinsamen Simulationsoperationen weiter beobachten. Wir werden eins werden, Admiral.«

»Einverstanden, Sir«, sagte Lee.

»Gut.«

Als Admiral Stavangers Bild auf dem Holodisplay verblasste, war Admiral Lee der Meinung, dass der Nachbericht des Primords fair gewesen war. Er schwenkte zu seinem Gefechtsmanagementsystem und rief die letzten Gefechtssimulationen auf. Er würde alle Szenarien durchgehen, vom ersten Simulationseinsatz bis zum gestrigen, und zwar vor der gemeinsamen Einsatzbesprechung mit seinen Task-Force-Kommandeuren. In den Simulationen würde er sowohl Schwachstellen als auch Kraftmultiplikatoren in den kombinierten Manövern der Erdlinge und der Primord-Flotte ausfindig machen und alles auswendig lernen, während er relevante Daten für weitere Analysen aufzeichnete.

Nach dem Briefing würde er bis zum Ende des Tages sein intensives Studium der simulierten Angriffs- und Verteidigungsstrategien fortsetzen. Morgen würden seine Besatzung und die Flotte zu den Kriegsspielen zurückkehren, um Ineffizienzen auszubügeln, bis sie ihre maximale Kampfkraft erreicht hatten. Der nächste Tag versprach einen weiteren zermürbenden Zyklus der Vorbereitung.

»Jetzt geht's los«, sagte er sich, krempelte die Ärmel hoch und kauerte sich hin. »Zeit, sich einzugraben.«

Zweiundzwanzigstes Kapitel

Kammer des Hohen Rates
Drokanis, Zinconia
Zodark Heimatwelt

Zon Otro betrat die Kammer des Hohen Rates mit dem Gewicht des Imperiums, das schwer auf seinen Schultern lastete. Die Luft war voller Spannung, als die Ratsmitglieder sich erhoben, um seine Anwesenheit zu bestätigen, bevor sie ihre Plätze einnahmen. In der Kammer, die normalerweise vom Gemurmel der Diskussionen erfüllt war, herrschte jetzt eine unheimliche Stille, und der Ernst der Lage hing wie eine dunkle Wolke über ihnen allen.

Otro nahm am Kopfende des langen Tisches Platz, seine Augen verengten sich, als er die versammelten Ratsmitglieder betrachtete. Mavkah Griglag, das Oberhaupt der Malvari, und sein Stellvertreter, NOS Tarvox Nilkar, saßen am anderen Ende des Raumes, ihre Mienen hart und entschlossen, während sie darauf warteten, nach vorne gerufen zu werden, um durch die blauen Flammen des Kreises der Wahrheit zu gehen. Auffallend war natürlich die Abwesenheit des Groff. Das war ein bewusster Schachzug von Otro. Er wollte sich ausschließlich auf die aktuelle militärische Situation konzentrieren, nicht auf belanglose Angelegenheiten oder vermeintliche persönliche Kränkungen, in denen Vak'Atioth in diesen Tagen gerne schwelgte.

»Wir alle wissen, warum wir hier sind«, begann Otro mit tiefer und fester Stimme. »Das Gravaxia-System steht kurz vor einer erneuten Invasion, diesmal durch eine kombinierte Streitmacht aus der Republik, den Primords, den Altairianern und sogar den Tully. Wenn man dem Groff Glauben schenken darf, haben sogar die Tully - so schwach sie auch sind - eine halbe Million ihrer Soldaten in diesen Kampf geschickt. Es ist nicht das erste Mal, dass die Republik und ihre Verbündeten versucht haben, die Kontrolle über Gravaxia zu erlangen. Wir hatten das Glück, dass die Malvari bei ihrem letzten Versuch, das System zu erobern, einen geschickten Hinterhalt ausgeheckt hatten, der die Republik überraschte und sie schließlich nach schweren Verlusten zum überstürzten Rückzug aus dem System zwang. Dieser Plan hat beim letzten Mal funktioniert. Jetzt brauchen wir einen neuen Plan, eine Strategie, die das Blatt noch einmal zu unseren Gunsten wendet«, erklärte Otro, während er mit jedem der Ratsmitglieder Augenkontakt aufnahm, bevor er seinen Blick auf den Mavkah und seinen Stellvertreter richtete. »Wir können es uns nicht leisten, Gravaxia zu verlieren, aber wir können auch nicht die Bedrohung ignorieren, die ein Verlust für die Tüblets bedeuten würde. Ich muss wissen, was die Malvari unternimmt, um sicherzustellen, dass dieses System nicht fällt, und was ihr tut, um Tueblets zu befestigen. Nun tretet vor in den Kreis der Wahrheit und beantwortet unsere Fragen.«

Griglag stand auf und blickte in die Mitte der Ratskammer, wo der Zirkel der Wahrheit saß und lange Schatten unter den grellen Lichtern und den glühenden Augen derer warf, die über den Rat richteten und das Reich lenkten. Er trat vor und schritt durch die blaue Flamme, deren bedrohliches Licht die Narben zahlloser Schlachten in seinem Gesicht noch verstärkte.

Nachdem er die reinigende Flamme von Lindow durchschritten hatte, erwiderte Griglag seinen Blick, unbeirrt, während er bereit war zu sprechen. »Großer Zon, Mitglieder des Rates, ich bringe gute Nachrichten aus den Werften von Tüblets. Drei unserer neuen schweren Schlachtschiffe *der Plarix-Klasse*, die *Drexol*, die *Fendal* und die *Grax*, haben ihre Ausbildung abgeschlossen und werden in die Flotte aufgenommen. In den Tagen nach meiner Ernennung zum Mavkah haben die Malvari den Bau von dreißig dieser Schiffe in Auftrag gegeben, die in einem beschleunigten Tempo gebaut werden sollen. Während wir hier sprechen, wird alle sieben Tage ein neuer Rumpf gelegt und ein weiterer fertiggestellt. Um Ihre Frage nach der Verstärkung von Gravaxia und Tueblets zu beantworten: Von zwei Schiffen, die wir fertigstellen, schicken wir eines zur Verstärkung der Verteidigung in Gravaxia, während das andere zur Verstärkung von Tueblets bleibt...«

»Drei Schlachtschiffe!«, unterbrach Ratsmitglied Gorax, als er schockiert und ungläubig ausrief, was er da hörte. »Zon Otro, sicherlich haben wir innerhalb der Malvari kompetentere NOSs, die wir zu Mavkah machen können als diese Berinx.«[3] Gorax spuckte die Worte wie warmes Wasser aus und starrte Griglag verächtlich an, als er seine Tirade fortsetzte. »Wir fragen, was die Malvari tun, um das Gravaxia-System

---

[3] Berinx ist das zodarkische Wort für Kinder bis zum Alter von sechs Jahren, ähnlich wie Kleinkind.

auf die Abwehr einer Invasion vorzubereiten, und alles, was die Mavkah uns sagen können, ist, dass die Malvari drei Schlachtschiffe schicken!«, kreischte Gorax.

Peng, peng.

»Es reicht, Gorax!« rief Zon Otro, als er den Stein der Ordnung gegen die Oberfläche des Podiums schlug, auf dem sie saßen. »Du gehst zu weit, Gorax, wenn du die Mavkah beleidigst! Ich habe dieses Treffen einberufen, um zu erfahren, welche Schritte die Malvari unternehmen, um sich auf diese Invasion vorzubereiten, und nicht, um die Mavkah von euch beleidigen zu lassen, weil ihr immer noch gekränkt seid, weil ihr ein paar Schiffsbauaufträge verloren habt. Mavkah, warum erklärst du dem Rat nicht, wie diese neuen Kriegsschiffe in den kommenden Schlachten einen Unterschied machen werden, um seine Bedenken zu zerstreuen?«

Griglag nickte. »Ja, natürlich, Großer Zon. Diese neuen Schlachtschiffe der Plarix-Klasse sind anders als alle Kriegsschiffe, die wir bisher gebaut haben, und es ist die Plarix, von der die Malvari glauben, dass sie das Imperium retten und wiederherstellen wird, was verloren gegangen ist. Die Schiffe wurden erheblich vergrößert, so dass wir die Anzahl der Sternenjäger und Bomber verdoppeln konnten, die sie tragen können. Eine weitere wichtige Änderung bei dieser Klasse von Schlachtschiffen ist die Einführung eines magnetischen Railgun-Systems in die Hauptbewaffnung. Die Republik hat uns gezeigt, wie mächtig eine kinetisch basierte Waffe sein kann. Die Plarix-Schlachtschiffe werden nun auch über diese offensive Fähigkeit verfügen. Was die Verteidigung betrifft, so haben wir den Panzergürtel neu gestaltet und einen Meter speziell entwickelter metallurgischer und zusammengesetzter Materialien hinzugefügt, die gegen die kinetischen Waffen der Republik schützen sollen. Hinzu kommen verbesserte Laserbatterien und Raketenmagazine für die Schiffsabwehr. Die Plarix-Schiffe werden der neuen Klasse von Sternenträgern und Schlachtschiffen der Republik mehr als gewachsen sein. Diese Schiffe sind die stärksten, die wir je gebaut haben, und sie werden an der Spitze unserer Verteidigung in den Systemen Gravaxia und Tueblets stehen.«

Otro nickte, als er zuhörte, doch seine Miene blieb grimmig. »Mavkah, drei Plarix-Schlachtschiffe sind ein Anfang, aber wir wissen beide, dass das nicht ausreicht, um die Flut von Kriegsschiffen aufzuhalten, die sich in Pfeinstgard gegen uns versammelt. Die alliierte

Flotte, angeführt von der Republik, ist zu einer riesigen Armada angewachsen. Dies ist kein Scharmützel oder Sondierungsangriff. Dies ist eine Invasionsflotte, eine Streitmacht, die zu einem einzigen Zweck zusammengestellt wurde - zu erobern. Sag uns, Mavkah, wie gedenken du und die Malvari Gravaxia zu verteidigen? Was ist euer Plan, um es zu halten, um diese Invasionsstreitmacht zurückzuschlagen, die sich an unserer Grenze versammelt?«

Griglag atmete langsam und erlaubte seinem Geist, die Gedanken zu formen und sie dann in Worte zu fassen. Er tauschte einen Blick mit NOS Tarvox, der sich zu ihm in den Kreis der Wahrheit gesellt hatte, bevor er antwortete. »Großer Zon, ich habe viel über die Situation nachgedacht und frühere Schlachten untersucht, die wir vor dem Erscheinen der von Menschen geführten Republik gegen die Altairianer, die Primords und die Tully geführt haben. Ich erinnerte mich an die Schlachten der Vergangenheit, auf der Suche nach einer Strategie, die noch funktionieren könnte. Eines Tages fiel ich beim Nachdenken in einen tiefen Schlummer. Ich glaube, dass der große Gott Lindow während dieses Schlafes eine Reihe von Schlachten wiederholte, die wir beide zusammen geschlagen hatten. Erinnerst du dich an die Belagerung von Intus?«, fragte Griglag.

Zon Otro nickte. »Das weiß ich, Mavkah - das ist viele Dracmas her. Was hat es mit dieser längst vergangenen Schlacht auf sich, und was hat sie mit unserer aktuellen Situation zu tun?«

Griglag nickte auf diese Frage. »Während der Belagerung des Planeten Intus wollten die Primords die Kontrolle über das System nicht aufgeben, egal wie hart wir kämpften. Und dann entdeckten wir, dass sie im Eisgürtel von Spritzers, nicht weit vom Sternentor entfernt, eine Reihe von Festungen und anderen Verteidigungsanlagen errichtet hatten, die das übrige Primord-Territorium miteinander verbanden. Jedes Mal, wenn wir eine ihrer Festungen oder Verteidigungsanlagen angriffen, waren zwei oder drei weitere in Reichweite, um sie zu schützen. Diese Verteidigungsstrategie führte dazu, dass wir viele Schiffe verloren, bis wir sie schließlich mit unserer Masse überwältigten.

»Ich schlage vor, diese Strategie mit dem Gravaxia-System zu erweitern und sie zu unserer zu machen. Sie hat damals bei den Primords funktioniert. Ich glaube, wir können sie auch in Gravaxia anwenden«, erklärte Griglag. »Wir haben damit begonnen, unsere Positionen auf den wichtigsten Planeten und Monden des Systems zu verstärken. Es wurden zusätzliche Bodentruppen eingesetzt, und Jäger- und Bomberstaffeln wurden aufgestockt und verteilt, um von vielen kleineren Behelfsbasen aus zu operieren, die wir auf den verschiedenen Asteroiden und Eisgürteln errichtet haben. Die Malvari tun alles in ihrer Macht Stehende, um ihre Verteidigung zu stärken und sich auf die Abwehr dieser Invasion vorzubereiten.«

Tarvox, der bis zu diesem Zeitpunkt geschwiegen hatte, lehnte sich vor, seine Stimme war gemäßigter, aber nicht weniger entschlossen. »Mein Zon, wir haben noch eine andere Möglichkeit - einen eher... unkonventionellen Ansatz. Wir haben damit begonnen, unsere Gruppen von interplanetarischen Schnellpatrouillenschiffen zu modifizieren und sie in etwas umzuwandeln, das wir 'Victory-Schiffe' nennen. Diese Schiffe werden mit speziell konfigurierten arkanorianischen Reaktoren ausgestattet sein. Für den von uns angestrebten Zweck haben wir die Funktionsweise der magnetischen Abschirmung um den Reaktor herum geändert. In dieser Situation haben wir das Eindämmungsfeld absichtlich so konfiguriert, dass es bei der Zerstörung des Schiffes oder beim Aufprall auf ein feindliches Schiff oder etwas von ähnlicher Masse versagt.«

Er hielt inne und ließ die Worte und die Bedeutung dieser Aussage auf sich wirken, bevor er fortfuhr. »Wenn das Eindämmungsfeld versagt, wird der Reaktor in einen kritischen Zustand geraten und eine Explosion auslösen, die mit fünfzig Megatonnen Sprengkraft und Strahlungsschäden vergleichbar ist. Die Kraft dieser Detonation gegen oder in der Nähe des Rumpfes eines republikanischen Kriegsschiffes könnte dieses zerstören oder schwer verkrüppeln. Um das klarzustellen: Wir reden hier nicht von einer Handvoll oder gar ein paar Dutzend Patrouillenschiffen, die auf diese Weise ausgerüstet werden. Wir sprechen von Hunderten, vielleicht sogar Tausenden dieser Schiffe, die schlafend auf der Lauer liegen, um sich in Massen zu stürzen und die Fähigkeit des Feindes, sich gegen sie zu verteidigen, zu überwältigen.«

Der Raum wurde plötzlich totenstill, als Otro und die Ratsmitglieder diese Information verarbeiteten. Die Idee war kühn, brutal und absolut rücksichtslos - genau das, was die Situation erforderte.

»Die Republik hat uns an den Rand gedrängt«, sagte Zon Otro, und seine Stimme wurde mit jedem Wort kälter. »Sie haben die Guristas gegen uns aufgebracht; sie bedrohen das Herz des Imperiums - Tueblets.

Wenn wir Gravaxia verlieren, wird Tueblets das nächste sein, und damit alles, wofür wir je gekämpft haben - das Imperium.«

Zon Otro richtete seinen Blick auf Griglag. »Mavkah, wie viele dieser Victory-Schiffe haben die Malvari, und wie schnell können wir mehr davon bauen?«

Tarvox flüsterte Griglag zu, bevor er antwortete: »Wir haben einhundertsiebenunddreißig Schiffe, die sofort einsatzbereit sind. Weitere dreiundsiebzig werden gerade zu Victory-Schiffen umgebaut, so dass die Werftkapazität jetzt zweiundneunzig neue Schiffe pro Monat erreicht.«

Otro zog die Augenbrauen zusammen. »Mavkah, wenn ich richtig gerechnet habe, bedeutet das, dass wir zweihundertzehn einsatzbereite oder fast einsatzbereite Schiffe haben und jeden Monat nicht mehr als zweiundneunzig zusätzliche Schiffe. Ist das korrekt?«

Griglag nickte. »Zweiundneunzig Schiffe sind das Maximum, das wir für diese Art von Einsatz auftakeln können - der Engpass sind nicht die Werften, sondern die Reaktoren. Da wir nur so viele pro Monat bauen können, empfehle ich nicht, sie nach Gravaxia zu schicken. In dem Moment, in dem diese Schiffe eingesetzt werden, ist ihr Überraschungsmoment dahin. Wir haben nur eine Chance für diese Victory-Schiffe, unsere Feinde zu überraschen - das muss zählen.«

Zon Otro starrte Tarvox an. »Ich möchte, dass so viele Victory-Schiffe wie möglich gebaut und zum Schutz von Tueblets eingesetzt werden. Wir werden dem Feind kein Pardon geben. Die Republik glaubt, sie könne uns mit ihrer Zahl und ihrer Technologie besiegen, aber sie unterschätzt unsere Entschlossenheit.«

Griglag nickte entschlossen. »Die Schiffe werden bereit sein, mein Zon. Wir werden dafür sorgen, dass die Republik begreift, was der Versuch, unser Reich zu besiegen, wirklich kostet.«

Ein sadistisches Lächeln breitete sich auf Otros Lippen aus. Sein Blick schweifte über den Rat, seine Entschlossenheit wurde härter. »Wir kämpfen um unser Überleben, um die Zukunft des Zodark-Reiches. Wir müssen uns auf die Schlacht vorbereiten, und möge Lindow uns zum Sieg führen.«

Die Ratsmitglieder standen auf, als Zon Otro sich von seinem Platz erhob, und die Tragweite seiner Entscheidung war in seinen Augen deutlich zu erkennen. Das Zodark-Imperium stand am Rande einer Invasion, aber unter seiner Führung würden sie bis zum letzten Atemzug

kämpfen. Die Republik würde auf die harte Tour lernen, dass die
Zodarks nicht zu unterschätzen waren.

Kapitel dreiundzwanzig

RNS *Vega*
Task Force 28
Pfeinstgard System

Coop zog die Stirn in Falten, als er die Daten auf seinem Pad durchblätterte. »Sieht aus, als hätte Nomad einige beeindruckende Manöver in der Asteroidenfeld-Simulation durchgeführt«, sagte er.

»Knapp daneben, wenn Sie mich fragen«, brummte Riggs. »Seine Vektorkontrolle war bestenfalls schlampig.«

»Komm schon, Riggs. Er hat das Trümmerfeld wie ein Profi durchquert«, sagte Coop mit Nachdruck.

»Ein 'Profi' hätte den Brocken Weltraumgestein bei 2:13 nicht abgeschnitten. Im echten Kampf ist das der Unterschied zwischen nach Hause kommen und Weltraumstaub sein.«

»Entweder das oder er wurde auf dem Asteroiden verstreut«, sagte Coop. »Er traf eine Entscheidung in Sekundenbruchteilen, und sie war richtig.«

Riggs nickte nur. »Vielleicht muss ich mir das Video noch einmal ansehen.«

Aber Coop wusste, dass Riggs wie immer Recht hatte. Normalerweise wäre Nomad so knapp vorbeigeschlittert, ohne dass der teure Starfighter, den er flog, einen Kratzer abbekommen hätte. Er würde in den nächsten Trainingseinheiten ein Auge auf Nomad haben müssen. Manchmal brauchte Coop nur einen guten Schlaf, und seine Reflexe kehrten in den Normalzustand zurück - er hoffte, das würde auch für Nomad gelten.

Coop fuhr mit dem nächsten Bericht fort. »Badgers Tötungsrate in der Dogfight-Simulation ist unschlagbar.«

»Das ist nichts Neues«, betonte Riggs. »Sein Treibstoffmanagement ist verbesserungswürdig. Er brennt bei seinen Angriffsfahrten zu heiß.«

»Ich gebe ihm immer noch Hausarrest, wenn wir in den Kampf ziehen. Ich glaube nicht, dass er das Konzept, geschweige denn das Wort 'Flügelmann' versteht.«

»Du solltest ihn am Boden halten«, sagte Riggs. »Die Anzahl der Tötungen wird nicht viel bedeuten, wenn er mitten im Kampf durchbrennt.«

Sie fuhren mit den Simulationsberichten fort, wobei Coop die positiven Aspekte herausstellte, wo er konnte, während Riggs' Fähigkeit, jeden Makel aufzudecken, für ein gutes Gleichgewicht zwischen den beiden sorgte.

Als sie sich dem Ende näherten, atmete Coop auf. »Lance und Boomer haben sich wirklich gesteigert. Sie werden für Gravaxia bereit sein.«

Riggs hob eine Augenbraue. »Bist du dir da sicher, Coop? Ihr Formationsflug muss noch verbessert werden. Ich habe bei der letzten Patrouillensimulation einige gefährliche Lücken gesehen.«

»Stimmt, aber ihre Reaktionszeiten haben sich drastisch verbessert. Sie können sich jetzt besser auf den anderen einstellen. Trotzdem werden wir mit ihnen mehr Übungen auf engem Raum durchführen. Damit sich das Muskelgedächtnis festsetzt.«

»Verstanden«, sagte Riggs. »Und stellen Sie sicher, dass sie auf Langstreckeneinsätze vorbereitet sind.«

»Diese Invasion... wir werden gute Leute verlieren, Riggs. Genau wie Alfheim.«

Riggs' Augen verdunkelten sich bei der Erwähnung dieser blutigen Auseinandersetzung. »Das war ein höllischer Kampf. Wie viel haben wir verloren, die Hälfte unseres Geschwaders? Aber wir hatten einen guten Kommandanten.«

»Siebzehn tote Piloten«, sagte Coop, die Zahl hatte sich in sein Gedächtnis eingebrannt. »Aber wir haben so viel gegeben, wie wir bekommen haben. Wir haben zwei dieser verdammten Supercarrier *der Tikiona-Klasse* ausgeschaltet.«

»Verdammt richtig, das haben wir.« Riggs nickte. »Ich habe gesehen, wie Kiwi und ihr Flügelmann direkt in den Bug des Flugzeugträgers geflogen sind, mit feuernden Raketen. So etwas habe ich noch nie gesehen.«

Coops Kehle schnürte sich bei der Erinnerung zusammen. »Sie wussten, worauf sie sich eingelassen haben. Sie haben die Wurmlochtechnologie ausgeschaltet und die Verstärkung der Orbots abgeschnitten.«

»Unter uns gesagt, ich glaube, dass dieser Schritt das ganze System gerettet hat«, stimmte Riggs zu, mit einem seltenen Anflug von Bewunderung in seiner Stimme. »Aber die Kosten...«

Zwischen ihnen herrschte eine drückende Stille. Coop starrte auf das Datenpad in seiner Hand, aber sein Geist war Lichtjahre entfernt und ließ die feurige Zerstörung der Superträger und die verzweifelten Manöver seiner Pilotenkollegen, die gegen eine überwältigende Übermacht kämpften, Revue passieren.

»Gute Seelen zu verlieren ist nie einfach«, sagte Coop.

Riggs grunzte zustimmend, seine Augen starrten auf die gegenüberliegende Wand. Er rieb seine Hände langsam aneinander, als ob er sich an eine unangenehme Zeit in seinem Leben erinnerte.

»Wir führen unser Raumfahrtgeschwader von vorne«, sagte Coop. »Wie immer. Sie müssen sehen, dass wir da draußen die gleichen Risiken eingehen.«

Riggs lehnte sich in seinem Stuhl zurück, der Anflug eines Lächelns auf seinem Gesicht. »Weißt du, Cooper, manchmal denke ich, du bist zu nachsichtig mit den Offizieren, mit allen. Aber dann sagst du so etwas, und ich erinnere mich daran, warum du für diese bunte Truppe verantwortlich bist.«

»Ein großes Lob, wenn das von dir kommt, alter Mann.«

»Lassen Sie sich das nicht zu Kopf steigen. Wir haben noch einen langen Weg vor uns.« Riggs' Miene hellte sich auf, als er grinste. »In der Pause habe ich, um den Kopf frei zu bekommen, die letzte Folge von *Galactic Hedge* gesehen. Hast du einen Blick darauf geworfen?«

Coop's Augen leuchteten auf. »Oh Mann, diese Wendung mit dem Centauri-Hedgefondsmanager? Das habe ich nicht kommen sehen!«

»Richtig?« Riggs gluckste. »Ich war mir sicher, dass er mit dem Kartell zusammenarbeitet.«

»Genau wie bei uns. Aber dann, bumm, ist er tatsächlich ein verdeckter Ermittler der Börsenaufsicht. Und die Szene, in der er die verschlüsselten Bücher überträgt, während er dem Waffenfeuer ausweicht?«

Riggs schnaubte. »Reine Fantasie. In einem dreiteiligen Anzug kriegst du diese Bewegungen nie hin.«

»Hey, vielleicht ist die Schneiderei der Centauri einfach so gut«, lachte Coop. »Aber im Ernst, als Zara sich mit diesem modifizierten Tachyon-Emitter in den Tresorraum gehackt hat? Das würde im wirklichen Leben niemals funktionieren. Man bräuchte die Energie eines kleinen Sterns, um solche Tachyonenflüsse zu erzeugen.«

»Zumindest. Aber es war gutes Fernsehen. Und die Verfolgungsjagd durch den Zero-G-Handelssaal?«

»Ach ja, als die Schwerkraft ausfiel und all diese Holo-Bildschirme zu schweben begannen?« Coops Augen glitzerten vor Aufregung. »Ich konnte es kaum erwarten.«

»Du hättest dein Gesicht eben sehen sollen. Du sahst genauso aus wie Dimes nach seiner ersten erfolgreichen Fassrolle.«

»Hey, können Sie es mir verübeln? Es kommt nicht jeden Tag vor, dass ein Feuergefecht mitten in einem Futures-Handel ausbricht.«

»Stimmt genau. Aber ich muss sagen, wenn ich es schreiben würde, hätte ich Zara das Quantenverschränkungsgerät benutzen lassen, das sie in Episode drei aufgeschnappt hat.«

Coop nickte. »Ja, das wäre perfekt gewesen. Sofortige sichere Kommunikation, keine Chance des Abhörens.«

»Ganz genau. Und vielleicht auch noch ein doppeltes Spiel mit diesem Informationsbroker. Wie hieß er noch mal?«

»Connor«, sagte Coop. »Oder so ähnlich. Und ja, dieser Typ spielt definitiv auf beiden Seiten. Auf keinen Fall ist er nur ein 'besorgter Bürger'.«

Riggs schnaubte. »Ich tippe darauf, dass er der wahre Drahtzieher hinter dem ganzen Plan ist.«

»Nun, theoretisch...« begann Coop, wurde aber durch ein statisches Signal auf dem Holodisplay des Raumes unterbrochen.

Die Luft flirrte und verschmolz mit der strengen Visage von Admiral Lee. Seine Stimme erfüllte den Raum, als sie durch die Gegensprechanlage des Schiffes schallte.

»Achtung, an das gesamte Personal. Hier spricht Admiral Lee. Die Flotte bereitet sich auf den baldigen Aufbruch durch das Sternentor vor. Alle Mann auf Gefechtsstationen. Ich wiederhole, alle Mann auf Gefechtsstationen. Wir springen in zwanzig Minuten.«

Das Hologramm flackerte auf und Coop und Riggs starrten sich gegenseitig an. Sie und das gesamte Personal an Bord des Flugzeugträgers hatten soeben den Befehl für einen bevorstehenden Sprung durch das Sternentor in das Gravaxia-System erhalten. In einer vorangegangenen Missionsbesprechung war betont worden, dass sie möglichst wenig Zeit für die Vorbereitung haben sollten, da das Zeitfenster für den Sprung sehr eng war.

Verdeckte Primord-Sondereinsatzteams waren damit beauftragt worden, die Frühwarnsysteme und das Verteidigungsnetz des Feindes zu sabotieren. Die gesamte Flotte würde grünes Licht erhalten, sobald Informationen vorlägen, die zeigten, dass die Zodark-Streitkräfte nur noch eingeschränkt einsatzbereit waren und ihre Außenverteidigung beeinträchtigt wurde.

Diese Öffnung würde es der gesamten Armada der Republik und der Primord erlauben, koordiniert in das Gravaxia-System zu springen und die Zodarks zu überraschen, um die Invasion zu einem Zeitpunkt zu starten, an dem die Reaktionszeit des Feindes am geringsten ist.

»Nun«, sagte Riggs und richtete sich auf. »Ich schätze, *Galactic Hedge* wird warten müssen.«

»Sieht so aus, als würden wir bald in unserem eigenen Drama mitspielen«, antwortete Coop.

Riggs ging auf die Tür zu. »Hoffen wir, dass es ein besseres Ende hat als das Finale der letzten Staffel.«

Coop folgte dicht hinter ihnen. Die Last der Verantwortung lastete schwer auf seinen Schultern, als sie in den Korridor traten, in dem bereits reger Betrieb herrschte.

Auf dem Weg zum Flugdeck eilten die Besatzungsmitglieder vorbei, die sich alle auf die ihnen zugewiesenen Aufgaben konzentrierten.

Coop ging im Geiste die Checklisten vor dem Flug durch, die lockere Kameradschaft ihrer Fernsehdiskussion war in weite Ferne gerückt und wurde durch die kalte Realität des bevorstehenden Kampfes ersetzt.

Als sie das Flugdeck erreichten, war der Raum vom Aufheulen der Triebwerke und den Rufen der Deckbesatzungen erfüllt. Die Piloten eilten zu ihren Jägern, und die Techniker führten letzte Überprüfungen durch, während die Luft dick nach Treibstoff roch.

»Wir sehen uns auf der anderen Seite, Captain«, sagte Riggs.

Mit einem letzten Nicken trennten sich ihre Wege. Jeder machte sich auf den Weg zu seinem Kampfflugzeug. Nachdem Coop in sein Cockpit geklettert war, senkte sich die Kabinenhaube und schloss ihn ein. Um ihn herum führten die anderen Piloten seines großen

Raumgeschwaders ihre Vorflugsequenzen durch. Über den Funk konnte er fast zehn Minuten lang den stetigen Strom von Statusberichten und Systemchecks hören.

Als der Countdown für den Start begann, holte Coop tief Luft und konzentrierte sich. Das vertraute Cockpit umgab ihn, jeder Schalter und jedes Display war genau dort, wo es sein sollte. Das hier war real, und jedes Mal, wenn er in den Kampf zog, fühlte er sich wie betäubt, bis zu seinem ersten Einsatz.

Die Stimme des Deckoffiziers ertönte über den Funkkanal. »Alle Jäger, bereit zum Start, wenn Admiral Lee grünes Licht gibt.«

Coops Finger bewegten sich über die Kontrollen: Triebwerke startklar, Waffensysteme online, Panzerung auf voller Leistung. Er drückte auf das Kommando. »Hier spricht Captain Cooper. Bleibt wachsam da draußen. Passt aufeinander auf, haltet euch an eure Ausbildung, dann kommen wir alle wieder nach Hause. Gute Jagd.

»Alpha Squadron, wir sind die ersten Flieger in unserem Geschwader. Wir starten sofort nach dem Sprung, um die Raumüberlegenheit herzustellen. Bravo- und Charlie-Staffeln folgen auf mein Zeichen. Delta- und Echo-Staffeln, Sie sind unsere Reserve. Seien Sie bereit, sofort zu starten. Denken Sie daran, dass unser Hauptziel darin besteht, die verbleibende Orbitalverteidigung zu neutralisieren und die *Vega* und andere verbündete Schiffe zu schützen. Omega-Staffel, Sie sind bereit für die Unterstützung im Nahbereich. Halten Sie die Triebwerke warm.« Omega war dort, wo er Badger platziert hatte, genau dort, wo der Mann hingehörte.

»Irgendwelche Fragen?« fragte Coop.

Ein Chor von »Nein, Sir!« ertönte durch den Funkverkehr.

»In Ordnung, Leute. Lasst uns die Sache durchziehen. Cooper out.«

Das Echo war positiv. Alle waren bereit. Der Plan stand fest. Wenige Augenblicke nachdem *Vega* und der Rest der Flotte das Sternentor betreten und verlassen hatten, würde Coops Raumflotte starten. Ihr Auftrag: so viele Zodark-Jäger wie möglich abzuschießen.

Kapitel vierundzwanzig

RNS *Vega*
Task Force 28
Pfeinstgard System

Admiral Lee stand auf der Brücke der RNS *Vega*, die Hände hinter dem Rücken verschränkt, und blickte auf den Weltraum hinter dem Sichtschirm. Seine Besatzung war an ihren Stationen beschäftigt und wartete auf den bevorstehenden Anruf.

Ohne Vorwarnung erwachte der Hauptbildschirm zum Leben. Das offizielle Siegel der Primord-Flotte erschien auf dem Bildschirm, bis es verblasste und durch das Gesicht von Admiral Bjork Stavanger ersetzt wurde.

»Admiral Lee.« Stavangers Stimme dröhnte durch die Lautsprecher. »In Anbetracht der Tatsache, dass unsere bisherige Strategie bereits mit außergewöhnlichen Ergebnissen umgesetzt wurde, freue ich mich, Ihnen mitteilen zu können, dass bis jetzt alles nach Plan verlaufen ist.«

»Es ist schön, Sie zu sehen, Admiral«, antwortete Lee. »Wie Sie sehen können, bin ich zurückgekehrt und habe einige neue Spielzeuge für uns mitgebracht. Unser neues Flaggschiff, die *Vega*, hat eine enorme Schlagkraft, und wir haben jetzt fast vierhundert Sternenjäger und Bomber an Bord.«

»Diese beiden Weltraumflügel werden uns sicher nützlich sein«, kommentierte Stavanger. »Ich habe noch mehr gute Nachrichten. Der Einsatz unserer kompakten Einsatztruppen gegen die Außenverteidigung der Zodarks verlief besser als geplant. Wir sind nun bereit, die nächste Phase unseres Angriffs einzuleiten.«

»Ausgezeichnet, Sir«, sagte Lee.

»Ihre Flotte wird das Ablenkungsmanöver anführen, und Sie werden die Führung übernehmen«, sagte Stavanger und erinnerte ihn an den Schlachtplan, den sie Wochen zuvor besprochen hatten. »Wir haben spezialisierte Satelliten an strategischen Punkten im ganzen System positioniert. Wenn wir sie aktivieren, werden sie damit beginnen, die Sensoren der Zodarks zu täuschen und sie glauben zu lassen, dass es eine größere Streitmacht gibt, als es tatsächlich der Fall ist, und dass wir uns in eine andere Richtung bewegen als unser eigentliches Ziel.

»Wir sind entschlossen, unsere bereits beträchtliche Streitmacht noch eindrucksvoller erscheinen zu lassen, wie Sie vorgeschlagen haben. Auch das Timing unseres Vorstoßes durch das Sternentor muss perfekt auf das Ablenkungsmanöver abgestimmt sein, um die Überraschung zu maximieren.

»Also, Admiral, die Zeit ist reif. Vor nicht allzu langer Zeit haben wir den Knotenpunkt geortet, in dem sich die primäre Kommandozentrale befindet, und haben ihn neutralisiert. Dieser einzige Akt wird ihre Fähigkeit, eine systemweite Verteidigung zu koordinieren, erheblich beeinträchtigen. Machen Sie Ihre Männer und Frauen bereit - es ist an der Zeit, sich durch das Sternensystem zu bewegen und unseren Angriff zu starten.«

Lees Wirbelsäule wurde steif. Sie würden in den Krieg ziehen. »Verstanden, Sir. Folgen Sie meiner Führung.«

Stavangers Bild nickte einmal, dann verschwand es und ließ die Brücke in einem Moment der Stille zurück.

Lee musterte die Gesichter seiner Brückenbesatzung, die alle auf sein Wort warteten. Sein Blick fiel auf die Kommunikationsoffizierin Rodriguez, die ihr dunkles Haar zurückgestrichen hatte und mit den Fingern über ihre Konsole fuhr. »Leutnant Rodriguez, Funkspruch an alle Schiffe der Flotte. Bereiten Sie sich auf den sofortigen Eintritt in das Sternentor vor. Ich melde mich in Kürze.«

»Aye, Sir. Senden Sie jetzt.« Rodriguez drückte eine holografische Taste, ihre Stimme war klar und deutlich, als sie den Befehl über alle Kommandokanäle der Flotte weiterleitete.

»Navigator«, rief Lee. »Statusbericht.«

Leutnant Reynolds konzentrierte sich auf die Monitore an seiner Station. »Sir, die Koordinaten für das Sternentor des Gravaxia-Systems sind eingegeben. Ich erwarte Ihren Befehl.«

Der Hauptbildschirm verschob sich und zeigte das massive Bauwerk, das sie in einem Wimpernschlag über Lichtjahre hinweg katapultieren würde. Der äußere Ring des Sternentors glänzte silbern und war aus einer Legierung gefertigt, die härter als Diamant war. Im Inneren des Rings wirbelte das Herz des Tors - ein Energiefeld, das in mystischen Farben pulsierte. Streifen von elektrischem Blau und leuchtendem Violett schlängelten sich umeinander und wurden gelegentlich von Blitzen aus Karmesin und Gold durchzogen.

Lee erlaubte sich einen Moment, den Anblick zu bewundern. Egal, wie oft er ihn schon gesehen hatte, die rohe Kraft, die in diesem atemberaubenden Wirbel steckte, versetzte ihn immer wieder in Erstaunen.

Lee saß in seinem Kapitänssessel, sein XO saß rechts von ihm. Sie nickten sich respektvoll zu, bevor Lee auf das Kommando-Panel an der Armlehne seines Kommandositzes tippte. »Maschinenraum, Status. Ich spreche mit Ihnen, MacGregor.«

»Aye, Admiral. Die Triebwerke schnurren wie ein Kätzchen, das zu viel Katzenminze bekommen hat, Sir«, sagte MacGregor. »Wir sind bereit für einen Tanz mit dem Teufel.«

»Farbenfroh wie immer, MacGregor. Wie steht es um unsere Kernstabilität?«

»Ruhig wie ein Fels, Sir«, sagte MacGregor. »Ich habe sie auf hundertdrei Prozent Effizienz gebracht. Noch mehr und sie könnte anfangen, Opern zu singen.«

»Notstromreserven?« fragte Lee.

»Abgefüllt und begierig darauf, an der Party teilzunehmen. Ich habe mir auch eine kleine Überraschung ausgedacht. Wenn wir es brauchen, kann ich schneller Energie von nicht lebenswichtigen Systemen abzweigen, als Sie 'Haggis' sagen können.«

»Gute Arbeit.« Lee nickte. »Ich brauche jedes Quäntchen Energie, das du uns geben kannst, wie immer.«

»Machen Sie sich keine Sorgen, Admiral«, antwortete MacGregor. »Meine Crew hier unten ist bereit.«

»Halte sie bei der Stange, Mac. Wir verlassen uns auf dich.«

»Aye, Sir. Ich werde Sie nicht enttäuschen.«

Als sich der Kommunikationskanal schloss, meldete sich Commander Connor Rhom. »Waffensysteme scharf und bereit, Sir. Alle Schiffe melden Kampfbereitschaft. Die *Vega* ist ebenfalls in voller Kampfbereitschaft. Vierundzwanzig doppelläufige Antischiffs-Turbolaser sind geladen, die Zielsysteme kalibriert. Zwanzig doppelläufige Vierundzwanzig-Zoll-Magrail-Geschütztürme, gesichert und geladen. Zweihundertfünfzig Anti-Schiffs-Raketen bereit, Sir. Kampfflugzeuge in voller Stärke.«

»Hervorragend.« Lee drückte den Knopf, um den flottenweiten Kommunikationskanal zu aktivieren. »Achtung, an das gesamte Personal. In wenigen Augenblicken werden wir in das Gebiet der Zodark eindringen. Die nächsten Stunden werden uns auf eine Art und Weise testen, wie wir noch nie zuvor getestet wurden. Jeder von euch repräsentiert das Beste der Menschheit - eure Ausbildung, eure Hingabe, euer unerschütterliches Engagement für den Schutz unserer Lebensweise. Unser heutiges Handeln wird durch die Jahrhunderte widerhallen. Wir kämpfen nicht nur für uns selbst, sondern für jeden Mann, jede Frau und jedes Kind in der ganzen Galaxis, die zu den Sternen blicken und vom Frieden träumen.

»Ich habe Vertrauen: Vertrauen in jeden von Ihnen, Vertrauen in unsere Sache, Vertrauen in den unzerbrechlichen Geist der Menschheit. Auf eure Stationen, ihr alle. Was auch immer kommt, wir werden es gemeinsam angehen. Für die Erde, für die Menschheit, für die Zukunft!«

Er schaltete das Funkgerät aus. »Helm, bring uns rein.«

Auf dem Hauptbildschirm erschienen mehrere Bildschirme, die einen Panoramablick auf die Flotte zeigten. Der Anblick raubte Lee den Atem. Die RNS *Vega* war die zweite in der Formation. Die Schlachtkreuzer RNS *Artemis* und RNS *Orion* flankierten sie auf beiden Seiten und schnitten wie stählerne Zwillingsklingen durch die Dunkelheit.

Vor ihnen allen glitt die Form des schweren Kreuzers RNS *Detroit* anmutig auf das Sternentor zu. Es war Lees altes Schiff, zu dem er eine tiefe Verbundenheit verspürt hatte. Und als sich die *Detroit* dem Ereignishorizont des Tores näherte, dehnte und verzerrte sich die Silhouette des Schiffes für einen Moment, bevor sie von dem sich drehenden Energiefeld verschluckt wurde.

Der Bildschirm schwenkte und zeigte weitere Teile ihrer Armada, darunter das Schlachtschiff RNS *Virginia*, dessen massive Geschütztürme auf dem Rumpf glitzerten. Am hinteren Ende der Formation befand sich die wuchtige Gestalt des Truppentransporters RNS *Vanguard der* Jupiter-Klasse, flankiert von mehreren seiner Schwesterschiffe. Daneben stand ein massives Orbitalangriffsschiff, die RNS *Maddox*, in Bereitschaft. Ihre Anwesenheit erinnerte an die Bodentruppen, die sie transportierten - Männer und Frauen, die bereit waren, auf fremdem Boden zu kämpfen.

Als nächstes kamen die Versorgungsschiffe der Flotte in Sicht. Lee bemerkte das markante Profil mehrerer Nachschubschiffe *der* Saturn-Klasse, deren Laderäume mit Vorräten gefüllt waren, die für eine längere Kampagne unerlässlich waren. Zwischen den größeren Schiffen hielten Korvetten eine wachsame Patrouille, deren schlanke Formen sich deutlich von den schwerfälligen Großkampfschiffen unterschieden.

Als sich die Kameras wieder an die Spitze der Formation bewegten, kamen weitere Schiffe ins Blickfeld - die RNS *Nebraska*, deren Rumpf von früheren Gefechten vernarbt war, und die makellosen Formen der RNS *Liberty* und der RNS *Pioneer*, beides Flak-Fregatten, die mit Punktverteidigungswaffen bestückt waren. Insgesamt bildeten fünfzig menschliche Schiffe und dreißig Primord-Schiffe Lees Task Force 28.

Lee nickte seinem Navigator zu. »Reynolds, bringen Sie uns durch.«

Auf dem Bildschirm wurde das Sternentor immer größer. Als sie sich näherten, pulsierte die Energie des Tores mit zunehmender Intensität - eine ätherische Lichtshow.

Die RNS *Vega* erreichte die Schwelle des Tores. Für einen Herzschlag blieb alles stehen, als ob die Zeit angehalten worden wäre. Mit einem Lichtblitz, der alle auf der Brücke kurzzeitig blendete, stürzten sie in den Strudel.

Lees Magen kribbelte, als ihn das vertraute Gefühl des Sternentor-Transits überkam. Es dauerte nur eine Sekunde, aber in diesem Augenblick spürte er, wie sich sein Körper über Lichtjahre hinweg ausdehnte, um dann wie ein Gummiband wieder einzurasten.

So schnell wie es begonnen hatte, war es auch wieder vorbei. Der Bildschirm löste sich auf, und direkt vor uns schwebte eine bedrohliche Anzahl von Zodark-Kriegsschiffen im Raum, deren räuberische Körper auf einen Angriff warteten.

Bevor Lee einen Befehl geben konnte, brach im Raum zwischen den beiden Flotten das Waffenfeuer aus. Aus den Zodark-Schiffen schossen Strahlen aus sengender Energie, die die menschliche Flotte, die noch immer aus dem Tor kam, durchbohrten.

Auf der Brücke der *Vega* herrschte ein reges Treiben. Alarme schrillten, Statusberichte kamen von allen Decks, und die Besatzungsmitglieder riefen nach Updates.

»Sofortige Ausweichmanöver durchführen«, sagte Lee. »Gehen Sie auf Kurs null-neun-fünf. Fahren Sie die Motoren hoch. Ich will eine Dreißig-Grad-Steuerbord-Drehung, sofort!«

»Aye, Captain. Komme auf Kurs null-neun-fünf, führe dreißig-Grad-Steuerbord-Wende an der gesamten vorderen Flanke aus.«

Verflucht, dachte Lee. So viel zu seiner Strategie, mit Hilfe ihrer Primord-Verbündeten die wichtigsten Verteidigungspositionen der Zodarks anzugreifen, um sie aufzuhalten. Das Einzige, was es bewirkt hatte, war, die Zodarks noch wütender zu machen.

Lee klammerte sich an die Armlehnen seines Kommandosessels, als die RNS *Vega* eine harte Kurve machte und das feindliche Feuer ihren Bug traf. »Sobald wir die Wende vollzogen haben, halten Sie sich bereit, den Kurs auf eins-zwei-null zu ändern, falls nötig«, befahl er. »Wir müssen etwas Abstand zwischen uns und diesen Kontakten bringen.«

Zodarks mochten keine Nahkämpfe, wenn es um Flottengefechte ging. Offensichtlich hatte das Hämmern der Magrails zu viele Löcher in ihre Köpfe gebohrt.

»Verstanden, Sir. Wir sind bereit für weitere Kurskorrekturen.«

Admiral Lee öffnete einen Kanal für die gesamte Armada. »Alle Schiffe, Feuer erwidern! Die Schlacht beginnt jetzt!«

Die *Vega* erbebte, als sich ihre Magnetspulen öffneten und zerstörerische Geschosse auf die Zodark-Flotte zurasten. Auf der anderen Seite der Formation schlossen sich andere menschliche Schiffe an und füllten den Raum mit einem Strudel aus Waffenfeuer.

****

Einige Stunden später

Admiral Lee erhielt immer mehr Einschätzungen zum Kampf. Bislang war er vorsichtig optimistisch. Die Bodentruppen hatten sich auf dem Mond, den sie erobern wollten, fest etabliert.

Die Befehlshaber der RA und der Primord-Bodenstreitkräfte hatten ihn um die Entsendung der verbleibenden Bodentruppen gebeten, um die Eroberung des restlichen Gravaxia-Systems und der anderen zodarkschen Bodeneinrichtungen dort abzuschließen.

Admiral Lee war beeindruckt, wie gründlich die Primords während ihrer Abwesenheit die Zodark-Flotte im Pfeinstgard-System besiegt hatten. Die Erzählungen über ihre ruhmreichen Schlachten waren unter seinen Truppen bereits zu einer Art Legende geworden. Dieses neu gewonnene Vertrauen in ihren Verbündeten machte die Entscheidung leicht.

Genehmigt, dachte Lee, als er das entsprechende Memo über Neurolink ausfüllte.

Mit einem virtuellen Federstrich hatte er soeben den Rest seiner republikanischen Marine und der Primord-Reservetruppen, die noch in Pfeinstgard warteten, für die endgültige Eroberung des Gravaxia-Systems abkommandiert, was die Voraussetzungen für das schaffen würde, von dem er glaubte, dass es die entscheidende Schlacht werden würde, um die Zodarks ein für alle Mal zu besiegen - die Schlacht um Tueblets. Mit der Kontrolle über dieses lebenswichtige Transitsystem würden sie die Zodark-Streitkräfte effektiv in mehrere kleine Abteilungen aufteilen, von denen keine in der Lage wäre, der anderen Hilfe oder Unterstützung zukommen zu lassen.

Fünfundzwanzigstes Kapitel

RNS *Vega*
Task Force 28
Gravaxia-System

Die Brücke der RNS *Vega* wurde von den Blitzen der eintreffenden Energiestrahlen erhellt. Auf dem Hauptbildschirm blinkten Notfallwarnungen mit Schadensmeldungen aus dem Kampf auf.

Wir müssen näher ran, dachte Lee. Aus der Nähe richtete die Republik immer den größten Schaden an.

»Reynolds, hart Steuerbord! Bringen Sie uns auf Kurs drei-eins-fünf, Neigung minus zwanzig Grad!«

»Aye, Sir. Wir gehen auf Kurs drei-eins-fünf, Neigung minus zwanzig Grad.«

Lee spürte, wie sich das Deck unter seinen Füßen bewegte, als der riesige Sternentransporter reagierte. Die Sterne auf dem Hauptbildschirm verschwammen zu Schlieren, als die *Vega* umkippte und nur knapp einem feindlichen Sperrfeuer auswich.

»Neuer Kurs Null-Vier-Fünf, voller Impuls!« befahl Lee.

Reynolds nickte. »Aye, Admiral. Kurs Null-Vier-Fünf, voller Impuls.«

Lee beobachtete die taktische Anzeige. Eine Gruppe von Zodark-Schiffen versuchte, sich von Lees Einsatzgruppe zu entfernen, aber Lees Flotte kam schnell näher. Die gesamte Zodark-Flotte füllte das Hauptdisplay. Aus ihren Rümpfen ragten in seltsamen Winkeln seltsam aussehende Vorsprünge heraus, die alle mit Waffen bestückt waren.

»Mehrere schwere Kreuzer und Schlachtschiffe feuern Torpedos ab«, berichtet Commander Rhom.

Dutzende von glühenden Geschossen rasten auf die Flotte der Republik und der Primord zu. Augenblicke später schossen Lichtlanzen aus den Zodark-Schiffen heraus.

»Eingehendes Laserfeuer!« rief Rhom.

Die Brücke schwankte, als eine Salve ihr Ziel fand.

»Statusbericht«, sagte Lee.

»Panzerung auf siebenundneunzig, Sir«, antwortete XO Sato. »Leichte Schäden auf der Backbordseite. Keine Hüllenbrüche entdeckt.«

»Verluste?« fragte Lee.

»Bisher wurden keine gemeldet, Admiral«, antwortete Sato. »Aber der Maschinenraum meldet Energieschwankungen in den hinteren Generatoren. Sie arbeiten gerade daran, sie zu stabilisieren.«

»Gut. Halten Sie mich auf dem Laufenden.« Lees Aufmerksamkeit richtete sich wieder auf die taktische Anzeige. Die Zodark-Schlachtschiffe formierten sich zu einer Keilformation und bereiteten sich offensichtlich darauf vor, die Linien von Task Force 28 zu durchbrechen. Insgesamt waren es fünfundsechzig feindliche Schiffe.

Lee drückte die Taste. »Coop, starten Sie sofort alle Geschwader. Ich will unser gesamtes Raumgeschwader da draußen. Primäres Ziel: Verteidigung der Flotte, mit Schwerpunkt auf dem Schutz der großen Schiffe. Ausführen! Schalten Sie dabei so viele Vultures wie möglich aus.«

Coops Stimme antwortete über die Sprechanlage. »Aye-aye, Admiral. Startsequenz für alle Jäger und Bomber einleiten. Delta- und Echo-Staffeln übernehmen die Verteidigung der Flotte. Alpha, Bravo und Charlie bilden einen Schutzschirm um unsere großen Schiffe. Omega-Staffel in Bereitschaft für schnelle Reaktion. Start in T minus dreißig Sekunden.«

»Sehr gut, Coop. Halten Sie mich über den Status des Geschwaders und die Feindbewegungen auf dem Laufenden«, wies Lee an. »Wir können es uns nicht leisten, eines unserer großen Geschütze da draußen zu verlieren.«

»Verstanden, Sir«, sagte Coop. »Alle Piloten sind im grünen Bereich. Die erste Welle startet jetzt. Wir werden die Kommunikation offen halten und taktische Updates in Echtzeit liefern. Cooper Ende.«

Lee wandte seine Aufmerksamkeit wieder dem Hauptbildschirm zu und studierte die feindliche Formation. Ein Zodark-Schlachtschiff stach hervor, größer als die anderen - ein Kommandoschiff.

»Konzentrieren Sie das Feuer auf das nächstgelegene Zodark-Schlachtschiff«, befahl Lee. »Vektor Null-Vier-Fünf Markierung Zwei.«

»Aye, Sir«, antwortete Rhom. »Zielerfassung abgeschlossen. Zweiläufige Vierundzwanzig-Zoll-Magrail-Türme ausgerichtet. Bereit zum Feuern.«

Die Sensordaten wurden über ein zweites Display übertragen. Entfernungs-, Geschwindigkeits- und Zielinformationen scrollten vorbei und wurden in Echtzeit aktualisiert. Die Vorhersagealgorithmen des

Computers errechneten unter Berücksichtigung der Geschwindigkeit und Flugbahn des feindlichen Schiffes die optimale Feuerlösung.

»Feuer!« befahl Lee.

Das Deck erbebte, als die Hauptbatterien der *Vega* ihre Wut entfalteten. Auf dem Bildschirm schossen brillante Lichtstreifen auf das anvisierte Zodark-Schlachtschiff zu. Die magnetisch beschleunigten Geschosse durchquerten den Raum zwischen den Schiffen in einem Wimpernschlag.

Die Geschosse schlugen durch und trafen den Rumpf des Zodark-Schiffs. Explosionen entluden sich auf der Oberfläche, und Trümmer flogen ins Leere.

»Volltreffer«, meldete Rhom. »Feindliches Schlachtschiff weist erhebliche Schäden an der Backbordseite auf.«

»Gut. Feuer auf das Ziel aufrechterhalten«, sagte Lee. »Schalten wir es aus dem Kampf aus.«

Als die Geschütze der *Vega* wieder ansprangen, begannen der Rest der menschlichen Armada und die entstehende Primord-Flotte, die Zodark-Streitkräfte anzugreifen. Eruptionen durchlöcherten sowohl feindliche als auch verbündete Schiffe.

Die Brücke bebte, als ein Torpedo sein Ziel fand. Die Panzerung hielt weiterhin stand. Auf dem Bildschirm gingen die RNS *Artemis* und die RNS *Orion*, zwei der stärksten Schlachtkreuzer der Flotte, in Position und flankierten das beschädigte Zodark-Schlachtschiff.

»*Artemis* und *Orion* in Position, Sir«, bestätigte Rhom. »Sie bereiten sich auf das Feuer vor.«

»Sag ihnen, sie sollen alles rauslassen, was sie haben.«

Von den republikanischen Schiffen flogen Raketen ab. Die Geschosse schlugen in die geschwächte Panzerung des fremden Schiffes ein und erzeugten eine Reihe heller Blitze, die die Filter des Bildschirms kurzzeitig überlasteten.

Als das Raketensperrfeuer nachließ, schossen beide RNS-Schiffe mit ihren Magrail-Geschütztürmen los. Ströme von Hochgeschwindigkeitsgeschossen bohrten sich in den Rumpf des Zodark-Schiffs und durchschlugen die Panzerung.

Das fremde Schiff zitterte, dann explodierte es mit einem lautlosen Blitz, der das Schlachtfeld erhellte. Die Druckwelle breitete sich aus und verstreute metallische Fragmente in alle Richtungen. Die

Überreste des einst mächtigen Kriegsschiffs flogen in die Leere, einige glühten noch von der Hitze der Explosion.

Lee scannte die Informationen, die über das persönliche Holo an der Armlehne seines Stuhls liefen, und verschaffte sich einen Überblick über das Gefecht. Seine Flotte hielt sich wacker, aber die Zodarks übten starken Druck aus. Mehrere seiner eigenen Schiffe waren beschädigt worden, und die RNS *Intrepid* meldete kritische Systemausfälle.

Während Lee das Hologramm studierte, blinkten neue Daten auf dem Display auf. Fünf neue Feindkontakte erschienen am Rande der Kampfzone.

»Sir, fünf weitere Zodark-Schiffe nähern sich von den Koordinaten eins-sieben-acht und sechs-sieben«, meldete Reynolds.

»Auf den Bildschirm«, befahl Lee.

Der Hauptbildschirm verschob sich und zoomte heraus, um die neue Bedrohung zu zeigen. Die fünf neuen Zodark-Schiffe näherten sich an ihrer Flanke. Das führende Schiff, größer als die anderen, war eindeutig ein weiteres Flaggschiff.

Am unteren Rand von Lees Bildschirm liefen Zahlen, die sich mit jeder Sekunde aktualisierten:

Reichweite zum führenden Zodark-Schiff: 48.457 Kilometer

Schließgeschwindigkeit: 0,15C

Zeit bis zur optimalen Waffenreichweite: 0:32

Lee drückte seinen Kommunikationsknopf. »RNS *Detroit*, RNS *Virginia*, RNS *Nebraska*, bildet einen Keil«, befahl er. »Durchstoßen Sie ihre Linie.«

Auf dem Hauptbildschirm reagierten die drei schweren Kreuzer auf seinen Befehl. Die Schiffe bildeten eine enge Pfeilspitze mit der *Detroit* an der Spitze und der *Virginia* und der *Nebraska* an ihren Flanken.

Der Keil aus menschlichen Kriegsschiffen beschleunigte und fuhr direkt auf das Herz der fünf Schiffe umfassenden Zodark-Formation zu. Energiestrahlen und Raketen der fremden Schiffe schlugen auf die vorrückenden Kreuzer ein, aber ihre Panzerung hielt stand.

Als sie sich dem Feind näherten, eröffneten die drei Kreuzer das Feuer. Magrailgeschosse, Laser und Schwärme von Raketen brachen aus ihren Rümpfen in einer verheerenden Fusillade hervor.

Das führende Zodark-Schiff, das von dem plötzlichen, aggressiven Manöver überrascht wurde, bekam die volle Wucht des Angriffs ab. Seine Triebwerke versagten unter dem Ansturm und der Rumpf des feindlichen Schiffes gab nach. Sekundäre Explosionen zogen über seine gesamte Länge, bevor es in einem spektakulären Lichtblitz auseinanderbrach.

Die *Virginia* und die *Nebraska* schälten sich zu beiden Seiten ab und umzingelten die verbleibenden Zodark-Schiffe mit vernichtendem Feuer. *Die Detroit* pflügte unterdessen geradeaus. Ihr verstärkter Bug durchschlug die Trümmer des zerstörten Zodark-Schiffs und verstreute die Splitter. Die Punktverteidigungssysteme des Kreuzers arbeiteten auf Hochtouren und schlugen Raketen und kleinere Schiffe, die sich ihm in den Weg stellten, in die Flucht. Zwei weitere Zodark-Schlachtschiffe fielen dem Feuer der Alliierten zum Opfer, wurden außer Gefecht gesetzt und aus dem Kampf genommen.

Rundherum kämpften die vereinten Streitkräfte der Primord und der Republik gegen feindliche Schiffe. Es herrschte Chaos.

Lee beugte sich in seinem Stuhl leicht nach vorne, wobei seine Augen den taktischen Bildschirm nicht verließen. Er beobachtete, wie die drei Flak-Fregatten der Republik, zwei schwere Kreuzer und eine Handvoll Primord-Schiffe die Zodark-Linie durchbrachen und eine Spur der Zerstörung hinterließen. Zwei weitere feindliche Schiffe fielen unter dem Ansturm, ihre Hüllen zerbrachen.

»Sir«, sagte Rhom. »Die Linie der Zodarks bricht zusammen. Sie versuchen, sich zu lösen.«

»Ausgezeichnet«, sagte Lee, und seine Stimme war auf der Brücke zu hören. »Sagen Sie *Detroit*, *Virginia* und *Nebraska*, sie sollen die Position halten und weiterhin alle möglichen Ziele angreifen. Wir müssen unseren Vorsprung ausbauen.«

Während die Schlacht um sie herum weiter tobte, strömten neue Daten über den Bildschirm, die die Verschiebung des Kräfteverhältnisses zeigten. Die menschliche und die Primord-Flotte hatten die Initiative ergriffen.

»Ein weiteres feindliches Schiff neutralisiert, Sir«, verkündete Rhom und runzelte die Stirn, als weitere Informationen auf seiner Konsole auftauchten. »Massive Energiesignatur bei Peilung zwei-sieben-null entdeckt, Entfernung fünfhundertzwölftausend Kilometer.«

Die holografische Hauptanzeige veränderte sich und vergrößerte sich, um einen breiteren Blick auf das Schlachtfeld zu ermöglichen. Ein pulsierendes rotes Symbol erschien am Rande des Sensorbereichs, begleitet von Daten, die schnell über den unteren Teil der Projektion scrollten:

Unbekannter Kontakt

Lager: 270

Reichweite: 512.000 Kilometer

Masse: 1,8E7 Tonnen

Energieertrag: 9,7E12 MW

Klassifizierung: Anomal

Lee blinzelte, als er die Anzeige studierte. »Vergrößern.«

Der Hauptbildschirm zitterte und löste sich in ein hochauflösendes Bild auf, sodass Lee der Atem stockte. Ein kolossales Zodark-Flaggschiff dominierte die Anzeige. Das außerirdische Schiff überragte seine Begleitflotte, die aus über neunzig kleineren Schiffen bestand, die in einer schützenden Formation um ihren riesigen Anführer angeordnet waren.

Lees Gedanken rasten, als er die Chancen berechnete. Sein eigener Einsatzverband bestand aus etwas mehr als achtzig Schiffen. Mit den Schiffen im aktuellen Gefecht wären die Zodarks fast zwei zu eins in der Überzahl.

»Admiral, es kommt etwas auf uns zu!« Rhoms Augen weiteten sich, als er auf sein Sensordisplay starrte. »Minimeteoritensturm direkt vor uns!«

»Was?« fragte Lee. »Wie nah?«

»Es wird in weniger als einer Minute bei uns sein, Sir«, sagte Rhom. »Die Messwerte für die Dichte sind unschlagbar.«

Wie konnten wir das nur übersehen? fragte sich Lee. *Wo waren die Informationen darüber?*

Dies war einer der Gründe, warum ihre Schiffe so robust gepanzert waren, aber Lee bezweifelte, dass dies ausreichen würde.

»Alle Mann«, befahl Lee, »bereiten Sie sich auf den Aufprall vor! Steuermann, passen Sie unseren Kurs an. Versuchen Sie, unser Profil zu minimieren.«

Die Brückenbesatzung brachte sich in Sicherheit, als die ersten Partikel auf der *Vega* einschlugen. Ein kakophonisches Geräusch von

Pings und Donnern hallte durch den Rumpf, das mit jeder Sekunde an Intensität zunahm.

Auf dem Hauptbildschirm schimmerte und verzerrte der Raum vor ihnen. Winzige Lichtflecken erschienen und zogen mit unglaublicher Geschwindigkeit vorbei. Während sie zusahen, wurde ein Zodark-Geier von dem Sturm erfasst. Das Schiff selbst zerfiel, zerrissen von dem unerbittlichen Sperrfeuer.

»Schadensmeldungen kommen von allen Decks«, sagte Rhom, seine Stimme war angespannt. »Hüllenbrüche auf den Decks vier und sieben. Schotten versiegeln sich jetzt automatisch.«

»Sir, wir haben den Kontakt mit der RNS *Sovereign* und der RNS *Dauntless* verloren«, meldete Rodriguez mit blassem Gesicht. »Die letzte Übertragung zeigte mehrere Hüllenbrüche an.«

Lees Kiefer klappte zusammen. Das waren gute Schiffe mit guten Besatzungen. »Versuchen Sie weiter, sie aufzurichten. Wie sieht es mit dem Rest der Flotte aus?«

Bevor jemand antworten konnte, erhellte ein heller Blitz den Bildschirm. Einer der Zodark-Kreuzer war zu nahe an einen besonders dichten Fleck aus Mikromoiden geraten. Das Schiff brach aus allen Nähten, Explosionen rissen es in Stücke.

»Sir, Coopers Raumschiff ist in Schwierigkeiten«, meldete Rodriguez, deren Tonlage wegen der ständigen Stöße kaum zu hören war. »Sie werden da draußen auseinandergerissen.«

Der Sturm brachte ihre Sensoren durcheinander. Coops Jäger und Bomber waren verstreut und versuchten verzweifelt, sowohl den Zodark-Angreifern als auch dem tödlichen Trümmerfeld auszuweichen.

»Coop, holen Sie Ihre Leute da raus«, sagte Lee in die Sprechanlage. »Ziehen Sie sich in den Verteidigungsbereich der *Vega* zurück.«

»Ich versuche es, Sir«, meldete sich Coops Stimme, die mit Rauschen gefüllt war. »Wir haben verloren... können es nicht... schaffen...«

Die Übertragung brach ab. Ein kalter Knoten bildete sich in Lees Magen. Weitere Symbole verschwanden von seinem Bildschirm - jedes einzelne stand für einen Piloten, eine Person, die er zu schützen geschworen hatte.

»Sir, wir haben über dreißig Jäger verloren«, sagte Rhom mit hohlem Ton. »Erbitte sofortigen Shuttle-Start zur Suche und Rettung der herausgeschleuderten Piloten.«

Lee nickte. »Tun Sie es. Holt so viele unserer Leute zurück, wie wir können.«

Während die Rettungsshuttles starteten, konzentrierte sich Lee auf die Schlacht. Trotz der Verwüstungen, die der Mikrometeoritensturm angerichtet hatte, sah er eine Chance. Die Zodark-Flotte war in Aufruhr, ihre Formation war durch den unerwarteten Ansturm zerbrochen.

»Das ist unser Hauptziel«, sagte Lee und deutete auf das große Zodark-Flaggschiff. »Alle Schiffe, halten Sie einen Abstand von vierhunderttausend Kilometern. Bereitet euch auf einen Langstreckenangriff vor.«

Die Besatzung gab Befehle weiter und koordinierte sich mit dem Rest der Flotte. Lees Einsatztruppe, begleitet von der Primord-Armada, manövrierte in Position, wobei sich ihre Formation trotz des anhaltenden Sturms verfestigte.

»Sir«, sagte Rhom, »Feinde erreichen maximale Reichweite in T minus zwei-siebzehn«.

»Taktische Abteilung, beginnen Sie mit der Planung der Abschusspläne«, antwortete Lee. »Ich möchte, dass unsere erste Salve sie in dem Moment trifft, in dem sie die Vierhundertfünfundzwanzigtausend-Kilometer-Schwelle überschreiten.«

»Aye, Sir. Die Zielcomputer berechnen gerade die Vektoren des Feindes. Wir berücksichtigen ihre aktuelle Geschwindigkeit und ihre geplanten Ausweichmanöver.«

Auf dem taktischen Hologramm erschienen geisterhafte Projektionen, die die voraussichtlichen Flugbahnen der Zodark-Schiffe zeigten. Die Vorhersagealgorithmen des Computers waren beeindruckend, aber Lee wusste, dass die Außerirdischen gerissen waren.

»Stellen Sie die Feuerkontrolle auf eine zwanzigprozentige zufällige Abweichung von den vorhergesagten Bahnen ein«, befahl Lee. »Machen wir es ihnen schwer, unsere Zielprioritäten zu erraten.«

Als die Sekunden heruntertickten, zog sich Lees Brustkorb zusammen. Weitere Berichte über Meteoriteneinschläge kamen von seiner Flotte. Ein weiteres Dutzend Gripens und Valkyries hatten ihr Ende gefunden.

»Rhom,« fragte Lee, »wie ist der Status dieses Meteoritenfeldes? Wann können wir damit rechnen, dass es sich auflöst?«

»Admiral, ich habe die Sensordaten kontinuierlich analysiert. Ich fürchte, die Messwerte zeigen keine Anzeichen dafür, dass der Schauer nachlässt. Bei der derzeitigen Intensität und Ausbreitung wird es Tage dauern, bis wir eine signifikante Verringerung der Partikeldichte sehen.«

»Tage? Das ist nicht akzeptabel. Wir müssen dieses Gebiet so schnell wie möglich räumen.«

In diesem Moment meldete sich die Stimme von Reynolds. »Sir, ich habe die Partikeldichte und die Geschwindigkeitsmuster kartiert. Es gibt einen Weg des geringsten Widerstandes, den wir ausnutzen könnten. Er führt uns auf eine Flugbahn nahe Lunakor.«

»Der Mond? Das ist ein kleiner Umweg, Reynolds. Sind Sie sicher?« Sie waren auf dem Weg dorthin, zusammen mit vielen seiner Truppentransporter *der* Jupiter-Klasse. Das waren gute Nachrichten, und sie erleichterten Lees Brust ein wenig.

»Ja, Sir. Das ist unsere beste Option. Die Koordinaten lauten wie folgt: Peilung Null-Vier-Sieben, Markierung Zwei-Acht-Drei, Entfernung Zwei-Punkt-Sieben Millionen Kilometer. Wir müssen diesen Kurs bei dieser Geschwindigkeit beibehalten, um die Koordinaten in achtzehn Minuten zu erreichen.«

»Sehr gut, Reynolds. Zeichnen Sie den Kurs auf.« Lee aktivierte den flottenweiten Kommunikationskanal. »Achtung, alle Schiffe. Wir passen unseren Kurs an, um durch diesen Meteoritensturm zu navigieren. Alle Schiffe sollen sich auf der RNS *Vega* formieren und unseren Kurs und unsere Geschwindigkeit genau anpassen. Setzen Sie den neuen Kurs auf null-vier-sieben, Markierung zwei-acht-drei. Ich wiederhole, null-vier-sieben, Markierung zwei-acht-drei. Behalten Sie diesen Kurs für die nächsten achtzehn Minuten bei. Wir werden den Mond Lunakor umrunden. Wir haben es mit der größten Zodark-Macht zu tun, der wir je begegnet sind, ganz zu schweigen von diesem Meteoritensturm. Ich werde jeden Einzelnen von euch brauchen, und noch mehr. Lee out.«

Die *Vega* und die gesamte Task Force 28 änderten ihren Kurs. Die neue Flugbahn war zwar sicherer vor dem Meteoritensturm, aber sie befanden sich immer noch auf einem Abfangkurs mit der größeren Zodark-Flotte. Das imposante Zodark-Flaggschiff ragte in der Mitte dieser riesigen Streitmacht auf. In der Zwischenzeit gruppierte sich die kleinere Zodark-Armada, die sie gleich nach dem Austritt aus dem Sternentor angegriffen hatte, neu und hatte Mühe, ihre Formation in dem turbulenten Weltraumwetter zu halten.

Lee befand sich nun in einer prekären Lage, da er zwei verschiedenen Zodark-Armadas gegenüberstand. Selbst mit den verbündeten Primord-Schiffen, die an ihrer Seite kämpften, waren die Kräfte der Task Force 28 zahlenmäßig deutlich unterlegen.

»Entfernung zur feindlichen Flotte: vierhundertsechzigtausend Kilometer«, sagte Rhom. »Benennen Sie die entfernte feindliche Formation als Flotte Beta. Die nähere Zodark-Formation bezeichnen Sie als Flotte Alpha. Bestätigen Sie.«

»Verstanden«, sagte Lee. »Taktisch, bestätigen Sie die Bezeichnungen und aktualisieren Sie das flottenweite taktische Netzwerk mit diesen neuen Bezeichnungen. Stellen Sie sicher, dass alle Schiffe darüber informiert sind.«

»Aye, Sir.« Rhom tippte die Informationen ein, während sein Blick auf einen zweiten Bildschirm seiner Konsole wanderte. »Flotte Beta in einer Entfernung von vierhunderteinunddreißigtausend Kilometern und kommt näher. Unsere optimale Entfernung für Langstreckenfeuer beträgt vierhundertfünfundzwanzigtausend Kilometer. Bei der derzeitigen Geschwindigkeit erreichen wir die optimale Entfernung in etwa acht Sekunden.«

Als acht Sekunden vergangen waren, sprach Lee über den Funk. »Alle Schiffe, Feuer eröffnen.«

Raketen wurden von den Schiffen der Republik und der Primord abgefeuert. Augenblicke später schossen Energiestrahlen aus den Laserbatterien der Flotte.

Die erste Salve überquerte die große Entfernung zwischen den Flotten. Die Zodark-Schiffe wichen aus, ihre Bewegungen waren sogar noch unberechenbarer, als der taktische Computer vorhergesagt hatte. Trotz aller Bemühungen konnten jedoch nicht alle Schiffe dem Beschuss ausweichen.

Mehrere kleinere Zodark-Schiffe gingen in Flammen auf, als die Raketen ihr Ziel fanden. Andere erlitten Streifschüsse durch das Laserfeuer, aber das riesige Zodark-Flaggschiff blieb unversehrt, geschützt durch mehrere Schichten von Geleitschiffen und seine eigenen gewaltigen Verteidigungsanlagen.

Weitere Minimeteoroiden schlugen auf der *Vega* ein. Als die Miniaturfelsen den gepanzerten Rumpf des Schiffes durchschlugen, ertönten Sirenen.

Die taktische Anzeige platzte mit Warnungen. Ein Schwarm von neuen Kontakten tauchte auf. Hunderte von kleinen Schiffen strömten aus Zodark Fleet Beta.

»Zodark-Geier im Anflug, kommen schnell näher«, sagte Rhom. »Mindestens dreihundert Jäger.«

Eine sich nähernde Wolke feindlicher Sternenjäger kam auf dem Bildschirm in Sicht. Ein Hagel von Energiebolzen sauste durch die Leere und traf die von Menschen geführten Schiffe wie ein Pfeil. Da die *Vega* das größte Schiff im System war, war sie ein Magnet für feindliches Feuer - selbst der unerfahrenste Zodark-Pilot konnte es unmöglich versäumen, den zweiunddreißig Meter langen Stolz der Republikanischen Marine zu treffen.

»Coop?« Lee wählte den Kanal von Coop. »Bist du bei uns?«

»Kommunikation ... leicht ... abgehackt, Sir, aber sti ... hier.«

Lee atmete erleichtert auf. *Verdammte Zodarks haben so viel zu jammen.*

Er wandte sich an seinen Kommunikationsoffizier. »Rodriguez, können wir irgendetwas tun, um das Signal zu löschen? «

»Ich werde mein Bestes tun, Sir«, antwortete sie.

Lee versuchte erneut, zu Coop durchzudringen. »Diese Geier brauchen eine Lektion im Hundekampf, und es sind viele im Anflug. Schaltet sie aus, bevor sie hier ankommen«, wies er an.

»Negativ, Sir... Kämpfer... beschädigt. Ich bin RTB. Mein XO, Riggs, übernimmt.«

Das Radio verstummte.

»Coop? Können Sie lesen?« fragte Lee. »Coop?«

Es kam keine Antwort.

Lee schnitt eine Grimasse. »RNS *Ortega* und *Intrepid*«, sagte er und betätigte sein Funkgerät, »begleitet die Jäger und versucht mit ihnen Schritt zu halten. Stören Sie. Erledigen Sie so viele dieser Vultures wie möglich. Haltet ihre Jäger von unseren Hauptschiffen fern.«

Während die Gripen-Jäger in Formation auf die ankommenden Vultures der feindlichen Flotte Beta zuflogen, schaute Lee auf die Entfernung der Zodark-Flotte Alpha: achtunddreißigtausend Kilometer, und sie begannen wieder zu feuern. Die Meteoroiden schienen größer zu werden und trafen alle Schiffe schneller.

Die Brücke der RNS *Vega* bebte unter dem Aufprall einer weiteren Welle von Minimeteoroiden.

»Admiral«, sagte Rhom, »die Meteoroiden werden immer intensiver. Unsere Sensoren haben Schwierigkeiten, zwischen Trümmern und feindlichem Feuer zu unterscheiden.«

Auf dem Bildschirm raste ein besonders großer Brocken von Weltraumgestein auf sie zu. Die Punktabwehrlaser des Schiffes feuerten schnell und verdampften die ankommende Bedrohung in eine Wolke kleinerer Fragmente.

»Schalten Sie alle Laserwaffen für den Fernkampfeinsatz aus«, befahl Lee. »Verwenden Sie sie weiterhin als Punktverteidigung gegen die Meteoroiden. Wir werden uns auf Raketen und Magrails für offensive Operationen verlassen.«

Während seine Mannschaft sich bemühte, den Anweisungen Folge zu leisten, studierte Lee den Hauptbildschirm. Die Zodark-Flotte Alpha veränderte sich, ihre Formationen brachen auseinander, als sie angesichts des sich verstärkenden Sturms um ihren Zusammenhalt kämpften.

»Sir«, meldete Rodriguez, »der Feind ändert seinen Kurs. Sie scheinen sich aus dem Meteoritenfeld zurückzuziehen.«

»Und unsere Raketen?«

»Immer noch auf Kurs, Sir«, bestätigt Rhom. »Der Sturm stört die Laserabwehr der Zodarks. Ihre Treffsicherheit ist deutlich reduziert.«

Der Sturm, der Lees Flotte zu zerreißen drohte, bot auch einen unerwarteten Vorteil.

»XO Sato«, sagte Lee und wandte sich an seinen Stellvertreter, »ich hätte gerne Ihre Meinung zu unserer aktuellen Situation. Haben Sie irgendwelche Vorschläge für unsere weitere Strategie?«

Sato überlegte einen Moment, bevor er antwortete. »Sir, ich empfehle, dass wir den Sturm zu unserem Vorteil nutzen. Wir können ihn als Deckung nutzen, um näher an den Feind heranzukommen, während er mit seiner Verteidigung kämpft. Es ist riskant, aber es könnte uns die nötige Öffnung verschaffen.«

»Wir müssen uns eng mit dem Rest der Flotte und unseren Primord-Verbündeten abstimmen.« Er drückte auf den Weitwinkelkanal. »Achtung, an alle Schiffe, die Situation hat sich geändert, und damit auch unsere Strategie. Wir leiten mit sofortiger Wirkung eine Operation zur Aufteilung und Eroberung ein.«

Lee erläuterte den neuen Plan, der die Flotte in drei Einsatzgruppen aufteilte - die Hauptkampfgruppe, die Lunakor-Invasionstruppe und die Reserve- und Unterstützungsgruppe. Während er sprach, aktualisierte sich die taktische Anzeige auf dem Hauptbildschirm und zeigte, wie die neuen Formationen Gestalt annahmen.

»Die Hauptkampfgruppe wird die primären Zodark-Truppen angreifen und sowohl als Hauptangriff als auch als Ablenkung dienen«, fuhr Lee fort. »Während wir ihre Aufmerksamkeit ablenken, wird die Lunakor-Invasionsstreitmacht den Schutz des Meteoritensturms nutzen, um sich zu lösen und sich dem Mond über den Umweg zu nähern, den ich Ihnen jetzt schicke. Die Reservegruppe wird bei Bedarf Unterstützung leisten und als Schutzschild für die Invasionsstreitkräfte dienen. Dies ist eine komplexe Operation, Leute. Wir werden jeden erdenklichen Trick anwenden - ECM, um den Abflug der Invasionstruppe zu verschleiern, Spezialschiffe mit verbesserten Meteoritenabwehrfähigkeiten als Eskorte und eine Reihe von Täuschungsmanövern, um den Feind im Ungewissen zu lassen.«

Während Lee seine Rede beendete, formte sich die Flotte auf dem taktischen Display weiter um. Die Lunakor-Invasionsstreitkräfte unter Führung der RNS *Maddox* entfernten sich von der Hauptgruppe und nutzten den sich verstärkenden Meteoritensturm als Deckung.

»Sir«, sagte Rodriguez, »Zodark-Flotte Beta nähert sich aus dreihundertneununddreißigtausend Kilometern Entfernung, aber sie werden langsamer. Es sieht so aus, als würden sie versuchen, den Kurs zu ändern, um dem Meteoritensturm auszuweichen.«

Lee nickte. »Gut. Das gibt uns mehr Zeit, unseren Plan auszuführen. Behaltet sie im Auge, aber konzentriert euch auf die unmittelbare Bedrohung.«

Die Brücke bebte erneut, als eine weitere Welle von Meteoroiden den Rumpf der *Vega* traf. Lee biss die Zähne zusammen, denn er wusste, dass jeder Einschlag ihre Verteidigung zunehmend schwächte.

»Schadensbericht«, sagte er.

»Leichte Hüllenbrüche auf den Decks sieben und zwölf«, berichtete Rodriguez. »Reparaturteams sind im Einsatz. Panzerung hält bei siebenundsiebzig Prozent.«

Die Hauptkampfflotte war nun voll im Kampf mit den Alpha-Truppen der Zodark-Flotte, die ein Sperrfeuer aus Raketen und Magrail-Feuer entfachten. Der Raum zwischen den Flotten war ein einziges Gewirr aus Explosionen, verdampftem Gestein und tödlichen Geschossen.

»Sir«, sagte Sato, »mehrere feindliche Torpedoabschüsse entdeckt. Wir haben es mit einer ganzen Reihe zu tun, Sir.«

Der Sturm machte es nahezu unmöglich, die Lasertechnologie für Fernziele zu nutzen, da die Meteoriten die Strahlen streuten und brachen, was ihre Wirksamkeit auf große Entfernungen verringerte. Ohne ihre Laser verließen sich die Zodarks also auf ihr Torpedoarsenal. Das war ein gefährlicher Schachzug - Torpedos waren langsamer und leichter abzufangen als Energiewaffen, aber sie hatten eine viel größere Durchschlagskraft.

»Alle Schiffe, vorbereiten auf ankommende Torpedos«, befahl Lee über den flottenweiten Kanal. »Punktverteidigungssysteme auf volle Automatik. Ausweichmanöver nach eigenem Ermessen. Schalten Sie diese Torpedos aus!«

Kapitel sechsundzwanzig

RNS *Vega*
Task Force 28
Gravaxia-System

Der Minimeteoritensturm verwandelte Coops Schlachtfeld in einen tückischen Hindernisparcours. Trümmer prallten von seinem Rumpf ab, während er sich durch die Meteoritenhölle schlängelte. Um ihn herum kämpften RNS-Schiffe gegen zwei Zodark-Flotten, die aus verschiedenen Richtungen kamen und nur wenige Lichter von seinem Cockpitfenster entfernt waren. Einige Feinde waren mehr als dreihunderttausend Kilometer entfernt, während einige feindliche Schiffe nur fünfundzwanzigtausend Kilometer von ihm entfernt waren und das Schnellfeuer auf die verbündeten Streitkräfte eröffneten.

Coop entdeckte einen Geier, der sich dem Heck seines Flügelmanns näherte. »Pass auf deine Sechs auf, Riggs.«

Coop ließ sein Kampfflugzeug ausrollen und brachte seine Waffen zum Einsatz. Die Magrail-Kanonen heulten auf und spuckten überhitzte Geschosse auf das feindliche Schiff. Der Geier explodierte in einem leuchtenden Feuerball, und Coop stürzte durch die feurige Wolke, wobei seine Sensoren kurzzeitig überwältigt wurden.

»Danke für die Rettung, Boss«, ertönte Riggs' Stimme über das Funkgerät. »Diese Felsen spielen mit meinen Zielsystemen die Hölle heiß.«

»Wem sagst du das«, sagte Coop und wich mit einem kräftigen Ruck einer besonders fiesen Ansammlung von Weltraumfelsen aus. »Alle Einheiten, bitte melden.«

Die Kommunikationskanäle dröhnten, als seine Piloten sich meldeten. Inmitten des Durcheinanders bekam Coop ein paar Schnipsel der größeren Schlacht mit, die sich um sie herum abspielte.

»Nomad hier, kämpft gegen drei Banditen in Sektor 7.«

»Shrike an Coop, wir haben Bullseye und Tex durch Meteoriteneinschläge verloren. Erbitten Verstärkung.«

»Hier ist Rogue«, drang eine kühle Frauenstimme durch den Lärm. »Die Walküre-Beta-Staffel hat gerade ein feindliches Schlachtschiff ausgeschaltet. Gern geschehen, Jungs.«

Coop grinste. Wenigstens war etwas in ihrem Sinne. »Gute Arbeit, Rogue. Übe weiter Druck auf ihre großen Schiffe aus.«

»Coop, hier ist Phoenix! Wir haben die Hälfte unseres Geschwaders durch diese verdammten Felsen und das Kreuzfeuer der Geier verloren. Wir brauchen Verstärkung!«

»Biene hier. Die Echo-Staffel ist nur noch ein Viertel stark. Diese Meteoroiden reißen uns auseinander!«

»Phantom meldet sich. Habe meinen Flügelmann und drei andere verloren. Die Vultures greifen uns an, während wir diesem Meteoriten-Minenfeld ausweichen!«

Coop verfolgte die düsteren Nachrichten, und noch düsterer wurde es, als er las, was auf seinem Bildschirm erschien. Die Anzeige zeigte achtundneunzig verlorene Raumjäger in seinem Geschwader, so dass nur noch 202 übrig waren. Die Chancen waren überwältigend, selbst wenn verbündete Gripens von anderen RNS-Schiffen so viele republikanische Schiffe wie möglich verteidigten.

Er musste schnell handeln. »Omega-Staffel, hier spricht Coop. Starten Sie sofort von der RNS *Vega*. Wir brauchen Sie hier sofort.«

»Verstanden, Coop«, ertönte Badgers Stimme über das Funkgerät. »Omega-Staffel startet. Wir sind auf dem Weg.«

Während Coop beobachtete, wie die Marker der Omega-Staffel auf seinem taktischen Bildschirm erschienen, dachte er weiter über Badger nach. Der Pilot war ein Joker, ein echter Außenseiter. Man wusste nie, welche Version von ihm man in einem Gefecht antreffen würde - diejenige, die nur darauf aus war, Geier zu töten, oder den Teamplayer, der alles riskieren würde, um einen Kollegen zu retten.

»An alle Staffeln, hier spricht Coop. Omega greift in den Kampf ein.«

»Aye, Sir«, kam es fast unisono über die Sprechanlage.

Ein Annäherungsalarm ertönte. Coops Aufmerksamkeit richtete sich wieder auf seine unmittelbare Umgebung. Drei Geier waren durch das Handgemenge gebrochen und hatten seine Position angepeilt. Im Moment flog er dicht an die *Vega* heran, um sie so gut wie möglich zu schützen.

»Riggs, volle Schubkraft backbord!« Coop zog seinen Steuerknüppel hart nach Steuerbord. »Wir haben Gesellschaft!«

Coops Gripen zitterte, als ein Torpedo in der Nähe detonierte und die Schockwelle sein Flugzeug durchschlug. Coop zog eine harte

Grimasse und kämpfte darum, die Kontrolle zu behalten, während er weiterem Beschuss auswich.

»Ich kann sie nicht abschütteln, Coop!« Riggs' Tonfall war von Anspannung geprägt. »Diese Geier sind hartnäckig!«

Der Minimeteoritensturm richtete in ihren Systemen verheerende Schäden an und machte präzise Schüsse nahezu unmöglich.

»Riggs, wir werden uns aufteilen«, verkündete Coop. »Versucht, sie voneinander wegzulocken. Benutzt das Trümmerfeld als Deckung.«

»Verstanden«, antwortete Riggs. »Viel Glück, Boss.«

Coop stürzte in eine dichte Ansammlung von Meteoroiden, und der Rumpf seiner Gripen ächzte unter den Einschlägen. Warnleuchten blinkten auf seiner Konsole auf, als seine Panzerung sich anstrengte, das Sperrfeuer abzuwehren. Hinter ihm mühten sich die Vultures ab, um Schritt zu halten, da ihre größeren Rahmen weniger manövrierfähig waren.

Vor uns tauchte ein großer Felsbrocken auf. Coop wartete bis zur letzten Sekunde, bevor er hart aufsetzte und die Oberfläche des Meteoroiden streifte. Einer der verfolgenden Vultures hatte nicht so viel Glück, prallte kopfüber gegen das Hindernis und verschwand in einer wilden Explosion.

»Einer weniger«, sagte Coop.

Seine Freude war nur von kurzer Dauer, als sein Kampfjet heftig schwankte und die Sirenen ertönten. Ein Glückstreffer von einem der verbliebenen Vultures hatte sein Ziel getroffen, und Coops Systeme spielten verrückt.

»Riggs, ich bin getroffen!« sagte Coop und kämpfte darum, sein Schiff unter Kontrolle zu halten. Er leitete Kühlmittel zu einem überhitzten Triebwerk um, um eine katastrophale Kernschmelze zu verhindern. »Wie geht es Ihnen da drüben?«

»Nicht gut. Zwei sind mir auf den Fersen, und meine Waffen funktionieren in diesem Chaos kaum noch!«

Coops Herz raste, als er nach einem Ausweg aus ihrer misslichen Lage suchte. Streifen von Waffenfeuer zischten an seiner Kabinenhaube vorbei und trafen den Geier hinter ihm. Der feindliche Jäger löste sich auf, und Coops Sensoren registrierten zwei neue Kontakte, die sich schnell näherten.

»Yeehaw!«, dröhnte eine vertraute Stimme über das Funkgerät. »Sieht aus, als könnten Sie Hilfe gebrauchen, Captain.«

»Dachs.« Erleichterung machte sich in Coop breit. »Schön, dass Sie sich uns anschließen.«

»Jederzeit, Sir«, antwortete Badger. »Nova und ich werden den Rest dieser Witzbolde aufmischen.«

»Vielen Dank«, sagte Coop. »Riggs, bist du noch bei uns?«

»Bin noch da. Danke für die Hilfe, Badger.«

»Es ist uns ein Vergnügen, meine Herren«, meldete sich eine neue Frauenstimme. »Wir haben zwei Vultures im Visier. Wir planen, sie in wenigen Sekunden auszuschalten. Haltet euch bereit.«

Während Badger und Nova abdrehten, um die verbleibenden Vultures anzugreifen, nahm sich Coop einen Moment Zeit, um sich einen Überblick über die Schlacht zu verschaffen. Seine taktische Anzeige war ein Wirbel aus freundlichen und feindlichen Kontakten, die alle im Strudel des Meteoritensturms herumwirbelten. Mit einem mulmigen Gefühl wurde ihm bewusst, wie viele seiner Geschwader tatsächlich durch die kombinierte Bedrohung von feindlichem Feuer und Weltraummüll dezimiert worden waren.

»An alle Einheiten, hier spricht Coop«, sagte er. »Gruppiert euch und formiert euch auf meiner Position. Wir müssen unsere Kräfte bündeln und die feindliche Offensive zurückdrängen.«

Coop überprüfte sein taktisches Display. Etwas erregte seine Aufmerksamkeit - eine Gruppe republikanischer Schiffe, die sich vom Haupttrupp absetzte. Er zoomte heran und erkannte die IFF-Signaturen der Lunakor-Invasionsstreitkräfte. Sie bewegten sich heimlich auf den Mond zu, in der Hoffnung, unbemerkt zu entkommen.

Ein paar Geier entdeckten das Manöver, als Coops Display mit einer neuen Bedrohung aufleuchtete. Zehn Vulture-Jäger lösten sich aus der feindlichen Formation und verfolgten die Invasionstruppe.

»Verdammt«, murmelte Coop und schätzte die Situation ein. Die Lunakor-Truppe war zu weit weg, um sie schnell zu erreichen, aber jemand musste diese Geier abfangen. Er betätigte sein Funkgerät und suchte nach den nächstgelegenen befreundeten Einheiten.

»Coop an Hawk, Shrike, Lucky, Spark, Badger, Nova, Nomad und Riggs. Stellt euch bei mir auf. Wir haben ein Problem. Phantom, Sie übernehmen die Führung unseres Raumschiffs. Ich breche ab, um sofortige Luftunterstützung für die Lunakor-Invasionstruppe zu leisten.

Sie werden unter schwerem Beschuss stehen und brauchen so schnell wie möglich ein CAS. Behalten Sie die Standardkampfaufteilung bei und halten Sie die Kommunikation auf Tac Channel Three offen. Ich leite die Updates weiter, sobald sie eintreffen. Phantom, Sie haben grünes Licht. Der Rest von Ihnen, halten Sie die Formation aufrecht und folgen Sie Phantoms Befehlen. Coop out.«

Bestätigungen knisterten über das Funkgerät, als Coop auf die Invasionsstreitkräfte zusteuerte. Sein Kampfflugzeug schoss durch das Meteoritenfeld, und die anderen Piloten formierten sich hinter ihm.

»Die Invasionsstreitkräfte von Lunakor sind auf dem Vormarsch«, sagte Coop, den Blick auf die weit entfernten Invasionsstreitkräfte gerichtet. »Aber sie haben unerwünschte Aufmerksamkeit erregt. Wir müssen sie aus dem Weg räumen.«

Während sie durch den Raum rasten, kam der grüne Mond Lunakor in Sicht. Seine grüne Aura schimmerte vor dem Sternenhintergrund.

»Ich sehe sie«, rief Nova. »Geier, direkt vor uns. Sie greifen die Invasionstruppe an.«

In der Ferne blitzte das Feuer der Waffen in der Dunkelheit auf.

»In Ordnung, Leute. Lasst uns die Party stürmen. Waffen frei, aber passt auf eure Ziele auf«, befahl Coop. »Wir können nicht riskieren, unsere eigenen Leute zu treffen.«

»Wir verlassen das Meteoritenfeld«, sagte Riggs.

»Das heißt, wir können unsere Blaster benutzen.« Coops neu formiertes kleines Geschwader stürzte sich ins Getümmel. Frei von den Störungen des Meteoritenfeldes sangen ihre Laser-Zielsysteme mit neuer Kraft.

»Ich habe einen!« Badger johlte, als seine Schüsse einschlugen und einen Geier in eine sich ausdehnende Kugel aus Metallsplittern verwandelten. »Die Jungs haben sich den falschen Tag ausgesucht, um den Helden zu spielen.«

Coop lenkte seinen Jäger und zielte auf einen Geier, der einen Truppentransporter der Invasionsstreitkräfte angriff. Seine Laser breiteten sich aus und trafen den feindlichen Jäger genau in seinem Triebwerk. Er stürzte ab und hinterließ Feuer und Rauch.

»Exzellenter Schuss, Boss«, rief Riggs, während sein eigenes Kampfflugzeug auf der Jagd nach einem anderen Ziel vorbeiflog.

Der Kampf intensivierte sich, als die republikanischen Jäger in die Vulture-Formation eindrangen. Coops Cockpit war erfüllt von einer Kakophonie aus Kommunikationsgeplapper, Statusberichten und dem ständigen Surren der Schiffssysteme.

»Würger hier, ich habe zwei hinter mir!«

»Ich sehe sie, Shrike. Spark, ändere die Vektoren und mach ihnen die Hölle heiß!«

»Verstanden, ich bin jetzt dabei.«

Coop machte eine harte Kurve und wich einer Salve feindlichen Feuers aus. Er drehte sich und richtete seine Waffen auf einen weiteren Geier. Der feindliche Jäger explodierte in einer befriedigenden Feuerexplosion.

»Nomad an Coop«, knisterte das Kommando. »Die Invasionsstreitkräfte sind fast in Reichweite. Sie beginnen mit dem Anflug auf Lunakor.«

»Verstanden, Nomad. Lasst uns das zu Ende bringen und Geleitschutz geben.«

Die verbliebenen Vultures, die unterlegen und zahlenmäßig unterlegen waren, zerstreuten sich. Coop und sein Geschwader nahmen die Verfolgung auf, entschlossen, alle Nachzügler zu eliminieren.

Während sie weiterflogen, kam Coop der oberen Atmosphäre von Lunakor immer näher. Der grüne Dunst des Mondes füllte seine Kappe und wurde immer größer.

»Coop, pass auf«, sagte Riggs. »Du kommst der Atmo verdammt nahe.«

»Ich sehe es«, erwiderte Coop und richtete einen Schuss auf einen der letzten Geier. »Wir müssen den Kerl nur noch erledigen.«

Er feuerte und sandte einen Strom von Laserfeuer, der schnell sein Ziel fand. Der feindliche Jäger verschwand in einem Lichtblitz. Coop zog seinen Steuerknüppel zurück und war bereit, sich wieder der Staffel anzuschließen, als ein Annäherungsalarm ertönte.

»Coop, hinter dir!« rief Riggs.

Bevor Coop reagieren konnte, bebte sein Kampfjet heftig. Warnleuchten blinkten auf seiner Konsole auf und ein knirschendes Geräusch erfüllte das Cockpit.

»Ich bin getroffen!« schrie Coop und kämpfte mit der Steuerung. »Einer meiner Motoren ist ausgefallen!«

Riggs kam ihm zu Hilfe und zerstörte den Zodark-Jäger, bevor dieser ihn erneut treffen konnte.

»Danke, Riggs«, sagte Coop mürrisch und wünschte, er hätte keine Hilfe gebraucht.

»Ich habe Ihre sechs«, antwortete Riggs.

Coop war etwas hin- und hergerissen; er wollte sich wieder in den Kampf stürzen, aber seine mentale Risiko-Nutzen-Analyse sagte ihm, dass er diesen Kampf aussitzen sollte.

In diesem Moment entdeckte Coop einen der neueren Piloten, der versuchte, seinen beschädigten Flieger zurück zur *Vega* zu bringen. Als Coop ihn ansprach, zitterte die Stimme des Neulings hörbar. »Ich glaube, ich schaffe es nicht«, stotterte Turbo.

In diesem Moment wusste Coop genau, was er zu tun hatte. »Riggs, du hast die Kontrolle über den Flug«, erklärte er. »Ich begleite den Neuen und bringe ihn heil nach Hause.«

»Verstanden«, bestätigte Riggs.

Coop manövrierte seinen Fighter näher an den des Neulings heran. »Hey, eines meiner Triebwerke ist ausgefallen, also lass uns gemeinsam zur *Vega* zurückfliegen«, erklärte er.

Der neue Pilot hyperventilierte fast, gab aber zu, dass er ihn gehört hatte.

»Atmen«, wies Coop an. »Erinnere dich an dein Training. Arbeite die Probleme eins nach dem anderen ab. Du schaffst das.«

Es gab eine kurze Pause, aber Turbo muss den Ratschlag befolgt haben, endlich langsamer zu werden und Luft zu holen, denn als er das nächste Mal sprach, klang er, als sei er in einem viel besseren Geisteszustand.

»Danke, Sir«, antwortete er. »Ich dachte wirklich, ich wäre erledigt.«

»Oh, werde nicht sentimental - ich glaube, wir müssen dein Rufzeichen von Turbo in Wasserwerk ändern, wenn dir die Tränen der Angst über die Wangen laufen«, neckte Coop ihn gutmütig. »Aber im Ernst, Turbo, wir sind alle mal knapp dran. Eines Tages wirst du dich für den Gefallen revanchieren und jemand anderem helfen.«

Kapitel siebenundzwanzig

RNS *Vega*
Task Force 28
Gravaxia-System

Die nächsten paar Minuten waren angespannt. Jedes Schiff der Task Force 28 wich nach berechneten Mustern aus, und ihre Punktverteidigungssysteme arbeiteten auf Hochtouren, um den ankommenden Schwarm von Zodark-Raketen und -Torpedos abzufangen. Explosionen blühten im Raum auf, als viele zerstört wurden, aber einige fanden ihr Ziel.

Ein Primord-Kreuzer erlitt einen Volltreffer, seine äußeren Schichten zerbrachen wie sprödes Glas. Noch während Lee ihren Verlust betrauerte, sah er, wie die Invasionsstreitmacht der Lunakor immer weiter weg glitt und inmitten des sich verstärkenden Sturms fast unsichtbar wurde.

Rhom meldete sich zu Wort. »Captain, wir haben den Kontakt zu RNS *Cutlass* und RNS *Longbow* verloren. Die letzten bekannten Positionen deuten darauf hin, dass sie sich an der Spitze des Meteoritensturms befanden. Keine Notsignale entdeckt. Wir gehen davon aus, dass sie zerstört sind, Sir.«

»Verstanden«, sagte Lee. »Geben Sie ihre letzten bekannten Koordinaten an den Such- und Rettungsdienst weiter. Passen Sie die Flottenformation an, um die Lücke zu schließen. Taktisch, rekalibrieren Sie unsere Feuerlösungen, um ihre Abwesenheit zu kompensieren.«

Verdammt noch mal. Drei Schiffe, drei Besatzungen... in einem Augenblick weg, dachte Lee. Dieser Sturm verwandelte sich in einen Fleischwolf. Sie mussten sich schnell anpassen, oder sie würden diese Schlacht in kürzester Zeit verlieren.

»Sir!« Rhom zeigte das Flaggschiff der Zodarks-Flotte Alpha auf dem Hauptbildschirm an. Das gewaltige Kriegsschiff ragte aus dem Sternenfeld heraus, seine Backbordseite war ungeschützt. Neben ihm trieb das verbogene, schwelende Wrack eines ehemaligen Zodark-Kreuzers leblos vor sich hin. Trümmer und Körper schwebten im Vakuum. »Das Flaggschiff. Es ist enttarnt!«

»Alle Schiffe, zielen Sie mit den Primärwaffen auf das feindliche Kommandoschiff mit der Bezeichnung Zodark-One. Bündelt das Feuer für maximale Wirkung«, befahl Lee. »Das ist unser Zeitfenster für einen entscheidenden Schlag.«

Die Flotte reagierte sofort und ließ eine Konstellation von Raketen und Magrail-Geschossen auf das ungeschützte Zodark-Schiff los. Helle Blitze zuckten über das Äußere des fremden Schiffes, panzerbrechende Geschosse und Antischiffsraketen rissen große Risse in Hunderte von Metern seiner Panzerung.

Während das Flaggschiff der Zodarks unter dem Angriff taumelte, formierte sich der Rest der Flotte neu und bildete einen Schutzschirm um das verwundete Kommandoschiff.

»Sir«, sagte Sato und beugte sich näher zu Lee, »der Meteoritensturm wird wieder stärker. Wir erleiden schwere Schäden in der gesamten Flotte.«

Lees Brustkorb zog sich bei dieser Nachricht zusammen. Sie hatten ihren Vorsprung ausgebaut, doch nun drohte genau das Phänomen, das ihnen einen Vorteil verschaffte, auch sie zu überwältigen.

»Alle Schiffe, taktischen Rückzug einleiten«, befahl Lee verbittert. Der Bildschirm zeigte eine sicherere Zone im System, Koordinaten, die weiter von Lunakor entfernt waren, aber er musste seine Flotte aus diesem Schlamassel herausziehen. »Rückzug zum Sammelpunkt Zeta. Feuer auf das Zodark-Flaggschiff aufrechterhalten. Lunakor-Invasionsstreitkräfte, setzt euren Anflug auf den Mond fort. Ihr habt freie Bahn. Wir werden weiterhin die feindliche Flotte angreifen.«

Während der Haupttrupp seinen koordinierten Rückzug antrat, beobachtete Lee die Invasionstruppe von Lunakor auf dem kleinen Holo, das über seiner Armlehne schwebte. Die Truppe war auf dem Weg nach Lunakor. Voraussichtliche Ankunft in zwei Minuten.

»Steuermann, setzen Sie Kurs auf den Sammelpunkt Zeta«, sagte Lee. »Wir sollten uns neu formieren und uns auf die nächste Phase der Schlacht vorbereiten.«

»Schon dabei, Admiral«, sagte Reynolds.

»Guter Mann«, antwortete Lee.

Während die RNS *Vega* wendete, wurde vom Zodark-Flaggschiff ein Energiestrahl ausgestoßen, der so hell war, dass Lee sogar durch die Filter des Bildschirms hindurch die Augen tränen mussten. Er fegte mit beängstigender Geschwindigkeit durch den Raum, durchschlug mehrere Flugzeuge in Coops Raumflotte, löste Valkyries und Gripens auf, bis er in die RNS *Liberty* einschlug. Der Schlachtkreuzer zerbrach in mehrere Segmente, als das Schiff auseinanderbrach.

Bevor Lee den Verlust verarbeiten konnte, fand der Strahl ein anderes Ziel - die RNS *Pioneer* geriet in die Bahn des Strahls. Sie erlitt das gleiche Schicksal wie ihr Schwesterschiff. In Sekundenschnelle wurden zwei weitere der zweitstärksten Schiffe der Flotte in eine Staubwolke verwandelt.

Ein heftiges Beben durchlief die *Vega*, als ein Streifschuss ihren Rumpf traf. Lee umklammerte seinen Kommandosessel und kämpfte darum, aufrecht zu bleiben, während das Schiff unter ihm schwankte.

»Hüllenbruch auf Deck zwei, Sektion R. Automatische Eindämmung eingeleitet!« Rhom meldete sich zu Wort. »Ein weiterer Volltreffer in diesem Bereich könnte die unteren Decks zerstören.«

»Verstanden, Commander Rhom«, sagte Lee hastig.

Er schaltete auf die schiffsweite Kommunikation um. »Alle Mann auf Ausweichmanöver vorbereiten«, warnte Lee und trennte dann die Verbindung.

»Steuermann, drehen Sie nach Backbord, Peilung null-vier-fünf Punkt zwei-sieben-null. Maschinenraum - Energie auf Triebwerke und Primärwaffen umverteilen. Rhom, zielen Sie auf die vordere Batterie des Feindes und feuern Sie nach Belieben.«

Lee betätigte erneut den flottenweiten Kommunikationskanal. »Alle Schiffe sammeln sich am Sammelpunkt Zeta, Koordinaten eins-sieben-drei null-fünf-acht neun-zwei-eins. Fregattengruppe Charlie, bilden Sie einen Verteidigungsschirm um unseren beschädigten Quadranten. Schwere Kreuzergruppe Epsilon, geben Sie uns Feuerschutz. Wir werden uns neu formieren und in Zeta reparieren, bevor wir unseren Vorteil ausspielen.« Er warf einen Blick auf Reynolds in der Navigation. »Berechnen Sie den schnellsten Kurs zu diesen Koordinaten, der unsere Gefährdung minimiert. Maschinenraum, ich brauche Optionen für Notreparaturen, sobald wir den Sammelpunkt erreicht haben. Los geht's, Leute.«

»Ich kümmere mich darum, Admiral«, meldete sich MacGregors raue Stimme aus dem Maschinenraum. »Im Moment haben wir eine kritische Situation, die wir in den Griff bekommen müssen«, fuhr er fort. »Unser Backbord-Antrieb ist ausgefallen, der Steuerbord-Antrieb beginnt zu versagen. Der Treffer auf Deck zwei hat alle möglichen Probleme in der Hauptenergieverteilungsleitung des Schiffes verursacht. Um sie zu reparieren, müssen wir eine Notstromumleitung durchführen, um die beschädigte Verteilungsleitung zu umgehen, bis sie repariert werden kann«, erklärte McGregor. Ich brauche fünf Minuten, um den Reaktor von der beschädigten Verteilungsleitung abzukoppeln, während wir eine neue Leitung anbringen und mit dem Reaktor verbinden. Wenn wir das jetzt nicht tun, verlieren wir den Antrieb und damit auch die Waffen.«

»Was soll's, Mac? Fünf Minuten mitten im Gefecht - ich gebe dir zwei«, schoss Lee zurück, verblüfft über die Schwere des Schadens, den sie erlitten hatten. »Es ist mir egal, was du zu tun hast, Mac, aber du musst es in zwei Minuten oder weniger schaffen.«

»Zwei Minuten?«, knurrte MacGregor. »Wir sind schon dabei, Kapitän, aber ich kann die grundlegenden Gesetze des Universums nicht ändern. Diese Maschinen sind keine verdammten Zauberstäbe.«

»Ich verstehe schon. Tu einfach, was du kannst. Wir verlassen uns auf dich. Raus.«

»Sir, der Zodark-Kreuzer auf Position Null-Vier-Sieben ist gerade hochgegangen«, sagte Rhom. »RNS *Kraken* meldet einen Volltreffer in seinen Reaktorkern.« Er zeigte es auf dem Display an, während die feurigen Überreste des Trümmerfeldes schwanden.

»Weiter drücken«, befahl er. »Zielt auf jedes Schiff, das verwundbar aussieht.«

Die taktische Anzeige flackerte mit ständigen Aktualisierungen, während die Schlacht tobte. Die Zodark-Schiffe brachen unter den verzweifelten Angriffen des Einsatzkommandos während ihres Rückzugs zusammen, und die Außenhaut des Feindes zerbrach unter dem konzentrierten Feuer.

»RNS *Helios* meldet zwei Abschüsse«, verkündete Rodriguez. »Zodark-Schlachtschiffe von Flotte Beta bei den Koordinaten zwei-zwei-fünf mal ein-eins-acht und nähern sich auf zweihundertvierundachtzigtausend Kilometer. Sie versuchen, durch den Meteoritensturm zu fliegen.«

»Sollen sie doch«, brummte Lee. »Rhom, wenn wir auf ein Wunder aus dem Maschinenraum warten, wie viel Zeit haben wir ungefähr, um das Trümmerfeld zu verlassen?«

»Ausgehend von unserer derzeitigen Flugbahn und der Dichte des Trümmerfelds schätze ich, dass wir es in etwa drei Minuten und sechsundvierzig Sekunden durchqueren werden. Ich muss jedoch darauf hinweisen, dass die Zusammensetzung des Feldes sehr volatil ist. Wir stellen sporadische Schwankungen der Partikeldichte fest, die unsere Transitzeit um bis zu zwei weitere Minuten verlängern könnten.«

Die Stimme von Reynolds ertönte als nächstes. »Sir, soll ich, sobald der Antrieb wiederhergestellt ist, mögliche Alternativrouten für den Fall der Fälle aufzeichnen?

»Negativ. Bleiben Sie auf Kurs.«

»Aye, Sir.«

Lees Augen fixierten das Flaggschiff der Zodarks, dessen gewaltige Silhouette den Bildschirm beherrschte. Trotz der Verluste, die sie erlitten hatten, schien das feindliche Schiff praktisch unversehrt zu sein, da seine Verteidigung die stärksten Angriffe der Task Force abwehrte. »Aktueller Überblick über die Zodark-Flotten«, befahl er.

Rhom tippte auf eines der Interfaces seiner Konsole. »Sir, SITREP wie folgt: Flotte Beta ist einhundertvierundneunzigtausend Klicks vor unserer Vorhut stationiert. Flotte Alpha ist mit zweiundzwanzigtausend Klicks im Anflug und nähert sich rasch. Die Intensität des Meteoritenfeldes nimmt zu.«

»Taktik, koordinieren Sie sich mit dem Rest der Flotte«, befahl Lee. »Ich will ein konstantes Sperrfeuer auf die ankommenden Feinde.«

Als Task Force 28 durch das sich verstärkende Meteoritenfeld stieß, prallten die kleineren Felsen harmlos an ihrer Panzerung ab, aber die größeren begannen, erheblichen Schaden anzurichten.

»Sir, mehrere Einschläge in der gesamten Flotte Beta«, meldete Rodriguez. »Sie verlieren den Zusammenhalt der Formation.«

Eine Reihe von Explosionen erhellte das Haupt-Holo, als mehrere Zodark-Geier durch den Meteoritenangriff zu Boden gingen.

»Brücke, Technik - Notumgehung ist abgeschlossen. Reaktor wieder angeschlossen. Antrieb wieder auf hundert Prozent. Waffen wieder auf hundert Prozent«, berichtete MacGregor.

»Du bist ein Wundertäter, Mac!« gratulierte Lee. »Benutze so viel Klebeband und Sekundenkleber wie nötig, aber halte uns im Kampf«, wies er an.

»Sir, Flotte Alpha dringt jetzt in den dichtesten Teil des Feldes ein«, berichtete Rhom. »Sie nehmen schweren Schaden. Mehrere Kreuzer und Schlachtschiffe weisen deutliche kritische Systemausfälle auf.«

Lee lehnte sich nach vorne, seine Augen verengten sich, als er die Bewegungen des Feindes beobachtete. »Sie drängen zu stark. Sie wollen uns einholen, bevor wir den Zeta-Punkt erreichen, aber sie setzen sich selbst einer Gefahr aus.«

Wie um seine Worte zu unterstreichen, flammte eine gewaltige Eruption auf dem Bildschirm auf. Ein schwerer Zodark-Kreuzer, der von dem ständigen Meteoritenbeschuss überwältigt wurde, brach in einem Feuerball auseinander.

»Sir, wir nähern uns dem Zeta-Sammelpunkt«, meldete der Steuermann.

»Admiral«, sagte Rhom, »das Meteoritenfeld ist aus unserem Vektor verschwunden. Alle Schiffe melden navigierbaren Raum.«

»Ausgezeichnet. Signalisieren Sie der Flotte, sobald wir die Position erreicht haben«, sagte Lee, »ich will, dass wir uns in einer Schlachtlinie formieren.«

Die Schiffe der Flotte manövrierten sich in Position und bereiteten sich auf den nächsten Angriff vor. Die Überreste von Coops Raumschiffsflügel bildeten zusammen mit den Überresten mehrerer anderer Raumschiffsflügel anderer Schiffe einen Schutzschild um die Flotte. Zusammen bildeten sie die klassische Flottenformation, die als »Linie voraus« bekannt ist. Es war eine alte Taktik aus der Zeit der Holzschiffe und des Kanonenfeuers, die sich aber auch im Zeitalter des Weltraumkriegs bewährt hatte.

Mit der Breitseite gegen den ankommenden Feind gerichtet, entfesselte Task Force 28 eine verheerende Salve. Magrails und Raketen sausten durch den Raum und schlugen in die angeschlagenen Zodark-Flotten ein.

»Konzentriert das Feuer auf Alphas Flaggschiff, während es von den Meteoren getroffen wird«, befahl Lee. »Mal sehen, ob wir ihre Kommandostruktur nicht enthaupten können.«

Eine Salve nach der anderen von Magrail-Geschossen wurde auf das Zodark-Schiff geschleudert. Turbolader und Antischiffsraketen kamen zu dem unerbittlichen Beschuss des feindlichen Schiffes hinzu, zusätzlich zu den Meteoriten, die immer noch auf es einschlugen. Dann sah Lee zu seinem Entsetzen und Erstaunen, wie ein riesiger Meteoroid in den hinteren Mittelteil des Zodark-Flaggschiffs einschlug.

Zunächst sah es so aus, als wäre der Meteoroid an der Außenhülle des Schiffes abgeprallt und hätte es durch den Aufprall zur

Seite gedreht. Diese plötzliche, radikale Bewegung führte dazu, dass die meisten Magrail-Geschosse der *Vega* ihr Ziel verfehlten, vergrößerte aber gleichzeitig die Fläche, die die Meteoriten treffen konnten.

Ein heller Blitz blendete die Brückenmonitore. Es dauerte einen Moment, bis sich die Kameras der *Vega* wieder einstellten, als der Blitz sich auflöste und das auseinanderbrechende Zodark-Schiff sichtbar wurde. Es war mehr ein Glücksfall als eine taktische Genialität, dass die Meteoriten und der Beschuss durch die republikanische Flotte sich schließlich als zu stark erwiesen hatten, als dass es sie hätte ertragen können. Als das Waffenfeuer der *Vega* schließlich einschlug, begann das massive feindliche Schiff auseinanderzubrechen. Sekundäre Explosionen entluden sich an seiner Seite, als die internen Systeme überlastet wurden und zerbrachen. In einer letzten, katastrophalen Detonation zerfiel das Zodark-Flaggschiff in verkohlte Einzelteile.

»Flaggschiff zerstört«, meldete Rodriguez mit einem Hauch von Triumph in ihrem Ton.

Der Verlust ihres Kommandoschiffs schien der letzte Strohhalm für die Zodark-Flotten zu sein. Ihre Formationen, die durch den Vorstoß durch das Meteoritenfeld bereits zerfetzt waren, begannen sich völlig aufzulösen.

»Sie ziehen sich zurück«, sagte Rhom. »Die Flotten Alpha und Beta brechen beide den Kampf ab.«

Lee nickte. »Den Vorteil ausspielen. Ich will maximales Feuer auf die sich zurückziehenden Schiffe. Lasst nicht locker, bis sie außerhalb der Waffenreichweite sind.«

Task Force 28 stürmte vor, ihre Waffen loderten. Die sich zurückziehenden Zodarks, die zwischen den Angriffen der Earther und Primord und dem sich verstärkenden Meteoritenfeld gefangen waren, erlitten schwere Verluste. Geierjäger explodierten reihenweise, während größere Schiffe Mühe hatten, durch das Trümmerfeld zu manövrieren.

Während die Schlacht weiter tobte, wandte sich Lee an seinen Kommunikationsoffizier. »Wie ist der Status unserer Lunakor-Flotte?«

Nach einem Moment der schnellen Kommunikation mit der Lunakor-Invasionsstreitmacht blickte der Offizier auf. »Sir, alle Systeme auf grün. Sie sind den schlimmsten Kämpfen bisher ausgewichen und treffen in zwei-null Sekunden ein.«

»Admiral«, sagte Rhom, »ein großes Kontingent von Zodark-Schiffen bricht die Formation auf. Sie sind auf Abfangkurs ... kommen direkt auf uns zu, sechzehntausend Klicks entfernt.«

Lee überprüfte das taktische Holodisplay. Tatsächlich stürmte ein kleiner Teil der verbliebenen Zodark-Flotte in einem Selbstmordkommando auf die *Vega* zu, und ihre Waffen glühten bereits mit aufsteigender Energie.

»Sie haben uns als das Kommandoschiff identifiziert«, stellte Lee laut fest. »Taktische Daten, Waffenstatus, wie sieht es aus?«

»Wir haben zwei Magrail-Türme und drei Turbolader auf den Primärbatterien verloren. Die Sekundärbatterien sind in ähnlicher Verfassung, aber wir haben noch ein paar Zähne«, antwortete Rhom mit angespannter Tonlage, bevor er hinzufügte. »Der Feind ist zwölftausend Klicks vor uns.«

»Ziel auf das führende Zodark-Schiff und eröffnet das Feuer mit Magrails!« befahl Lee.

Rhom antwortete sofort. »Aye, Captain. Zielt auf das Führungsschiff und feuert auf die Magnetspulen.«

Die Brücke vibrierte, als die Magrails ihre mächtigen Geschosse abfeuerten. Auf dem Hauptbildschirm sah man, dass das Hauptschiff mehrere Treffer einstecken musste. Trotz des Sperrfeuers setzte es seinen Vormarsch fort, begleitet von elf weiteren feindlichen Schlachtschiffen und Kreuzern.

Wenige Sekunden später tauchten mehrere Lichtstreifen aus der feindlichen Flotte auf.

»Torpedos im Anflug, Captain!« rief Rhom. »Ich zähle zwölf.«

Ohne zu zögern, befahl Lee: »Konzentrieren Sie das Laserfeuer auf die Torpedos. Bringt sie auf den Schirm!«

»Aye, Sir. Aktiviere Laserabwehrsysteme«, bestätigte Rhom.

Der Hauptbildschirm wechselte zur taktischen Ansicht und zeigte die ankommenden Torpedos als helle Lichtpunkte. Die Laserbatterien des Schiffes eröffneten das Feuer und stachen mit perfekter Präzision zu.

Rhom gab einen laufenden Kommentar ab, als die Verteidigungssysteme aktiv wurden. »Erster Torpedo abgeschossen... zweiter und dritter eliminiert... vierter zerstört. Energieaufbau in den Laserbänken... fünfter und sechster Torpedo neutralisiert... siebter weg... achter und neunter gleichzeitig zerstört.«

Während die verbliebenen Torpedos näher kamen, setzten die Laser ihre Arbeit mit zunehmender Wirksamkeit fort.

»Zehnter und elfter Torpedo eliminiert... zwölfter und letzter Torpedo zerstört«, meldete Rhom. »Alle feindlichen Torpedos neutralisiert, Captain, aber die Feinde fliegen weiter auf uns zu, Sir.«

»An alle Schiffe, hier spricht Admiral Lee. Das Kontingent feindlicher Schiffe, etwa ein Dutzend stark, befindet sich auf Abfangkurs zu unserem Flaggschiff *Vega*. Die Informationen deuten darauf hin, dass sie einen Selbstmordversuch starten. Sie zielen auf eine Breitseite mit maximaler Wirkung. Alle Verteidigungssysteme auf volle Energie. Punktverteidigung, vorbereiten auf schweren Angriff. Bereiten Sie sich auf bevorstehenden Feindkontakt vor. Wir brauchen Deckungsfeuer, sofort!«

Die Weite des Raums um die *Vega* herum brach in Magenspuren und Raketenfeuer aus, als Task Force 28 auf Lees Ruf reagierte. Die sich nähernden Zodark-Schiffe gerieten in einen Sumpf, und ihre enge Formation wirkte sich negativ auf sie aus, als sie sich bemühten, dem Beschuss auszuweichen.

»Sechstausend Klicks vor uns, Admiral.«

Lee klammerte sich an seinen Kommandosessel, als die Schiffe der Republik und der Primord das Waffenfeuer weiter entfachten. Zwei feindliche Schiffe gingen kurz hintereinander in Flammen auf und zerbarsten in grellen orange-weißen Blitzen. Die Trümmer der zerstörten Schiffe wirbelten durch den Raum.

»Ausweichmanöver!« befahl Lee.

Der Steuermann reagierte sofort und manövrierte die *Vega* so, dass sie die sich ausbreitende Zerstörungswolke verfehlte.

»Der nächste Feind ist dreitausend Kilometer entfernt!« brüllte Rhom.

In diesem Moment fielen drei weitere feindliche Kreuzer durch die vereinte Feuerkraft der alliierten Flotte. Ihre zerbrochenen Formen stürzten übereinander. Einer von ihnen, dessen Triebwerke immer noch sporadisch zündeten, steuerte direkt in den Weg der *Vega*.

»Aufprall vorbereiten!« rief Lee, als *die Vega* mit dem beschädigten Zodark-Kreuzer kollidierte. Die beiden Schiffe schlugen aufeinander, die Panzerung kreischte, als sie weggerissen wurde.

Die Brücke bebte, als Teile des feindlichen Schiffes gegen die Außenhaut der *Vega* prallten. Warnsignale ertönten, und von allen Decks kamen Schadensmeldungen. Ein massiver Teil des Aufbaus eines anderen Zodark-Kreuzers löste sich und trudelte wild auf die Steuerbordgondel der Vega zu.

»Hilfsenergie auf Steuerbordmotoren, volle Kraft voraus!« sagte Lee.

Als sich die *Vega* aus dem Wrack löste und die Trümmer an ihnen vorbeiflogen, liefen Daten über den holografischen Bildschirm von Lees Sessel. Die Panzerung der *Vega* war an einigen Stellen stark beschädigt worden, so dass die Nottüren geschlossen werden mussten, um die Löcher zu isolieren, bis die Reparatursynths einige der klaffenden Löcher im Schiff flicken konnten.

Lee warf einen Blick auf das Schlachtfeld auf dem Hauptbildschirm. Ein Lächeln breitete sich auf seinem Gesicht aus, als die letzten der ankommenden feindlichen Schiffe verschwanden, während sich der Rest der feindlichen Flotte Alpha und Beta vollständig zurückzog.

»Lagebericht«, sagte Lee.

»Wir haben ihre Offensivkraft neutralisiert«, antwortete Sato. »Wenn ich vorschlagen darf, Sir, bietet uns diese Flaute, während sich der Feind zurückzieht, ein kurzes Zeitfenster, um unsere Kräfte zu konsolidieren und kritische Reparaturen einzuleiten, um einige Waffenstationen wiederherzustellen und einige Löcher zu stopfen, die wir noch in einigen Bereichen des Schiffes haben.«

Lee stimmte zu und befahl ihr, dies zu tun. Es war an der Zeit, ihre Wunden zu lecken und die Lage zu beurteilen, bevor der Feind zurückkehrte.

Kapitel achtundzwanzig

Kanzleramt der Republik
Neu Cambria
Neues Eden, Rhea-System

Kanzler Aimes Morgan saß am Tisch mit Vizekönig Miles Hunt und dem Gouverneur der Humtar, einer Frau namens Nisaba, die den Nordoststaat Afrika regiert hatte. Ebenfalls anwesend waren der Leiter der allgemeinen Wiederaufbaubemühungen des Kanzlers, Chul Kim, und der Leiter der Wiederaufbaubemühungen der Humtar, ein Mann namens Akkil. Er wollte wissen, wie es um den Wiederaufbau und die Ansiedlung der Humtar auf der Erde steht.

begann Chul Kim. »Wie Sie wissen, wurden Millionen von Menschen durch den Angriff vertrieben, aber die Humtars haben für viele in der Region provisorische Unterkünfte errichtet und stellen die wichtigsten Dienstleistungen wie Strom und fließendes Wasser in allen verbleibenden Regionen und Gebieten auf dem Planeten wieder her, die noch mit den Wiederaufbaubemühungen zu kämpfen haben. Dies sind jedoch nur Zwischenlösungen. Die Humtars haben uns viele Verbesserungsvorschläge für diese Regionen und den Staat Nordostafrika unterbreitet, die ich meinem Kollegen Akkil gerne vorstelle, damit er Ihnen alle möglichen Fragen beantworten kann.«

»Danke, Chul«, sagte Akkil. »Wie du weißt, unterscheiden sich unsere Baumethoden erheblich von den euren hier auf der Erde. Unser Volk hat Methoden des nachhaltigen Bauens entwickelt, die in Harmonie mit der umgebenden Umwelt funktionieren. Wir haben erforscht, wie man am effektivsten mit den trockenen Bedingungen in Nordostafrika umgehen kann, und wir beginnen jetzt mit dem Bau von dauerhaften Behausungen. Die Gebäude werden das Wachstum der lokalen Flora und Fauna fördern und Solarenergie nutzen, um den Bedarf an externer Energieerzeugung zu verringern.

»Das klingt großartig«, sagte Kanzler Morgan. »Ich hoffe, Sie sind bereit, einige Ihrer Fortschritte im Bauwesen mit uns zu teilen.«

»Ganz sicher«, sagte Akkil. »Wir sind uns darüber im Klaren, dass das Abreißen und Ersetzen aller bestehenden Gebäude der Erde mehr Schaden zufügen könnte. Aber es gibt sicherlich eine Menge neuer Gebäude, die auf der Erde benötigt werden, und es ist für uns von Vorteil, dafür zu sorgen, dass so viel wie möglich auf dem Planeten nachhaltig untergebracht werden kann.«

Morgan lachte. »Eigennützig? Wie das?«, fragte er.

Akkil lächelte. »Wissen Sie, unser Volk legt großen Wert auf die Gesundheit. Wir haben uns intensiv mit der Epigenetik befasst und viele der Geheimnisse gelernt, wie man gute Gene an- und problematische Gene ausschaltet. Auf diese Weise gelingt es uns, auch nach vielen Lebensjahren so auszusehen, als würden wir nie altern. Wir möchten also, dass die uns umgebende Umwelt unser Wohlbefinden so weit wie möglich fördert. Das ist auch der Grund, warum wir mit dem Bau unserer Luftfiltersysteme begonnen haben.

»Luftfiltersysteme?«, fragte Vizekönig Hunt mit hochgezogener linker Augenbraue.

»Ja«, bestätigte Akkil. »Sie nutzen einige der gleichen Prinzipien, die wir auf unserem Hauptstadtplaneten anwenden, mit unserem Luftschleusensystem, das den Planeten umschließt. Wenn Sie es wünschen, würden wir gerne Luftfiltertürme nach New Eden, Alpha Centauri und den ehemaligen sumerischen Planeten und Kolonien bringen, die jetzt unter republikanischer Kontrolle stehen. Sie haben die Lebenserwartung unseres Volkes verlängert und das Auftreten von Krankheiten verringert, seit dieses System weitgehend integriert wurde.

»Das ist wirklich ein erstaunliches Angebot«, sagte Viceroy Hunt. »Ich würde gerne mehr über diese Technologie erfahren«, sagte er.

»Ich nehme an, wir sollten uns noch etwas mehr Zeit nehmen, um die Feinheiten zu besprechen«, sagte Kanzler Morgan, »aber ich bin mit dieser Aktualisierung sehr zufrieden.«

******

Zwei Tage später
Büro des Vizekönigs
Allianzstadt, Neu Eden

Ein weiteres Treffen, dachte Vizekönig Miles Hunt. Das war ein unvermeidlicher Teil seiner Berufsbezeichnung, aber manchmal wünschte er sich, er könnte wieder Kapitän eines Schiffes sein und sich direkt ins Geschehen stürzen.

An diesem Tisch saßen die Humtar-Gouverneure der Siedlungen auf Alpha Centauri, auf der Erde und auf dem New-Eden-Mond Pishon. Es gab einen Berater der Humtar-Marine und einen Berater der Humtar-Armee sowie einen Leiter der allgemeinen Wiederherstellungsbemühungen. Auf Seiten der Republik waren Miles' alter Freund Chester Bailey, Admiral Fran McKee, Admiral William »Willie« Rosentreter, Generalleutnant Jayden Hopper und General Bates, der neue Chef der republikanischen Armee. Es sollte ein wahres Scheunenfeuer werden.

Nach den obligatorischen Höflichkeiten und der Vorstellung räusperte sich Chester Bailey. »Nun, meine Damen und Herren«, sagte er, »ich denke, ich werde diese Diskussion eröffnen. Bei unserem letzten Treffen hatten Sie erwähnt, dass Sie Berater entsandt haben, um den aktuellen Stand unserer Technologie, unserer Ausbildung, unserer Produktionskapazitäten, unserer Werften und der derzeit in Produktion befindlichen Kriegsschiffe zu bewerten. Haben Ihre Berater ihre Beurteilungen abgeschlossen, und wenn ja, wie lauten ihre Schlussfolgerungen?«

Der Berater der Humtar-Marine, Admiral Urnam, schien von Baileys Unverblümtheit nicht im Geringsten beunruhigt zu sein. »Ich möchte Ihnen versichern, dass das Territorium der Republik, soweit es das Volk der Humtar betrifft, so geschützt wird, als wäre es Humtar-Territorium«, antwortete er. »Daher werden vier Staffeln mit drei Schlachtschiffen, fünf Kreuzern und zwölf Fregatten zum Schutz der Systeme von Sol, Rhea, Alpha Centauri und des Qatana-Systems eingesetzt.«

Urnam hob eine Hand, um einigen der Fragen zuvorzukommen, die er in diesem Moment erwartete. »Ich möchte klarstellen, dass wir die Zodarks nach wie vor nicht direkt im Namen der Republik bekämpfen werden. Aber die Bereitstellung einer Verteidigungsstreitmacht zum Schutz der republikanischen Systeme vor Angriffen setzt zusätzliche Kriegsschiffe und Soldaten für den Krieg gegen sie frei.«

Admiral Fran McKee warf ein: »Sind die Humtars bereit, der Republik dabei zu helfen, unsere bestehenden Kriegsschiffe zu leistungsfähigeren Schiffen zu machen? Oder sind wir vielleicht in der Lage, die Schiffe, die in den Werften der Republik noch im Bau sind, zu übernehmen und diese zu verbessern?«

Admiral Urnam nickte. »Wir werden der Republik unsere Quantenfusionstechnologie zur Verfügung stellen, die es Ihnen ermöglicht, die gleichen Humtar-Quantenfusionsreaktoren zu verwenden, die wir in unseren Kriegsschiffen einsetzen. Die QFRs werden sogar noch mehr Energie erzeugen als die bekannten Kriegsschiffe der Gallentiner, des Kollektivs und der Legion.«

»Nun, das ist eine große Sache«, sagte Vizekönig Hunt, der seine eigene Ehrfurcht nicht unterdrücken konnte.

Urnam lächelte. »Wir werden natürlich auch technische und ingenieurtechnische Unterstützung bei der Schaffung dieser QFRs auf den von der Republik kontrollierten Planeten leisten. Die Schiffe, die sich noch im Bau befinden, und künftige Kriegsschiffe sollten mit der Quantenfusionstechnologie aufgerüstet werden können, aber wir werden die bestehenden Kriegsschiffe prüfen müssen, um festzustellen, ob sie in eine Werft zurückgebracht und für die Integration mit den neuen QFRs nachgerüstet werden können.«

Admiral Urnam hatte ein verschmitztes Funkeln in seinen Augen. »Wer möchte über Waffen sprechen?«, fragte er.

Bailey hat den Köder geschluckt. »Also gut, ich. Sag uns, was du hast«, sagte er jovial.

»Diese QFRs werden nicht nur Ihre Schiffe leistungsfähiger und effizienter machen«, erklärte Urnam. »Sie werden die Leistung Ihrer derzeitigen Turbolaser um den Faktor drei erhöhen.«

»Wow«, sagte Bailey. »OK, ich bin beeindruckt.«

Damit werden unsere Waffen stärker sein als die der gallentinischen Schiffe, erkannte Hunt sofort, *und auch als die der kollektiven Schiffe...*

Admiral Urnam rief über sein Tablet einige Informationen ab, und mehrere Schiffsentwürfe der Republik erschienen als holografische 3-D-Bilder über dem Tisch. »Admiral McKee, wir könnten uns überlegen, den neuesten Sternentransporter der Republik, die RNS *Draco*, die sich noch in der Werft befindet, nachzurüsten. Wir können nicht nur den QFR einbauen, wie wir gerade besprochen haben, sondern auch unsere Wurmloch-Überbrückungstechnologie. Ich denke, Sie werden mir zustimmen, dass dies die Fähigkeiten dieses Kriegsschiffs und der republikanischen Marine erhöhen wird. Ich kann auch in Erwägung ziehen, dasselbe mit den Schlachtschiffen RNS *Gladiator*, *Centurion* und *Majestic* zu tun, obwohl dies einer direkten militärischen

Intervention so nahe kommt, wie unsere Humtar-Leute im Moment bereit sind zu gehen.

Vizekönig Hunt und die Admiräle und Generäle der Republik waren im Allgemeinen zufrieden und guter Dinge, nachdem sie von den neuen Vorteilen erfahren hatten, die ihnen bald zuteil werden würden. Nachdem sie erfahren hatten, welche Geschenke unter dem Weihnachtsbaum auf sie warteten, drehte sich das Gespräch jedoch um die Frage, wie sie den letzten Pharaonen und Zodarks den Garaus machen wollten.

Kapitel neunundzwanzig

RNS *Maddox*
Task Force 28
Gravaxia-System

Die Geister von tausend Schlachten flüsterten ihr in den Ohren, als Captain Naomi Love den Hangar auf dem Orbitalen Angriffsschiff überblickte. Er erstreckte sich vor ihr wie eine metallene Schlucht, in der die Vorbereitungen für den Einsatz liefen. Piloten und Bodencrews wimmelten um die Truppentransporter Osprey und Scarab.

Naomis Gedanken schweiften zu ihrem verstorbenen Mann, Jack. Sie hatte ihn ausgerechnet an Bord eines zivilen Schiffes verloren. Der Mann hatte Hunderte von Einsätzen als Truppentransportpilot in feindlichem Gebiet absolviert, und dennoch war er an Bord eines Schiffes der Blue Horizon Meridian gestorben, als ein zufälliger Laser die Kabine durchgeschnitten hatte. Es war vor Jahren geschehen, und obwohl der Schmerz immer noch in ihr nachhallte, hatte er sich deutlich abgeschwächt.

Techniker in fettverschmierten Overalls krochen über den Rumpf ihrer Osprey und nahmen letzte Anpassungen vor. Die Piloten in ihren Fluganzügen standen in kleinen Gruppen zusammen und gingen die Missionsparameter ein letztes Mal auf ihren Datenpads durch.

Love stand in der hochgelegenen Kommandozentrale, einem gläsernen Raum, der aus dem Oberdeck des Hangars ragte. Von hier aus hatte sie einen guten Überblick über das gesamte Geschehen unter ihr. Der transparente Boden unter ihren Füßen vermittelte ihr das Gefühl, über dem Geschehen zu schweben.

Neben ihr las Master Chief Brian Ford Datenberichte auf seiner Konsole.

»Chef, wie sieht es mit den Brennstoffzellen aus?«, fragte sie.

»Alle Schiffe sind vollgetankt, Captain. Wir haben genug Saft, um es bis zum Mond und zurück zu schaffen, ohne Platz zu verlieren.«

»Und die neue Tarnkappenbeschichtung?«, fragte Love. »Gab es Probleme bei der Anwendung?«

»Negativ«, sagte Ford. »Jeder Vogel hat ein frisches Fell.«

In diesem Moment begannen die Rangers, die sie transportieren wollten, den Hangar zu betreten. Sie tippte auf ihr Funkgerät und öffnete einen Kanal zu allen Fliegern.

»Achtung, alle Piloten«, ertönte Loves Stimme in den Helmen aller Flieger unter ihrem Kommando. »Unsere Passagiere kommen an - das heißt, es ist Zeit, unsere Kriegsgesichter aufzusetzen und den Zodarks in den Arsch zu treten. Während die Ranger ihre Ausrüstung verladen, möchte ich alle an unser Ziel erinnern: Das Ranger-Regiment soll in der Nähe des Tumikhala-Raumhafens landen und die Einnahme dieser wichtigen Zodark-Einrichtung unterstützen. Sie wurden über die Anflugvektoren und Landezonen unterrichtet. Bleiben Sie niedrig, bleiben Sie schnell und halten Sie sich an die Ihnen zugewiesenen Korridore.«

»Captain«, sagte Ford und erregte ihre Aufmerksamkeit, »sehen Sie sich das an«.

Sie warf einen Blick auf den Monitor seiner Station und drückte ein zweites Mal auf das Kommando. »Alle mal herhören. Wir haben gerade ein Informations-Update in letzter Minute erhalten, das ich an Sie weitergeben muss. Eine unserer Aufklärungsdrohnen hat die Zodarks dabei beobachtet, wie sie mobile SAM-Einheiten im Umkreis einsetzen. Diese waren nicht im ursprünglichen Briefing enthalten, also haltet die Köpfe schief und bleibt wachsam für diese neue Bedrohung. Erinnern Sie sich an Ihr Training, bleiben Sie ruhig und nutzen Sie die Mittel, die Ihnen zur Verfügung stehen, um die Situation zu meistern. Die ECM-Suiten sollten eingeschaltet sein, sobald Sie das Schiff verlassen. Sobald die Ranger im Einsatz sind, werden Scarabs, Valkyries und Gripens die Luftunterstützung übernehmen. Flight Charlie, Wolfpack, steht in Bereitschaft für Sanitäts- und Evakuierungseinsätze, falls die Dinge aus dem Ruder laufen und wir unsere Leute abziehen müssen. Wenn Sie Fragen haben, wenden Sie sich an Ihre Flugabteilungsleiter. Das ist alles.«

Während die Piloten die neuen Informationen aufnahmen, richtete Love ihre Aufmerksamkeit auf ein Datenpad, das Ford ihnen hinhielt. Sie überprüften die technischen Daten der Geschwader, die Schiffspläne und die Waffen, prüften und überprüften jedes Detail.

Die beiden überprüften kurz die Scarabs, die der Overwatch One, Two und Three zugeteilt waren, um das Schlachtfeld zu überwachen und aus der Luft zu unterstützen, sobald der Angriff auf den

Raumhafen im Gange war. Jede Scarab war mit sechzehn intelligenten Mehrzweckraketen, zweiundzwanzig Antipersonen-Splitterraketen und zwölf der fiesesten Waffen der Republik ausgerüstet - einer explosiven Multifunktions-Gleitbombe mit Treibstoff und Luft. Nachdem die Munition überprüft worden war, hatten die Mechaniker jeden Zentimeter des Schiffes unter die Lupe genommen. Magramschienen und Blaster-Geschütztürme waren online und kalibriert. Vollständige Diagnoseläufe, überprüft. Keine Probleme entdeckt. Die Scarabs waren bereit, die Hölle auf die Zodarks herabregnen zu lassen.

Love wechselte zu einem anderen Schaltplan und überprüfte die Ospreys ein letztes Mal. Wie die Scarabs trugen sie dieselben intelligenten Mehrzweckraketen und winzigen Antipersonen-Kamikaze-Drohnen zusätzlich zu den beiden .50-Kaliber-Magrail-Rotationskanonen und dem am Kinn montierten Blasterrevolver. Oh, wie gerne benutzte sie diese Kinnkanone, die sich in alle Richtungen ihres Helms drehte.

Wer würde nicht gerne mit einem Paar Miniguns beschießen? fragte sie sich. *Die Ospreys sind einsatzbereit*, bestätigte sie, bevor sie die Akte schloss, die sie gerade durchgesehen hatte.

Auf dem Flugfeld schritten die Rangers auf die wartenden Truppentransporter zu, ihre Rüstungen schimmerten im Licht. Jeder Soldat trug eine Auswahl an Waffen und Ausrüstung, bereit zu töten.

»Gibt es noch etwas, das ich wissen sollte, bevor wir starten, Chief?« fragte Love.

Ford schüttelte den Kopf. »Negativ, Captain. Wir sind so bereit, wie wir es nur sein können.«

»Gut«, antwortete Love. »Dann lasst uns beginnen.«

Love und Ford verließen die Flugleitzentrale und machten sich auf den Weg zur Fluglinie, wo sie sich ihrem Osprey näherten. Die Ranger fummelten an der Ausrüstung herum, bevor sie sie in die Truppenbucht luden. Love und Ford berieten sich kurz mit dem Crew Chief und den Wartungspersonal, bevor sie selbst an Bord gingen. Als sie die Rampe zur Kabine hinaufstieg, hielt Love inne, als sie sich einer an der Wand angebrachten Plakette näherte. Sie streckte ihre Finger aus, um sie zu berühren, und zeichnete die lateinischen Worte nach, die dort eingraviert waren: »Vivere Pugnare Alium Diem.« Das kühle Metall unter ihren Fingerspitzen half ihr, sich zu erden, ebenso wie die

Bedeutung des Satzes, der übersetzt »Lebe, um an einem anderen Tag zu kämpfen« bedeutet.

Ford folgte ihm, seine schwielige Hand strich über die Tafel. Love nickte und ging tiefer in die Truppenhalle hinein, wo Sitzreihen die Wände säumten. Der Raum fühlte sich hohl an und wartete auf die Rangers, die ihn bald mit ihrer Anwesenheit füllen würden.

Love machte sich auf den Weg zum Cockpit. Sie ließ sich auf den Pilotensitz gleiten und betrachtete die vielen Bedienelemente und Anzeigen. Auf dem Armaturenbrett war ein Foto von Jack aufgeklebt, das sie mit einem Lächeln auf den Lippen anschaute. Nachdem sie ihren Zeigefinger geküsst hatte, berührte sie Jacks Lippen. »Wache wieder über mich. Pass auf, dass all unsere Männer und Frauen sicher sind, verstanden?«, sagte sie zu Jack.

Als Ford sich auf dem Sitz des Kopiloten niederließ, erschienen die ersten Ranger am oberen Ende der Rampe. Love drehte sich um und sah zu, wie jeder Soldat eintrat. Einer nach dem anderen streckte die Hand aus, um die Gedenktafel zu berühren - ein feierliches Ritual, das sich bei jedem, der Loves Osprey betrat, tief eingeprägt hatte. Im Laufe der Jahre, in denen sie geflogen war, hatte sich diese einfache Handlung in den Rängen verbreitet. Wie eine Welle der Tradition schwappte sie über das republikanische Militär. Sogar neue Passagiere, Ranger und Truppen, die an Bord ihres Transporters kamen, wurden von anderen aufgefordert, die Plakette zu berühren, was sie zu einem geschätzten Glücksbringer machte. Das Ritual hatte sich verselbständigt, wurde von Veteranen an Neulinge weitergegeben und schuf ein unausgesprochenes Band zwischen den Dienenden.

Love schnallte sich an. »Alle Systeme überprüfen, Ford. Stellen wir sicher, dass der Vogel flugbereit ist.«

»Verstanden, Captain. Initiiere Vorflugsequenz.«

Während die Rangers an Bord gingen, gingen Love und Ford noch einmal ihre Checkliste durch, wobei ihre Stimmen ein ständiges Hin und Her von Fachchinesisch waren.

»Brennstoffzellen?«, fragte sie.

»Optimale Ladung, Captain«, antwortete Ford.

»Hydraulik?«

»Nomineller Druck in allen Systemen«.

»Waffensysteme?«

»Online und kalibriert«.

Als der letzte Ranger eintrat, drückte Love auf das Intercom-Symbol auf dem Holodisplay des Armaturenbretts. »Gut anschnallen, Leute. Wir starten in sechzig Sekunden.«

Ein holografischer Countdown erschien auf der Windschutzscheibe. Loves Hand schwebte über der Zündsequenz, ihre Aufmerksamkeit war auf den Timer gerichtet.

Als der Countdown bei Null angelangt war, sprach Love durch den Funkverkehr ihres Geschwaders. »An alle Einheiten, hier ist Wolfpack Lead. Startsequenz eingeleitet. Stellt euch bei mir auf.«

Sie zündete die Triebwerke und ihr Raumschiff brummte unter ihr. Sie ließ den Transporter vom Hangarboden abheben.

Die Tore des Hangars öffneten sich und gaben den Blick auf die unendliche Weite des Weltraums frei. Love führte ihren Truppentransporter durch die Öffnung, wobei der Übergang von der künstlichen Schwerkraft zur Schwerelosigkeit dank der Kompensatoren des Schiffes kaum spürbar war.

Als sie das Orbitalsturmschiff verließen, beherrschte der Mond Lunakor Loves Blick. Hinter ihr strömte der Rest des Geschwaders aus dem Angriffsschiff. Scarabs und Ospreys tauchten gleichermaßen auf, ihre Formen glitzerten im hellen Sonnenlicht des Systems. Love behielt ihr Display im Auge, während sich das Geschwader in Formation begab und jedes Schiff den ihm zugewiesenen Platz einnahm.

Während sie sich der Atmosphäre von Lunakor näherten, ertönte Loves Stimme erneut über das Funkgerät. »Wolfpack, Atmosphäreneintritt einleiten. Vektor zwei-zwei-fünf, Anflugwinkel sieben Grad. Bereitet euch auf Turbulenzen vor.«

Sie passte die Flugbahn an und neigte die Nase der Osprey nach unten. Das Schiff zitterte, als es auf die äußeren Schichten der Atmosphäre von Lunakor traf. Die daraus resultierende Reibung ließ die Temperatur im Cockpit merklich ansteigen.

Love blieb an den Kontrollen und nahm winzige Anpassungen vor, um sie auf Kurs zu halten. Neben ihr rief Ford inmitten der zunehmenden Turbulenzen Messwerte aus.

»Rumpftemperatur steigt, innerhalb akzeptabler Grenzen.«

»Strukturelle Integrität liegt bei achtundneunzig Prozent.«

»Die Geschwindigkeit nimmt wie erwartet ab, derzeit bei Mach 2, da wir in die untere Atmosphäre eintreten.«

Das Zittern verstärkte sich und ließ Loves Zähne klappern. In der Kabine hinter ihr ertönte das gedämpfte Grunzen und Schütteln der Ranger. Sie drangen tiefer in die Atmosphäre ein, während der Himmel draußen bei Sonnenuntergang unheimlich rötlich-orange leuchtete.

Love informierte ihre Piloten. »Wolfpack, wir erleben erwartete Turbulenzen. Formation und aktuellen Vektor beibehalten. Bereiten Sie sich auf eine Kurskorrektur in T minus dreißig Sekunden vor.«

Der Osprey bockte und kämpfte gegen Loves Steuerung an. Fords Stimme wurde zu einem ständigen Datenstrom, der ihren sich schnell ändernden Status anzeigte.

»Hüllentemperatur stabilisiert sich.«

»Geschwindigkeit jetzt Mach 1 und verlangsamt sich.«

»Atmosphärische Dichte nimmt zu, Lebenserhaltung entsprechend anpassen.«

Als sie den schimmernden Nebelschleier durchbrachen, kam die Landschaft unter ihnen zum Vorschein. Über den Horizont erstreckte sich ein üppiger Wald mit hoch aufragenden Bäumen. Ihre Baumkronen leuchteten in einer Vielfalt von smaragdgrünem und jadefarbenem Laub. Mehrere kristallklare Seen säumten das Panorama.

Love leitete die vorprogrammierte Kurskorrektur ein und führte die Osprey auf ihren endgültigen Anflugvektor. Der Rest der Staffeln machte es ihm nach, ihre Formationen wurden enger, als sie sich der Landezone näherten.

»Wolfpack, wir sind im Endanflug«, verkündete Love. »Overwatch One, bereiten Sie sich darauf vor, die Formation zu verlassen und halten Sie sich für CAS bereit. Wolfpack, bereithalten für Landeinstruktionen. ETA in der Abwurfzone: vier Minuten.«

Loves Griff um die Kontrollen wurde fester, als die Osprey tiefer in die Atmosphäre von Lunakor eintauchte. Das Schiff zitterte und wurde von Turbulenzen durch die Gas- und Partikelschichten geschleudert. Plötzlich leuchtete der Himmel mit Feuer auf. Ausbrüche sengender Energie zogen an den Transportern vorbei, so nah, dass Love die Hitze durch den Rumpf spüren konnte. Das Cockpit wurde mit jeder vorbeiziehenden Salve heller.

»Feuerbeschuss!« sagte Ford und starrte auf die taktische Anzeige. »Verdammt! Die Sensoren melden, dass mehrere Such- und Zielradare aktiv sind!«

Love klappte der Kiefer herunter, als sich das tödliche Feuerwerk um sie herum entfaltete. Die Energieexplosionen malten brennende Blütenmuster an den Himmel, jede einzelne ein potenzieller Vorbote der Zerstörung.

»Ausweichmanöver!« brüllte Love. Ihr Osprey wich zur Seite aus und entging nur knapp einer Explosion, die sie zerfetzt hätte. »Overwatch - Waffen frei! Schalten Sie das Bodenradar ein und beginnen *Sie* mit der Unterdrückung der feindlichen Luftabwehr«, befahl Love. Sie ließ ihren Osprey nach rechts ausschlagen, bevor sie die Nase nach unten neigte - sie verlor an Höhe und beschleunigte schnell in Richtung Oberfläche.

Sie aktivierte den Funkverkehr. »Alle Wolfpack-Staffeln - führen Sie Ausweichmanöver Delta aus und begeben Sie sich an die Oberfläche, *sofort*! Sie sind waffenfrei - räumen Sie die Ihnen zugewiesene Landezone und eliminieren Sie alle aktiven Radare oder Boden-Luft-Waffen, die Sie finden!

Love atmete jetzt schwer, ihre Muskeln spannten sich an, als sie die Flugsteuerung umklammerte, und Schweißperlen liefen ihr über das Gesicht. *Bleib ruhig - atme einfach*, sagte sie sich, bevor sie kurz zu Ford blickte.

»Ford, Schadensbericht!«, rief sie mit zusammengebissenen Zähnen.

»Wir haben einen Treffer in der Nähe des hinteren Teils des Truppenraums! Ein Stück Schrapnell hat dort ein Loch geschlagen. Mayfield kümmert sich darum und sollte den Riss in der Hülle in Kürze versiegelt haben. Er benutzt das neue Autoversiegelungszeug, das sie uns zum Testen gegeben haben«, antwortete Ford.

»Verdammt, ein Schrapnell hat es tatsächlich geschafft, den Truppenraum aufzureißen?« erwiderte Love. Sie fluchte laut, als sie die Luftbremse betätigte und mehreren Laserstrahlen auswich, die sie fast zerschnitten. Sie drückte den Gashebel nach vorne und beschleunigte sie schnell, während weitere Laser die Luft durchschnitten, die sie kurz zuvor noch eingenommen hatten.

»Oommff-strukturelle Integrität bei zweiundneunzig Prozent nach diesem Stunt«, kommentierte Ford. »Vergessen Sie nicht, dass wir ein Loch im Truppenraum haben, das vorübergehend mit Kitt und Gebeten abgedichtet ist.«

Love lenkte sie hart nach Steuerbord, dann nach Backbord und bahnte sich einen Weg durch das Sperrfeuer des Feindes, das so dicht war, dass sie sich wunderte, dass sie noch nicht in Stücke gerissen worden waren.

»Wolfpacks, hier ist Lead«, rief sie über die Flügelfrequenz. »Stellt eure Formationen auf - LZ in sechzig Sekunden. Overwatch Zwei und Drei: Sie sind waffenfrei! Priorisiert die feindlichen Such- und Zielradare. Zerstören Sie die SAM-Stellungen auf Peilung null-sechs-null Grad, Reichweite vier Kilometer«.

Über das Funkgerät kamen Bestätigungen, als ihre Piloten antworteten. Eine große Flammenwolke an Backbord lenkte die Aufmerksamkeit von Love auf sich. Ihr Herz sank, als sie erkannte, dass zwei der Ospreys an ihrer Flanke als feurige Wracks zu Boden fielen.

Ein Funkspruch flutete herein. »Wolfpack Actual, hier ist Wolfpack One-Seven, wir haben den Antrieb verloren!«

»Wolfpack One-One. Stehe unter schwerem Beschuss! Hüllenintegrität kritisch!«

Eine weitere Explosion erschütterte die Formation. Diesmal war es ein Scarab im rechten vorderen Quadranten, der in die Luft flog.

»Wolfpack One-Nine ist ausgefallen!«, sagte jemand über das Funkgerät. Ich wiederhole: »Wolfsrudel Eins-Neun ist ausgefallen!«

Die Liebe wurde immer frustrierter, bis sie rief: »Genug! Macht den Funk frei und hört auf zu quatschen! Wir nähern uns der Landezone, dreißig Sekunden - wir sind fast da!«

Durch das Sichtfenster kam die Weite des Raumhafens Tumikhala in Sicht. Die Anlage strotzte nur so vor Zodark-Verteidigungsanlagen, Geschützstellungen und Raketenbatterien säumten die Umgebung. Um den Raumhafen herum erstreckte sich in der Ferne ein dichter Dschungel. Loves taktische Anzeige leuchtete auf und zeigte die vorgesehenen Landezonen in der Nähe des Stützpunktes an.

»Wolfsrudel, hier ist Lead«, rief Love. »Landezone in Sicht. Bereitet euch auf den Endanflug vor. Overwatch-Elemente, gebt Deckungsfeuer.«

Sie lenkte ihr Fahrzeug in Richtung der nächstgelegenen Landezone, einer kleinen Lichtung am Rande des Dschungels. Das feindliche Feuer zog weiter vorbei, aber es wurde schwächer, als sie sich dem Boden näherten.

»Ford, geben Sie mir einen Statusbericht über unsere Ranger«, sagte Love.

»Die Ranger sind vorbereitet und bereit, Captain«, berichtete Ford. »Keine Verletzungen durch die Turbulenzen. Sie sind einsatzbereit.

»Dreißig Sekunden bis zur Landung«, verkündete sie über die Sprechanlage der Osprey. »Ranger, bereitet euch auf den Einsatz vor. Passt da unten gegenseitig auf euch auf. Ich will, dass ihr alle in einem Stück zurückkommt! Jeder von euch.«

Das Fahrwerk der Osprey fuhr aus, als sie sich der Lichtung näherten. Andere überlebende Transporter setzten auf und bildeten einen losen Kreis um die Landezone.

»Landung in drei... zwei... eins...«

Die Osprey zitterte, als ihr Fahrwerk den Mondboden berührte. Love fuhr die Triebwerke herunter und aktivierte die Ausfahrrampe.

»Los, los, los!«, riefen die Ranger.

Das donnernde Geräusch der Rangers, die die Rampe hinunterstürmten, hallte durch die Truppenhalle, ihre Stiefel schlugen auf den Metallboden.

Als der letzte Ranger von Bord ging, piepten die Sensoren ihres Ospreys unaufhörlich.

»Ford, gib mir einen SITREP«, befahl Love.

»Hm, das ist nicht gut«, murmelte er. »Eine unserer Aufklärungsdrohnen meldet mehrere große Gruppen von Zodark-Soldaten, die sich aus allen Richtungen nähern. Die nächstgelegene Gruppe ist auf zwei Uhr, fünfhundert Meter entfernt und kommt schnell näher. Ich zähle mindestens drei Bataillone, die auf unsere Position zusteuern.«

»Mensch ... wer hat denn diese Typen zu unserer Fete eingeladen?« Love scherzte und löste damit die Spannung des Augenblicks. »Ford, wir müssen Zeit gewinnen, damit unsere Bodentruppen das Gebiet sichern können.«

Sie aktivierte den Funkverkehr. »An alle Wolfpacks, wir haben feindliche Bodentruppen im Anflug auf die Landezone. Wir müssen die Verteidigungspositionen um die Landezone aufrechterhalten und unseren Rangern die Möglichkeit geben, sie zu befestigen, während zusätzliche Ranger-Einheiten herbeigeführt werden. Findet eure Ziele und greift nach Belieben an.«

Auf ihren Befehl hin brachte sie die Osprey in einen niedrigen Schwebeflug, nur wenige Meter über dem Boden. Als sie das Waffensystem aktivierte, tauchten plötzlich Ziele auf - zweihundert Meter, einhundertfünfzig Meter, einhundert Meter ... Sie drückte ab und ihre Augen weiteten sich bei dem, was sie als Nächstes sah.

Kapitel Dreißig

»Tangos im Anflug!« Fords Stimme durchbrach die Geräusche. »Mehrere Feinde, elf Uhr!«

Zodark-Soldaten materialisierten sich aus dem dichten Blattwerk, einige sprangen mit unmenschlicher Geschicklichkeit von hoch aufragenden Bäumen. Der Dschungel brach in einem Hagel von Waffenfeuer aus. Mehrere Ranger stürzten zu Boden, tot durch den Hagel von Blasterfeuer.

»APM-Drohnen werden eingesetzt«, sagte Love und tippte mit den Fingern auf das taktische Display.

Ein Schwarm von Drohnen schoss aus den Startrohren der Osprey. Sie flogen auf den Feind zu. Love aktivierte den am Kinn montierten Blasterrevolver.

»Ford, schalten Sie die Magnetspulen ein.«

»Aye, Captain.«

Die Luft brannte vor Leuchtspuren, als die beiden fünfläufigen Magrail-Kanonen vom Kaliber .50 aufheulten. Bäume splitterten und explodierten, als sie in Stücke geschlagen wurden. In der Ferne wurden Zodark-Soldaten von den Hyperschallgeschossen, die durch die Luft flogen, zerfetzt.

»Gute Wirkung auf das Ziel!« sagte Ford.

Als die Kamikaze-Drohnen ihre Ziele erreichten und in Gruppen feindlicher Truppen stürzten, erschütterten Explosionen den Dschungelboden und schickten Schmutzfahnen und zerstückelte Zodarks in den Himmel.

»Mehrere Tote bestätigt«, meldet Ford. »Sie kommen immer noch, Captain!«

Love schwenkte den Geschützturm und eröffnete das Sperrfeuer, während weitere Ranger in Deckung rannten. »Komm schon«, murmelte sie und schaltete die Zodarks so schnell aus, wie ihre Geschütze feuern konnten.

Eine Rakete schoss durch den Wald, direkt auf sie zu.

BAM!

Die gewaltige Explosion erschütterte die Osprey und ließ Schmutz, Felsen und Baumstücke auf sie herabregnen. Warnsignale ertönten, während das Raumschiff erzitterte.

»Status!« brüllte Love über das Dröhnen der Waffen hinweg.

»Uns geht es gut - er hat uns verfehlt. Er hat nur den Lack etwas beschädigt.«

Der Dschungel vor ihnen hatte sich in eine Höllenlandschaft aus Rauch, durchtrennten Baumstämmen und den Leichen toter Zodarks verwandelt. Rechts und links von ihnen lieferten sich Waldläufer und Zodarks einen brutalen Nahkampf und lieferten sich einen heftigen Schusswechsel.

»Captain, unsere Energiezellen überhitzen sich.« In Fords Stimme schwang Stress mit. »Die Magnetspulen ziehen zu viel Saft.«

Love fluchte leise vor sich hin. »Leiten Sie Energie von nicht lebensnotwendigen Systemen ab. Wir dürfen die Kanonen nicht verlieren!«

Der Geschützturm war mit ihrem Helm synchronisiert, und wohin sie auch blickte, dorthin zielte das Geschütz. Als sie eine blitzartige Bewegung zu ihrer Linken wahrnahm, drehte sie sich um, um zu sehen, was es war, gerade noch rechtzeitig, um einen Zodark-Trupp zu erwischen, der versuchte, eine Gruppe festsitzender Ranger zu flankieren. Sie drückte ab und hielt den Abzug gedrückt, während der Blaster den Hass und die Wut, die sie gegen diese heimtückische Ethnie von Monstern empfand, ausstieß. Die Blasterbolzen zerfetzten ihre Körper und töteten sie, bevor sie die Rangers angreifen konnten.

BUMM!

Eine weitere Explosion ereignete sich in ihrer Nähe - die Druckwelle erschütterte ihren Osprey, und Schrapnelle prasselten auf den gepanzerten Rumpf.

»Achtung! Mehrere Feinde, auf sechs Uhr!« rief Ford und deutete auf die neue Bedrohung. »Sie sind in den verdammten Bäumen.«

Love drehte den Geschützturm und feuerte ein vernichtendes Sperrfeuer in die Baumkronen. Zodark-Scharfschützen und Maschinengewehrschützen stürzten von ihren Stangen, ihre Körper waren von Löchern übersät.

»Wie sieht's mit der Munition aus?« fragte Love mit einem Hauch von Besorgnis in ihrer Stimme.

»Nicht gut«, antwortete Ford. »Magrails runter auf dreißig Prozent, und wir haben keine APM-Drohnen mehr!«

»Verstanden. Feuer aufrechterhalten. Nennen Sie vorrangige Ziele. Wir müssen jeden Schuss nutzen.«

Die schwache Beleuchtung im Cockpit flackerte kurz auf.

»Captain, die Energiezellen sind kritisch. Wir werden die Kanonen verlieren!«

Fast wie aus dem Nichts fiel der am Kinn montierte Blasterwerfer aus - und kurz darauf auch die Magnetschienen.

»Whoa! Was zum Teufel ist gerade passiert?« Die Liebe schrie.

Fords Tonfall wurde leiser, sein Blick fiel auf die Schnittstelle des Armaturenbretts. »Wow, wir haben tatsächlich die Energiezellen der Waffensysteme geschmolzen. Die Kühlsysteme haben die Belastung nicht verkraftet. Captain, wir müssen abheben und zur *Maddox* zurückkehren, bevor wir noch mehr Systeme verlieren.«

»OK, los geht's.« Love hob das Raumschiff vom Dschungelboden ab. Um sie herum erhoben sich andere Scarabs und Ospreys in den Himmel. Während sie aufstiegen, entdeckte Love eine Rakete, die in die Luft sprang. Sie flog mit rasender Geschwindigkeit auf einen ihrer Valkyrie-Bomber zu. Der Bomber war gerade dabei, ein Dutzend Fünfhundert-Pfund-Bomben über der Länge eines Verteidigungsgrabens abzuwerfen, der den äußeren Bereich des Raumhafens schützte.

Sie beobachtete das Geschehen wie in Zeitlupe. Love konnte nichts tun, um die Rakete zu stoppen oder den Piloten vor der Gefahr zu warnen, die auf ihn zukam. Das automatische Verteidigungssystem der Valk entdeckte die Bedrohung und warf Leuchtraketen und Düppelkanister ab, um das Leitsystem der Rakete zu überlisten. Die Rakete flog jedoch an den Leuchtraketen vorbei und durch die Düppel hindurch und detonierte, sobald sie in die Reichweite des Annäherungssensors gelangt war.

Love sah zu, wie die linke Tragfläche der Walküre vom Rumpf gerissen wurde, wodurch der Bomber außer Kontrolle geriet und von Flammen umhüllt wurde. Innerhalb von Sekunden sprang eine kleine Gestalt aus dem todgeweihten Flugzeug - der Fallschirm blühte über der Person auf.

In diesem Moment ignorierte Love ihre blutenden Instinkte und folgte ihrem Training mit Automatik. »Ford, ich möchte, dass Sie den

Standort des abgestürzten Piloten mit einem Geotag versehen. Geben Sie sie an alle Ranger-Einheiten in der Nähe weiter. Schicken Sie es auch an die Maddox-Such- und Bergungsstaffel.«

»Bin schon dabei«, antwortete Ford.

Als das erledigt war, führte Love den Rest ihrer Truppe zurück zur *Maddox*, um weitere Truppen an die Oberfläche zu bringen.

11. Spartacus-Panzerregiment
DreamScape MWR
RNS *Callisto*

Kennedy paddelte hart und spürte den Widerstand des Wassers unter sich; er erwischte die Welle gerade, als sie zu kämmen begann. Er sprang auf sein Surfbrett und der Adrenalinstoß und die Aufregung schossen durch seine Adern. Als er in den Lauf fiel, wölbte sich die Welle um ihn herum und bildete eine perfekte Röhre. Er ging in die Hocke, seine Hand streifte die Wellenwand, und er spürte, wie die kalte, neblige Gischt auf sein Gesicht traf, als er durch den Tunnel schoss.

Das ist unglaublich. Auf der Erde war Kennedy einer der besten Surfer seines Bundesstaates gewesen und hatte unzählige Stunden im Meer verbracht, um seine Fähigkeiten zu perfektionieren. Es war selten, dass er einen anderen Surfer fand, der auch nur annähernd so gut war wie er selbst.

Kennedy streckte seine Hand in Richtung des aufgewühlten Wassers aus. Die Geschwindigkeit der Welle trieb ihn und sein Brett weiter durch das Wasser. Er musste sich daran erinnern, dass dies alles Teil des Metaverse war - so real, wie er es haben wollte. Es war nur eine Illusion, ein digitaler Gedankentrip, der seinem Körper vorgaukelte, er sei real.

Er wischte sich die Wassertropfen aus dem Gesicht. Für einen kurzen Moment vergaß er, dass er sich in einer Virtual-Reality-Simulationskapsel befand und sein Körper von Kopf bis Fuß in einen Metaverse-Anzug an Bord der RNS *Callisto* gehüllt war.

Als die Welle langsam abebbte, stürzte sich Kennedy von seinem Brett. Er schlug mit einem Platschen auf dem Wasser auf, und das Gefühl war so authentisch, dass sein Verstand einen Moment lang damit zu kämpfen hatte, sich mit der Tatsache abzufinden, dass er sich überhaupt nicht im Meer befand. Als er auftauchte, schmeckte er den vertrauten salzigen Geschmack des Meerwassers auf seinen Lippen, doch dann blinzelte er und erinnerte sich daran, dass dies alles eine Simulation war. Der Metaverse-Anzug hatte alles perfekt nachgebildet - das kalte Wasser, die Schwerelosigkeit, sogar das Geräusch der Wellen, die um ihn herum schlugen.

Kennedy paddelte zurück zu Wilson und Kapitän Martin und grinste von einem Ohr zum anderen. Der Übergang von der hyperrealistischen Brandung zu dem sterilen Bewusstsein seiner wahren Umgebung war unangenehm, aber in diesem Moment war es ihm egal. Das DreamScape MWR Metaverse hatte seinen Zweck erfüllt - es gab ihm einen Vorgeschmack auf zu Hause, eine Flucht vor der harten Realität des Lebens an Bord eines Raumschiffs. Für den Moment war er damit zufrieden, auf den virtuellen Wellen zu reiten, auch wenn alles nur ein Traum war.

»Guter Lauf, Kennedy«, rief Wilson und gab ihm ein High-Five, als er sich näherte.

»Danke, Mann. Diese Anzüge sind schon was Besonderes, hm? Fühlt sich an, als ob wir wirklich hier wären.«

Alle drei saßen auf ihren Brettern. Das warme Wasser plätscherte an ihren Beinen, während sie ihre Kameraden beobachteten, die in der Ferne Wellen schlugen. Die Simulation war so realistisch. Sie waren Lichtjahre von einem echten Ozean entfernt, aber während sie in ihren Anzügen saßen und Virtual-Reality-Brillen trugen, gab es fast keinen Unterschied zwischen echt und unecht.

Vor einer Stunde, kurz bevor Kennedy durch den Eingang des VR-Raums gegangen war, hatte er bemerkt, dass über der Tür die Worte »Where Reality and Illusion Converge« prangten. Keine wahreren Worte wurden je geschrieben.

»Also, was haltet ihr von der bevorstehenden Operation auf Eurysa?« fragte Kennedy. Er blinzelte gegen das grelle Licht der virtuellen Sonne.

Martin ärgerte sich. »Wir haben noch drei Tage, bis unsere Erholung vorbei ist. Lass uns über etwas anderes reden, zum Beispiel...«

Wilson ließ Martin abblitzen. »Wir haben es im Kopf, also warum nicht? Weißt du, ich habe gehört, dass es dort ein richtiges Paradies sein soll. Es ist mehr dran an dem, was wir in der Besprechung mit dem General gesehen haben. Ich habe es mir privat genauer angesehen. Viel Grün, viel Wasser. Überall Früchte, von denen wir die meisten essen können, heißt es...«

»Wenn wir diese Archipele sichern können, haben wir die Oberhand über die Pharaonen«, sagte Kennedy. »Und das ist wichtig, weil...«

»Ernsthaft?« Martin grinste langsam. »Du kannst nicht an einem Ort bleiben, oder?«

»Nicht, wenn es ums Surfen geht...« Kennedy zeigte den Daumen nach oben. »Nachdem wir diesen Pharaonen die Köpfe abgeschlagen haben, sollten wir ein paar Bäume finden, ein paar Bretter schnitzen und diese Alien-Wellen ansteuern.«

Martin lachte. »Glaubst du wirklich, dass sie uns mitten im Krieg surfen lassen?«

»Warum nicht, wenn die Operation vorbei ist? Wir haben uns ein kleines Schulterklopfen und etwas Spaß verdient. Außerdem, kannst du dir vorstellen, was für Wellen ein solcher Planet haben könnte? Das könnten locker zwanzig Meter sein.«

Wilson stieß einen leisen Pfiff aus. »Zwanzig Meter? Das ist Wahnsinn. Ich weiß nicht, ob ich das schaffen würde. Woher hast du diese Information?«

»Ah, ich schätze nur. OK, OK, vielleicht nicht zwanzig. Aber selbst zehn wären unglaublich.«

»Wir können träumen«, sagte Martin. »Aber, hey, keiner von uns war auf der Oberfläche von Eurysa, und diese Geheimdienstler schützen die Informationen, die sie über den Planeten haben, als ginge es um die Jungfräulichkeit Ihrer Tochter...«

Wilson schlug Martin auf den Arm, so dass dieser zusammenzuckte.

»Autsch, was zum Teufel, Sir?«

Wilson starrte den jungen Mann so lange an, bis dieser nachgab und sich entschuldigte.

»Nun, der Punkt war, dass es nach allem, was wir wissen, der Albtraum eines Surfers sein könnte«, erklärte Martin.

Wilsons Gesicht wurde weicher. »Ruinieren Sie nicht Kennedys feuchten Traum, und das meine ich wörtlich«, sagte er lachend. »Wer weiß, wir könnten über zehn, fünfzehn oder zwanzig Meter hohe Wellen sprechen.«

»In Ordnung.« Martin schüttelte den Kopf, ein weiteres kleines Grinsen schlich sich auf sein Gesicht. »Wenn wir es schaffen, ein paar Wellen auf Eurysa zu erwischen, beanspruche ich den ersten Ritt für mich.«

»Abgemacht«, sagte Kennedy und streckte seine Hand aus.

Als Martin sich schütteln wollte, zuckte er zusammen, als ein Hai an ihm vorbeischwamm und so schnell auf sein Brett sprang, dass es unter ihm wegrutschte und er ins Wasser fiel. »Whoa! Was zum Teufel?« Er schwamm, als hinge sein Leben davon ab, zurück auf sein Brett, die Augen wild. »Hast du das gesehen?«

Wilson gackerte so sehr, dass er von seinem eigenen Brett fiel. Nachdem er wieder auf das Brett geklettert war, wischte er sich das Salz aus den Augen. »Entspann dich, Martin. Es ist nicht echt. Es kann dich nicht wirklich beißen. Du hättest dein Gesicht sehen sollen.«

»Okay, harter Kerl.« Martin rutschte auf seinem Brett hin und her. »Ich weiß noch, wie eine Spinne auf dein Bettchen gekrabbelt ist, als du geschlafen hast. Du bist mit einem Schrei aufgewacht. Ich habe noch nie einen Mann so laut schreien hören.«

Kennedy gluckste. »Ich habe alle geweckt.« Er blies Luft durch seine Lippen. »Kommt schon. Lasst uns reingehen. Ich könnte eine Pause von dieser ganzen Aufregung gebrauchen.«

Die drei legten sich mit dem Gesicht nach unten auf ihre Bretter und paddelten zum Ufer.

»Glaubst du, es wird jemals enden?« fragte Kennedy, und seine Stimme entsprach dem, was er tief in seinem Inneren fühlte - Ernüchterung.

Martin atmete laut aus. »Manchmal habe ich das Gefühl, dass wir uns hier draußen nur abrackern. Egal, wie viele Zodarks oder Pharaonis oder wer auch immer wir ausschalten, es scheinen immer noch mehr irgendwo anders zu warten.«

»Es ist eine große Galaxie«, kommentierte Wilson.

Kennedy paddelte noch fester. »Solange auch nur ein Zodark am Leben ist, werden sie weiterkämpfen. Das liegt ihnen im Blut. Sie werden nicht aufhören, bis sie uns komplett ausgelöscht haben oder wir sie.«

Martin runzelte die Stirn und sah aus, als sei er mit Kennedys Einschätzung nicht einverstanden. »Ich weiß es nicht. Ich meine, sicher, die Zodarks sind eine gewalttätige Spezies, aber vielleicht sind sie nicht alle gleich? Vielleicht träume ich ja, aber es könnte auch welche geben, die den Frieden genauso sehr wollen wie wir.«

»Träumen? Nein, du lebst im La-La-Land.« Wilson spottete. »Der einzige gute Zodark ist ein toter Zodark.«

Als sie das Ufer erreichten, materialisierten sich auf dem unberührten weißen Sand Liegestühle, die von einer unsichtbaren digitalen Kraft herbeigezaubert worden waren. Sie setzten ihre Bretter ab und ließen sich in die Stühle sinken.

Überall um sie herum blühte das Metaverse vor Leben. In der Ferne schlugen andere Soldaten Wellen. Ihre Jubelschreie wurden über das Wasser getragen. Palmen wiegten sich in einer sanften Brise, ihre Blätter raschelten. Der Ozean erstreckte sich vor ihnen - eine glitzernde blaue Weite, die nicht enden wollte. Es gab sogar Delphinschwärme, die in regelmäßigen Abständen durch die Wellen sprangen und sich drehten, was dem Gesehenen noch mehr Realismus verlieh.

»Hey, Wilson, vielleicht können Sie mir diese Frage beantworten, die mich schon eine Weile beschäftigt«, begann Kennedy. »Als Besatzung des Panzers des Colonels hören Sie wahrscheinlich eine Menge, vor allem die Gespräche zwischen ihm und dem General von Zeit zu Zeit, oder?«

Wilsons Miene wurde ernst. »Vielleicht«, antwortete er. »Das hängt davon ab, was Sie fragen. Der Colonel ist ein guter Mann, ein guter Kommandant. Wie wäre es, wenn Sie Ihre Frage stellen, und ich sage Ihnen, ob ich sie beantworten kann.«

»Das ist fair«, sagte Kennedy. »Hier ist meine Frage - warum tun wir das? Die Invasion eines anderen Planeten, meine ich. Warum nicht den Planeten in Schutt und Asche legen, bis sie sich ergeben? Es scheint, als ob wir mit dem, was wir tun, Leben vergeuden.«

Martin sah aus, als wolle er etwas sagen, aber er hielt inne, um Wilsons Antwort zu hören.

Wilson beugte sich vor. »Das habe ich den Colonel auch gefragt«, gab er zu. »Er sagte, wenn man die Städte eines Feindes aus dem Weltraum in den Staub bombt, hat der Feind keinen Ausweg, keinen Grund, sich zu ergeben, keinen Grund, seinen Widerstand zu beenden. Er sagte, wenn die Republik oder die Allianz nicht eine ganze Spezies ausrotten will, müssen wir den Feind überzeugen, sich zu ergeben...«

»Und wie wollen Sie das machen?«, unterbrach Kennedy. »Die Pharaonis oder auch die Zodarks zur Kapitulation überreden?«

Wilson lächelte, unbeeindruckt von der Unterbrechung. »Ganz einfach«, antwortete er. »Du erinnerst sie daran, was sie haben und was sie zu verlieren haben, wenn sie weiter kämpfen. Du warst zu jung, um in der ersten und zweiten Schlacht von Alfheim gedient zu haben, die den ersten Zodarkrieg beendete. Der Krieg endete, weil der Vizekönig den Orbots eine gemeinsame Besetzung des gefrorenen Ödlands anbot. Damals erkannte niemand die Bedeutung des Planeten, aber er war einer der wenigen Orte, an denen man das seltene Material Bronkis5 abbauen konnte - das Material, das unsere Schiffspanzerung so widerstandsfähig macht.

»Als den Orbots ein Angebot unterbreitet wurde, das es ihnen ermöglichte, weiterhin Zugang zu dem von ihnen gewünschten Material zu haben, wenn sie sich bereit erklärten, den Krieg zu beenden, nahmen sie es an«. Wilson hob die Hand, um den Fragen, die Kennedy stellen wollte, zuvorzukommen. »Der Grund, warum wir Stiefel auf den Boden stellen, ist, den Feind daran zu erinnern, dass wir nicht darauf beschränkt sind, seine Städte vom Weltraum aus platt zu machen. Wir können sie genauso gut von der Oberfläche aus vernichten. Aber mehr noch, die Bodenkampagne gibt dem Feind Zeit zum Nachdenken, Zeit, die Situation so zu akzeptieren, wie sie ist: Nachgeben und leben dürfen, Widerstand leisten und zusehen, wie die eigene Spezies langsam ausgerottet wird, eine Stadt, ein Dorf nach dem anderen. Wenn die Menschen leben wollen, stürzen sie schließlich ihre Regierung und suchen nach Bedingungen oder zwingen ihre Regierung, sie zu akzeptieren.«

Als Wilson mit seinen Erklärungen fertig war, begann Kennedy, die Logik des Plans zu erkennen, auch wenn er ihn nicht gut fand. »Mann, der Krieg ist ein Chaos, nicht wahr?«, schaffte er es zu antworten.

»Ja, das ist es. Ich hoffe nur, dass, wenn wir die Pharaonis besiegt haben und uns darauf konzentrieren, diesen Krieg mit den Zodarks zu beenden, alles vorbei ist«, bot Martin an. »Ich stelle mir manchmal vor, wie die Dinge verlaufen wären, wenn unser Erstkontaktteam nicht angegriffen worden wäre, als wir das erste Mal auf die Zodarks trafen.«

Wilson lachte. »Ja, ich kann es mir schon vorstellen - wir schmusen mit diesen blauen Biestern, als wären wir die besten Freunde.«

Sie scherzten darüber, wie die Dinge wohl verlaufen wären, wenn dieser schicksalhafte Tag anders verlaufen wäre. Das Gespräch verlagerte sich bald auf die Familie, wobei Wilson und Martin den größten Teil des Gesprächs führten.

»Hey, Kennedy, hast du jemals mit deinen Kindern gesprochen?« fragte Martin.

Kennedy zögerte. »Äh, ein wenig.«

Martin hob die Augenbrauen. »Und?«

»Es war gut«, sagte Kennedy. Er hatte den Rat seiner Therapeutin befolgt und sich von ihr durch ein Telefongespräch mit seiner baldigen Ex-Frau coachen lassen. Sie konzentrierten sich auf effektive Kommunikationstechniken wie aktives Zuhören und einfühlsame »Ich«-Aussagen. Er appellierte an den Wunsch seiner Ex-Frau nach dem Wohlergehen ihrer Kinder und bat sie, ihn öfter mit den Zwillingen sprechen zu lassen. Zu seiner Überraschung hatte sie eingewilligt, und erst vor ein paar Tagen hatte er ein langes Gespräch mit seinen Kindern führen können.

Wilson drehte seinen Kopf in Richtung Martin. »Weißt du, du bist manchmal ein bisschen zu neugierig.«

»Das ist mein liebstes Gut«, antwortete Martin.

»Nein, nicht einmal annähernd.«

Während seine Freunde hin und her plauderten, dachte Kennedy an das Gespräch mit seinen Kindern. Es war schwieriger gewesen, als er erwartet hatte, zu erklären, warum er so weit weg war und wann er nach Hause kommen würde. Er wollte ihnen alles sagen, ihnen sein Herz ausschütten und sie wissen lassen, wie sehr er sie liebte und vermisste. Aber bei so jungen Kindern war das nicht so einfach.

Was Kennedy seinen Freunden auch nicht erzählt hatte, war, dass er in der letzten Woche zweimal mit den Zwillingen gesprochen hatte. Er war bis spät in die Nacht wach geblieben, nur um ihre Stimmen zu hören. Mit jedem Tag, der verging, wurde die Realität ihrer bevorstehenden Mission auf Eurysa deutlicher. Kennedy wurde immer nervöser.

Er wusste, dass die Kämpfe brutal sein würden. Es bestand die reale Chance, dass er es nicht lebend zurückschaffen würde. Jeder Kampf barg diese Möglichkeit in sich. Der Gedanke, seine Kinder vaterlos zurückzulassen... er wollte nicht daran denken. Er tat sein Bestes, um seine Gedanken auf andere Dinge zu lenken.

Kennedy hob eine Hand. »Server!«

Ein älterer Herr im Butler-Outfit tauchte im Virtual-Reality-Raum neben Kennedy auf. »Wie kann ich Ihnen behilflich sein, Sir?«

»Hey, könnten Sie uns den besten Wein bringen, den Sie haben?« fragte Kennedy mit einem Glitzern in den Augen. »Etwas ganz Besonderes, wie einen 2012 Château Lafite, einen 2005 Petrus und vielleicht einen 2015 Screaming Eagle. Drei Flaschen, wenn es Ihnen nichts ausmacht.«

Der Butler neigte den Kopf. »Natürlich, Sir. Ich werde sie sofort holen.«

Mit einem leisen Knall verschwand der Butler. Sekunden später erschien er wieder mit einem silbernen Tablett, auf dem drei elegante Weinflaschen standen. Kennedy streckte die Hand aus, um eine zu nehmen, dann hielt er inne. »Schade, dass wir die nicht wirklich trinken können.« Er fuhr mit dem Finger an einem der Etiketten entlang. »Wäre das nicht toll, sich im Metaverse zu berauschen?«

Wilson schnaubte. »Ja, und dann mit einem Kater in der realen Welt aufzuwachen. Nein, danke.«

Kennedy winkte den Butler ab. »Schon gut. Kommen Sie wieder, wenn Sie das richtige Zeug haben, okay?«

Der Butler hob eine Augenbraue. »Ich fürchte, das wäre völlig unmöglich, Sir. Wie Sie wissen, ist dies nur eine Simulation.«

»Ja, ja, ich weiß.« Kennedy lehnte sich in seinem Stuhl zurück. »Schon gut, Wilson wird mir das richtige Zeug besorgen, wenn wir die Pharaonen besiegt haben. Stimmt's, Kumpel?«

Wilson gähnte. »Nicht in einer Million Jahren.«

»Ach, komm schon.« Kennedy klatschte in die Hände. »Man kann es einem Mann nicht verübeln, dass er es versucht.«

Der Butler räusperte sich. »Darf es noch etwas sein, Sir?«

»Nein, das ist alles für den Moment. Danke.«

Mit einem weiteren leisen Knall verschwand der Butler und ließ die drei Freunde wieder allein am Strand zurück.

Zweiunddreißigstes Kapitel

Anfang April 2115
RNS *Valiant*
Sternsystem Zanthea
Auf dem Weg nach Eurysa, Pharaonis Heimatwelt

Captain Joe Wright stand in der Mitte der Brücke der *Valiant* und blickte auf die holografische Darstellung des Planeten Eurysa, die jetzt den Bildschirm dominierte. Er war wunderschön, ganz ähnlich wie die Erde, New Eden oder sogar Sumer und Alpha Centauri. Er betrachtete den fernen Planeten, der wie ein Edelstein in blauen und grünen Farbtönen leuchtete. Es war ein unglaublicher Kontrast zu der schwarzen Leere des Weltraums, die ihn umgab. Wrights Hände ruhten auf dem kühlen Metall des Geländers, während er die eingehenden Datenströme beobachtete, von denen jeder bestätigte, was er bereits vermutet hatte - die Pharaonis würden sich nicht ergeben. Sie würden kämpfen. »XO, wie groß ist unsere derzeitige Entfernung zur Pharaonenflotte?«, fragte Wright, seine Stimme war ruhig, aber mit dem Gewicht eines Kommandos, das er in jahrelangen Raumkämpfen gelernt hatte.

Commander Shane Weber, der etwas weiter rechts stand, blickte auf seinen taktischen Bildschirm. »Zwei Millionen Kilometer, Captain. Wir beginnen, einige gute Daten über ihre Flotte von den Drohnen zu erhalten, die die *Sirius* vor einer Weile gestartet hat. Wir haben Sicht auf den Rest ihrer Flotte. Sie scheinen sich in der Nähe des Nordpols des Planeten aufzuhalten. Aber diese Messwerte... sie scheinen irgendwie falsch zu sein.«

Wright hob eine Augenbraue, ein Anflug von Besorgnis stieg in ihm auf. Er erinnerte sich noch an das letzte Mal, als die Pharaonis sein Schiff in einen Hinterhalt gelockt hatten. Seine Mannschaft, sein Schiff, die *Teddy*, waren nur knapp der Zerstörung entgangen. Die *Teddy*, sein erstes Kommando über ein größeres Kriegsschiff, würde wahrscheinlich ein oder sogar zwei Jahre in der Werft verbringen, bevor sie wieder für die Flotte einsatzbereit sein würde. Nach dieser schicksalhaften Begegnung war seine gesamte Besatzung auf das neu gebaute Schlachtschiff *der Victory-Klasse*, die RNS *Valiant*, versetzt worden.

»Hier, sehen Sie sich das an.« Wright zeigte auf die Pharaonenschiffe auf der taktischen Aktionskarte. »Sehen Sie, was ich meine? Jetzt, wo sie wissen, dass wir hier sind, sehen Sie sich an, was sie tun. Sie positionieren sich in einer niedrigen Umlaufbahn über den beiden Polkappen. So können sie die Schwerkraft des Planeten ausnutzen und wahrscheinlich planetare Verteidigungswaffen auf der Oberfläche einsetzen. In Anbetracht der Situation ist das eine brillante Idee. Aber sehen Sie hier drüben, bei diesem Mond.« Er zeigte auf den Mond Zephyra, der sich in der Umlaufbahn des Planeten Skiron befindet. »Wenn ich das Kommando über ihre Flotte hätte, würde ich unsere schwächsten Schiffe dort positionieren. Dann würde ich den Rest meiner Flotte auf der dunklen Seite von Zephyra positionieren und abwarten - abwarten, bis unsere Streitkräfte in einer hohen Umlaufbahn über Eurysa sind, dann die Falle zuschnappen lassen und uns von hinten angreifen.«

Webers Gesicht sah nun besorgt aus. »Hm, das macht durchaus Sinn«, antwortete er, offenbar bemüht, cool zu bleiben. »Oh, sehen Sie sich das an, Sir. Wenn man vom Teufel spricht - der Admiral muss wohl denselben Gedanken gehabt haben. Es sieht so aus, als würde er ein Geschwader schicken, um das zu untersuchen - zwei Schlachtschiffe, acht Kreuzer und vierzehn Fregatten. Verdammt, das ist eine Menge Feuerkraft.«

»Ja, das ist es«, bestätigte Wright mit einem Nicken. »Ich bin froh, dass wir nicht von unserer Mission abgezogen wurden. Du hast gesehen, wie diese Pharaonen kämpfen. Das sind Wilde. Wenn unsere orbitalen Bombardements sie aufweichen können, bevor die Bodentruppen am Boden sind, können wir vielleicht einige Leben retten. Habe ich Ihnen schon von meinem jüngsten Bruder erzählt?«, fragte er und wechselte das Thema. »Derjenige, der gegen die Familientradition verstoßen musste und sich der Armee anstelle der Flotte anschloss?«

»Nein, ich wusste nicht, dass Sie einen jüngeren Bruder in der Armee haben«, sagte Weber. »Was macht er denn, wenn ich fragen darf?«

»Er ist Regimentskommandeur der 11. Infanteriedivision, der 22. Dubliners«, erklärte Wright stolz.

»Ah, ist das nicht die Division von General Varinius?«, fragte Weber.

»Das ist er wirklich - der gute alte Spartacus Varinius. Er wuchs in den gemeinen Straßen Roms auf, bevor seine Familie in die Republik auswanderte. Aber, wie ich schon sagte, ich bin froh, dass wir noch auf einer Mission sind. Je mehr wir die Pharaonen aus dem Orbit in die Knie zwingen können, desto weniger Verluste werden wir wahrscheinlich erleiden, wenn der Orbitalangriff beginnt«, erklärte Wright.

»Denken Sie an etwas, Shane«, fuhr er fort. »Verzweifelte Menschen kämpfen mit allem, was sie haben. Deshalb dürfen wir uns nicht erlauben, den Feind zu unterschätzen. Die Pharaonen wissen, dass dies die letzte Schlacht ist. Sie werden ihre Heimat und ihre Familien verteidigen, so wie wir es in der Schlacht von Sol getan haben. Das ist eine Motivation, die man nicht ignorieren und auf eigene Gefahr abtun kann.«

»Aye, Captain. Die Mannschaft ist scharf. Sie werden Sie nicht enttäuschen«, antwortete Weber, sein Ton wurde ernster. »Es sieht so aus, als hätten wir noch ein wenig Zeit, bevor wir in Waffenreichweite kommen. Ich werde die Geschützmannschaften bitten, die Batterien für den Fernkampf vorzubereiten. Wenn Sie mir nichts anderes sagen, werde ich mit der Flugleitzentrale sprechen und sie bitten, die Bomber für die Schiffsabwehr und die Jäger für die Weltraumbeherrschung vorzubereiten. Geben Sie nur den Befehl, und sie werden starten.

Wright lächelte seinen XO breit an, der praktisch seine Gedanken gelesen hatte. »Gute Entscheidung, XO. In der Zwischenzeit werde ich in mein Quartier gehen und versuchen, ein wenig zu schlafen. Wir sollten ein paar Stunden Zeit haben, bevor es losgeht. Wecken Sie mich, wenn Sie es brauchen. Ansonsten haben Sie die Brücke.«

»Aye, Captain! Der XO hat die Brücke«, erklärte Commander Weber entschlossen, als er sich auf den Stuhl des Kapitäns setzte.
****

Fünf Stunden später
Brücke der RNS _Defiant_
Auf dem Weg nach Eurysa, Pharaonis Heimatwelt
System Zanthea

»Admiral, wir empfangen ein dringendes Kommuniqué von der _Rass_«, verkündete Lieutenant Willard. »Sir, Sie hatten recht. Die _Rass_ hat achtunddreißig Kriegsschiffe in einer niedrigen Mondumlaufbahn um den Mond Zephyra entdeckt. Captain DeWolf von der _Rass_ und

Captain Lionel von der *Triumph* schicken ihre Geschwader los, um die feindliche Streitmacht anzugreifen.«

Vizeadmiral Rosentreter erhob sich von seinem Platz und sah Lieutenant Willard an. »Sie sagten achtunddreißig Kriegsschiffe - wie ist die Zusammensetzung? Mit was für Schiffen haben sie es zu tun?«

Willard verzog das Gesicht, als er den Bericht weiterlas. »Wow, das tut mir leid, Sir. Captain DeWolf meldet vierzehn dieser Blacktips - im Grunde Fregatten - neun Makos-Kreuzer, sechs Thresher-Schlachtschiffe und neun dieser Hammerheads - diese schweren Zerstörer, die die Flotte während der Serenea-Kampagne ziemlich hart getroffen haben.«

Admiral Rosentreter nickte, als er das alles aufnahm. In seinem Kopf spielten sich mögliche Szenarien ab, ob Captain DeWolfs Geschwader ausreichen würde, um mit diesem größeren Kriegsschiff der Pharaonis fertig zu werden, oder ob er jetzt zusätzliche Schiffe entsenden sollte, bevor der schwerste Kampf begann.

Als er gerade etwas sagen wollte, kam sein XO, Captain Luke Bucee, auf ihn zu: »Sir, ich bin mir ziemlich sicher, dass DeWolf und Lionel damit fertig werden können. Aber vielleicht würde es unserer Position nicht schaden, wenn wir ihnen ein Geschwader altairischer Kriegsschiffe zur Seite stellen würden.«

Er drehte sich zu seinem XO um. »Das ist eine gute Idee, Bucee-Lieutenant Willard, senden Sie ein FRAGO an das altairische Schlachtschiff *Berkimon A2*, und lassen Sie es mit maximaler Geschwindigkeit losfliegen, um die Geschwader *Rass* und *Triumph* bei der Neutralisierung der pharaonischen Flotte im Orbit von Zephyra zu unterstützen.«

»Aye, Admiral, ich generiere jetzt den fragmentarischen Befehl«, antwortete Willard schnell und tippte mit seinen Fingern weiter.

»Lieutenant Lando, ich denke, es ist an der Zeit, dass wir das Gaspedal durchtreten, uns in die Schlacht stürzen, um die Höhe über Eurysa einzunehmen und mit der Arbeit zu beginnen, diesen Krieg zu beenden«, rief Admiral Rosentreter und grinste dabei teuflisch.

Es ist an der Zeit, das zu beenden, dachte er und genoss die Gelegenheit, sich für die Invasion von Sol zu rächen.
****

Fünf Stunden später

Brücke der RNS *Valiant*
Annäherung an eine hohe Umlaufbahn über dem Planeten Eurysa

Captain Joe Wright umklammerte die Armlehne seines Kommandosessels. Seine Augen verengten sich, als der Brückenmonitor durch den intensiven Blitz einer nahen Explosion flackerte. Der Kreuzer Pharaonis Makos hatte sich in einen leuchtenden Feuerball verwandelt, dessen zertrümmerter Rumpf in die schwarze Leere stürzte. Einen Moment lang war die Brücke in weißes Licht getaucht, weil die schiere Brillanz der Explosion das Display auslöschte. Dann verblasste das Licht so schnell, wie es aufgeflammt war, und hinterließ die düstere Realität der Schlacht.

Die Außenkameras stellten sich ein, und das Chaos des Kampfes um sie herum nahm seinen unerbittlichen Lauf wieder auf. Helle Streifen aus rotem und gelbem Laserfeuer kreuzten sich in und um die verbündeten Kriegsschiffe, und gelegentlich schlug eine Explosion in die Außenhülle der verbündeten Schiffe ein. Es war fast so, als würde man einem Künstler dabei zusehen, wie er Strähnen von leuchtenden Farben in zufälligen Mustern verspritzt, die es fast unmöglich machten, einem Treffer zu entgehen.

Captain Wright beobachtete, wie sich der Kampf zuspitzte, als das Feuer der verbliebenen Pharaonis-Flotte und der antiorbitalen Geschütze auf der Oberfläche immer stärker wurde. Es fühlte sich so an, als ob jeder Schuss, jeder Energiestoß ein Signal für das Gewicht der Verzweiflung war - das Gewicht des Wissens, dass ihre Niederlage unmittelbar bevorstand, ihre fast sichere Auslöschung unvermeidlich war. Wright wusste, wenn die Pharaonen sich weigerten, sich zu ergeben und sich der Allianz zu unterwerfen, würde diese Schlacht der Anfang vom Ende der Pharaonen als raumfahrendes Volk sein.

»Ack, verdammt! Das war hell«, rief Lieutenant Commander Becerra von ihrer Kommunikationsstation aus. »Fähnrich House, ich habe gerade die automatischen Dimmer für das OmniView modifiziert. Ich weiß, dass Sie sich auf das Fahren des Schiffes konzentrieren, aber vergessen Sie nicht, es zu überprüfen, wenn das Schiff in den Zustand Eins geht.«

»Aye-aye, Ma'am. Ich bitte um Entschuldigung. Es wird nicht mehr vorkommen«, bestätigte House.

BUMM!

Die *Valiant* wurde von dem, was sie gerade getroffen hatte, heftig erschüttert. Kapitän Wright löste seinen klammen Griff um seinen Stuhl, als Funken über den taktischen Bereich der Brücke sprühten.

»Was zum Teufel hat uns gerade getroffen?«, rief der XO, während er zügig auf die taktische Abteilung zuging.

Wright tippte auf seinen Kommunikator und fragte: »Technik, Brücke - was hat uns getroffen, und wie schlimm war es?«

Es dauerte einen Moment, bis jemand antwortete. »Wir sind am Bauch des Schiffes getroffen worden. Die Schadensberichte treffen noch ein, aber es sieht so aus, als ob der Großteil des Einschlags in der Nähe der Steuerbord-Bergungsbucht stattgefunden hat. Geben Sie mir fünf Minuten, um herauszufinden, wie schlimm es ist, und ich melde mich wieder bei Ihnen«, erklärte Commander Peter Mertes.

»Habe ich das richtig gehört?«, fragte Commander Weber mit einem besorgten Gesichtsausdruck.

»Ja, Steuerbord-Bergungsbucht - setzen Sie sich mit der Flugleitzentrale in Verbindung und fragen Sie, wie es ihnen geht. Fragen Sie, ob oder wie stark dies unseren Flugbetrieb beeinträchtigen könnte. Wir können unseren Einsatz der Bomberstaffeln reduzieren, aber ich möchte sicherstellen, dass wir genügend Jäger im Einsatz haben. Wir haben zu viele Transporter, die auf unseren Schutz angewiesen sind«, befahl Captain Wright.

»Aye, Sir. Vielleicht hatten wir Glück und es war kein so schlimmer Treffer«, gab sich sein XO optimistisch, bevor er nach einigen anderen Crewmitgliedern sah.

Kapitän Wright schüttelte den Kopf. *Wenn wir den Rettungsschacht nicht nutzen können, ist das ein ernstes Problem,* erkannte er.

Als er aufschaute, fiel sein Blick auf seinen Bootsführer, Master Chief Petty Officer Bill Walters. »COB, ich brauche ein paar Dinge von Ihnen«, rief Wright. »Erstens: Führen Sie diskret eine Diagnose des OmniView durch, um zu sehen, ob eine der Linsen während der letzten paar Blitze beschädigt wurde. Wir werden sie brauchen, wenn wir mit der Bombardierung des Planeten beginnen, und wenn sie beschädigt ist, müssen wir das jetzt wissen, damit wir die Autowerkstatt dazu bringen können, Reparaturteile dafür herzustellen. Ich möchte auch, dass Sie nach den Verwundeten sehen - gehen Sie runter zur Krankenstation und machen Sie sich ein Bild davon, wie es der Crew geht, wenn Sie an ihren Stationen vorbeikommen.«

»Das ist eine gute Idee, Sir. Ich werde sehen, wie es allen geht. Vielleicht schaue ich auf dem Weg zur Krankenstation noch im Maschinenraum und in der Flugleitzentrale vorbei«, antwortete der COB. Er drehte sich sofort um, um zum Ausgang zu gehen und nach der Besatzung zu sehen.

Wright war manchmal erstaunt, wie viel neue Technologie in diese dritte Generation der *Victory-Klasse* integriert worden war. Er wünschte, man hätte ihnen mehr Zeit gegeben, sich mit den neuen Gallentine- und Humtar-Technologien vertraut zu machen - sie hatten dieses Schlachtschiff im Grunde in ein völlig neues Kriegsschiff verwandelt. Durch die Hinzufügung der überlegenen Gallentine-Sensoren, des Omni-Spectral Array (OSA) und des Pulsar-Echo-Ortungssystems (PELS) wurde ihre Fähigkeit, feindliche Schiffe fast sofort nach Verlassen eines Sternentors oder einer Wurmlochbrücke zu finden, zu orten und zu zerstören, erheblich verbessert. Auch das Kommunikationssystem wurde mit dem Quantenstrahl-Link- oder QB-System aufgerüstet, das eine Echtzeit-Kommunikation innerhalb des Systems und eine Fast-Echtzeit-Kommunikation zu fast allen Orten in der Milchstraße ermöglicht.

»Captain, Maschinenraum«, zirpte sein Kommunikationsgerät.

Wright wurde stutzig. *Endlich war es an der Zeit, dass er sich mit einem Update meldete.* Er tippte auf die Kommandoeinheit und antwortete: »Pete, gib mir ein Status-Update«.

»Wir haben einen Torpedotreffer neben der Steuerbord-Bergungsbucht - der rechten Seite der Bucht«, erklärte er und hielt dann inne. »Das ist die Seite mit den Treibstoffvorräten, Captain.«

Oh, Mist - das hätte viel schlimmer sein können.

»Wir glauben, dass wir die Brände im Moment unter Kontrolle haben, aber die Bucht... sie wird für eine Weile nicht betriebsbereit sein. Ich habe zwei Magrail-Geschütztürme auf der Backbordseite und einen einzelnen Turbolaser auf der Steuerbordseite ausgeschaltet.«

»Wie stark sind die Waffen beschädigt, Pete?« unterbrach Wright.

»Der Turbolaser sollte in ein paar Stunden einsatzbereit sein. Sobald sich die Kämpfe gelegt haben, werde ich ein Reparaturteam nach draußen schicken, um einige Reparaturen durchzuführen, die wir im

Schiff nicht erledigen können. Auf der Backbordseite ist Geschützturm sieben Toast - er ist im Moment Schlacke. Wir müssen ihn für diese Art von Reparatur in die Werft bringen. Geschützturm neun sollte innerhalb einer Stunde wieder einsatzbereit sein. Wie sieht es mit dem Kampf aus? Haben wir ihn bald hinter uns?«, fragte der Chefingenieur.

»Danke für das Update, Pete. Was den Kampf angeht - sie haben nur noch ein paar Schiffe. Es wird nicht mehr lange dauern«, antwortete Wright.

»Ich muss los, Captain. Die Kinder müssen beaufsichtigt werden«, scherzte Commander Mertes, bevor die Verbindung abbrach.

Wright kehrte zu seinem Kapitänsstuhl zurück und studierte die taktische Situation. Das war eines der Merkmale, die ihm an dem neuen Kriegsschiff besonders gefielen. Der Kapitänssessel war so konstruiert, dass er mehrere holografische Bildschirme einblenden konnte, die einen dreidimensionalen Überblick über das Kampfgeschehen um sie herum boten. Er konnte sich sogar die Fluglinien anzeigen lassen, auf die seine Geschütztürme gerichtet waren, und die Geschosse oder Raketen verfolgen, die auf feindliche Ziele abgefeuert wurden. Er war immer noch dabei, sich mit all den verschiedenen Funktionen vertraut zu machen, die ihm zur Verfügung standen. »Ich wünschte wirklich, man hätte uns mehr Zeit gegeben, uns mit den Upgrades der *Valiant* vertraut zu machen, bevor wir das Titan-Testgelände verlassen haben«, murmelte er vor sich hin.

Was ihn an den neuen Fähigkeiten der neuesten Generation von Schlachtschiffen *der Victory-Klasse* wirklich begeisterte, war die Hinzufügung der Humtar-Version der Quantum Conduit Bridge. Es handelte sich dabei um dieselbe Brückentechnologie, die auch die Gallentine- und Humtar-Schiffe besaßen und die es ihnen ermöglichte, Wurmlöcher zwischen zwei Punkten in Raum und Zeit zu schaffen. Es war ein technologisches Wunder, das er wahrscheinlich nie ganz verstehen würde, und damit hatte er kein Problem.

Verdammt, selbst Pete, so brillant er als Ingenieur auch sein mag, versteht nicht ganz, wie einer dieser Quantenfusionsreaktoren funktioniert - und im Moment braucht er das auch nicht, dachte er.

Als die *Valiant* den Befehl erhielt, sich wieder Admiral Rosentreters Dritter Flotte anzuschließen, befand sie sich inmitten eines umfangreichen und intensiven Trainingsprogramms mit mehreren Humtar-Ingenieurexperten. Angesichts des bevorstehenden Einsatzes hatten die Humtar-Ausbilder fieberhaft daran gearbeitet, sechs der dreißig E200-Ingenieurs-Synths, die an der Seite ihrer menschlichen Kollegen arbeiteten, so zu programmieren, dass sie in der Lage waren, die QF-Reaktoren zu warten bzw. zu reparieren, falls während des Einsatzes des Schiffes ein Problem auftreten sollte. Als klar wurde, dass sie neben den technischen Synths mindestens eine Person brauchten, die wusste, was sie tat, stimmte der Humtar-Botschafter in der Republik zu, dass einer der Humtars namens Kursag sie in den Kampf begleiten durfte, nur für den Fall, dass eine Reparatur oder eine Situation auftrat, die die Synths nicht erkennen oder beheben konnten. Das bedeutete auch, dass ihr Humtar-Ausbilder Kursag die Ingenieure von Commander Mertes weiter ausbilden konnte.

»Gut geschossen!« gratulierte Lieutenant Commander Becerra.

Captain Wright schob die holographischen Anzeigen beiseite, die er studiert hatte, um zu sehen, was passierte. Als er sich zum Hauptmonitor auf der Brücke umdrehte, sah er gerade noch rechtzeitig, wie eine Salve von sechsunddreißig Zentimeter langen Magrail-Geschossen in die Außenhülle des Kriegsschiffs Pharaonis einschlug. Mit einer Geschwindigkeit von fünfundzwanzigtausend Metern pro Sekunde war allein die kinetische Energie stark genug, um die Außenhülle eines Kriegsschiffes erheblich zu beschädigen. Wright beobachtete die Geschosssalve, die auf das Pharaonis-Kriegsschiff einschlug, und sah ein paar Blitze, ein verräterisches Zeichen für einen Querschläger. Einige der Geschosse schlugen im falschen Winkel ein, so dass sie an der gepanzerten Hülle abprallten und harmlos ins All stürzten. Das passierte zwar gelegentlich bei einigen Geschossen, aber meistens schlugen sie direkt ein und verursachten immense Schäden, wenn die mehrstufigen Sprengköpfe tief im Schiff explodierten.

Eines der am strengsten gehüteten militärischen Geheimnisse der Republik war die Funktionsweise der Geschosse und ihre tödliche Wirkung. Tief im Kern dieses mehrstufigen Sechsunddreißig-Zoll-Geschosses befand sich eine fünftausend Pfund schwere, einzigartige Mischung aus einem chemisch hergestellten, hochexplosiven Material, das so konzipiert war, dass es zunächst detonierte und eine höhlenartige Tasche bildete, bevor die zweite Stufe explodierte und ein klebriges, gelatineartiges Material über alles und jeden verteilte, den es berührte. Innerhalb von drei bis fünf Sekunden nach dem Kontakt mit Sauerstoff entzündete sich das gelatineartige Material chemisch und brannte schnell, bis es Temperaturen von über zweitausend Grad Celsius erreichte. Der neu entstandene Feuersturm verbrauchte schnell allen verfügbaren Sauerstoff und die Atmosphäre im Schiff. Als die Hitze des Feuers begann, die inneren Decks des Schiffes zu schmelzen, begann die strukturelle Integrität des anvisierten Schiffes zu bröckeln und zu versagen. Im Vakuum des Weltraums wurde das Innere des Schiffes ständig nach außen gesaugt, bis es explodierte.

»Er geht endlich unter, Sir«, sagte Wrights XO zuversichtlich, als er neben ihm stand. »Wenn ich mich nicht irre, ist das der letzte Thresher von dem, was von ihrer Flotte übrig ist.«

Captain Wright nickte lächelnd vor sich hin. »Das ist richtig. Es ist der letzte ihrer Drescher. Sie so explodieren zu sehen, wird nie langweilig, XO. Zu sehen, wie diese einst majestätischen, riesigen Kriegsschiffe von innen heraus zerrissen werden, ist ein wunderschöner Anblick«, teilte er mit, als mehrere Flammenstrahlen aus mindestens vier der Eintrittswunden in der Panzerung des Schiffes austraten. Es dauerte nicht lange, bis sich eine Reihe von Explosionen über das riesige Schiff ergoss und es auseinanderbrach.

Wright war mit dem, was er sah, zufrieden und wusste, dass seine Geleitschiffe mehr als geeignet waren, die verbleibenden Kriegsschiffe der Pharaonen zu erledigen. Er wandte sich an seinen XO. »Shane, das war ein guter Kampf«, kommentierte er. »Ich gehe in mein Quartier und berate mich privat mit Admiral Rosentreter über unsere nächsten Schritte. In der Zwischenzeit haben Sie die Brücke. Kümmern Sie sich um alle Reparaturen, die uns aufhalten könnten oder die durchgeführt werden müssen, bevor wir in die obere Atmosphäre des Planeten eintreten.«

»Aye-aye, Captain. Ich bleibe dran und sorge dafür, dass Commander Mertes und seine Ingenieure uns für unseren nächsten Einsatz bereit machen«, versicherte ihm Commander Weber. Dann sagte er laut: »Lieutenant Baker, Ihre Kanoniere sollen ihr Feuer auf die besten verfügbaren Ziele richten. Commander Little, ich möchte, dass Ihre CIC-Abteilung mit der Identifizierung von Zielen beginnt. Sehen Sie nach, ob das CIC der *Draco* eine Liste mit Prioritätszielen erstellt hat, die unsere Schlachtschiffe ins Visier nehmen sollen.«

In gesenktem, fast flüsterndem Ton flüsterte Kommandant Mertes: »Wir machen das schon, Sir. Wenn etwas passiert - wir werden Sie holen.«

»Sehr gut, XO. Sie haben die Brücke«, antwortete Wright, während er zum Ausgang ging, in Richtung seines Büros und seines Quartiers gleich hinter der Brücke.
****

Fünf Stunden später
Brücke der RNS *Valiant*
In der Umlaufbahn des Planeten Eurysa

Mit der Bewunderung eines Kriegers beobachtete Kapitän Wright, wie die verschiedenen Pharaonis-Schiffsabwehrbatterien von wahllosen Strahlen ionisierter Partikel zu gut koordinierten Ionenstrahlen übergingen, die ein verbündetes Schiff umschlossen. Mehrere der ionisierten Partikelstrahlen schnitten tiefe Wunden und Linien in ihre Opfer.

Es war das erste Mal, dass Wright die Entladung einer Ionenkanone gesehen hatte. Sie war anders, als er erwartet hatte. Als die Kanone feuerte, traf sie ihr Ziel mit einem hellen, blau leuchtenden Strahl, während die ausgestoßene Energie in das Ziel eindrang.

Eines war sicher, als die alliierte Flotte in den niedrigen Orbit einschwenkte - irgendetwas schien sich bei demjenigen geändert zu haben, der die planetaren Verteidigungsbatterien befehligte. Wo kurz zuvor die Feuermuster noch unzusammenhängend und willkürlich waren, koordinierten die Batterien nun ihr Feuer und wurden von einem Ärgernis zu einer gefährlichen Bedrohung, die die Flotte vorrangig vernichten musste.

Zu den Ionenbatterien gesellten sich bald gigantische magnetische Railguns, die riesige Geschosse in ähnlich koordinierten Schussmustern abfeuerten und ihr Feuer auf ein verbündetes Schiff nach dem anderen richteten, bis es ausgeschaltet oder zerstört war. Die Flotte befand sich plötzlich in einem Kampf, den sie gewinnen musste, und zwar schnell, bevor die Pharaonis-Kanonen sie auseinander nahmen.

Diese Pharaonen überraschen mich immer wieder, räumte Wright ein.

»Captain, wir empfangen eine Nachricht von Admiral Rosentreter«, meldete Lieutenant Commander Becerra.

Wright drehte sich zu seinem Kommunikationsoffizier um. »Stellen Sie ihn durch. Legen Sie es auf den Hauptschirm«, wies er an und beobachtete, wie seine Brückenbesatzung schnell ihre Uniformblusen zurechtrückte, für den Fall, dass der Admiral sie sehen könnte.

Das Bild von Admiral Rosentreter füllte den raumhohen Brückenmonitor. Rosentreter war der erste, der das Wort ergriff. »Captain, ich glaube, Sie wissen, dass die Pharaonen seit kurzem ihre Ionenkanonen anders einsetzen, oder?«

Wright nickte. »Wir haben die Veränderung sofort nach dem Abstieg in die niedrige Umlaufbahn bemerkt. Commander Little von unserem CIC glaubt sogar, dass dies Teil einer größeren Strategie der Pharaonis sein könnte.«

»Das mag stimmen, Captain, und vielleicht können Ihr Commander Little und Ihr CIC diese Theorie weiter untersuchen, wenn die Schlacht vorbei ist. Im Moment ist die *Valiant* das einzige Schiff in der Flotte mit einem Humtar-Reaktor und diesen verbesserten Turbolasertürmen, die sofort verfügbar sind - *Majestic* und *Centurion* sollten in Kürze eintreffen«, erklärte Rosentreter.

»Joe, ich werde Sie bitten, etwas zu tun, das Ihr Schiff und Ihre Besatzung in größere Gefahr bringt, als ich das Recht habe, von Ihnen zu verlangen«, fuhr er fort. »Diese Ionenbatterien müssen schnellstmöglich ausgeschaltet werden. Sie müssen die *Valiant* in die Atmosphäre des Planeten bringen - auf eine Höhe zwischen vierzigtausend und achtzigtausend Fuß. In dieser Höhe können nicht nur Ihre primären Turbolaserbatterien unabhängig voneinander die Ionenbatterien angreifen, sondern auch Ihre sekundären Geschütze die kleineren Vierfachgeschütztürme. Wenn wir keinen Weg finden, diese kleineren Turbolaser auszuschalten, werden wir bei den ersten Angriffen eine Menge OATs verlieren. Die *Valiant* muss sie unbedingt ausschalten - ich würde jemand anderen damit beauftragen, wenn er es könnte. Ihr Schiff ist alles, was ich habe.«

Commander Weber versuchte, eine Grimasse zu verbergen, als er sich dem Kapitän näherte und sich neben ihn stellte.

»Admiral, wir sind uns des Risikos bewusst, und wir wissen, was auf dem Spiel steht, wenn wir diese Waffen nicht beseitigen. Sie können sich darauf verlassen, dass wir es schaffen werden«, antwortete Wright zuversichtlich. Dann fügte er hinzu: »Sir, wenn ich ein paar Bitten äußern dürfte, die meiner Meinung nach unserer Sache dienlich sein werden?«

Der Admiral machte eine Bewegung aus dem Handgelenk. »Ja, natürlich«, sagte er. »Was können wir tun, um zu helfen?«

»Sir, während die *Valiant* auf die richtige Höhe sinkt, möchte ich sechs der vierzehn Flak-Fregatten der Cyclone-Klasse der Flotte anfordern, die uns zur Seite stehen. Ihre zusätzlichen Punktverteidigungswaffen, Magrail-Türme und umfangreichen Raketenabfangsysteme werden uns bei der Neutralisierung der Geschützstellungen sehr helfen.«

Wright beobachtete, wie der Admiral über seine Bitte nachzudenken schien. Das Abtauchen ihrer Schiffe in die Atmosphäre des Planeten war extrem gefährlich und wurde nicht oft durchgeführt. Sollten ihre Triebwerke oder Antigravsysteme beschädigt werden, könnten sie mit großer Wahrscheinlichkeit eine Bruchlandung auf dem Planeten hinlegen, mit wenig Hoffnung auf eine Rückkehr in den Weltraum.

»OK, Joe, die Mission ist zu wichtig, um nicht jeden Vorteil zu nutzen, den wir haben. Dies ist ein riskanter Schritt, den ich Ihnen und den Korvettenkapitänen befehle - wir müssen den OATs einen Weg bahnen, damit sie es wenigstens bis zur Oberfläche schaffen. Meine CIC-Abteilung wird Ihnen eine Reihe von Koordinaten schicken, die Sie freigeben sollen. Das Datenpaket wird auch so viele Echtzeit-Satelliten- und Videoübersichten wie möglich über die Stellungen der Ionen- und Magrail-Kanonen und die Standorte der kleineren, tödlicheren vierläufigen Turbolaser enthalten. Vor allem diese Kanonen mögen schwer zu sehen und anzugreifen sein, aber sie sind genau die Art von Kanonen, die unseren Ospreys, Scarabs und Starliftern Schaden zufügen werden. Tun Sie, was Sie können, um sie zu entfernen und den Weg für die Armee frei zu machen. Erledigen Sie das, Joe«, schloss der Admiral. Nachdem er seine Befehle erteilt hatte, wurde die Verbindung unterbrochen.

»OK, alle zusammen! Ihr habt den Admiral gehört - wir haben eine schwierige Mission, aber ich glaube an euch und eure Fähigkeiten, die *Valiant* mit allem zu unterstützen, was ihr habt«, dröhnte die Stimme des XO. Dann drehte er sich zu Wright um.

Kapitän Wright stand etwas aufrechter und zog seine Bluse enger. In seinem ernsten Tonfall sprach er mit Überzeugung und Energie. »Der XO hat recht«, begann er. »Jeder von euch wurde auserwählt, an Bord der *Valiant* zu dienen, und zwar aus einem bestimmten Grund. Es gibt einen Grund, warum Sie hier sind und nicht einem anderen Schiff zugeteilt wurden. Ihr seid hier an Bord des besten Schlachtschiffs der Republik, weil *ihr* die Besten seid in dem, was ihr tut.

»Der Admiral, der Flottenkommandant selbst, hat uns einen Auftrag erteilt - einen Auftrag, den nur die *Valiant* erfüllen kann. Ich möchte, dass ihr alle tief in euch geht, eure Kriegsgesichter aufsetzt und den inneren Krieger in euch findet, um ihn gegen die Pharaonis zu entfesseln. Dies scheint der letzte Kampf zu sein, die Schlacht, die diesen Krieg beenden wird. Lasst uns dem Feind zeigen, warum wir die härtesten Bastarde in der Milchstraße sind«, schloss er.

Dann wandte sich Wright an seinen Steuermann. »Fähnrich House, bringen Sie die *Valiant* auf eine Höhe von fünfzigtausend Fuß über dem Boden herunter. CIC, Commander Little - ermitteln Sie die beste Flugbahn und Höhe, die die *Valiant* während dieser Mission beibehalten sollte. Koordinieren Sie Ihre Bemühungen mit Fähnrich House am Steuer.

»XO, ordnen Sie an, dass das Schiff für den Atmosphärenflug vorbereitet wird - stellen Sie sicher, dass die Medikamente gegen Übelkeit zusammen mit der ersten Dosis Stimulanzien ordnungsgemäß an die Besatzung verteilt werden. Stellen Sie eine Vierundzwanzig-Stunden-Besatzung zusammen, vor allem für die Geschütze und die Fabriken. Setzen Sie sich mit dem Commander Flight Operations in Verbindung und sagen Sie ihm, er soll sich sofort beim Kommandanten melden«, sagte Wright und ratterte eine Reihe von Befehlen herunter, während sich das Schiff darauf vorbereitete, die niedrige Umlaufbahn zu verlassen und in die Atmosphäre seines ersten Planeten einzutreten.

Dann wandte er sich an seinen taktischen Einsatzoffizier, Levi Baker. »TAO, in der nächsten Stunde wird eine Menge Verantwortung auf Ihren Schultern lasten. Das CIC wird Sie mit Zielpaketen überschwemmen, wie Sie sie noch nie gesehen haben. Bleiben Sie ruhig, bewahren Sie die Fassung und weisen Sie den entsprechenden Geschütztürmen, die diese Ziele neutralisieren können, weiterhin geeignete Ziele zu. Kommunizieren Sie mit Ihren Geschützbesatzungen, ermutigen Sie sie und treiben Sie sie an, weiterhin Ziele zu treffen. Unser erster Vorbeiflug an diesen Positionen wird wahrscheinlich mit einer Geschwindigkeit von etwa 2.500 Meilen pro Stunde oder Mach 3,26 erfolgen. Das sollte die *Valiant* auf eine Geschwindigkeit bringen, die es den Bodenwaffen erschwert, sie zu verfolgen und zu treffen.«

Leutnant Baker nickte langsam, als er die Informationen aufnahm. Er tippte fieberhaft, bevor er sich wieder an den Kapitän wandte und eine Frage auf seinen Lippen formte, während er sprach. »Sir, wenn ich darf. Ich habe eine Frage bezüglich der Art der Munition, die unsere Kanoniere verwenden können...«

»Sie meinen, ob wir Atomwaffen einsetzen dürfen, oder?«, unterbrach der Kapitän.

Die Wangen des Leutnants erröteten bei dieser Frage. Dann nickte er langsam, ohne sofort etwas zu sagen.

Wright sah, dass alle auf der Brücke ihn nun anstarrten und mit angehaltenem Atem auf seine Antwort auf eine Frage warteten, die sie nur ungern stellten, geschweige denn deren Verwendung in Betracht zogen. Er erregte ihre Aufmerksamkeit und sprach sie alle gleichzeitig an. »Hört zu, damit es jeder versteht: Die Frage nach dem Einsatz von Atomwaffen wurde vor einigen Wochen bei einem Treffen vor der Invasion und einer Übung am Tisch gestellt und ausführlich erörtert. Der Einsatz von Atomwaffen wurde nicht ausgeschlossen, aber er wurde auch nicht als akzeptabel für einen breiten Einsatz gegen alle Ziele der Pharaonen angesehen. Wenn nach der Analyse einer befestigten Stellung diese nicht mit konventioneller Munition ausgeschaltet oder zerstört werden kann, wurde der begrenzte Einsatz von Atomwaffen während des vorbereitenden Bombardements vor der Landung von OATs und SOF-Kräften auf dem Planeten genehmigt. Dies liegt im Ermessen des Kapitäns. TAO, wenn Sie glauben, dass Sie ein Ziel haben, das sich für eine kleine atomare Extraportion Liebe qualifiziert, bringen Sie es zum XO. Wenn er zustimmt, bringt er es zu mir. Wenn ich zustimme, werde ich es absegnen und den Einsatz der Waffe genehmigen. Wenn es nicht etwas Dringendes gibt, das wir noch nicht besprochen haben, ist diese Diskussion beendet. Wir haben zu arbeiten, und die Uhr tickt.«

Auf dem ganzen Schiff herrschte emsige Betriebsamkeit, als Raumfahrer aus allen Werkstätten und Abteilungen damit begannen, die Ausrüstung zu verstauen und die Schubladen und Schränke zu verschließen, um das Schiff auf den Eintritt in die Atmosphäre des Planeten vorzubereiten. Während die Brückenbesatzung zielstrebig und entschlossen vorging, schlenderte der Kommandant der beiden

Stoßtrupps der *Valiant* auf die Brücke und machte sich auf den Weg zum Kapitän.

Wright sprach gerade mit seinem XO, als er hörte: »Entschuldigen Sie, Skipper, Sie sagten, Sie müssten mich persönlich sprechen?« Es war Kapitän Kenny Hamlin, Rufname Ken.

Er drehte sich um und sah den Flügelkommandanten der *Valiant*, der lächelte, während er sprach. »Danke, dass du hergekommen bist, Kenny. Ich glaube nicht, dass ich mich im Moment von der Brücke lösen könnte. Also, es geht um Folgendes«, sagte Wright. Er erklärte, was sie vorhatten, und fragte Kenny dann nach seinen Ideen, wie er seine beiden Kampfgeschwader am besten einsetzen konnte, um die Gesamtmission der *Valiant* zu unterstützen.

Die neuesten Mitglieder der Flotte, die E-12B Phantoms, waren Zauberer der elektronischen Kriegsführung, die in der Lage waren, feindliche Jäger und Bomber zu blenden und gelegentlich ein feindliches Kriegsschiff zu zerstören, wenn sie Glück hatten. Mit vierundzwanzig Phantoms, die der *Valiant* zugewiesen waren, hatten sie alle Hände voll zu tun, wenn sie beweisen wollten, dass sie zu den Fronteinheiten gehörten und nicht zu einer Art Spezialstaffel für einmalige Einsätze.

»Hmm, OK, angesichts der Missionsparameter denke ich, dass es so funktionieren wird«, begann Ken zu erklären.

Je mehr er sprach, desto sicherer fühlte sich Wright. Flugoperationen waren nicht gerade seine Stärke. Er hatte sich an Bord eines Schlachtkreuzers *der* Rook-Klasse im Vorfeld des Ersten Zodarkrieges hochgearbeitet. Später war er zu den Schlachtschiffen *der* Ryan-Klasse gewechselt, dann zurück auf einen Schlachtkreuzer unter Admiral Amy Dobbs. Von da an verfolgte er Dobbs' Karriere; wie sie sich weiterentwickelte, so auch er, bis ihm schließlich die *Valiant* zugeteilt wurde.

»Okay, Skipper. Ich denke, wir haben unseren Plan. Ich gehe zurück auf das Flugdeck und informiere meine Piloten. Wir werden innerhalb einer Stunde in der Luft sein - wir werden dann in Position sein, damit die *Valiant* ihren Sinkflug auf Abschusshöhe beginnen kann. Wenn Sie noch etwas brauchen, wissen Sie ja, wie Sie mich erreichen können«, erklärte Captain Hamlin, bevor er sich umdrehte und die Brücke verließ.

Dreiunddreißigstes Kapitel

Brücke der RNS *Valiant*
Hohe Umlaufbahn über Eurysa

»Zielen Sie jetzt auf die Ionenkanonen«, rief Captain Wright und sah hilflos zu, wie die Ionenkanonen weiter auf die Korvetten und Fregatten zielten, die die *Valiant* eskortierten, und eine zweite Korvette in zwei Hälften zerschnitten. »Feuert eine volle Salve - Railguns und Turbolaser. Ich will, dass dieser Ort zu Staub wird.«

»Aye, Captain. Zielerfassung abgeschlossen«, antwortete Commander Weber, sein XO, der an der taktischen Station stand. Die Finger des Mannes bewegten sich präzise und gaben Befehle ein, die bald den Tod von oben bedeuten würden, während er Leutnant Baker bei der Zielerfassung half.

Die *Valiant* erbebte leicht, als ihre massiven Railguns und Turbolaser aufheulten. Die doppelläufigen sechsunddreißigzölligen magnetischen Railguns feuerten ihre Geschosse mit rasender Geschwindigkeit ab, wobei die Geschosse die Leere zwischen Schiff und Planet durchdrangen und Spuren von ionisiertem Gas hinterließen. Fast gleichzeitig feuerten die Turbolaser mit zwei Rohren, jeder Bolzen eine Lanze aus konzentrierter Energie, die Stahl und Stein gleichermaßen verdampfen konnte.

Von der Brücke aus konnte Wright die Einschläge unten sehen. Die erste Salve schlug in eine Pharaonis-Ionenkanonenanlage ein und verwandelte sie in einen Geysir aus Feuer und Trümmern. Der Boden wölbte sich und spaltete sich, Flammen brachen aus, während sich sekundäre Explosionen über den Ort ausbreiteten. Die zweite Salve zielte auf eine magnetische Railgun-Batterie, die auf einer Bergkette thronte. Der Berg selbst schien zu erbeben, als die Explosionskraft der Valiant-Waffen Fels und Metall durchschlug und Bruchstücke der Geschützbatterie und Felsbrocken in die darunter liegenden Täler schleuderte.

»Feindliche Verteidigungsstellungen neutralisiert«, meldete Weber mit ruhiger Stimme, aber einem Hauch von Zufriedenheit.

»Gut. Wir sollten ihnen keine Chance geben, sich zu erholen«, antwortete Wright. »Bereiten Sie sich auf die nächste Salve vor. Zielen Sie auf ihre sekundären Verteidigungsanlagen. Ich will, dass alles, was sie in diesem Stützpunkt haben, zerstört wird, bevor wir mit Phase zwei beginnen.«

Als die *Valiant* sich bewegte, um mehr ihrer Waffen zum Einsatz zu bringen, zitterte das Schiff leicht unter dem eingehenden Feuer. Eine Pharaonis-Railgun traf ein nahe gelegenes Schlachtschiff, dessen dicke Bronkis5-verstärkte Panzerung von der kinetischen Energie getroffen wurde. Die Panzerung, die aus einem mit dem seltenen Mineral verstärkten Kohlenstoff-Stahl-Verbundwerkstoff bestand, absorbierte den größten Teil der Wucht und lenkte einen Teil der Energie von der Einschlagstelle ab. Funken flogen, als das Metall unter der Belastung ächzte, aber es hielt stand.

Wrights Blick verhärtete sich, als er die Szene auf dem taktischen Display beobachtete. Die Verteidigungswaffen der Pharaonen waren beeindruckend und feuerten mit unglaublicher Geschwindigkeit riesige Geschosse aus ihren magnetischen Railguns. Ihre Ionenkanonen blitzten in einem tödlichen Blauton auf, als sie Blitze aus überladenen Partikeln freisetzten. Die Geschosse rasten durch den Raum, jedes einzelne war in der Lage, meterhohe Panzerungen zu durchschlagen und selbst in den stärksten Schiffen verheerende Wellen zu hinterlassen.

»Ausweichmanöver, Steuermann!« befahl Wright. »Wir sind nicht hier, um Zielübungen zu machen. Bring uns herum - finde ihre toten Winkel.«

Die Triebwerke des Schiffes heulten auf, als die *Valiant* ihr Manöver begann, ihre Panzerung schimmerte leicht von der Hitze und der Wucht der Beinahezusammenstöße. Wright konnte die hellen Spuren des Feuers der Ionenkanonen sehen, die am Schiff vorbeizogen und es nur knapp verfehlten. Wenn diese Waffen trafen, war das nicht nur ein kinetischer Aufprall - es war ein kaskadenartiger Sturm elektromagnetischer Energie, der die internen Systeme durchschmoren und ein Schiff lahm legen konnte.

»Ich hoffe, einer dieser Treffer geht nicht direkt durch uns hindurch«, murmelte Wright und beobachtete, wie ein nahe gelegener Kreuzer von einem direkten Treffer einer Ionenkanone getroffen wurde. Die Energie schlug in die Panzerung ein, brannte Teile der Hüllenpanzerung durch und legte interne Systeme frei. Sekundäre Explosionen brachen aus, als das Schiff in wichtigen Sektoren die Energie verlor.

»Alle PDGs aktiv!« befahl Wright, und fast augenblicklich leuchteten die Geschütztürme der *Valiant* auf und versprühten Leuchtspurgeschosse in die Luft um sie herum. Schwärme von Raketen, die von versteckten Abschussvorrichtungen auf der Oberfläche abgefeuert wurden, flogen direkt auf sie zu. Die Pharaonen versuchten, die Verteidigung ihrer Schiffe zu überwältigen, aber die PDGs der *Valiant* schalteten sie aus. Die Raketen explodierten in rascher Folge, als sie abgefangen wurden, und sandten Schockwellen durch die Luft, die jedoch keinen Schaden anrichteten.

»Kapitän, wir beginnen, von mehreren Bodenbatterien unter konzentrierten Beschuss zu geraten! rief Weber über den Lärm auf der Brücke hinweg, die Spannung stieg.

Wrights Augen verengten sich, als das Schiff unter dem Druck des feindlichen Feuers erzitterte. Er beobachtete, wie ein weiteres Railgun-Geschoss in eines ihrer Schwesterschiffe, die RNS *Centurion*, einschlug. Die kinetische Kraft des Aufpralls schickte eine Welle über den Rumpf, so dass sich eine Reihe von Metallplatten ablöste, als das Geschoss die äußere Panzerung durchschlug.

»Sie werden sich zurückziehen und Reparaturen durchführen müssen, aber wir bleiben im Kampf«, erklärte Wright. »Wir müssen diese Railguns und Ionenkanonen ausschalten, bevor wir auch nur daran denken können, ihre Städte aufzuweichen.«

Wright beobachtete die Verwüstung auf der Oberfläche des Planeten, als ihre Railgun-Granaten und Turbolaser das Feuer erwiderten. Ein brillanter Lichtblitz erhellte die Oberfläche, als eine der planetaren Verteidigungsanlagen explodierte und Trümmer in die Atmosphäre schleuderte. Die schiere Wucht der Turbolaser der *Valiant* war atemberaubend. Sie verdampften alles, was sich ihnen in den Weg stellte, während die magnetischen Railguns tiefe Furchen in den Boden rissen. Jedes Geschoss war so konzipiert, dass es nicht nur traf, sondern eine Schneise der Verwüstung hinterließ - es brachte Befestigungen zum Einsturz und schuf Zonen des Chaos in der Verteidigung von Pharaonis.

Die ersten Ziele waren ausgeschaltet, aber es lagen noch weitere vor ihnen. Wright warf einen Blick auf die taktische Karte und wusste, dass sie noch viel zu tun hatten.

»Laden Sie die Railguns nach. Bereiten Sie die nächste Salve vor, und lassen Sie die Turbolaser weiter feuern. Wir sind noch nicht fertig.«

Wright spürte das Rumpeln des Schiffes unter sich, die Vibrationen des Feuers der massiven Geschütze hallten über die Decks. Als sie den Angriff verstärkten, begann die Verteidigung des Feindes zu schwächeln, aber Wright wusste, dass der Kampf noch lange nicht vorbei war. Mit jeder Salve kam die Republik der Beherrschung des Himmels über Eurysa ein Stück näher, aber der Preis des Sieges war noch unbekannt.

****

Acht Stunden später
Brücke der RNS *Valiant*
Der Planet Eurysa, 50.000 Fuß über der Erdoberfläche

»Bleiben Sie wachsam, XO«, mahnte Wright, dessen Nerven noch immer blank lagen. »Wir sind noch nicht über den Berg. Haltet die Waffen scharf und bereit. Sorgen wir dafür, dass alle Nachzügler oder versteckten Batterien beseitigt werden, bevor sie zu einem Problem werden können.«

Die Triebwerke des Schiffes brummten leise, als die *Valiant* durch die dünne obere Atmosphäre glitt. Unter ihnen war die Oberfläche von Eurysa ein Flickenteppich aus Grün- und Blautönen, vernarbt von der Gewalt ihrer Bombardierung. Rauch stieg aus Kratern auf, wo einst Städte gestanden hatten, und Brände wüteten unkontrolliert über weite Landstriche. Doch trotz der Verwüstung wusste Wright, dass ihre Arbeit noch lange nicht beendet war.

»Bringen Sie uns in die nördliche Hemisphäre«, befahl Wright. »Zielen Sie auf die Militäreinrichtungen und Truppenkonzentrationen in der Nähe der Hauptstadt. Machen wir den Weg frei für unsere Jungs am Boden.«

»Aye, Captain«, bestätigte Weber und gab die Befehle in seine Konsole ein. Die massiven Railguns und Turbolaser der *Valiant* schwenkten in Position, bereit, ihre Wut zu entfesseln.

Durch das Sichtfenster sah Wright, wie die erste Salve abgefeuert wurde. Mit einem Lichtblitz entluden sich die beiden Läufe der sechsunddreißig Zoll großen magnetischen Railguns und schickten ihre tödliche Ladung auf die Oberfläche. Der Einschlag war katastrophal, der Boden ging in einem Trümmerregen auf, als die Geschosse gehärtete Befestigungen und Truppenbunker durchschlugen.

»Volltreffer auf das Primärziel, Captain«, meldete einer der Waffenoffiziere mit einer Mischung aus Zufriedenheit und Dringlichkeit in der Stimme. »Sekundäre Explosionen entdeckt - sieht aus, als hätten wir ein Munitionsdepot getroffen.«

Wright erlaubte sich ein kleines Lächeln, das aber schnell wieder verblasste. Es war keine Zeit zum Feiern, noch nicht.

»Gute Arbeit. Übt weiter Druck aus. Wir müssen sie aufweichen, bevor die Angriffsschiffe anrücken. Und achten Sie auf neue Wärmesignaturen - alles, was nach einer Waffe aussieht, die wir übersehen haben.«

Die Spannung auf der Brücke war mit Händen zu greifen. Jedes Besatzungsmitglied war angespannt, die Augen wechselten zwischen ihren Bildschirmen und dem Blick nach draußen. Die Oberfläche des Planeten, die jetzt von Kratern und brennenden Trümmern übersät war, schien in einem unnatürlichen Licht zu pulsieren, während ihre Waffen weiter auf die verbliebenen militärischen Ziele einschlugen.

»Captain, die orbitalen Angriffsschiffe gehen in Position«, meldete Weber und sein Ton wurde ernster. »Sie werden die erste Welle von Ospreys und Scarabs in fünfzehn Minuten losschicken.«

Wright nickte mit festem Kiefer. Dies war der Moment der Wahrheit. Die Pharaonen hatten sich bereits als gefährliche Gegner erwiesen, und es war nicht abzusehen, welche Fallen sie den ankommenden Angriffstruppen stellen würden.

»Verstärken Sie unsere Scans«, befahl Wright. »Ich will, dass jeder Quadratmeter dieser Oberfläche unter die Lupe genommen wird. Wenn es da unten irgendetwas gibt, das auch nur im Entferntesten wie eine Waffe aussieht, will ich, dass es ausgeschaltet wird, bevor unsere Jungs auf dem Boden aufschlagen.«

»Aye, Captain. Scanne jetzt«, bestätigte Weber.

Wrights Augen verengten sich, als er auf den Planeten unter ihm starrte und sein Schiff und seine Besatzung dazu brachte, alle verbliebenen Bedrohungen zu finden. Die republikanischen Streitkräfte waren zu weit gekommen und hatten zu viel geopfert, um jetzt zu verlieren. Die *Valiant* war ihr Schutzschild, und Wright war entschlossen, dafür zu sorgen, dass er standhielt.

Die Minuten verstrichen, während die *Valiant* ihr Bombardement fortsetzte, wobei jeder Schuss mit Präzision und Zielgenauigkeit abgefeuert wurde. Die Oberfläche von Eurysa erstrahlte im Feuer der Zerstörung, doch Wright wusste, dass dies notwendig war, um die Sicherheit der Soldaten zu gewährleisten, die sich auf dem Weg nach unten befanden.

»Sir, die Sensoren registrieren etwas!« rief Weber, seine Stimme klang alarmiert. »Neue Energiesignaturen - es sieht so aus, als ob versteckte Batterien online gehen!«

»Zielen und feuern! Wir lassen sie nicht zum Schuss kommen!« bellte Wright.

Die Waffen der *Valiant* heulten auf, Turbolaser und Railguns entfesselten ein Sperrfeuer. Der Boden unter ihnen erbebte, als die versteckten Batterien ausgelöscht wurden, bevor sie eine Bedrohung darstellen konnten.

»Das war knapp«, murmelte Wright, dessen Herz in der Brust pochte. »Gute Arbeit, Leute. Lasst uns das zu Ende bringen.«

Die *Valiant* drängte vorwärts, ihre Kanonen loderten, als sie den Weg für die Bodentruppen frei machte. Der Planet Eurysa, einst das Juwel von Pharaonis, war nun ein Schlachtfeld - ein Beweis für die Entschlossenheit der Republik und die Macht ihrer Flotte.

Als die letzten Ziele zerstört waren, erlaubte sich Wright einen kurzen Moment der Genugtuung. Aber die Schlacht war noch lange nicht vorbei. Der Bodenangriff stand kurz bevor, und das Schicksal von Eurysa - und vielleicht des gesamten Krieges - stand auf dem Spiel.
****

48 Stunden in der Schlacht
Brücke der RNS *Valiant*
Der Planet Eurysa, 30.000 Fuß über der Erdoberfläche

Captain Joe Wright beugte sich über die taktische Konsole, sein Gesicht war von Erschöpfung und Entschlossenheit gezeichnet. Zwei Tage unerbittlicher Kämpfe hatten die *Valiant* von einem Schlachtschiff in einen schwimmenden Stützpunkt verwandelt, eine Rettungsleine für die Bodentruppen, die sich an der Oberfläche abmühten. Die Besatzung des Schiffes war von Adrenalin und schierer Willenskraft getrieben worden und hatte Präzisionsschläge zur Unterstützung der Orbital Assault Troops (OATs), der Rangers und der Delta-Spezialeinheiten ausgeführt.

»Captain, eine weitere Feuerunterstützungsanforderung kommt von der Delta Company, 2nd Rangers«, meldete Commander Weber, dessen Stimme die Strapazen der langen Stunden auf seiner Station deutlich hörbar machte. »Sie sitzen in der Nähe des südlichen Kammes von Sektor Siebzehn fest. Wir bitten um sofortige Luftunterstützung und einen Railgun-Schlag gegen feindliche Panzer, die aus dem Tal anrücken.«

»Verstanden«, antwortete Wright, dessen Stimme trotz der Müdigkeit fest klang. »Laden Sie die Batterien eins bis vier mit hochexplosiven Geschossen. Bereiten Sie sich darauf vor, auf mein Kommando zu feuern. Alarmieren Sie die Flugleitzentrale, damit sie ein Geschwader Gripens und eine Staffel Valkyrie-Bomber losschickt.«

»Aye, Captain«, bestätigte Weber, der die Befehle bereits an die Waffen- und Flugkontrolloffiziere weitergab.

Die Sekundärwaffen der *Valiant*, die vierzehnzölligen magnetischen Railguns, drehten sich in Position und richteten sich nach den präzisen Koordinaten aus, die von den Rangern angegeben worden waren. Durch die Sichtfenster konnte Wright in der Ferne das Aufblitzen von Explosionen auf der Oberfläche sehen - eine düstere Erinnerung an die anhaltende Schlacht, die darunter tobte.

»Feuer!« befahl Wright.

Die Railguns entluden sich mit einem ohrenbetäubenden Knall und schickten ihre tödliche Ladung auf die Panzersäulen der Pharaonis zu. Die Geschosse schlugen mit verheerender Wucht ein und verklammerten ihre Positionen zu einer Reihe heller, blendender Blitze, die die Oberfläche erhellten, während feindliche Fahrzeuge wie ein Kinderspielzeug durch die Luft geschleudert oder von den Explosionen einfach zerrissen wurden.

»Direkte Treffer auf feindliche Panzerung, Captain«, bestätigte Weber. »Die Ranger melden, dass die Bedrohung neutralisiert wurde.«

Wright nickte kurz zufrieden, aber die Schlacht war noch lange nicht vorbei. Die Anfragen nach Feuerunterstützung kamen immer wieder, eine nach der anderen, ein Zeichen für die Intensität der Bodenkämpfe.

»Captain, Flight Ops berichtet, dass die Gripens und Valkyrie unterwegs sind, um die Delta Company zu unterstützen«, fuhr Weber fort. »Wir haben auch einen Schwarm von Reaper-Drohnen gestartet, um zusätzliche Luftunterstützung zu leisten. Sollen wir weitere Luftabwehrbatterien einsetzen, um ihren Vormarsch zu decken?«

»Ja, tun Sie es«, antwortete Wright. »Das Letzte, was wir brauchen, ist, einen unserer Vögel durch Bodenfeuer zu verlieren. Stellen Sie sicher, dass die Reaper ihre Zielsysteme auf alles gerichtet haben, was sich in der Nähe unserer Jungs bewegt.«

Während die *Valiant* weiter über dem Schlachtfeld schwebte, arbeitete die Brückenbesatzung unermüdlich daran, die Systeme des Schiffes mit höchster Effizienz zu betreiben. Der Kampf war eine unerbittliche Schinderei, die Bewegungen der Besatzung trotz ihrer Müdigkeit präzise und geübt. Wright konnte die Spannung in der Luft spüren, die unausgesprochene Angst, dass ein verfehltes Ziel oder eine verspätete Reaktion eine Katastrophe für die Truppen unter Deck bedeuten könnte.

»Eingehende Übertragung von der Alpha-Kompanie, 23. Regiment«, rief Weber aus. Regiment«, meldete Weber. »Sie rücken auf eine stark befestigte feindliche Stellung in Sektor Zwölf vor, werden aber von einer verschanzten Artilleriebatterie der Pharaonen unter schweren Beschuss genommen. Sie brauchen einen Railgun-Schlag, um den Weg frei zu machen.«

»Zielt auf die Batterie und feuert nach Belieben«, befahl Wright. »Stellen Sie sicher, dass sie einen klaren Weg zu ihrem Ziel haben«.

Die Railguns donnerten erneut, ihre zerstörerische Kraft entlud sich auf die feindlichen Befestigungen. Die Sensoren der *Valiant* registrierten die Zerstörung der Artilleriebatterie.

»Ziel zerstört, Captain«, meldete Weber, in seiner Stimme lag ein Hauch von grimmiger Zufriedenheit. »Kompanie Alpha meldet gute Wirkung auf das Ziel. Sie sind auf dem Vormarsch.«

Wrights Blick blieb auf die taktische Anzeige fixiert, sein Verstand raste, während er mit den Anforderungen des Kampfes jonglierte. *Die Valiant* hielt die Stellung und lieferte die nötige Feuerkraft, um das Blatt zu wenden, aber er wusste, dass sie nicht nachlassen durften, nicht einmal für einen Moment.

»Bereiten Sie sich darauf vor, die Ziele in Sektor Neun zu verlegen«, befahl Wright. »Wir haben Berichte über feindliche Verstärkungen, die sich von Osten her nähern. Wir müssen dafür sorgen, dass sie keine Gelegenheit bekommen, unsere Truppen anzugreifen.«

Die Schlacht tobte weiter, die Geschütze der *Valiant* feuerten in einem gleichmäßigen, unerbittlichen Rhythmus. Auf der Brücke herrschte reges Treiben, und die Besatzung arbeitete in perfektem Einklang, um Wrights Befehle auszuführen. Trotz der Erschöpfung, der Anspannung und des unablässigen Drucks blieb die Besatzung der *Valiant* konzentriert und entschlossen, den Kampf bis zum Ende durchzustehen.

Für Captain Wright hing das Schicksal der republikanischen Bodentruppen - und vielleicht des gesamten Feldzugs - davon ab, ob sie die Feuerkraft aufbringen konnten, die nötig war, um den Widerstand des Feindes zu brechen. Und er war entschlossen, genau das zu tun, koste es, was es wolle.

Kapitel vierunddreißig

Anfang Mai 2115
23. Texas Mechanisiertes Infanterieregiment
Tharnix-Wohnungen, Eurysa

Major Paul Vaughn lächelte, als er von Colonel Thomas hörte, wie seine Texaner zusammen mit seinen Panzern die eiserne Faust der Division bildeten. Seine Panzer würden Löcher in die feindlichen Stellungen schlagen, während Vaughns Mech-Einheiten jede Infanterie der Pharaonen beiseite fegen würden.

In dem Moment, in dem Oberst Thomas seine Rede beendet hatte, machte sich Major Paul Vaughn, Rufname Lone Star-6, auf den Weg, um die Aufmerksamkeit von Leutnant Kinkaid, seinem zukünftigen Kommandeur der Beaumont Company, auf sich zu ziehen. Er bewegte sich zielstrebig und richtete seinen Blick auf Leutnant Kinkaid und Master Sergeant Dausch. »Leutnant, Master Sergeant, auf ein Wort, bevor wir aufbrechen«, rief er, und sein Tonfall ließ keinen Raum für Diskussionen.

Beide Männer drehten sich überrascht um. Der Gesichtsausdruck von Dausch verhärtete sich fast sofort, als ob er wusste, was kommen würde.

»Alles in Ordnung, Sir?« fragte Dausch mit ruhiger, aber vorsichtiger Stimme.

Vaughn kam sofort zur Sache. »Nicht ganz. Wir haben während der letzten Kampagne viel einstecken müssen - vor allem in den Reihen der Offiziere. Wir sollten eigentlich Ersatz bekommen, aber auf dem Weg dorthin ging alles schief. General Varinius hat grünes Licht für Beförderungen auf dem Schlachtfeld gegeben, um die Lücken zu füllen, und ich habe den Befehl zu handeln.«

Kinkaid sah aus, als wäre er in ein Kreuzfeuer geraten, während Dausch seinen Kiefer zusammenbiss und sich bereits auf das Unvermeidliche vorbereitete. Vaughn gab ihm keine Gelegenheit zu widersprechen. »Halt dich zurück, Chris. Ich habe dich so lange wie möglich in der Rolle des Master Sergeant gehalten, aber jetzt ist Schluss. Ich befördere niemanden, der weniger Erfahrung hat als Sie, und ich werde mir dafür ganz sicher keinen Ärger mit dem General einhandeln. Du bekommst das Gitter.«

Bevor Dausch protestieren konnte, zog Vaughn eine Reihe von Leutnantsabzeichen aus seiner Tasche und warf sie ihm zu. »Glückwunsch, Leutnant. Sie sind der neue Platoon Leader des Second Platoon - Rufzeichen Mustang One. Wählen Sie Ihren Nachfolger als Master Sergeant und besetzen Sie die beiden anderen Sergeant-Plätze. Sie haben dreißig Minuten Zeit, bevor wir die Fahrzeuge rangieren und losfahren. Wegtreten, Leutnant.«

Vaughn wartete nicht auf eine Antwort. Er wandte sich an Kinkaid und zückte die Stäbe des Kapitäns mit der gleichen unnachgiebigen Haltung. »Glückwunsch, Captain. Sie sind jetzt der Kommandant der Beaumont Company - Rufzeichen Longhorn Six.«

Kinkaid sah aus, als ob er krank sein könnte. »Sir, ich bin mir nicht sicher, ob ich die beste Person für diesen Job bin.«

Vaughn sah ihm in die Augen. »Du hast recht, du bist es nicht«, sagte er mit fester Stimme. »Aber so ist der Krieg. Wir müssen Semper Gumbi - flexibel bleiben. Wir müssen wie Wasser sein und uns um die Hindernisse vor uns herum bewegen. Man hat euch beigebracht, dass kein Plan den Kontakt mit dem Feind überlebt, und das werdet ihr noch früh genug sehen. Stützen Sie sich vorerst auf Ihre Zugführer, lassen Sie Ihren Unteroffizieren den nötigen Freiraum und konzentrieren Sie sich auf die Führung der Kompanie. Dies ist einer der Momente, Kinkaid, in denen Sie entweder der Situation gewachsen sind oder nicht.«

Er hielt inne und ließ seine Worte auf sich wirken. »Ich weiß, dass Sie Zweifel haben. Aber ich weiß, dass Sie ein gutes Team um sich haben, das über viel Kampferfahrung verfügt. Sie werden Ihnen helfen und Sie werden von ihnen lernen. Und jetzt machen Sie Ihre Kompanie startklar. Die 9. OAR wartet auf uns.«
****

2. Zug
Unternehmen Beaumont

»Ach, was soll's. Sieh dir das an!«, rief Corporal Jackie Walkup, als er Dausch mit seinem neuen Leutnantskreuz entdeckte.

Dausch warf ihm einen Blick zu, ließ aber nicht von seinem Weg ab. »Hör auf damit, Walkup. Ich will kein Wort mehr darüber hören. Das gilt für alle«, sagte er entschlossen und wandte seine Aufmerksamkeit dem Zug zu, der gerade damit begann, die Fahrzeuge fertig zu machen. Sein Ton ließ keinen Raum für Diskussionen. Der Zug hatte vor langer Zeit gelernt, dass es am besten war, den Bären nicht zu ärgern, wenn Dausch nicht in der Stimmung für Witze war.

Stabsfeldwebel Olaf Breuer trat vor und nickte Dausch knapp zu, äußerte sich aber nicht zu seiner Beförderung. Breuer war nicht der Typ für Smalltalk, und Dausch wusste das zu schätzen. Er gab Breuer ein Zeichen, ihm in Richtung eines der Bobcats zu folgen. Dann erregte er die Aufmerksamkeit von Sergeant Moshen Mica und Corporal Walkup und forderte sie auf, ihm zu folgen.

Breuer zog die Augenbrauen zusammen und fragte: »Alles in Ordnung, Chris?«

»Ja, was gibt's, Hoss?«, drängte Mica.

»Es ist alles in Ordnung, Olaf, und ich weiß es zu schätzen, dass du fragst«, sagte Dausch irritiert. »Hören Sie, ich *wollte* diese Beförderung zum Leutnant nicht, und Sie wissen genau, wenn ich mich hätte herauswinden können, hätte ich es getan«, erklärte Dausch und kramte mit der rechten Hand in seiner Tasche nach den Rangabzeichen, die er ihnen gleich überreichen wollte. »Die Sache sieht so aus, Leute. Meine Beförderung zum Leutnant bedeutet, dass wir eine freie Stelle zu besetzen haben, und dass kein neuer Ersatz in Sicht ist. Der Major hat mir gesagt, ich solle befördern, wen ich für geeignet halte, aber er hat auch klargestellt, dass die Platoons und die Kompanie diese freien Stellen aus den bestehenden Squads und Platoons besetzen sollen.

»Olaf, ich hasse es, dir das antun zu müssen, aber ich kann mir keine kompetentere Person vorstellen, um die durch meine Beförderung frei gewordene Stelle zu besetzen. In diesem Sinne: Herzlichen Glückwunsch, Hauptfeldwebel«, erklärte Dausch, während er die Rangabzeichen aus seiner Tasche zog und sie ihm überreichte.

Er drehte sich zu Corporal Walkup und Sergeant Mica um und überreichte beiden einen Satz Rangabzeichen, die eine Stufe höher waren als die, die sie trugen. »Wie ihr euch denken könnt, bedeutet Breuers Beförderung, dass ihr beide selbst einen Dienstgrad aufsteigt - und nein, ihr könnt das genauso wenig ablehnen wie ich es könnte. Jetzt lasst uns loslegen, es wird nicht lange dauern, bis der Major grünes Licht gibt.«

»Klingt gut, Lieutenant«, kommentierte Mica, während er seinen Dienstgrad durch die neuen Chevrons und die Wippe des Staff Sergeant ersetzte. »Vielleicht ist es so am besten. Außerdem stehen wir total auf diese neuen Rufzeichen. Ich meine, wir sind die 23. Texas, und bis jetzt war keine unserer Einheiten nach etwas aus Texas benannt.«

»Ha«, gluckste Dausch. »Ja, ich schätze, das ist eines der Privilegien, Regimentskommandeur eines Generals mit dem Namen 'Spartacus Varinius' zu sein. Ich habe gehört, dass Major Rick Ahlstrom vom 24. Spartaner-Infanterieregiment die Namen seiner Kompanien so geändert hat, dass sie griechischen Namen und der Mythologie ähneln.«

Breuer schüttelte abweisend den Kopf. Als General Varinius den Regimentskommandeuren erlaubte, die Namen ihrer Kompanien und Rufzeichen zu ändern, um die Moral zu verbessern, waren viele der Soldaten begeistert. Breuer gehörte nicht zu ihnen. »Während Sie dem Ruf des Kommandeurs gefolgt sind, habe ich den Zug damit beauftragt, unsere Fahrzeuge und Ausrüstung vorzubereiten«, sagte er. »Ich dachte mir, dass Sie vielleicht mit Befehlen zurückkommen. Wenn Sie dort drüben nachsehen -« er deutete auf eine Ansammlung von Fahrzeugen und Soldaten, »ich habe die Fahrzeuge fertig gemacht und auf dem Sammelplatz in der Nähe des neuen Fuhrparks aufgereiht.«

Dausch lächelte. »Und *genau* deshalb sind Sie der neue Master Sergeant, Breuer. Sie wissen genau, was passieren muss, damit der Zug den Stützpunkt verlassen kann, und Sie sorgen dafür, dass es passiert.«

»Ich habe gesehen, wie Sie die Dinge handhaben, und es scheint zu funktionieren. Ich tue nur das, von dem ich annahm, dass Sie es tun würden, wenn Sie hier wären«, antwortete Breuer und versuchte, das Kompliment herunterzuspielen.

»Nun, das weiß ich zu schätzen«, sagte Dausch und seufzte, bevor er ernst wurde. »Die Fahrzeuge werden wie folgt eingeteilt: Die Gruppenführer der ersten, zweiten und dritten Gruppe fahren in den Schützenpanzern. Der Anführer des vierten Trupps fährt in einem Puma und der Anführer des fünften Trupps in einem Bobcat. Ich fahre mit Bravo Eleven - das Upgrade des Kommandomoduls sieht in diesen Bobcats einfach klasse aus. Apropos Situationsbewusstsein für Ihren Zug oder Ihre Kompanie - mit diesen Aufklärungsdrohnen wird es einfach sein, zu wissen, was um uns herum passiert.«

»Verdammt, ja, das werden sie«, stimmte Staff Sergeant Mica mit einem Grinsen zu. »Hey, hat man Ihnen gesagt, wie unser Regiment mit diesen Panzern zusammenarbeiten wird?«, fragte er. »Werden wir als Aufklärer vor ihnen agieren, als Schutztruppe oder werden unsere Züge vollständig in ihre Züge integriert?«

Dausch grinste. Er mochte Unteroffiziere, die sich nicht scheuten, Fragen zu stellen. »Es ist eine Art Mischung, nehme ich an. Unsere Kompanie, Beaumont, wurde mit der Aufklärung der kombinierten Truppe betraut. Christi, Dallas und Eagle integrieren sich in die Tanklastzüge. Amarillo und Flower Company schließen sich mit einer der Panzerkompanien zusammen, um eine schnelle Eingreiftruppe oder eine einsatzbereite Reserve zu bilden, die hier auf dem Gelände bleibt, wenn sie nicht gebraucht wird. Unser Zug wird die Führung übernehmen und als Aufklärungseinheit die Verbindung zum 9. Orbital Assault Regiment herstellen.

Dausch zog sein Qpad aus der Tasche und fügte hinzu: »Ich habe gerade eine Kopie des Einsatzbefehls und unsere spezifischen Anweisungen an Ihre Qpads geschickt. Die Wegpunkte und Routen unserer Fahrzeuge sollten bereits in die Navigationssysteme der Fahrzeuge übertragen worden sein. Wenn ihr keine weiteren Fragen habt, denke ich, dass ich euch alles gesagt habe, was ihr wissen müsst, bevor wir losfahren.« Er hielt gerade lange genug inne, um auf seine Uhr zu schauen. »In achtundzwanzig Minuten will der Colonel, dass wir losfahren«, sagte Major Vaughn.

»Wow, die werfen uns wirklich von Anfang an in den Kampf, nicht wahr?« kommentierte Breuer. »Ich glaube, ich mache mich besser auf den Weg, um nach den Jungs zu sehen und sicherzustellen, dass wir bereit sind.«

Dausch und der Zug beendeten die Beladung ihrer Fahrzeuge und sammelten die Ausrüstung, die sie mitnehmen wollten. Währenddessen wurden die Geräusche der Mongoose-Transportschiffe der Armee immer lauter. Dutzende dieser Transporter lieferten alles, von Spezialcontainern, die als medizinische Einheiten fungierten, bis hin zu mobilen arkanorianischen Stromgeneratoren. Wenn es einen Bereich des Krieges gab, in dem sich die Republik auszeichnete, dann war es die Logistik.

»Zweiter Trupp!«, rief der Truppführer. »Überprüft eure Gewehre, dann die Kameraden. Es ist Zeit, die Fahrzeuge zu beladen und loszufahren.«

Ein Chor von »Ja, Sergeant« hallte zurück, als die Soldaten der verschiedenen Trupps in ihre Fahrzeuge stiegen.

Nach einer kurzen Überprüfung seiner Trupps machte sich Leutnant Dausch auf den Weg zu Bravo Eleven, dem Bobcat, der vor kurzem umgebaut worden war, um mehr ein Kommandofahrzeug als ein Angriffsfahrzeug wie die anderen zu sein. Dausch ließ sich auf den Beifahrersitz gleiten, arretierte sein Gewehr und loggte sich in seinen Computer ein, um das System vorzubereiten. Sobald sie sich auf den Weg machten, würden die Drohnen in die Luft gehen und mit der Videoüberwachung eines drei Kilometer großen Kreises um den Konvoi herum beginnen. Wenn die Drohnen eine Bedrohung oder etwas anderes entdeckten, das weiterer Aufmerksamkeit bedurfte, übernahm die KI-gestützte Zielsicherungssoftware die Aufgabe und markierte die Bedrohung zur weiteren Analyse oder Beendigung.

Das System ist bereit - die Drohnen sind einsatzbereit, meldete ihm der Computer. Dausch nickte sich selbst zufrieden zu, dann sah er zu Mica, die vor ihm saß. »Turmsysteme in Ordnung?« fragte Dausch aus reiner Routine.

»Alles klar, LT«, antwortete Mica mit einem Daumen nach oben.

In diesem Moment erschien ein Zielfadenkreuz vor der Windschutzscheibe auf der Beifahrerseite. Er beobachtete noch eine Sekunde lang, wie sich das Fadenkreuz von einer Seite zur anderen bewegte, während Mica den Joystick benutzte, um den ferngesteuerten doppelläufigen Blasterrevolver zu steuern, der oben auf dem Fahrzeug montiert war. Dieser Geschützturm ermöglichte es dem Fahrzeug, Unterdrückungsfeuer zu geben, wenn die abgesessene Infanterie es am meisten brauchte.

Als der Zug in Position war, führte Dausch einen letzten Rundgang durch die Formation durch. Vier Pumas, vier Bobcats und drei Linebacker - alle brummten, ihre Motoren waren bereit für das, was vor ihnen lag.

»Zweiter Zug, hört zu«, rief Dausch über Funk. »Wir führen diesen Konvoi an. Wir sind der Aufklärungszug für die Kompanie, die wiederum die Schutztruppe für den Rest des Regiments und das 11. Spartacus-Panzerregiment. Unsere Aufgabe ist es, alles aufzuspüren, was auf der Nord-Süd-Autobahn T1, die uns zum Ziel Gold führt, nicht in Ordnung ist - ein Kampfvorposten, den die 9. Vielleicht haben wir ja Glück und der Feind versucht nicht, die Kontrolle über dieses wichtige Stück Infrastruktur wiederzuerlangen. Vielleicht war Ihnen das Glück im Leben hold, mir war es das nicht. Wir gehen also kein Risiko ein, dass der Feind uns diesen Highway einfach kampflos überlässt. Jeder muss den Kopf einziehen und auf alles gefasst sein. Ich will, dass der Zug in fünf Minuten abmarschbereit ist. Raus.«

Dausch schaltete auf den Kanal, auf dem sich seine Gruppenführer befanden. »Mustang Zwölf, Sergeant Walkup - Sie sind in Bravo Einundzwanzig. Ich möchte, dass Ihr Puma uns vom FOB auf den Highway führt, sobald wir startklar sind. Mustang Two, Master Sergeant Breuer, wird in Bravo One mitfahren. Wenn wir auf die Infanterie der Pharaonen stoßen, überlegen wir uns, ob wir die Fahrzeuge absteigen und sie angreifen oder mobil bleiben sollen. Wenn wir absteigen - lenken Sie die APCs dorthin, wo Sie es für richtig halten. Sind alle bereit?«, fragte er.

»Hooah, los geht's«, antworteten die Gruppenführer unisono.
****

ECP-6
FOB Sparta

Dausch holte tief Luft, den Blick starr nach vorn gerichtet. »Also gut. Bringen wir es hinter uns.«

Obwohl Dausch das Gewicht der neuen Stäbe an seinem Kragen spürte, beschäftigte er sich nicht damit. Er konzentrierte sich auf das, was er immer tat - die Soldaten unter seinem Kommando.

Leutnant Dausch saß auf dem Rücksitz der Bobcat und überprüfte mit den Augen das Datenpad, das einen Überblick über die Fahrzeuge gab, die bereit waren, die FOB zu verlassen, als Captain Kinkaids Stimme über den Funkkanal ertönte. »Mustang, Sie haben grünes Licht zum Weiterfahren. Halten Sie Abstand und bewegen Sie sich mit Vorsicht. Lasst uns die Route räumen und sicherstellen, dass die Pharaonis keine Überraschungen für uns hinterlassen haben.«

Dausch betätigte sein Mikrofon, seine Stimme war ruhig, aber bestimmt. »Longhorn Six, verstanden. Mustang rückt aus.«

Er blickte nach oben, seine Sicht aus dem Bobcat war eingeschränkt, aber klar genug, um die Pumas vor ihm zu sehen, die sich in Bewegung setzten. Der Konvoi setzte sich in Bewegung, langsam und gleichmäßig, das Brummen der Motoren erfüllte die Luft, als sie die Umgebung von FOB Sparta hinter sich ließen. Dausch blickte wieder auf das Datenpad und behielt die Geländemarkierungen, die Route und die Position seiner Fahrzeuge im Auge.

Sie fuhren ohne Probleme oder Fanfaren auf den Highway auf, und die Fahrzeuge vergrößerten den Abstand zueinander stetig, während das Tempo des Konvois weiter zunahm. Vor ihm blickte Staff Sergeant Moshen Mica aufmerksam auf den Bildschirm, auf dem er die Steuerung des doppelläufigen Laserblasterturms auf der Bobcat überwachte.

Den Kopf nach vorne gerichtet, die Augen scharf auf den Horizont gerichtet, fragte Dausch: »Irgendetwas?«

»Noch nichts, LT. Bis jetzt ist alles klar«, antwortete Mica, obwohl sich offensichtlich keiner von ihnen ganz wohl fühlte.

Als sie den Highway entlangfuhren, begann sich die Landschaft zu verändern. Was einst ein relativ karger Straßenabschnitt gewesen war, öffnete sich zu etwas Lebendigerem. Seltsame, fremdartige Bäume säumten den Straßenrand, ihre verdrehten Stämme und durchscheinenden Blätter fingen das Licht auf eine Weise ein, die sie schimmern ließ. Prärien und dichte Wälder durchzogen die Landschaft, unterbrochen von weiten, offenen Flächen, die vom Krieg auf diesem Planeten unberührt schienen.
****

Bravo Eins

Der Gefreite Doug Donnie, der im hinteren Linebacker saß, war der erste, der die Stille auf dem offenen Funkgerät brach. »Verdammt, seht euch diesen Ort an. Sieht aus wie eine Mischung aus Dschungel und einer Art außerirdischer Savanne. Hat noch jemand erwartet, dass uns etwas anspringt?«, fragte er.

Sergeant Walkups Stimme aus dem führenden Puma mischte sich ein. »Halt die Klappe, Donnie. Wir sind erst dreißig Minuten in diesem Konvoi und du bist schon dabei, uns Unglück zu bringen.«

Neben Donnie saß der Soldat Jesus Martinez, der offensichtlich nicht widerstehen konnte. »Hey, es könnte eine freundliche Kreatur sein, die uns anspringt«, stichelte er. »Wie eines dieser fliegenden Dinger da drüben. Siehst du die Vögel?«, fragte er und zeigte mit dem Finger auf den Monitor, als ein kleiner Schwarm geflügelter Kreaturen in das Sichtfeld der Turmkamera flog.

Diese Vögel waren anders als alles, was sie bis dahin in ihrem Leben gesehen hatten. Ihre Flügel waren irgendwie durchsichtig, aber auch schillernd und leuchteten in ihren sanften Farben für alle sichtbar. Ihre seltsamen Schreie hallten durch den Himmel.

Breuer, der in der Nähe des Fahrzeugkommandanten saß, blickte zu den Vögeln, sein Griff um das Kommandopad wurde leicht fester. Er mochte keine Ablenkungen und wollte, dass sie sich auf das konzentrieren, was auf der Straße und in ihrer unmittelbaren Umgebung geschah.

»Hört auf zu quatschen, Leute. Konzentriert euch auf die Mission«, sagte Breuer gleichmütig. »Wir sind nicht hier, um Vögel zu beobachten, und ihr macht kein Big Year«, sagte er und bezog sich dabei auf einen jährlichen Wettbewerb unter Vogelbeobachtern, bei dem es darum geht, wer in einem Jahr die meisten Vogelarten entdecken und bestimmen kann.

»Ach, komm schon. Wir würden beim jährlichen Big Year Event aufräumen«, scherzte Martinez. »Niemand sieht so viele Arten von Vögeln und fliegenden Kreaturen wie wir zu Hause.

Das Geplapper verstummte, als der Konvoi mit brummenden Motoren weiterfuhr. Sie fuhren den rissigen, verwitterten Highway hinunter. Die Soldaten, die früher entspannt miteinander gescherzt hatten, saßen jetzt in angespanntem Schweigen da, die Augen ständig auf jedes Anzeichen von Gefahr gerichtet. Die fremde Landschaft um sie herum war ebenso fesselnd wie beunruhigend - eine Welt, die gleichzeitig lebendig und fremd zu sein schien, voller Geheimnisse und Bedrohung.

In der Ferne ragten riesige Bäume auf, deren Rinde tief, fast obsidianschwarz war und deren Äste sich wie knorrige Hände in den blassen Himmel krallten. Zwischen den Bäumen flackerten schwache Bewegungen auf - eine fremde Fauna, die zu weit entfernt war, um sie zu identifizieren. Die Formen und Bewegungen der Tiere waren seltsam, beunruhigend in ihrer Flüssigkeit. Einige schienen zwischen den Schatten zu huschen, andere schauten mit einer unheimlichen Stille aus dem Unterholz. Die Blätter der Bäume schimmerten in seltsamen Farben, ihre leuchtenden Ränder fingen das Licht auf eine Weise ein, die sie pulsieren ließ, wie die Adern eines fremden Herzens, das im Rhythmus des Planeten schlug.

Die offenen Prärien zwischen den Baumgruppen waren mit seltsamen, blassen Gräsern übersät, die sich im Wind wiegten und deren lange Ranken sich wie von einer unsichtbaren Kraft angezogen dem vorbeifahrenden Konvoi entgegenstreckten. Gelegentlich schwebten bizarre, vogelähnliche Kreaturen mit weit ausgebreiteten Flügeln über uns hinweg und warfen dunkle Silhouetten auf den Boden. Ihre schrillen Rufe verstärkten das wachsende Gefühl der Unruhe.

Im Inneren der Fahrzeuge war die Spannung spürbar. Jeder Soldat spürte es - das nagende Gefühl, dass etwas aus dem Schatten heraus beobachtet. Die Ruhe vor dem Sturm, die nur durch das rhythmische Klappern der Fahrzeuge und das gelegentliche Piepen der Sensoren unterbrochen wurde.

»Master Sergeant Breuer, Sie waren schon auf ein paar Planeten«, sagte Private Donnie. »Haben Sie so etwas schon einmal gesehen?«, fragte er und ließ dabei den Blick nicht vom Fenster des APCs.

Breuer, der neben ihm saß, betrachtete den seltsamen Anblick draußen. »Nicht so, Donnie«, antwortete er schließlich mit flachem Ton. »Dieser Ort... er hat einen Puls. Er fühlt sich auf eine Weise lebendig an, wie es auf den anderen Planeten nicht der Fall war. Du tust gut daran, deine Augen offen zu halten. Nur weil es ruhig ist, heißt das noch lange nicht, dass es sicher ist.«

Als der Konvoi weiter in die fremde Landschaft vordrang, verschob sich der Horizont und offenbarte mehr hoch aufragende Wälder und tiefere Täler. Sie hatten eine Welt betreten, die sich weniger wie ein Schlachtfeld anfühlte, sondern eher wie ein Raubtier, das auf den richtigen Moment zum Zuschlagen lauert.
****

Bravo-Elf

Dausch behielt die Karte im Auge und verfolgte, wie sie sich dem Waldstück vor ihnen näherten. Die Bäume vor ihnen waren dichter, die Art von Deckung, die alles - oder jeden - verbergen konnte. Er schaltete das Funkgerät um. »Mustangs, verdichtet euren Abstand auf drei Fahrzeuglängen. Behaltet die Baumreihen im Auge«, befahl er. Der Abstand zwischen ihren Fahrzeugen hatte sich auf mehr als sechs Fahrzeuglängen ausgedehnt, so dass die Lücken zwischen ihnen immer größer wurden. »Achten Sie auf die Bäume, Mica - die linke Flanke.«

»Aye, LT«, antwortete Mica und schwenkte den Geschützturm, um die Baumgrenze zu erfassen, als sie sich dem Waldrand näherten.

Plötzlich registrierten die Sensoren in Dauschs Bobcat etwas. Die Radar- und IR-Sensoren des Fahrzeugs entdeckten etwas, das sich in der Ferne bewegte. Sein Kommandopad leuchtete mit einer schwachen Markierung auf, die Umrisse von etwas, das sich in den Bäumen bewegte. »Bravo Twenty-One, bleiben Sie dran«, befahl Dausch mit Dringlichkeit in seiner Stimme. »Mögliche Bewegung, linke Flanke.«

»Verstanden, Mustang One. Verlangsamen Sie auf zehn Stundenkilometer«, bestätigte Sergeant Walkup. Sein Puma wurde langsamer, der Geschützturm schwenkte auf die mögliche Bedrohung zu.

Der Konvoi verlangsamte sich, das Brummen der Motoren wurde leiser, als die Fahrzeuge ihre Position anpassten. Dausch setzte ein paar Drohnen ein und schickte sie zur Erkundung los. Er spürte, wie sich sein Herzschlag erhöhte, als sich die Drohnen dem Waldrand näherten. Seine Gedanken kreisten um die Möglichkeiten. Es könnte nichts sein - nur wilde Tiere - oder es könnte etwas anderes sein.

»Mustangs, bleibt wachsam. Mica, gib mir eine Sichtprüfung mit IR, Thermik und Spektralanalyse. Ich werde das Gefühl nicht los, dass da draußen etwas ist«, sagte Dausch und seine Stimme wurde leiser.

Mica nickte; der Geschützturm fixierte die Baumgrenze, während er sie mit den drei verschiedenen Modalitäten abtastete, um zu sehen, ob sie etwas entdecken konnten. »Hey, ich glaube, ich habe etwas entdeckt... ich kann es nicht genau erkennen. Es könnten Tiere sein, wenn man bedenkt, wie niedrig es am Boden liegt...«

Dausch kniff die Augen zusammen und betrachtete die schwachen Markierungen auf seinem Datenpad. »Lass uns kein Risiko eingehen. Wir werden uns der Kurve langsam nähern, bis wir sicher sind, dass sie frei ist.«

Die Spannung stieg, als sie sich dem Wald näherten, und jeder Soldat wartete auf das, was als Nächstes kommen würde.

Die gespenstische Stille des Waldes zerbrach in einem Augenblick. Blasterfeuer brach aus der Baumgrenze hervor, helle Energieströme schnitten durch die Luft, als die Pharaonis ihren Hinterhalt eröffneten.

»Kontakt, linke Flanke!« bellte Dausch und griff instinktiv nach dem Kommandopad, als die Bobcat ruckartig zum Stillstand kam. Er hörte, wie Mica etwas von »Feuer erwidern« rief, als eine Explosion ihren Bobcat in die Luft jagte und sie mit Granatsplittern und Trümmern überschüttete.

Dausch schüttelte die Auswirkungen der Explosion ab. Mica rief seinen Trupps Befehle zu und feuerte die Blaster auf dem Fahrzeug mit präziser Genauigkeit ab. Er schaute gerade noch rechtzeitig aus der Windschutzscheibe, um zu sehen, wie die 50-mm-Kanonen des Pumas explosive Geschosse in die Bäume feuerten und das Dröhnen der Explosionen alles übertönte.

Zwei der Pumas an der Spitze des Konvois waren vom Highway in Richtung der Baumgrenze abgebogen, ein Bobcat folgte ihnen auf dem Fuße. Das Trio ließ die Hölle auf die Angreifer los - Ströme von Blasterbolzen und berstenden Granaten rissen Äste und Stämme auseinander.

Die Fahrzeuge aus dem hinteren Teil des Konvois rasten vorwärts, während Dausch die Fahrer dorthin dirigierte, wo er sie in der sich rasch bildenden Schlachtreihe gepanzerter Fahrzeuge haben wollte. Als die Lastwagen zum Stehen kamen und ihre Kanoniere in den Kampf eingriffen, stiegen die Soldaten aus den Fahrzeugen aus und nahmen in ihrer Nähe Stellung ein. Sie machten ihre Gewehre scharf und schlossen sich an.

»Seoul Two-One, Longhorn Tango. Feuermission, Feuermission, Raster angebracht. Erbitte einen Schuss, hochexplosiv, Zehn-Meter-Luftsprengung - verstanden?« rief Sergeant Sciallo über das Funkgerät. Sciallo war der vorgeschobene Beobachter der Beaumont-Kompanie des 11. koreanischen AR, dem Artillerieregiment der Division.

»Longhorn Tango, gute Kopie - Gitter bestätigt. Eine Runde HE, zehn Meter Luftausbruch«, hörte Dausch über die Comms.

»Rakete im Anflug«, rief Mica, als die Blend- und Gegenmaßnahmen des Fahrzeugs aktiviert wurden. Die Rakete zielte auf den führenden Puma, der gerade die Pharaonis-Infanterie in der Baumreihe niedermachte. Sie sauste über die zwei Kilometer lange Strecke und explodierte Sekundenbruchteile später, als sie in einem Hagel von Stahlkugeln aus dem Selbstverteidigungssystem des Fahrzeugs verschwand.

»Ich habe sie gefunden! Auf neun Uhr! Raketenteam!«, rief der Fahrer Mica zu, während er die Zwillingsblaster seines Fahrzeugs in Anschlag brachte.

Crack, Crack, Crack.

Der Blaster löste sich und feuerte ein Sperrfeuer von Energieblöcken auf das feindliche Raketenteam ab, um es an einem weiteren Angriff zu hindern.

»Longhorn Tango - Schuss aus. Splash in fünf Sekunden«, verkündete Seoul Two-One.

»Bestätigt, Schuss abgegeben. Kaum hatte Sciallo geantwortet, explodierte die 240-mm-Hochexplosivgranate über dem Wald und den Pharaonen, die immer noch auf sie schossen.

BUMM!

Die zehn Meter hohe Explosion zerstörte alle Bäume in einem Umkreis von fünfzig Metern um das Epizentrum.

»Waffenstillstand! Waffenstillstand!« befahl Dausch, als Teile von Bäumen, Schmutz und andere Trümmer vom Himmel fielen.

Als Dausch die Drohnenbilder auf seinem Tablet überwachte, sah er, dass das feindliche Feuer vollständig eingestellt wurde. Er war sich zunächst nicht sicher, ob sie die Angreifer getötet hatten oder ob sie betäubt waren und das Feuer wieder aufnehmen würden. Zehn Sekunden verstrichen, ohne dass das feindliche Feuer wieder einsetzte, dann dreißig Sekunden, und immer noch nichts.

»Mustang Eins, Longhorn Sechs. Statusbericht zu diesem Kontakt! Benötigen Sie Unterstützung?«, fragte Captain Kinkaid mit nervöser Stimme über den Funk.

»Longhorn Six, negativ. Es scheint, als lauerten die Pharaonen auf alle vorbeifahrenden Fahrzeuge oder Konvois. Keine Verluste auf unserer Seite, zwei Fahrzeuge mit leichten Schäden, aber einsatzbereit. Drohnen bestätigen zwei Raketenteams und drei schwere Blasterteams - insgesamt vierzehn Tote«, teilte Dausch ruhig mit.

»Gut verstanden, Mustang«, antwortete Kinkaid. »Gehen Sie und machen Sie sich wieder auf den Weg. Ich vermute, dass dies nicht der letzte Hinterhalt sein wird, auf den wir stoßen werden, bevor wir Ziel Gold erreichen.« Dann fügte er hinzu: »Ich werde sehen, ob wir Luftunterstützung von den Iron Eagles oder der Flotte bekommen können. Passt auf euch auf, Ende.«

Kaum hatte Dausch sein Gespräch mit Kinkaid beendet, meldete sich Breuers Stimme, ruhig, aber mit einem Hauch von Stolz. »Wir haben es geschafft, LT. Wir haben den Boden mit ihnen aufgewischt, ohne einen einzigen Toten.«

Dausch grunzte vor sich hin, als ihm bewusst wurde, dass sie ihren ersten Hinterhalt auf diesem neuen Planeten überlebt hatten. »Ja, ich denke, das haben wir«, gab er zu. »Lasst uns den Zug wieder in Bewegung setzen. Der alte Mann will weitermachen.«

»OK, Mustangs. Der LT sagt, die Pausen sind vorbei«, wies Breuer an. »Lasst uns die Partybusse wieder auf die Räder stellen und weiterfahren. Wir haben noch zweiundsechzig Kilometer vor uns.«

Sie hatten ihr erstes Blut vergossen, aber Dausch bezweifelte, dass es heute das letzte sein würde.

Fünfunddreißigstes Kapitel

Mitte Mai 2115
2. Zug Mustangs, Beaumont-Kompanie, 23. Texas MIR
Bravo Three, T4 Highway

»Beeilen Sie sich, Hollis. Wir müssen zurück in den Kampf«, schnauzte Leutnant Dausch, seine Stimme war scharf vor Ungeduld. Er schnappte sich eine weitere 50mm-Granate von Sergeant Barton und die Spannung stieg mit jeder seiner Bewegungen.

»Wir fahren so schnell wir können, LT«, antwortete Corporal Hollis, dessen Atem in rasenden Stößen kam, während er die Granate lud. Hollis war der Fahrer von Bravo Three, einem ihrer leichten Puma-Panzer, und die Erschöpfung klebte an ihm wie eine zweite Haut.

Sergeant Barton wischte sich den Schweiß von der Stirn, sein Tonfall war grimmig. »Wir sind fast fertig, Leutnant. Wäre Colonel Horn nicht gewesen und hätte er nicht die Eier in der Hose gehabt, hätten sich diese Versorgungs-POGs nach dem, was mit der Cully-Kompanie passiert ist, niemals so nah herangewagt.« Seine Worte hatten Gewicht, eine grimmige Erinnerung an den Hinterhalt auf einen Munitionsträger des 11. Lugano Logistical Support Regiments. Die Pharaonen hatten keine Gnade walten lassen, und das brutale Ende dieser Soldaten war allen noch frisch in Erinnerung.

Barton tätschelte dem Puma die Seite wie ein vertrauter Gefährte. »Wir hatten nur noch vier Schuss, LT. Das ist die ganze Munition, die wir für dieses Schwein hatten.«

»Ich weiß«, murmelte Dausch. »Aber jede Sekunde, die wir hier draußen sind, kämpfen die Jungs ohne die nötige Feuerkraft. Wir müssen zurück.«

Das ferne Donnern der Artillerie hallte durch die Luft, eine ständige Erinnerung an das Chaos hinter dem Horizont. Es war fast zwei Wochen her, dass sie die FOB Sparta verlassen hatten und in Richtung des Ziels Gold - zweihundertzweiundsechzig Kilometer westlich von Vrahk'tol - vorstießen. Der Autobahn- und Eisenbahnknotenpunkt, um den sie kämpften, führte durch drei Städte, einen Raumhafen und ein Industriezentrum. Die alliierten Streitkräfte hatten diese Gebiete von der Bombardierung verschont, in der Hoffnung, sie für die Zeit danach zu erhalten.

Wenn es nach Dausch gegangen wäre, hätte er die Städte dem Erdboden gleichgemacht, die Hauptstadt mit dem gesamten Fünften Korps eingekesselt und diesen höllischen Vorstoß beendet. Aber es war nicht seine Entscheidung. Stattdessen mussten sie sich durch kilometerlangen feindlichen Widerstand quälen, wobei jeder Zentimeter Boden mit Blut und Schweiß bezahlt wurde.

»Hey, LT. Sind Sie immer noch sauer, weil Sie die Bobcat verloren haben?« fragte Hollis, als er den Munitionskasten am Turm des Pumas mit einem lauten Klirren schloss.

Dausch warf ihm einen strengen Blick zu. »Sie meinen, ob ich das einzige Fahrzeug vermisse, mit dem ich diesen Zug führen kann, ohne in diesem Metallsarg zu braten?«, schoss er zurück. »Oder wollen Sie wissen, ob ich den Geruch genieße, den Sie auf uns alle losgelassen haben?«

Barton verlor vor Lachen fast den Halt an der 50-mm-Hülle. »Mann, Hollis - ich habe dir doch gesagt, dass dein 'Parfüm' keinen Preis gewinnen wird.«

Hollis sah wirklich verwundet aus. »So schlimm ist es nicht!«, beharrte er. »Ich versuche nur, ein wenig Raffinesse auf das Schlachtfeld zu bringen. Mein Vater hat zu Hause seit Jahren eine Parfümerie betrieben. Ich dachte, ich führe die Tradition fort.«

Dausch schüttelte den Kopf, der Anflug eines Grinsens schlich sich ein. »Verfeinerung? Hollis, was auch immer du auf Serenea ausgeheckt hast, es hat keine Kunden angelockt - es hat Chortillas angezogen. Sie wissen schon, die haarigen, nach Stinktier riechenden Albträume?«

Barton schnaubte. »Ja, weißt du noch, als diese Dinger dich nicht in Ruhe gelassen haben?«, erinnerte er sich. »Du warst wie der Rattenfänger der Chortillas. Wir konnten sie kaum von deiner Ausrüstung fernhalten.«

Die linke Augenbraue von Dausch hob sich. »Willst du damit sagen, dass *du* der Grund *bist*, warum diese achtbeinigen Fellknäuel die ganze Zeit an uns klebten?«, fragte er. »Dieser Geruch - das war *dein* Werk?«

Hollis schlurfte unbeholfen hin und her. »Das war nicht unbedingt beabsichtigt...«

Barton klopfte Hollis auf die Schulter, immer noch grinsend. »Nun, was auch immer Sie bezweckt haben, es hat nur die Chortillas und alle anderen an Bord der *Callisto* verärgert. Dieses kleine 'Missgeschick' hat einen ziemlichen Gestank verursacht - buchstäblich.«

Dausch kicherte. »Und du fragst dich, warum Generalmajor Spartacus so wütend war, als das Ding losgelassen wurde? Drei Wochen, Hollis. Diese Kreatur hat das halbe Schiff verpestet, und niemand konnte sie einfangen.«

Barton schüttelte den Kopf, immer noch kichernd. »Ja, und weißt du noch, als wir auf Combat Outpost Gold gestoßen sind? Major Vaughn wurde praktisch lila, als er diesen Gestank roch. Man konnte sehen, wie ihm klar wurde, dass es von unserer Einheit kam und nicht von einer anderen.«

Dausch wischte sich eine Lachträne weg. »Vaughn war das mehr als peinlich. Erst musste er Spartacus erklären, warum es eine dieser wandelnden Leimfallen an Bord geschafft hatte. Dann musste er damit klarkommen, dass sein Regiment diesen Gestank auf der ganzen *Callisto* verbreitet hatte.«

Hollis seufzte resigniert. »Ihr Jungs wisst Innovation wirklich nicht zu schätzen.«

»Keine Sorge, Hollis«, sagte Dausch mit einem Grinsen. »Wir werden einen Weg finden, deine Talente zu nutzen ... nur nicht, wenn es um 'Duft' geht. Und jetzt lass uns zurück in den Kampf gehen.«

Nachdem sie dem Versorgungsteam für den dringend benötigten Nachschub gedankt hatten, kletterten die drei zurück in den Puma. Da Dauschs Bobcat von einer Rakete an der Achse getroffen und dadurch außer Gefecht gesetzt worden war, war er gezwungen gewesen, sich ein anderes Fahrzeug zu suchen, bis Bravo Eleven repariert oder ersetzt werden konnte. Bravo Three, der Puma, war nicht ideal, um den Zug zu führen, aber er gab ihm eine bessere Kontrolle über seine 50-mm-Magnet-Railgun, die es ihm ermöglichte, seine Infanterie mit direktem Feuer zu unterstützen.

Der Puma war kein Leichtgewicht - seine Mehrzwecksprengköpfe hatten es in sich. Der Zielcomputer konnte die für jeden Schuss benötigte Kraft berechnen und den Sprengkopf an das Ziel anpassen. Manchmal schickte er ein massives Geschoss, das die Panzerung durchschlug, ein anderes Mal entfaltete er die maximale Sprengkraft. Mit vierundsechzig Granaten im Magazin konnte er noch lange weiterfeuern, wenn andere Fahrzeuge schon leer waren. Die neben dem Hauptgeschütz montierten Zwillingslaserblaster boten noch mehr

Vielseitigkeit und halfen, die Infanterie zu unterstützen oder den Puma vor direkten Angriffen zu schützen.

»Bereithalten, Fahrzeugzündung«, verkündete Hollis mit fester Stimme.

Dausch und Barton bereiteten ihre Systeme vor, ihre Helme verbanden sich drahtlos mit dem Netzwerk des Puma, sobald die Zündsequenz begann. Der elektrische Antriebsstrang summte leise und wartete darauf, dass Hollis den Gang einlegte.

»Waffensystem online - ECM und Gegenmaßnahmen aktiv - Hauptkanone und Blaster einsatzbereit«, berichtete Barton und überprüfte jedes System.

Dausch warf einen Blick auf seinen Monitor und beobachtete, wie der Status des Zuges aktualisiert wurde. Das Bild, das sich ihm auf dem Bildschirm bot, war düster. Die Kompanie war immer noch in den Kampf verwickelt, den sie vorhin verlassen hatte, und kämpfte darum, durchzubrechen.

»Verdammt«, murmelte Dausch, hauptsächlich zu sich selbst. »Die ganze Zeit haben wir aufgerüstet, und sie haben immer noch nicht die Baumgrenze durchbrochen.«

»Das werden sie, sobald wir wieder im Kampf sind«, antwortete Barton, während er den Geschützturm auf einen der Bobcats richtete, der noch immer von einem Raketentreffer brannte. »Komm schon, lass uns gehen, Hollis. Bringen Sie uns auf den Weg.«

Der Puma schlingerte vorwärts, als Hollis den Elektromotoren etwas Saft gab und den sechsrädrigen Panzer in Sekundenschnelle auf 30 km/h beschleunigte. Um sie herum erstreckten sich Krater, verkohlter Boden und die Wracks von Fahrzeugen.

Die Luft vibrierte von Magrail-Feuer und dem fernen Dröhnen von Explosionen, das sogar durch die verstärkte Hülle des Puma gedämpft wurde. Dausch scannte das Gemetzel durch die Nachtsichtkameras und beobachtete, wie ein Pharaonis-Körper in Sicht kam - verdreht und gebrochen. Bald darauf folgte ein weiterer, lebloser Körper, und dann ein dritter, der auf halbem Weg durch den Beschuss auseinandergerissen wurde. Das Schlachtfeld war übersät mit insektoiden Leichen, deren einstmals furchteinflößende Formen nun nur noch verdrehte Überreste eines unerbittlichen Feindes waren.

Dies war der Teil des Kampfes, über den in den Nachrichten, in Filmen, Büchern oder von Rekrutierern und Politikern nicht gesprochen wurde - der unstillbare Appetit frischer Seelen, die durch den Fleischwolf des Krieges gedreht wurden. Die Schlacht machte keinen Unterschied und es war ihr egal, wer man war - Mensch, Maschine oder Außerirdischer. Er fraß sich mit brutaler Effizienz durch alles und hinterließ nichts als blutgetränkte Erde und zerstörte Leben. Dausch wusste das sehr gut, denn er hatte seinen Zug durch viele Schlachten geführt. Es war nie einfach, Soldaten, Freunde und sogar Mentoren zu verlieren. Aber es war Krieg, und Dausch wusste, je eher ein Soldat akzeptierte, dass er bereits tot war, desto eher konnte er leben.

Wenn Ihre Zeit gekommen ist, dann gibt es nichts, was sie ändern oder aufhalten könnte.

Dausch verfolgte weiterhin das Kamerabild des Pumas, das eine hochauflösende Ansicht des Schlachtfeldes zeigte, das sich vor ihnen erstreckte. Zerschmetterte Bäume, Krater und die verkrüppelten Leichen der Pharaonenkrieger lagen in der Nähe von zerstörten Bunkern und Kampfstellungen. Der Feind hatte hart gekämpft, entschlossen, sich zu verteidigen und dafür zu sorgen, dass die Republik und die Primord-Truppen für jeden Zentimeter pharaonischen Territoriums, den sie eroberten, teuer bezahlen mussten.

Als sie sich dem näherten, was grob als Frontlinie bezeichnet wurde, ertönte das Bellen eines Yeti-Panzers. Der dröhnende Klang von Artilleriegranaten durchdrang die Luft. Der Funkverkehr eines Talon-Kampfflugzeugs, das mit einem vorgeschobenen Fluglotsen Ziele bestätigte, zeugte von der Intensität der Schlacht, der sie sich bald näherten.

BOOM...BOOM.

»Heiliger Strohsack - sieh dir das an«, kommentierte Hollis, als sie ein paar Rauchwolken in die Luft steigen sahen.

»Wow, das müssen Zweitausender oder mehr gewesen sein«, rief Barton aus, als die Schockwelle sie erreichte. Es war kein gefährlicher Einsatz, aber er war nicht weit entfernt.

Dausch zeigte auf etwas in der Ferne und markierte es auf der Navigationskarte. »Bring uns dorthin, Hollis«, wies er an. »Dort ist der Zug.«

»Hey, das Fahrzeug da drüben - das brennende. Ist das nicht das Fahrzeug von Walkup?« fragte Barton mit Besorgnis in seiner Stimme. »Ich werde sehen, ob ich ihn anrufen kann - Mustang Zwölf, Mustang Eins. Kommen Sie rein, over.«

Als er Sergeant Walkup nicht erreichen konnte, spürte Dausch, wie sein Herz zu klopfen begann. Er betätigte sein eigenes Mikrofon. »Sergeant Walkup, bitte melden. Wie lautet Ihr SITREP?«

Nichts als Rauschen knisterte durch den Funkverkehr. Dausch klappte der Kiefer zusammen. »Hollis, geben Sie mir Thermikdaten von Walkups Fahrzeug und sehen Sie nach, ob sie in der Nähe abgesprungen sind!«

Wenn die Pharaonen seinen Freund getötet hatten, würde Dausch dafür sorgen, dass sie dafür mit Blut bezahlten.

»Bin schon dabei, Lieutenant«, antwortete Hollis und fuhr mit den Fingern über sein Bedienfeld. Ein Wärmebild flackerte auf dem Bildschirm auf und tauchte das Schlachtfeld in unheimliche, geisterhafte Farben. Hitzesignaturen flammten in leuchtendem Rot inmitten kühler blauer und grüner Farbtöne auf - lebendiges Waffenfeuer, das sich über die Baumgrenze hinweg ausbreitete.

»Dort, etwa zwanzig Meter rechts von ihrem Fahrzeug«, sagte Dausch und tippte mit dem Finger auf die Anzeige. »Oh, verdammt. Sieht aus, als würden sich mehrere Feinde auf ihre Position zubewegen! Barton, sieh zu, dass du sie mit ein paar Schüssen triffst und ausschaltest.«

»Bin schon dabei, LT«, antwortete Barton, während er die Waffe auf den angreifenden Pharaonis richtete.

Peng, peng.

Die Kanone bellte zweimal - die magnetische Railgun schleuderte das Projektil in eine Ansammlung von Pharaonis, bevor es mitten unter ihnen explodierte. Es warf viele von ihnen zur Seite, die durch die Explosion verletzt wurden. Als das zweite Geschoss an der gleichen Stelle explodierte, riss die Druckwelle die feindlichen Soldaten mit.

»Gut geschossen, Barton!« Dausch beglückwünschte ihn, bevor er befahl: »Hollis, setz uns in Bewegung und geh direkt auf unsere Leute zu, bevor diese Pharaonen eine Chance haben, sich zu erholen.«

Der Puma brauste vorwärts und krachte durch das dichte Unterholz, als Hollis ihn anstieß. Das Fahrzeug pflügte durch Äste und hängende Lianen. Im Inneren des Pumas klang das Schaben von Zweigen gegen die gepanzerte Hülle wie Nägel auf einer Kreidetafel, als sie durch das Unterholz rasten.

»LT, können Sie den Blaster bedienen, während ich bei der Kanone bleibe?« fragte Barton, während die Kanone schnelle Schüsse auf etwas abfeuerte, das Dausch nicht sehen konnte.

»Ja, das kann ich machen. Hollis. Teilen Sie die Windschutzscheibe, damit ich sehen kann, worauf ich schieße«, befahl Dausch und legte sein Kommandotablett neben sich. Er griff nach dem Steuerknüppel, der die unabhängigen Blaster des Geschützturms steuerte, und aktivierte ihn. Eine Sekunde später zeigte der Monitor vor ihm die Sicht, die er hätte, wenn der Puma eine Frontscheibe hätte.

Das Zielfadenkreuz erschien auf dem Bildschirm; die Waffe war scharf und schussbereit. Was Dausch sah, war ein eiliges Feuergefecht. Die Soldaten der Pharaonen kämpften erbittert; die Soldaten der Republik hielten sich in einigen Bereichen zurück und rückten in anderen vor. Als sie aus einem dichten Unterholz hervortraten, erblickte Dausch eine republikanische Soldatin, die an einem zerbrochenen Baum lehnte und mit ihrem Gewehr zielte. Er schwenkte die Blaster in ihre Richtung, als er einen Pharaonis in ihr Visier huschen sah. Sie gab einen einzigen Schuss ab, der den Kopf des Pharaos traf und ihn durch die Wucht des Geschosses explodieren ließ.

»Verdammt, das war ein guter Schuss«, murmelte Dausch vor sich hin. Er sah zu, wie sie nach vorne sprang, das Gewehr in die Schulter geklemmt, während sie schoss, um ihre Bewegung zu decken.

Dausch feuerte eine Reihe von Schnellfeuer-Blasterschüssen über ihren Kopf hinweg, um sie abzuschirmen, bis sie sich hinter dem Stamm eines umgestürzten Baumes duckte. Ein paar Meter rechts von ihr sah er einen anderen Soldaten in der Nähe kauern, dessen Hände zitterten, als er sein Gewehr nachladen wollte. Der Soldat schob das Magazin beim zweiten Versuch in das Gewehr, richtete seinen Körper neu aus und feuerte auf den anrückenden Feind.

»Raketenteam, drei Uhr - er wird feuern!« rief Hollis verzweifelt.

Barton schwenkte bereits das Hauptgeschütz in ihre Richtung, als Dausch sah, dass die Pharaonis eine Rakete direkt auf sie richtete. Gerade als er dachte, der Feind würde feuern, spürte Dausch den Rückstoß des Hauptgeschützes des Puma. Der Pharaonis-Soldat verschwand in der Explosion, die ihn einhüllte.

»Wow... oh mein Gott, das war knapp«, hörte Dausch Hollis schockiert ausrufen. »Ich schulde dir ein Bier, Barton. Wir wären tot gewesen, wenn er die Rakete abgeschossen hätte.«

Dausch grunzte bei dieser grimmigen Einschätzung. Hollis hatte wahrscheinlich recht. Der Abstand zwischen ihnen und der Rakete war so gering, dass sie sie getroffen hätte, bevor das Selbstverteidigungssystem des Fahrzeugs reagieren konnte. »Gut geschossen, Barton. Wenn ich meine Unterwäsche gewechselt habe, schlage ich dich für einen Preis vor - du hast ihn dir verdient«, lobte Dausch scherzhaft, und sie lachten über die Nahtoderfahrung.

Hollis verlangsamte den Puma, als sie sich der Stelle näherten, an der Sergeant Walkup und sein Trupp in Deckung gegangen waren, nachdem ihr Fahrzeug getroffen worden war. Der Boden, der sich Walkup und seinem Trupp näherte, war mit den Leichen zerfetzter und zerfetzter Pharaonis-Soldaten übersät. Was auch immer geschehen war, bevor Dausch und ihr Puma eintrafen, ließ keinen Zweifel an der Intensität des Kampfes, den sie gerade geführt hatten. Mit zwei schweren M91-Blastern und dem M12 338LMG des Trupps hatten sie wahrscheinlich ein oder zwei Züge feindlicher Soldaten im Alleingang vernichtet.

Mein Gott, konnten sie das überhaupt überleben? fragte sich Dausch, als der Puma zum Stehen kam. Das Funkgerät des Fahrzeugs erwachte zum Leben, und Walkups Stimme ertönte atemlos über das Funkgerät.

»Leutnant Dausch, sind Sie da?«

»Laut und deutlich, Feldwebel«, antwortete Dausch, und Erleichterung machte sich in ihm breit. »Gut gemacht.«

»Ja, nun, es hieß sie oder wir. Tut mir leid, dass ich nicht früher geantwortet habe. Die Käfer haben wieder versucht, uns zu überrennen. Wart ihr das, die einen Haufen von ihnen mit dem Fünfzig-Mikro-Mikro ausgeschaltet haben? Wenn ja - danke. Ich glaube nicht, dass wir es sonst geschafft hätten«, erklärte Walkup, während er auf einen verwundeten Soldaten zuging, der neben ihm kniete. »Sir, ich habe drei Verwundete - einer muss dringend in die Chirurgie, die anderen beiden müssen evakuiert werden, aber sie sehen dem Tod noch nicht ins Auge. Können Sie sehen, woran es hapert?«

Dauschs Kinnlade straffte sich. »Ja, verstanden. Was ist mit Doc passiert? Warum hilft er nicht?« Doc war der C200-Kampfsanitäter des Zuges. Die C200 hatten sich während des letzten Krieges als so erfolgreich erwiesen, dass sie jetzt bis auf die Ebene des Zuges verteilt wurden.

»Der Doc ist weg«, antwortete Walkup. »Wurde in die Luft gesprengt, als sie unseren APC erwischt haben. Er ging zurück, um Harris, unseren Fahrer, zu bergen, aber dann explodierte der Linebacker.«

Dausch fluchte wütend im Inneren des Fahrzeugs und schlug mit der Faust auf die Armlehne seines Stuhls. »Wir hätten hier sein müssen! Sie haben uns gebraucht, und wir waren nicht da«, schrie er frustriert.

»Das ist Murphys Gesetz, LT - machen Sie sich nichts draus«, sagte Barton. »Der Munitionsstatus der Hälfte des Zuges war von rot auf schwarz gewechselt. Als die Munitionslaster uns einholten, haben Sie die richtige Entscheidung getroffen, Nachschub zu holen. Wenn irgendjemand Schuld hat, dann sind es die Tanker der Eagle und Falcon Companies, weil sie nicht gewartet haben, bis unsere Einheiten wieder aufgerüstet waren, bevor sie weitergemacht haben.«

»Ja, ich habe verstanden. Sie haben Recht, Barton«, räumte Dausch ein. »Das macht es nicht leichter, weitere Verluste hinzunehmen, auch wenn es nicht meine Befehle waren, die dazu geführt haben.«

»Verluste? Haben wir mehr Fahrzeuge verloren als Walkup's Linebacker?«, fragte Hollis.

Bevor Dausch antworten konnte, lenkte das Geräusch eines sich nähernden Chickenhawks ihre Aufmerksamkeit auf sich. »Mustang Twelve, Angel Two. Wir haben Sichtkontakt zu Ihrer Position - wir kommen jetzt zu Ihnen«, verkündete der Pilot des Sanitätsflugzeugs.

»Angel Two, Mustang Twelve - wir haben einen dringenden chirurgischen Fall, zwei kritische Fälle und drei KIA«, antwortete Walkup. »Unser Platoon-Doc wurde ausgeschaltet. Wir tun, was wir können, ohne ihn, aber wenn Sie einen entbehren können, nehmen wir ihn gerne.

Als Dausch hörte, dass Walkup neben seinen Verwundeten auch drei Gefallene erwähnte, wurde ihm klar, dass er sich nicht über den Status seiner anderen Soldaten im Zug informiert hatte. Er geriet in Panik und blätterte durch die Apps, bis er die gesuchte fand. Er entdeckte, dass ein Bobcat zerstört worden war; die Soldaten, die in dem

Fahrzeug saßen, meldeten jedoch keine Verletzungen. Er atmete erleichtert auf.

»Hollis, wir haben zusätzlich zu Walkups Linebacker auch noch einen Bobcat verloren. Abgesehen davon, dass wir ein weiteres Fahrzeug verloren haben, geht es uns ganz gut«, erklärte Dausch auf Hollis' Frage hin.

Die Geräusche weiterer Explosionen in der Ferne schienen im Inneren des Pumas gedämpft zu sein, obwohl der Boden bei jedem Knall bebte. Das Hauptgeschütz des Yeti knackte scharf, als es wiederholt auf unbekannte Ziele feuerte. Entweder die Eagle- oder die Falcon-Kompanie oder beide hatten ihren Vorstoß zur Ablösung des 9. Orbital Assault Regiments fortgesetzt, nachdem sie den strategisch günstig gelegenen Aetherport erobert hatten. Dieses festungsähnliche Bauwerk kontrollierte die Hochebene, die sich der pharaonischen Industriestadt Verdanthia näherte. Seine Position ermöglichte es ihm außerdem, einen zwölf Kilometer langen Abschnitt der T4-Autobahn zu kontrollieren - dieselbe Straße, die zur Hauptstadt von Pharaonis führt.

Dausch hielt einen Moment inne und überlegte, was er mit den fünf Soldaten machen sollte, die nicht mehr in seine Fahrzeuge passten. Er wollte sich gerade mit Major Vaughn in Verbindung setzen, als das Funkgerät zum Leben erweckt wurde. »Mustang Eins, Lone Star Sechs. Statusbericht«, sagte Vaughn.

Wenn man vom Teufel spricht. Dausch schüttelte den Kopf, bevor er antwortete. »Lone Star Six, Mustang One. Ich habe drei Verwundete, die gerade evakuiert werden, und drei KIA - ein Linebacker und ein Bobcat wurden zerstört. Mir fehlt es an Fahrzeugen für fünf Soldaten. Gibt es vielleicht einen Linebacker, der auf ein neues Zuhause wartet?«

Es herrschte einen Moment lang Schweigen, als er auf die Antwort des Majors wartete. »Mustang Eins, das ist eine gute Kopie. Bleiben Sie dran, ich frage bei der Freiburger Kompanie nach einem Einzelgänger.«

»Hm«, sagte Hollis. »Das ist interessant, LT. Glauben Sie, das LSR hat Ersatzfahrzeuge für solche Fälle?«, fragte er.

Dausch zuckte mit den Schultern. Wenn sie es taten, war das neu für ihn.

»Mustang One, Fribourg schickt einen Einzelgänger - ein Linebacker wurde soeben Ihrem Zug zugeteilt. Übergeben Sie die

Kontrolle über das Fahrzeug an einen Ihrer Anhalter und bereiten Sie Ihren Zug darauf vor, auszurücken und die Eagle und Falcon Companies einzuholen. Es scheint, als hätte Spartacus Six vergessen, auf seine Infanterieunterstützung zu warten, bis sie auf weitere Raketenteams stoßen. Jetzt schreien sie danach, und Ihr Zug ist die nächstgelegene Einheit, die ich habe«, erklärte Vaughn.

Großartig. Wo zum Teufel ist der Rest der Firma? fragte sich Dausch.

»Lone Star Six, das ist eine gute Kopie. Wird sich der Rest der Kompanie oder des Regiments uns anschließen?«, fragte Dausch.

»Gute Jagd, Mustang Eins. Halten Sie einen Platz frei, wenn Sie vor uns am Aetherport sind. Ende.«

»Verdammt, das ist kalt, LT. Uns so auf eigene Faust loszuschicken«, kommentierte Hollis, nachdem Vaughn die Übertragung beendet hatte.

»Wasser auf den Rücken, Hollis«, sagte Dausch. »Lassen Sie sich davon nicht irritieren. Setzen Sie uns in Gang und fahren Sie weiter. Wir haben eine gewisse Strecke aufzuholen«, befahl er. Er schickte die neuen Koordinaten an die anderen Fahrzeuge des Trupps.

»Hört zu, Mustangs«, sagte Dausch über das Funkgerät. »Der Tag ist noch nicht vorbei, und wir haben neue Befehle erhalten. Jeder sollte die neuen Koordinaten, die ich geschickt habe, erhalten haben. Es scheint, dass die Kompanien Eagle und Falcon in ihrer Eile vergessen haben, auf ihre Infanterieunterstützung zu warten. Sie sind in ein Hornissennest mit Raketenteams gestoßen, die in den Baumreihen in Sektor fünf verteilt sind, und brauchen unsere Hilfe, um sie zu beseitigen. Sie haben vorübergehend angehalten, während sie darauf warten, dass wir sie einholen und uns darum kümmern.

»Mustang Eleven, ich möchte, dass die erste Gruppe den Zug in einer Keilformation anführt, gefolgt von Mustang Twenty-One und Mustang Thirty-One, in dieser Reihenfolge. Mustang Two wird dem Zug mit den Linebackers folgen, bis wir unsere Infanterie abziehen müssen«, erklärte Dausch, während sich sein Fahrzeugzug in Bewegung setzte.
****

Vierzig Minuten später
Bravo Three, T4 Highway

Dausch beobachtete aufmerksam den Monitor, als sein Zug an den Panzern der Falcon Company vorbeizog. Die Bobcats des ersten Trupps schlängelten sich durch das dichte Laubwerk. Dauschs Monitor zeigte, dass ihre Infrarotlaser die Schatten zwischen den Bäumen durchleuchteten. Plötzlich erregte eine hektische Bewegung seine Aufmerksamkeit. Ohne Vorwarnung brach in der Baumreihe Laserfeuer aus. Raketen flogen auf sein Platoon zu. Der Kampf hatte begonnen.

»Barton, Raketenteam, Peilung zwei-sechs-acht«, rief Dausch eindringlich. »Zünden Sie sie an!«

Barton war bereits in Bewegung. Der Geschützturm des Puma schwenkte mit surrenden Servos in Position und feuerte. Die 50-mm-Magrail schleuderte das Mehrzweckgeschoss in die Baumreihe, wo sich ein feindliches Raketenteam zum Feuern bereit machte. Das Geschoss schlug in der Nähe der Pharaonen ein, besprühte sie mit Granatsplittern und warf sie durch die Druckwelle zu Boden.

»Ich habe sie!«, erklärte Barton. »LT, ich werde diese Seite mit ein paar weiteren Kugeln bearbeiten. Können Sie gleichzeitig mit dem Blaster draufhauen?«

»Ja. Wir müssen diese Raketenteams ausdünnen, sonst gehen uns die Gegenmaßnahmen aus«, antwortete Dausch und schaltete seinen Monitor um, um die Kontrolle über den Blaster zu übernehmen. »Hollis, vergessen Sie nicht, regelmäßig die Position zu wechseln, damit wir nicht zur leichten Beute werden. Behalten Sie diese Gegenmaßnahmen im Auge. Wenn die letzte Ladung verbraucht ist, halten Sie das Fahrzeug an, lassen Sie den Rauchschirm hochgehen und laden Sie nach.«

»Verdammt ja, LT. Lasst uns das Ding durchziehen!« brüllte Hollis aufgeregt.

Bumm, bumm, bumm!

Bei jedem Schuss, den Barton abfeuerte, hallte das krachende Geräusch von Überschallknallern im Inneren des Pumas wider. Mit Hilfe der Thermik war es unglaublich, wie viele Soldaten der Pharaonen durch diese ungewöhnliche Art von Gestrüpp versteckt wurden, die es auf diesem fremden Planeten überall zu geben schien. Das Blattwerk aus kleinen bis mittelgroßen Büschen und diesem trockenen Moos wirkte wie eine organische Tarnung. Es war schwierig, den Feind mit normalen Objektiven zu erkennen.

»Raketen im Anflug! Hornets greifen an!« warnte Hollis, als die Alarme sie auf die ankommende Bedrohung aufmerksam machten.

Pop...Pop.

Die lauten Explosionsgeräusche lenkten Dausch kurzzeitig ab, aber er feuerte unablässig auf die sich bewegenden Hitzesignaturen, die auf sie zuschossen. Plötzlich blitzte vor dem Fahrzeug ein Paar Blitze auf, die seine Thermik kurzzeitig blendeten.

Dausch ärgerte sich darüber, dass seine Sicht auf den Feind vorübergehend unterbrochen war, aber er war auch erleichtert, als sein Hornet-Raketenabwehrsystem zwei Treffer gegen die auf sie zusteuernden Raketen erzielte. In solchen Momenten war er froh, dass die Republik auf das zurückgriff, was andere Völker als »veraltete« oder »uralte« Technologie betrachteten. Das Raketenabwehrsystem der Hornet war eine Hightech-Mehrzweckversion des aktiven Schutzsystems Trophy aus dem frühen 21. Jahrhundert, das während der Kämpfe im Vorfeld des KI-Krieges in den 2040er Jahren ausgiebig auf gepanzerten Fahrzeugen eingesetzt worden war. Für Dausch war es der Erfindungsreichtum der Republik bei der Verschmelzung menschlicher und außerirdischer Technologie, der der Republik weiterhin einen militärischen Vorteil verschaffte.

»Mustang zwei, Mustang eins. Ich sende eine Kartenmarkierung, wo ich möchte, dass Ihre Linebacker den Rest des Zuges abziehen«, wies Dausch an. »Sciallo befiehlt einen Angriff, um sie zu beschießen, während Ihre Fahrzeuge in Position gehen.

Er öffnete eine gemeinsame digitale Karte, auf der er den Ablauf des Angriffs skizzierte. Während Breuer und Dausch die Pläne für den Angriff fertigstellten und ihre Linebacker und Pumas neu positionierten, traf die erste Salve von Artilleriegranaten ein. Bei den 240-mm-Granaten handelte es sich um eine Mischung aus luft- und bodengestützten hochexplosiven Granaten und weißem Phosphor, auch bekannt als »Willie Pete«.

Die republikanische Armee setzte Willie-Pete-Granaten auf die gleiche Weise ein wie vor fast zweihundert Jahren, als sie 1916 im Ersten Weltkrieg eingeführt wurden. Wenn eine Granate mit weißem Phosphor in der Luft explodierte, setzte sie zweihundertzehn Kanister mit in der Luft explodierender Submunition frei, die sich in einem Kreisbogen mit einem Durchmesser von zweihundertfünfzig bis dreihundertfünfzig Metern ausbreitete. Das Tödliche an dieser Art von Rauchgenerator war, dass sich der weiße Phosphor entzündete, sobald er mit Sauerstoff in Berührung kam. Der weiße Rauch wurde durch

Verbrennungstemperaturen von 800 bis 2.5000 Grad Celsius freigesetzt und schmolz und verzehrte alles, was er berührte.

Als die dritte Salve in das Waldgebiet einschlug, das sie in einen feurigen Kessel verwandelt hatte, gingen die fremden Bäume und das Unterholz in Flammen auf. Einzelne Brände der herabfallenden Kanister vereinigten sich bald. Dausch starrte in die Flammen, als etwas Seltsames geschah. Er hörte ein seltsames, kreischendes Geräusch. Nach einem Moment dämmerte es ihm, dass er Todesschreie hörte, Schreie von Pharaonis-Soldaten, die in ihren versteckten Stellungen in dem nun in Flammen stehenden Wald bei lebendigem Leib verbrannten. Dausch griff zu den Audiokontrollen und schaltete alles ab, um die Schreie seines Feindes zum Schweigen zu bringen. In diesem Moment wurde ihm klar, dass sie diese Stellung nicht anzugreifen brauchten. Das Feuer und die in der Luft explodierenden Sprenggranaten erledigten die Aufgabe besser, als sie es könnten.

Er kontaktierte die Kommandanten der Kompanien Eagle und Falcon und teilte ihnen mit, dass die Raketenteams erledigt waren. Der Weg zum Aetherport, dem riesigen Starport außerhalb der Stadt Verdanthia, war nun frei. Dies war das letzte größere Bauwerk, das zwischen den verbündeten Streitkräften und der pharaonischen Hauptstadt Vrahk'tol stand. Das 9. und das 13. Orbital Assault Regiment hatten den Raumhafen einige Tage zuvor eingenommen. Nun war es die Aufgabe der 11. Division, sie abzulösen und sich auf den endgültigen Angriff auf die Hauptstadt vorzubereiten.

Nachdem diese Raketenteams erledigt waren, wollte sich Dausch darauf konzentrieren, seinen Zug am Leben zu erhalten und den Ätherhafen heil zu erreichen. Es dauerte nicht lange, bis die Panzer der Kompanien Eagle und Falcon ihre Positionen erreichten. Nach und nach vereinigte er seinen Zug mit den Panzern, wie es der ursprüngliche Plan vorgesehen hatte.
****

Zwei Stunden waren seit dem Scharmützel im Wald vergangen, und vom Feind war noch immer nichts zu sehen. Schließlich verließen sie die bewaldeten Gebiete in der Nähe der Autobahn T4 und bogen von der Hauptstraße ab, um über die flachen, weitläufigen Ebenen zu fahren. Es dauerte nicht lange, bis der Konvoi aus Radfahrzeugen und Panzertretern hinter ihnen Staubwolken aufwirbelte.

Als sie sich einer Geländeerhebung näherten, verlor Dausch die Sicht auf das, was dahinter lag, bis ihre Fahrzeuge den Kamm erreichten. Was er dann sah, als das Gelände in eine weite Ebene abfiel, verschlug Dausch den Atem vor Staunen. Die Karte zeigte, dass das Gebäude, das sich vor ihnen ausbreitete, tatsächlich der Ätherhafen war, um den sie gekämpft hatten. Der Starport war riesig und erstreckte sich wie ein kolossales, bienenstockähnliches Gebilde über die Landschaft.

Wie groß ist dieses Ding? fragte er sich, als sie immer näher heranfuhren.

Es schien vollständig aus Erdmaterial gebaut zu sein - ein Durcheinander von Erdhügeln und gewundenen Türmen - und ragte hoch in den Himmel. Die pockennarbigen Wände des Ätherhafens waren aus dem Boden selbst herausgearbeitet worden. Es war nicht zu erkennen, wie alt das Bauwerk war oder wozu es ursprünglich gebaut worden war. Sie wies zerklüftete Grate auf, und tiefe Spalten zogen sich an der Oberfläche entlang, so dass sie eine raue, organische Textur aufwies. An manchen Stellen wölbten sich die Wände so, dass es aussah, als würden sie gleich platzen.

Als sie sich näherten, bemerkte Dausch eine Reihe von miteinander verbundenen Hügeln und Tunneln, die sich wie ein riesiges Labyrinth ineinander verschlangen. Öffnungen durchzogen die Oberfläche des Starports wie klaffende Münder, die in die Tiefen der Erde führten.

Als sie näher kamen, wurde das Gemetzel der Schlacht um den Aetherport sichtbar. Wie in den Schlachten zuvor war der Boden vor dem Bauwerk mit den toten und entstellten Körpern der Feinde übersät, deren leblose Formen von der Sonne gebräunt wurden.

Einige Male musste sich die Panzerkolonne dem Eingang nähern, um nicht in Krater zu fallen, die tief genug waren, um einen Yeti-Panzer oder Puma zu verschlucken. Je näher sie dem ummauerten Bauwerk kamen, desto mehr zertrümmerte Erdmassen fanden sie dort verstreut. Es war für jeden offensichtlich, dass dies der Schauplatz einer großen Schlacht war und ein Beweis für die Grausamkeit und Feuerkraft, mit der die orbitalen Angriffsdivisionen angriffen. Die Stoßtruppen der Republik hatten einen wohlverdienten Ruf, und diese Schlacht würde ihn zweifellos noch verstärken.

Vor ihnen, als sie sich dem ummauerten Gebäude näherten, sahen sie weitere Anzeichen von Kampfschäden - ein tiefer Einschnitt, der ein Loch in die Außenmauer aus Erde gerissen hatte. Wahrscheinlich war sie von einer bunkerbrechenden Rakete oder Bombe getroffen worden, vielleicht sogar von einem Turbolaser einer Korvette oder Fregatte der Navy, die auf niedrige Höhe gesunken war, um genau diese Art von direkter Feuerunterstützung zu leisten. Was Dausch am interessantesten fand, war das verworrene Geflecht von Kammern innerhalb dieser unglaublich dicken Mauern.

»Wow, das muss ein höllischer Kampf gewesen sein - diese Brandspuren um das Loch müssen von einem republikanischen Kriegsschiff stammen«, stellte Dausch fest. »Sie sind zu symmetrisch, um von etwas anderem verursacht worden zu sein.«

»Ja, es ist unglaublich, LT«, sagte Barton. »Es macht mich verdammt glücklich, Teil der regulären Armee zu sein und nicht ein OAT, Ranger oder Delta. Die Art von Schlachten, in die sie hineingeworfen werden, sind erstaunlich.«

Barton räusperte sich und fügte hinzu: »Ich hatte einen Onkel in der 82. OAD während des letzten Krieges - die Schlachten, von denen er uns als Jungen erzählte, ließen ihn wie einen Supersoldaten erscheinen. Als ich ihm sagte, dass ich wie er OAT werden wolle, nahm er mich mit in eine Bar, in der er mit seinen Freunden abhing, und erzählte mir ungeschminkt und unzensiert, wie die OATs für ihn gewesen waren. Er sagte, wenn ich leben und eines Tages eine Familie haben wolle, solle ich zur regulären Armee gehen, nicht zu den OATs oder Deltas. Nach zwölf Jahren in der RA kann ich ihm nicht genug dafür danken, dass er so ehrlich zu mir war.«

»Ha ha. Wow, das ist praktisch das Gleiche, was mein Vater mir gesagt hat, als sie eine Einberufung ankündigten, als die Zodarks in Sol einmarschierten«, mischte sich Hollis ein. »Er sagte mir, ich solle am nächsten Tag zur Rekrutierungsstation gehen und der RA beitreten, bevor ich zu den OATs oder SOF eingezogen werden könnte.«

»Hört auf euch, ihr Weicheier«, scherzte Dausch mit ihnen. »Hollis, du folgst den Panzern weiter nach drinnen. Wir folgen ihnen bis zum Sammelplatz und warten, bis der Rest des Regiments nachkommt.«

Als sie in den behelfsmäßigen Aufenthaltsbereich einfuhren, wurden sie von einer Gruppe von Einheiten, die vor ihnen eingetroffen waren, winkend auf dem Starport willkommen geheißen. Sie wurden zu einigen Parkrampen geführt und angewiesen, die Fahrzeuge zu parken und sich auszuruhen. Dausch ließ alle wissen, dass er wollte, dass die

Fahrzeuge mit Munition aufgefüllt und alle anfallenden Reparaturen erledigt wurden, bevor sie sich für die Nacht schlafen legten. Falls sie, aus welchen Gründen auch immer, schnell weiterfahren mussten, wollte Dausch sicherstellen, dass sein Zug über ausreichend Munition verfügte und die Fahrzeuge kampfbereit waren.

Dausch hörte das Funkgerät, als er gerade aus dem Fahrzeug steigen wollte. »Mustang eins, Longhorn sechs. Wie bitte?«

Er griff nach seinem Funkgerät. »Longhorn Six, Mustang One. Wir sind gerade am Weltraumbahnhof angekommen.«

Es gab eine Pause. »Das ist gut zu hören, Dausch. Ich wollte nur sagen, dass Ihr Zug heute einen tollen Job gemacht hat. Der Rest der Kompanie sollte in Kürze zu Ihnen stoßen, ebenso wie der Rest des Regiments. Major Vaughn wollte, dass ich eine Reihe von Befehlen für Ihren Zug weiterleite.«

Dausch seufzte. Er wollte sich nur noch die Beine und den Rücken vertreten, vielleicht zehn oder fünfzehn Stunden schlafen, wenn es ihm erlaubt war.

»Der Mustang-Zug hat den Befehl, sich für die nächsten vierundzwanzig Stunden zurückzuziehen. Sie werden diese Zeit nach eigenem Ermessen nutzen, aber Sie werden nicht arbeiten. Sie und Ihr Zug haben sich einen Tag der Ruhe verdient. Ich sehe Sie in vierundzwanzig Stunden. Ende.«

Hm, das werde ich auch sein, dachte Dausch. *Ich schätze, ich kann 15 Stunden Schlaf bekommen...*

Sechsunddreißigstes Kapitel

ZN Kryzal
Planet Shwani, Varkorion System

Die *Kryzal* erreichte das Varkorion-System nach einer langen Reise an den Rand des von den Zodark kontrollierten Raums, an einen Ort namens Skadi-Felder am Rande des Primord-Territoriums. In der Zeit, bevor sich die Zodark und die Primord in einem ständigen Kriegszustand befanden, befanden sich in dieser Zone, einer dunklen Region des Raums, in der es fast keine Sterne gab, was sie unheimlich ruhig und isoliert machte, einige der wertvollsten Eis- und Mineralfelder, die man abbauen konnte. Mit der Zeit begannen die Zodarks, sie Skadi zu nennen, und erlaubten und unterstützten gelegentlich sogar die Errichtung von Bergbaustationen oder Handelsaußenposten.

Die Bergleute, sowohl die Zodark als auch die Primord, kamen im Allgemeinen gut miteinander aus und trieben von Zeit zu Zeit Handel miteinander, zumindest bis der Krieg zwischen ihnen die freundschaftlichen Arbeitsbeziehungen beendete, die die Bergleute aus eigener Kraft aufgebaut hatten. Jetzt war diese Region des Weltraums weitgehend leer, ohne die Bergbauunternehmen, die früher die verschiedenen Außenposten und Bergbaustationen betrieben. Alles, was in diesem Gebiet noch übrig war, war der Vargr-Außenposten. An diesem ruhigen, trostlosen Ort gediehen die Schurkenhändler und diejenigen, die auf den illegalen Schwarzmärkten zwischen den Gebieten der anderen operierten, weiter und wuchsen sogar noch, da es keine offizielle Regierungspräsenz gab.

Heltet hielt sich für einen Spionagemeister, einen Geheimdienstler, der die meiste Zeit damit verbrachte, in den Schatten der Groff zu lauern. Seiner Meinung nach war der Vargr-Außenposten ein idealer Ort für ein persönliches Treffen mit seinen Karaffs, eine seltene Gelegenheit angesichts des extremen Entdeckungsrisikos für seine Spionagechefs, die wenigen, die er noch hatte. Doch die Dringlichkeit der Informationen, die er suchte, machte ein Treffen ungeachtet des damit verbundenen Risikos erforderlich. Jetzt, nachdem er sich mit ihnen getroffen hatte, kam er sich dumm vor, weil er sie zu dieser Reise gezwungen hatte, nur um ihm die Nachricht zu überbringen, die er am meisten fürchtete - die Republik war im Anmarsch, und es gab nichts, was sie tun konnten, um diesen Umstand zu verhindern.

Bedrückt von den Nachrichten, die ihm seine Karaffs überbracht hatten, begann Heltet, Fragen zu stellen und sich mit der *Kryzal* vertraut zu machen - *einer* verbesserten Zerstörerklasse, die sie Thoraxian Heavy Destroyer nannten. Anders als die Version der Malvari, die Plarix-Drexol-Klasse, war die Thoraxian von den Groff und nicht von den Malvari entworfen und in Auftrag gegeben worden und wurde im Geheimen in den Tarkun-Werften von Nightra gebaut, einem Mond, der den Planeten Skorvald umkreist, nicht weit vom Planeten Shwani, dem Hauptquartier der Groff. Heltet vermutete, dass, wenn die Groff oder die Malvari ihren Hauptsitz in Zinconia hätten, diese Art von Geheimprojekt wahrscheinlich nie stattfinden würde. Zu viele neugierige Augen und zu viele Möglichkeiten für ein Ratsmitglied, die Wahrheit herauszufinden. Unabhängig davon genoss er die Trennung zwischen den Groff und den Malvari.

Wenn die Mavkah wüssten, dass wir eine leistungsstärkere, potentere Version ihres geliebten Plarix Drexol gebaut haben ... Heltet lächelte, als er sich vorstellte, wie Mavkah Griglag vor Wut über die Groffs den Verstand verlor, weil sie ihren Zerstörer genommen und verbessert hatten. Wenn es etwas gab, das Heltet an den Malvari verabscheute, dann war es ihre Unflexibilität gegenüber alten Traditionen und ihre Unfähigkeit, sich an Veränderungen anzupassen. Brachiale Gewalt konnte nur eine gewisse Zeit lang funktionieren. Irgendwann musste man sich auf die schwammige Substanz zwischen den Ohren verlassen, die man Hirn nannte.

Ich frage mich, wie viele dieser Thoraxianer Vak'Atioth hat bauen lassen, dachte Heltet bei sich. In gewisser Weise überraschte es ihn, dass die Malvari seit ihren ersten Begegnungen mit der Republik oder den anderen Ethnien nicht mehr aufgerüstet hatten. Es kam ihm dumm vor, dass die Malvari neue Kriegsschiffskonstruktionen nicht an den Feind anpassten, den sie gerade bekämpften. Andererseits erinnerte er sich an die Inflexibilität bei der Konstruktion von Schiffen, für die die Malvari berüchtigt waren.

Als Heltet weiterhin an seinem Schreibtisch saß und die Berichte seiner Karaffs durchging, wusste er, dass dies den Direktor nicht erfreuen würde. Die Nachrichten waren nicht gut. Es gab einfach keine Möglichkeit, sie zu beschönigen. Er wusste, dass der Direktor gehofft hatte, sie würden neue Informationen liefern, auf die er reagieren konnte, um das Unvermeidliche zu verhindern, aber leider gab es nichts. Sie würden kreativ werden müssen, um herauszufinden, wie sie die Republik und ihre Verbündeten am besten in eine Pattsituation bringen konnten, um Frieden zu schaffen. Dieser würde natürlich nicht von Dauer sein, aber er würde ihnen Zeit geben, ihre Flotten wiederaufzubauen und ihre Vorbereitungen zur vollständigen Integration der gorgonischen Stämme in die Zodark-Armee abzuschließen. Sie würden gute Stoßtruppen abgeben, die man wegwerfen und ersetzen konnte - genau wie die Guristas, zu denen sie gezüchtet worden waren.

Heltet hörte, wie sich jemand der Tür näherte. *Peng, peng...*

»Herein!«, rief er und wartete, um zu sehen, wer ihn störte.

»Laktish, entschuldigen Sie die Störung. Sie hatten darum gebeten, benachrichtigt zu werden, wenn wir den Endanflug auf Shwani beginnen«, verkündete NOS Jakrim, der Kapitän der *Kryzal.* »Möchten Sie immer noch, dass wir uns den Orbitalplattformen nähern, damit Sie sich selbst ein Bild von den Fortschritten machen können?«, fragte er mit einem Hauch von Skepsis im Tonfall.

Heltet nickte knapp und ignorierte seine Neugierde, warum der Laktische eine Verteidigungsplattform wie diese inspizieren wollte, aber er hatte auch nicht vor, ihn auszufragen. Mit dieser Antwort wandte sich Jakrim zum Gehen und machte sich auf den Weg zur Brücke. Heltet stand auf und ging hinter ihm her, so dass nichts als Stille und Neugier die Leere ausfüllte, als sie sich der Brücke näherten.

Als sie die Brücke erreichten, horchten die Zodarks, die die verschiedenen Stationen besetzten, auf, denn sie wussten, wer gerade mit ihrem Kapitän eingetreten war. Heltet hatte zwar keinen militärischen Rang, aber er war der Laktish - der Vollstrecker des Groff und der bei weitem gefürchtetste Zodark außerhalb des Direktors selbst oder der Zon, denn die Laktish waren es, die die Strafen verhängten, die das Imperium unter Kontrolle hielten.

NOS Jakrim wies seine Besatzungsmitglieder an, auf ihre Stationen zurückzukehren und den Asteroiden auf den Hauptmonitor zu bringen. Als er erschien, zeigte das Bild Hunderte von Konstruktionsrobotern, die über die Außenseite des Asteroiden krochen, wobei einige damit beschäftigt waren, Lasertürme oder Pods mit Schiffsabwehrraketen und Abfangraketen anzubringen.

Jakrim sah Heltet an. »Es ist schwer zu glauben, dass es so weit gekommen ist, nicht wahr?«

Heltet nickte, dann erklärte er: »Es gibt ein Sprichwort, das ich von den Menschen gelernt habe - von denen aus der Republik. Es besagt, *dass es besser ist, etwas zu haben und es nicht zu brauchen, als es zu brauchen und es nicht zu haben.* Ich stimme dir zu, Jakrim, es ist traurig, dass der Tag gekommen ist, an dem das Imperium vor einer Invasion steht. Es ist jedoch besser, diese Plattformen zur Verfügung zu haben, als sie zu brauchen und nicht zu haben.«

Heltet konnte sehen, dass seine Bemerkung Jakrim verunsichert hatte. Die Vorstellung einer Invasion in das Gebiet der Zodark war so fremd, so abstrakt, dass es den meisten schwerfiel, sich ein solches Ereignis vorzustellen, doch es war schon mehrmals geschehen und würde in Kürze wieder geschehen.

Er schob seine eigenen Bedenken beiseite und fügte hinzu: »Unabhängig davon, warum diese Plattformen gebaut werden müssen, NOS Jakrim, Tatsache ist, dass sie schon vor Drachmen hätten gebaut und verbessert werden sollen, als neue Technologien auftauchten. Und doch sind wir hier und schustern in aller Eile alle möglichen Verteidigungsanlagen zusammen, um diese Plage zu bekämpfen und zu verhindern, dass diese Quants in *unser* Reich eindringen.« Heltet legte besonderen Nachdruck auf das Wort »*unser*«.

Jakrim zog die Stirn in Falten und spottete über die Behauptung, dass diese Verteidigungsplattformen bereits hätten gebaut werden müssen. »Ein starkes Mavkah, gepaart mit einem von Lindow geführten Zon, hätte niemals zugelassen, dass das Reich in eine solche Lage gerät.« Er schüttelte abweisend den Kopf. »Wir sind Löwen, die von einem Lamm geführt werden, das sich von Eseln beraten lässt. Ach, was können wir schon von dem Zon erwarten, der uns die größte militärische Niederlage beschert hat, die das Reich je erlitten hat«, flüsterte Jakrim angewidert.

Heltet schnaubte amüsiert über die Auffassungsgabe dieses NOS - selbst er hatte wenig Vertrauen in diesen Zon. Es schien nicht richtig zu sein, den ehemaligen Mavkah nach seiner schweren Niederlage in Sol in den Hohen Rat zu berufen und dabei die Malvari zu lähmen. Kaum war eine Moona vergangen und er zum Nachfolger Utulfs als Zon gewählt worden, machten sich Fragen der Vetternwirtschaft und Korruption breit. Utulf und Otro stammten beide aus dem Stamm der

Ishukat, einem von mehreren Stämmen innerhalb des Blood Raider Clans - dem mächtigsten Clan des Reiches.

Heltet beugte sich näher an Jakrim heran, so dass nur er ihn hören konnte, und flüsterte: »Du hast nicht Unrecht, Jakrim, aber du solltest diese Bemerkungen für dich behalten, damit du sie nicht in der Gesellschaft der falschen Person äußern musst und deine Loyalität und Ehre in Frage gestellt wird.«

Jakrims Gesicht errötete, als ihm bewusst wurde, dass er den Zon ausgerechnet vor dem Laktish verunglimpft hatte. »Ich bitte um Entschuldigung, Laktish. Ich will nur das Beste für das Imperium.«

»Das tun wir alle. Ich habe gesehen, was ich sehen muss. Bringen Sie uns zum Raumhafen des Ministeriums. Ich habe viel Arbeit zu erledigen«, befahl Heltet. Es war an der Zeit, Vak'Atioth von seinen Erkenntnissen zu berichten.

Während die *Kryzal* an dem Felsen vorbeiflog, der gerade in eine Verteidigungsplattform verwandelt wurde, studierte Heltet die Spezifikationen des Asteroiden, von dem er annahm, dass er aus einem der verschiedenen Erzgürtel des Systems gepflückt worden war. Das Gestein, das sie ausgewählt hatten, war gut fünf Kilometer lang, einen Kilometer hoch und zweieinhalb Kilometer breit. Zu seiner Überraschung war er nicht der einzige, der in eine Waffenplattform umgewandelt wurde - sechs weitere wurden einem ähnlichen Umwandlungsprozess unterzogen. Zumindest würde jeder Versuch, den Planeten zu erobern oder aus dem Weltraum zu bombardieren, schrecklich hohe Kosten für Schiffe und Personal verursachen.

Jakrim trat neben ihn und bemerkte: »Laktish, das Datenblatt, das Sie sich ansehen, ist nicht die aktuellste Version. Das ist die Version, die nur für den Fall gezeigt wird, dass die Republik oder ihre Verbündeten sie erwerben könnten. Das echte Datenblatt besagt, dass die Eyes of Shwani über mehr als zweihundert primäre Laserbatterien verfügen werden - dieselben Batterien, mit denen wir kürzlich unsere Schlachtschiffe und schweren Schlachtschiffe aufgerüstet haben.«

Heltet gluckste, als er den Namen dieser Plattformen hörte, was Jakrim zu ärgern schien. »Haha, mein Lachen gilt nicht dir, NOS Jakrim - ich bin nur überrascht, dass Vak'Atioth den Namen für diese riesigen Felsen beibehalten hat - die Augen von Shwani.« Er lachte noch etwas, bevor er sich wieder unter Kontrolle hatte. »Als ich hörte, wie Zon Otro diese riesigen schwimmenden Basen als die 'Augen' des Planeten bezeichnete, den sie schützen sollten, musste ich lachen - als ob sie auf den Planeten hinunterblicken und nicht nach außen in den Abgrund.«

Dann schlug Heltet zweimal mit der rechten Hand auf seine Brust. »Wir, die Groff, wir sind die Augen des Imperiums - nicht irgendein schwebender Fels mit Lasern und Raketen. Ehrlich gesagt bin ich überrascht, dass der Direktor den Namen übernommen hat, aber andererseits war ich viele Monate lang weg, und in meiner Abwesenheit ist sicher viel passiert.«

Die Kryzal begann ihren Eintritt in die Atmosphäre des Planeten. Heltet ging zu einem leeren Stuhl, schnallte sich an und sah wie alle anderen zu, wie das Schiff wieder in die Atmosphäre eintrat, wobei eine kurze Flamme um das vordere Kinn des Kriegsschiffs wirbelte, während der Hitzeschild die darunter liegende Panzerung schützte. Es dauerte nicht lange, bis sie landeten, das Groff-Hauptquartier ein paar hundert Meter von der Stelle entfernt, wo der Pilot die *Kryzal* bis zu ihrem nächsten Einsatz geparkt hatte.
****

Drokanis, Ministerium für Groff
Planet Shwani, Varkorion-System

Das Büro von Direktor Vak'Atioth im Hauptquartier der Groffs war genau so, wie er es mochte - streng und imposant. Er war der Meinung, dass es ein gutes Spiegelbild seiner selbst und der Institution war, die er zu diesem Zeitpunkt bereits seit dreiundzwanzig Jahren leitete. Er konnte sein Büro in jedem Stockwerk haben, jede gewünschte Aussicht von dem hoch aufragenden Gebäude aus, das gebaut wurde, um die Bewohner und alle, die in der Hauptstadt des Planeten Drokanis Geschäfte machten, einzuschüchtern. Stattdessen befand sich das Büro des gefürchtetsten Zodarks im Imperium nicht in einem schicken Büro mit Aussicht. Es befand sich in den Eingeweiden des Gebäudes - Untergeschoss drei. Es war wohl der sicherste und am stärksten befestigte Ort im Gebäude. In einer Zeit, in der Orbitalangriffe leicht möglich waren, überließ Vak'Atioth nichts dem Zufall, vor allem nicht seine Privatsphäre und Sicherheit.

Auf die Frage, wie er sein Büro gestalten wolle, hatte er dem Designer gesagt, er wolle ein Büro, das eine gewisse Autorität und Furcht ausstrahlt. Sie hatten dies mit einem großen dunklen Holztisch aus einheimischen Bäumen erreicht, dessen polierte Oberfläche bis auf eine einzelne Kommunikationskonsole und eine holografische Schnittstelle für Videogespräche unversehrt blieb. Hinter dem Schreibtisch befand sich eine Wand mit Bildschirmen, auf denen Nachrichten aus dem ganzen Imperium liefen, Bilder von Werften, die mit dem Wiederaufbau der malvarischen Kriegsflotte beschäftigt waren. Es war eine visuelle Erinnerung für alle, die den Raum betraten - nichts geschah im Imperium, wovon er nicht schon wusste.

Natürlich gab es auch seine Trophäen, Erinnerungsstücke an vergangene Siege und gelegentlich ein Symbol für seine rücksichtslose Effizienz. Sein ganzer Stolz war der präparierte Schädel einer furchterregenden Gjallar-Bestie, einer Kreatur, die alle bedeutenden Zodark-Jugendlichen jagen, wenn sie volljährig werden. Zu beiden Seiten hatte er eine Reihe von zeremoniellen Waffen in perfekter Ausrichtung angebracht. Sie reichten von einer Zodark-Plasmalanze über die Klinge eines alten Zodark-Kriegerkönigs bis hin zu einem persönlichen Artefakt aus seinen Tagen als Laktish, dem Vollstrecker.

Konzentrieren Sie sich, Vak, denken Sie sich einen Ausweg aus diesem Problem, sagte er sich wahrscheinlich zum zehnten Mal. Auf dem Schreibtisch vor ihm lagen ein halbes Dutzend Tafeln mit Geheimdienstberichten, die ihn über alle möglichen Schwierigkeiten und Probleme informierten, die es zu lösen galt. Währenddessen warnten ihn die drei Tafeln, die er in seine oberste Schublade gelegt hatte, vor dem Aufmarsch der Alliierten im Primord-System von Pfeinstgard.

Dieser verdammte Narr Otro... er musste einfach das Imperium auf seinen Wunsch hin, die Republik zu besiegen, aufs Spiel setzen, fluchte Vak und dachte über die Situation nach, in der sich die Zodarks nun befanden. Er wollte gerade einen Spaziergang machen, als eine Nachricht kam, dass der *Kryzal* gelandet war - Laktish Heltet war auf dem Weg zu ihm.

»Ich bete zu Lindow, Heltet, dass du uns gute Nachrichten bringst - Lindow weiß, dass wir sie jetzt brauchen«, murmelte Vak vor sich hin.
****

»Tritt ein, mein Laktisch. Wie war deine Reise?« fragte Vak und schritt auf Heltet zu, um ihn zu begrüßen.

»Es war eine viel längere Reise, als ich in Erinnerung hatte«, antwortete Heltet, während sich die beiden umarmten.

»Komm, Heltet, lass uns auf deine sichere Rückkehr und Lindows Schutz trinken. Ich vermute, wir haben viel zu besprechen«, sagte Vak. Er führte sie zu einer Reihe von Stühlen, die vor einem Kamin aufgestellt waren, und läutete einen seiner Gehilfen an, um eine Flasche Budarowein bringen zu lassen. Dann holte er ein Paar Pfeifen und etwas Brill aus seinem Geheimversteck in der untersten Schublade seines Schreibtischs.

Als sie ihr Glas Wein ausgetrunken und den Brill geraucht hatten, beschloss Vak, dass es an der Zeit war, herauszufinden, was Heltet bei seinem geheimen Treffen erfahren hatte. »Heltet, die Spannung bringt mich noch um. Was hast du herausgefunden?«

Heltet reagierte ein wenig langsam. Vak war sich nicht sicher, ob das am Wein und Brill lag oder daran, dass er nicht wusste, wie man schlechte Nachrichten überbringt. »Reiß den Verband einfach ab, Laktish. Ob gut, schlecht oder gleichgültig, wir müssen wissen, was deine Karaffs geteilt haben«, drängte Vak sanft.

Seufzend begann Heltet: »Mein Karaff von der Republik, derjenige, der den Verräter ersetzt hat, hat bestätigt, dass der Widerstand der Gurista gegen die Republik beendet ist. Er sagt sogar, dass es von Anfang an keinen Widerstand gab. Aber das ist nicht alles, was er uns mitteilte...«

Vak zischte, irritiert über das Tempo, in dem Heltet die Dinge erklärte. »Diese Nachricht aus dem Orinda-System - sie ist weder neu noch von Wert für uns. Wenn dieser Karaff wertvolle Informationen geliefert hat - teilen Sie sie jetzt mit. Stellen Sie meine Geduld nicht auf die Probe, Heltet. Die Situation hier hat sich in deiner Abwesenheit verändert, und ich fürchte, nicht zum Besseren.«

»Ja, natürlich. Mein Karaff hat mich über etwas Unglaubliches informiert, das in der Republik passiert. Die alte Ethnie, die Humtars, sind zurückgekehrt. Es scheint sogar, dass die Menschen direkte Nachfahren der Humtars sind. Die alte Ethnie, die die Sternentore gebaut hat, waren Menschen«, verriet Heltet.

Vak'Atioth bekam einen schockierten Gesichtsausdruck und stammelte: »Ich, ähm, Ihr Karaff ist sich dessen sicher?«

Heltet nickte. Er griff nach seiner Tasche und holte ein verziertes Kästchen heraus. Er drückte einen Zeigefinger auf das Gesicht eines drachenähnlichen Wesens. Als er den Finger anhob, sah Vak, wie ein winziger Blutstropfen durch die Haut sickerte, bevor Heltet den Finger in seinen Mund steckte. »Es ist eine DNA-Sperre«, teilte Heltet mit, während sich das verzierte Kästchen öffnete und er ein P2-Gerät herausholte.

Als Heltet das Prioritätspad oder P2 auf den Tisch neben ihnen legte, schaltete er es ein, und ein Bild seines Karaff erschien. Auf Sumerisch erklärte der Mann, was er über diese Humtars wusste. Er erzählte von den unglaublichen und unmöglichen technischen Fähigkeiten, die diese Humtars zu besitzen schienen. Dann begann er, mehrere Videoclips zu zeigen, in denen die Humtars in großen und kleinen Gruppen zu verschiedenen Menschen auf der Erde sprechen.

Als Vak den Worten dieses Karaffs und den Worten der Humtars selbst lauschte, war er nicht nur von dem, was er hörte, sondern auch von dem, was seine Augen sahen, beeindruckt. Es bestand kein Zweifel, dass die Menschen der Republik, die Sumerer und die Guristas direkte Nachfahren der Humtars waren. Aber als er die Gesichter und Körper dieser Humtars studierte, konnte er nicht umhin zu bemerken, wie makellos, wie perfekt sie aussahen. Sie waren ein paar Zentimeter größer als der durchschnittliche republikanische Mensch, aber ihre Haut sah makellos aus, und ihr Körperbau wirkte schlank, athletisch und fit.

Als die Karaff Videos von den unvorstellbaren Mitteln zeigten, mit denen die Humtars neue Städte errichteten und die durch den Angriff auf die Erde beschädigten Städte reparierten, wusste Vak, dass das Imperium in Schwierigkeiten steckte. *Wenn diese Humtaren Städte auf diese Weise wieder aufbauen können ... wie könnten dann ihre Schiffswerften aussehen?* dachte er bei sich. Mit einem Gefühl der Angst und Vorahnung dachte er darüber nach, was die Zukunft für das Volk der Zodark bereithalten würde, wenn sie nicht entweder die Republik schnell besiegten oder einen Weg fanden, den Krieg zum Stillstand zu bringen und einen Waffenstillstand oder Frieden zu sichern, bevor diese Humtars die Art von Militärtechnologie transferieren konnten, die wahrscheinlich die Zodark-Marine beiseite fegen und das Imperium beenden würde.

»Das nächste Video ist von meinem Karaff im Primord-Königreich. Er hat gute Arbeit für uns geleistet - er hat eine beträchtliche Menge an Informationen, Plänen und Details über die Aktivitäten der Allianz im Pfeinstgard-System gesammelt«, bestätigte Heltet. Er fuhr mit seinem Briefing fort und erläuterte die Überzeugungen der Groffs und die Befürchtungen der Malvari. »Unser Verdacht, dass die Allianz das System als Sprungbrett für eine Invasion des Imperiums nutzt, ist begründet. Eine seiner Quellen war in der Lage, eine beträchtliche Menge an Details über Truppen- und Schiffsbewegungen, Trainingspläne und Vorräte für eine Invasion des Gravaxia-Systems zu sammeln. Anders als beim letzten Einfall der Republik in das System scheinen sie zu beabsichtigen, mindestens einen oder mehrere Planeten und/oder Monde des Systems zu erobern und zu besetzen«, erklärte Heltet in einer sehr sachlichen Art und Weise.

Als Heltet sein Briefing beendet hatte und seinen eigenen Überblick und seine Analyse der Bedeutung im großen Ganzen gegeben hatte, fragte er: »Vak, ich habe den Groff und dem Imperium mehr als fünfzig Drachmen lang gedient. Ich habe einige unglaubliche militärische Siege miterlebt - einige davon sind direkt auf die Informationen zurückzuführen, die Sie und die Groff geliefert haben. In Anbetracht dessen, was wir jetzt über diese Humtars wissen, und ihrer offensichtlichen Absicht, ihren Mitmenschen zu helfen - und zwar ihren direkten Nachkommen -, was können wir tun, um uns selbst zu retten und die Allianz daran zu hindern, das Imperium, das unser Volk in den letzten Jahrhunderten aufgebaut hat, zu zerstören und zu besetzen?«

Vak starrte Heltet einen Moment lang an, bevor er sprach. »Du hast dich gut geschlagen, Heltet. Du hast dem D'Shawni-Clan durch deinen Dienst große Ehre gebracht. Deine derzeitige Position - Laktisch - ist mit gewissen Pflichten verbunden, die manchmal mit einigen Aktivitäten der Groff in Konflikt geraten können. Aktivitäten, vor denen ich gezwungen war, dich abzuschirmen, um dir eine plausible Abstreitbarkeit zu geben.«

»Bezieht sich das auf die zivilen Unruhen und die Blasphemie, die gegen Zon und den Hohen Rat geäußert wird?« drängte Heltet und sein Blick wurde vorsichtiger.

Mit einem langsamen Nicken erklärte Vak: »Es schmerzt mich, das zuzugeben, Heltet, aber ich habe das Imperium enttäuscht - ich habe als Leiter dieser Agentur versagt...«

»Gescheitert? Du bist zu streng mit dir selbst«, unterbrach Heltet.

Vak hob eine Hand, um Heltet davon abzuhalten, weiter zu sprechen. »Ich weiß deine Unterstützung und dein Vertrauen in meine

Führung zu schätzen, Heltet. Zu lange habe ich zugesehen, wie die Fäulnis innerhalb der Malvari wuchs, und nichts getan, um sie aufzuhalten. Ich habe es selbstsüchtig als Mittel zum persönlichen Vorteil gesehen. Wenn ich tatenlos zusah, wie die Fäulnis wuchs, würde dies das Ansehen der Malvari in den Augen des Rates schwächen. Es würde mich in die Lage versetzen, in den Rat gewählt zu werden. Zumindest war das die Absicht von Ratsherr Tanhilff, als er sich mit mir verschwor. Ich sollte sein Wohltäter sein, seine Stimme für seinen eigenen Aufstieg zu Zon.

»Das war der Plan bis zur Schlacht von Myrkarian«, erklärte Vak, und sein Gesichtsausdruck wurde zornig. »Otro stammt aus demselben Stamm wie Utulf. Das wusste ich erst, nachdem er zum Mavkah ernannt worden war. Zu diesem Zeitpunkt war es für mich zu spät, um einzugreifen und seine Ernennung zu verhindern. Mit Otro als neuem Mavkah hatte Zon Utulf in Otro einen Protegé und das Militär quasi in der Tasche. Der Mann ist völlig inkompetent und hätte nie zum Mavkah ernannt werden dürfen, aber er wurde ernannt, und zwar aus einem einzigen Grund: damit Utulf noch lange nach seinem offiziellen Rücktritt Zon bleiben konnte. Otro verdankte seine Position erst Mavkah, dann dem Rat und schließlich Zon Utulf.

»So sehr ich mich auch bemühte, das Ausmaß seiner Unfähigkeit und Untauglichkeit als Mavkah aufzudecken, konnte ich nach seinem schockierenden Sieg gegen die Primordien, seinem zweiten Dracma im Amt, nichts mehr tun. Als er in der Schlacht von Myrkarian die Flotte der Primorde auf unglaubliche Weise zerschlug, beendete er nicht nur die Bedrohung durch die Primorde für unsere Eroberung ihres Planeten Intus und Rass. Er machte sich selbst zum Nationalhelden - etwas, das Utulf im ganzen Imperium stark propagierte. Zu diesem Zeitpunkt konnte die Fäulnis innerhalb der Malvari nicht mehr beseitigt werden. Sie wuchs und eiterte unter der Unfähigkeit von Otro. Ich meine, sieh dir nur seinen eigenen Stellvertreter Damavik an - diesen verräterischen Bastard«, schimpfte Vak und murmelte Obszönitäten, während er die Fehler Otros aufzählte, bis er die Schlacht um Alfheim erwähnte.

»Als die Orbots uns während der Zweiten Schlacht um Alfheim zwangen, einen Friedensvertrag mit der Republik und ihren Verbündeten zu schließen, wurde Otro wütend. Er glaubte, wir hätten die Republik besiegen und ihre Territorien erobern können, wenn die Orbots seine

Pläne nicht vereitelt hätten«, erklärte Vak. »Er setzte Zon Utulf unter Druck, die Groff zu drängen, den Standort der Erde zu finden und den Weg für die Wiederaufnahme des Krieges zu ebnen, sobald der *Nefantar* bereit war. Nun, Sie wissen, wie das endete.« Vak seufzte hörbar und schüttelte den Kopf. »Otro hätte für das, was er getan hat - die Groff zu umgehen und direkt mit eurem Karaff zu sprechen -, bestraft werden müssen. Nach allem, was wir wissen, könnte sein Kontakt mit eurem Karaff der Auslöser dafür gewesen sein, dass dieser Dakkuri die Seiten gewechselt hat. In einer einzigen erfolglosen Schlacht verlor er mehr als die Hälfte der gesamten Flotte der Malvari, einen Großteil davon unsere neuere Klasse von Kriegsschiffen. Er hat uns verkrüppelt und nichts erreicht...«

Heltet schaltete sich ein und fragte: »Vak, ich verstehe deine Frustration über die Malvari und Otro - und ja, ich teile deine Meinung, dass er für seine Taten hätte bestraft werden müssen. Aber willst du damit sagen, dass diese zivilen Unruhen, diese Blasphemie gegen die Zon und den Rat, von den Groff, von dir, gelenkt und angeheizt werden?«

Vak konnte sehen, dass Heltet im Zwiespalt war. Eigentlich war es seine Aufgabe, die Schuldigen für diese Flüsterkampagne zu finden und sie zu beenden. Das hätte er wahrscheinlich auch getan, wenn Vak nicht Heltets Stellvertreter Zelron Velix einbezogen hätte. Zelron hatte hervorragende Arbeit geleistet, indem er sich die Informationen, die Heltet erhielt, herausgepickt und Berichte abgefangen hatte, die die wachsende Rolle der Groffs bei der Untergrabung der Kontrolle des Rates über das Imperium und die Vorbereitungen für die Entmachtung Zon Otros aufgedeckt hätten.

»Lass mich dich etwas fragen, Heltet. Bist du bereit, alles zu tun, was nötig ist, um das Imperium zu erhalten - um zu verhindern, dass es besiegt wird?«

Heltet zog die Augenbrauen zusammen, sein Gesichtsausdruck formte eine Frage, bei der er sich nicht sicher zu sein schien. »Du kennst die Antwort auf diese Frage. Natürlich tue ich das, und ich werde alles tun, was nötig ist, um das Imperium vor einem Verlust zu bewahren, der dazu führen würde, dass wir Gebiete abtreten, die uns selbst in einer Niederlage schwächen würden. Bedeutet das, dass der Groff tatsächlich etwas gegen die Zon, gegen den Rat plant?«

»Heltet, manchmal muss man sich erst schmutzig machen, bevor man sauber werden kann. Die Situation, so wie sie ist, hat einen Punkt erreicht, an dem es kein Imperium mehr gibt, das zu schützen wäre, wenn nicht jetzt jemand eingreift«, antwortete Vak, wobei er Heltets Augen nach Anzeichen dafür absuchte, dass er sich gegen die Groff wenden könnte.

Einen Moment lang sprach niemand. Vak beobachtete Heltet wie ein Falke. Heltet seinerseits schien im Geiste verschiedene Szenarien durchzuspielen, bevor er sprach. »Ich glaube, ich verstehe, was hier vor sich geht, aber das ändert nichts an der Tatsache, dass wir ein Geheimdienst sind und keine militärische Organisation. Wie soll das alles funktionieren?«

Vak atmete erleichtert auf. Sein Laktish schien an Bord zu sein. Vak stand auf und begann zu erklären, während er eine Live-Übertragung von den Tarkun-Werften von Nightra einblendete. »Heltet, ich denke, es ist an der Zeit, dich in die Operation Vhextar einzubeziehen...«

Neue Bilder erschienen auf dem riesigen zentralen Monitor an der Rückwand von Vaks Büro. Als Heltet sie sah, blieb ihm vor Schreck der Mund offen stehen. »Wie... wie ist das möglich?«, stammelte er schließlich.

»Es ist ganz einfach, Heltet. Erinnern Sie sich, als ich von der Fäulnis und dem Verfall sprach, die in den Malvari Wurzeln geschlagen haben? Wir stehen kurz davor, von mindestens einer, möglicherweise sogar von zwei Seiten angegriffen zu werden, anstatt die Lehren aus den Kämpfen mit der Republik, den Primarchen und sogar den Altairern zu ziehen. Dennoch haben die Malvari nur wenige oder gar keine Änderungen an den Konstruktionen unserer Kriegsschiffe vorgenommen. Unter Otros Führung brauchten die Malvari mehr als fünfzehn Drachmen, um die Entwürfe für die *Plarix Drexol - unsere* erste Zerstörerklasse von Kriegsschiffen - fertig zu stellen. Als dieses Kriegsschiff zum ersten Mal in die Schlacht zog, wurden die Mängel und Probleme trotz des Erfolgs des Schiffes offensichtlich. Haben die Malvari versucht, diese Mängel zu beheben? Nein - stattdessen konzentrierten sie den Großteil ihrer Werftkapazitäten auf den Bau ihres Spielzeugs, die schweren Schlachtschiffe *der Plarix-Klasse.*

»Wussten Sie, dass die Ressourcen und Materialien, die für den Bau eines einzigen Plarix-Schlachtschiffs benötigt werden, für den Bau von vier dieser neuen schweren thoraxianischen Zerstörer verwendet werden könnten?« fragte Vak. »Überlegen Sie sich das, Heltet - vier Thoraxianer. Diese vier Kriegsschiffe könnten ein Plarix-Schlachtschiff in Stücke reißen. Stellen Sie sich vor, wie viel stärker unsere Flotte wäre, wenn man diese Ressourcen und Werftkapazitäten in die Massenproduktion von thoraxianischen Zerstörern gesteckt hätte, anstatt zwanzig Plarix-Schlachtschiffe zu bauen. Anstelle von zwanzig Schlachtschiffen hätten wir achtzig thoraxianische Zerstörer. Könnt ihr euch vorstellen, wie mächtig unsere Flotten sein könnten, wenn wir Hunderte von ihnen einsetzen würden? Wir würden den Feind überwältigen und verlorene Territorien zurückerobern.«

Heltet sah weiterhin überrascht aus, was Vak sagte. Dann wagte er zu fragen: »Ihr habt also die Tarkun-Werften von Nightra diese thoraxianischen Zerstörer für die Groff bauen lassen?«

Vak nickte, ohne ein Wort zu sagen.

»Bei Lindows Gnaden - ich bin erstaunt, Vak. Wie viele davon hat der Groff gebaut?«

»Während die Malvari vierzehn ihrer Plarix-Schlachtschiffe gebaut haben, haben die Tarkun-Werften einhundertsechzig schwere Zerstörer gebaut. Sobald wir zweihundert davon haben ... werden wir gegen Zon Otro und den Hohen Rat vorgehen. Mit dem Volk im Rücken werden wir die Ratsmitglieder wegen Korruption und Verrat anklagen. Das ist dein Platz in dieser Sache, Heltet. Als Groff Laktish obliegt es dir, die Anklagen gegen die Mitglieder des Rates zu verlesen. Du wirst sie ihrer Autorität und ihrer Position im Rat berauben und sie in Gewahrsam nehmen, wo du die Strafe der Kutte vollziehst und ihr Schicksal fest in die Hände von Lindow legst«, erklärte Vak mit einem zufriedenen Lächeln.

Er lehnte sich in seinem Stuhl nach vorne und blickte Heltet in die Augen. »Ich weiß, dass Sie gerade von einer langen Reise zurückgekehrt sind und dass ich Ihnen viel zu denken gegeben habe. Ich hätte gern eine Antwort auf die Frage, die ich Euch stellen werde, aber wenn Ihr etwas Zeit braucht, um über Eure Antwort nachzudenken, kann ich Euch höchstens bis zum Sonnenuntergang Zeit geben. Also, Laktish der Groff, können wir auf Euch zählen, dass Ihr Eure Pflichten als Laktish erfüllt... oder wollt Ihr mich zwingen, Euch um Euren Rücktritt zu bitten und Euch festzuhalten, bis Euer Nachfolger gehandelt hat?«

Nachdem Vak sein Ultimatum gestellt hatte, lehnte er sich in seinem Stuhl zurück und sah Heltet erwartungsvoll an.

Kapitel Siebenunddreißig

Mitte Juni 2115
11. Spartakus-Panzerregiment
Industriekomplex Oretheon
Lindenzia, Planet Eurysa

Colonel Steve Thomas saß im Kommandositz seines Yeti-Kampfpanzers und führte das 11. Spartacus-Regiment in Richtung der pharaonischen Stadt Lindenzia. Die Landschaft vor ihm wechselte von offenen Ebenen zu dichten Stadtstrukturen, und obwohl Thomas' Panzer in offenem Gelände eine Bestie war, nagte der Gedanke an den Kampf in der Stadt an ihm. Zu Hause war er ein Junge vom Lande, der weite, offene Flächen der Klaustrophobie von Megastädten vorzog. Im Kampf waren diese städtischen Gebiete Todesfallen - Raketen- und Lasermagneten für Panzer wie seinen Yeti. Er wusste, dass die Infanterie es schätzte, wenn die Panzer die Aufmerksamkeit des Feindes auf sich zogen, aber sie waren nicht für den Kampf in der Stadt konzipiert. Das war eine Aufgabe für Pumas, Linebacker und Bobcats - schnellere, wendigere Fahrzeuge, die für die engen Räume und Hinterhalte in den Städten gebaut wurden.

Als die Pharaonen zum ersten Mal ihre schwer gepanzerten Fahrzeuge auf den Markt brachten, hatten die Yetis ihren Meister gefunden. Sobald die republikanischen Streitkräfte begannen, über die anfänglichen Brückenköpfe hinaus vorzudringen, wurden die Panzer der Pharaonen zu einer Bedrohung in städtischen Gebieten. Es war nicht ideal, aber es war die neue Realität. Und so wurden die Yetis in das Gefecht hineingedrängt und waren gezwungen, sich auf den Straßen zu schlagen, wo sie wenig Spielraum hatten.

Als die Republik immer weiter nach Vrahk'tol vordrang, änderten die Pharaonen ihre Taktik. Anstatt eine Welle von Soldaten nach der anderen loszuschicken, um den Vormarsch der Republik zu überwältigen, begannen sie, sich einzugraben, den Boden bis zum letztmöglichen Moment zu halten und sich dann zur nächsten befestigten Stellung zurückzuziehen. Städte, Industriekomplexe, Verteidigungsvorposten - es spielte keine Rolle. Die Republik gewann an Boden, aber die Pharaonen waren immer einen Schritt voraus und entkamen, bevor sie festgenagelt werden konnten. Thomas wurde das

Gefühl nicht los, dass ihr Feind im Laufe des Krieges klüger geworden war. Aber jetzt war es zu spät. Das Ergebnis war bereits entschieden - die Pharaonen zögerten das Unvermeidliche hinaus.

Thomas' Regiment näherte sich der letzten natürlichen Barriere zwischen ihnen und der Hauptstadt von Pharaonis: dem Fluss Lindenzia. Frühere Versuche von Orbital Assault Regiments, die Brücken einzunehmen, waren gescheitert - bis auf eine. Dem 9. OAR war es gelungen, die einzige noch bestehende Brücke zu retten - ein entscheidender Sieg. Doch für Colonel Thomas bedeutete dies, dass sein Regiment durch Lindenzia musste, eine der wenigen Städte, die vom orbitalen Bombardement verschont geblieben waren. Der Grund dafür lag auf der Hand: Sie lag weniger als fünfzig Kilometer von der Hauptstadt entfernt.

Als sie näher kamen, kam die Brücke in Sicht. Es war ein imposantes Bauwerk - eine vierspurige Straße mit zwei Schienensträngen, die sich über einem massiven Bogen kreuzten, dessen Konstruktion eine Mischung aus Stahl und irgendeinem Verbundmaterial war, das in komplizierten Mustern miteinander verwoben war. Holz, oder etwas, das ihm ähnelte, zierte den Bogen und fügte sich nahtlos in das industrielle Design ein. Fünfzig Meter technische Brillanz erstreckten sich über den Fluss.

Thomas musste es den Pharaonen lassen - ihre Architektur war ebenso seltsam wie schön. *Wir müssen es nur durch die Stadt nach Oretheon schaffen*, sagte er sich und dachte schon an die nächste Schlacht.

Die Sonne stand hoch am Himmel und brannte die Landschaft in unerbittlicher Hitze. Trotz der brütenden Hitze gedieh das Leben auf diesem seltsamen Planeten. Purpurfarbene Pflanzen mit flachen, stacheligen Blättern wuchsen im Schatten von gebogenen Bäumen, deren massive Wurzeln sich wie ein Netz über den Boden ausbreiteten. An den Ästen hingen mit Sporen gefüllte Hülsen, die gelegentlich aufplatzten und Wolken von Partikeln freisetzten, die Thomas zum Niesen brachten, wenn sie zu nahe an ihm vorbeiflogen.

An seiner engsten Stelle war der Fluss Lindenzia fünfzig Meter lang - genau so lang wie die Brücke, die das Regiment überquerte. An anderen Stellen verbreiterte sich der Fluss erheblich und bildete riesige Sümpfe und Moore, die die Überquerung zu einem Alptraum machten. Die schnelle Strömung des Flusses betrug über zehn Kilometer pro

Stunde, und bei einer durchschnittlichen Tiefe von vierzehn Metern war an eine Überquerung nicht zu denken.

»Die Späher haben es rüber geschafft - immer noch kein Kontakt. Das ist ein gutes Zeichen, Sir«, sagte Sergeant Wilson, dessen Augen auf die Geschützkamera gerichtet waren.

»Klopf auf Holz, es bleibt so, Sergeant«, antwortete Thomas, obwohl er wusste, dass man in einem Kriegsgebiet nicht auf Ruhe vertrauen sollte.

Vor ihm rückte das Aufklärungselement aus leichten taktischen Bobcat-Fahrzeugen und Puma-Panzern des 23. Texas Mechanized Infantry Regimentes vor. Sie dienten als Augen und Ohren für seine Panzer und suchten nach feindlichen Raketenteams, die versuchen könnten, sie in einen Hinterhalt zu locken. Obwohl diese Fahrzeuge nur leicht gepanzert waren, verfügten sie über genügend Feuerkraft, um mit allen auftauchenden Pharaonis-Trupps fertig zu werden.

Während der Rest der Aufklärungseinheit beide Seiten der Brücke sicherte, tastete Thomas instinktiv den Horizont ab. »Was ist in dem Rohr geladen, Wilson?«, fragte er.

»AP, Sir. Energiekondensatoren zeigen volle Ladung. Railguns schussbereit«, antwortete Staff Sergeant Joe Wilson. »Ich kann sie gegen AMP austauschen, wenn Sie mehr Vielseitigkeit wollen.«

Thomas dachte darüber nach. Die panzerbrechende Patrone in der Kammer war für schwere Ziele solide, aber eine fortschrittliche Mehrzweckpatrone würde ihnen mehr Möglichkeiten bieten - sie könnte so programmiert werden, dass sie in der Luft explodiert oder bei Kontakt detoniert, und sogar eine Verzögerung hinzufügen. Die Flexibilität der AMP machte sie tödlich gegen Infanterie oder Befestigungen, und er hatte das Gefühl, dass sie diesen Vorteil bald brauchen würden.

»Tausche sie gegen AMP aus. Wir werden sie brauchen«, sagte Thomas.

Wilson nickte und schaltete schnell um, seine Zuversicht war offensichtlich. »Gute Entscheidung, Sir.«

Staff Sergeant Colton Mayfield, ihr Fahrer, schob den Panzer vorwärts. »Sieht so aus, als ob wir noch in Sicherheit sind. Keine Engpässe und keine Anzeichen von Feindkontakt.«

Thomas schmunzelte über den seltenen Moment der Ruhe. »Kein Kontakt, hm? Ich schätze, einen Yeti zur Aufklärung zu benutzen, wäre so, als würde man ein großes, glänzendes Ziel für Raketenteams aufstellen.«

Wilson gluckste. »Die Ruhe vor dem Sturm ist mir allemal lieber, Sir. Zweimal am Sonntag.«

Ein Lachen ging durch die Mannschaft und löste die Anspannung etwas. Die Luft im Panzer war dick, schwer von der Ungewissheit, aber Momente wie diese durchbrachen den Druck. Mit dem Colonel zu fahren bedeutete, dass man alles wusste - jedes gute und schlechte Detail - und manchmal war Unwissenheit wirklich ein Segen.

Als der Panzer vorwärts rumpelte, blickte Thomas zu den anderen. »Gerüchten zufolge soll die 13. Division, sobald wir dieses Ziel erreicht haben, einrücken und uns eine Auszeit im Camp Haussler verschaffen. Was würdet ihr mit fünf oder sieben freien Tagen anfangen?«

Wilson betätigte einen Schalter und stellte die Optik ein. »Wenn das stimmt, Sir, dann nehme ich es an. Sieben Monate Kampf auf Serenea und eine kurze Reise an Bord der *Callisto* haben kaum an der Oberfläche der Erholung gekratzt. Jetzt sind wir auf einem anderen Planeten ... wer weiß, wie lange es diesmal dauert.«

Mayfield meldete sich zu Wort, den Blick noch immer auf die Straße gerichtet. »Das erste, was ich tun werde, ist schlafen. Vielleicht schicke ich ein paar Videos nach Hause, damit meine Frau und meine Kinder wissen, dass ich noch am Leben bin. Das Leben in Fort Abrams kommt mir wie eine Ewigkeit vor.«

»Schlafen hört sich gut an«, sagte Thomas und drückte seine Schultern gegen den Sitz. »Obwohl ich bezweifle, dass der General mir mehr als zwölf Stunden geben wird, bevor er mich wieder auf Missionen schickt. Der Mann hört nicht auf - wie ein Energizer-Häschen.«

Er blickte zu Wilson hinüber. »Wenn Ihr Nacken Sie so sehr plagt, kann ich Sie für eine schnelle Untersuchung auf die *Callisto* oder die *Mercy* schicken. Ein Vorteil, wenn man mit dem Colonel fährt.«

Wilson lächelte, seine Hand lag auf der Railgun-Steuerung. »Ich könnte Sie beim Wort nehmen, Sir«, antwortete er. »Aber wir bewegen uns wieder, also konzentriere ich mich lieber auf das Visier.«

Die Stimmung verflog, als die Besatzung ihre Arbeit wieder aufnahm, und ihre Aufmerksamkeit stieg, als die Mission sie zurück in den Kampf führte.

Sobald die Aufklärungseinheiten ihre Überfahrt beendet hatten, war es an der Zeit, dass die Beaumont-Kompanie der 23rd Texas Mechanized Infantry folgte. Beaumont war die Schutztruppe für Thomas' Panzer, und wenn Pharaonis Raketenteams auftauchten, würden ihre Schützenpanzer und APCs die Bedrohung abwehren.

Thomas schätzte die Linebacker-Fahrzeuge der Armee sehr. Ihre Vielseitigkeit war unübertroffen. Die Mech-Einheiten benutzten die Variante des Infanterie-Kampfwagens, die zehn Soldaten beförderte und mit einem in der Mitte montierten, ferngesteuerten Turm ausgestattet war, der mit doppelläufigen Laserblastern bestückt war. Der hintere Geschützturm war mit acht Kurzstrecken-Mehrzweckraketen bestückt, die sich ideal für die schnelle Reaktion auf Bedrohungen wie die Pharaonis-Teams eigneten. Die APC-Version tauschte Feuerkraft gegen Kapazität und beförderte anstelle des Raketenturms vierzehn Passagiere.

Aber es war die Variante des Gefechtsstandes, auf die sich Thomas am meisten verließ. Der CP Linebacker war ein mobiles Kommandozentrum, vollgestopft mit Antennen für die elektronische Kriegsführung, Bodenradaren, Kommunikationssystemen, aktiven Verteidigungsmodulen und einer kleinen Armee von Aufklärungsdrohnen. Sechs Arbeitsstationen und eine Kommandostation machten ihn zum Gehirn des Regiments und ermöglichten die präzise Koordinierung aller sechs Kompanien unter seinem Kommando. Die CP-Fahrzeuge verschafften dem Regiment einen Vorteil, da sie nahtlos mit den CP-Fahrzeugen der Division zusammenarbeiteten und so eine unübertroffene Koordination auf dem gesamten Schlachtfeld ermöglichten. Thomas legte großen Wert darauf, dass diese wichtigen Fahrzeuge im Zentrum der Formation standen und vor jeglicher Bedrohung geschützt waren.

Als das Kommandofahrzeug der Berserker-Kompanie in die Stadt einfuhr, bemerkte Thomas, dass ihre Formation zu bröckeln begann. Die Fahrzeuge drängten sich zusammen und verloren die Disziplin, die sie sicher gemacht hatte.

»Berserker Sechs, Sie stehen in einem Pulk. Bringt eure Formation wieder in Ordnung«, bellte Thomas in den Funkverkehr. »Wir wissen nicht, was uns in dieser Stadt erwartet.« Er hoffte, dass dort nichts auf ihn wartete, aber bei den Pharaonis war nie etwas eindeutig. Sie waren Meister der Täuschung und der Hinterhaltstaktik, was es unmöglich machte, ihre nächste Reaktion abzuschätzen.

Captain Martins Stimme drang durch das knisternde Funkgerät. »Spartacus Eins, gute Kopie.« Der Konvoi passte sich an, als sie an einem Gebäude vorbeifuhren, das sie verlangsamt hatte, und die Abstände zwischen den Fahrzeugen wurden allmählich gleichmäßiger, je weiter sie in die Stadt vordrangen.

»Spartacus One, wir bewegen uns tiefer in die Stadt hinein. Die Straßen sehen sauber aus... vielleicht zu sauber«, Martins Tonfall enthielt einen Hauch von Misstrauen.

»Einverstanden. Wenn Sie Ihre Infanterie abziehen müssen, bevor Sie weitermachen, tun Sie es«, antwortete Thomas. Er wollte kein Risiko eingehen. Wenn sie ihren Vormarsch verlangsamen mussten, um einen Hinterhalt zu vermeiden, war es das wert. Die Raketenteams der Pharaonen hatten sich während der Kämpfe auf Serena als tödlich effektiv erwiesen, und sie schienen sich hier auf Eurysa noch mehr auf ihren Einsatz zu verlassen.

Die letzten fünf Wochen waren brutal gewesen, mit unerbittlichen Kämpfen, während die Republik ständig fünfundzwanzig ihrer dreißig Divisionen in einem immer enger werdenden Ring um die pharaonische Hauptstadt Vrahk'tol aufstellte. Lindenzia und der Industriekomplex von Oretheon waren die letzten großen Hindernisse zwischen ihnen und den ausgedehnten Außenbezirken der Hauptstadt. Mit jedem Gefecht kamen sie näher - mittlerweile waren sie weniger als 50 Kilometer vom Palast der Königin selbst entfernt.

Thomas spürte das Gewicht der Situation. Jede Entscheidung, jeder Schritt, den sie machten, brachte sie dem Endspiel einen Schritt näher. Aber die Pharaonen gruben sich mit jedem Kilometer, den sie verloren, tiefer ein.

Staff Sergeant Joe Wilson justierte das Visier der Waffe mit einer Präzision, die nie nachließ. Colonel Thomas schätzte das an ihm - der Mann hatte ein Auge für die kleinsten Details, sowohl innerhalb als auch außerhalb des Panzers. Diese Fähigkeit hatte sie am Leben erhalten.

Thomas warf einen Blick auf die taktische Karte und verfolgte die Bewegungen des Regiments durch Lindenzia. Seine Finger berührten den Komm-Schalter. »An alle Einheiten, hier ist Spartacus Eins. Wir sind auf dem Weg nach Lindenzia, um die im Oretheon-Industriekomplex verschanzten pharaonischen Truppen auszuschalten. Seien Sie auf Angriffe aus nächster Nähe gefasst. Achten Sie auf

Raketenteams - unterstützen Sie unsere Infanterie, und halten Sie Abstand. Keine Zusammenrottung.«

Thomas wechselte die Frequenz und wandte sich an Major Rick Ahlstrom, den Kommandeur des 24. spartanischen Infanterieregiments, das von Osten her anrückte. »Spartan Eins, hier ist Spartacus Eins. Wie ist der Stand?«

Das Funkgerät knisterte, und Ahlstroms Stimme drang angestrengt durch. »Spartacus Eins, Spartan Eins hier. Gut verstanden, schicke Verkehr.«

»Spartan One, unsere führenden Elemente betreten Lindenzia und bewegen sich auf Oretheon zu. Bis jetzt kein Feindkontakt. Wie sieht's bei Ihnen aus? Wie sieht es bei Ihnen aus?« fragte Thomas.

Es folgte ein kurzes Rauschen, bevor Ahlstrom antwortete, und sein Ton verriet das Gewicht des Kampfes. »Spartacus One, wir haben leichten Kontakt in der Nähe von Sektor Charlie One, aber wir sind am Rande des Sektors Alpha One schwer beschäftigt. Wir haben Artillerie- und Luftunterstützung im Anflug auf Alpha Eins und zur Unterstützung von Charlie Eins. Der Feind hat es definitiv auf uns abgesehen. Wann sind Sie auf Oretheon?«

Thomas konnte sich ein Grinsen nicht verkneifen. Der Plan war aufgegangen. Indem er die Pharaonen zwang, ihre Aufmerksamkeit auf mehrere Angriffsachsen zu verteilen, lenkte die 24. die Aufmerksamkeit des Feindes auf sich. »Wenn wir auf keinen Widerstand stoßen - höchstens zwanzig Minuten«, antwortete Thomas. »Klingt so, als hätten Sie ihre Aufmerksamkeit. Halten Sie mich auf dem Laufenden, falls sich die Situation zum Guten oder Schlechten verändert. Spartacus Eins, Ende.«

Varinius hatte die ganze Zeit recht gehabt... die Pharaonen waren zu sehr auf die 24. konzentriert. In der Zwischenzeit war sein Regiment im Begriff, durchzuschlüpfen und sie hart zu treffen.

Thomas schaltete zurück auf die Regimentsfrequenz. »Spartacus-Einheiten, hört her! Die 24. Spartaner haben den Feind an der Ostflanke angegriffen. Jetzt sind wir an der Reihe, sie anzugreifen, während sie abgelenkt sind. Yetis, haltet euch bereit, zwischen panzerbrechenden und AMP-Geschossen zu wechseln. Wir werden wahrscheinlich AMP für die meiste Zeit dieses Kampfes brauchen. Seien Sie bereit, jede Infanteriewelle abzuwehren.

»Pumas, ihr habt Flankenschutz - zwei Paare auf jeder Seite der Kolonne. Haltet dreißig Meter Abstand von der Hauptkolonne und bleibt wachsam. Deckt unsere Seiten. Linebacker, haltet die Mitte. Schützenpanzer und Schützenpanzerwagen, machen Sie Ihre Infanterie zum schnellen Absteigen bereit. CP One, bleiben Sie in der Mitte und halten Sie Artillerie- und CAS-Anforderungen aufrecht. Wenn wir in Schwierigkeiten geraten, flankieren Sie den Puma, die Linebacker steigen ab und die Yetis greifen sie frontal an.«

Thomas hielt inne, seine Stimme wurde härter. »Auf geht's, Spartacus! Hooah!«

Das Regiment setzte sich in Bewegung, das Rumpeln von Panzern und gepanzerten Fahrzeugen erfüllte die Luft, als sie sich darauf vorbereiteten, Lindenzia zu durchbrechen und Oretheon anzugreifen, während die Pharaonen auf den Angriff des 24. fixiert waren.

Es dauerte eine Weile, bis das Regiment die Brücke vollständig überquert hatte und in Lindenzia eintraf. In der Ferne war das tiefe Grollen der Artillerie unaufhörlich zu hören, wie ein unerbittlicher Trommelschlag, der auf die Stellungen der Pharaonen einschlug. Über den Köpfen dröhnte das Dröhnen der Düsentriebwerke auf und ab, gefolgt von donnernden Explosionen. Jede Explosion ließ schwarze Rauchwolken in den Himmel steigen, die die Zerstörung unter ihnen markierten.

Thomas konnte nicht anders, als von der schieren Heftigkeit des Bombardements beeindruckt zu sein. Es hörte sich so an, als würde Sparta die Pharaonen unter Beschuss nehmen. Die Artillerie war zum Rückgrat dieses Krieges geworden, wie sie es gegen die Orbots nie gewesen war. Die Pharaonis waren trotz ihres insektenartigen Aussehens eine fortschrittliche Spezies - sie hatten mehrere Planeten kolonisiert und führten interstellare Kriege. Aber im Vergleich zu den Orbots war ihre Bewaffnung einfach... unzureichend. Immer noch gefährlich, immer noch tödlich, aber bei weitem nicht so präzise und mächtig wie die Technologie der Orbots.

Während sein Panzer tiefer in die Stadt hineinrollte, beobachtete Thomas die Gebäude, an denen sie vorbeifuhren, genau. Lindenzia hatte eine fast organische Qualität an sich. Die Bauwerke schienen aus dem Boden zu wachsen und sich wie eine verdrehte Version eines Wespennests zu erheben. Einige Türme ragten bis zu hundert Meter in die Höhe, ihre grauen Außenflächen waren glatt und oben abgerundet. Brücken verbanden die höheren Gebäude mit den kleineren, und breite Plattformen ragten in spitzen Winkeln heraus, was der ganzen Stadt ein unzusammenhängendes, chaotisches Aussehen verlieh.

Je mehr er beobachtete, desto mehr erkannte Thomas, dass die außerirdische Konstruktion absichtlich gepanzert worden war. Die Pharaonen hatten viele der Gebäude mit ineinander greifenden, schildkrötenartigen Schuppen bedeckt, die jeweils etwa einen Meter breit waren. Sie könnten aus Metall sein, das übermalt wurde, um organisch auszusehen - Thomas konnte sich nicht sicher sein. Aber das Design war ihm nicht entgangen.

Panzern sie ihre Städte von innen heraus? fragte er sich.

Die Straßen waren breit - fünfundzwanzig Meter - und mit dicken, weinartigen Pflanzen bewachsen, die sich um jedes zweite Gebäude wickelten. Die Ranken, die so dick wie Baumstämme waren, erstickten das Leben aus den Gebäuden und fügten der ansonsten tristen, grauen Landschaft einen grünen Farbtupfer hinzu. Thomas fragte sich, ob die Reben die Gebäude irgendwann beschädigen, vielleicht sogar die Stadt auseinanderreißen würden, wenn sie genug Zeit bekämen.

Das Funkgerät knisterte. »Spartacus Sechs, hier ist Mustang Elf. Es ist ruhig wie in einer Geisterstadt, keine Bewegung entdeckt, nichts auf Thermik oder IR. Die Straßen sind frei. Sieht aus, als hätte es kürzlich Aktivitäten gegeben - einige der Läden, wenn man sie so nennen kann, sehen gebraucht aus. Aber wenn hier Leute waren, sind sie schon lange weg.«

Thomas betätigte das Mikrofon. »Mustang Eleven, gut verstanden. Führen Sie uns weiter zum Sammelpunkt. Ende.«

Er warf einen Blick auf die Karte und dachte bereits voraus. Das Überraschungsmoment war immer noch auf ihrer Seite, aber nur für eine gewisse Zeit. Die Pharaonen waren gerissen - sie könnten auf der Lauer liegen und eine Falle stellen. Er musste seine Truppen in Position bringen, bevor das geschah.

»Sie müssen uns inzwischen gesehen haben«, murmelte der Fahrer. »Warum haben sie noch nicht auf uns geschossen?«

»Wenn Sie ein Panzerregiment vor Ihrer Haustür stehen sehen würden, würden Sie dann hier bleiben?« antwortete Wilson halb schmunzelnd.

»Ich bin ein Mensch, kein Pharao.«

»Sie machen mich manchmal stutzig.« Wilson kicherte, dann sah er den Colonel an. »Sir, wenn sie einen Hinterhalt legen wollen...«

»Halten Sie sich an den Plan«, warf Thomas ein, der mit seinen Augen die Skyline vor sich abtastete. »Wenn die Pharaonen angreifen, greifen wir sie mit allem an, was wir haben. Wenn wir Glück haben, haben sie uns kommen sehen und sind abgehauen.«

Das Funkgerät erwachte zum Leben. »Mustang Eleven an Spartacus One«, kam die nervöse Stimme des leitenden Scouts. »Wir haben Marker Sieben erreicht. Ich habe ein Problem, das Sie hören sollten.«

Thomas tauschte einen Blick mit Wilson, der mit den Schultern zuckte. »Mustang Eleven, Spartacus One. Wo liegt das Problem?«

»Nun, Sir, die Route, die uns die Division gegeben hat, verengt sich von fünfundzwanzig Metern auf zehn für etwa zwei Klicks, bevor sie sich am Sammelpunkt für den Angriff auf Oretheon wieder öffnet. Es ist zu eng für Ihre Panzer, um sicher durchzukommen. Es scheint ein perfekter Ort für einen Hinterhalt zu sein. Wir haben eine alternative Route ausgekundschaftet, die uns zwei Klicks vom Weg abbringt, aber uns auf einer breiten Straße mit Gebäuden hält, die nicht höher als vierzig Meter sind. Ihre Entscheidung, Colonel, aber ich würde empfehlen, von dem Plan abzuweichen.«

Thomas fluchte leise vor sich hin. *Wer in der Division hatte das übersehen?* Er konnte sich schon ausmalen, in welche Todeszelle sein Regiment hineingelaufen wäre. »Mustang Eleven, guter Fang. Wir nehmen deine alternative Route. Gehen Sie voran. Wir folgen Ihnen. Ende.«

Die Kolonne setzte ihren langsamen Marsch fort und schlängelte sich durch die letzten Abschnitte der Stadt. Thomas spürte, wie ihm eine leichte Last von den Schultern fiel, als seine Aufklärungseinheiten den Treffpunkt ohne Zwischenfälle erreichten. Kein Hinterhalt. Keine Spur vom Feind. Die Aegis-Kompanie folgte dicht hinter Mustang, und Thomas schaltete auf die Drohne um, die das Gebiet überwachte. Er starrte auf das Bild - irgendetwas an dieser Szene gefiel ihm nicht.

Der Sammelplatz war perfekt, um seine Truppen zu versammeln - ein Raum, der groß genug war, um seine Panzer zu einem tödlichen Schlag zu bündeln. Ein einzelner Yeti war ein Ungetüm von einer Maschine, aber 240 Yetis, koordiniert mit mechanisierter

Infanterie, waren eine unaufhaltsame Kraft. Dennoch blieb das nagende Gefühl in seinem Bauch bestehen.

Die Straße, die auf beiden Seiten von dichtem Wald gesäumt war, führte sechs Kilometer nach Norden, direkt zum Industriekomplex von Oretheon. Die Bäume waren dicht, die Vegetation dicht genug, um ganze Züge von Pharaonen zu verbergen, wenn sie sich dort aufhielten.

»CP One, ich will, dass Aufklärungsdrohnen die uns flankierenden Wälder scannen«, befahl Thomas in scharfem Ton. »Suchen Sie nach Anzeichen für feindliche Bewegungen. Koordinieren Sie außerdem mit dem Beobachter vor Ort die Aufstellung von Artilleriezielen. Seien Sie bereit, bei Bedarf Luftunterstützung anzufordern.«

Während die Drohnen in den Wald abdrehten, beobachtete Thomas auf dem Bildschirm, wie Captain Jørgen Stenberg die Aegis-Kompanie fachmännisch in Angriffsposition manövrierte. Die Berserker-Kompanie, angeführt von seinem erfahrensten Kommandanten, Captain Michael Martin, folgte dicht dahinter. Thomas hatte Martin zu seinem stellvertretenden Regimentskommandeur gemacht, nicht aus Bosheit, sondern um ihn auf das vorzubereiten, was unvermeidlich war - die Zahl der Todesopfer unter den höheren Offizieren war hoch, und er wusste, dass es nur eine Frage der Zeit war, bis jemand einspringen musste. Martin musste bereit sein.

Ein Ping auf dem Drohnenfeed erregte Thomas' Aufmerksamkeit. Eine der Aufklärungsdrohnen, Raven Three, Aegithe Wald.

»Spartacus Eins, hier spricht Aegis-CP. Raven Three hat eine Wärmeanomalie im Sektor Tango Seven entdeckt. Sie nähert sich für einen genaueren Scan.«

Thomas' Puls beschleunigte sich. Er hatte gehofft, dass das nagende Gefühl in seinem Bauch nur seine Nerven waren, aber das bestätigte das Gegenteil. Wenn die Pharaonen hier einen Hinterhalt gelegt hatten, wussten sie mehr über die Bewegungen seiner Truppen, als sie sollten.

»Verstanden, Aegis-CP«, antwortete Thomas. »Alarmieren Sie Aegis Six und lassen Sie alle Elemente auf die rechte Flanke ausrichten. Potenzielle feindliche Einheiten im Umkreis von zwanzig Metern um die Baumgrenze«.

»Gut verstanden, Spartacus. Die Aegis-Elemente orientieren sich neu, um sich der rechten Flanke zuzuwenden«, kam die Antwort.

Thomas spannte sich an. Was auch immer da draußen war, es würde nicht lange verborgen bleiben.

»Ist das nicht der Treffpunkt, an dem wir uns treffen sollten?«, fragte Wilson mit einem besorgten Gesichtsausdruck.

»Ja, das soll so sein. Nennen Sie es Intuition, aber irgendetwas scheint in diesen Bäumen nicht zu stimmen«, erklärte Thomas, während er auf eine Stelle auf dem Monitor zeigte. »Diese Drohne hat vielleicht etwas entdeckt. Sie wird unter die Baumkronen abtauchen, um zu sehen, was sich darunter befindet.«

Während Mayfield den Panzer fuhr, verfolgten Thomas und Wilson aufmerksam die Drohnenübertragung und tauschten sich darüber aus, was sie sahen, als sich der Raven unter die Baumkronen senkte. Zunächst waren nur Bäume und Schatten zu sehen - bis plötzlich das Wärmebild aufflammte. Der Raven reagierte sofort und führte ein frenetisches Manöver durch, bei dem rote und gelbe Laserstrahlen die Luft durchschnitten, während die Pharaonis versuchten, den Raven vom Himmel zu holen.

»Heilige Mutter! Das sind ja ganz schön viele Käfer!«, rief Wilson entsetzt über das, was sich vor ihren Augen materialisierte.

»Spartacus Eins, Aegis-CP. Wir haben hunderte, nein *tausende* von Wärmesignaturen, die in den Bäumen auftauchen. Es sieht so aus, als hätten sie sich die ganze Zeit über mit einer Art Wärmedecke unter den Baumkronen versammelt.«

Als Thomas die Bestätigung sah, dass er Recht gehabt hatte, lief ihm ein Schauer über den Rücken. Seine Instinkte hatten ihn gewarnt - dies war tatsächlich ein Hinterhalt.

Thomas bellte in den Funk: »Holt den Raven raus, sofort!«

Fast augenblicklich wurde die Verbindung unterbrochen - Rabe Drei war weg.

»Verdammt noch mal. Ich hatte gehofft, es würde noch ein bisschen länger am Leben bleiben, um uns mit Daten zu versorgen«, klagte Thomas mit zusammengebissenem Kiefer. Die Pharaonis hatten ihren Zug gemacht - jetzt waren sie am Zug.

»Was sollen wir tun, Sir?« fragte Wilson von seinem Platz aus mit angespannter Stimme. Sie waren nicht in der Lage, Unterstützung zu leisten. Sie waren mit der Centaur Company unterwegs und hatten den Sammelpunkt noch nicht erreicht.

Bevor Thomas reagieren konnte, brach im Wald neben der Aegis-Kompanie das feindliche Feuer aus. Ohne Vorwarnung brach die Baumgrenze, die die Pharaonis-Soldaten so geschickt versteckt hatte, in Bewegung aus. Dutzende von riesigen, käferartigen Panzern stürmten vor, ihre massiven Formen brachen durch das dichte Unterholz wie Monster aus einem Albtraum. Die schwer gepanzerten Hüllen der Käferpanzer schimmerten im Sonnenlicht, ihre Waffen luden sich auf, während Bögen aus blau-weißer Energie über ihre Türme zischten.

»Energiewaffen«, murmelte Thomas und seine Augen verengten sich. »Das ist mal was Neues.«

Der erste Energieblitz schlug ein, bevor jemand reagieren konnte. Eine blitzartige Explosion raste über das Feld und traf einen der Bobcats genau in die Seite. Das Fahrzeug explodierte in einer feurigen Explosion, Trümmer regneten in alle Richtungen. Ein weiterer Blitz schlug in einen Puma ein, dessen Hülle sich in einer Flammenwolke auflöste.

»Aegis Sechs, Feuer erwidern! Greift diese Käfer mit allem an, was ihr habt!« befahl Thomas, seine Stimme durchbrach das Chaos.

rief Hauptmann Stenbergs Stimme über den Funkkanal. »Alle Einheiten, Feuer frei!«

Das Schlachtfeld explodierte in einem wilden Kampfgetümmel. Die Yetis setzten ihre Railguns ein und schickten Geschosse, die die vorrückenden Pharaonis-Panzer zerfetzten. Die 50-mm-Railguns der Pumas eröffneten das Feuer und beschossen die Käferpanzer mit präzisen AP-Granaten. Aber die Käferpanzer waren schnell, viel schneller als irgendetwas in dieser Größe es sein durfte. Sie rumpelten vorwärts und feuerten weitere Energiestöße ab, die wie elektrische Peitschen durch die Luft schnitten. Ein weiterer Puma wurde direkt getroffen und war nur noch ein rauchender Krater.

»Sir, sie machen Druck!« rief Wilson, während er das Zielfernrohr einstellte und das Vorrücken der Käferpanzer verfolgte.

Bevor Thomas reagieren konnte, bebte der Boden. Tausende von Pharaonis-Soldaten folgten den Käferpanzern und strömten in Wellen aus dem Wald. Sie bewegten sich mit beängstigender Geschwindigkeit, ihre insektoiden Gliedmaßen trieben sie in einem unaufhaltsamen Schwall vorwärts. Sie überquerten das offene Gelände zwischen dem Wald und der Straße und schlossen die Lücke rasch.

»Alle Infanteristen, absitzen! Greift die pharaonischen Soldaten frontal an!« befahl Aegis Six ihrem Infanteriezug. Die 23. Texas brachte ihre Linebacker nach vorne und formierte sich mit ihren Fahrzeugen, während sie ihre Infanterie absetzten.

Thomas spürte, wie der Panzer vorwärts schlingerte. Mayfield versuchte, mit der Centaur-Kompanie Schritt zu halten, die zum Sammelpunkt eilte, um ihre Feuerkraft zum Einsatz zu bringen. Thomas konnte nur zusehen, wie sich die Schlacht entwickelte, und dabei helfen, die Kräfte zu mobilisieren, die seine Truppen unterstützen konnten. Er beobachtete mit Erstaunen, wie weitere Linebacker zum Stillstand kamen und die hinteren Luken sich öffneten, als sich weitere Infanteristen dem Kampf anschlossen. Während weitere republikanische Truppen Verteidigungspositionen einnahmen, rückte der Schwarm der Pharaonen immer näher.

Auf dem Schlachtfeld herrschte Chaos. Railguns und Blaster feuerten in alle Richtungen. Die republikanischen Soldaten stürzten sich in den Kampf und eröffneten das Unterdrückungsfeuer, während die Pharaonis-Soldaten angriffen und ihr Gekreische die Luft erfüllte. Nahkämpfe brachen aus, als der Feind mit den republikanischen Linien kollidierte, und die einst organisierte Kolonne löste sich in einem chaotischen Handgemenge auf.

Thomas' Herz schlug bis zum Hals, als er Dutzende von Raketen sah, die von der Baumgrenze herab auf seine Truppen zielten. »Raketenteams! Wir haben ankommende Raketen!«, rief er, doch die Raketen waren bereits im Anflug. Mehrere schlugen entlang der Linie der Aegis Company ein, durchschlugen Fahrzeuge und verstreuten Trümmer.

Die Berserker-Kompanie unter der Führung von Hauptmann Martin war gerade in den Kampf eingetreten und hatte ihre Panzer neu positioniert, bevor sie auf die Käferpanzer zustürmten. Die Railguns feuerten unablässig und zerrissen die feindliche Panzerung, doch für jeden zerstörten Käferpanzer schwärmten weitere Pharaonis-Soldaten nach.

Der Funkverkehr war eine Kakophonie aus Schreien und Explosionen. »Wir werden überrannt!«, schrie jemand. »Zu viele von ihnen!«

Thomas fluchte leise vor sich hin, während sein Blick zum Horizont schweifte. Die Centaur Company, die Einheit, in die sein Kommando-Yeti eingebettet war, raste immer noch in den Kampf. Sie waren nah dran, aber nicht nah genug.

»Komm schon... komm schon...« murmelte Thomas und sah zu, wie der Schwarm immer stärker auf seine Truppen drängte. Die Pharaonis versuchten, Aegis und Berserker einzukesseln und drängten sie auf die offene Straße mit wenig Deckung.

»Sir, wenn wir diese Käfer nicht aufhalten, sind wir erledigt!« rief Wilson, während er den Geschützturm schwenkte und sich für den ersten Schuss bereitmachte, sobald sie die Kurve umrundet hatten.

»Schießt weiter! Konzentriert euch auf die Käfer!« befahl Thomas jedem Panzer, der sie in Sichtweite hatte. »Seoul einundzwanzig, Spartacus eins. Führen Sie die vorgeplanten Feueraufträge aus, sofort! Zielt auf Sektor Tango Sieben und Sektor Sierra Neun. Ich wiederhole, drei Schuss, fünfzig Meter Luftdruck, Feuer auf Wirkung!«

Sekunden später bebte die Erde, als die republikanische Artillerie auf das Schlachtfeld eindrang. Die Explosionen durchschlugen die zweite und dritte Welle der pharaonischen Soldaten und verwandelten sie in verkohlte Hüllen, bevor sie ihre Frontlinie verstärken konnten. Der Artilleriebeschuss verschaffte ihnen wertvolle Augenblicke, aber die Schlacht war noch lange nicht vorbei.

»Spartacus Eins, hier ist Spartan Eins«, kam die Stimme von Major Ahlstrom über die Comms. »Wir sind durchgebrochen! Wir rücken auf eure rechte Flanke vor. Haltet durch!«

Thomas erlaubte sich einen kurzen Moment der Erleichterung. Der 24. rückte vor, genau wie geplant. Aber es war keine Zeit zum Feiern. Die Luft war dick mit Rauch und dem Geruch von brennendem Metall, und die Pharaonis wimmelten immer noch in überwältigender Zahl.

Als ob er seine unausgesprochenen Gebete erhört hätte, dröhnte der Himmel, als republikanische Jets über ihm kreischten. Talon-Jagdbomber und Reaper-Bodenangriffsdrohnen stürmten heran und ließen ihre Ladungen auf die Pharaonis-Truppen unter ihnen los. Bomben und Raketen rasten auf die Käferpanzer zu, durchbrachen ihre Formationen und schickten Feuerfahnen und Trümmer in den Himmel.

Thomas' Funkgerät knisterte erneut. »Spartacus Eins, hier ist Spartan Eins. Wir rücken an, um Aegis und Berserker zu verstärken. Bereithalten für einen Flankenangriff.«

Das Geräusch schwerer Motoren erfüllte die Luft, als die Centaur Company endlich eintraf und ihre Panzer mit der Wut eines angreifenden Stiers auf das Schlachtfeld stürmten. Der Boden bebte unter der Wucht ihrer Ankunft, und innerhalb von Sekunden hatten sie sich dem Kampf angeschlossen.

»Centaur Six, hier ist Spartacus One. Zielt auf die Käferpanzer und durchbrecht ihre Linie! Alle Einheiten, stoßen vor und durchbrechen ihren Vormarsch!« brüllte Thomas in den Funkverkehr.

Die republikanischen Streitkräfte sammelten sich, ihre Panzer stürmten mit neuem Schwung vorwärts. Railguns feuerten unisono und durchschlugen die verbliebene Panzerung der Pharaonen. Die Pharaonis-Soldaten kämpften mit verzweifelter Energie, aber sie konnten der geballten Macht der gepanzerten Faust der Republik nicht standhalten.

Als der letzte Käferpanzer in einem Feuerball explodierte, wurde der Pharaonenschwarm von der unerbittlichen Artillerie und den Luftangriffen niedergemacht, und das Schlachtfeld begann sich zu lichten. Der einst übermächtige Schwarm bestand nur noch aus zerschlagenen Körpern und rauchenden Wrackteilen. Die Pharaonis waren besiegt, aber zu einem hohen Preis.

Thomas lehnte sich mit schwerem Atem in seinem Sitz zurück. Die Schlacht war vorbei, aber der Krieg war noch lange nicht gewonnen.

Achtunddreißigstes Kapitel

Operation Hammer des Orion
RNS-Draco
Republikanische Marinewerft, Sol

Im privaten Arbeitszimmer des Admirals auf dem Sternentransporter *Draco* prüfte Vizeadmiral William »Willie« Rosentreter die letzten Kampfberichte von Eurysa, dem Heimatplaneten der Pharaonen im Zanthea-System. Er schloss den Zanthea-Bericht und öffnete die Geheimdienstzusammenfassung (INTSUM) mit der Bezeichnung »Pyrallis-System«. Dieses benachbarte System lag in der Hauptverantwortung der altairischen und der Primord-Streitkräfte.

Bei der Durchsicht der Berichte über die Kämpfe und Scharmützel auf den Monden und Planeten des Pyrallis-Systems stellte Willie mit Erleichterung fest, dass die Altairianer und Primords die verbleibenden Hochburgen der Pharaonen immer weiter besiegten. Jeder Sieg brachte die Allianz der vollständigen Eroberung des Systems und dem endgültigen Sieg über die Pharaonen einen Schritt näher.

Zufrieden mit dem Fortgang der Dinge im Altairian-Primord-Sektor schaute er auf den beiliegenden Verlustbericht oder, wie er es nannte, die »Metzgerrechnung«. Jedes Mal, wenn er die Gesamtzahl der Toten, Verwundeten, Vermissten und mutmaßlich Gefangenen sah, drehte sich ihm der Magen um. Als sie diesen Feldzug begonnen hatten, hatten sie mit hohen Verlusten gerechnet - sie kämpften um die Kontrolle über die Heimatsysteme der Pharaonen. Dennoch war es jedes Mal erschütternd, wenn er die Zahl der Altairianer, Primords, Tully und Republikaner sah, die ihr Leben verloren hatten. Wenn nicht gerade eine Offensive oder eine große Schlacht im Gange war, änderten sich die Zahlen normalerweise nicht viel - zumindest bis zum Beginn des Zanthea-Feldzugs.

Als die orbitalen Bombardierungen des Planeten Eurysa begannen, hatte Willie angenommen, die verehrte Königin der Pharaonen würde die Hoffnungslosigkeit der Situation akzeptieren und sich um Kapitulationsbedingungen bemühen. Stattdessen hatte sie sich entschieden, sich mit ihrem Volk zu verstecken und bis zum bitteren Ende zu kämpfen. Als Anführer respektierte er ihre Entscheidung - und erkannte sie sogar als edle Tat an, obwohl sie aussichtslos war. Am Ende würde es nichts am Ergebnis ändern. Eurysa würde fallen. Die einzige Frage war, wie viele Pharaonis nach der Eroberung des Planeten noch übrig sein würden.

Willie schloss den Unfallbericht und dachte über die Pharaonis nach. Er wünschte, sie hätten mehr über sie lernen können - ihre Sprache, ihre Kultur oder die Funktionsweise ihrer Familienstrukturen verstehen können. So wie es aussah, hatte die Republik nur ein rudimentäres Verständnis für ihre Kommunikation. Der allgemeine Mangel an Wissen über die Pharaonen hatte es schwer gemacht, Schwächen zu erkennen, die sie im Kampf gegen sie ausnutzen konnten. Wohl oder übel kämpften sie im Dunkeln - geblendet von Unwissenheit, trotz ihrer vielen Versuche, diesen Feind zu verstehen.

Unabhängig davon, wie Willie sich fühlte, hatte er seine Befehle, und er hatte die Absicht, sie auszuführen. Die Pharaonen so schnell wie möglich zu besiegen, um diesen Feldzug zu beenden, hatte für ihn höchste Priorität.

Ohne Rücksicht auf Verluste.

Willie hob seine Tasse Kaffee an die Lippen und seufzte. Er lehnte sich in seinem Stuhl zurück und starrte in die Ferne, während seine Gedanken zu seinem Treffen mit Flottenadmiral Bailey zurückwanderten. Er war zum Raumfahrtkommando abberufen worden, wo ihm bei seiner Ankunft mitgeteilt worden war, dass sein Flaggschiff, das Schlachtschiff *Defiant*, einer Reihe von Umbauten und Überholungen unterzogen werden sollte, um einige neue Humtar-Technologien einzubauen, die sie kürzlich erworben hatten. Er erinnerte sich, dass er wütend darüber war, dass ihm die *Defiant* entzogen wurde. Doch dann hatte Admiral Bailey ihm von der *Draco* erzählt, dem neuesten Sternentransporter der Republik, der in die Flotte aufgenommen wurde und nun als sein Flaggschiff fungieren sollte.

»Willie, ich gebe dir die *Draco* aus einem bestimmten Grund - sie hat eine besondere Fähigkeit, die unsere anderen Schiffe nicht haben und die du nutzen musst, wenn du die Pharaonis besiegt hast. Sie kann nämlich eine Brücke zwischen dem System, in dem ihr euch befindet, und dem Ziel, zu dem ihr eine Brücke bauen wollt, öffnen - nennt es ein Geschenk unserer Humtar-Cousins. Wir verbinden es sogar mit ihrer Sternenkarte unserer Galaxie. Sie können zwischen zwei beliebigen Punkten eine Brücke bauen. Es ist viel fortschrittlicher als das, was selbst die Gallentiner an Bord der *Freedom* hatten«, hatte Admiral Bailey erklärt, als er ein holografisches Datenblatt des *Draco* zeigte, das jetzt zwischen ihnen schwebte.

»Zu diesem Zweck, Willie, wird sich der gesamte Schwerpunkt der Allianz auf den Sieg über die Zodarks verlagern, sobald Sie die Pharaonis besiegt haben. Aus diesem Grund wird die *Draco* Ihrer Kampfgruppe zugeteilt. Sie müssen Ihre Truppen versammeln und sie zum Orinda-System - Gurista-Raum - bringen.«

Willie hatte verwirrt die Augenbrauen zusammengezogen. »Gurista-Raum?«, hatte er gefragt.

Bailey lächelte. »Darf ich Sie fragen, wie viel Sie über Admiral Dobbs' Mission - Gurista Freedom 14 - wissen?«, hatte er gefragt.

Willie hatte geschnaubt. »Sie meinen, abgesehen davon, dass Sie mir meinen besten Task-Force-Commander und ihre gesamte Besatzung an Kriegsschiffen und Bodentruppen abgeworben haben?«, hatte er gescherzt. »Nicht viel. Das war alles ziemlich geheim.«

Bailey hatte über seine Antwort gekichert. »Das ist wahr. Wir haben absichtlich versucht, die Aktivitäten ihrer Operation so geheim wie möglich zu halten. Diese Mukhabarat-Spione treiben sich immer noch herum, und wir mussten verhindern, dass sie von dieser Operation erfahren«, hatte Bailey erklärt. »Aber die Sache ist die: Seit mehr als einem Jahr haben wir Spezialeinheiten und Geheimdienstler auf der Heimatwelt der Gurista. Sie haben unablässig daran gearbeitet, einen Putsch anzuzetteln und das Volk der Gurista aus den Fängen des Zodark-Imperiums zu befreien. Als die Zeit reif war, wurden Admiral Dobbs und ihre Task Force entsandt, um unsere Leute vor Ort bei der Durchführung des Staatsstreichs und der Beseitigung der Zodark-Präsenz auf Gurista Prime und den anderen von ihnen kontrollierten Planeten zu unterstützen.

»Das Volk der Gurista ist jetzt frei von den Zodarks. Das letzte, was ich gehört habe, war, dass sie ihre eigene Nation gründen wollen, obwohl es auch möglich ist, dass sie um den Anschluss an die Republik bitten - das wird sich zeigen. Im Moment arbeitet Admiral Dobbs daran, ihre aufstrebenden Sicherheitskräfte in unsere zu integrieren, bis die Zodarks besiegt sind«, hatte Bailey beschlossen.

Nur wenige Menschen außerhalb der Führungsebene hatten eine Ahnung, was im Orinda-System vor sich ging; Willie war froh, endlich ein besseres Bild davon zu haben, was vor sich ging. »Ich danke dir, dass du mir diese Informationen anvertraut hast und mir erzählst, was Amy vorhatte«, hatte Willie gesagt. »Sie ist eine gute Freundin und eine verdammt gute Taktikerin. Da Sie gerade in der Stimmung zum Teilen sind« - er zwinkerte Bailey zu, was diesen zum Kichern brachte - »was zum Teufel treibt Ripley im Gravaxia-System? Die Nachrichtenschnipsel und die spärlichen Geheimdienstberichte deuten darauf hin, dass die Zodarks nicht bereit sind, zu akzeptieren, dass sie das System verloren haben. Wird er in der Lage sein, es zu halten und die restlichen Widerstandsnester auszuräumen? Ist es geplant, es als Basis für weitere Angriffe auf den Zodark-Raum zu nutzen - vielleicht für Täuschungsmanöver?«

Bailey hatte ihn einen Moment lang beobachtet, bevor er sprach. »Willie, Sie haben eine gute Frage gestellt, und unter normalen Umständen würde ich die Antwort gerne mit Ihnen teilen. Ich sage nicht, dass man Ihnen oder Ihren Offizieren die Wahrheit nicht anvertrauen kann - aber wir haben unsere Operationen abgeschottet und teilen sie nur mit denen, die nicht direkt involviert sind, wenn es nötig ist. Das minimiert das Risiko, dass die Pläne von den Mukhabarat entdeckt und an die Zodarks weitergegeben werden.«

Willie war von Baileys Antwort ein wenig enttäuscht gewesen. Er konnte dem Mann jedoch keinen Vorwurf machen, dass er sie gegeben hatte. In den Anfangsjahren des Interstellaren Marschalldienstes hatte der Mukhabarat den republikanischen Geheimdienst eine Zeit lang mit Füßen getreten.

»Schon gut, Chester. Wahrscheinlich ist es das Beste, dass ich es im Moment nicht weiß«, hatte Willie geantwortet. »Dieses Kriegsschiff, die *Draco*, sollte unsere Sache und unsere Bemühungen auf Eurysa unterstützen. Diese Schlacht ... sie war anders als alles, was ich bisher gesehen habe. Es ist ein gottverlassener Albtraum, den keiner unserer Soldaten je hätte erleben dürfen, Chester. Wenn wir den Planeten in die Luft jagen könnten, würde ich nicht zögern. Es schmerzt mich sehr, weiterhin eine Division nach der anderen auf die Oberfläche zu schicken. Wir verlieren in rasantem Tempo Soldaten. Es muss einen Weg geben, mehr Kampfsynths zu transferieren und sie den Großteil der schweren Kämpfe übernehmen zu lassen«, hatte Willie gefleht.

Bailey schüttelte nur angewidert den Kopf. »Der Krieg bringt das Schlimmste im Menschen hervor. Er führt dazu, dass ein Mensch mit jedem verlorenen Leben ein Stück seiner Seele und seiner Menschlichkeit verliert. Dieser Krieg mit den Pharaonen ... wir können es uns nicht erlauben, uns noch mehr zu verzetteln, als wir es ohnehin schon tun. Vor unserem Treffen habe ich mit Admiral McKee über die Entsendung zusätzlicher Kriegsschiffe gesprochen, die die *Draco* zurück nach Eurysa begleiten sollen. Ursprünglich hatten wir geplant, Ihre Flotte zu verstärken, sobald die Pharaonen kapituliert haben - ich werde dies ankündigen und sie jetzt schicken.

»Seit über einem Jahr, seit dem Angriff der Zodark, hat die RA fieberhaft neue Soldaten ausgebildet. Die Armee hat kürzlich die Aufstellung der Sechsten Armee der Republik abgeschlossen. Gleichzeitig haben die Werften vier Schlachtschiffe mit der neuesten Humtar-Reaktortechnologie fertiggestellt, die fast die gleiche Schlagkraft haben wie ein Humtar- oder Gallentine-Schlachtschiff. Ich werde sie nun Ihrem Kommando unterstellen. Nachdem Sie die Pharaonis besiegt haben, wird Ihre gesamte Streitmacht zum Orinda-System schwenken, wo Sie sich mit Admiral Dobbs' Streitmacht zusammenschließen werden. Sollten Ihre Boden- oder Seestreitkräfte neuen Ersatz benötigen, um Kampfverluste auszugleichen, werden die von Dobbs' Kommando ausgebildeten Gurista-Truppen diesen bereitstellen.

»Zu diesem Zeitpunkt, Willie, werden Sie einen detaillierten Schlachtbefehl erhalten, der die Invasion des Zodark-Imperiums beschreibt. Für den Moment besiegen Sie die Pharaonis, dann werden wir uns darauf konzentrieren, die Zodarks zu besiegen und ihre Schreckensherrschaft über die Sterne zu beenden«, hatte Bailey beschlossen.

Willie kehrte in die Gegenwart zurück, blies etwas Luft über seine Lippen und setzte sich dann nach vorne hinter seinen Schreibtisch. Er griff nach der Tasse Kaffee, hob sie an seine Lippen und trank den letzten Schluck aus. Er stand auf und ging zur Warmhalteplatte, auf der eine frische Kanne Deathwish Coffee auf ihn wartete. Er füllte seine Tasse wieder auf und wandte seinen Blick zu dem raumhohen Fenster, das sich über die gesamte Länge seines Büros erstreckte. Er wusste, dass das Fenster eine Attrappe war, ein riesiger Monitor, der mit einer Reihe von Außenkameras verbunden war und ihm in Echtzeit zeigte, was er sehen könnte, wenn es ein echtes Fenster wäre. Er war dabei, diese neue Funktion zu genießen, ein digitales Fenster, das sogar als Sternenkarte fungieren konnte.

Er starrte auf das, was er für eine Armada von Schiffen hielt, die anmutig in engen Formationen zu beiden Seiten der *Draco* aufgereiht waren. Dem Sternentransporter am nächsten waren die schwerfälligen Kolosse der zweiundzwanzig Truppentransporter *der* Jupiter-Klasse, die die Sechste Armee der Republik - fünfhundertfünfzigtausend Soldaten - an Bord hatten. Zwischen den Kolonnen von Truppentransportern saßen die vierzehn ebenso großen Flottenunterstützungsschiffe *der* Saturn-Klasse. Diese Schiffe transportierten einen Großteil der Vorräte und Maschinen, die für die Unterstützung und den Unterhalt einer Flotte von Kriegsschiffen und der mit ihnen reisenden Armee erforderlich waren.

Willie berührte das digitale Fenster und wischte dann nach links, wodurch der vordere Teil des Konvois sichtbar wurde. An der Spitze dieser gewaltigen Armada der Menschheit saßen die vier neu getauften Schlachtschiffe - Centurion, *Invincible*, *Majestic* und *Gladiator* -, die mit der neu integrierten Humtar-Technologie ausgestattet waren, die ihre Feuerkraft und ihre Fähigkeiten massiv erhöht hatte. Sie waren zwar nicht ganz auf der Höhe eines Gallentine- oder Humtar-Hauptkampfschiffs, aber nicht weit davon entfernt. Der Rest des Konvois bestand aus zwei Schlachtschiffen *der Victory-Klasse*, zwei Schlachtkreuzern, zwölf schweren Kreuzern und einer Mischung aus drei Dutzend Fregatten und Korvetten. Es war ein großer Konvoi - insgesamt dreiundneunzig Schiffe. Er hoffte nur, dass er ausreichen würde, um den Krieg mit den Pharaonen zu beenden und das Zodark-Imperium zu besiegen, damit es nie wieder die Republik oder ihre Verbündeten bedrohen konnte.

Er wandte sich vom Fenster ab und suchte nach dem Kommunikator, der um seine Aufmerksamkeit buhlte. »Da bist du ja«, dachte er und griff nach dem Gerät, als er antwortete.

»Hier spricht der Admiral«, sagte er und hoffte, dass es die Brücke war. Sie hatten einen Zeitplan einzuhalten und eine Menge Schiffe zu überbrücken, um sich seiner Flotte in der Nähe der Heimatwelt von Pharaonis, Eurysa, anzuschließen.

»Admiral, es ist so weit. Wir bereiten uns darauf vor, die Brücke zum Zanthea-System zu aktivieren. Möchten Sie sich uns anschließen?«, verkündete Captain Dan Leahy, der Kapitän der *Draco*.

»Ah, gut zu hören, Dan. Ich dachte schon, unsere Abreise könnte sich verzögern. Mit dieser Flotte ist es wie mit dem Hüten von Katzen und Hunden, so groß ist sie geworden. Aber, ja, ich bin auf dem

Weg. Machen Sie den Sprung, wenn Sie müssen. Wir haben eine Menge Schiffe zu transportieren, also warten Sie nicht meinetwegen«, antwortete Willie ruhig und griff nach dem Datenpad, das er gerade las, als er zum Ausgang ging.

»Bestätigt, Sir. Wir werden mit der Öffnung der Brücke fortfahren - Sie sind gleich dran.«

Als Willie erfuhr, dass die *Draco* sein neues Flaggschiff werden würde, hatte er keine Ahnung, welche Art von Besatzung er erwarten konnte oder wie gut ausgebildet oder kompetent sie sein würde. Es war mehr als ein Jahr her, dass die Zodarks und Orbots Sol überfallen hatten. Schiffe, Städte, Militärbasen ... das war nicht das Einzige, was die Invasoren zerstört hatten. Die Angriffe hatten die Marine und das Heer um erfahrene Offiziere, Unteroffiziere und einfache Soldaten beraubt. Schiffe und Städte konnten wiederaufgebaut werden. Die Menschen und die Erfahrungen, die sie gemacht hatten, ließen sich nicht so einfach und schnell ersetzen. Es brauchte Zeit, und daran mangelte es der Republik ständig.

Als Willie Kapitän Dan Leahy kennenlernte, wusste er schon nach wenigen Augenblicken, dass *Draco* in guten Händen war. Leahy hatte eine lange Karriere als Kommandeur von Kriegsschiffen hinter sich und hatte an den meisten der großen Feldzüge des letzten Krieges teilgenommen. Ob es nun Glück oder Schicksal war, Leahy und der Großteil seiner Besatzung, rohe Rekruten, durchsetzt mit Raumfahrtveteranen, befanden sich während der Schlacht um Sol auf einer gemeinsamen Ausbildungsbasis mit den Altairianern. Sie waren von dem Gemetzel an jenem Tag verschont geblieben, und nun, da die *Draco* kampfbereit war, war es ihre Zeit, ihr Schiff, das die Rache einer Nation über das Zodark-Imperium bringen würde.

»Macht ein Loch!«, rief ein kleiner Offizier, als Willie den Korridor hinunterging. Raumfahrer eilten hin und her, während sich das Schiff darauf vorbereitete, das temporäre Wurmloch zu erzeugen, das Sol mit Zanthea verband.

»Hey, passen Sie auf - oh, ähm, das tut mir leid, Admiral«, stammelte ein Unteroffizier, mit dem er zusammenstieß. »Ich schätze, wir haben es alle eilig, auf unsere Stationen zu kommen. Tut mir leid, dass ich Sie so angefahren habe.«

Willie lächelte über den kurzen Austausch. Er warf einen Blick auf die Brusttasche des Mannes - Patterson. »Es gibt nichts, was Ihnen leid tun müsste, Patterson. Sie machen Ihre Arbeit. Ich bin derjenige, der im Weg ist. Bitte, machen Sie weiter und lassen Sie sich nicht aufhalten.«

»Aye-aye, Admiral, und danke dafür«, erwiderte Patterson, dessen Wangen noch immer vor Verlegenheit gerötet waren. »Macht ein Loch! Der Admiral ist auf der Durchreise«, rief er, woraufhin alle stehen blieben, zur Seite traten und sich an die Wand stellten, um auf ihn zu warten.

Als er den Korridor verließ, der ihn zum internen Straßenbahnsystem der *Draco* führte, war er immer noch erstaunt, wie schnell und mühelos sich die Besatzung dieses riesigen Sternentransporters auf dem Schiff bewegen konnte. Entlang des Rückgrats des Schiffes waren auf jedem zweiten Deck eine Reihe interner Straßenbahnen positioniert. Bei einer Länge von zweihundertunddreißig Metern und einer Höhe von sechsunddreißig Decks war das Schiff geschickt mit Aufzugsbänken und Straßenbahnen ausgestattet, so dass es sich nicht so groß anfühlte und schnell zu durchqueren war.

Er ging an der Station E-14 vorbei in Richtung der Aufzüge. Die Brücke befand sich vier Decks tiefer, auf 18, in der vorderen Mitte des Schiffes. Während er auf den Aufzug wartete, konnte er die gewaltige Kraft der Schiffsreaktoren spüren, die die riesigen Energiekondensatoren aufluden, die zur Aktivierung der Brückentechnologie benötigt wurden, die die Humtars ihnen gegeben hatten. Diese neue, einzigartige Fähigkeit bedeutete, dass die Republik nicht mehr auf die Altairianer oder sogar die Gallentiner angewiesen sein würde, um ihre Kampfgruppen in einem einzigen Sprung von einem Ort zum anderen zu bringen. Dadurch, dass die Republik nicht mehr nur auf das Sternentor-Netzwerk angewiesen sein würde, wäre sie mehr als nur eine aufstrebende Raumfahrernation. Es würde sie zu einer echten regionalen Macht machen. Die immense Zeitersparnis durch den Wegfall des Transits von Sternentor zu Sternentor würde ihre interstellare Wirtschaft verändern, und die Bedeutung der Möglichkeit, Kriegsschiffe dorthin zu bringen, wo sie gebraucht wurden, wenn sie gebraucht wurden, kann gar nicht hoch genug eingeschätzt werden.

Als sich die Türen zum Aufzug öffneten, betrat Willie die Brücke und lächelte. Er sah eine gut funktionierende Maschine mit Offizieren an verschiedenen Stationen, die Statusmeldungen und

Berichte abgaben. In der Mitte der Brücke stand der Kapitän des Schiffes, Dan Leahy, der das Kommando über alles hatte.

»Achtung! Der Admiral ist jetzt auf der Brücke«, rief der COB (Chief of the Boat), als Willie sich auf Kapitän Leahy zubewegte.

»Machen Sie weiter«, rief Willie und wandte sich an den Skipper.

»Admiral, ich bin froh, dass Sie es geschafft haben. Wir öffnen die Brücke in diesem Moment«, verkündete Leahy und beide wandten sich dem Hauptmonitor zu.

Sie sahen mit kindlichem Staunen zu, wie die physikalischen und magischen Kräfte, die dieses Wurmloch - die Brücke zwischen Sol und Zanthea - geschaffen hatten, zu wirken begannen. Augenblicke später, als die Brücke als stabil bestätigt wurde, bewegten sich die Kolonnen der Kriegsschiffe entlang der *Draco* auf die Brücke zu und überquerten die andere Seite, als ob es nichts wäre.

Als das letzte Schiff durch war, schlossen sie die Brücke und trennten die vorübergehende Verbindung zwischen den Systemen. Willie wandte sich an Captain Leahy und sagte: »Glückwunsch, Dan, Sie haben soeben die erste Brücke der Republik fertiggestellt.«

Es wurden einige feierliche Bemerkungen gemacht, dann ging es zurück an die Arbeit.

»Dan, sobald die Schiffe unseres Konvois erfasst sind, nehmen Sie Kontakt mit General Hopper und Admiral Montague auf und lassen Sie sie wissen, dass wir angekommen sind und auf ihre Statusmeldungen warten. Übermitteln Sie die Flottendateien - ich bin sicher, dass alle auf Nachrichten von zu Hause gespannt sind«, wies Willie an, als er sich bereit machte, die Brücke zu verlassen.

»Aye, Admiral. Möchten Sie, dass wir unsere Flotte mit Admiral Montague koordinieren, oder möchten Sie, dass wir vorerst in einer separaten Formation bleiben?« klärte Leahy.

Willie zuckte mit den Schultern. »Sie sollten immer noch in einer hohen Umlaufbahn sein. Wir sollten die Flotte in der Nähe des Planeten positionieren, aber nicht in der direkten Umlaufbahn. Wir können die Position später ändern, falls nötig. Wir sehen uns in der Offiziersmesse zum Abendessen. Laden Sie auch die jüngeren Offiziere und Unteroffiziere zum Essen ein. Dies ist ein großer Tag für die Republik - wir sind einen Schritt näher daran, uns bei großen

Flottenbewegungen wie dieser nicht mehr auf die Altairianer oder die
Gallentiner verlassen zu müssen.«

»Amen, Sir. Wir sehen uns heute Abend.«

Mitte Juli 2115
Hauptquartier des Fünften Korps
FOB Sparta

Varinius hasste diese Art von Treffen. Für ihn war das reine Zeitverschwendung - endlose Schriftsätze, endloses Gerede. Aber sie hatten ihn hierher geschleppt, und er würde es durchstehen, weil das sein Job war. Trotzdem ging es ihm auf die Nerven. In der Kommandozentrale summte die frenetische Energie der Stabsoffiziere und Techniker, die den Kampfraum überwachten, ihre Finger flogen über die holografischen Konsolen, die Gesichter erhellt vom ständigen Strom taktischer Daten. Der Ort war ein Hightech-Nervenzentrum für das Korps, voller schimmernder Holoprojektionen und Informationsschichten. Er wusste das zu schätzen, aber die Ineffizienz, hier zu sitzen und Pläne zu besprechen, die schon vor Tagen hätten abgeschlossen werden müssen, nagte an ihm.

Der Raum war riesig und wurde von einer zentralen holografischen Karte beherrscht, die über dem polierten Tisch schwebte und jedes entscheidende Detail der Hauptstadt der Pharaonen, Vrahk'tol, zeigte - das Herz des Feindes. Die Stadt sah selbst im Kleinen wie eine Festung aus, mit rot eingezeichneten Verteidigungsschichten und republikanischen Streitkräften, die sich wie eine enge Schlinge um sie legten. Dies war der letzte Vorstoß. Varinius wusste es. Sie alle wussten es. Aber sie verschwendeten Zeit mit Reden.

Varinius' Augen verengten sich, als Generalmajor Kim Chaek in den Raum stürmte und Befehle bellte, noch bevor seine kurzen Beine die Tür hinter sich gelassen hatten. Chaek war nicht der Typ, der Zeit mit Höflichkeiten verschwendet. Von kleiner Statur, aber mit einer Präsenz, die den ganzen Raum ausfüllte, passten Chaeks scharfe, präzise Bewegungen zu seinem Ton - direkt, ohne Umschweife und verdammt barsch.

»Guten Morgen. Setzen Sie sich. Bringen wir es hinter uns«, schnauzte Chaek und bewegte sich mit der Intensität eines Mannes, der sich nicht um Subtilität scherte, auf den vorderen Teil des Raumes zu. Sein Ruf als »Ragin' Asian« war wohlverdient. Er nahm kein Blatt vor den Mund, und seine Zündschnur war kurz. Varinius respektierte das. Wenigstens gab der Mann nicht vor, etwas zu sein, was er nicht war.

Chaek verschwendete keine Zeit. »Das gestrige Briefing wurde aus Gründen, die sich meiner Kontrolle entziehen, verschoben«, knurrte er und winkte jede Entschuldigung ab, die in der Luft gelegen haben könnte. »Wir haben wichtige Informationen von General Hopper erhalten - Informationen, die den Spielplan ändern.«

Varinius grunzte. Chaek legte sich mächtig ins Zeug. Der Kommandeur der 11. Spartacus-Division verschränkte die Arme, den Blick auf die topografische 3D-Karte gerichtet, die jetzt über dem Tisch schwebte. Vrahk'tol leuchtete in der Mitte. Varinius' Division, die 11., stand an der vordersten Front des bevorstehenden Angriffs und hatte die Aufgabe, ein Loch in die Hauptstadt zu schlagen. Das war seine Aufgabe - den Feind zu zerschlagen, schnell und sauber.

Chaek schnippte mit dem Finger, und die Karte zoomte heran und zeigte Schlüsselpunkte entlang der Verteidigung der Pharaonis. »Der republikanische Geheimdienst hat einen großen Teil der Kommunikation der Pharaonis geknackt. Sie haben mit einigen Orbot-Überläufern zusammengearbeitet, und das Bild, das wir jetzt haben, gibt uns einen klareren Überblick über ihre Verteidigungsposition. Sie sind überfordert, meine Herren, aber sie sind eingegraben. Das wird nicht einfach werden.«

Varinius blieb still und nahm jedes Wort in sich auf. Er war nicht der Typ, der redete, es sei denn, er hatte etwas Sinnvolles hinzuzufügen. Chaek hingegen redete ständig.

Chaeks Augen brannten sich in jeden der um den Tisch herumstehenden Divisionskommandeure. »So wird es ablaufen. Das vierte Korps wird drei Tage vor unserer Hauptoffensive einen Scheinangriff starten. Das Ziel ist es, die Pharaonen dazu zu bringen, ihre Kräfte von unserem eigentlichen Ziel - Vrahk'tol - abzuziehen.« Sein Ton war scharf und knapp. »Zwanzig Stunden vor unserem Angriff wird das Sechste Korps sie von der anderen Seite her angreifen. Sie werden denken, das sei der Hauptangriff. Während ihre Aufmerksamkeit geteilt ist, wird das Fünfte Korps - unser Korps - das Herz angreifen. Das sind wir, meine Herren. Wir sind der Hammer.«

Varinius veränderte seine Haltung, seine Augen verengten sich, als die Karte mit den von Chaek beschriebenen Bewegungen flackerte.

Der Plan war ehrgeizig, vielleicht zu ehrgeizig. Aber er war kühn, und genau das brauchten sie.

Chaek zeigte auf die Karte, seine Stimme schnitt wie eine Klinge durch den Raum. »Die 9. und 11. Divisionen werden die Speerspitze bilden. Du, Varinius - deine Division wird den Angriff anführen. Du wirst ihre Verteidigung hier durchbrechen.« Er tippte auf die Linie auf der Karte. »Straubs 9. wird folgen. Brecht durch, macht den Weg frei, und der Rest von uns stößt nach. Die Stadt fällt, und der Krieg ist vorbei.«

Da war es. Das Gewicht war direkt auf Varinius' Schultern gefallen, aber er zuckte nicht zurück. Das war der Grund, warum er hier war, warum er jeden Schritt auf diesem verdammten Planeten gekämpft hatte. Die 11. würde den Angriff anführen. Das Risiko war enorm, aber er war an Risiken gewöhnt. Die Chancen spielten keine Rolle, wenn man seine Männer und den Kampf kannte.

Chaek fuhr fort, seine Stimme wurde schärfer. »Du brauchst mich nicht, um dir das zu sagen, aber ich werde es trotzdem tun. Es liegt an dir. Wenn du ihre Linien nicht durchbrichst, fällt der ganze Angriff ins Wasser. Kein Druck.«

Varinius warf einen kurzen Blick auf die anderen Divisionskommandeure und bemerkte die Anspannung in ihren Gesichtern. Chaeks Worte hatten ins Schwarze getroffen. Aber das war für Varinius nichts Neues. Er hatte von Anfang an gewusst, was hier auf dem Spiel stand. Seine Division hatte die Hauptlast der Kämpfe im Vorfeld dieses letzten Vorstoßes auf sich genommen, und nun würden sie es sein, die den entscheidenden Schlag ausführen mussten.

Chaek, sichtlich zufrieden mit sich selbst, wandte sich an den Raum. »Straub, Hentze, Toon - ihr werdet den Vormarsch unterstützen. Sobald die 9. und die 11. die Linie durchbrechen, stürmt ihr vor. Kein Zögern. Wir dürfen nicht zulassen, dass sie sich erholen. Wir werden sie schnell und hart angreifen und so lange vorrücken, bis von ihrer Verteidigung nichts mehr übrig ist.«

Varinius' Gedanken kreisten bereits um die Logistik. Seine Regimenter waren bereit, aber auch die Pharaonen hatten sich darauf vorbereitet. Sie wussten, dass dies kommen würde, und das Überraschungsmoment würde nicht lange anhalten. Er musste sie mit überwältigender Kraft angreifen, bevor sie sich tiefer eingraben konnten.

Chaeks Stimme durchdrang seine Gedanken, schärfer als je zuvor. »Wir beenden das in Vrahk'tol. Wir nehmen die Stadt ein, wir vernichten die Königin, und wir machen die Pharaonen fertig. Mach deine Männer bereit. Es gibt hier keine zweite Chance.«

Varinius nickte, seine Miene war unleserlich. Er brauchte keine zweite Chance. Er brauchte die Gelegenheit, und jetzt hatte er sie.

****

11. Spartakus-Regiment
Taktisches Operationszentrum

Die Offiziere am holografischen Kartentisch nickten zustimmend, obwohl die Luft vor Anspannung dick war. Dies war nicht ihre erste Mission, und es würde sicher nicht die letzte sein. Jeder wusste, dass jetzt mehr auf dem Spiel stand. Die Pharaonen hatten sich um Vrahk'tol herum verschanzt, und die Befehle, die sie gerade erhalten hatten, bedeuteten, dass sie die Spitze des Speers sein würden.

Thomas tippte auf die Karte, und das holografische Terrain verschob sich, um die Wege zu zeigen, die ihre Regimenter nehmen würden. Vor ihnen tauchte die Stadt Vrahk'tol auf, flankiert von dichten Wäldern und rot leuchtenden Verteidigungsanlagen. Das Gelände war von Drohnen ausgekundschaftet worden, aber der bevorstehende Angriff würde alles andere als einfach werden.

»Also gut, fassen wir zusammen«, begann Thomas mit ruhiger, aber bestimmender Stimme. »Wir haben noch drei Tage bis zum Hauptangriff des Fünften Korps. In dieser Zeit müssen wir uns in Position bringen. General Varinius hat uns beauftragt, den Angriff anzuführen - die 23. Mech und meine 11. Spartacus-Panzer werden den Vorstoß anführen. Die 24. Infanterie wird uns unterstützen und bereit sein, jede Bresche zu schlagen, die wir schlagen. K-Pop, Sie sind wie immer für die Feuerunterstützung zuständig, aber ich möchte, dass Sie Ihre Nachschubketten besonders im Auge behalten. Das wird ein langwieriger Kampf werden.«

Major Yoon Ja-Seong, der stets ein scharfsinniger Artillerist war, richtete sich auf und nickte kurz. »Verstanden, Herr Oberst. Ich werde die Munitionsdepots entlang unserer Vormarschroute positionieren lassen. Wir werden bei den Feuergefechten flexibel bleiben, falls der Feind versucht, einen Gegenangriff zu starten, während wir vorrücken.«

»Gut«, antwortete Thomas. Sein Blick schweifte über die anderen Offiziere und blieb dann an Vaughn hängen. Der frisch beförderte Kommandeur des 23. Texas Mech Regiments hatte noch viel zu beweisen, aber Thomas vertraute ihm. »Vaughn, Ihr Regiment hat sich in den letzten Monaten gut geschlagen, und Sie haben mit den Panzern Schritt gehalten. Ich erwarte das Gleiche bei diesem Vorstoß.«

Vaughn lächelte, selbstbewusster als zuvor. »Wir werden mithalten, Colonel. Meine Bobcats und Pumas sind vorbereitet, und meine Infanterie ist einsatzbereit. Sie kennen den Drill.«

Thomas nickte leicht zustimmend, bevor er fortfuhr. »Nun, hier wird es knifflig. Die Pharaonen hatten Wochen Zeit, ihre Linien zu befestigen. Unsere Drohnen zeigen dichte Verteidigungsnetze und schwere Artilleriestellungen. Wir werden hier durchbrechen.« Er deutete auf einen Bereich der Karte, in dem sich die Verteidigungslinien der Pharaonen verengten. »Auch hier«, fuhr er fort und ließ seine Hand wandern. »Beide sind stark befestigt, aber wir haben Lücken in ihrer Artillerieabdeckung entdeckt. Dort werden der 23. Mech und meine Panzer zuschlagen.«

Ahlstrom, der Pragmatiker schlechthin, beugte sich vor und zog die Stirn in Falten. »Sie meinen also, wir gehen Ihnen direkt an die Gurgel. Keine Finten, keine Ablenkungen. Voller Angriff.«

»Genau«, bestätigte Thomas. »Das vierte Korps führt die Finte drei Tage vor unserem Vorstoß durch. Wenn wir sie angreifen, werden sie sich von dem ersten Angriff erholen. Wir müssen schnell handeln, hart zuschlagen und durchbrechen, bevor sie sich verstärken können.

»Klingt einfach«, brummte Ahlstrom, obwohl seine Augen zeigten, dass er es besser wusste. Einfache Pläne blieben selten einfach.

Thomas verstellte die Karte erneut und zoomte auf die Stadt Vrahk'tol selbst. Die Hauptstadt breitete sich vor ihnen aus wie eine Festung. »Sobald wir die äußeren Verteidigungslinien durchbrochen haben, rückt die 24. Sie werden einen Umkreis sichern, nach feindlichen Kräften suchen und unsere Panzer verstärken. Wir müssen den Schwung beibehalten und verhindern, dass wir uns auf den Straßen festfahren. Wir können uns eine langsame, langwierige Belagerung nicht leisten.«

Ahlstrom nickte. »Verstanden. Meine Infanterie wird bereit sein. Der Kampf in den Städten ist immer chaotisch, aber wir werden die Dinge im Griff haben.«

Thomas fuhr fort, seine Stimme war fest. »K-Pop, Sie müssen unser Artilleriefeuer konstant halten. Wir werden viele Feuermissionen anfordern, um ihre Stellungen zu schwächen. Sie sind auch für die Abwehr von Geschützen zuständig. Die Pharaonen haben eine mobile Artillerie, die sie wahrscheinlich einsetzen werden, um uns unter Beschuss zu nehmen, sobald wir in den Raum eindringen. Ich brauche Ihre Leute, um ihre Waffen zu finden und sie schnell auszuschalten.

Yoons Augen funkelten mit dem Versprechen einer Herausforderung. »Betrachten Sie es als erledigt. Ich werde meine Feuerkontrollteams bereithalten, um auf alles zu zielen, was sich bewegt.«

»Gut«, sagte Thomas, wobei sich sein Tonfall leicht veränderte. »Ich werde das jetzt nicht beschönigen. Das wird brutal werden. Die Pharaonen wissen, dass sie in die Enge getrieben sind, und sie werden wie wild kämpfen, um ihre Königin und ihre Hauptstadt zu schützen. Wir werden diejenigen sein, denen sie alles entgegenwerfen. Aber ich vertraue dir. Ich vertraue Euren Männern. Wir sind auf diesem Feldzug schon durch die Hölle gegangen, und wir werden auch das hier überstehen.«

Die Offiziere am Tisch verstummten für einen Moment, das Gewicht dessen, was vor ihnen lag, lastete auf ihnen. So war es immer vor einem Großangriff - die Ruhe vor dem Sturm. Sie wussten, was kommen würde. Das Chaos, das Blutvergießen, die Ungewissheit, ob sie es alle überleben würden.

Thomas brach das Schweigen. »Eine letzte Sache. Ich möchte, dass jeder von Ihnen anpassungsfähig bleibt. Pläne sind großartig, bis die ersten Schüsse abgefeuert werden. Danach werden wir improvisieren müssen. Kommunikation wird der Schlüssel sein. Haltet eure Einheiten auf dem Laufenden, haltet die Augen offen und seid bereit zu reagieren.«

Ahlstrom schmunzelte. »Anpassen oder sterben, richtig?«

Thomas erlaubte sich ein kurzes Lächeln. »Das ist die richtige Einstellung. Bereiten Sie jetzt Ihre Regimenter vor. Wir brechen bei Tagesanbruch auf.«

Als die anderen Offiziere sich vom Kartentisch entfernten, um sich auf den Weg zu ihren jeweiligen Einheiten zu machen, verweilte

Thomas noch einen Moment, den Blick immer noch auf die holografische Karte von Vrahk'tol gerichtet. In seinen Gedanken ging er bereits jedes mögliche Szenario durch, jeden Zug, den die Pharaonis machen könnten. Das war sie - die letzte Schlacht. Er konnte es spüren. Wenn sie hier durchbrachen, war es vorbei. Die Pharaonis würden fallen.
****

11. Spartakus-Regiment

Das Innere von Colonel Thomas' Yeti klapperte, als Sergeant Wilson die Railgun erneut abfeuerte und ein Hyperschallgeschoss direkt in eine der hoch aufragenden Pharaonis-Strukturen schickte. Der Schuss schlug präzise ein und sprengte die Basis des Turms. Sofort stürzte er in sich zusammen und fiel wie ein sterbender Baum auf ein nahe gelegenes Häusernest. Der Aufprall erschütterte den Boden und machte die umliegenden Gebäude platt, als hätte eine Bombe eingeschlagen.

»Pumas, deckt die Flanken!« bellte Thomas in sein Funkgerät. »Laserblaster und 50mms, haltet die Köpfe der Pharaonen unten. Berserker, lassen Sie Ihre Infanterie absteigen und in Bewegung setzen. Wir brauchen Stiefel auf dem Boden!«

»Verstanden, Spartacus Eins. Berserker Sechs kopiert«, kam die Stimme von Captain Martin, ruhig und kontrolliert, trotz des Chaos. »Berserker Elf, rücken Sie mit Ihrem Zug vor und geben Sie Feuerschutz. Wir rücken jetzt aus.«

Leutnant Loflin antwortete: »Berserker Elf Kopien. Wir sind dran.« Die Pumas seines Zuges schwenkten nach links aus und feuerten mit Laserblastern und Railguns auf die Pharaonis-Infanterie, die aus den Trümmern ausschwärmte.

Colonel Thomas' Aufmerksamkeit verlagerte sich, als eine weitere Explosion das Feld vor ihm erschütterte. Ein Yeti, das vorderste Fahrzeug des Vorstoßes, wurde schwer getroffen - seine linken Ketten wurden weggesprengt, das Antriebsrad in Stücke gerissen. Die Beetle-Panzer schlugen zurück und feuerten aus ihren Energiewaffen etwas ab, das wie Blitze aussah.

»Spartacus One, hier ist Berserker Eleven«, ertönte Loflins Stimme über Funk. »Lead Yeti's down-sprocket's out. Reparaturteams sind auf dem Weg, aber sie sind leichte Beute.«

»Verstanden, Berserker Eleven«, knurrte Thomas. »Ziehen Sie es zurück zur Reservelinie, sobald es mobil ist. Berserker Sechs, du bist jetzt an der Spitze. Schalten Sie die Käfer aus und starten Sie den Angriff.«

»Verstanden, Spartacus One«, wies Captain Martin mit fester Stimme seine Männer an. »Berserker-Kompanie, los geht's! Greift die Panzer an, und die Infanterie, vorwärts!«

Die Pharaonen schlugen hart zurück. Aus den Trümmern der Straßen der Stadt stürzten sich Schwärme von feindlichen Soldaten auf die vorrückenden republikanischen Panzer. Dutzende Pharaonis, bewaffnet mit Magnetklammer-Sprengstoff, griffen die Yetis an und stürzten sich schreiend in das entgegenkommende Feuer.

»Linebacker, unterdrückt die Infanterie!« befahl Thomas. Seine Stimme schnitt wie eine Peitsche durch den knisternden Funkverkehr. »Lasst sie nicht näher kommen!«

Ein Trupp Pharaonis durchbrach das Unterdrückungsfeuer und sprintete mit Panzerabwehrminen an der Brust. Sie bewegten sich zu schnell, zu unberechenbar, als dass die Kanoniere sie alle hätten ausschalten können. Einer schaffte es, in Schlagdistanz zu einem Yeti zu kommen, gerade als zwei Feuerteams des 23. Mech-Regiments von Lone Star Six ihn mit ihren M-91-Blastern in Stücke schnitten. Die Mine detonierte trotzdem.

Die Explosion schlug in die Seite des Yeti ein wie ein Vorschlaghammer. Die Hohlladung durchschlug die Panzerung des Panzers in einem geschmolzenen Strahl und verwandelte den Mannschaftsraum in einen Ofen aus Feuer und Schrapnellen. Der Yeti ging in Flammen auf, brannte hell gegen den sich verdunkelnden Himmel, der Turm wurde weggesprengt und flog durch die Luft.

»Spartacus Eins, hier ist Longhorn Tango. Luft und Artillerie auf Ihr Zeichen bereit«, verkündete Sergeant Sciallo über den Funk.

»Nicht schießen, Longhorn Tango«, antwortete Thomas, den Blick auf den Kampf vor ihm gerichtet. »Verschwenden wir keine Artillerie, bis wir wissen, womit wir es zu tun haben.«

Der Feind war nicht zu bremsen. Insektoide Pharaonis-Soldaten kletterten über die Trümmer und nutzten den brennenden Yeti als Deckung. Die Beetle-Panzer stürmten von hinten vor, ihre segmentierte Panzerung glitzerte im Dunst der Schlacht. Aus ihren Waffen schossen blitzartige Energiestöße, die alles trafen, was sie anvisieren konnten -

Bobcats, Pumas, Linebacker. Alles, was sie berührten, explodierte in einer Kaskade aus Feuer und Metall.

»Spartacus Eins, Berserker Elf! Die Käfer nähern sich von der linken Flanke, sie bringen auch ihre Dips mit!« Die Stimme von Leutnant Loflin war scharf und durchbrach das Chaos.

Auf seinem taktischen Bildschirm sah Thomas tatsächlich eine Masse von Pharaonis »Dips«, ihre APCs, die Infanterie in den Kampf schickten. Die Dips tauchten ab, als sie die Soldaten abluden, und erzeugten eine Welle neuer feindlicher Truppen, die auf die Linien der Republik zustürmten.

»Berserker Sechs, haltet die Linie! Aegis Sechs, Centaur Sechs, Dreadnought Sechs, formiert euch und drängt die Dips zurück! Wir können sie nicht an die Panzer heranlassen!« bellte Thomas über den Kommandokanal. »Alle Yetis, wechselt zu AMP-Munition und konzentriert das Feuer auf diese Käfer.«

»Spartacus Eins, hier ist Aegis Sechs. Wir greifen jetzt an«, bestätigte Captain Stenberg, während sich seine Aegis-Kompanie in Formation begab und ihre Pumas die vorrückenden Käfer flankierten.

Die Railguns von Thomas' Yetis donnerten, jeder Schuss ein Hyperschallschlag, der sich in die Panzerung der Pharaonis bohrte. Ein Beetle wurde direkt getroffen, seine segmentierte Panzerung zersplitterte, als der Panzer implodierte und Trümmer über die Straße verstreute. Ein anderer wich aus und schickte einen Blitz in einen Bobcat, der beim Aufprall explodierte und Menschen und Maschinen gleichermaßen in die Luft schleuderte.

»Centaur Six, hier ist Spartacus One. Ich brauche Ihre Kompanie auf der rechten Flanke«, befahl Thomas. »Wir haben zu viele Dips auf dieser Seite. Schaltet sie aus, bevor sie unsere Infanterie treffen!«

»Verstanden, Spartacus Eins«, antwortete Captain Fordham. »Wir sind unterwegs. Centaur-Kompanie, folgt meiner Führung!«

Die Schlacht war chaotisch - die republikanische Infanterie löste sich von den Linebackern und bildete eng zusammenstehende Gruppen, die das Unterdrückungsfeuer der anrückenden Pharaonen unterbrachten. Der Feind kam immer wieder, Welle um Welle, und seine Moral schien unerschüttert.

»Mustang Eins, hier ist Longhorn Sechs. Ihr werdet an der linken Flanke gebraucht! Wir haben Dips im Anmarsch und Berserker ist überfordert«, rief Leutnant Kincaides Stimme über das Battlenet.

»Verstanden, Longhorn Six. Mustang One ist auf dem Weg«, antwortete Dausch, während sich sein Zug nach links bewegte und mit seinen Laserblastern Pharaonis ausschaltete, während sie vorwärts stürmten.

Thomas' Aufmerksamkeit richtete sich wieder auf den Horizont, wo weitere Punkte auf seinem Infrarotbild erschienen. Etwas Größeres war im Anmarsch.

»Wilson, überprüfen Sie diese Wärmesignaturen. Was zum Teufel ist das?« fragte Thomas und hielt sich fester an der Armlehne fest.

Der Bildschirm leuchtete auf - größere, konzentriertere Signaturen. »Sir... Käfer-Verstärkung«, stammelte Wilson. »Eine ganze Menge.«

»Verdammt«, murmelte Thomas, sein Herz raste. »Alle Einheiten, bereiten Sie sich auf den Einsatz schwerer Panzer vor. Sie bringen den Kampf zu uns.«

Die Beetles brachen durch den Rauch und stürmten frontal auf die Panzerung der Republik zu. Aus ihren Kanonen schossen Blitze, die in Yetis und Linebacker gleichermaßen einschlugen. Die Erde bebte bei jedem Aufprall, doch die republikanischen Streitkräfte hielten stand und feuerten mit allem, was sie hatten, zurück.

»Berserker Elf, greift diese Käfer mit allem an, was ihr habt! Centaur Six, verstärke die rechte Flanke! Wir müssen sie aufhalten, bevor sie unsere Linien überrennen!« brüllte Thomas.

Die Yetis feuerten im Gleichschritt, Railguns donnerten, als AMP-Geschosse in die entgegenkommenden Beetles einschlugen. Die Schlacht war zu einem brutalen Handgemenge geworden, Panzer gegen Panzer, Infanterie gegen Infanterie. Die Straßen von Vrahk'tol waren in Feuer und Blut getaucht, aber die Soldaten der Republik kämpften mit allem, was sie hatten, und weigerten sich, auch nur einen Zentimeter nachzugeben.

»Spartacus Eins an alle Einheiten, haltet die Linie! Wir dringen durch oder wir sterben hier!« Thomas' Stimme hallte durch den Funkverkehr und rief seine Männer zusammen, als der Kampf seinen brutalen Höhepunkt erreichte

Colonel Thomas biss die Zähne zusammen, als eine weitere Explosion seinen Yeti erschütterte. Die Pharaonis-Käfer waren auf dem Vormarsch, und ihre blitzartigen Energiestöße schossen über das Schlachtfeld. Seine Panzer hielten die Linie, aber nur knapp. Sein Bauchgefühl sagte ihm, dass sie dieses Kampfniveau ohne schwerere Unterstützung nicht mehr lange durchhalten konnten.

Auf der taktischen Anzeige im Yeti flackerten rote Punkte auf - feindliche Kontakte. Zu viele. Die Pharaonen setzten alles, was sie hatten, gegen sie ein. Infanterie wimmelte in den Trümmern des Schlachtfelds, Beetle-Panzer stießen vor, und die Dips luden immer mehr Soldaten ab. Die Lage verschlechterte sich zusehends.

»Wilson, lassen Sie die AMP-Munition weiter fließen«, bellte Thomas, den Blick auf die taktische Karte gerichtet. »Wir müssen sie aufhalten. Ich fordere die großen Geschütze an.«

Er schaltete das Funkgerät auf die Frequenz von Sergeant Sciallo um. »Longhorn Tango, hier ist Spartacus One. Ich brauche ein volles Artilleriefeuer auf die folgenden Koordinaten: Raster sieben-fünf-drei, Pause, sieben-sieben-zwei. Wir haben Pharaonis-Panzer in diesem Sektor. Schicken Sie alles, was Sie haben - feuern Sie auf Wirkung. Ende.«

Sciallo antwortete sofort: »Verstanden, Spartacus Eins. Artillerie im Anflug. Bereithalten für Feuereinsatz.«

Thomas hatte keine Zeit zu warten, bis die Granaten gelandet waren. Er wechselte den Kanal, um die Luftunterstützung zu koordinieren. »Mustang, Longhorn, Aegis - hier ist Spartacus One. Ich rufe CAS an. Wir brauchen Luftunterstützung, um ihre hinteren Stellungen zu beschießen. Bleibt dran.«

Er tippte die Luftunterstützungsfrequenz ein, seine Stimme hart und befehlend. »Hier ist Spartacus One an Reaper Control. Ich benötige sofortige CAS auf Raster sieben-fünf-drei, Pause, sieben-sieben-zwei. Fordern Sie Talons und Reaper für einen anhaltenden Bombenangriff auf feindliche Panzer- und Infanteriekonzentrationen an. Nehmt sie hart ran. Wir haben Beetles und Dips am Boden und stehen unter schwerem Beschuss. Ende.«

»Spartacus One, hier ist Reaper Control. Gute Kopie der CAS-Anfrage. Talons und Reaper sind auf dem Weg. ETA drei Mikros. Bleiben Sie dran.«

Thomas atmete aus, seine Augen scannten das Schlachtfeld durch die externen Kameras des Yeti. Der Boden vor ihm war ein Kriegsgebiet - ein Ödland aus brennenden Panzern, eingestürzten Gebäuden und verbrannter Erde. Die Käfer rumpelten näher, ihre segmentierten Beine trieben sie vorwärts wie mechanische Albträume. Die Energiestöße aus ihren Kanonen schossen durch die Luft, trafen republikanische Fahrzeuge und ließen Rauchschwaden und Trümmer in den Himmel steigen.

Seine Yetis feuerten weiter, ihre Railguns hämmerten auf die feindlichen Panzer ein, aber die Pharaonis waren unerbittlich. Der Geruch von brennendem Metall und verkohltem Fleisch lag in der Luft, und der ohrenbetäubende Lärm der Schlacht dröhnte in seinen Ohren, selbst durch die dicke Panzerung seines Panzers. Alle paar Sekunden wurde der Boden von einer weiteren Explosion erschüttert.

In diesem Chaos raste Thomas' Verstand. Er konnte sehen, wie seine Männer von den Linebackern abstiegen und Feuerteams bildeten, um die Infanterie der Pharaonis anzugreifen. Lasergeschosse blitzten über das Schlachtfeld und streckten die insektoiden Soldaten nieder, die nach vorne stürmten. Doch für jeden Pharaonis, der fiel, schienen zwei neue an seine Stelle zu treten. Der Feind war endlos.

»Spartacus Eins, Longhorn Tango. Die Artillerie feuert jetzt. Einschlag in zehn Sekunden«, knisterte Sciallos Stimme über den Funkkanal.

Thomas spannte sich an, seine Augen suchten den Horizont ab, wo sich die Pharaonis-Rüstung sammelte. In der Ferne setzten die Käfer ihren Vormarsch fort, ihre massiven Energiewaffen glühten vor Kraft, während sie sich darauf vorbereiteten, eine weitere Salve abzufeuern.

Die ersten Artilleriegranaten schlugen ein. Der Boden brach in einer Reihe von ohrenbetäubenden Explosionen auf. Die Stellungen der Pharaonen wurden von einer Wand aus Feuer und Schrapnellen eingehüllt, als die Granaten auf sie niederprasselten und alles in ihrem Weg auslöschten. Gebäude stürzten ein, Beetle-Panzer explodierten, und die außerirdische Infanterie wurde von dem unerbittlichen Sperrfeuer zerrissen.

Thomas beobachtete mit grimmiger Zufriedenheit, wie der Vormarsch der Pharaonen ins Stocken geriet. Die Artillerie tat ihre Arbeit - sie zwang den Feind in die Knie. Die Käfer, die von den ersten Schlägen nicht zerstört worden waren, zogen sich zurück und ihre Beine gaben unter den Schockwellen nach. Aber es gab kein Entkommen aus dem Feuersturm.

»Weiter so, Longhorn Tango«, knurrte Thomas. »Lass nicht nach.«

»Verstanden, Spartacus Eins. Es kommen noch mehr Kugeln«, bestätigte Sciallo.

Der Himmel verdunkelte sich, als die zweite Welle der Artillerie einschlug. Die Pharaonen gerieten in ein unerbittliches Sperrfeuer aus hochexplosiven Geschossen, wobei jede Explosion die Erde unter Thomas' Yeti erschütterte. Die Beetle-Panzer versuchten, sich neu zu formieren, aber sie wurden zu stark getroffen. Selbst ihre gewaltige Panzerung konnte diesem Beschuss nicht standhalten.

»Spartacus Eins, Reaper-Kontrolle«, surrte das Kommando. »Talons und Reaper dringen in das Zielgebiet ein. Nehmen feindliche Panzer und Infanterie ins Visier. Bombenangriff im Gange.«

Thomas wandte seinen Blick gen Himmel. In der Ferne kamen die markanten Formen der Talon-Jagdbomber und der Reaper-Bodenangriffsdrohnen in Sicht, deren Triebwerke aufheulten, als sie sich den feindlichen Stellungen näherten. Innerhalb von Sekunden war der Himmel mit dem Geräusch von Düsentriebwerken und dem donnernden Knall abgeworfener Bomben erfüllt.

Die Talons schlugen zuerst zu und warfen ein Sperrfeuer aus hochexplosiven Bomben auf die Stellungen der Pharaonen ab. Die Explosionen waren gewaltig - ganze Abschnitte der feindlichen Linie wurden innerhalb eines Wimpernschlags ausgelöscht. Käfer und Dips wurden wie Spielzeug durch die Luft geschleudert, ihre Panzerung wurde durch die Wucht der Explosionen zerfetzt.

Die Reaper folgten im Tiefflug über das Schlachtfeld und entluden ihre Ladung an präzisionsgelenkten Raketen. Die Raketen kreischten durch die Luft und zielten auf die überlebenden Beetles und Dips. Einer nach dem anderen gingen die Pharaonis-Fahrzeuge in Feuerbällen auf, ihre Überreste wurden über das Schlachtfeld verstreut.

Thomas grinste und sein Herz pochte in seiner Brust. »Das ist es«, murmelte er vor sich hin. »Hau sie in den Dreck.«

Das Schlachtfeld vor ihm bot einen Anblick völliger Verwüstung. Der Vormarsch der Pharaonen war zunichte gemacht worden. Ihre Panzer lagen in Trümmern, und ihre Infanterie war entweder tot oder auf dem Rückzug. Die kombinierte Feuerkraft der Artillerie und der Luftunterstützung hatte das Blatt gewendet.

»Spartacus Eins, hier ist Aegis Sechs«, kam die Stimme von Captain Stenberg über den Funkverkehr. »Der Feind bricht durch. Wir stoßen vor, um das Ziel zu sichern.«

»Gute Arbeit, Aegis Six«, antwortete Thomas. »Alle Einheiten, vorrücken! Forciert den Angriff!«

Die republikanischen Streitkräfte stürmten vor, ihre Panzer rollten über die Trümmer des Schlachtfelds. Die Infanterie bewegte sich in enger Formation und räumte die letzten Widerstandsnester mit brutaler Effizienz aus dem Weg. Die Pharaonen waren gebrochen, ihre Streitkräfte zerstreut und in Aufruhr.

Thomas beobachtete, wie seine Panzer vorwärts rollten und ihre Railguns auf alles feuerten, was sich bewegte. Das Geräusch der Schlacht wurde leiser, als die letzten Feinde aufgewischt wurden. Die Pharaonen hatten alles auf sie geworfen, was sie hatten, aber es war nicht genug gewesen.

»Spartacus Eins an alle Einheiten«, sagte Thomas über den Funk. »Der Feind ist gebrochen. Neu formieren und auf weitere Befehle vorbereiten. Gut gemacht.«

Als sich der Rauch zu lichten begann und das Schlachtfeld still wurde, erlaubte sich Thomas einen Moment der Erleichterung. Sie hatten die Linie gehalten und überlebt.

****

Mustang Eins

Das Schlachtfeld hinter ihnen schwelte noch immer, der beißende Geruch von brennendem Metall und der scharfe Stich von verkohltem Fleisch lagen in der Luft, als Leutnant Dausch neben einem verbogenen Haufen dessen kauerte, was einmal ein Yeti-Panzer gewesen war. Sein Puls beschleunigte sich, als die Befehle von Colonel Thomas in seinem Kopf widerhallten: »Überprüfen Sie die Brücke, leise. Melde dich zurück.« Die Aufforderung war einfach, aber nichts an diesem Krieg war einfach gewesen.

»Corporal Chow, schnappen Sie sich Ihren Trupp«, befahl Dausch, dessen Stimme trotz der an ihm nagenden Anspannung ruhig blieb. »Wir müssen die Brücke aufklären. Bleibt unten und seid wachsam.«

Chow nickte scharf und gab seinem Trupp ein Zeichen, loszuziehen. Sie rückten vorsichtig vor, hielten sich dicht an die Überreste von Fahrzeugen, Gebäuden und schwelenden Ruinen des Schlachtfelds und nutzten jede Deckung, die sie finden konnten. Dausch beobachtete sie und war stolz auf ihre Disziplin. Das waren keine frischen Rekruten mehr; sie waren durch die Hölle von Eurysa abgehärtet worden. Jede Bewegung war wohlüberlegt und präzise - Chow und sein Team waren zu einem Teil der Kriegsmaschine geworden.

Dausch gewöhnte sich jedoch noch an das Gefühl, dass die Stäbe des Leutnants auf seinen Schultern lasteten.

Das sollte nicht passieren, dachte er und blickte zu seinen Männern. *Ich hätte nicht hier sein sollen, nicht so.* Er hatte hart dafür gekämpft, Unteroffizier zu bleiben und mit seinen Brüdern an der Front zu kämpfen, aber nach den Verlusten, die sie erlitten hatten, war ihm die Verantwortung aufgebürdet worden. Er hatte keine andere Wahl. *Wenigstens kann ich jetzt dafür sorgen, dass die Jungs diesen Krieg lebend überstehen.*

Sie näherten sich den Überresten eines Linebackers, der nur noch eine geschwärzte Schale war und dessen Turm weggesprengt wurde. Chow gab dem Trupp ein Zeichen, sich zu verteilen und eine Verteidigungsposition einzunehmen, während er die Gegend absuchte. Vor ihnen ragte die Brücke auf, deren einst stolze Struktur nun vom Kampf gezeichnet war. Dausch konnte die Krater und zerklüfteten Ränder sehen, an denen Artilleriegranaten und Raketen die Gleise und Fahrspuren durchschlagen hatten.

»Lieutenant, ich habe die Brücke im Blick«, knisterte Chows Stimme leise, aber bestimmt über den Funkkanal. »Eine der beiden Schienenlinien fehlt. Die verbleibende scheint intakt zu sein, aber ich würde ihr nicht trauen, bis die Ingenieure das bestätigen.«

»Verstanden, Chow. Was ist mit der Fahrzeugbrücke?« antwortete Dausch und schlich sich an die Stelle heran, an der Chow seine Position eingenommen hatte.

»Zwei der drei Fahrspuren in Richtung Osten sind weg. Sieht nach einer fünfundzwanzig Meter langen Lücke aus. Die Fahrspuren in westlicher Richtung sehen intakt aus, aber es gibt Krater - zwei Meter breit und etwa vierzig Meter tief. Ein weiterer ist zweihundert Meter weiter zu sehen.« Während er sprach, wurde das Videobild auf das HUD von Dausch übertragen und zeigte die Schäden in Echtzeit.

Dausch schnitt eine Grimasse. Die Brücke war entscheidend für die nächste Phase ihres Vorstoßes nach Vrahk'tol, und sie hing am seidenen Faden. Er rollte sich auf die Seite und öffnete schnell ein Chat-Fenster zu Colonel Thomas im TOC. »Augen auf der Brücke eingerichtet«, diktierte er leise, seine Sprache in Text umgewandelt. »Keine Anzeichen von feindlichen Kräften. Strukturelle Integrität fraglich - bitte um technische Unterstützung zur weiteren Beurteilung.«

Er wollte gerade auf »Senden« klicken, als Chows Stimme erneut ertönte, dieses Mal mit einem Hauch von Verwirrung. »Äh ... Sir, sehen Sie das?«

Dausch minimierte das Chatfenster und erstarrte. Durch die gesprungenen Linsen seines Visiers konnte er es sehen - ein seltsames Fahrzeug, das sich langsam von der anderen Seite der Brücke auf sie zubewegte. Es war anders als alle Pharaonenfahrzeuge, denen sie bisher begegnet waren. Sein segmentierter Rumpf schimmerte unter dem fremden Himmel, aber es war nicht bewaffnet - und wenn doch, dann zielte es nicht auf sie. Das Fahrzeug wurde langsamer und hielt dann an.

»Was zum Teufel ist das?« flüsterte Dausch vor sich hin. Dann öffnete sich zu seinem Erstaunen eine Luke auf dem Dach des Fahrzeugs, und ein langer, schlanker Stab begann sich zu erheben. An der Spitze der Stange entfaltete sich etwas, das wie eine Flagge aussah - so etwas hatte er bei den Pharaonen noch nie gesehen.

Dauschs Herz pochte in seiner Brust. »Chow, öffnen Sie einen Kanal zum TOC. Sie müssen das sehen.« Schnell leitete er das Video an die Kommandozentrale von Colonel Thomas weiter. »Longhorn Six, hier ist Mustang One. Ich habe Sichtkontakt zu einem unbekannten Fahrzeug der Pharaonen, das eine Flagge zu zeigen scheint. Bleiben Sie dran für weitere Informationen.«

Dann begann das Geräusch. Leise, zunächst kaum wahrnehmbar, aber es wurde lauter. »Hörst du das?« fragte Chow, seine Stimme klang ungläubig. Dausch spitzte die Ohren und versuchte, dem seltsamen Geräusch einen Sinn zu geben. Es war rhythmisch, fast musikalisch, aber verzerrt.

Dann wurde es ihm klar. Sie versuchten zu kommunizieren.

»Ich will verdammt sein«, murmelte Dausch. »Sie versuchen, mit uns zu reden.« Schnell aktivierte er die Übersetzungssoftware in seinem HUD und leitete die Audiosignale durch die beste Möglichkeit der Republik, die Sprache der Pharaonen zu entziffern.

Die Übersetzung war grob - nur Wortfetzen, unzusammenhängend und unklar - aber die Botschaft war unmissverständlich.

»Leutnant...« Chows Stimme war leise, sein Tonfall eine Mischung aus Unglauben und vorsichtiger Hoffnung. »Haben sie gerade das gesagt, was ich glaube, dass sie gesagt haben?«

Dausch schluckte, sein Mund war trocken. »Ja, Chow. Das haben sie.« Er blinzelte, die Augen unter seinem Visier waren groß wie Untertassen. »Sie bitten darum, sich zu ergeben.«

Die Erkenntnis traf ihn wie ein Schlag in die Magengrube. Konnte es nach all dem - nach den Monaten des Blutvergießens und der Zerstörung - wirklich vorbei sein?

»Verbinden Sie mich mit Oberst Thomas«, befahl Dausch mit fester, dringender Stimme. »Sofort.«
****

11. Spartakus-Regiment
Taktisches Operationszentrum

Die Tür zu dem Raum, den sie zu ihrem Kartenraum umfunktioniert hatten, schwang auf, und Captain Fordham stürmte in die Planungssitzung von Colonel Thomas.

»Colonel, Sie müssen mit mir kommen. Sie müssen sich das anhören.« Der junge Hauptmann platzte fast vor Aufregung. Sein Enthusiasmus überraschte sie alle.

»Langsam, Eli, was ist hier los?«, fragte Thomas in einem kontrollierteren, zurückhaltenden Ton.

»Sir, es sind die Pharaonen - das müssen Sie sich anhören«, antwortete Fordham und führte die Gruppe in einen anderen Raum, der zu einer Kommandozentrale umgebaut worden war.

Als Thomas den Raum betrat, reichte ihm einer der Wachtmeister einen Kopfhörer, den er aufsetzen sollte, und spielte ihm eine Tonaufnahme vor. Zuerst konnte er es nicht glauben. Er befahl seinen Kommunikationssoldaten, den Ton und die

Übersetzungssoftware zu überprüfen. Sie bestätigten das spezifische Wort, das er in Frage gestellt hatte - es war korrekt.

In diesem Moment wurde ihm klar: *Sie geben auf.*

Kapitel vierzig

Sieben Stunden später
Offiziersmesse, RNS *Draco*
System Zanthea

Admiral Rosentreter lächelte amüsiert über den ehrfürchtigen Gesichtsausdruck von Generalleutnant Jayden Hopper. »Ich muss sagen, Willie, dieses Schiff ist eine Schönheit, ein wirklich erstaunlich aussehendes Kriegsschiff«, lobte General Hopper, nachdem die Stewards alle Teller abgeräumt und nur eine frische Tasse Kaffee übrig gelassen hatten. »Als ich an Bord eines der schweren Orbitalangriffsschiffe der New Eden-Klasse, der RNS *Eisenhower*, war, dachte ich, die Ausstattung sei für ein Kriegsschiff beeindruckend - ich lag falsch. *Die Draco* ist das Nonplusultra«, lobte General Hopper erneut, während er nach seinem Kaffee griff.

»Danke, Jayden. Ich gewöhne mich auch noch daran«, antwortete Admiral Rosentreter. »Am ehesten kann ich es mit der *Freedom* vergleichen, aber es ist schon lange her, seit ich das letzte Mal auf ihr gedient habe. *Die Draco* hat noch immer nicht die ausgeklügelten MWR-Einrichtungen der *Freedom*, aber sie ist weitaus besser als selbst die Schlachtschiffe *der Victory-Klasse.*«

»Ja, nun, ich denke, wir sollten zur Sache kommen«, sagte General Hopper, während sein Tonfall ernst wurde. »In den letzten Wochen habe ich unsere Leute von der Signalintelligenz die Kommunikation der Pharaonen abhören lassen, während unsere KI weiterhin versucht, ihre Worte und Sätze zusammenzusetzen, um eine genauere Übersetzung ihrer Sprache zu erstellen. Wir übersetzen etwa zweiundsechzig bis siebenundsechzig Prozent von dem, was sie sagen. Auch wenn wir nur etwas mehr als die Hälfte von dem verstehen, was sie sagen, so reicht das doch aus, um uns ein Bild davon zu machen.«

»Erweist sich irgendetwas davon als hilfreich?« fragte Rosentreter.

»Ja und nein«, antwortete Hopper. »Gestern haben wir einen Kommunikationsverkehr innerhalb der Hauptstadt abgefangen, der später vom Weltraum aus an die anderen Städte und Industriezentren übermittelt wurde, die wir noch nicht zerstört haben. Es war etwas schwierig, ihn zu entschlüsseln, aber das Beste, was wir herausfinden konnten, ist, dass ihre Königin sehr besorgt über das Ausmaß der Zerstörung zu sein scheint, die wir auf dem Planeten und in ihren Städten angerichtet haben. Wir werten dies als einen positiven Indikator dafür, dass die Königin bereit sein könnte, den Krieg bald zu beenden.«

Der General hatte seinen Satz kaum beendet, als Rosentreters Kommunikationsgerät zirpte. »Warten Sie einen Moment, Jayden. Lassen Sie mich herausfinden, was los ist«, erklärte er und verband den Anruf mit seinem Neurolink.

Hier spricht der Admiral. Was ist los, Lieutenant Willard? fragte er über die Neurolink-Verbindung.

Admiral, Entschuldigung für die Störung. Wir haben eine wichtige Nachricht vom Schlachtschiff Gladiator erhalten. Sie übermitteln uns eine Nachricht von Generalmajor Kim Chaek, dem Kommandeur des Fünften Korps - er sagte, ein Vertreter der pharaonischen Königin habe Kontakt mit einer seiner Einheiten aufgenommen... Sir, die Pharaonen haben um ein Gespräch mit unserem Anführer gebeten. Sie möchten über die Bedingungen zur Beendigung des Krieges sprechen. General Chaek möchte wissen, wie die Einheit, mit der sie Kontakt aufgenommen haben, Ihrer Meinung nach reagieren soll, erklärte Lieutenant Willard.

Rosentreter wandte sich an Hopper. »Ich will verdammt sein. Einer Ihrer Befehlshaber, General Chaek, sagte, ein Abgesandter der Pharaonen habe mit einer seiner Einheiten Kontakt aufgenommen und wolle über die Bedingungen für eine Beendigung des Krieges sprechen.«

Hopper lächelte strahlend. »Halleluja. Es geschehen noch Wunder! Nun, Willie, ich denke, wir sollten ihnen die Kapitulationsbedingungen schicken und dann weitermachen.«

»Wissen Sie, was das außer der Beendigung eines brutalen Krieges noch bedeutet?« fragte Rosentreter mit einem Grinsen.

Jayden lachte sarkastisch, bevor sich sein Gesicht in das eines kaltblütigen Mörders verwandelte. »Ja, dieser Krieg geht zu Ende - jetzt ist es an der Zeit, das zu beenden, was die Zodark begonnen haben.«
****

Leere Vorbote-7
Sternsystem Zanthea

Die *Void Harbinger-7* schwebte lautlos in der kalten Dunkelheit des Weltraums, ein Fleck im Abgrund, verborgen durch fortschrittliche Technologien, die sie selbst für die ausgefeiltesten feindlichen Sensoren unsichtbar machten. Seine Aufgabe: beobachten, sammeln und dem kollektiven Nexus Bericht erstatten. Wochenlang hatte diese Tarnkappenkorvette der Legion die Heimatwelt der Pharaonen beobachtet, während die Republik und ihre Verbündeten das Feuer auf die Oberfläche des Planeten regnen ließen. Als sie ein Signal entdeckten, in dem die Pharaonis um Kapitulationsbedingungen baten, hatten sie genug gesehen.

Auf dem überfüllten Kommandodeck stand Commander Dyrann-09 regungslos vor der zentralen Konsole, die kalten Augen seines Cyborg-Körpers starr auf das holografische Display gerichtet, auf dem die Datenzeilen flackerten. Die anderen - Zephak-222, der Ingenieur des Schiffes, Torrak-349, der taktische Offizier, und Gryllar-179, der Sensor-Operator - arbeiteten schweigend um ihn herum, jeder auf seine spezielle Aufgabe eingestimmt.

»Übertragung entschlüsselt.« Gryllars metallische Stimme durchbrach die Stille, seine schlanken Finger manipulierten die Konsole, um die Daten in vollem Umfang sichtbar zu machen. »Der letzte Bericht des Schiffes, das sie *Draco* nennen, bestätigt eine Energiesignatur, die mit der gallentinischen Technologie übereinstimmt.«

Dyranns dunkle Augen verengten sich. Der Vertrag von Yarmouth war die einzige Zusicherung des Kollektivs gewesen, dass die Gallentiner in diesem Krieg neutral bleiben und den Fraktionen der Milchstraße erlauben würden, ihr eigenes Schicksal zu bestimmen. Und doch waren sie hier und hatten den Vertrag direkt verletzt.

»Ihr Eingreifen ist unbestreitbar«, fügte Torrak-349 hinzu, sein Ton so kalt und gleichgültig wie die Leere, die sie umgab. »Die Orbots hatten recht. Die Gallentiner legen ihre Hände in die Waagschale.«

»Der Vertrag war immer brüchig«, antwortete Dyrann, seine Stimme war ruhig, aber mit einem Hauch von Kalkül versehen. »Dieses Schiff, Draco - seine Energiewerte stimmen mit denen überein, die von den Gallentinern verwendet werden. Das untermauert die Aussage der Orbots, dass eine gallentinische Flotte ihre Streitkräfte am Rande des Sieges gegen diese Fraktion, die sie als Republik bezeichnen, zerschlagen hat.«

Gryllar-179 mischte sich ein: »Die Republik selbst scheint aus Humtaren zu bestehen - aber wie? Sie wurden vor langer Zeit ausgerottet.«

Als die Orbots dem Kollektiv ihr Ableben meldeten, wies der Nexus die Legion an, Nachforschungen anzustellen. Der Auftrag lautete, die Richtigkeit der Berichte der Orbots zu überprüfen. Für eine Mission dieser Größenordnung waren Dyrann und die *Void Harbinger-7* ausgewählt worden. Seine Crew war unerbittlich in ihrer Effizienz - keine Emotionen, kein Zögern. Sie lieferten Ergebnisse, immer und immer wieder.

»Diese Informationen werden die gesamte Strategie des Nexus verändern«, bemerkte Torrak-349. »Das Kollektiv wird einen Schritt machen müssen. Abgesehen von dem gallentinischen Verrat, der Entdeckung von Humtars ...« Seine Stimme brach ab, ein untypischer Ausdruck von Unsicherheit.

Dyranns Gesicht blieb stoisch, seine Gedanken waren zurückhaltend. Er hatte in seiner langen Dienstzeit bei der Legion schon viel gesehen, aber selbst er wusste, dass sich der Krieg auf eine weitere Galaxie ausweiten würde, wenn das Kollektiv auf diese Verletzung reagierte.

»*Void Harbinger-7* wird zum Nexus zurückkehren«, verkündete Dyrann und unterbrach die Stille. »Wir werden direkt Primus-Kharak-001 Bericht erstatten. Der Nexus wird über unser weiteres Vorgehen entscheiden. Bis dahin schweigen wir und sprechen mit niemandem über das, was wir gesehen haben.«

Zephak nickte heftig. »Verstanden. Vorbereitung für Taschensprung.«

Dyranns Augen verweilten auf dem holografischen Display, die Entdeckung der Humtars und der Beweis für den gallentinischen Verrat waren ihm klar vor Augen. Das Kollektiv hatte geduldig zugesehen, wie die Milchstraße sich selbst zerriss, und sich damit begnügt, das Ergebnis aus der Ferne zu steuern. Aber jetzt, da die Hand des Gallentinischen Imperiums aufgedeckt war und Humtars wieder auferstanden war, war die Zeit der Zurückhaltung vorbei.

Als ihr Schiff den Wurmlochgenerator aktivierte und sie sich darauf vorbereiteten, wieder in der Leere zu verschwinden, erlaubte sich Dyrann einen einzigen Moment der Besinnung.

Die Galaxie befindet sich am Rande eines Sturms, und wir haben gerade die Lunte angezündet.
****

Von den Verfassern

Miranda und ich hoffen, dass Ihnen dieses Buch gefallen hat. Es ist kaum zu glauben, dass dies das elfte Buch der »Rise of the Republic«-Serie ist, nicht wahr? Nun, Buch zwölf steht vor der Tür. Die Vorbestellung für *In die Spaltung* ist live - besuchen Sie einfach Amazon, um sich zu registrieren. Aufgrund verschiedener persönlicher Faktoren haben wir das Datum für dieses Buch weiter nach hinten verschoben. Aber wie immer versuchen wir, es deutlich vor dem Datum zu veröffentlichen, das wir derzeit auf Amazon haben.

Obwohl dieser Teil der Serie mit dem zwölften Buch abgeschlossen sein wird, haben wir eine aufregende Ankündigung für Sie. Eine neue Spinoff-Serie, die von unserem Freund und erfolgreichen Science-Fiction-Autor Brandon Ellis geleitet wird, wird bald erscheinen. Battles of the Republic wird einige der Kampagnen, über die ihr bereits in unserer Hauptserie gelesen habt, vertiefen und das Universum, das ihr zu lieben gelernt habt, noch reicher machen. Um sich für die Vorbestellung des ersten Buches der neuen Serie, *The Intus Invasion*, anzumelden, ist Amazon die richtige Adresse.

Wenn Sie ein Fan unserer Militär-Thriller sind, werden wir ein Nachfolgebuch zu unserer Monroe-Doktrin-Reihe veröffentlichen: *Ein Nachkriegsroman*. Dieses Buch wird den Auftakt zu unserer Reihe Surrogate Wars bilden, in der der oft erwähnte KI-Krieg beschrieben wird, von dem Sie in Rise of the Republic gelesen haben. Selbst wenn Sie nicht die gesamte Monroe-Doktrin-Reihe gelesen haben, wird Ihnen dieses Buch helfen, einige der Hintergründe unseres Sci-Fi-Universums zu verstehen. Um es vorzubestellen - Sie haben es erraten - besuchen Sie einfach Amazon.

Wie immer schätzen wir jeden einzelnen von Ihnen, der sich die Zeit nimmt, unsere Bücher zu lesen. Ohne Sie könnten wir das definitiv nicht tun. Wenn euch »*Into the Inferno*« gefallen hat, würden wir uns freuen, wenn ihr euch einen Moment Zeit nehmt und eine Rezension auf Amazon und Goodreads verfasst. Frühe Rezensionen tragen entscheidend dazu bei, dass neue Leser unsere Bücher entdecken, und das wiederum hilft uns, weiterhin Vollzeit zu schreiben und Ihnen die Geschichten zu liefern, die Sie lieben.

Wir wünschen Ihnen alles Gute,

James Rosone und Miranda Watson

Abkürzungsschlüssel

1MC	Schiffsweites Kommunikationssystem
AMP	Erweiterte Mehrzweck
APM	Anti-Personen-Munition
AO	Einsatzgebiet
AOR	Verantwortungsbereich
AP	Panzerung durchdringen
APC	Gepanzerter Mannschaftstransporter
ASAP	So bald wie möglich
AT	Panzerabwehr
ATAC	Gepanzertes Transport-Sturmflugzeug
CAC	Koordinator für Kampfeinsätze
CAS	Close-Air-Unterstützung
CIC	Gefechtsinformationszentrum
CO	Befehlshabender Offizier
COB	Chef des Bootes
CQ	Charge of Quarters (Wachdienst)
CSB	Gefechtsunterstützungsbasis
CSW	Flugzeugträger-Sturmgeschwader
DEAD	Zerstörung der feindlichen Luftabwehr
DM	Direkte Nachricht
ECM	Elektronische Gegenmaßnahmen
FAE	Kraftstoff-Luft-Sprengstoff
ENVG-B	Enhanced Night Vision Goggle-Binokular
ETA	Geschätzte Ankunftszeit
FITREP	Fitness-Bericht
FRAGO	Fragmentarische Ordnung
FTL	Schneller als das Licht
GDF	Gurista Defense Force
HQ	Hauptsitz
HUD	Heads-Up Display
IED	Improvisierter Sprengsatz
SCHÜTZENPANZER	Infanterie-Kampffahrzeug
INTSUM	Intelligenz Zusammenfassung
IRW	Intergalaktische Regeln des Krieges
JATM	Joint Advanced Tactical Missile

JSOC	Gemeinsames Kommando für Sondereinsätze
KBR	Keller, Booth, and Root
KIA	Gefallen im Kampf
KPS	Kilometer pro Sekunde
LMG	Leichtes Maschinengewehr
LTV	Leichtes taktisches Fahrzeug
LZ	Landezone
MW	Megawatt
UNTEROFFIZIER	Unteroffizier
NOS	Zodark-Offizier
OAD	Orbital Assault Division
OAR	Orbitales Angriffsregiment
OAT	Orbital Assault Troop
ODAOperational	Delta Attachment (Sondereinsatzkräfte)
OP	Beobachtungsposten
OSA	Omni-Spektrales Array
P2	Vorrangiges Pad
PACT	Pilot Adaptive Combat Training
PDG	Point-Defense-Gun
PELS	Pulsar-Echolokalisierungssystem
PFC	Gefreiter Erster Klasse
PTP	Pallas-Ausbildungsprotokoll
QB	Quantenstrahl
QF	Quantenfusion
QFR	Quantenfusionsreaktor
QRF	Schnelle Eingreiftruppe
R & R	Ruhe und Erholung
RNS	Republikanischer Marinedienst
RP	Sammelpunkt
SAM	Boden-Luft-Rakete
SITREP	Lagebericht
SNA	Zustand von Nordostafrika
SOF	Sondereinsatzkommandos
TAO	Taktischer Einsatzoffizier
TOC	Taktisches Operationszentrum
TRADOC	Kommando für Ausbildung und Doktrin
UAV	Unbemanntes Luftfahrzeug

VSR   Void Scientific Research
XO   leitender Angestellter

DAS ENDE